蓝·中国经验与文学湘军发展研究

70 后写作：意境闳阔与韵味悠长

——文学湘军五少将阐释

聂茂 ◎ 著

中南大學出版社
www.csupress.com.cn
·长 沙·

总序：中国经验与文学湘军的赓续和发展

雷　达

一

习近平指出，推动文艺繁荣发展，最根本的是要创作生产出无愧于我们这个伟大民族、伟大时代的优秀作品。文艺是铸造灵魂的工程，好的文艺作品就应该像蓝天上的阳光、春季里的清风一样，能够启迪思想、温润心灵、陶冶人的情操，能够扫除颓废萎靡之风。文学创作与文学批评彰显出来的真善美和向上向善的力量，能引导人们增强道德判断力和荣誉感。向往和追求讲道德、尊道德、守道德的生活，实现中华民族伟大复兴的中国梦，文学创作和文学批评有着不可替代的作用和价值。

毋庸讳言，文学既有中心地带，又有边缘集群，即文学具有地域性，这是一个基本事实。一个国家文学的繁荣与发展是由一个个地域性文学的繁荣与发展支撑起来的。而地域性文学的发展，既与整个国家的政治、经济、文化的发展息息相关，又与一个地域的民族气质、审美情趣、生活习俗密不可分。《文心雕龙》称北方的《诗经》“辞约而旨丰”，南方的《楚辞》“耀艳而深华”时，就明确提及地域与文学的关联性。丹纳在《英国文学史》引言中，把地理环境与种族、时代并列作为决定文学的三大因素。地域性对 20 世纪以来的中国文学的影响非常深刻，如京派作家和海派作家等地域性作家群对中国现代文学的贡献是显而易见的。

世界与中国、中国与湖南原本就是互为彼此、互为关联的命运共同体。如何认识包括文学湘军在内的中国文学在世界文学大家庭的位置，某种程度上决定了今天我们对中国历史、现实和未来的理解；而我们对地域性作家群的认知，也取决于我们对中国文学乃至世界文学的合理想象。

湖南是一个拥有悠久文化传统和深厚历史根基的文学大省，湖湘文化成为许多湖南作家创作的精神资源和价值追求。湖南作家自觉地把“感时忧国”和“敢为人先”作为人生的要义，把“经世致用”和“文以载道”作为写作的基本原则，有着普遍的政治情结、现实关切和使命意识。沈从文、丁玲、周立波等一大批作家为五四运动以来的新文学谱写了浓墨重彩的一章。中华人民共和国成立后，经过近40年的积淀，至20世纪80年代，形成了老中青三代蔚为壮观的湖南作家群。改革开放最初的12年，湖南作家在全国性文学大奖中获奖的有30多人次。首届茅盾文学奖，莫应丰和古华双双获奖。全国优秀短篇小说评选中，周立波、韩少功、蔡测海、彭见明、何立伟等人的作品榜上有名，1979年至1985年，连续7届共9部作品获得殊荣，成为全国唯一的“七连冠”省份。与此同时，孙健忠、水运宪、谭谈等4人的作品获全国优秀中篇小说奖，湖南作家因此获得了“文学湘军”的美誉，这标志着湖南文学进入了黄金时代。

二

然而，20世纪80年代末及整个90年代，湖南文学进入一个沉静期。与此同时，文学陕军以及北京、上海等文学中心地带的作家佳作频出，风光无限。人们不禁要问：为什么在中华人民共和国成立之初，湖南作家创作的长、中、短篇小说接连斩获全国性大奖，崛起的文学湘军为中国文坛瞩目？为什么文学湘军的历史题材、民族题材和官场小说创作一直处于全国领先水平？为什么从20世纪80年代末到90年代的10多年时间里，除少数民族文学获大奖外，湖南作家的作品竟无一篇获全国性大奖？文学湘军究竟怎么了？

对上述问题的耙梳、厘清与回答，正是中南大学教授、博士生导师聂茂先生的“中国经验与文学湘军发展研究”书系创作的时代背景和书写初衷。老实说，我跟聂茂以前不熟，但晏杰雄是我的博士生弟子，与聂茂是关系亲密的同事，他俩共同努力，为文学湘军在全国发声做了不少工作。杰雄多次跟我说起聂茂的文学创作和学术成就。有一天，我收到一本聂茂赠送的《名作家博客100》一书，感觉作者眼光很独特，视角很新颖，是一部有较高学术价值的开创性的著作。接着我了解到聂茂本人从20世纪80年代开始进行文学创作，在《人民文学》《诗刊》等发表过不少作品，《散文选刊》《小说月报》和《读者》也转载过其不少作品，《文艺报》和《理论与创作》等报刊还发表过有关他作品的评论文章，他还获得过包括湖南省青年文学奖在内的一些大奖，算得上名副其实的文学湘军中的重要成员。1999年3月聂茂出国留学，2003年8月取得博士学位，2004 年 7 月被中南大学以海外高层次人才引进，当年即由助教直接破格晋升为教授、学科带头人。这套书系就是 10 多年来聂茂在教学之余集中思考的智慧结晶，非常有雄心，非常有勇气，也非常不容易。

某种意义上说，包括聂茂在内的文学湘军的这些经验、生活、故事就是中国经验、中国生活、中国故事的缩影。20 世纪 80 年代初期文学湘军的辉煌是中国新时代文学辉煌的一部分。而 20 世纪 80 年代末到 90 年代以来，湖南文学经历了 10 余年的沉静期，它是市场经济条件下文学失去轰动效应和作家日益边缘化的真实写照。喧哗与骚动之后，包括文学湘军在内的中国文学开始呈现平稳的态势，走向成熟，彰显从容与自信。这个时期全国涌现出一大批传播中国核心价值和文学理想的精品力作，唐浩明的《曾国藩》、阎真的《沧浪之水》、彭见明的《玩古》以及残雪、王跃文、何顿等人的小说融思想性、艺术性于一体，充分展示了中华文化和美学精神，为文学湘军赢得了新的声誉和尊重。而 21 世纪以来的 10 余年（截至 2016 年底），文学湘军又有 15 位作家的 16 部作品获得全国性文学大奖，其中，田耳的《一个人张灯结彩》、欧阳友权的《数字化语境中的文艺学》、王跃文的《漫水》先后斩获鲁迅文学奖，阎真和何顿分别凭借《活着之上》和《黄埔四期》成为备受社会关注的第一届和第二届路遥文学奖得主。

文学评论工作者应深入研究这些有筋骨、有血肉、有温度的作品，弘扬主旋律，传递正能量。聂茂抓住时机，顺势而为，聚焦“中国经验与文学湘军发展研究”这个宏大课题，对包括文学湘军在内的中国作家在历史进程中书写和记录中国人民伟大实践的优秀作品给予充分阐释和及时评判，积极为传承与赓续中华文化基因、实现中华民族伟大复兴的中国梦提供应有的学理支撑。本书系紧紧围绕“中国经验与文学湘军”这个主题，透视其丰富多样、特色各异的创作形态，将个体研究与群体融合、思想资源与现实际遇、文本剖析与路径追溯、精神辨析与文化解读、审美阐发与理性反思结合起来，探讨新时期以来中国作家为什么创作和以怎样的方式表达，形成了自己的文学热点；面对不断涌现的现实生活和文学理想，文学湘军又有着怎样丰富的内涵、复杂的创作心理和个体的审美追求，以及对国家未来、民族前途有着怎样的价值预判。这样多维度、多层面的深入研究，强化了问题意识、前沿意识、批判意识和整合意识，使得本书系既具学理深度、学术高度，又具现实针对性和实践指导意义。对于聂茂这样的创作动因和学术成就，我感到很欣慰，并为之鼓掌。

三

所谓经验，通常是指过去发生的事情。其隐含的意义在于：人在过去的所为在现在形成的与现在相关的“历史记忆”。经验既是国家的、集体的，也是民族的、个人的，是一种可供选择、自然积累的回顾、省思、体味与总结。所谓中国故事，当然是指发生在中国历史和中国社会上的一切事情，中国故事不只是中国作家的个人经验，它的读者也不仅仅局限在中国，而是面向全世界、面向全人类的。从这个意义上，文学湘军的写作不仅仅是局限在地域性上，也不仅仅是对湖湘文化精神资源的汲取，而是以更加宏阔的视野，去发现中国元素、中国气质、中国精神和中国智慧。换言之，文学湘军将以什么样的思想情怀和艺术立场为我们这个时代、为有着命运共同体的人、为整个世界提供精彩的生活样本、文化镜像和价值观念？对这些问题的考察和思考，正是聂茂学术聚焦和研究重心之所在。

可以说，“中国经验与文学湘军发展研究”书系是聂茂从事中国现当代文学特别是对新时代文学和文学湘军研究10余年的集中奉献；倘若算上他文学创作的前期积淀，则是其近30年置身文学现场，观察、感受、参与和见证中国人民的伟大实践、中国作家书写中国经验的总体思考和学术结晶。

该书系共由7部专著组成，分别是：《人民文学：道路选择与价值承载》《家国情怀：个人言说与集体记忆》《民族作家：文化认同与生命寻根》《湘军点将：世界视野与湖湘气派》《政治叙事：灵魂拷问与精神重建》《70后写作：意境闳阔与韵味悠长》以及《诗性解蔽：此岸烛照与彼岸原乡》。这7部专著以国内外最新学术成果为基础，全方位、多角度、立体式地对世界视野下中国新时期文学的精神资源、叙事模式与创作风格，中华优秀文化的赓续与传承、家国情怀、人民文学与文学湘军的深刻关联，70后作家的创作特点，以及改革开放以来文学湘军的文化记忆、生命寻根、文本特征、审美态势及创作成就、困境与突围等，进行了全面客观、深入细致的总结、阐释、评论和分析，回答了伴随着经济崛起的中国作家应当以怎样的文化自觉和文化自信来书写中国故事，彰显中国立场、中国道路和中国价值等重大命题，该书系对重塑科学、健康、锋利的文学批评精神具有很强的针对性、学术性、理论性和前瞻性，对中国新时期文学，特别是湖南文学的繁荣和发展具有重要的理论价值与现实意义。

据悉，本书系自2006年开始启动，各部专著既相互独立，又相互关联，既相互支撑，又相互印证。作者立足于世界视野下中国经验的思想结构与内在逻辑，深入探讨了中国作家无论是个人言说还是集体记忆所共同拥有的家国情怀，重点阐释了人民文学对中国作家道路选择与价值承载的重要意义，对民族作家心路历程所彰显出来的文化认同与生命寻根给予了积极的肯定，并从制度层面和诗性追求上对政治叙事中的灵魂拷问与精神重建做出了全面细致的学理分析。中华美学和中华优秀文化的赓续和发展，有助于增强中国人民的文化自信、政治自信和道路自信，这样的研究充分体现了问题意识与创新精神，为新的历史时期重塑国家形象、凝聚人心和提高民族自信心提供了理论支持。中国文学和中国精神之于世界意味着什么？可以说，历史上没有任何一个时代像今天的中国这样丰富而深邃，对中国经验与文学湘军的文化源头、内部机制、审美特征等全方位、多角度的深入分析，是文学评论工作者在借鉴、吸纳人类丰富经验的同时，更多地关注中国立场、中国智慧、中国价值的客观需要，因而本书系具有丰富的文学理论价值和重大的学术原创价值。

近年来，伴随着中国经济崛起和世界对中国的关注，有关中国经验的文学评论文章或专著不少，有关文学湘军的评论文章或专著亦有一批，但将中国经验与文学湘军关联起来并做全方位的考察和研究的则并不多见。同时，学界关于文化自信和世界视野下中国文学的发展现状、机遇与挑战等方面的学术成果虽有一批，但是，由于依据理论的偏颇和研究方法、解释框架、价值导向等方面的缺陷，这些成果存在明显不足：一是多以现代西方理论和方法作为阐释立场，而非依据中国理论的内在资源确定和解读包括文学湘军在内的中国文学的发展变化，对中国文学所呈现出来的鲜明的中国特色和中国作家对人民文学追求的价值导向等研究发掘得不够；二是多遵循现代学科知识逻辑，而非针对中国传统社会与现代学术的浑融性提出的整合性解释框架，因而在对澄明中国文学对社会、文化、政治问题等层面的思考与实践上缺乏自信，对文化建设与中华文化传承的重要性也认识不够；三是多坚持“检讨中国”的刻板模式与审美知识的自主性立场，贬斥国家主义和功利主义的政治美学理念，不能发现中国制度优势所蕴含的合理性和普遍性价值，对中国文学在全球化语境下所形成的中国模式、中国智慧和中国道路的诠释缺乏全局性眼光，对包括文学湘军在内的中国当代文学发展也缺乏前瞻性和针对性的指导意义。而“中国经验与文学湘军发展研究”书系力图弥补这些缺憾，聂茂十年磨一剑，他不仅对湖南作家的研究做出了创新性和开拓性的贡献，而且对全国其他省份的文学研究亦有积极的启迪意义。

四

繁荣文艺创作，离不开文艺批评的健康发展。聂茂作为一名作家型教授，对“中国经验与文学湘军发展研究”有着先天的优势和个性特色，其开阔的国际视野，深厚的理论基础，丰富的创作经验，为整个书系的质量提供了保障。

“中国经验与文学湘军发展研究”书系的可贵之处在于，它站在全球化语境下，以中国经验和中华诗学的艺术立场，对传统文化视域下中国当代作家与作品，特别是对湖湘文化视域下文学湘军的研究做一次总结，使之成为该领域研究的代表性著作，为日后学术同行的相关研究提供重要的学术资源。纵观整个书系，我认为作者主要从以下五个方面做出了积极探索和不懈努力。

第一，夯实了世界视野下中国当代文学研究的学理基础，提升了中国精神和中国优秀文化在世界图景中的重大价值与时代意义。作者以中国经验与文学湘军为切入点，把中国智慧、中国道路、中国模式置于世界文学视野下，对改革开放以来文学湘军的巨大成就、内部构成、创作特点、叙事路径、审美趣味，以及中华传统优秀文化与湖湘文化之间的赓续、传承与发展的动态过程进行整体把握和深刻阐释，深入分析中国作家如何在世界图景中认识自己，将中国精神、文化建设与中华文化传承等一系列关乎民族盛衰、国家兴亡的重大课题呈现在世人面前。

第二，探究了中国作家的家国情怀和对人民文学执着追求的心灵冲动。该书系立足全球化语境下中国文学的宏大背景和湖湘文化丰厚的理论场域，研究新时代以来中国作家为什么心怀家国情怀，对人民文学的创作诉求产生强烈的心灵冲动，并探寻包括文学湘军五少将在内的 70 后作家的集体崛起的社会深层原因。

第三，重新认识和发掘了中国制度优势与中华诗性对中国作家创作资源所提供的深厚底蕴与精神投射的启迪意义。该书系针对中国当代文学，特别是文学湘军的创作与研究、评价中存在的问题和困惑，以中国制度优势和湖湘文化为切入口，聚焦“诗性追求”及其时代认知这一具有共同性、源头性和枢纽性的考察角度，对中国文学在新的历史条件下如何塑造自己、中国作家如何为丰富人类的精神生活做出贡献进行深入思考，全面厘清文学湘军的政治地缘、创作特色与形成路径，审视当前小说创作为何出现丰富、复杂乃至矛盾对立的现实尴尬。

第四，探寻民族作家的心路历程，增强民族团结和民族文学的影响力。湖南是全国少数民族大省，沈从文等作家在现当代文学史上留下了厚重的一页，改革开放以来中国巨大的社会变革创造了丰富的中国经验，也带给中国民族文学取之不竭的创作资源。中国作家坚持自己的个性和品格，充分展示中华民族的精神命脉和命运共同体。作者以江华瑶族作家群为例，用“解剖麻雀”的方式，找出了他们的文化传承及其与汉文化的共生共融的关系，深入分析了他们作品的审美特征、身份认同和民族寓言等，着力思考面对强势文化的挤压，他们的文明何以保存，他们的文化何以弘扬，他们的文学何以生存。每个民族都有自己的梦想，“中国梦”当然也包含江华瑶族的作家群“作家梦”。通过从文学、民俗学、叙事学和传播学等视角对江华瑶族作家群及其作品的集中考察，可以获得探寻全国少数民族作家心路历程的钥匙，为民族文学的繁荣和发展提供实证意义。

第五，彰显了中国当代文学为实现“中国梦”的重要意义。该书系运用历史的、人民的、艺术的、美学的观点评判和鉴赏作品，聚焦人民文学的丰富性和家国情怀的书写启示以及70后作家写作的新的艺术特质，揭示了优秀作家应选择怎样的叙事路径，才能充分彰显传统文化价值和功能内涵，才能彰显文学创作和文学批评为先进文化建设和民族伟大复兴的“中国梦”服务的终极意义。

总之，本书系以马克思主义为指导，站在全球化视野下，立足中华传统文化特别是湖湘文化对文学湘军的影响这一价值目标，综合运用社会学、文化学、文艺学和传播学等多种方法，全面概括中国新时期以来文学湘军的总体特征和创作规律，探索应该怎样认识和表现颇具中国特色的地域文化及时代意义，为文化自信背景下如何讲好中国故事、如何建立健康有序的文学批评提供了新的研究视角，是当代中国文学特别是文学湘军研究的新收获。

（作者系我国著名文学评论家、中国小说学会会长、兰州大学博士生导师）

目 录

绪论　中国70后作家格局与世界文学新变

在中国当代文学史上，要谈及文学的集大成者，50后作家莫不当选，莫言、贾平凹等人著作等身；若说到作家浓烈的精神气质，非60后莫属，余华的另类现实、苏童的历史追溯无不体现其精神盛宴；若论到叛逆，80后作家当之无愧，郭敬明的青春文学、韩寒的特立独行引得无数人效仿；而提及个性，90后则冉冉升起。

细数下来，这期间却唯独缺席了70后作家。关于70后作家，说到他们的时代背景，那在中国的历史长河里确实是一个特殊的存在。政治上火热的号召，文学上旗帜鲜明的红色写作，看上去热闹异常的年代时间上却是将言论、情感，甚至是思想都湮没在地面之下。于是，众人缄口不语，70后作家群体似乎已被如火如荼的"革命"排挤到社会边缘。当然，声音可以被掩盖，但是却无法抹杀其存在的价值。70后作家便正是在如此极端的时代背景下或沉默，或激昂，或另辟蹊径，或"以身犯险"。与此同时，也正是如此压抑的外在环境让他们能够保有跌宕起伏的精神世界，并赋予他们一种精神上的浪漫主义或激情燃烧。当70后作家庆幸跨过火热的政治年代后，还来不及将曾经被压抑的思想与感悟来与劫后余生分享时，时代却又猝不及防地把繁杂的市场推至他们眼前。于是，还来不及咀嚼曾经的伤痛，还来不及将惶恐沉静，人们却又蜂拥至经济建设中，再也无暇顾及这内心的彷徨与呐喊。评论家张柠曾指出："他们既没有品尝过80年代的精神大餐，也没有享受到90年代的物质丰盛。他们是文化夹缝中的一代，一条腿踩在书斋的沉思默想里，一条腿踩在市场的躁动不安中。"

因而，70后作家群体在代际分化愈加明显之际，他们集体在时代的飞速发展中遭遇写作瓶颈，集体处于精神漂泊的状态，在寻找与现实的契合点时跌跌撞撞，但幸而，他们不断进行实验式的开拓，另辟叙事角度，自我分化，发现自我，发现世界，从而以“潜形式”置之死地而后生，来寻找文学自信。相信以他们在这条文学道路上的毅力坚守和建设力度，当代文学又将浓墨重彩地添上一笔。

第一节　代际叙写与70后作家的集体受难

当然，每一代人所展现出来的生活方式与思想观念都几乎深深地印上了时代的烙印，他们被时代的道德观念与文化模式紧紧地禁锢着，在特有的时代氛围里叙写历史与个人。正是现代社会日新月异的变迁，信息化、全球化的到来使得一代与一代的生活方式与文化观念在同一时空互相激荡，于是，人们开始群体性聚集，学者们也开始采用50后、60后、70后和80后等代际概念来研究其特点与价值。70后作家正好逢着时空在科技的推动下高度压缩的节点，社会代际分化日趋明显、代际冲突不断加剧，且社会历史进程中所产生的对民族文化的内在传承亦体现了巨大的差别，而这些时代烙印与50后、60后、80后、90后比起来便陷入了一种尴尬的境地，曾有人称“‘60后’有地位、有资历和成就，‘80后’有读者、有商业价值，而‘70后’的商业价值，目前来说是最低的一代。”①

从社会整体而言，70后作家是被时代蒙上尘埃的一个群集，他们共享时代的馈赠，同时也共同承担社会的冲击，他们无一例外地被挤至时代边缘，他们的集体受难让他们开始质疑，质疑自我，质疑时代，甚至是质疑文学。70后的代表作家徐则臣曾言：“70后是被忽视的群体，当批评界和媒体的注意力还在60后作家那里时，80后作家成为耀眼的文化和出版现象吸引了批评和媒体的目光，70后被一掠而过。”这样的言语难掩其落寞与惘然。他们找不到契合点来融入眼花缭乱的当下，找不到渠道来传播他们的声音，找不到价值观念的制高点以承接传统文化。但幸好，虽然时代将其置于难堪的境地，虽然他们不时地自我否定，虽然这条道路行走得实在是太艰难，但他们依然在坚持，依然发出来自肺腑的声音，依然展现来自文化良心的坚守。纵观当代文学史的发展，70后作家是社会传承中必不可少的一环，是代际传承的重要群体，他们身上带有的时代给予的印记也让他们的创作展现了自身独特的、异质性的审美体验，重建了生活美学，在传统的文学创作中突围出来，拓展了叙事空间，加大了言辞力度，其文字背后所蕴含的对历史与时代的思考为当代文学的发展增添了更

---

① 洪治刚：《代际视野中的“70后”作家群》，《文学评论》2011年第4期。

为庄重的一抹色彩。

即使在如此艰难的困境下，70后作家依然突出重围，他们以自身的生活经历汇集，以共有的审美体验聚合，从而竭尽全力进入当下。在70后作家群体中，大致有三类人比较引人注目①。其一是扎根于底层生活的作家。70后作家中不乏有人曾在农村生活，历经过贫苦的年代，经过自身的不懈奋斗从而一步一步向上攀爬，而后再回首将过往与当下串联，以略带伤感却又不乏诗意的笔法铺陈其成长经历，在现实的空处建立其理想的乌托邦。如张学东的《西北往事》、房伟的《英雄时代》便体现了其特点。其二是生活在都市中的美女作家。她们身处繁华都市之中，受商业环境影响较大，注意捕捉时尚，着重表现都市青年的精神状态。如卫慧的《上海宝贝》、棉棉的《糖》等体现了其在都市中的成长姿态。其三则是以期刊为阵地成长起来的作家。他们以文学期刊为阵地，怀揣着批判精神来反思生活，真诚写作，善于表现人的精神世界。如徐则臣《大家》、付秀莹《旧院》等展示了新一代人们的选择与生活。总体而言，70后作家似是在各自为战，不事张扬，但是将其置于当代文学语境中，他们却又是一个厚积薄发的群体，只是这个群体在时代的逼仄下以不同的战斗姿态显现了其思考。

经历了一段时间的积蓄和自我证明，70后作家赢得了较好的口碑和市场认可。出版社趁机而为，力推一些有影响力的70后作家。例如，2014年6月，山东文艺出版社推出"身份共同体·70后作家大系"，分别是石一枫《合奏》、张楚《野象小姐》、李修文《闲花落》、魏微《姐姐》、金仁顺《爱情诗》、戴来《外面起风了》、娜彧《渐行渐远》、李师江《老人与酒》、哲贵《施耐德的一日三餐》、瓦当《北京果脯》、计文君《帅旦》、黄咏梅《少爷威威》、鲁敏《小流放》、东君《东瓯小史》以及付秀莹《锦绣》和朱文颖的《凝视玛丽娜》，共计16部作品，可谓是70后作家的一次集结号。

第二节　精神漂泊与日常生活的警醒意识

中华民族的生命体验向来注重对于根的追寻，这在文学史上尤为突出。曾由韩少功发起的"文化寻根"让60后作家狂热起来，他们声称"文学有根，文学之根应深植于民族传统的文化土壤中，文学应该在立足现实的同时又对现实世界进行超越，去揭示一些决定民族发展和人类生存的迷"。他们在文学创作中

① 张元珂：《"70后"作家的成长与成长叙事》，《沂河》2013年第3期。

需要寻找一种属于自己的文化标志，于是他们利用起自己曾下乡、接近农民日常生活的经验，并透过这种生活经验进一步寻找散失在民间的传统文化价值。正是经过这一体验，60后作家在书写过程中不断形成一种文学合力。在这合力的影响下，紧跟60后作家而来的70后作家却发现在70后的时代印记里已经缺失了这一份文学聚合力，在他们身上几乎很难找到如60后作家一样的文学一致性，若是要在70后作家群体中寻到相对内在或者本质的共性，那实在是太过勉强，因为在这个群体中没有人能代表别人，也没有人愿意被代表。

早在1968年，福柯就批评过那种或许至今仍然充当着“大众”的“代言”人、“领导”者的代表性知识分子形象。他认为这是权力潜在的反民主的滥用。因为，在或可称之为“代言的结构”中，权力的实施将“已知的事物”变为科学的客体和规训的工具，拓展了自己的统治领域。这种“代言”活化了各种特权主体的意识形态，以及不同的观点以及语言的不同形式，它使意志的某些决定因素具有了权力。福柯指出，民主的时代要求“代表性知识”不再充当权威的“表象”，要求用“特殊知识分子”的反意象来取代它的位置，原因是这些人总是在某一区域同权力进行着局部斗争，而他们这样做的目的既是为了削弱权利，也是为了在可能的情况下夺取权力。福柯的预言一如杰姆逊的“民族寓言”一样，在中国作家、知识分子身上一再得到验证并留下了深深的思想烙印。

处在如此时代环境下，尽管70后作家中不乏佼佼者，但他们不去代表别人，也不愿意被代表，甚至会集体抵制主动承担“代表”之行为，所以就整体而言他们其实缺失了一个文学创作的合力导向，所以70后作家都是在单独作战，他们都是精神漂泊的个体。他们不断追问：我们是谁？我们从何而来？我们又该归于何处？而这困扰着所有人的三大哲学问题无一不是在思索着该将这精神寄托在何处，无一不是在寻求一种身份认同。

身份认同真的那么重要吗？萨伊德指出：“那种觉得自己祖国亲切的人仍然是一个幼稚的初学者；如果他觉得每一寸土地都是他自己的本土，那他就已经强大起来；但如果他觉得整个世界都是外国国土，那他就臻于完美。幼稚的思想把他的爱固定于世界的一个点；强大的人把他的爱扩展到所有地方；完美的人彻底消除了他自己的国土感。”按照萨伊德的这种划分，中国作家、知识分子大多还是人生的“初学者”，他们习惯于将自己的想象追逐日益翻新的理论术语，他们关注的焦点不是作为人道意义上的个人内心之诉求，而是需要扶助和启蒙的审美途中的精神他者，他们对爱的奉献也不是建立在作为对理想王国永恒城堡重建的基础之上，而是建立在实用的与道德完美相吻合的传统文化的疆域中。由于这种思想的支配，作家、艺术家们对中国的身份认同和现代性的追寻就纠缠于他们“为民代言”与“替集体受难”的苦梦中。

而对于70后作家群体而言，在个性盛行的当代，连“为民代言”和“替集体受难”已经是举步维艰，他们能够做的只是“为自己代言”。所以在他们的精神漂泊中或多或少都藏有文化的无根之感，他们没有60后作家寻根文学的文化合力，也没有80后作家青春写作的文化张力。回顾他们漫长的人生岁月，70后作家少了一些对根源的追溯，少了一些对远方的向往，更少了一些对文学的狂热。他们欲承袭前辈们的厚重，又欲效仿后辈们的热血，于是在这时代的夹缝中只是捡拾到了生活的碎片，他们从自身日常出发，从纯粹个人感官出发，从时代的动荡出发。青春时代经历的茫然无措，人到中年的焦虑困扰，都让他们的叙事指向了迷惘与寻找，堕落与救赎，舍弃与坚守。

从传统写作来讲，源于日常的往往是琐碎的、无意义的，这与文学界一直推崇的宏大叙事相较，实在是上不得台面。但70后作家在迷途中跌跌撞撞着前进，他们“以身试法”，探索性地从身边的吃饭、穿衣、睡觉等日常着手，从随处可见的透过树叶漏下来的阳光、趴在门口打盹儿的土狗、炒菜时的油烟味等日常审美体验切入，意图超越生存表象，更多更深地探究生命与存在的哲学依据。只是在社会强烈呼吁作家们要着眼于大题材写历史写时代之际，如此先锋性地尝试一定会让他们背负着不少压力，甚至是非议，而这些压力和非议可能来自读者，也可能来自评论界，甚至也有可能是自己。其实，不仅仅是中国的作家会面临这种两难抉择，放眼望去，世界各国的作家皆是如此。曾有不少人将托尔斯泰与卡夫卡进行对比，托尔斯泰因他的《战争与和平》而被公认为伟大的作家，而卡夫卡尽管被推崇为现代派鼻祖，尽管开创了一个世纪的写作之风，尽管写尽了人间百态，但若是将其列入“伟大作家”的行列，恐怕会引起不少争议。因而，所谓的“伟大”或许从一定意义上而言并非由作家的个人能力来决定，而是由时代的需求与风尚来选择。所以对于70后作家而言，包含在叙事中的个人化体验、碎片化生活、日常的警醒意识，其实都在一定程度上拓展了时代的写作的力度，开辟了异质性的道路。

那在这日常警醒中，70后作家的自我书写又能否展现其精神指向呢？有研究者曾在研究代际叙写之时说道：50后作家写的是自己以外的世界，60后作家写的是自己眼中的世界，70后作家写的则是自己的世界。从整体上看，70后作家建构的是“属于个人的文学博物馆”①。因为他们从自我出发，又回到自我，所以他们面对的是精神禁闭的囚徒困境和世界无限敞开的繁杂多样。他们

① 张艳梅：《“70后”作家小说创作的几个关键词》，《上海文学》2014年第7期。

始终关注个人生存尊严，关注世界存在的合理性，不断探索精神世界的边界。追问世界本质的徐则臣，挑战文学极限的李浩，专注于精神追问的弋舟，把小县城灰色人生写得活色生香的张楚，在青春叙事里不断强化自我的路内，偏执而又忧伤的阿乙，执着于灵魂叙事的鬼金，带着南方潮湿阴郁气息的朱山坡，有着饱满的生活和土地温度的李骏虎，回归民间充满传统文化忧思的刘玉栋，还有温润的鲁敏，犀利的乔叶，谙熟大上海小市民文化的滕肖澜，擅长虚构和想象的王秀梅，在精神世界里自由游弋的李燕蓉，等等，他们小说中的精神世界，充满了时代的、人生的、哲学的各种疑问，不仅关注人的现实生存，更关注人的精神困境及灵魂依托。

50后作家王安忆曾在青创会上对青年作家如是说："我们这一代的人都有人进了天国，可是还没有来得及建立一个传统，所以，千万不要再说'读你们的书长大'的话，我们的书并不足以使你们长大，再有二十、三十年过去，回头看，我们和你们其实是一代人。文学的时间和现实的时间不同，它的容量是根据思想的浓度，思想的浓度也许又根据历史的剧烈程度，总之，它除去自然的流逝，还要依凭于价值，我们还没有向时间攫取更高的价值来提供你们继承，所以，还是和我们共同努力，共同进步，让二十年三十年以后的青年能真正读我们的书长大。"王安忆的这番话之清醒不得不让人折服，她将文学拉长了的时光加以压缩，又回归至现实的长度，她期冀文学的内蕴不是靠一代人的共同续写来实现，而是蕴于每个当下，蕴于每个体验，蕴于每份能够穿越时空的价值。或许这番话也为70后作家日常写作的警醒给出了解释。

第三节　全球化视野与70后作家的压舱石

自从那个聪明的美国人在研究鲁迅先生的小说时提出了"民族寓言"一说以来，中国文学批评界仿佛被人点开了"穴位"，顿时变得生动起来。在全球化的语境下，随着民族寓言的层层解码，大陆学界对身份认同的阐释与对现代性的追寻在思想之舞的镜照下凸现出放射状的精神态势，各种话语交融在一起，作家的创作也更加私密化和接近艺术本真，尽管无孔不入的商业因子带着"与时俱进"的流行色漫不经心地销蚀着文本。

同时，约翰·克莱默指出，在全球化浪潮的冲击下，除了文本被销蚀，大家更加关心的问题是知识分子公共立场的销蚀，而不是因其无力面对新的政治和经济统治形式而产生的知识分子的背叛，在这些新的政治和经济统治形式下，专门知识在逐渐成为技术人员而不是"思想家"的领地，政治决策的定夺和政治道德的构建也都无须听取知识分子的意见，而在过去知识分子曾经是（或者至少他们自己喜欢这样认为）公共领域里重要意见的来源。随着意识形态的终结（至少福山和新右翼之流这样认为），思想家或理论家已经成了多余人，一定意义上，这可以看作是源远流长的西方“现代性”之脉象。

而反观70后作家的精神漂泊与日常写作的警醒意识，其实是知识分子公共立场日渐销蚀的体现，也恰好文学压舱石的体现。所谓文学压舱石就是文学的现代性，指要在发扬和丰富传统小说艺术的基础上，增加小说的现代性书写。70后作家绝大多数受过良好的大学教育，相较于前辈的传统视野，他们更具有全球化的视野；相较于前辈的人生经验，他们在知识储备上准备得更充分更系统，对国外现代性和国内现代性都有着清晰的认知和全面的了解，这是70后作家的优势所在。

此外，从日常写作着手，对人性开拓性的描述也成了70后作家的一种写作拓展。在他们的作品中，人物并非是在与世界对峙，而是在进行对话，与自我、与他人、与世界。而这种对话关系更是全方位地展现自己生命体验的写作，引导着当代文学现代性的走向。70后作家李云雷认为现在文学界的格局是现实主义占主流，因而需要倡导探索性写作，特别是对于70后作家而言，倡导一种新的面对世界的方式才能更好地融入这个新世界。在《现代性五面孔》一书中，他指出：“跟其他国家的同龄作家相比，我们的70后作家有自己的特点，这个特点也跟中国现代性发展进程的特殊性有很大关系，但是我们还要积极探索怎么把这些世界视野中的中国特殊性、70后这代人的特殊性联系在一起，纳入今后写作中。70后作家是需要重新命名的，因为70后这样一个概念本身是没有特点的，如果就直接用这种年龄段来命名，前面有50后、60后，后面还有80后、90后，这样的命名方式让我们看不到这些作家自身的特点。而我们以前的命名方式，比如先锋写作，是把作家和某种创作上共同的主题、手法、风格联系在一起，这样的命名方式更加合理，对推动整个文学的发展更有价值。”

因70后作家处在改革开放飞速发展时代的特殊性，所以他们的文学表达往往比其他代际叙写要来得更加的复杂与动荡。因为他们不仅仅受传统影响，无处不体现出他们对传统的眷恋，无处不体现出对历史的探究，与此同时更受现代社会发展大步向前的激荡影响，在他们的表达中，芜杂纷乱的现实是困扰他们的核心，而新媒体带来的划时代变迁——视听阅读的到来也将他们的文学创作置于一个前无古人的开创性环境之中。70后作家充分汲取了先锋文学的影响，杂糅了很多不同类型的写作技术，丰富了先锋文学的精神，其中最重要的一点是对于人性，尤其是对中国现代化过程中人性复杂性的追求。“和国外

70 后作家的作品相比较，他们在姿态上是有些保守的，生活在他们笔下可能烟火气十足，但是缺乏更深层次的挖掘和打捞，也缺乏对文本的创新意识。跟国外同行在文体上的自觉追求相比较，他们在小说创作上的同质性日益明显，在讲述中国故事的时候显得有些呆板、木讷、拘谨，缺乏一种自信。”①

此外，在现代资本逐渐吞噬中国传统伦理风俗的同时，现代文明的基本常识依然在相当大的程度上阙如。随着中国传统社会的裂变，仅仅对于过去传统净化式的追忆无法抵达当下社会最为幽深的区域。新一代作家更多将视域从纯粹的乡土、传统和伦理叙述，扩展到对于中国文化自身的探究和考量。所以对于 70 后作家而言，更为重要的是，随着地缘政治和经济格局的转变，要想进入全球文化语境，他们所做的尝试就不仅仅单纯地站在现代个体的维度上，而是要携着一份审视来重读传统文化，带着一份反思来体味历史变迁，而这才会是 70 后作家突破自我、突破地域的文学现代性的体现。

第四节　文化自信与 70 后作家的“潜形式”

然而，对于现代性的阐释，不同的作家群体对其也会有不同的表现形式。在 50 后作家群体中，王蒙、刘心武等人的现代性源自一种理想，一种富国强民的强烈冲动和现实诉求；而在韩少功、张承志等人看来，现代性应该与愚昧决绝，它是一种氛围，一种表征，一种实力与先进文化的共同体；这种现代性到了 60 后作家身上，就又变得模糊和多义。对于余华和苏童而言，现代性首先是一种精神追求，一种对远古优秀文明的继承和发扬光大，同时又是一种家谱，与西方话语体系有着千丝万缕的血缘关系；而在残雪、陈梁等人的笔下，谈论现代性无异于谈论鬼怪和荒诞，是一种很有现实意义却又显得虚无和脆弱的事情。

而在 70 后作家身上，这种对于现代性的实验式开拓，他们也抱有相当的热情。他们虽不及前辈那样强健有力，但也能看到他们对于叙事形式上的自觉，而且相较于后辈那种热衷于架空的类型化叙述方式，他们则显得更加熟稔与老道。如李浩的小说，既有寓言体（《闪亮的瓦片》《等待莫根斯坦恩的遗产》），又有讽喻体（《飞过上空的天使》），还有札记体（《告密者札记》）。陈家桥极力推崇哲学化的玄想，他笔下的人物通常都是一些抽象的符号（如沉默者、无眉者、N、表情严肃者、中年人之类），人物的命运常常滑入各种荒谬或错位之境，

① 邱振刚：《70 后作家的现代性写作：重新面对世界？》，《中国艺术报》2016 年 6 月 24 日。

但他总是以极为虔诚的叙事话语，探讨人类存在的困境。如《南京》中的暗杀者，愈是靠近暗杀对象，成功的目标就愈加遥远；《现代人》中小朱跳楼自杀，仅仅是出于“给大家提个醒，一个真正的输家在输光了一切之后，他也就赢了”。田耳则带着特有的灵性智慧和艺术自信力，不断地打量着这个世界的角角落落。从《衣钵》到《郑子善供单》，从《一个人张灯结彩》到《坐轮椅的男人》，从《父亲的来信》到《在场》，很难找到一种相对稳定的叙事风格，也很少看到一种相对明晰的叙事惯性。朱山坡的《鸟失踪》《陪夜的女人》、李约热的《青牛》《问魂》等，都善于动用“以轻击重”的叙述手段，传达现实生存背后的困厄与无奈。①

当然，70后作家的文本常常触及已然存在或潜在的差异理论，从前现代、现代与后现代的混杂语境，到解构主义、后殖民、女性主义和历史际遇的文本互涉，他们都有过很好的把握和恰如其分的论述，这是难能可贵的。实际上，在美国、加拿大、澳大利亚和包括中国在内的第三世界的许多国家，差异理论一向比在欧洲国家更受欢迎，这是由其漫长的移民定居的历史决定的。这些国家，从地理上讲，不同的种族和部族已经“共存”。精英主义者认为，反对歧视边缘群体的文化多元主义是一种对多数垄断的民主法规的改进，这种垄断曾长期压制除主导历史和文化之外的一切事物，在文化多元主义之下，所有的群体和派别都可以要求得到公正的包容和表达。特别是一些弱势群体，他们急于改变被他者认识的带有歧视的个体身份——只有少数成功者通过艰难的努力有幸进入主流话语，但这些人的骨子里仍然闪动着失语的焦灼，他们集体的沉默本身就是要求表达的一种“潜形式”。

与此同时，70后作家群体的“潜形式”也以强调生活细节的叙事策略来得以展现。它们主要靠故事本身的新奇、细腻来吸引人，无论人物性格还是叙事结构都比较简单，意蕴也显得单薄，既无法达到50后作家笔下那种气蕴饱满、纵横捭阖的宏大气象，也无法实现60后作家笔下那种精致幽深、形式之中深含意味的艺术特质。②

文学发展到读屏或读图的今天，文本的意义是否依然强大而充满力量，这是一个无须过多讨论的问题。由于作家的文本一旦创作完成，它所描写的那个王国总是先于那部作品本身，正因为此，即使这部作品的所有版本全都毁掉了，那个王国还会继续存在下去。雪莱在《为诗歌辩护》中声称：“在创作时，人

---

① 洪治刚：《代际视野中的“70后”作家群》，《文学评论》2011年第4期。

② 洪治刚：《代际视野中的“70后”作家群》，《文学评论》2011年第4期。

们的心境宛若一团行将熄灭的炭火，有些不可见的势力，像变化无常的风，煽起它一瞬间的光焰。”这火焰使诗人变得崇高而充满威严。

尽管当年罗兰·巴特发誓要把作者杀掉，而且运用他智力超群的大脑，竭尽所能地进行了种种理论尝试，但事实证明，他所有的绞尽脑汁都只能是白费心机。因为，相信文学作品之所以具有威严性，是因为作者站在作品后面，确证它的合法有效，并给予它以坚实的基础——这种信念，的确是我们传统力量之中很强的一个组成部分。所以，具体到70 后作家身上而言，他们虽默契地进入“潜形式”中，但他们的文字表达出来的内蕴与自信却又是不言而喻的。

除了文学界的长年坚持，近年来，传统文化愈来愈受到社会各界人士的重视。从党的十八大以来，习近平总书记也给了我们中国这个承载了几千年文明的泱泱大国足够的底气，我们该有文化自信，说到底，文化自信是一个民族、一个国家以及一个政党对自身文化价值的充分肯定和积极践行，并对其文化的生命力持有的坚定信心。而支撑这文化自信的便是中国作家们一直以来的探索与书写。所以要做到文化自信，首先要使整个中国文学界与作家队伍不断增强文化自信。对于70 后作家来说，他们既有优势，又有劣势。他们阅读范围广阔，对世界的了解便捷。与此同时，我们又进入一个消费和物质的时代，生活节奏快，呈碎片化状态，作家的心灵和灵魂怎样和这样一个时代对接，并且在对接过程中，尽量减少错位，这很值得我们去认真总结，其中很重要的一点就是对于中国文化自身的重新回望。文化自信对于70 后作家特别重要。当下国际文化交流广泛，在不同文明和文化之间的对话中，国家真正意义上软实力的增强，还是要靠文化建设，要靠文学艺术，这样才能提升中国的文化影响力。70 后一代作家自身要树立文化自信，不断提升文学修养，进一步提高写作能力。在座很多作家都写出了非常好的作品，有些作品已经产生了比较广泛的影响，我想未来中国文学的发展总是寄希望于年轻的作家，寄希望于具有创造力、思想开阔、具有丰富想象力的作家。希望整个中国文学发展能真正出现一些高峰的作品，出现一些跨时代的大作家，为中华民族全面的伟大复兴做出贡献。①

第五节　中国作家的成长与世界文学的新变

值得注意的是，中国新时期的创作主体一方面是尽可能多地承认主体的繁

---

① 郭艳：《全球视阈中的中国“70 后”作家群体》，《文艺报》2016 年 10 月 14 日版。

复性和可变性，另一方面是对自我认同的排他主义的重新肯定。前者符合全球化浪潮下典籍化文化语境——按照这种思维，世界被看成是多样性的，非自我中心主义的，人们的身份和文化因子恰恰处于这种多样繁复的沉淀之中。因为现代性和多元性的内在法则要求人们将自己的种族或身份仅仅视为众多中的一个。如果这种关于平等的限制和规定的要求为"地球村"所有的成员接受，那么多元文化主义将大大促进公平和公正的人类社会的真正实现。

然而，日本学者三好将夫认为：如今的人们很少为了改善普遍的和抽象的人类福利而自我约束，特别是当它涉及有关方面的物质处罚和牺牲之时。此外，以各种范畴的特殊性——从种族到阶级，从地区到发展，从性别到民族，从贫穷到富有，从种族到时代——为前提下的多元文化主义有着无限的变化，甚至在这个跨国流动时代，任何人也只能比较详尽地了解这种多样化中的极小部分。不论多么富有想象力、同情心或者多么关注，人们认识和接受他者的能力都受到严格的限制。观察注定是"来自远方的"。当财富上的差异或差距不断扩大时，跨范畴的理解变得更加困难。同代人碰撞的可能性越少，多元文化主义的呼声也就越高。作为一种自由开明和进步宽容的表达，多元文化主义的抽象原则经常异化成为一种托词，为现存的特权、不平等和阶级差别进行开释。

正由于此，处于压迫和剥削之下的群体，有权利也有责任来保护自己，而为了自我保护，它需要牢固地确立一种群体身份。但不可否认的是：一旦生存和自我保护不再是一种奇缺的必要性，身份政治常常会变成一种自我推销的策略，更确切地说，一种自我服务的销售策略，其中受害的历史成为一种需要付钱的商品。它可以使自己堕落为机会主义和同类相食，无论它是种族的、性别的、国家的、社会的还是其他形式的等。以多元文化主义的名义，人们可以把自己的身份作为特权，同时仅仅象征性地承认他人的身份——当需要帮助的场合到来时，人们又对他者不予理睬。这样一来，身份认同俨然变成了一件私有财产，群体——更有可能是它的精英领导者——声称有权拥有和保卫它。无论是在统治者中还是在被统治者当中，排他主义都是破坏性的。

中国文学家们的自我肯定，把任何与其他边缘群体可能缔结的政治联盟都分割成不协调的、撕裂的推销运动。可是，在当今这样以商品化为主导的消费性的网络时代，人们早已消磨了读文时代的求知欲，进入到慵懒的"读屏"作业，文学的意义和它的威严受到了前所未有的抑制和打压。现在的儿童只要愿意，玩电脑多长时间都行。不过，他们跟印刷文化由全盛走向没落的那个时代里好书成癖的读者，并没有什么截然不同。电脑游戏是另一类虚拟的世界，价值并不低劣。尽管如此，不少人仍然怀念逝去已久的温馨体验：在纯洁空灵的孩提时代，个人的爱恨和向往毫无保留地奉献给文学作品中的那个“虚拟的现实”，甚至有人终生都在许多白日梦和虚构面前卑躬屈膝，反而对“真实的”世界的严肃与执着以及在这一世界里成就个人的责任漠然置之。

因而，对于中国作家而言，在当代所要面对的还多了一个“虚拟的世界”，而这个“虚拟”却与传统文学作品的“虚拟”又不一样，科技幻化出的“虚拟世界”更多地专注于未来的想象性，而非基于人性的探索。乔伊斯认为，一个作家能够而且也应该用语言模仿任何东西，以显现他或她至高无上的权威性。这种权威对中国作家的身份认同和现代性来说尤其重要，它延伸了从古希腊悲剧到中国《诗经》的血缘谱系，是文学阀门内在张力的关键点。

亚里士多德认为，文学作品意义永不消亡，因为它是对社会现实以及占统治地位的意识动态的假设的一种准确的再现，它深深扎根于它为之服务的社会现实之中，因而在社会现实之中具有一种实用性的、实际的功能。文本的正义性并不是来自这个文本的文字，也不是来自于作家内含的创造性的力量，而是源自创作者用虚拟的准确地再现一个先在的、真实不以读者意志为转移的客观世界，也只有这种再现，才能为别的人开辟出一种潜在的通向灵魂的道路。

换言之，文学作品之所以具有强大的意义和神秘的力量，原因在于，它打开了没有别的任何办法可以打开而且也不可能由他者的设计或者阅读行为可以解释的虚拟现实。正是在这个基础上，J. 希利斯・米勒坚信：文学威严性的一个基本特征就是，它隐藏秘密，使之永远也不可能被提示出来。文学创作与文学批评的深层意义恰恰也在这里。

相继迈入不惑之年的70后作家在最近几年凭着一大批长篇小说崭露头角。在传统的文学界里，长篇小说向来是最被推崇的，似乎文体里面也有着阶级之分，而长篇小说则是立于金字塔顶尖。往往评价一个作家是否能够列入“经典”之中也在于其长篇小说的厚重感。其实，有不少70后作家曾以写中短篇小说跻身文坛，默默耕耘，而今也随着他们对社会、对自我的认识逐渐加深，转而进军长篇题材，以长篇小说来展开叙述，涵盖更广阔的生活内容。如张学东的《尾》、肖勤的《水土》等作品摆脱了对个人经验的简单书写，进入现实和历史的纵深处，得到了批评家和普通读者的关注和认可。

作为一个写作者，徐则臣也经常展现出思考。他说：“很多读者和批评家跟我说，真正的长篇小说，特别是历史小说，应该故事脉络清晰、情节跌宕起伏，要有宏大的历史叙事，把社会背景、历史背景推到前台。但是，我更愿意把个人放到前面去，把人物的内心作为最重要的一部分来写。所以，我在小说里面更专注地深入人物的内心，而不是像我们过去的很多小说一样，拼命讲故事。如果你深入到人物的内心，深入到过去从来都是习焉不察的地方，叙述肯定要慢一些，而且语言密度、速度一定会跟过去不一样。”

除了不一样的历史观，70后作家对小说结构也有自己的思考。徐则臣谈到传统的长篇小说基本上都采用线性结构，讲一个连贯的、逻辑严密的，有开端、发展、高潮、结局，像公交车路线一般清晰的小说。这种故事跟当下复杂的社会之间有很大的“不及物性”，因为现在的生活不再是线性的、固定的，而是充满了那么多偶然性和旁逸斜出的东西。因此，在写作《耶路撒冷》时，他采取了这样的结构方式：分奇数章和偶数章，奇数章是小说的主体故事，偶数章是主人公初平阳写的专栏，总题目为《我们这一代》。主体叙述不断地涉及社会上的各种事件和人物，专栏则多侧面地反映人物的内心感受，形成了复调的效果。①

一代人有一代人的文学。每一个时代都有其无法回避的矛盾，都有其迫切需要解决的问题。在新媒体时代，全球的文学格局确已发生了巨大的变化，写作方式、传播途径等都已颠覆了传统，我们要认识到，窗外的世界已经快速更迭了。一个作家仅仅满足于对现实与历史的怀疑和批判是不够的，更重要的是建设。传统文化中有一个词叫“道德文章”，在过去几十年里一直被当作一个贬义词。道德是根本，文章是枝节，一个作家的道德使命决定了他作品的高度。一个巧言令色的人无论辞采多么华丽，都难掩其文中的蝇营狗苟。如果一个作家写下的东西对周围的人没有任何启发与帮助，仅仅是自我迷恋的呓语，对现实中的人生没有任何关怀与鼓励，那么即使卷帙浩繁又有什么意义呢？对于写作是否走在了前端、是否默默无闻，还有写到什么年龄，这些都不是个人可以预测和把握的。很庆幸，70后作家选择与时代一起成长，面对世界文学的格局与变化，在精神上形成跨文化交流的平台和彼此了解的机制，将有助于建构良好的世界文学整体生态。文学没有题材的高下之分，也没有代际的高下之分，不能说红楼梦写了贵族，就有名著的潜质；也不能说70后因为年轻就没有向现代文学大师挑战的雄心与实力，因为不论写贵人或者写穷人都要回归到同一个现实层面，那就是谁在写作，是如何写作的？只有那些关注当下社会重大问题或者精神症候的作品才能更加应该受到社会关注，从而朝向经典的方向挺进，而70后作家要取得和50后作家同样的文学成就，就应该对现实问题投注更大的写作力度。世界文学发展如此，中国当代文学、特别是新时期文学是一个非

---

①　黄尚恩：《70后作家用作品成为文学的中坚力量》，《文艺报》2014年6月18日。

常开放的观念，70 后也在成长，这不仅是作家们自己的期待，也是中国文学和世界文学的期待。正如别林斯基所说，当一个街道失火的时候，一些人应该迎着火跑，而不是背着火跑。任何一个作家都是时代的希望，作品不一定是赞歌或者批评，但对所在的时代一定要心存悲哀，心有思考。唯其如此，中国文学的前途才有期待，世界文学的新变才有希望。

第一章　出场:70 后作家与文学湘军五少将

自 20 世纪 90 年代初，一场规模宏大的“人文精神”大讨论从学术界蔓延到整个社会。此后，人文精神这一命题逐渐引起广泛关注，其概念的讨论也从哲学层面回归到道德和价值层面。对“人”的“存在”的思考，是对“人”的价值和生存意义的关注，以及对人类命运、人类的痛苦与解脱的思考与探索等，本是人文精神的内涵所在，但只有将人文精神的建构落实到实践行为本身时，才能使其从形而上的终极关怀回归到现实社会的可能。如果探讨新时期以来的人文精神的体现，最不能忽视一个非常特殊、且有争议的写作群体，那就是曾经被视为文学界最尴尬的一代——70 后作家群。70 后作家有意回避启蒙精英意识，努力寻找自身体验与现实生活之间的秘密通道，做时代夹缝中的清醒者，展示他们对社会历史潮流下个体人生况味、时代文化建构的设想、个体精神的生长以及不容忽视的精神困境。

第一节　人文精神与 70 后作家

人文精神，即英文 humanism，该词源自西方，有狭义和广义之分。狭义是指欧洲文艺复兴时期的一种思潮，而广义则是指由西方哲学所培育出来的欧洲精神文化传统。它主要由三个方面的元素构成:第一个就是人性，即对人的尊重，强调人的尊严;第二个元素是理性，即对真理的追求与为科学而献身的自觉意识;第三个元素是超越性，是对生命意义的追求。

现代人文精神可以说是一种自由的人文精神，最重要的是摒弃了几千年来封建社会对个人价值的漠视，把人看作宇宙间最高价值的生命体来尊重，肯定每个人存在于这个世界上独一无二的责任和意义，强调人实现自己人生价值的权利。人除了自然界生存所隐含的自然规律(即原始性)之外，还有超越本我的精神性存在。人生所追求的不仅仅是三餐温饱的外在条件，还应该追求更为崇高的人生意义。这种人文精神的基石是建立在有序的人文平台上，是每个人都应当遵循的原则。在这个追求生命意义的过程中，人文精神能为自己的思想、行为树立一个道德法则及其目标，以此来约束并激励自己，从而不仅使自己能够"诗意地栖居在大地上"，而且使自己的人生变得充实而有意义。

但是，由于历史积淀、民族心理和文化背景不同，中西人文精神的价值指归有着较为显著的差异。大家知道，西方人文精神有一个哲学基石，比方说康德的知识论。中国在这方面便显得欠缺，宋明哲学隐含的知识论也只是知与行的关系问题，更多的是指个人的智与德的情感诉求，而不是宇宙的普遍真理。正因为这样，西方人对于宇宙的追问、对人为什么来到世界上、如何使个人的生命过得有意义这类大命题有着持久的热情；而中国人关注的大多是个人与社会、个人与民族、个人与国家、个人内心世界的满足这类问题。苏格拉底能为一个哲学真理慨然赴难。布鲁诺为了一个科学真理而献身，被教会判处死刑，最终烧死在罗马的鲜花广场上。这样的人在中国几乎没有。但是中国经常时势造英雄，容易出那种为了某个社会集团的利益、某个社会理想去牺牲的仁人志士，从文天祥、谭嗣同到刘胡兰等都是这样的。

换句话说，西方知识分子想孜孜以求的事情，主要表现在对这个世界到底是什么追根究底，他们总是希望描绘一幅生动完整的理想图景，而且这样的图景不是局限于一国一家，而是世界性的，全球化的。从思想实质上看，可以把这种对于宇宙了解的渴望称之为宇宙宗教情感，爱因斯坦就是如此。他认为，大科学家都会怀着一种梦想，一种对世界做出完整描述的个人梦想或冲动，以此支撑他们在实验室里度过日日夜夜，这恰恰是人文价值中的科学精神。中国知识分子的价值追求主要体现为个人内在的对"天人合一"的情感向往和个人外在的对"修身、齐家、治国、平天下"的精神诉求，前者是个人与环境的问题，后者是个人与社会的问题，两者都不是对世界、对宇宙的溯源问题，因为中国人所讲的"天下"并不是指宇宙，而是指国家，是"天子脚下"的这个区域。

此外，西方知识分子在人文精神的超越性方面最积极的表现就是要为生命寻找一个归宿，一个支撑，一个超出生命本身价值的意义。而这种超越性在中国知识分子身上过多地表现为一种社会责任感，这种责任感的精神指归实际上是个人在社会上的角色定位，同时作为个体存在的人总是试图扮演一种所谓的时代英雄或精英的角色。但这种情形到了 20 世纪 90 年代以后，中国知识分子的英雄定位或精英角色越来越受到社会的质疑和打压，于是他们便产生了一种深深的失落感。

唐宋元明清，个人主义仍然是知识分子所追求的重点。但那个时候人们讲求的是天人合一，是儒家的忠君爱国。在整个话语层面上有集体主义的萌芽，但是个人主义的人文精神仍然十分强大。苏轼赠奴时还请别人去关照就是最好的例证。一方面，奴隶失去自由，被人当作礼品赠送;另一方面，赠送者希望接受者对被送的奴隶给予关怀，表现出一种人文温情。

在封建王朝时代，中国民众的人文精神跟现代西方人所追求的天赋人权的个人式的人文精神是很相似的，集体主义并不盛行。但是，为什么到了五四时代，知识分子还要高唱要追求个人主义呢？那是因为一直以来天人合一的"天"指的就是"皇帝"，爱国的同义词就是忠君。这是强调人人平等的五四运动先知者们所不愿意看到和忍受的。他们要摆脱的与其说是集体主义，不如说是以皇权为主导的封建的意识形态。

新时期以来的人文精神是一种健康的、积极向上的人文精神，主流话语与民间话语分野仍然存在，但话语的主宰者关注的仍然是和谐统一的，是注入了许多合理因素的基础上所坚持下来的人文精神，这种人文精神是合乎先进思想的，既有五千年文明"以和为贵"的"中庸精神"，又有西方的自由精神的因子，因而这种以新集体主义为代表的人文精神是一种先进的、可以为全世界所通用的积极进取的精神。以美国为代表的、以蔚蓝色基督文明为符号的西方国家在后现代语境下所产生的困惑恰恰可以在中国这里找到解决之道。

如果探讨新时期以来的人文精神的体现，不能忽视的是一个非常特殊，且有争议的写作群体，那就是曾经被视为文学界最尴尬的一代——70 后作家群。对 70 后作家，有人认为在中国当代文坛上，他们是"一个日显活跃且审美多元的写作群体"。[①]也有人把他们说成是"放弃和拿起都不够决绝的一代"。而且，"很多研究者谈及 70 后写作，总会提及 50 后、60 后文坛正统地位的笼罩，80 后市场优势地位的挤压，大体上认为，70 后属于被压抑、被遮蔽，缺乏鲜明个性，自我意识模糊的一代"。[②]

70 后作家并不像 50 后、60 后作家经历了一次次的社会革命，50 后、60 后的写作出现对历史的叩问，对人性复杂化的反思，呈现出宏大的叙事格局;70 后作家也不像 80 后作家处于市场经济与文化消费的浪潮中，而是"从创作的一开始，'70 后'作家就自觉游离了'50 后'、'60 后'作家们所推崇的精英意识，有意回避了'启蒙者'的角色担当，努力将自身还原为社会现实中的普通一员，

---

① 洪治刚:《代际视野中的"70 后"作家群》,《文学评论》2011 年第 4 期。

② 张艳梅:《"70 后"作家小说创作的几个关键词》,《上海文学》2014 年第 7 期。

以平常之心建构自己的诗学空间”。[①] 近年来，他们以创作成绩显示了自己不可忽略的文学地位，由魏微、戴来、朱文颖、金仁顺、乔叶、李师江、徐则臣、鲁敏、盛可以、计文君、付秀莹、冯唐、慕容雪村、梁鸿、李修文、安妮宝贝、阿乙、黄孝阳等组成的70后作家群体，创作了许多值得关注和研究的长篇小说。如“付秀莹的中国故事讲述得曲调悠扬而又丰饶沉静。她的《爱情到处流传》《旧院》《花好月圆》都颇受好评……肖勤是近年来颇引人注目的一位女作家。她的基层干部身份令其小说中的中国叙事更接地气……肖勤小说有种强烈的精神追求，又因女性作家特有的细腻情怀和诗意追求，从而形成了温婉与锋利兼容的风格”[②]。

从获奖情况来看，出生于40年代的有高行健获得了诺贝尔文学奖，50年代有莫言获得了此奖，60年代获茅盾文学奖的有迟子建、毕飞宇、苏童和格非等，而70年代的作家中还没有这样重量级的作家，第九届“茅盾文学奖”中，徐则臣是最靠近该奖的70后作家。“70年代出生的作家已经处在‘不惑’的黄金阶段，他们正在挑起当代文学的大梁。所以对70年代出生的作家多做一些客观公正的分析，是很有必要的。虽然过去我们对70年代的讨论也不少，但即便不说含有一些偏见的话，至少也主要是看到70年代出生作家的‘轻’的一面，比如说在都市文学中的小资情调。事实上，70年代出生的作家还有‘重’的一面，湖南的文学五少将所表现出的硬汉精神就是突出的证明。”[③]

第二节　70后作家的文本内蕴与诗性承继

早在20世纪90年代末，70后书写者就曾以“美女作家”为招牌，集体亮相，很是风光了一阵，可文学终非选美，毕竟要以文字本身的魅力取胜。“曾经，70年代出生成为文学界热烈关注的词汇，但这种热烈关注是由棉棉、卫慧以及所谓‘美女作家’引起的。”[④]而且，70后以“美女作家”为招牌实际上玷污了其中的实力派。“‘美女作家’实在是太炫目了，以致遮蔽了我们的视线，因此当我们谈起70年代出生的作家时，就想到了美女，想到了酒吧、咖啡，想到了调情、矫情。有人就把70年代出生的文学写作称之为中产阶级写作、白领写

---

① 洪治刚：《代际视野中的“70后”作家群》，《文学评论》2011年第4期。

② 张艳梅：《“70后”作家小说创作的几个关键词》，《上海文学》2014年第7期。

③ 贺绍俊：《“文学湘军五少将”的硬汉精神》，《文艺报》2006年9月13日。

④ 贺绍俊：《“文学湘军五少将”的硬汉精神》，《文艺报》2006年9月13日。

作、都市化写作，等等。显然这只是 70 年代出生作家写作的一部分，现在看来，这一部分正在萎缩、衰退。”①数年的积淀之后，真正具有写作实力的 70 后作家终于水落石出，刺破 80 后虚弱的喧嚣声，再领风骚。2005 年被看成是 70 后作家强势回归的一年，这一年中，李师江的《逍遥游》、冯唐的《十八岁给我一个姑娘》以及魏微、盛可以都有精彩表现。

李师江是 70 后中屈指可数的对小说具有清醒认识的作家，也是 70 后中把小说写得最好看的作家，他的代表作《逍遥游》受到文学界和读者的双料追捧。其文笔尖锐性感，酣畅淋漓，被批评界视为“继王朔之后最具叙事魅力的小说怪才”;而其关注底层生活、直接犀利的写作姿态，更获得孟繁华、张柠、谢有顺等文学批评家的赞赏。其作品亦正亦邪，是 70 后中杨过式的人物。李师江富有文学抱负的扎实写作和富有阅读快感的性感文风，引领了当下小说写作潮流。作为 70 后小说新的领军人物，“李师江旋风”席卷了海外华语圈，又刮回祖国大陆，大有锐不可当之势。

冯唐也是一位“有谋乃大”的人物，作为 70 后中的文字高手，他的代表作《万物生长》《十八岁给我一个姑娘》等，手法十分老到。他曾经清醒而自信地说:70 后的作者“只是在写作上成熟相对晚一些”，此番出山，雄心勃勃。他是 70 后中最富有古典文学修养的作家之一;又是一性情中人，“用撒野的气质和速度去讲述姑娘、英雄、流氓，甚至爱情”。冯唐在文学抱负上不在李师江之下，而在阅读效果上就要打个折扣。

尹丽川是 70 后中偶像式的人物，才艺双全，芳华绝代。从批判葛博士的性压抑的评论，到《再舒服一些》中才华横溢的小说、随笔、诗歌，乃至抛出长篇《贱人》，这才看出一个迅速奔跑的尹丽川——从锋芒毕露走向内敛(需要注意，这种内敛不是文人式的夹起尾巴做起姿态，而是一种依然有锋利杀机的安静)。也就是说，从纵向看，你才可以看出一个丰满而变化莫测的尹丽川，独自舞蹈。从法国学电影归来的尹丽川，热爱红楼梦的尹丽川，她随时可能给我们带来奇迹。近年尹丽川的写作走向高端，偏重艺术随笔，大多作品并不能为文学大众理解。

丁天的代表作是《幼儿园》《饲养在城市的我们》，他是王朔钦点的 70 后代表，可似乎总是不温不火;与生猛的王朔比起来，似乎李师江、冯唐更是承接了衣钵，而丁天似乎有点“面”。然而作为 70 后宿将，丁天的实力还是不容小觑的，其稳扎稳打、功力纯厚，可称为 70 后中的郭靖。听说丁天目前致力于剧本

---

① 贺绍俊:《“文学湘军五少将”的硬汉精神》,《文艺报》2006 年 9 月 13 日。

创作，似乎无暇顾及小说，但仍可见其对恐怖小说的执着痴心。

朝鲜族的金仁顺出道较早，给 70 后带来了新异的气息。她的代表作主要有《爱情冷气流》《五月六日》，而其《水边的阿狄丽娜》还被改编为电影《绿茶》，社会反响较大。“她是一棵在自己的土地上自自然然长出来的树，不是江南的盆景，也不是华丽虚幻的海上繁花”。据说她是一个相当有自制力的人，这个品质在作家中弥足珍贵。她的名句是“如果真是美女，那就不用当作家了”，可见其理性。

70 后的另一位女作家朱文颖的代表作是《高跟鞋》和《戴女士与蓝》。虽然，美女作家早已随风而去，但朱文颖却留了下来，靠的是实打实的功力。作为新生代海派女作家，朱文颖并不靠触及时尚的事物来增加作品的文化载量，更不激情四射地书写那些如鱼得水地享受着都市欢乐的人物，而是相当冷静地书写着生活的本相。据说她把王安忆作为研究对象，并有亦步亦趋的势头，这未免令人担心。海派女作家的写作风格自有其独特的乖巧之处，朱文颖会在王安忆的阴影下存在，还是会脱颖而出，要看她的造化。

中国儒学有“吾一日三省吾身”之说，但那是一种“慎独”功夫，同基督教个人忏悔有相同之处，但却不是将个人隐私或家丑张扬于大庭广众之下的。五四时代对个性的追求和张扬，胡适功不可没。在一篇关于易卜生戏剧的文章中，他说，“社会最爱专制，往往用强力摧折个人的个性，压制个人自由独立的精神；等到个人的个性都消灭了，等到自由独立的精神都完了，社会自身也没有生气了，也不会进步了”。[①] 郭沫若的“自我”表现在《天狗》一诗中：“我把全宇宙来吞了。我便是我了。”徐志摩的信条是“维护你的人格”。他认为个人不需要任何神圣的体制或组织来完成自我，个人的努力也不是为另一个更大的体制所做的贡献。周作人则认为，“个体性是个人唯一所拥有的，然而它又具有全人类所共同分享的特性”。自延安时期起，个人主义沦为羞辱后，鲁迅式的个人主义不再被提起。

为什么个人的隐私、孤独、彷徨及沉思等对五四作家有不同程度的重要性呢？正如鲁迅的例子所显示的，他的个人主义是被包装在创作中，只有创作，他才能将个人的劳苦与焦虑，借着社会这个大主题引领出来。[②]“在‘70 后’作为一个群体或者符号屡遭质疑前后差不多十余年之后，还有这样一个整体或整齐

① 胡适：《胡适文存》（第 4 册），远东图书公司 1953 年版，第 644 页。

② 李欧梵：《现代性的追求——李欧梵文化评论精选集》，麦田出版股份有限公司 1996 年版，第 95－102 页。

的存在，这本身已经证明'70 后'的决绝。'70 后'之所以给人留下不够决绝的印象，可能是因为这个群体的集体声音不够嘹亮，造成这种结果的原因无疑是当下大环境造成的。"①

哈克利说，"休戚与共和利他主义只能以某种有限的方式在一些小团体中有可能行得通"。但是，如果以强制手段把整个团体的行为限制在这种目标上，就会使每个成员之间相互合作的努力受到破坏。因此，即使是一心为民造福的权力也应受到限制。"一切道德体系都在教导向别人行善，"但是，如何才能做到不为呢？"如果严格地只去做那些对具体的他人明显有利的事情，并不足以形成扩展秩序，与这种秩序相悖。市场的道德规则使我们惠及他人，不是因为我们愿意这样做，而是因为它让我们按照正好可以造成这种结果的方式采取行动。扩展秩序以一种单凭良好的愿望无法做到的方式，弥补了个人的无知，因而确实使我们的努力产生了利他主义的结果。"②

第三节　时代夹缝中的清醒者

托尔斯泰说，历史是"人类不自觉、如蜂巢般的整体生活"，于其中"人类的每一个行动，就历史意义而言，都不算出于自愿的，而是与整个历史的途径息息相关，且自古以来便被命定的。"③70 后作家成长所处的年代，正是我国改革开放转轨变型的新时期，各类思潮涌动，各种社会矛盾纷繁复杂，各阶层民众都还处于一个激动、迷惘、选择、起步的大环境中，这样的环境给 70 后的成长带来了很多值得思考和磨砺的东西，由此让他们普遍都有一种沉郁的思想，其作品也就自然而然地打上了明显的时代和现实生活的烙印。"90 年代末'70 后'女作家写作延伸为一种社会文化现象，随着这一概念的延伸和拓展，已经成为和当初不同的概念。'70 后'有时候会倾向于某种意识形态的自觉表达，有时候又被商业文化影响，呈现某种不太确定的特点。这种不确定和不清晰作为整体来看是一种独特性。"④他们中的代表人物的作品，无论诗歌、散文、小说，都有一种心灵激扬之后的冷静的、深层的思考，都有一种社会责任感，不浮躁，不故作矫情，不虚妄。

---

① 王晓君:《70 后作家的困惑与突围》,《新华书目报》2013 年 10 月 29 日。

② 冯克利:《哈耶克的知识论与权力限制》,《天涯》2000 年第 4 期。

③ Leo Tolstoy, War and Peace, trans. by Aylmer Maude. London: Oxford UP, 1933, p. 258.

④ 郭艳:《全球视阈中的中国"70 后"作家群体》,《文艺报》2016 年 10 月 14 日。

70 后作家是一个不事喧哗的庞大、成熟的群体。戴来代表作长篇小说《对面有人》《鼻子挺挺》《练习生活练习爱》《爱上朋友的女友》《甲乙丙丁》，用男性的视角去写东西，令她尝到更多的写作乐趣。安妮宝贝代表作《彼岸花》《告别薇安》《二三事》、随笔《素年锦时》。《素年锦时》在 2008 年图书销售排行榜中名列前 20 位，再创 70 后作家(在没有刻意宣传作品的情况下)图书销售的奇迹。李吉顺代表作长篇小说《天眼》、诗集《想你》、散文诗集《情缘未了》等，他很沉稳地走来，经过沉寂之后，尽显风华，是近年来人气较旺的 70 后作家，其新作长篇小说《长路》(三部九卷，109 万字)在搜狐连载，被誉为《平凡的世界》姊妹篇，一部史诗性的现实主义力作。掀起严肃文学在网络上的风潮，影响较大；徐则臣代表作有长篇小说《午夜之门》、《夜火车》，中篇小说代表作有《跑步穿过中关村》。写出了《拐弯的夏天》的魏微，创作成绩不俗。魏微近年来在“纯文学”界日益被重视，频频获奖，包括“鲁迅文学奖”。有人说她小说的品质是内敛而纯粹的，有人认为她的作品婆婆妈妈、清汤寡水，这些都是见仁见智。她的小说一如既往地关注市井生活，有一块属于自己田地的作家总是值得尊敬和期待的。“但从整体上看，这一代作家中的绝大多数人，都在努力寻找自身的写作与现实生活之间的秘密通道，立足于鲜活而又平凡的‘小我’，展示庸常的个体面对纷繁的现实秩序所感受到的种种人生况味。”①郭艳曾说，“70 后作为当下更具实力的青年写作，他们的文化选择带着更多的现代化特征。因为他们是以‘我是谁’开始写作的，这种对于自我和日常经验的关注恰恰是现代性最为明显的特征”。

卡利奈斯库在《现代性面面观》一书中提出两种“现代性”：一种是启蒙主义经过工业革命后所造成的“布尔乔亚的现代性”——它偏重科技的发展及对理性进步观念的继续乐观，当然它也带来了中产阶级的庸俗和市侩气；另一种是经后期浪漫主义而逐渐演变出来的艺术上的现代性，也可称之为现代主义，它是因为反对前者的庸俗而故意用艺术先锋的手法来吓倒中产阶级，也是求新厌旧的。但它更注重艺术本身的现实的距离，并进一步探究艺术世界内在的真谛。所以，现代主义艺术家无法接受俗世的时间进步观念，而想出种种方法打破这种直接前进的时间秩序，从波特莱尔的《恶之花》到乔伊斯的《尤里西斯》都是如此。

“中国现代作家与同时代的西方作家不同，他们不能够‘否弃’现实，因此，他们为了自己那种‘爱国主义的地方观念’所会出的代价有一种精神上的痛苦

---

① 洪治刚：《代际视野中的“70 后”作家群》，《文学评论》2011 年第 4 期。

感，这种痛苦负载着那种危机临头的‘现实’压力。”“在为了‘改善民生’、为了自己和自己的祖国而‘恢复人的尊严’的追求中，中国现代作家在每况愈下、日益沉重的社会危机这种黑暗现实而痛苦泣血时，也一直在憧憬着光明的未来。”①

欧文·豪在他编写的《文学艺术中的现代观念》一书指出，“现代主义对人类历史感到绝望，它抛弃了线性历史发展这种观念”。他认为，西方现代主义有三个阶段。“第一阶段，它宣称自己是自我的一种膨胀，是事物乃至个人活力的一种超凡的、狂放的扩张；到了中期阶段，自我开始从外部退回来，并且把自己几乎像是当作世界本身那样投身到对自身的内心动力——自由、强迫、突变——做的一种精细考中。进入晚期阶段，出现了一种自我的虚空，从对个性和心理增益的厌倦中摆脱出来。”

第四节　全球化语境下中国经验的异质性

所谓异质性就是独特质和疏离性，是一种内容特质或风格特色，这种异质性既为 70 后作家的作品提高了辨识度，但也由于这些作家过分强调个性特色而局限了他们走向更加广阔的未来。

儒家文明是中华文明的主体，是中华文明最基本的存在形式：儒家演变到儒教的忠、信，是对现实中人的忠和信；孝，是对长辈现实生活的承担；仁，是尊重现实当中的一切人；贞，好像是要求忠于死去的丈夫，其实是男人对现实中的肉欲生活的持久独占的哀求，因为是宋以后才塞进儒教系统的，是礼下庶人的新理性，与世俗精神有冲突，所以经常成为嘲笑的对象。礼、义、廉、耻、忠、信、恕、仁、孝、悌、贞、节……一路数下来，从观念到行为，无不是为维持世俗社会的安定团结。②

歌德说，“在这个世界上，有两种和平的力量，即，义和礼”。这里所说的义与礼，实际上就是孔子赋予我们中国人良民宗教的精华。特别是礼，更是中国文明的精髓。希伯来文明曾授予过欧洲人以“义”的知识，但没有授予“礼”：希腊文明曾给过欧洲人以“礼”的知识，但未兼及“义”；而中国文明，其教化是“礼”“义”并重的。欧洲宗教教人们要“做一个好人”；而中国的宗教（四书五

---

① 李欧梵：《现代性的追求——李欧梵文化评论精选集》，麦田出版股份有限公司 1996 年版，第 290－291 页。

② 阿城《闲话闲说——中国世俗与中国小说》，作家出版社 1997 年版，第 45－46 页。

经)教人们“做一个识礼的好人”。基督教叫人“爱人”，而孔子则叫人“爱之以礼”。故将这种礼义并重的宗教称之为良民宗教。中国的良民宗教第一句话就是，“人之初，性本善”。[①]

欧洲的宗教教人们做一个善良的(个)人，儒教则教导人们做一个善良的公民。基督教的教义是这样发问的：人的主要目的是什么？而儒教教义却是这般提醒：公民的主要目的是什么？儒教认为没有个人生活，作为个人，他的生活与他人及国家密切相关。关于人生的目的，基督教的答案是“给上帝增光”。儒教则认为人生的主要目的，是做一个孝顺的儿子和善良的公民。欧洲人的宗教会这么说，“如果你信教，你就会成为一个圣徒、一个佛陀和天使”。而儒教则说，“如果你能够像孝顺的儿子和善良的臣民那样生活，你就入了教”。两者真正的不同在于，一个是个人的宗教或称教堂宗教，一个则是社会的宗教或称国教。[②]

在西方，尊敬一个人，是尊重他的权力，在东方，歌颂一个人，则是期许该人去牺牲。古时的“三从四德”，三从是——在家从父，出嫁从夫，夫死从子。一句话为他人而活。四德是——女德、女言、女容、女工。一个真正的中国妇人是没有自我的，都过着一种牺牲的生活，仍然是为了个人。是个人主义的人文精神，是一方的人文精神压着另一方的人文精神，是秩序化的人文精神。

而70后作家群体在全球化不可避免的语境下所产生的一种异质性让他们追寻精神价值上更多的东西，“现代日常生存经验及其文学叙事在当下中国文学情境中是一种新质的体现，‘70后’写作最突出的价值和意义在于重建世俗生活精神的合法性，完成新写实所未能完成的对于世俗生活精神特质的呈现。”[③]慕容雪村的代表作《成都，今夜请将我遗忘》一经推出，风靡一时。当读者们纷纷表示对他小说的喜爱之时，这位诚恳的网络文学青年反问道：我的小说有那么好看吗？他还有一句名言：网络是我的精神故乡。慕容雪村是网络为我们奉献出的一位值得期待的70后作家。湖南妹子盛可以有代表作《北妹》和《水乳》等。盛可以在文坛是个猛女，“一个杀出来的美女”。对日常生活毫不掩饰地切入，是盛可以小说最鲜明的特征，在她的作品中，我们几乎嗅不到70后作家常见的“小资”气息，也看不到人为的迷雾，只听到人物的喘息声。其犀利甚至粗粝的文风，在女作家中相当罕见，不过近来颇有疲软的趋势，日渐中

---

① 辜鸿铭：《中国人的精神》，海南出版社1996版，第15－23页。

② 辜鸿铭：《中国人的精神》，海南出版社1996年版，第47－48页。

③ 郭艳：《全球视阈中的中国“70后”作家群体》，《文艺报》2016年10月14日。

庸。而李修文写出了代表作《滴泪志》和《捆绑上天堂》。作为热爱文学的文学世家子弟，李修文见多识广，各门各派的招数总能认个一二，而他从中选出了村上春树(主要指《挪威的森林》)作为其前进的方向。因此，与盛可以相反，李修文是一位热爱写绵软的爱情小说的男作家，两人相映成趣。

在中国知识分子追求现代性的历程中，文学的乌托邦想象提供了重要的空间。1902 年，流亡日本的梁启超推出《新中国未来记》，开乌托邦小说之先河。之后，这类小说盛行一时。但五四新文学的崛起，写实文学成为主潮，乌托邦小说退出舞台。中国成立后，这类小说更是禁区，但新时期文学中，这类作品重露头角。[①]

中国 50 岁以上的作家由于深受苏联社会主义文化的熏陶，因此即使是在集体企业正被私有化之际，他们仍然强调为实现某种集体性的目标而需承担的义务。但是出生在“红旗下”的年轻的一代，他们对集体性的目标彻底幻灭，他们喜欢在生活和艺术中雕镂出一个超然于官方意识形态之外的个人空间。[②]

“随着中国社会近 30 年的平稳发展，‘70 后’作家才有可能开始注重现代日常和个体生存经验的审美维度，而现代日常经验的文学性和审美维度的转换则是一个较为漫长的培育过程。……在文学的‘常’与‘变’中，新一代作家寻求中国社会从传统向现代转型的意义和价值诉求。”[③]

第五节　宏大话语的疏离与个体精神的生长

人文精神可以分为不同层次，不同的语境，不同的知识背景，不同的时代，不同的述说主体有着不同的人文精神。边缘知识分子的人文精神与话语主宰者的人文精神的内涵不同。贵州山民的人文精神内容可能就是吃饱、喝足、生儿育女和平平安安这些最基本的生存状态的满足。人性，即对人的尊重，对人获得尊严充满敬意。那么，如何做才能算是对人的尊重，人们又怎样才能获得做人所应有的尊严？对统治者而言，人文精神就是政局稳定，就是稳定压倒一切。

现代人文精神至少可以分为两种，一种是以个人为主、以追求个体解放的私密话语的人文精神，这一直是西方世界的主流话语。另一种是以集体为主、

---

① 王德威:《如何现代，怎样文学？——十九、二十世纪中文小说新论》,麦田出版社 1998 年版。

② 李欧梵:《现代性的追求——李欧梵文化评论精选集》,麦田出版股份有限公司 1996 年版,第 454 页。

③ 郭艳:《全球视阈中的中国“70 后”作家群体》,《文艺报》2016 年 10 月 14 日版。

以爱国主义为主、鼓励民众向领袖献身、为国家做出牺牲自我的集体主义为主的宏大话语的人文精神。这是 1949 年以后中国社会主流话语所推崇和宣扬的人文价值观。

但在西方也有以集体主义为主的人文精神的张扬，比方说法西斯时代的德国，他们就鼓励民众向国家献身。包括美国和英国也都是。当国难当头时，他们就以集体主义的人文精神作为凝聚力来张扬民族的宏大话语，分担国家主流话语所承受的精神压力。中国也有个体主义人文精神特别张扬的时代，比如五四时代追求的民主、自由和个性解放，郭沫若写的《天狗》《女神》等一大批模仿西方如尼采、叔本华等人的思维定式的人文精神。

梳理中国人文精神所走过的道路是值得的。先秦时期和诸子百家时代的人文精神是个体主义的，一直沿袭下来，经过战国时代和隋唐五代到魏晋风度的遗韵。那个时候中国的皇帝可以纳妾，个性彻底解放，是典型的个人主义。比西方提出的“天赋人权”要早一千多年。但这种个人主义不是建立在普通大众的利益上，而是少数人独有的特权，而且这种特权往往建立在牺牲受宰制者的基础之上，即把个人的幸福建立在别人的痛苦之上。这样的个人主义当然不能算是真正意义上的人文精神，而只能算是少数人的已经异化了的个人主义。

传统文化中原来支撑专制和身份等级的意识习俗，也有可能转化为有益的民族风习。契诃夫在符拉迪沃斯托克（原名海参崴）的酒吧中，曾邂逅一个清朝中国人。此人每欲饮酒，必先举杯以左手遮杯，向四座让曰：“请！请！”然后再喝酒。契诃夫后来以赞赏的口吻写道，中国人是一个很有礼数的民族。这样的礼文化有何不好？脱离身份等级体制的礼文化，将是一种文明教养，民族的风貌。一旦树立起大体符合人的需要，释放人的创造性的相对良性体制，自然会形成支撑体制的良性意识和风俗。①

中国自古以来只讲“礼”而不讲“理”。有人统计过，《论语》中“礼”凡七十四见，而“理”字则无。（见杨伯峻《论语译注》，中华书局 1980 年版，第 311 页）《孟子》中“理”字只出现三次，一次应训为“顺”，另两处是道理和思想的意思，不是一个独立的概念。宋儒笔下虽“理”字成灾，及至理学面世，但又主要外衍为人伦，内敛为心性，与社会所需的理性精神相去甚远。而且今天国人所讲的理性，早已超出了中国古代哲学的“理”或“道”的概念。

历史的发展颇有反讽意味：当中世纪的欧洲被沉重的教会势力压得苦不堪

---

① 唐逸：《关于中国文化心理与全球化》，载孔志国编著《文化的盟约——当代文化问题十二讲》，团结出版社 2003 年版，第 11 页。

言的时候，中国正是“贞观之治”盛唐文明；而当标举“理性精神”的启蒙运动在 18 世纪的法国轰轰烈烈之际，中国的知识分子却陷入了清朝文字狱的水深火热之中。

历史的反差恰恰说明了文化制衡的不可违背原则。同时显证了“文化一旦被宗教势力或与生产力的发展不相协调的势力所钳制，便不会有正常的文化秩序，社会就容易超常运行”。因此，理应发生在 17、18 世纪的启蒙运动没有在清王朝的鼎盛时期顺应世界潮流，而是要再等一二百年后的清王朝的被推翻，中国才出现激进的五四运动，正是历史不可超越性的反证。①

赖希把弗洛伊德的学说和马克思主义联系到一起进行研究，认为政治和性压抑是一个问题的两个方面，二者的结合恰恰为法西斯主义起到了铺路石的作用。他还敏锐地看到了“‘群众心理土壤’是形成法西斯主义的原始力量”，并进而提出“权威性格”学说——它是由千百年来专制体制的压迫和束缚在民众心理深层积淀而成，其主要原因是底层人物对权威的崇拜依附与他们对权威的造反意识相互交织而出现的“硬扭”。换言之，权威人物的长期压迫，不仅加重了大众集体潜意识中根深蒂固的屈从心理，而且造就了他们内心受虐/施虐的一体互动，即专制权威的受虐者同时又强烈地渴望成为专制权威的体现者和施虐者。②

第六节　列队出发:文学湘军五少将崛起

“文学湘军五少将”指的是湖南省 20 世纪 70 年代出生的作家，他们近几年的作品展示了湖南年轻作家的风采，他们分别是马笑泉、谢宗玉、沈念、田耳和于怀岸。“在阅读他们的作品时，尽管感到每位作家的风格和个性有很大的区别，但仍觉得他们具有一些共同性，这些共同性从某种意义上说带有文学新质的特点，丰富了当代文学的表现力。因此他们的写作不仅仅具有湖南的地域意义，也具有当代文学的整体意义。” ③

余英时在一篇文章里提到，费正清在自传里引述一句戏言:“地域研究好像

---

① 刘梦溪:《社会变革中的文化制衡——对五四文化启蒙的另一种反省》，《二十一世纪》1992 年第 4 期。

② Reich, Wilhelm, The Mass Psychology of Fascism. trans. by Mary Boyd Higgin, the third edition, New York: The Noonday Press, twelfth printing, 1942.

③ 贺绍俊:《“文学湘军五少将”的硬汉精神》，《文艺报》2006 年 9 月 13 日。

有一种感染的力量，研究者在不知不觉之间便沾上他所研究的那个地域的人的特性了。"余英时举了一个例子，说那是50年代末，费正清研究中心的收发柜有两个文件盒子，上面分别用中文写着"上谕"和"奏章"。凡是由费正清发出去的文件叫"上谕"，凡是收进来的则叫"奏章"。创办人兼中心主任便有点"中国皇帝"的味道了。余写道："这当然是开玩笑的举动……但多少也反映了一些地区研究的感染力吧。"①

湘军五少将第一个出场的是马笑泉，他的主要成绩在小说创作，在语言方面，他追求一种"简洁而又丰富、表现力强、洋溢着蓬勃的生命力、富有汉语独特之美的语言风格"。他善于从地方方言中提炼出有生命力的语言与书面语言相结合，形成了独特的语言风格，他的写作一出场就是比较成熟的，与他从小生活的环境有关，也与他对生活的思考相关。他的创作具有一定的特异性，注重社会底层民众苦难的生活，揭露出他们在社会生活压抑下的孤独生活，找不到生活的出路，过的是一种非常态的生活，具有强烈的悲悯情怀。

紧接着向我们走来的是谢宗玉，他的主场地是散文，他的散文有着对童年乡村的回忆，又有着对城市生活融入不了的一种孤独；他的语言轻松活泼，清纯透亮，"关于我自己的散文创作，我只希望自己轻松一点，随意一点，真诚而不加掩饰地把我的所思所想所历，端到读者面前"。他在对日常生活的叙述会突然惊醒读者去思考更高层面更有意义的人生，也许就是他所要表达的"我要用最简洁的文字表达我卑微的人生"。

随着走来的是岳阳的沈念，他的散文和小说都很出色，他先写小说，后写散文，他以敏锐的眼光观察着这个世界，他敏感的触角仿佛能够穿透日常生活，怀着一颗纯粹与悲悯的心怀感受着底层民众的生活，如《加速度》中的悲剧，就是表达着他对现实社会的看法，对底层人民生活困境的同情，也暗示着对越来越快节奏生活的思考，人性的复杂及对生活的焦虑，"我把自己的目光从身边的青春生活投入到底层的小人物身上"。他的散文语言富有韵味，"靠近事物、突出细节、抵达现场。我以自由的表达来抵达细节和底层，关注自己所处其中的独特感受。让散文的真正主角——'心灵'来叙事，让散文成为灵魂的叙事艺术"。他的散文追寻自己内心的想法，努力观察身边的人与物的生存状态，表达出作者本人独特的感受，真正让心灵自由。

紧接着出场的是田耳，他的小说擅长于讲故事，注重观察，有比较强的洞

① 余英时：《开辟美国研究中国史的新领域——费正清的中国研究》，载傅伟动、周阳山主编《西方汉学家论中国》，正中书局1993年版，第2页。

察力，追求独特的叙事模式，关注现代社会中底层民众的生活，但他并不是赤裸裸地来描写某种生活，而是运用一种独特的形式体现出来，如他的《一个人张灯结彩》试图从人物的心理和精神分析的角度来进入表达，其短篇小说《围猎》真实地体现了一种荒诞的生活状态，病态的生活。他的小说往往能给人一种耳目一新、眼前一亮的感觉。

最后出场的是于怀岸了，也是最值得关注的一位。他不同于别人的生活经历与感受，曾经经历的苦难使他更能够体会到小说底层主人公的真实的生活状态，在他的小说中体现出对底层人物的关爱与温暖。

精英主义者认为，反对歧视边缘群体的文化多元主义是一种对多数垄断的民主法规的改进，这种垄断曾长期压制除主导历史和文化之外的一切事物，在文化多元主义之下，所有的群体和派别都可以要求得到公正的包容和表达。特别是一些弱势群体，他们急于改变被他者认识的带有歧视的个体身份——只有少数成功者通过艰难的努力有幸进入主流话语，但这些人的骨子里仍然闪动着失语的焦灼，他们集体的沉默本身就是要求表达的一种“潜形式”。

值得注意的是，中国新时期的创作主体一方面是尽可能多地承认主体的繁复性和可变性，另一方面是对自我认同的排他主义的重新肯定。前者符合全球化浪潮下典籍化文化语境——按照这种思维，世界被看成是多样性的，非自我中心主义的，人们的身份和文化因子恰恰处于这种多样繁复的沉淀之中。因为现代性和多元性的内在法则要求人们将自己的种族或身份仅仅视为众多中的一个。如果这种关于平等的限制和规定的要求为“地球村”所有的成员接受，那么多元文化主义将大大促进公平和公正的人类社会的真正实现。

然而，日本学者三好将夫认为:如今的人们很少为了改善普遍的和抽象的人类福利而实践自我约束，特别是当它涉及有关方面的物质处罚和牺牲之时。此外，以各种范畴的特殊性——从种族到阶级，从地区到发展，从性别到民族，从贫穷到富有，从种族到时代——为前提下的多元文化主义有着无限的变化，甚至在这个跨国流动时代，任何人都只能比较详尽地了解这种多样化中的极小部分。

柏拉图坚持一些人的灵魂比另一些人的灵魂更好的观点，把人的灵魂分为金、银、铜三个等级，分别对应于理性、精神和欲望三个层次，以及统治者、勇士和农工商三个阶级。亚里士多德也认为人性是不同的，多数人天生就是奴隶。但西方基督教思想强调人的平等。但应该看到，自然的不平等的观念在近代以前的西方一直是占主导地位的。因此，当笛卡尔提出人是自然平等的，因为人都平等地具有理性之光时，他的观点被看成是激进的、革命的。柏拉图的遗教让人们相信，宇宙中存在着自然的等级制度，因而也要相信人类社会的等级制度，以及同样的人际关系。人们天生是不平等的。圣奥克斯丁更进一步指出，“从天到地，从可见得到不可见的，有些事物是好的，有些事物比另一些更好，它们是平等的，所有种类的事物都应当如此”。①

第七节　70后作家的文化乡愁与精神困境

历史和现实已经为70后一代人提供了无比丰厚的精神滋养、无比宽阔的现实土壤和艺术想象力的庞大空间。在这前无古人的历史大裂变中，70后作家有幸亲眼见证了乡土中国现代化社会转型，亲身经历了这种愈来愈快的加速度城市化进程，亲身体验到这种传统与现代、历史与现实、物质与精神相分离割裂的痛楚、悲哀、挣扎。因而，70后作家有责任、有义务、有使命去深入民间、大地、历史去呈现这一代人的喜怒哀乐，建立起属于这一代人、打通过去和未来的经典文学。较好表现了正在深刻变革中的乡土中国，就是这样一个呈现重大时代主题的文本。

虽然70后作家们并未像60后、80后形成所谓的文学流派，但是不可否认的是70后作家却有着某种相对一致的文化姿态，那就是在传统与现代互相博弈之中的煎熬与困惑。这当然是由70后作家们的人生经历和成长背景所决定的。大学时期受到市场经济的冲击，离开农村，跑到城市，又经受着卑微的日常生存的挤压。这种处境，反映在文学创作中，70后作家没能参与社会政治历史的宏大叙事，相对于80后作家来说，他们不习惯于市场与大众文化的视野。于是，70后作家们开始直面自我内心，从日常性经验中进入现代社会精神气质的呈现与表达。

70后作家经历了改革开放的时代，见证了改革开放乡村的变化，亲身体验到了乡村在城市化进程中的各种变化，曾经的乡村变成了记忆，他们在城市中感受到了一种前所未有的孤寂与困惑。“比如田耳的《衣钵》写一个大学生回到家乡跟着父亲学做道士，以此作为自己的实习，并决定毕业后就回来做一个乡村道士，这本身就是一件看似很荒诞的事情，作者却写得很正常，很平静。小说里弥散着的是典型的乡愁，但乡愁中又包含着作者对传统精神边缘化的

---

① 刘笑敢：《研究比较哲学与人性论的巨擘——孟旦的中国哲学史研究》，载傅伟动、周阳山主编《西方汉学家论中国》，正中书局1993年版，第188－190页。

无奈。”[①]

乡愁是一种情绪，带着淡淡的忧伤与浪漫情怀，它一直是许多作家表达的主题，文化乡愁则是一种更深层次的怀旧情绪，故乡的文化根深蒂固地浸入到了作者的血液中，即使离开了家乡，但是这种一出生就带来的影响是无法剥离的，血肉相连、无法分割。70 后一代人从客观上来说已经无缘再从一个精英或知识阶层的角度引领所谓的社会精神生活和文化风尚，但是这种多元分化的文化态势恰恰是中国进入现代社会知识教育普及的结果。当多元成为共识的时候，曾经强大的主流意识形态也会被迫吸取更为开放多元的思想资源。对于 70 后作家来说，他们的优势正是在于终于可以在多元文化中体认自我、他者和整体世界经验之间的关系，以现代个体身份真正进入对于社会历史文化的建构。

① 贺绍俊:《“文学湘军五少将”的硬汉精神》,《文艺报》2006 年 9 月 13 日。

第二章　探寻:70后作家的书写特性

当80后作家们似乎一夜之间迅速占领文学市场制高点并成为媒体和图书界追捧的焦点时,70后作家自然很容易被遮蔽在背光处;而与更早的50后、60后作家相比,他们尚未取得来自读者大众方面的稳固认可,不像50后、60后可以向体制和组织借力,也缺乏80后作家、90后作家身上可供贩卖的商业符号。因而,70后作家们处在代际夹缝中,在尴尬境地中面临着突围的挑战。如今,他们曾经的文学野心开始被人们发现,他们发出了“我要写,肯定不会写那些弱智的东西”的呐喊。在如今的图书市场上,炒作越来越成为一种惯常现象,但是媒体的热度毕竟有限,当一本书的宣传期(最多几个月)过去之后,很多书会被淡忘,但仍会有一小部分能通过读者的审美检验而留存下来,成为常销书。在这些常销书单里,我们总能看到一些70后作者的名字,如乔叶、鲁敏、梁鸿、冯唐、慕容雪村、安妮宝贝、阿乙、徐则臣、盛可以等。可以说,70后作家们已经开始用自身的实践向文学界彰显了70后作家群体所具有的独特审美情趣与艺术价值。

一直以来,70后作家一直悬浮在60后为代表的传统话语权力与渗透着浓郁商业色彩的80后市场利益之间,无疑是一种现实中间状态的“灰色群体”。但是田耳、徐则臣、鲁敏等人近年来不断捧回“鲁迅文学奖”的荣誉,此外,在“《人民文学》颁发的‘未来大家Top20’中,70后作家也占据了五分之四的名额”。[①]同样也在另一个层面上反映出70后创作群体的发展趋势与未来的文学潜力。诸如田耳、梁鸿一类的70后作家亲身经历了不断加快步伐的城市化进程,亲眼见证了乡土中国的现代化转型,亲身体验了传统与现代、历史与现实、

---

① 陈涛:《70后作家无法割舍“纯文学”心结 无论如何被嘲弄》,(http://www.chinanews.com/cul/2012/04-20/3835348.shtml)。

物质与精神相割裂的苦痛与挣扎。因此，他们身上无不承载着一种无声的历史使命感，驱使他们不断探求一代人喜怒哀乐背后的意义指向，进而建立起沟通过去与未来的文学桥梁，这种使命感也给予他们书写的力量并潜移默化地影响他们形成了自身独有的书写特性以及艺术建构。

在中国传统的儒家文化中，“立德”“立功”“立言”这“三不朽”被视为人生的最高追求和终极意义。其中的“立言”就是指写作。刘勰用“文之为德也大矣”来阐述自己对写作的理解，而曹丕则把写作上升到“展经天纬地之才，抒安邦定国之志”的高度。事实上，“一篇文章定终生”的人和事自古至今屡见不鲜。所谓“学而优则仕”主要还是靠“写而优则官”来体现。可见，文章写得好的人在社会上是多么的受人尊重。

如果说，古代的仁人志士勤练写作主要是希望通过科举的方式进入仕途的话，那么今天我们学习写作，它适用的范围则更广泛，意义更丰富，价值更具体、更受用、更实在。像任何一门学科一样，写作也有它内在的特性和规律。只有充分认识，深刻把握，并且灵活运用这些特性和规律，才能写出生动传神的好文章来。

我国文人志士自古就十分重视写作的特性和规律，并且及时归纳和认真总结。早在齐梁时代，著名文学理论批评家刘勰对写作之“术”就异常重视。在《文心雕龙》的许多篇章里，他都突出地强调“术”的重要性。例如，他谈艺术构思，认为保持“虚静”，“积学以储宝，酌理以富才，研阅以穷照，驯致以绎辞”，然后“寻声律以定墨”，“窥意象而运斤”，是“驭文之首术”，并强调作家要“秉术养心”(《神思》)；他谈锻炼文章风骨，倡导作家“熔铸经典之范，翔集子史之术”(《风骨》)；他谈创作的继承和革新，明确指出：有的作家所以像井绳短打不到水喝，像脚力软走不了远路，“非文理之数尽，乃通变之术疏”(《通变》)；他谈熔意裁辞，不仅提出“三准”的法则，而且突出强调“若术不素定，而委心逐辞，异端丛至，骈赘必多”(《熔裁》)等，莫不突出“术”的重要。为了突出强调通晓和驾驭写作法则对文章写作的重要意义和巨大作用，刘勰还举出了一个贴切、浅显、生动而深刻的例子：“是以执术驭篇，似善弈之穷数；弃术任心，如博塞之邀遇。”也就是说：掌握了写作的法则以驾驭篇章的作家，就像那精通棋术的高手；而不顾写作法则，任凭心意去进行写作的作者，就像那专凭运气的赌徒。

总之，刘勰认为写作，特别是文学创作，是客观现实通过作家主观情志的真实而自然的反映，对作家来说，乃是“感物吟志”。所以，他强调作家必须“触物圆览”引发实感真情；必须“达于政事”，了解和熟悉自己所写的题材；必须“博见”，特别学习儒家经典，走“为情而造文”的创作道路。这样，创作才会有充实的内容，从而为创作出成功的作品奠定坚实的基础。因此，《文心雕龙》作为古人关于写作特性和规律之理论的集大成者，它的价值和意义对今天乃至将来的写作学仍然会产生积极而深刻的影响。

70后作家的书写便是建立在这种传统的写作学基础之上。写作，广义上说，它包含书写和创造（创作）两层意义。生活中常常把写作仅理解为“写”的看法是模糊而又片面的。写作的“作”，表示了它的本质特性，即创造性。比方，同学们上课记笔记就不是写作，而只是写——记录，是“写”而“不作”——不带创造性。换言之，写作就是通过创造性的思维活动，把个人的积淀和感悟，运用语言文字符号，以篇章的形式来表达对世界某种认识的过程。概而言之，写作就是一种私密性很强的精神劳动。

而作为一种私密性很强的精神劳动，写作有着各种不同的特性，就好比一棵大树，要由千姿百态的枝叶来展示，根深，才能叶茂。具体地说，70后写作主要有以下十个方面的特性。

第一节 主观性：阐释中的判断与警醒

一般意义的普通写作，都是一种个性化很强的精神上的自我活动，都是写作者本人将自己的耳闻目见和所思所想以主观的方式诉诸文字的一种表现方式。当代著名作家阿城针对司马迁在《史记》中写陈胜时的一句“燕雀安知鸿鹄之志哉？”发出感叹：“他（指司马迁）怎么会看到陈胜年轻时望到大雁飞过而长叹？”接着他进一步指出：“鸿门宴一场，千古噱谈，太史公被汉武帝割了卵子，心里恨着刘汉诸皇，于是有倾向性的细节出现笔下了。”①所谓倾向性的细节指的就是司马迁的主观臆断性。阿城觉得司马迁写《史记》本的是“发愤”的心态，并认为“发愤”不应该是史官的态度，不过却是做小说的动机之一种。这种主观性具体又可以分为三种情况：即主观阐释性、主观判断性和主观警醒性。

首先是主观阐释性。以外国文学为例，司汤达在介绍自己的《红与黑》时，曾把爱情划分为“脑袋里的爱”与“心坎里的爱”，即出自理智的爱和出自感情的爱，这就是他的主观性。其次再围绕它从各个视角进行阐释。存在主义大师萨特写作上的主观阐释性更为明显。他曾在《存在主义哲学》一书中提出：“人，不外是由自己造成的东西”，“人的唯一希望就在他的行动之内，行动是使人生

① 阿城：《闲话闲说——中国世俗与中国小说》，作家出版社1997年版，第91页。

活下去的唯一事性。”为此，他又派生出人应当有“自由选择”的权力，每个人都必须对自己的选择承担责任。另一方面，萨特又认为世界是荒诞的，人的全部生活是毫无意义的。这样就导致出一种悖论：一方面人要积极地介入生活，在与生活的斗争中自由地选择生存方式与生活手段，实现自我的价值，另一方面又认为这种斗争是毫无意义的，这种积极进取最终是徒劳无益的。这种矛盾思想在他的戏剧作品《禁闭》中得到了生动而形象的阐释：加尔散尽管是一个逃避战争的怯懦者，可是他却竭力希望在别人的眼睛中他不是一个胆小鬼，而是一个生活中的英雄。他选择的办法是喋喋不休地向伊内丝和艾丝黛尔倾诉内心的紧张状态：“从前，我也脚踏实地地干过……啊！假设我能回到他们中间，哪怕有一天……我就能拆穿他们的说法。”他一而再、再而三地要求同处一室的伊内丝和艾丝黛尔相信这一点。他说：“有成千的人在不断地说我是胆小鬼，可是千把人算得了什么？只要有一个人，一个便行，全心全意地为我证实一下：我没有逃跑，我不可能逃跑，我是勇敢的，我是无辜的，我……我拿得稳能够得救。”可是他这一切都是徒劳的。面对这样张狂的自由选择，萨特通过加尔散的口说出了“他人就是地狱”的点睛之笔。

70 后作家作为安静学习的一代，不免受到外国文学的影响，他们认为萨特等人理解的主观阐释性从某种程度上讲，深刻地体现出作家的价值，创作主体有必要用独特的语体风格来表达自己的价值取向与情感追求。“施战军认为，作为作家，首先应该保持个人的语体语风……作家要从艺术的角度，给中国文学添加穿透的力气和超凡的指望。鲁迅文学院副研究员郭艳也认为，这个时代，生活本身太丰富，个人要用个性化的语言表达来突出自己，语言和文本的‘气息’尤其重要”。[①] 若从这个层面来对 70 后作家的艺术创作进行考察，湖南的两位 70 后作家田耳和马笑泉的文学创作则明显地具有异于他人的语体色彩：田耳主要擅长书写中短篇小说，创作题材多源于生活，语言精练，质地轻盈，多以悲喜剧的形式向读者展现人物命运的遭际，幽默中有冷风袭人，冷寂中亦有淡淡温情。在其短篇小说《围猎》中，小丁由围捕者到被捕者身份的转换既带有一种叙事上的幽默与荒诞，但同时也向读者暗示出现实与精神两重世界的紧张与围困状态：

“背后那些人在扔石头，在嚎叫，一个个心里乐开了花，知道自己今天没有白来。而小丁禁不住自己的眼泪，一边跑，一边毫无顾忌地哭泣起来。”[②]

---

① 宋庄:《70 后作家何以成熟太晚？评论家：在夹缝中生存》,《工人日报》2011 年 5 月 27 日。

② 田耳:《衣钵》, 上海文艺出版社 2014 年版, 第 100 页。

文本幽默的表述并没有冲淡这种浓郁的沉重，现实的困境与追捕者身份的迅速转换也带给读者更深层面的精神苦痛；马笑泉的创作风格与田耳相比，则以灵动冷峻为主。其早期创作的长篇小说《愤怒青年》系列，整体带有一种浓重的压抑与苍凉色彩，语调冷峻凝重，很好地将人物群体内心的孤寂、暴动不安的情绪与生存环境的冷漠与非理性展现在读者面前。而其后期的《银行档案》等作品则穿插了一些方言与俗语，叙述方式也多迂回转折，巧妙生动，带有一丝自然灵动的韵味。像“格外打眼”“霸蛮”“溜熟”“有把戏看”等词语的运用也为文本增添了鲜活的气息。

其次是主观判断性。夏洛蒂·勃朗特在《简·爱》这部文本中设置了一场突如其来的大火。这场大火不仅烧毁了贵族罗切斯特身上残余的爱神的蒙尘，而且也烧毁了传统婚姻生活中男性的霸权意识，而简·爱在经历了千辛万苦之后，终于与爱人罗切斯特走到了一起。此时，有人认为简·爱成了瞎子罗切斯特的眼睛，因此，她与罗切斯特的结合是给他施爱。然而，夏洛蒂·勃朗特不这么看，她透过简·爱的独白说明了自己的判断：“和他在一起，没有使人烦恼的拘束，欢乐活泼也不受抑制；和他在一起，我完全自由自在，因为我知道我合他的意；我说的和做的一切似乎都能给他安慰，或者使他精神振奋；能意识到这一点，真是令人高兴啊！”这种主观的判断是作家透过现象看本质的方法，往往承载着个人的生活经验和道德、伦理等价值取向的精神态势。

诚如论者郭艳所言，70后作家在创作时受到中国文艺思潮衰颓的限制，很难形成大规模的文学社团或固定的思潮流派，但是这一“劣势”在一定程度上反而为其创作向内心、精神的回归提供了实现的可能性。70后作家开始回归和继承五四以来的文学传统，且开拓了五四以来文学所不具备的很多东西，例如现代社会经验的呈现，以及都市情感和乡土裂变的双向痛感等等。70后作家当代的历史责任和审美贡献就体现在众多个体化的表达上，文学真正回归了本来的面貌。①

70后作家谢宗玉的散文一直被视为“新乡土散文”的代表，而对日常生活的叙述与“死亡意识”的思考则是他在散文中执着表现的对象。《麦田中央的坟》《活多久才能接受死》《家族的隐痛》《秧雀》《叫天子》等散文既是对死亡进行形而上的哲学思考，又有对乡土经验与童年记忆的书写。但是同时也隐约指向现代社会与当下生活的担忧与寂寥。

“我真不知道我为什么要来城市？如今我全身都是伤病，可能够医治我的

① 郭艳：《全球视阈中的中国70后作家群体》，《文艺报》2016年10月14日。

药草，都在远远的窑村。”(《了歌王》)

谢宗玉的散文虽是将主要笔墨诉诸记忆中的乡土，可是对于当下城市的叙述仍然显现出他对于都市的一种不满与无奈。在他的笔下，都市与乡土更多是一种审美上的对比，谢宗玉对于乡村的迷恋与追寻也从侧面暗示出他面对城市生活的不适与痛感。此外，在 70 后作家徐则臣的作品《啊，北京》一书中，作者塑造了一个从苏北小镇到北京闯荡世界的、以做假证为生的民间诗人——边红旗的形象。边红旗的妻子是一位宁静贤惠、在小镇指导孩子画天安门为职业的普通女性，然而当她有机会看到现实版的天安门时却突然哭了，“怎么没有我想象中的高大?”现实中的北京对于异乡人来说不仅回归了它本来的面目，而且显现出较为残酷的一面，边红旗妻子此处的感叹，与其说是她个体对北京这一理想空间的认知破灭，不如说从更深层面预示着同是“北漂”的徐则臣对于异乡人在北京的精神困扰感同身受的个性化表达。

再次是主观警醒性。这种特性在中国作家身上表现得尤为明显。例如，阿城就承认:我开始写小说的时候，虽是个没有出版的时期，难于形成“读者”观念，至今受其所“误”，读者总是一团雾，但写的时候，还是有读者的，一是自己，硬有一个比我高明的人，实际上就是自己的鉴赏力，谨慎删削，恐怕他看穿。①

由于历次的政治运动和历史上的“文字狱”所带来的阴影，不少中国作家习惯于在警醒中以不触“禁区”为最高限界。同时，一些作家又以十分警醒的态度自觉地让作品中的人物阐释某种政治理念。例如:杨沫在《青春之歌》中，通过“出走”“觉醒”和“成长”的三段式结构，塑造出林道静这个 20 世纪 30 年代革命知识分子的典型形象。正如作家所理解的，小资产阶级思想感情的表现形式是多种多样的，林道静的表现形式不是对敌人的软弱、退缩，也不是对自己的家庭和童年生活的追恋，而是表现在对于爱情的软弱、缠绵，对革命不切实际的幻想。表现在通过她的成长过程来揭示当时中国知识分子走向革命道路的共同特点:他们认识和接受革命大多是从个人经历、遭遇和理论学习开始的;他们投身革命大多经历了一个从个人奋斗到参加集体斗争，从满腔的个人英雄式的幻想到严峻的生死考验，再到忠实地、顽强地为党工作的过程。《青春之歌》后来进行的几次修改都是作者主观警醒性的生动例证。

70 后作家是夹缝中生存的一代，文学氛围与政治思潮的双重影响使得他们对于时代的变迁有着真切的情感体验。他们既秉承着“文以载道”的责任意

① 阿城:《闲话闲说——中国世俗与中国小说》，作家出版社 1997 年版，第 157 页。

识，企图将历史时代的风貌真实地呈现在读者面前，但是另一方面却又不得不采取一种“警醒”的态度，通过艺术的形式来表现时代的变化，从而使读者从更深层面的叙事中产生一种深沉而自觉的反省与思考。在这一点上，70后作家马笑泉有着较为成熟的写作意识。

第二节　目的性：情感抒发或自觉创造

无疑，写作是有目的性的。从理论上看，写作是一种自觉的创造性活动，它不是梦呓或疯话一类的无意识心理活动。虽然可以是变态心理的表现，但即便如此也仍然是由意识所主导的。同时，写作又是一种社会活动，是至少二人(作者和读者)以上、可以影响他人的行为，这就不得不讲究目的和效应。正如《尚书·尧典》中说：“诗言志。”《毛诗序》中说：“诗者，志之所之也。在心为志，发言为诗。”所谓“愤怒出诗人”，正是因为愤怒的情绪可以通过写作达到发泄和自我安慰的目的。像屈原的《离骚》借香草美人以明志，司马迁幽愤而作《史记》都是写作的目的性的很好体现。

孔子在《论语》中将这个问题说得更为透彻，他说：“诗可以兴，可以观，可以群，可以怨”，就是说诗歌创作具有社会政治目的和作用；白居易追求诗歌的“比兴美刺”的功用；文人骚客们常说的“陶冶性情”“抒发性灵”，也都是写作目的性的生动阐释。鲁迅先生主张写作要“为人生”，同时把写作当成是“改造国民性”的最好方法；宗教界提倡写作要“劝善惩恶”；现代派主张“为艺术”；我们社会主义文艺提倡“二为”，即为社会主义服务、为人民服务……这些都是写作有目的性的不同说法。

20世纪80年代中国寻根文学的代表作家韩少功在《文学的“根”》[①]中明确提出文学的根应该深植于民族文化的土壤里，这种文化寻根的审美意识中潜在历史因素的觉醒，也是以释放现代观念的能量来重铸和镀亮民族自我形象的努力。其创作的目的性不言而喻。“70后作家梁鸿以《中国在梁庄》引起文坛注目，对于70后作家的创作，她认为，作家应从我们的民族生活写起，从我们自身的文化资源中找到创作资源，做我们自己生活的观察者、体验者和书写者，做我们时代的一个细密的观察者。”[②]这一点与韩少功等“寻根文学”作家倡导的向中国传统文化中汲取创作经验有异曲同工之妙。70后作家马笑泉的长篇小

---

① 韩少功：《文学的“根”》，《作家》1985年第4期。

② 宋庄：《70后作家何以成熟太晚？评论家：在夹缝中生存》，《工人日报》2011年5月27日。

说《迷城》一书就有着回归中国传统优秀文化与民族精神的审美实践。《迷城》中的人物在复杂阴暗的“政治场域”中总是试图保持内心的平静与自由，努力从中国传统儒道思想、翰墨书法以及茶文化中汲取力量，在完成自我人格境界提升的同时也实现了传统文化精神在个体身上的再造和复活。例如:迷城县常委鲁乐山与杜华章二人大学毕业于同一所学校，又均是从为师走向从政，即从“文化场域”进入“政治场域”。二者均深受传统儒道文化的熏染，也都爱好翰墨书法，但是二者在“思想场域”中对于中国传统哲学思想却有着不同的选择与承袭，这也因此使得二者形成了不同的价值观和处事方式，最终影响着二者走向不同的人生命运和结局。

作家余华对写作的目的性阐释得更为具体，他说:“一位真正的作家永远只为内心写作，只有内心才会真实地告诉他，他的自私，他的高尚是多么突出。”但是“要捍卫这个原则必须付出艰辛的劳动和长时期的痛苦，因为内心并非时时刻刻都是敞开的，它更多的时候倒是封闭起来”。“我的作品都是源于和现实的那一层紧张关系。我沉湎于想象之中，又被现实紧紧控制，我明确感受着自我的分裂。”“我在很长一段时间是一个愤怒和冷漠的作家。”我与现实是一种“敌对”的关系。但是“随着时间的推移，我内心的愤怒渐渐平息，我开始意识到一位真正的作家所寻找的是真理，是一种排斥道德判断的真理。作家的使命不是发泄，不是控诉或者揭露，他应该向人们展示高尚。”事实上，余华所说的这种目的性需要花费大量的时间与努力，70 后作家这一代在进行创作时实际已经花费了较多的时间与精力。他们走在艰难的文学创作道路上，默默探索，积蓄力量，期待能在文坛开拓出属于自己的一片领地。像是路内、石一枫等人的创作虽然因为采取了荒诞不经的叙事策略而被一些论者批评为具有回避社会现实的倾向，但若对其创作进行更深入地探索，则可以觉察出他们对于社会的深刻理解和关注。他们只是采取一种较为隐秘的方式来向读者展现自身同现实的关系与状态。例如，在路内的小说《云中人》一书中，虽然文本表面被畅快的语言与荒唐的内容所笼罩，但是其意义深处却承担着厚重的真实。从路内点滴的叙述中，我们看到了大学的扩招使得大学生贬值，大学生为了工作而不得不放弃尊严的无力处境，深刻地将当下毕业大学生与社会的冲突展现在读者面前，令人深思。

第三节 功利性:有为而作

写作的目的性与写作的功利性既有相同的一面，又有不同的一面。相同之处在于两者都是写作者动机或潜在的主观意识；不同的地方在于，功利性更多的是从实用性而言的。就是说，文章要"有为而作"，写作者要写"有用文字"。

汉代王充《论衡·自纪》中明确指出："为世用者，百篇无害，不为用者，一章无补。"大诗人叶适在《赠薛子长》中也明白无误地说："为文不能关教事，虽工无益也。"

可见，写作的功利性自古就有，并且一直受到写作者的推崇。在今天，这种功利性表现得更为明显。不少创作者在"写而优则官"的道路上孜孜以求，毫不掩饰自己的功利性。例如，卢新华发表《伤痕》后，他就想利用赚得的名气到北京去谋个一官半职，开始他的政治生涯。他找到一些有很高职位的文化官员，得到的答复是要他回去等消息。卢新华于是想："他们可能会用我了。"[①]

王朔直言不讳地说："我写小说就是要拿它当敲门砖，要通过它过体面的生活。"[②]而最早使用"敲门砖"的则是张贤亮。这个据说是中国目前最富的作家曾公开承认：他把写作当成"敲门砖"，因为"我即使一人放三群羊，超额三倍地拼命劳动，顶多获得个'劳动能手'的称号"，而写文章则是自古以来通向"仕途的捷径"。他先瞄准的居然是中国高官必看的政治理论第一刊《红旗》！因为写不好论文，他才改攻小说的。[③]

写作的功利性还有一个最直观的表现，那就是稿费。作家常常自嘲说自己给报屁股写点文章，除了反映出他们个人的意志、兴趣和性格外，很大程度上是冲着稿费去写的。特别是商品经济大潮无孔不入的当下，写作的功利性尤为引人注目。在这方面，阿城是最早的"觉悟者"之一。1984年出版《棋王》等出名后，阿城最初写了一些"施舍性"的东西，他说，"一个短篇可以让一个借用编辑从县城调到省城，让他们夫妻团圆，成全好事。"再以后就开始写起通俗剧本来，说光靠写小说挣钱太苦。他说他和他家的人都有嘴。[④]在客观现实面前，务实的中国作家纷纷"染指"影视，并大多在较短的时间内"发了"起来。王蒙为我们大致点了下，他说：搞影视的除了王朔外，陈建功、赵大年写了电视剧《皇城根儿》，梁晓声写了《年轮》，45集，与中华人民共和国成立45周年相合，

---

① Link, Perry：The Uses of Literature：Life in the Socialist Chinese Literary System, Princeton, New Jersey：Princeton University Press, 2000, p. 152.

② 王朔：《王朔访谈录》，台湾《联合报》1993年5月30日。

③ 张贤亮：《小说中国》，陕西旅游出版社1997年版，第36－37页。

④ 朱伟：《接近阿城》，载王晓明主编《二十世纪中国文学史论》第1卷，东方出版中心1997年版，第311页。

还得了“五个”一工程奖。王安忆也与陈凯歌合作搞了电影。而与张艺谋合作的有刘恒、苏童、余华、李晓等。与王朔合作的则有史铁生、刘震云、贾平凹等。写作的功利性由此可见一斑。①

诚然，这种功利性的个人写作是有一定价值的，适应了创作主体“有为而作”的创作理念。但若过度渴求通过写作来获得这种功利性的物质、地位与权力等现实体验，则不免陷入与商业、金钱等纠缠的“胶着状态”，不利于保持“纯文学”的创作追求。例如，被称作“美女作家”的 70 后女作家卫慧和棉棉的创作就带有较为浓重的炒作色彩，她们创作中所展现的大量奢侈品牌、性爱、金钱主义的因子很少带有“有为而作”的意识，更多则是文学与商业交融下的不成熟产物，文本缺乏一种启示当下的思想价值与现实意义。

第四节　创新性:陌生化体验

写作的“作”，指的就是创造或创新的意思，是一种有别于现实生活的陌生化体验。真正写作出来的文章，无论是科普文章还是文学作品，都具有创新性，否则就不是写作，而只是“写”，是记录或者抄袭。科普文章的创新要求有独到的认识发现，表现为论点的新颖性。文学作品则要求具备独到的感受，表现为意象的新奇，呈现鲜明的个性，成为作者个体生命的表现。即使是一篇小小的应用文，它的内容都不应同于任何其他的应用文，无论是前人还是同时代的他人。好的文章最终表现出作者自己的风格。正如古人所说的那样，为文不同其异如面。

从社会学角度来说，人类世界只有两种产品——物质产品和精神产品，但是二者是不一样的。物质产品往往要求规范化和标准化。人们使用起来，可以允许无数次地重复动作，例如手表和自行车。而精神产品则要求标新立异，往往是一次性地使用，否则人的接受心理就会产生厌烦和反感。因此对于文章这种精神产品来说，人们反对公式化和概念化的创作，提倡新颖、独创的艺术实践。

而从心理学上来说，正如一切创造性活动一样，写作要有非逻辑思维的参与，特别是灵感。作为生命的奇迹，灵感可以说是最有个人性的和独创性的思维活动。

---

① 王蒙:《世纪之交的文学选择》，载季羡林等编著《大国方略——著名学者访谈录》，红旗出版社 1996 年版，第 249 页。

写作的创新性，对于作者来说，就要求具有深刻敏锐的思想洞察力，有胆略，有见识，在较高的人生追求的激发与不断的生命内在冲动的推动下进行绝无仅有的全心投入。海明威在《老人与海》中，着力表现桑提亚哥不断地探索新的自我，不断地战胜自我和超越自我，不断地拓展未知世界领域所做出的艰苦努力："它的选择就是待在一切圈套，引诱和诡计都奈何它不得的黑乎乎的深水里。我的选择呢，就是到那什么人也没有去过的地方把它找出来。到那世界上什么人也没有去过的地方去。"这一段话其实也可以看作是海明威对写作的创新性之独到见解。

应该说，人人都喜欢创新，每个写作者都自觉或不自觉地追求创新。但创新并不是一件遗留在路上的物品等待你去捡起，创新更多地要靠你从平凡生活中去发现。15世纪意大利航海家哥伦布发现美洲新大陆，震惊了全世界。一次，西班牙女王为他举行庆祝宴会，一位客人轻蔑地说："发现大陆有什么了不起，那是客观存在的。只不过叫你碰上了。"哥伦布不动声色地顺手拿起一个鸡蛋，说，"请你把它立在桌上。"那个客人怎么弄也不能把鸡蛋立起来。哥伦布接过鸡蛋，在桌上一磕，鸡蛋便稳稳地立起来了。那个客人仍然不服地说，"这样把鸡蛋立起来，也没有什么了不起。"这时，哥伦布淡淡地说："事情就是这样，有人发现得了，可有人就发现不了。这就是差别。"

今天，我们之所以能够读到各类脍炙人口的作品，原因在于这些作品中都蕴含有独到的创新性。汪曾祺曾经说过，"我很喜爱看风俗画……我以为风俗是一个民族集体创作的生活抒情诗。我的小说里有些风俗画的成分是很自然的。"他继承了沈从文的风格，以抒情的笔调，着意描写风俗民情，刻画下层百姓的人情人性。他常常于不经意中展示自己的独特发现。例如，在他的《大淖记事》中，巧云被保安队的刘号长强奸后，她"没有淌眼泪，更没有想到跳到淖里面淹死"，而是遗憾没有让心爱的人先占了身子，这种道德感的创新与正统的"贞操""节烈"观念具有鲜明的区别，带有明显的民间道德与地域性道德的意味，体现出了生机勃勃的生命意义。

70后作家，生于20世纪70年代，长于90年代，而那段时间正是中国市场经济高速发展和改革开放如火如荼进行的时期。"变革"，是这个时期的符号。通过1990—1999这十年的大事记，我们可以看到70后作家的成长环境：从1990年9月22日第11届亚运会在北京开幕到中国正式加入《世界版权公约》、香港回归再到举世瞩目的三峡工程正式开工、澳门特别行政区成立等等，每一个事件，在人类历史上都有着深远的影响。从中我们不难发现，在这个时期，国家的综合国力在不断提升，在世界范围内开始享有较高的话语权。但是，与此同时，这个时期也遭遇了诸如南斯拉夫大使馆被炸这样令全民激愤的事件。也就是说，在70后作家的成长环境中，既有港澳回归这样令民族自豪感大幅提升的事件，又有导致全民激愤的南斯拉夫大使馆被炸事件，同时还有王菲、谢霆锋、刘德华、周润发、周星驰这样大家现在耳熟能详的明星出场。这样无比丰富的社会生活是60年代作家完全无法想象的，社会生活带来的巨大变革在70后作家的创作中则体现为陌生化的创新体验，主要有以下几方面的具体内涵：

首先是题材的创新。就题材而言，中国文学史上恐怕还没有哪个作家群体像70后作家的创作这样广泛。70后作家创作的题材中占主导地位的有如下八类：成长小说、城市小说、乡土小说、类通俗小说、少数民族题材小说、历史题材小说、校园小说、军旅小说，等等。

冯唐是70后作家的代表人物之一，关于他的《万物生长》，出版编辑是这样介绍的："70年代生的冯唐，他的世界观早已背离了'大海航行靠舵手，万物生长靠太阳'的专制体例"。他的《万物生长》是一部有趣的小说，也是一部忧郁的小说，从乌七八糟一大堆情节里，怎么看，都能窥见作者心底的纯净。这部作品，可以被喻为一部中国特色的《麦田里的守望者》。冯唐通过一个名叫秋水的男人，向读者讲述了一群学医青年如何成长的故事。作者将这部书"献给老妈"，因为许多母亲"可能不知道有些孩子这样长大"。聪慧、无聊、生猛、自负，那群青年历经梦想与人性、肉身的短兵相接。阳光之下，万物都在疯狂生长，一如热带雨林的藤蔓，遮天蔽日，但是丛林深处究竟掩藏着怎样的失落与惶恐，母亲们不知道。可以说，对于大学生活的描写，是从70后作家开始的，但是他们笔下的青春与之前任何一个时代作家笔下的青春都不同。万物生长靠什么？冯唐的规则是靠摸索，就像"一颗精子在阴道里跌跌撞撞"，筋疲力尽，精尽人亡，这就是他所理解的人生。

大学生活、放荡不羁的青春、奋不顾身的爱情……这些成为70后作家的写作题材。这种题材上的创新既是时代革新在文学领域的体现，同时也是同步记录时代的追踪者。透过70后作家的文字，我们也可以感知到20世纪90年代中国的社会生活。与60后及之前的作家不同，70后自出生起便经历着这种变革，这种"土生土长"式的环境没有给他们增添忧国忧民的压力，因而使得他们得以自然地拥抱社会的变化。

其次是语言的创新。不妨来看一段文字："其实，我们不怕考试。六岁上学，至今几乎已经念了二十年的书，有过三四十个老师，大小百来次考试，变换花样骂过各种老师几千次祖宗。我们对考试是如此熟悉，以至于考试已经成为我们生活的一部分。考试会呈周期性地到来，仿佛榆叶梅开花，元旦、春节、每月的补贴。我们已经习惯，没有任何新鲜，可以麻木地对待，仿佛榆叶梅花开去照相、月经前买卫生巾和春梦后洗内裤。”通过冯唐小说《万物生长》这一段文字，我们不难窥见70后作家群体在语言表达上的创新意识，即洒脱不羁和自由自在的语言风格。

这同样与70后作家的成长环境有关，社会风气的开放与新鲜事物大量涌入冲击着封闭守旧的思想，也冲击着创作主体固有的语言内容和语言风格：在语言内容上，出现了许多新兴的词汇，包括事物（名词）、动词等等。在语言形式上，则不再是“春秋笔法”似的针砭时弊，而是自由自在地表达自我。70后作家的精神状态与之前作家群体截然相反，他们不再具有“西施捧心”般忧国忧民的忧患意识，而是不受拘束地表达自己对时代的看法、表达自我的个性。他们有对时代的不满和反叛，但是这种“不满”不再是唯唯诺诺地杯弓蛇影一般地描写，而是直言不讳。因此他们的语言大都具有自由洒脱的风格与特性。

盛可以早期的小说创作同样具有极其鲜明的个性化语言风格。其作品行文极快，节奏紧张而急切，比如《手术》《快感》《途中有惊慌》等文章都带给读者一种酣畅淋漓、直泻而下地痛快自由之感。比如在《Turn On》一文中有这样一段描写：“我瘦得像条饥饿的狗，肋骨顶着皮囊，立刻让人想起悬挂的狗排，胸部以下，肋骨呈八字，搭成伞一样的帐篷，胃部四陷，前背贴着后背，像炒锅。我抽烟时那面炒锅一鼓一疮，就像蛤蟆的腮，蛤蟆张着两只乳房样的眼睛，漠然地思考什么——叉开双腿上床把自己摆开。”

这几个毫不相干的事物通过比喻的形式连接在一起，就像电影拍摄中时常用到的蒙太奇手法，将几幅不同的画面重叠在一起，带给欣赏者一种视觉的冲击力与感染力。盛可以的文字之间有一种奔涌的气势在不安地冲撞着，再加上比喻手法的巧妙运用，更使作品的语言显得自由而灵动，极富变化之美。类似的语言的创新，在其他70后作家作品中还有许多。

再次是形式创新。70后作家是随着网络文学的兴起而日益成为大众关注的对象群体的。而网络文学主要依托互联网为发表平台和传播媒介，是借助超文本链接和多媒体演绎的手段来表现主题的一种新型文学创作方式。而一些70后作家出道就是借助了网络这一新型媒介手段，这与传统作家依托纸媒进行创作的书写方式相比有很大的不同。这种类型的文学样式由于深受网络传播自身特性的影响而改变了普通读者的阅读习惯，逐渐成为拥有着广大受众群体的一种文学阅读模式。通过对其发展过程和现状的分析，有助于我们从更深层次体会折射其中的社会心理，并对其价值和意义有着较为客观的考量。自20

世纪 90 年代“第四媒体”互联网进入中国以来，互联网在人们生活中日益普及，人们的阅读不再局限于纸质读物。网络不仅为读者提供了阅读的便利，也为写作者带来了发表便利、传播便利、交流便利的创作优势，有力地推动了全民写作走向可能。例如 70 后作家安妮宝贝最初就是在文学网站“榕树下”开始发表连载小说《告别薇安》，今何在在新浪网“金庸客栈”发表《悟空传》等。随着互联网的快速发展，网络文学不再仅仅局限于小说连载，诗歌、散文等多种文体也开始在“榕树下”“天涯论坛”等占据了重要地位，其中不少文本是 70 后作家创作的作品，如《遍地狼烟》等。

从第一部正式在网络上发表的小说开始到 20 世纪末的这一段时间被人们称作网络文学的理想时代。理想这个词语自然是对现实而言，而将理想冠名于一个阶段的时期，或许也可以看出人们对这一时代的怀念。纵观这十多年，一个又一个的第一被标榜，一个又一个的创意付诸实现。是那一个个在今天看来的陌生名字，在网络文学的最初，在几乎没有商业利润和广泛受众的环境下，为着自己内心的理想而创作。当几乎所有的网络写手都在孤独地建构属于自己的文字世界时，理想的提及也不会显得奢侈或矫情。在这样一个物欲横流、信仰倒塌的时代，即便是为了守护那存在于心底的文学的纯洁性，理想时代的命名也算实至名归。但是，最初的时代虽然最是充满激情和灵感迸发的时期，也往往最为脆弱和易于倒塌。随着网络建设不健全、读者增多、维护费用过高等问题的凸显，网络文学的理想时代宣告破灭。但 70 后作家作为中国网络文学的第一代，其亲身的文学创作实践也为后世网络文学的发展奠定了基础。

第五节　排他性:模仿者与精神的匮乏

不少作家都喜欢将自己的作品当成是刚刚分娩的宁馨儿，“自爱”得不得了。白居易在《与元九书》中说:“凡人为文，私于自是。”爱是自私的，排他性的，写作也是这样。所谓文人相轻，是对写作排他性的最好注释。

正因为写作具有强烈的排他性，因此，写作者都不希望自己的作品被指认为是别人作品的模仿者。如果某某作家的作品被视为另一个作家的模仿品，轻则受到同行的耻笑，重则对簿公堂。例如，张颐武在《精神的匮乏》中提出韩少功《马桥词典》“是一部十分明显的拟作或仿作”。并说“它是完全照搬《哈扎尔辞典》。在这位名叫帕维奇的塞尔维亚作家面前，中国作家韩少功无疑是一个模仿者。”结果，韩少功一气之下，将张颐武告上了法庭，二人为此打了一场旷日持久且劳民伤财的官司，而这一事件也成为 20 世纪 90 年代中国文坛热点事件之一。

事实上，写作中的排他性也可以视为写作中的创新性或独特性的另一面。例如，陈忠实《白鹿原》的成功之处，在于它基本上摒弃了传统历史小说观照历史和叙述历史的社会/政治思维模式，甚至也超越了 20 世纪 80 年代以前同类题材小说的艺术视野，以更为客观的冷静态度来审视历史，而且，以文化传统贯穿始终，与中国几千年的历史发展进行了衔接，在展示家族历史的同时，揭示了人的生存方式和生命状态，使作品具有了凝重的历史感。

换句话说，这部小说的深刻之处表现在将社会政治从前台推到幕后，作为一种历史的背景加以叙述，而将笔墨的重心放在了最具中国历史文化传统意义的家族、宗法观念这一特殊视点上，写出了中国家族的历史变迁。白、鹿两姓本为同一宗祖，后来发生了分化，成为两个家族。几十年间，两姓为争夺家族的统治权，进行了多次较量。家族之间的争斗具有深刻的文化意义和深远的历史意味：一方面，家族争斗打上了中国政治斗争的特殊烙印；另一方面，它也揭示出中国近现代社会动荡中的宗法家族观念及其表现形态。作品中任何一个人物的结局，都是一个伟大生命的终结。正如作者自己所指出的那样："他们背负着那么沉重的压力，历经了那么多欢乐与灾难而未能实现自己的人生理想，死亡的悲哀远远超过了诞生的无意识哭叫。"[①]在这里，写作的排他性和写作的创新性成为作家心目中一枚硬币的两个方面。排他性不是不要历史，不是不要借鉴，而是通过历史、借鉴并观照历史以达到创新的最终目的。

这样的排他性在 70 后作家徐则臣看来，是"把自己的特长和优势发挥最大"。[②] 他认为，如果一代作家要区别于上一代的作家，就要考虑哪些应该写或哪些可能去写，还需要考虑作品跟时代之间的对应关系，也就是所谓的"一代人有一代人之文学"。换句话说，莫言走过的路对于 70 后作家来说是不可能再重复了，时代发生变化了，需要在写作上做出一定的调整。某种意义上，作家群体的多元化注定了优秀作家具有排他性。70 后作家群体的排他性集中体现在他们创作风格的多样性上，而这种多样化与作家们的教育背景、家庭生活、社会阅历及对中国经验的体悟与感受有关：

徐则臣，生于 1978 年，毕业于北京大学中文系，被视为中国 70 后作家的光荣，已经获得老舍文学奖和鲁迅文学奖，2015 年凭借《耶路撒冷》获得华语文学传媒大奖年度小说家奖，并且提名第九届茅盾文学奖，进入了最后 10 强，是

---

① 陈忠实：《关于〈白鹿原〉的答问》，《小说评论》1993 年第 3 期。

② 郭艳：《全球视阈中的中国 70 后作家群体》，《文艺报》2016 年 10 月 14 日。

当中最年轻的作家。代表作有长篇小说《耶路撒冷》《午夜之门》《夜火车》，中篇小说《跑步穿过中关村》，短篇小说《如果大雪封门》。

乔叶，生于 1972 年，曾获第五届华语文学传媒大奖年度新人奖，中篇小说《最慢的是活着》获第五届鲁迅文学奖，长篇小说《认罪书》获 2013 年人民文学奖。目前是河南作协副主席。她的作品《母亲的纯净水》入选北师大版六年级语文上册教科书。

李师江，代表作《逍遥游》，70 后中被视为"继王朔之后最具叙事魅力的小说怪才"，作品亦正亦邪，是一位杨过式的人物。此番"李师江旋风"刮回祖国大陆，势不可挡。

饶雪漫，代表作《沙漏》《左耳》《离歌》《酸甜》。饶雪漫是 70 后文坛上不可缺少的一分子，风格多变，已占领了青春文坛 18 年，以青春疼痛系列迅速走红，受广大人民喜爱。

安妮宝贝，代表作《彼岸花》《告别薇安》《二三事》以及随笔《素年锦时》。《素年锦时》在 2008 年图书销售排行榜中名列前 20 位，再创 70 后作家(在没有刻意宣传作品的情况下)图书销售的奇迹。

从上面列出的这些作家的获奖经历我们不难看出，70 后作家群体是一个很难被定义的群体，其写作的内部构成具有极大的复杂性。正如上文所提及的，这种复杂性与时代的复杂性紧密相关。20 世纪 90 年代到 21 世纪初，中国社会涌现出许多新事物，处于新旧交替的文学界也呈现出"百家争鸣"的场景。"多元化"无疑是 70 后作家群体的重要特征，而"多元化"带来的影响之一就是作家之间的"排他性"。产生这种"多元化"的原因之一是文学商业性的增加。20 世纪 90 年代以来，文学生产方式的变革主要表现在以下几个方面：

首先，从文学的社会位置上来看，文学失去了主流位置，正逐步"边缘化"。文学作品从卖方市场变为买方市场，文学的评价标准也由文学评奖、评论转变为版税的高低。文学生产过程由侧重文学创作变为侧重文学消费，只有吸引眼球、具有炒作价值的作品才能引起社会轰动，那些因一篇文章就声名鹊起的不再是苦大仇深的现实主义文学创作者，而是迎合大众喜好、具有"卖点"的作者。

其次，文学生产主体日益分化，体制改革打破了作家"单位制"的保护，"体制外"作家、自由撰稿人成为一股不可忽视的创作群体，甚至被称为"21 世纪的文学主力军"。

与此同时，70 后作家的作品有着主题的一致性。内容上的同质化，这一特性要求 70 后作家必须在同辈作家中采取极端的排他性，以彰显自己的与众不同。简单地看，70 后作家的作品类型可以独立地划为“成长小说”一类。徐则臣在他的长篇小说《水边书》的扉页上赫然印着斯文特拉的一句话：“一个作家必须为自己写一本成长的书。”这句话说出了很多文学创作者的心声，几乎 70 后作家群中的每一成员都写过成长小说。单就长篇小说而论，就有丁天的《玩偶青春》(即《伤口咚咚咚》)、《像一场爱情》，魏微的《拐弯的夏天》，弋舟的《巴格达斜阳》，张学东的《西北往事》，冯唐的“万物生长三部曲”，包括《十八岁给我一个姑娘》《万物生长》《北京，北京》，路内的《少年巴比伦》《追随她的旅程》，徐则臣的《病孩子》《水边书》，盛可以的《火宅》，等等，而涉及“成长”主题的中短篇作品数量则更为庞大。[①] 从更深层面来分析，70 后作家所书写的“成长”小说与其他时代作家的创作最大的区别就在于：70 后作家作品中着重展现的并非简单意义上的生命与成长，而是企图对更深刻的灵魂与精神的“成长”进行开掘。但是遗憾的是，70 后作家对于这一领域的探索尚未取得开创性的成果，创作只是悬浮于人物心理与精神的表层状态，并没有真正进入人物精神世界的内部，70 后作家仍然需要在不断地积累中进行更有效的艺术创造。

第六节　深刻性：希腊小庙供奉的人性

写作的深刻性主要体现在表达方式的含蓄上和对作品主题的开拓上。

沈从文认为他的写作是一种“情绪的体操”，一种使情感“凝聚成为渊潭，平铺成为湖泊”的心灵体操，一种“扭曲文字试验它的韧性，重摔文字试验它的硬性”的个性化体操。他曾说过：“我只想造希腊小庙……这神庙里供奉的是‘人性’。”[②]

沈从文作品的深刻性在其名著《边城》中得到了充分的体现：作品里的白塔是祖父的化身。所以当白塔倒了之后，山寨里的人要尽力捐献，把它重新立起来，这表明善良的人性还活着。后来祖父埋在塔下，意味着桃源般的朴实、和平与快乐也埋在这里。白塔的存在就是让人看到信仰之所在。这是一座最纯朴的人性之塔，它代表沈从文所说“民族品德的消失与重造”。正如沈从文自己谈到的，他在《边城》里“要表现的本是一种‘人生的形式’，一种‘优美、健康、自然，而又不悖乎人性的人生形式’”。而这些也就是他说的，常被读者“忽略”

---

① 翟文铖：《70 后作家成长小说论》，《文艺争鸣》2014 年第 12 期。

② 沈从文：《阿金》，上海开明书店 1943 年版。

的，恰恰是作品“背后蕴藏的热情”和“隐伏的悲痛”。①

对作品主题的开拓，铁凝和阿城都有过出色的表现。例如，铁凝的《哦，香雪》叙述一个叫台儿沟的偏僻小山村被火车从沉睡中惊醒的故事。香雪是一位山区少女，是台儿沟唯一考上初中的人，在学校里，因为用的是爸爸做的木头铅笔盒，常常遭人嘲笑，所以她一直梦想能拥有一个既象征现代文明又包含着人的尊严的带磁铁的泡沫塑料铅笔盒。为了实现这个梦想，她在火车停站的一分钟里，用 40 个鸡蛋换来了梦想已久的铅笔盒。为此，她甘愿被父母责难，也甘愿独自摸黑走 30 公里的山路。作品的独特之处在于没有正面展现社会变革的激烈冲突和时代风云，而是将笔触伸向山村姑娘的内心世界，透过她们内心泛起的细细波纹，展示出现代文明给深山小村带来的变化。

与铁凝不同，阿城在《棋王》中重点突出与强调了王一生的生存意识和存在方式，即着重描写了王一生关于“吃”和“下棋”两件事情。吃是下棋的物质基础，下棋是生命的价值体现，两者存在着互补与升华的辩证关系。王一生执着于棋道，追求的是一种向内的个体精神世界的完满。他不因生活困顿而放弃下棋，也不因为获得比赛资格而不顾一切单纯地下棋。在这里，“棋道”就是“人道”，就是自强不息、积极进取、执着坚定的儒学精神和不以名利为荣、安贫乐道、宁静淡泊的道家思想的集中体现。王一生的形象，与其说是包容了文化精神的独特个体，不如说是消解了鲜明个体的文化象征，充分体现了中国传统文化中儒道合璧的人格精神和文化心理积淀。② 其作品的深刻性恰恰在于此。

而在表达方式上，海明威用电报式的创作风格展示了一种深刻的悲剧美。比方，在其代表作《老人与海》中，老人桑提亚哥比鱼更能认识自身的本质存在，更能够认识自己如何存在。鱼类只懂得自己的生存和如何生存，而作为“万物的灵长”的人类，桑提亚哥除了懂得生存和如何生存外，还懂得爱和如何爱，还懂得光荣和如何取得光荣：

“你把鱼弄死不仅仅是为了养活自己，卖去换东西吃。你弄它是为了光荣，因为你是个打鱼的。它活着的时候你爱它，它死了你还是爱它。”

70 后作家在 20 世纪 90 年代时，尚处于青春年少时期，受到创作视野与自身能力的限制，他们对于社会现实与人生境况等很难有较为深刻的把握与理解，常常“率性而为”，“有感则发”，文字也大多自由不羁，洋溢着鲜活的青春气息。然而，度过 21 世纪的第一个 10 年之后，70 后创作主体大多已迈入中

---

① 王润华:《沈从文小说新论》，学林出版社 1998 年版，第 109 页。

② 阿城:《棋王》，《上海文学》1984 年第 7 期。

年，岁月的变迁使得他们清醒地意识到身处中年状态的危机感和重压感，于是在他们的创作中弥漫着一种来自创作主体精神层面与灵魂深处的激烈对撞。他们对于现实处境有了更为深刻的认识，也更加关注底层人民的命运遭际与生存境况，其在文本中所书写的格局与境界都有了较大的提升。

比如70后作家田耳在《一个人张灯结彩》这部文本中，用细腻的笔触将挣扎在社会边缘的哑巴女小于与混混钢渣的生存困境向我们娓娓道来。钢渣从农村来到小城，没有经济来源却又看不起偷鸡摸狗的勾当，每天无所事事，只想着能凭借自己的聪明才智制作炸弹，从而炸开银行赚取大钱。挣扎在艰辛与空虚的城市边缘使他感到无尽的孤独与冷寂，哑巴小于的突然闯入带给了他些许温暖和安慰。为了替小于筹钱，钢渣走上了抢劫出租车司机和杀人的犯罪道路;为了不让自己的兄弟皮绊替自己背负杀人犯的罪名，他勇敢地承担自己的责任，最终深陷囹圄;知道自己是必死的结局，依然牢记着对小于的承诺，拜托警察老黄去看看小于。但是作者塑造的这样一个游手好闲、杀人抢劫的罪犯却让我们无法憎恨，在他身上展现出的责任感与对待爱情的真挚是他人性向上的温情，令读者对其悲惨的遭遇不由自主地产生同情和怜悯。田耳的本意并非简单向我们传达游走在社会边缘的小人物之悲惨的命运遭际与生存困境，其作品的深刻性在于向读者揭示这些人物内心深处对于命运的反抗与人性向上的温暖，使得读者在其冷峻苍凉的叙述中感到一丝明亮的色彩与微弱却有力的温情。

第七节　丰富性:精神生命的有机整体

写作是作者以思想修养、生活经历、知识积累和文字技巧四个方面为主的自身素质的综合表现，一篇文章就是一个有机的整体的精神生命。

写作的丰富性就体现在上述四个主要素质的全面发展上。在这方面，鲁迅先生是突出的榜样。他的思想认识是前所未有的广博深刻。他的生活经历，是在新旧两个时代交替的大变革时期，是处在政治文化中心区域的一个胸怀远大而又道路曲折的知识分子的革命历程。他的知识积累，达到了超乎他人的高度。即使他的写作技巧也是站在这一时期的高峰，开创白话文文学的历史，运用了现代派的心理描写手法，就连语言文字也都具有自己的显著特色。

正如古人所说“文如其人”，写作的关键是做人。这样一来，写作时要充分调动自己的潜力。为了文章的某个“点”，调动人生知识的多个“面”。特别是在构思和起草两个阶段，要像《文心雕龙·神思篇》中所说的“精骛八极，心游万仞……观古今于须臾，抚四海于一瞬……笼天地于形内，挫万物于笔端”。

好的作品都有其自身的丰富性。老舍的《茶馆》:“一个大茶馆就是一个小社会。”裕泰大茶馆是旧北京的缩影，也是旧中国的象征。作家选择茶馆作为作品的场景，避开了对重大历史事件的直接描绘，而只写这些事件在民间的反映，通过在茶馆里进进出出的各色人物，表现出旧中国政局混乱、是非不分、恶人得势和民不聊生的颓败趋势。

陆文夫小说《井》中的“井”既是生活中的真实存在，又是一个象征，二者重合在一起，成为主人公徐丽莎肉体与精神死亡的凶手。作品中的小巷、井台、小楼、家庭组成了她生存的一个完整空间，这个空间始终与徐丽莎的命运变迁联系在一起，既是小说情节展开的中心，又是人物活动的见证，更是推动人物命运变化的潜在的文化力量。

邓友梅在《烟壶》中说:“烟壶虽小，却渗透着一个民族的文化传统、心理特征、审美习尚、技艺水平和时代风貌。”①

徐怀中的《西线轶事》通过陶珂等六个女电话兵和男步话兵刘毛妹在对越自卫反击前后生活的描写，旨在表现“中华民族经历了十年动乱之后，怎样面对这场特殊的战争”。作家在谈到创作该小说的体会时说:“炮火硝烟只是战争之树的树冠，是一眼就可看见的。而一棵树，据说在地面下的根部和树冠一样大小，如同它的倒影。……我以为只有透过硝烟炮火，把笔触伸展到战场以外，伸展到社会生活的‘根部’，才足以显现发生这场战争的特定时代，给人以经历史的纵深感。”②可见，作品的深度、厚度和时代感是由写作的丰富性来体现的。

70 后作家处于时代的转折点上，他们相比其他时代的作家经历了更多的社会变革，加上各种社会变革引起文学理念和文学流派的频繁更迭，导致了他们的作品往往具有时代所倒映的五光十色、丰富多彩的变化。因此，相比60 后作家的突出风格，想要给70 后作家主题风格贴上一个标签则非常困难，他们的作品往往呈现出古典和现实、乡村和都市、宏大和细微相互交叉的景象。

如李浩《如归旅店》就是通过描写一个小小的旅店如何在蛀虫、臭虫和有意无意损害着旅店的住店人、盗窃者、拾粪人、民国政府、维持会的小吏、兵痞以及日本人的挤压下逐渐衰败的过程，展现了整个时代的变迁和广阔的生活场景。通过个体得到尊重、过好日子的小小愿望的破灭暗示了一种文化形态的式

① 邓友梅:《烟壶》,《收获》1984 年第 1 期。

② 徐怀中:《爬行者的足迹》,《解放军文艺》1980 年第 4 期。

微和近现代乡土文化的崩塌。

谢宗玉虽然以书写散文而出名，但是他的长篇小说《末日解剖》写得同样十分深刻。作品虽围绕一件普通的自杀案件与一个简单的三口之家的生活经历而层层展开，然而却从多方面向读者展现了青少年的成长、亲情与爱情的变异、特殊职业对人性的扭曲等多重内涵，极大拓展了作品表面所承载的丰富性与精神内涵。

也正因为70后作家在思想修养、生活经历、知识积累和文字技巧上面所表现的丰富性，他们常常能跳出自己所处的时代框架之中，用自己的方式去观照和书写社会，而并非每一次都随波逐流以迎合时代大潮，这一点是难能可贵的。

徐则臣的小说虽然表面上都紧跟每一次的文学潮流，但是细看之下他又与新时期任何一种文学创作潮流保持着必要的距离，形成自身的一种艺术张力。当网络文学、80后写作迎来一个高潮，获得大众热捧时，徐则臣依旧坚持自己的写作方式，精心雕琢自己的文字。而当"打工文学""底层写作"成为21世纪批评家所青睐的热门话题时，徐则臣直言："我从来没有刻意要去写'底层'，也不认同'底层文学'这一说法。我也不觉得写他们就是写底层，我只想写一写我认识的和熟悉的朋友，他们碰巧游走在北京的边缘，碰巧在干不那么伟大和体面的事业，碰巧生活在暗地。他们从事何种职业对我来说其实不重要，我只关心他们的生活和精神状态。"因为每个时代都有自己的个性化诉求，70后作家喜欢那些不能被归纳的意外，更愿意去阅读那些和惯常思维完全不一样甚至和时代某种诉求完全不一样的独特性东西。在他们看来，写作和这个时代的关联和关系应当是拉开的、对抗的，甚至是某种反叛。①

第八节　经验性：日常生活的味道

这里讲的经验主要指的是体验和实践。众所周知，写作是一种能力，能力要靠实践才能领悟和掌握。正如游泳、武术一样，不练不会，非练不可。正如毛泽东在《实践论》中指出的："你要知道梨子的滋味，就要亲口尝一尝。"艺术来自生活又高于生活，没有体验和实践就不可能创作出生动传神的艺术形象来。

中国作家一直十分重视写作的经验性。体验生活已经成为作家们的自觉行

① 郭艳：《全球视阈中的中国70后作家群体》，《文艺报》2016年10月14日版。

动。例如:因写作《枫》和《远村》而名噪一时的郑义，1983 年底到 1984 年春，他骑着单车走遍了黄河周围的二十多个县，行程达五千多公里，这种类似考古学家所说的“田野作业”使郑义获益匪浅，他坦承:“《老井》就是这次寻找的结果。”

而在文坛素有“黑骏马”之称的张承志则自述道:“为了写作《心灵史》，我花了六年时间穿梭于北中国去收集材料。新疆、宁夏、内蒙古、广西和其他西北部地区，我去过八次，每一次我都要记很多笔记。我不是盲目地收集材料。我实际上生活在回民中间，要是当地人与地方政府因为宗教而发生冲突时，我就要帮助他们。”①

军旅作家乔良在写作中篇小说《灵旗》②之前，也曾沿着长征路线进行了实地考察和认真的体验，因此，在创作时，他并没有按照传统革命史模式讲述一段革命历史故事，而是以当代人的眼光，选取“长征”这一举世闻名的历史事件中的一些片段，体现了作家重新审视历史的胆识和在小说艺术上的探索精神。该小说的叙述设置了三种视角，分别从作家自己、青果老爹和二拐子的视角展开叙述，借不同时空、不同地位的观察者，去表现 50 多年前发生的历史悲剧。青果老爹是整篇作品的枢纽。湘江战役前后的场景，乃至杜九翠、逃兵“汉子”的生活画面，都借这个历尽沧桑的半死老人的幻觉进行蒙太奇般的闪现。

而到了 70 后作家这一代，文学来到了一个临界点，他们前脚依旧继承传统作家写作的老路子——实地考察，亲身经历，后脚随之而来的则是网络发展大潮所带来的一系列模式化和缺少深度、“换汤不换药”的市场化小说创作高潮。因此，相比之后的作家，70 后作家有着更为自觉的历史担当，对生活处境与个人命运都有着更深远的忧虑与思考，这就注定了他们的写作是扎根大地的，富有经验性的。

李骏虎的长篇小说《共赴国难》，是一部展现 1935 年到 1936 年之间中央红军长征结束到达陕北后，组成中国人民红军抗日先锋军东征山西的历史。而这部长达三十余万字的小说，是李骏虎历时三年精心查找史料，在整个陕西地区进行实地考察所诞生出的艺术结晶。

而 70 后作家李凤群最初是以写网络小说起家的，其作品主要以书写自己的经历为主，基本是自我经验的原始还原。其后她的小说《大江边》一改原先的面貌，文本的跨度、人物的繁复度和人性复杂的呈现度都达到了她个人写作的

① 张承志:《黑骏马》，北京师范大学出版社 1993 年版。

② 乔良:《灵旗》，《解放军文艺》1986 年第 10 期。

最大值。李凤群最近的一部长篇《大风歌》的创作中则有一种流动感和漂泊感，格局也不只是乡村和城市的对立、男权和女权的争斗，能使读者从中看到国、看到家、看到世道人心。其创作前后产生如此巨大的变化一方面跟她自身的经历有关，另一方面也与其创作视野的开阔以及学识的不断积累有关系，而这几方面的综合积累最终使她的创作达到了前所未有的高度。

此外，写作中的经验性除了深入生活进行扎实的体验外，有时也表现在对生活细节的把握和精神的发掘上。

魏微的《大老郑的女人》是70后作家首次获得鲁迅文学奖的短篇小说，其中有这样一段描写："她用一个妇人该有的细心、整洁和勤快，慰藉这些身在异乡的游子，给他们洗衣做饭，陪他们说话……她们几乎全方位付出。"作家还事无巨细地写到她回乡给婆婆抓药，给儿子买玩具，给丈夫添置新衣的事。通过这些细节描写让我们看到这个女人生活的不得已、爱意与愁苦，让我们看到她人性中所焕发出的真善美。

魏微曾自述道："我喜欢写日常生活，它代表了小说的细部，小说这东西，说到底还是具体的、可触摸的，所以细部的描写就显得格外重要。当然并不是所有的'日常'都能够进入我的视野，大部分的日常我可以做到视而不见，我只写我愿意看到的'日常'，那就是人物身上的诗性、丰富性、复杂性，它们通过'日常'绽放出光彩。"70后作家偏爱于通过个体介入的方式对日常生活进行书写，通过细小事件的把握来挖掘时代的特点。这种对日常生活的书写不像新写实小说中的卑微麻木，也不是底层写作想象的苦难。而是通过自己的亲身体验对生活的复杂性和丰富性进行发掘，从而赋予了"日常"新的味道和体悟。

第九节　爆发性：心灵的冲动

爆发性指的是创作者的厚积薄发，是一种心灵的冲动。有时，一种理念、一个想法或一团火花在心里贮存了许久或蠕动了许久，就会令写作者茶不思，饭不想，不停地看，不停地思考。都说写作要靠灵感，可灵感并不是从天而降的，而是写作者苦苦思索的结果。郭沫若写诗时趴在地上感受大地母亲、亲近大地母亲，他的疯狂状态就是灵感爆发的集中写照。

1998年梁衡发表了《大无大有周恩来》，这篇文章成了纪念周总理百年诞辰活动中影响最大的一篇，也是当年"中国散文排行榜"的夺冠者，转载率在全国是最高的，还被很多党校和机关作为教辅资料来使用。周总理的侄女周秉建、侄女婿拉苏荣曾对人说《大无大有周恩来》这篇文章是所有写周总理文章中最深刻、最有思想的一篇，写出了周总理人格的精髓。

梁衡在谈到这篇散文的创作体会时说:“这篇文章整整构思了 20 年，在我的集子前后收了两篇写周恩来的文章，正好可以对比。1998 年写了《大无大有周恩来》，1978 年还写了一篇《一个伟人生命的价值》，现在回头看看 1978 年那篇就很浅了，但当时也写得很激动。”梁衡的一篇文章构思了 20 年，可见一篇好文章并不是一挥而就的，它需要沉淀，需要作者不断地咀嚼，不断地思考，最终写下来。梁衡接着说他写 1998 年的那篇，他调看的资料没有等身高也至少有半身那么高，当时他在原新闻出版署工作，也有这个方便。完稿后他给《中华儿女》的主编看，说:“我用了你们的资料，你给我看看这样写行不行。”结果晚上 11 点半该刊主编杨筱怀忍不住了，看完稿就给梁衡打电话说:“这篇东西我们一定要用。我敢断定在百年纪念活动中，这篇东西肯定是最轰动的一篇。”①梁衡的经验之谈值得每一个写作者认真学习。

梁启超曾经指出:“我们读一部名著，看见他征引那么繁博，分析那么细密……这个人不知有多大记忆力”，其实，“你所看见者是他发表出来的成果，不知他这成果原是从铢积寸累、困知勉行得来。大抵凡一个大学者平日用功，总是有无数小册子或单纸片，读书看见一段资料觉其有用者，立刻抄下(短的抄全文，长的摘要记书名卷数页数。)”。“这种工作，笨是笨极了，苦是苦极了，但真正做学问的人，总离不了这条路。做动植物的人，懒得采集标本，说他会有新发明，天下怕没有这种便宜事。”

同时，他又进一步指出:“发明的最初动机在注意。抄书便是促醒注意及继续保存注意的最好方法。当读一书时，忽然感觉这一段资料可注意，把他抄下，这件资料，自然有一微微的印象映入脑中，……过些时碰着第二个资料和这个有关系的，又把他抄下，那注意便加浓一度。”他还劝人读书要有目的去读，这样，“你所读的自然加几倍受用了。”②

潘光旦先生对此体会颇深。他说，他在留学美国时，曾“尝选习日本历史与德国思想二课……后此读书有得，凡与德日二民族有关者，皆笔录而藏诸箧。二三年间，累积甚多，然始终未敢引为作稿用也。十七年夏《新月月刊》初创，索文甚亟……不揣浅薄，草为此篇，得四万言。”③二三年间，抄录无数，最后只“得四万言”。这就是大师写作走出来的“捷径”！

---

① 荣沁:《从〈晋祠〉到〈觅渡〉》，辽海出版社 1999 年版。

② 梁启超:《治国学杂话》，中国青年出版社 1996 年版，第 248 页。

③ 潘光旦:《日本德意志民族性之比较的研究·引言》，北京大学出版社 1993 年版，第 415 页。

这种创作在新媒体时代委实难以做到。但一个有抱负的作家总会尽量做出与流行一时的东西不一样的东西。例如，作为“文学湘军五少将”的田耳在他的创作谈中说道：“我是极不相信勤奋写作的人，甚至从作品字里行间看见勤奋、用力的痕迹，就有种隐隐的不快。”他谈到小说创作“有时候也不依赖理论和逻辑，写的过程当中有身体的反应，下意识觉得这样写不行，但这样写又通了。从创作实际出发，我自觉的好的小说，就是冲着预想走向失控，失控后得来的效果比预计更好。”因此，他认为小说最怕的就是被各种理论与框架束缚，每个人都有自己的独特体验，大可不必循着别人的路走。虽然田耳提到光是勤奋在写作中是没有用的，还需要一点灵感，但是他也没有否定勤奋的重要性，他自己也是完全脱离了之前的营生而专门从事写作，勤勤恳恳才获得了成功，这同样需要强大的毅力和吃苦耐劳的精神。只有在此基础上才会有灵感的闪现，思绪的喷薄，才会迎来写作的爆发。比如在他的长篇小说《天体悬浮》推出之前，他已经创作了两部长篇小说，但并没有取得较大的反响。对于《天体悬浮》这部文本，田耳曾在其创作谈中谈及是在一次偶然的机会下帮朋友编剧而受到启发，出现创作灵感的。而此次创作的成功也是其在之前中短篇小说创作的经验积累之上诞生的，由此我们也不难看出爆发性与踏实积累之间的密切联系。

第十节　前瞻性：对现实世界的背叛

作为对现实世界的背叛，写作不仅仅是既往经验的总结，更是描绘未来理想的蓝图。有人说，写作是由一个个白日梦组成的。既然是梦，就具有梦的预见性或前瞻性。这里的前瞻性不仅体现在作者敢于在创作题材上触“地雷”，而且更体现在作者敢于在表现手法和艺术创新上执着追求。

例如，张洁的《爱，是不能忘记的》在当时就大胆地闯入了中国当代文学创作上的一块“禁地”：婚外恋。小说展现了一位离婚后带着女儿生活的女作家钟雨，与一个没有爱情但家庭生活却也和谐的老干部刻骨铭心地相爱，而二人却在苦苦的精神恋爱中走向死亡的故事。作品通过人物的爱情悲剧，反映了一种普遍存在的异常现象：没有爱情的婚姻和不被尊重的爱情。其悲剧意义在于：符合人性本质的爱情在现实中无法变为婚姻事实，而违背人性、没有爱情的婚姻，却不仅成为现实，而且还会以社会伦理道德的名义得到肯定和维护。这里，写作的前瞻性意义在于，促使人们对婚外恋问题的高度重视和全新认识，通过作者合理的想象、虚构和倾向性明显的批评，引导人们建立积极、健康的道德新秩序。

面对后现代的文化碎片以及文学死了的无趣呐喊，70 后作家坚信文学的现实意义，坚信文学存在的多重价值。正如雪莱在《为诗歌辩护》中声称的那样:“在创作时，人们的心境宛若一团行将熄灭的炭火，有些不可见的势力，像变化无常的风，煽起它一瞬间的光焰。”这火焰就是对未来的构想和向往，是前瞻性和启示性的，它使诗人变得崇高而充满威严。

70 后作家大都经历了大学的系统教育，对古今中外的哲学家对文学的阐述多有领悟。比方，亚里士多德就认为，文学作品意义永不消亡，因为它是对社会现实以及占统治地位的意识形态的假设的一种准确的再现，它深深扎根于它为之服务的社会现实之中，因而在社会现实之中具有一种实用性的、实际的功能。文本的正义性并不是来自这个文本的文字，也不是来自于作家内含的创造性的力量，而是源自创作者用虚拟的方式准确地再现一个先在的、真实的、不以读者意志为转移的客观世界，也只有这种再现，才能为别的人开辟出一种潜在的通向未来灵魂的道路。[①] 亚里士多德对于文学的前瞻性判断，也是 70 后作家集体努力、与时俱进的创作动力之所在。

换言之，70 后作家坚信文学的正义性。在他们看来，文学作品之所以具有强大的意义和神秘的力量，原因在于：它打开了没有别的任何办法可以打开而且也不可能由他者的设计或者阅读行为可以解释的虚拟现实。正是在这个基础上，J. 希利斯・米勒坚信:文学威严性的一个基本特征就是——它隐藏秘密，使之永远也不可能被揭示出来。写作的深层意义恰恰也在这里。

因此前瞻性不等同于完全的虚构的理想世界，它要在作家个人生命体验和对现实的体悟观察中看出时代发展的方向，写出即将成为真实的真实，也就是真实之上的真实。

值得指出的是，60 后作家对传统过多倚重，相对拘谨，在打开自己思路时没有那么自由与开放。而 80 后、90 后作家则过多地沉溺于时代所提供的新鲜光亮的生活背景中，紧紧追赶一次又一次热门的风潮，无暇从中跳脱去观望时代背后隐藏的弊病。70 后作家则处在一个时代剧烈变动的时期，如果他们一味地追求跟上时代潮流，根本无法赶上适应力更强的 80 后、90 后作家，因此难免跌跌撞撞，步履蹒跚。所以他们更多的是坚持自己最鲜明的创作理念和风格，真实地叩问自己的心灵，对时代得出自己的体验与认识。这也就决定了 70 后作家不仅回顾历史，也在眺望未来，他们的写作具有前瞻性。

70 后作家周瑄璞认为:“写作就是坚守自己的理念和创作道路及风格。因

---

① 聂茂:《民族寓言的张力》，民族出版社 2004 年版，第 6 页。

为时代变化太快，如果写作的要求与内容不断地调试、刷新，需要跟上风潮，否则就无法坚持自己，这样反而会丢失自己最鲜明的特征与风格。事实上作家也无法很快地调整自己，紧跟时代，以赢得更多认可与读者，那只是一个美好的愿望而已。”①这些都是70后作家所呈现的个性特点。例如，梁鸿在《中国在梁庄》和《出梁庄记》中使我们看到，在以“梁庄”为缩影的乡土中国，从外在的生态污染到内在伦理文化的破裂都已经处于岌岌可危的程度，但是生活在其中的人甚至旁观者竟然不自知。作家替乡土中国在现代性撕裂中发出一声痛苦的呐喊，一时间“谁人故乡不沦陷”在中国大地上四处流传，唤起了人们保护乡土的责任意识。梁鸿在《出梁庄记》的后记中说道：“我们应该负担起这样一个共有的责任，以重建我们的伦理。”这样的夫子自道，当然也是作品前瞻性的体现。

与梁鸿相类似，湘西作家于怀岸多年来一直坚守底层叙事，他以自己的系列乡土文学《远祭》《一粒子弹有多重》《猫庄史》等作品构建起一个独特的“猫庄”世界。于怀岸笔下的猫庄颠覆了读者原有的湘西印象，呈献给大家一个真实的湘西世界。他的“猫庄叙事”既向我们展现了农民在城市中的灵魂孤寂与精神落寞，凸显出作者对于故乡生活的向往与坚守，同时也通过书写猫庄内部的闭塞与压抑从而揭露出乡村内部结构的落后与腐朽，映射出作者对于正义与理想、人性与良知的拷问与呼唤。从这两个层面对湘西世界进行描绘同样展现出于怀岸对于艺术实践的创新追求与人文关怀的前瞻意识。

综上所述，70后作家的写作特性主要体现在写作中的主观性（包括主观阐释性、主观判断性和主观警醒性）、目的性、功利性、创新性、排他性、深刻性、丰富性、经验性、爆发性和前瞻性等十个方面。

当然，写作是一种综合性很强的实践活动，在具体的操作过程中，它不可能像上述分析的那样界限清晰，层次分明。事实上，它们有着深刻的内在联系，各种特性相互交织，或相切，或相交，或重叠，真正具有“你中有我，我中有你”的特点。例如，写作的目的性与功利性就有许多重合的地方，而写作的创新性和排他性也是如此。而且，70后作家在复杂多变的时代环境下成长，接触的文学流派、思想观念各有不同，所以其写作呈现出风格多样、笔力各异的特点，也难以随便举出一个作家就鲜明地包含了所有特性。因此，我们不能画地为牢，人为地设置障碍，单个方面或用线性思维去理解一种概念的内涵。

正如刘勰在《体性》中所分析的那样，大凡写作都是从“情动而言形，理发

---

① 郭艳：《全球视阈中的中国70后作家群体》，《文艺报》2016年10月14日。

而文见，盖沿隐而至显，因内而符外”的原理出发，作为一种独特的精神劳动，写作对于作者的德行、修养和知识结构都有着严格的要求。他认为作家先天的“才”“气”和后天的“学”“习”，是形成作品风格的主观因素；风格的不同，“其异如面”，同时指出：“八体屡迁，功以学成”，因此，他强调“摹体以定习，因性以练才”，写作必须建立在深刻认识和掌握写作特性的基础上。像历史上所有那些有抱负、有成就的作家一样，70后作家要想在文学的大道上走得更远，只有在此基础上深入生活和反复实践，书写独特的生命体验，才能创作出不负时代和人民的佳作来。

第三章 70后作家的叙事规律和艺术建构

第一节 70后作家的叙事规律

一代有一代之文体：先秦时期，《诗经》《楚辞》独占鳌头；行至秦汉，赋作为一种新兴的文体而异军突起；三国两晋南北朝时期又以散文作为文人墨客主要的作文方式；到了隋唐，诗歌的发展达到了前所未有的高峰；继之的五代和宋代，不仅在诗的题材内容上有了突破，更重要的是发展了词这一文体；金元时期，市民文化兴起，戏剧等通俗文化泛滥；明清时期，章回小说迅猛发展；近代以来，随着白话文的兴起，各种白话小说、白话新诗也呈现了日渐磅礴的趋势……

回到我们主要讲述的70后作家群体，直到今天，他们已经40多岁了。他们迎来了改革开放的新时期，在青年时期迎来了社会主义市场经济，跨越新千年，他们赶上了计算机网络技术的普及，电脑开始走进每家每户，手机也由最初的单一化发展到今天的智能化……世界还在不断地发展变化，而70后作家现在已经行至中年。若说一个人的创作巅峰是在青年和中年时期并不为过，那么现今的70后作家可以说整体已经在创作之路上形成了自己的风格，具有了独特的叙事规律。

如同写作具有各种各样的特性一样，它也有自己的本质规律。具体而言，写作的规律可以从以下八个方面进行考察。替代性满足、适时而作、循序渐进、勤学苦练、模仿创新、反复修改、以文会友与倾心投入。针对70后作家及其代表性的作品，我们可以根据这几个方面进行深入探究。

一、释放利比多或替代性满足

按照弗洛伊德的精神分析学说，每个人都有本我、自我和他我三个层次。

本我是最基本的，也是最压抑的——这里的压抑主要指的是性爱，其“心理冲动”特称生命力，也就是是“利比多”(libido)，它是一切创造活动的源泉，也是一切精神病变的渊薮。在弗洛伊德看来，作家的创作就是要缓解和释放压抑过多的“利比多”，它是一种“替代性满足”(vicarious satisfaction)。[①]

换言之，写作存在着一个内在的满足作者心理需求的规律。

这是因为，作家们大都有着旺盛的、持续不断的写作热情。这种热情，会发展为痴迷甚至演变成为变态或者疯狂的状态。文学史上这样的例子不胜枚举。那么，到底是什么心理支配着他们呢？理论家进行了种种探究，提出了“生命意志”“生命权力”“本能升华”和“原始生命力”等说法。然而，由于作者的心理需求形式不一，表现出来的层次就不尽相同。孔夫子在《论语》中说“君子疾没世而名不称焉”——追求的是名；司马迁在《报任安书》中则说“古者富贵而名摩灭，不可胜记，唯倜傥非常之人称焉”——追求的是特立独行的自由。因此可以说，作者心理的替代满足，是写作中的最基本的规律。

这种替代性满足主要是一种精神释放。例如，作家格非在创作时致力于叙事迷宫的构建，在他的代表作《褐色鸟群》中，“我”与女人“棋”的三次相遇都如梦似真，似乎有几个不同的“棋”存在于一个共时的世界中，但在小说进行的过程中，每一个“棋”都对前一个“棋”起着解构作用。这种艺术解构，显示出作者对现实的怀疑。

正如格非自己所说：“现实是抽象的，先验的，因而也是空洞的。”(《边缘·自序》)所以，他着重描写人与物的相互脱离，“在这样的‘错位’式的情景中，人物仿佛已变成了若有若无的鬼魂，身历的事件则比传闻还要虚渺，人就是这样的从未证实过而又永远也走不出‘相似’的陷阱这一假定状态中。”[②]格非正是通过这种叙述迷宫的构建，从精神上获得一种替代性的满足，这是写作者前进的动力所在。

例如王朔的《顽主》，基于弗洛伊德“创作是作家的白日梦”的文艺观，王朔未能实现的愿望可以说是在《顽主》中得到替代性的满足。“我们不能认为这类想象活动的产物——各式各样的幻想、空中楼阁和白日梦——是已经定型或不可改变的东西。恰恰相反，它们随着幻想者对生活的理解的变换而变换，随着幻想者处境的每一个变化而变化，从每一个新鲜活泼的印象中去接受被称为‘日戳’的印象”。王朔童年时代的愿望因压抑而未能实现，于是他在《顽主》中

---

① Simgund Freud: Writings on Art and Literature, California: Standford University Press, 1997.

② 张清华:《中国当代先锋文学思潮论》，江苏文艺出版社 1997 年版，第 25 页。

创造了几个与自己身份、经历和思想意识都十分类似的人，这几个不再有着王朔年少时的愿望——急于投身主流，相反地却是对主流、权威等中心价值充满调侃和嘲讽。他们在改革开放的大潮中，面对各种五光十色、光怪陆离的社会现象，以旁观者的姿态，用调侃、戏谑的方式对知识分子精英立场和权威进行嘲讽，这也许正是王朔本人最想要做的。可以说，《顽主》中的主人公——于观、马青、杨重等人身上流淌着王朔的血，他们的行为方式、语言习惯全是王朔式的。他们在王朔创作的《顽主》中做了王朔曾经想做而未能做的事，说了曾经想说而未能说的话——王朔未能实现的愿望便在《顽主》中得到了替代性的满足。①

70 后作家阵容非常强大。文学史在时间长河中不断叙写，文学评论是一种文学史经典化的重要手段和途径。一些老作家，比如50 后，已经迈入经典的行列，但是否是经典还是打引号的，没有经过漫长历史的考验，所有的当代评价最起码只是一个文学史的草稿。60 后有一部分已经被锚定和塑形了，成为文学史的草稿了。70 后作家群依然正在进行着筛选、锚定和塑形的过程，优秀的 70 后作家应该筛选出来，写入文学史。

二、适时而作的美学原则

写作可以强调虚拟性，但要记住针对性和贴近性。适时而作，即适应社会现实的需要而进行创作，这是一条十分重要的写作规律。

社会现实，就是作者之外的人即读者的需要。这是从写作的根本性出发的。写作的时候，既要受到作者自己心理需要的支配，更要受到社会现实需要的制约。要有意识地去适应社会现实的需要。两者常常辩证地结合在一起，不过适应现实需要的意识往往是明显可见地存在着的。白居易的诗句“文章合为时而著，歌诗合为事而作”，说的就是这个意思。

诚然，社会现实对写作的需要是多种多样的，有高低大小之分。应当弄清是哪种需要，以便更好地指导写作。社会现实的需要，最高的是有助于推动社会发展的整体需要。这种文章只要发表，大都能够产生深远的社会作用，长期地指导人类社会群体的生存发展。马克思写作的《资本论》，孔夫子编写的“四书五经”，老子的《道德经》都是这样。文学作品中的极品，如《红楼梦》，莎士比亚的剧作等，也是这样。社会现实的需要中，最常见的是政治即阶级、国家

---

① 康逸：《个人愿望的替代性满足——从弗洛伊德的文艺观看王朔的〈顽主〉》，《赤峰学院学报》2014 年第 12 期。

的需要。写作这类文章，如果抓住了时机，必然产生显著的社会作用。毛泽东写作的《中国社会各阶级的分析》等一系列文章就是这样。他回答了中国向何处去的问题，指导着中国人民向着他指明的目标去奋斗。

社会现实的需要中，不可忽视的是某一阶层、群体的心理需要，如青少年心理的宣泄需要、升华需要等等。青少年作为一个青春活力、朝气蓬勃的群体，具有性格的多样性和行为的不可控性，没人能够说清楚他们心中的真实所想，甚至他们自己也无法解释他们的行为。部分 70 后作家要想在作品中反映青少年的心理和行为，就一定要真切地反映现实，深入地理解生活。

李修文曾直言不讳地说："写作，即不背叛自己的经历、气质乃至阅读，不背叛感动我的体验，我的小说态度不背叛我的生活状态。……我的创作平行于生活。"这种"创作与生活合二为一"的写作追求，其实是 70 后作家普遍尊崇的一种美学原则。因为在他们看来，"小说没那么复杂，也没那么高深，只要你盯紧这个世界和你自己，然后真诚而不是虚伪地、纯粹而不是功利地、艺术而不是懈怠地表达出来，我以为，就是好的小说。"。李修文进而指出："有时候你不得不承认，生活比小说更像小说。"所以，这一代作家的创作，极为明确地体现了创作主体对日常生活的高度依恋和青睐；他们的叙事，一旦进入日常生活内部，便显得放达而率性，活泛而轻灵。从某种程度上说，他们是在自觉地建构一种日常生活的诗学空间。[①]

70 后作家主要的活跃时期是在 20 世纪末和 21 世纪初这段时间，在这段时间里，计算机和网络技术的普及促进了大数据时代的到来，信息爆炸带给人们丰富的资源，智能手机的普及和无线网络技术的推广使人们的生活观有了较大的改变。众所周知，在很长一段历史时期内，我们都是在集体化的意义系统中来认识生活的，并形成了一种"大生活"观——它的意义是建立在社会共识性的精神立场上，突出大众生活对集体意志和社会伦理的重要作用，而作为个体的日常生活和感性的生命体验，则一直处于被排斥的地位，生活的价值常常被理解为社会的主导性价值，诚如张未民所说："20 世纪 80 年代及其以前岁月的革命、启蒙、政治和生产、建设，曾经是人们所理解的'火热的生活'、'真正的生活'，它们曾是生活的全部。"应该说，这种生活观虽然有些片面，但它呈现了特定历史时期的社会伦理和文化观念。也正因如此，在这种特殊文化语境中成长起来的 50 后、60 后作家，都非常自觉地传承了文学的载道观念，在表现日常生活的同时，努力赋予生活以社会或历史的反思信息，并让个体的生活承载更

① 洪治刚:《代际视野中的 70 后作家群》,《文学评论》2011 年第 4 期。

为丰厚的历史文化内涵。

另一方面，适时而作也体现在作者对社会的整体把握和对个人欲望的深刻探究上。例如，女作家张辛欣在《在同一地平线上》①中描写了年轻画家“孟加拉虎”与其妻子为了改变各自的生存处境，从结合到分手的过程，这其中复杂与痛苦的精神历程，充分反映了当代城市青年内心的苦闷与窘迫。作家借男主人公之口说：“我坦白地承认：人，有无数的欲望，整个世界就是在竞争中前进”，他把这种生存的竞争比喻为一场拳击比赛，“彼此都不能容忍另一个的存在。你不击他，他要击你。每一瞬间都在防备中，紧张地窥视对方，寻找弱点……”通过对年轻画家的性格刻画，从一个侧面及时反映了当时中国社会的整体现状和都市青年的精神追求。作家的小说写作均是有生活原型的，作家在小说中塑造的形象是一定程度上作家真实生活在文学上的反映。小说中的典型人物的典型形象应该是作家对生活的态度的表现，或正或反，都在一定程度上反映了作家的态度。作家的态度像水中之盐，隐藏在作品之中。只有那些在写作中态度真诚、善良、勇敢和正直的作家，才能获得人们由衷而持久的尊敬。②

三、循序渐进之绚烂

首先，这种渐进是由少到多的过程。

其次，这种渐进是先放后收的过程。宋代大文学家苏东坡说：“凡文字少小时须令气象峥嵘，彩色绚烂，渐老渐熟，乃造平淡。其实不是平淡，绚烂之极也。”正如七色光合而为一时却是透明无色的阳光一样，年纪小的时候写作一是追求辞藻的华丽，二是极力铺垫、大胆而又细腻地描写或议论，三是贪多求快。年纪渐渐大了时，就会有意识地运用朴素简练的文字，写出简明扼要、严谨细致的文章。对此，唐代柳宗元深有体会：“始吾幼且少，为文章以辞为工。及长，乃知文者以明道，是故不苟为炳炳烺烺、务采色、夸声音而以为能也。”

再次，这种渐进是从记叙到议论的过程。人们认识一个事物，必须经历从表象到本质的过程。

最后，这种渐进是由规矩到巧妙的过程。俗语说：“大匠能诲人以规矩，不能使之巧。”对待一切理论方法，绝不能像赵括那样死搬硬套兵法以至于四十万大军毁于一旦，而应像岳飞那样对兵法“运用之妙，存乎一心”，以八百精兵打败十万敌军。了解并掌握这种渐进的规律，对初学的写作者而言，不无裨益。

---

① 张辛欣：《在同一地平线上》，《收获》1986 年第 6 期。

② 郭艳：《全球视阈中的中国 70 后作家群体》，《文艺报》2016 年 10 月 14 日。

70后作家群体由于其特殊的出生时期，而感到了承上启下的压力。与上而言，他们对过去艰难的革命创业时期没有亲身体会的经历；与下而言，他们的子辈是被大家冠以“颓废、伤感”的90后、00后，他们要承担起对他们的抚育和教养的义务。这一代作家历史责任重大，70后作家未来10年的写作是非常有意味的写作，作家是具有高度责任感的人群，70后作家的创作应该呈现出更为自觉的状态。我们进入一个工业化和后工业化时代，越来越细致的社会分工导致每一个工人对他最终生产的产品是没有荣誉感的，从而导致整个时代中，我们似乎找不到一个社会罪恶的分担者，同时也找不到一个社会荣誉的分担者。而现在，只有从事文学创作的作家拒绝了越来越明细的分工法则，以个人化的写作来呈现某种时代精神的完整性。①

四、“别裁伪体”与“转益多师”

勤学苦练是写作规律中的制胜法宝，要写好文章，只有通过多看和多写这两条途径。

所谓多看，即阅读。阅读能够开阔思路，积累材料，掌握写作规律，丰富语言词汇。俗话说得好：熟读唐诗三百首，不会作诗也会吟。阅读，是写作的基础和前提。古有孔子读《易》“韦编三绝”，杜甫经过“读书破万卷”，这才“下笔如有神”。韩愈“口不绝吟于六艺之文，手不停披于百家之编”，“处若忘，行若遗”。白居易的经历更是感人：“二十已来，昼课赋，夜课书，间又课诗，不遑寝息矣。以至于口舌生疮，手肘成胝，既壮而肤革不丰盈，未老而齿发早衰白，瞀瞀然如飞蝇垂珠在眸子中也，动以万数。盖以苦学力文之所致。”欧阳修说：“作文无它术，唯勤读书而多为之，自工。”简而言之，没有一个写作大家不是博览群书的。杜甫不仅提倡广泛学习和借鉴前人的创作经验，甚至还在理论上明确提出“别裁伪体”和“转益多师”的创作主张。黄庭坚更将大量阅读前人的诗文作为自己“点铁成金”“夺胎换骨”说的理论基础。

而刘勰更是提出：“盖《文心》之作也，本乎道，师乎圣，体乎经，酌乎纬，变乎骚；文之枢纽，亦云极矣。”②这段话的意思是，写文章应以道为根本，以圣人的教训为师法，以经典为体制，吸取纬书的文采，参酌楚骚的变化，作文的关键问题，也可以说尽在这里了。

在当代作家中，邓友梅的市井小说很大程度上汲取了传统话本小说的特

---

① 郭艳：《全球视阈中的中国70后作家群体》，《文艺报》2016年10月14日。

② 李建中，吴中胜：《〈文心雕龙〉导读》，武汉大学出版社2015年版，第221页。

点，他往往以"说书人"的身份，选取最能够表现人物性格的故事逐一道来，注意故事的传奇性，讲究故事的连缀，情节的悬念、细节的紧张和引人入胜等。而这与他阅读了大量的流传民间野史稗史不无关系。

高行健说："为了写《灵山》，我通读过《史记》和《水经注》，以及很多县志，且不说西方文学作品，有一些历史，包括历史资料我也看过。比方为了了解农民起义，我把几十卷太平天国史料翻阅过一遍。"《灵山》之所以获得诺贝尔文学奖，与作者付出的辛勤的汗水是分不开的。

如果说，多读为写作者打下了扎实的基本功的话，那么，多写则是写好文章的关键所在。这是因为，思考是人脑的一种活动，而写作是包括人脑在内的生命整体的投入，既要有精神和身体的参与，更要有感情的推动。只有动态的辩证的生命运作，才能在反复的长期的训练中得到技巧的提高。因此，一个作者写作成功之前，都要经过大量艰辛的练笔阶段。

正是在这个意义上，我们认同西方作家说的话："写就是一切。" 而俄罗斯著名作家契诃夫说："我们大家都应该写，写，写，写得尽量多……写到手指头断了为止。（人生大事不就是写得干净漂亮嘛！）"对于 70 后有抱负的写作者而言，这一苦口良言应该牢记。

五、黄昏扇动归鸦的翅膀

模仿与创新是写作中老生常谈的问题。首先是模仿，犹如咿呀学语的小孩学习走路一样，模仿是写作规律中的必经阶段。长期以来，作文教学存在着一种误区：害怕模仿。这样，造成了学生作文的困难，以至于作文水平不能普遍提高。现在，我们必须旗帜鲜明地提出：要大力提倡模仿。

事实上，善于模仿的人往往捷足先登，能够成为写作道路上的成功跋涉者。例如，汉代扬雄以善于模仿出名。他的著作《太玄经》模仿《易经》，《法言》模仿《论语》，诗赋模仿司马相如的作品。而少年王勃模仿庾信的诗句"落花与芝盖同飞，杨柳共春旗一色"，写出了名句"落霞与孤鹜齐飞，秋水共长天一色"。

我国古典四大小说都有比较清楚的模仿著作或者底本的痕迹。如《红楼梦》模仿了《金瓶梅》，《西游记》和《三国演义》中也模仿过历代传下来的神话或者话本。

而在现当代文学的大家中也有善于借鉴的模仿者。郭沫若的诗歌模仿了歌德、泰戈尔和惠特曼三位世界级大诗人的诗歌。他还爽快地说：我有一个写作秘诀，就是先看人家的书再写。

而另一位大家——鲁迅的小说则模仿了东欧的一些小说，据说在他的26篇小说中就有16篇属于模仿之作，最明显的是第一篇成名作《狂人日记》就和果戈理的一篇小说同名。尝到甜头的鲁迅先生特地在《不应该那么写》一文中强调要“多看大作家的作品”，而且还引证惠列赛耶夫的话——应该这么写，必须从大作家们已完成了的作品去领会。那么不应该写这一面，恐怕最好是从那同一作品的未定稿本去学习了。在这里，简直好像艺术家在对我们用实物教授。恰如他指着每一行，直接对我们这样说——“你看——哪，这里应该删去的。这要缩短，这要改作，因为不自然了。在这里，还得加些渲染，使形象更加显豁些”①(《且介亭杂文二集》)

值得一提的是，好的“模仿”往往能产生“出奇”的效果。臧克家在谈创作经验时说，“打开《烙印》(1932)，第一篇《难民》的头两句：‘日头坠在鸟巢里/黄昏还没溶尽归鸦的翅膀。’我记得，起头是这样写的：‘黄昏里扇动着归鸦的翅膀’，后来又改为：‘黄昏里管辨得出归鸦的翅膀’，最后才写成现在的这个样子。我觉得，这定稿是比较好的。”

诗评家叶维廉说，虽然臧克家的这两句诗源出于闻一多的“鸦背驮着太阳/黄昏里织满了蝙蝠的翅膀”和唐诗中常见的“昏鸦”的形象，但他炼出了“溶”字这个诗眼，也殊为难得了。

类似的例子在历史上屡见不鲜。韩愈的《画记》仿效了《考工记·梓人》，柳宗元的《柳州山水近治可游者记》仿效了《山海经·南山经》。李白的《登金陵凤凰台》模仿崔颢的《黄鹤楼》，而崔颢又是模仿沈佺期的《龙池篇》。但李诗与崔诗都高出了沈诗，真是“青出于蓝而胜于蓝”。

黄庭坚曾专门模仿白居易作了十首绝句，其中一首是：“病人多梦医，囚人多梦赦；如何春来梦，合眼在乡社。”而白居易原作则是这样的：“渴人多梦饮，饥人多梦餐；春来梦何处，合眼到东川。”两相比较，可知模仿还是大有可为的。

此外，巴尔扎克的《高老头》，据人们研究，模仿了莎士比亚的剧作《李尔王》中的父女关系发展线索。文学传统中伟大的作家都不排斥模仿，我们更没有理由自负高傲地反对模仿。

但是模仿不是机械地复制或简单地抄袭，模仿只是手段，不是目的，模仿的最终目的是创新，是形成自己独特的风格。

赵瑜曾说：“和我们身边的70后作家一样，欧洲的70后作家的小说叙事经验大都得益于阅读。比如葡萄牙作家冈纳鲁·M.塔瓦尔斯的《六故事》便有着

① 鲁迅：《且介亭杂文二集》，人民文学出版社2006年版。

塞林格的影子，黑山作家奥格年·斯帕希奇的小说标题《我们失去了雷蒙德——卡佛死了》，几乎是一篇为了纪念卡佛而创作的作品。欧洲70后的小说家所表现出的天赋和叙述经验，并没有让我感到惊讶，甚至有些小说让我觉得失望，这也是全球化时代的一个共同的失落。叙术技巧同质化使得欧洲70后与中国70后的作家们的差异越来越少了，真希望我们的差异越来越多，因为美好是因为不同才丰富。① 另一位70后作家杨遥也说："我们这一代作家的创作不断发展，达到了不亚于国外同龄作家的水平，但同质化倾向也越来越严重。"②

从中我们可以看出，叙述技巧上的同质化是全世界70后作家的普遍短板，因此在我们在提倡模仿之时，更要强调创新。而在我们所熟知的大家都在或多或少参考了前人的经验，但是真正能够使作品大放异彩的是他们在模仿之后的创新。如王安忆的《长恨歌》，作品追求着一种古典式的情愫，一种舒缓的叙事语调，它得益于张爱玲的影响。

张贤亮的《邢老汉和狗的故事》也是模仿创新的代表作。作品讲述了一个发生在20世纪70年代中国西部偏僻乡村的悲惨故事。邢老汉曾对生活充满希望，他不仅分得了几亩土地，还在40岁那年成了家，但是命运多蹇：随着第一个妻子的病故，他的全部积蓄耗尽，"大跃进"又使他第二次娶妻的希望化为泡影。70年代的大饥荒，让一位邻省的逃荒女意外地走进了他的生活，但迫于政治原因，这位女子无法成为他的合法夫妻，最后悄悄地离开了他。为排遣生活的寂寞，他养了一条黄狗，与之相依为命。然而，就是这么一点生活安慰与情感寄托，在"打狗保粮"运动中也随着黄狗被枪杀而彻底打破了，最后，邢老汉终于在孤独与寂寞中郁郁死去。这个故事几乎就是屠格涅夫《木木》的翻版，但比《木木》更为残酷的是，逃荒女与邢老汉被人为地划归两个对立的阶级阵营之中，迫使他们上演了一出人间悲剧。

再来看余华的中篇小说《现实一种》。

陈思和指出：这部小说"就是把人生的幕揭示给你看：人生的真相是什么？从小孩间的无意伤害，到大人们的相互杀戮，每个人的犯罪都是出于偶然或者本能，就跟游戏相同"。而且，小说中的人物还有一种沉浸于残酷与仇杀的快意，"他像是在说一种事物的因缘，人们虽然在彼此伤害、杀戮，生活的本相是如此的残酷，但是人类却仍然莫名其妙地繁衍"。

---

① 郭艳：《全球视阈中的中国70后作家群体》，《文艺报》2016年10月14日版。

② 郭艳：《全球视阈中的中国70后作家群体》，《文艺报》2016年10月14日版。

小说中山岗的儿子皮皮杀死了山峰的儿子，山峰杀死了皮皮，山岗杀死了山峰，山峰的妻子借助公安机关杀死了山岗。这种“连环报”式的情节在民间故事里早已广为流传，如《醒世恒言》中的《一文钱小隙酿大祸》就是这种类型。

但余华的贡献在于，它取消了故事的起因，将这种仇杀设计为一种盲目的冲动，同时，他又将相互残杀的对象，设计为传统“五伦”关系中的兄弟一伦，使这种仇杀的故事表现得触目惊心，而在叙述上的进一步革新，使得他将一个古老的故事改编成一个新的故事。

余华说：“我寻找的是无我的叙述方式”，在叙述过程中“尽可能回避直接的叙述，让阴沉的天空来展示阳光。”（《虚伪的作品》）

与传统的故事讲法不同，余华设计了一个冷漠的叙述者，并借助这个叙述者提供了观察世界的另一种视角，使人直截了当地看到另一幅世界图景与人的兽性的一面。这个叙述者将一个残忍的故事用貌似不动声色的叙述态度讲述出来，既不做过多的议论，也不对人物进行心理分析，更不做价值评判，仿佛是从天外俯视世意的愚昧与凶残。例如，小说中山岗虐杀兄弟山峰的场面读来令人不寒而栗：

> 然而这时一股奇异的感觉从脚底慢慢升起，又往上面爬了过来，越爬越快，不一会就爬到胸口了。他第三次喊叫还没出来，就不由得自己脑袋一缩，然后拼命地笑了起来。他要缩回腿，可腿没法弯曲，他于是只得将腿上下摆动，身体尽管乱扭起来，可一点也没有动。他的脑袋此刻摇得令人眼花缭乱。山峰的笑声像是两张铝片刮出来一样。
>
> 山岗这时的神色令人愉快，他对山峰说：“你可真高兴呵。”随后他回头对妻子说：“高兴得都有点让我妒忌了。”妻子没有望着他，她的眼睛正望着那条狗，小狗贪婪地用舌头舔着山峰赤裸的脚底。他发现妻子的神色和狗一样贪婪。接着他又去看弟媳，弟媳还坐在地上，她已经被山峰古怪的笑声弄糊涂了。她呆呆地望着山峰，她因为莫名其妙都有点神志不清了。

小说的结尾，山岗捐献给别人的大多数器官都没有移植成功，唯有生殖器官移植成功了。死者的生命种子仍然极其荒诞地延续下去，象征着混乱与暴力仍然会绵延不绝。

台湾诗人洛夫说他早期代表作《石室之死亡》确有反理性、不合逻辑的倾向，但那是他对中国古典诗歌的模仿和借鉴。中国古典诗歌有许多类似超现实的表现手法，如杜甫的《秋兴》八首、李商隐的《锦瑟》等。他说他写的“清晨，我在深林中/听到树中年轮旋转的声音”是直接借鉴杜甫的“七星在北户，河汉声西流”这句诗的超现实的手法。他还说，他十分向往古典诗歌中那种“无理而妙”的审美效果，类似苏东坡“反常合道”的诗观。“反常”表面上是对现实的扭曲，但它必须是“合道”的，即符合诗人的内在感应。他还以现代手法改写白居易的《长恨歌》，也还将杜甫、李白、王维、李商隐等人的诗句加工改造。例如，他将李贺的“石破天惊逗秋雨”一句改为“石破/天惊/秋雨吓得骤然凝在半空”。

很明显以上诸位作家虽然都不约而同地选择在写作过程中借鉴前辈，但是令他们自成一家、成为写作的佼佼者的是他们在模仿之后的创新。

六、平地风烟飞白鸟

反复修改是写作成功者的又一条成功秘籍。70后作家都经历过大学的完整教育，他们对学校教育中的作文课都有着清晰的记忆。

俗话说“文章不厌百回改”，这是70后作家在中学时代他们的老师就反复强调的成功秘籍。事实上，刘勰在《文心雕龙·附会》中说：“改文章难于造篇，易字难于代句。此已然之验也。”意思是说修改文章比草写文章还要困难，因此，不能小看了它。清代袁枚进一步指出：“改诗难于作诗。何也？作诗，兴会所至，容易成篇。改诗则兴会已过，大局已定。有一二字于心不安，千力万气，求易不得，竟有隔一两月于无意中得之者。”贾岛的“推敲”故事大家耳熟能详，从“僧推月下门”到“僧敲月下门”，一字之差，意境大异其趣。可见，“吟安一个字，捻断数茎须”并非虚谈。

古往今来，不少文章都是慢慢磨出来的，当然也有一些佳作是兴余之作。作者乘兴走笔，一挥而就。所以我们提倡“热时写”——趁着文思如涌、诗情满怀的时候，一鼓作气地把文章写出来。鲁迅先生说，“先前那样十步九回头的作文法，是很不对的。这就是在不断地不相信自己——结果一定做不成。以后应当立定格局之后，一直写下去，不管修辞，也不要回头看。等到成后，搁它几天，然后再来复看，删去若干，改换几处。”

为什么要“热时写，冷时改”呢？原因是热时写就的文章，往往当时看不出毛病，因为每个人对刚写出的文章有一种自爱的感觉，同时写作时的思路还牢牢地保留在记忆里，作者按照原来的思路，检查刚脱稿的文章，自然有许多甚至是很大的毛病自己也很难看出来。然而，当把它放上一两周或一两个月或更长的时间，原有的写作思路逐渐淡忘，用新的要求检查旧的文章，这时就比较容易发现毛病。作家杜宣说：“最好是文章写好后，放一个时候，再看时会产生一些新的想法，有时会很自然地删去或新添一些章节或语句。”

文章放得越久，淡忘得越严重，就有可能像是以他人的身份来看待自己的文章，更容易挑出毛病了。许多传诵之作都是作者写完后，放在抽屉里放上一段时间后再进行反复修改的结果。例如，列宁上中学时写文章，总是将稿子折成两半，一半起草，一半空着，以便随时想到什么随时写在空着的一半纸上，好进行修改。欧阳修把文章写成后，贴在墙壁上，随时修改，有时甚至改得终篇不留一字，就像我们所熟知的“环滁皆山也”的故事。王安石曾将“春风又过江南岸”改成“春风又入江南岸”“春风又满江南岸”，最终确定用“绿”字，成就了千古名句。宋代词人张炎说：“词既成，试思前后之意不相应，或有重叠句意，又恐字面粗疏，即为修改。改毕，净写一本，展之几案间，或贴之壁，少顷再观，必有未稳处，又须修改；至来日再观，恐又有未尽善者；如此改之又改，方成无瑕之玉。”

除了自己反复修改外，“不耻示人，请人修改”是改好文章的又一条捷径。《诗人玉屑》中记有一则故事：王平甫很欣赏自己的一首咏甘露的诗，两句说：“精神全在‘卷’字上，但恨‘飞’字不称耳”，王平甫沉思好入，找不到可换的字，最后只好请教苏东坡。后者改了一个“横”字，王平甫连连称奇。

许多70后作家的成功的作品，大都不是一气呵成的，而是反复修改，一再打磨的结果。

七、简单的沙龙与深刻的浪漫

常言道：物以类聚，人以群分。不同爱好、兴趣、志向的人聚在一起，往往能起到互相激励、共同提高的作用。笔者在此讲一个真实的故事：1990年笔者在上海复旦大学求学时，每周都去外滩参加一个文艺沙龙。这个沙龙十分简单，设在一个叫喻军的诗人家里，那是在上海滩一栋老式的阁楼里，里面并没有什么豪华的摆设，吃的喝的也没有，甚至因为人多，连坐的凳子都不齐全。但这一点都不妨碍文友们相聚时的那股热情。常常是写诗的朋友将一周来写作出来的诗念一首最好的给大伙听，写散文的念几段，写小说的讲个故事梗概，然后大家逐一品评一番，有好说好，有坏说坏。不要小看这种以文会友的单纯或“可笑”，其实有着深刻的浪漫。因为，正是通过这个沙龙，我们一批志趣相投的朋友很快走上了文坛。

事实上，不少杂志社或文艺团体也会经常定期举办一些笔会，开拓文化视野的同时还推举、扶持了一大批作家。如70后作家石一枫的《世间已无陈金芳》便是北京十月文艺出版社扶持出版的结果，并获得“首届海峡两岸新锐作家好书评选”十部作品之一，受到大众认可。“我曾经出版过多部作品，但直到《世间已无陈金芳》才有真正出书的感觉。”石一枫如是感叹道。同样地，为适应时代之变，北京作协为激励、帮扶年轻人在文学创作道路上勇敢地走下去，组织了各种文学培训班、编剧班、戏剧讲座等，接纳了越来越多的优秀的新兴作家，为文学集体注入了一股新鲜血液。

“以文会友”不仅体现在中国当代作家间的交流与借鉴上，还体现在跨越时空的共鸣与碰撞上。如香港作家葛亮曾积极参与美中华文文学论坛和东西方研究国际学术研讨会等大型交流会议，凭借《朱雀》《七声》《北鸢》等多部作品受到海内外广泛关注。70 后作家借此在中西文化的融合与碰撞中成长为极富潜力的文学势力。

中国作协会员裴指海曾说：“这 10 年来文学最迷人之处就在于众声喧哗。资讯发达，文化多元，价值观多样，自媒体火爆，每个人都急于表达。作家是用作品说话的，这也是表达。”①

古代文人相隔千里“以文会友”，而如今信息现代化的生活方式令人们足不出户便可知天下，文学创作的眼光不再局限于当下，它可以跨越重山与海洋，跨越漫长的古今，跨越一切的时空，最终抵达心灵的交汇点，作家们联系起来，相互影响，共同谱写文学艺术的新篇章。在这样一个“众声喧哗”的碎片化时代，信息繁杂，表达多元，70 后作家们既掌握着机遇，又面临无限挑战。

八、融入笔端的“自我”

一位雕刻家抚摸着他雕刻的狮子说：“这是我。” 因为倾心投入，雕刻家进入了物我两忘的境地，把创作中的人物当成了自己。这种情况在写作界是经常碰到的。比方，在写作的中途，福楼拜就常常说：“包法利夫人就是我。”因为雕刻家、作家的心力和生命力已随着刻刀与笔触进入其作品中。

一些作家、艺术家在创作时出现的种种怪癖都源于他们在创作时的全身心的投入。正如徐迟在《哥德巴赫猜想》中所描写的数学家陈景润的故事一样，由于痴迷于一件事，以至于脑袋碰到电线杆上都不自知。不少作家在写作时又哭又笑或大喊大叫甚至变得疯疯癫癫，都是这类故事的翻版。他们倾心投入，尽情燃烧，在激情中写作，必能写出像样的东西来。

70 后作家经历过“文化大革命”后期与改革开放这两个时代节点，负担着旧日生活的重量，见证了市场化热潮兴起，往往有着丰富的体验与广阔的生活

---

① 郭艳：《全球视阈中的中国 70 后作家群体》，《文艺报》2016 年 10 月 14 日版。

视野。他们依靠创作的先天热忱与责任感，用笔杆展现社会生活，关注个体，解读现实。

例如70后女作家鲁敏的作品《伴宴》，文本从复杂的都市生活切入，讲述了一位心性高洁的乐手在红尘中面对着艰难的价值选择，作品细致地探索了人的精神疑难，获得第五届鲁迅文学奖短篇小说奖。《伴宴》中主人公仲熙对当今时代民乐的价值所在提出的质问发人深省："艺术的此消彼长，也循着物竞天择、适者生存的理数，一个时代便有一个时代的欢娱，失去了彼时的土壤与情境，就好比没了魂魄，再怎么勉力维护，还是一团枯槁的肉身，离祖上那清新活泼的乡野真趣已是天壤之别！"①

江苏文艺出版社图书编辑室主任、70后作家黄孝阳说："'深度'是小说家终其一生要与之搏斗的事物。小说是人类的精神产品，根源于人类对世界的不断认识，以及基于这个认识基础上的'对激情的赞颂，对美的迷恋，对神秘性的渴望'等。"②因此，作家在把握创作"广度"的基础上，也要立足于独立的审美体验，潜心挖掘社会生活的深层价值与意蕴，以求敏锐地捕捉到时代精神，树立一代之文学。

九、小结

"盖《文心》之作也，本乎道，师乎圣，体乎经，酌乎纬，变乎骚；文之枢纽，亦云极矣。"（《文心雕龙·序志》）这段话的意思是，写文章应以道为根本，以圣人的教训为师法，以经典为体制，吸取纬书的文采，参酌楚骚的变化，作文的关键问题，也可以说尽在这里了。

本节主要分析了写作中的八条规律，即替代性满足、适时而作、循序渐进、勤学苦练、模仿创新、反复修改、以文会友和倾心投入。这些规律具有较强的普遍性，它与写作的特性一起，构成了写作的经纬两翼。同时，这些规律除了相互之间有着明显的血缘关系外，它们与写作的特性也有互为因果或相互印证的内在关系。比方，勤学苦练与经验性、模仿创新与创新性、反复修改与深刻性等，莫不如此。正因为这样，我们必须认真学习、深刻领会并反复实践，担负起知识分子的责任，唯其如此，方能写出美丽文章来。

---

① 鲁敏：《伴宴》，《中国作家·文学》2009年第1期。

② 郭艳：《全球视阈中的中国70后作家群体》，《文艺报》2016年10月14日。

第二节　70后作家的艺术建构

“文之为德也大矣！与天地并生者，何哉？夫玄黄色杂，方圆体分，日月叠璧，以垂丽天之象；山川焕绮，以铺理地之形：此盖道之文也。仰观吐曜，俯察含章，高卑定位，故两仪既生矣。惟人参之，性灵所钟，是谓三才。为五行之秀，实天地之心；心生而言立，言立而文明，自然之道也。”这是《原道》中的一段话，用今天的话来讲，大致的意思是：文章的意义真是大啊！说它同天地一起产生，为什么呢？因为天玄地黄，颜色不一；天圆地方，形体不同；太阳、月亮像重叠的璧玉附着在天上，显示出天上的宏伟景象；高山大河像光彩的丝绢铺展开来，显示着有条理的大地的形貌，这些就是宇宙本体的文采。人们抬头望见光辉的天象，低头观察到美丽的地形，高低的位置确定下来，所以天地便产生了。只有人能与天地参配，它是天地灵秀之气的聚合，因此与天地合称为“三才”。人是万物的灵长，实际上是天地的心灵；人类产生了，语言跟着创立；语言创立了，文章也随之而昌明，这是自然的道理。①

文坛很热闹，伟大时代激发了作家的活力。目前，一批50岁到60岁之间的“文坛老将”接二连三地捧出长篇新作。正当这些“文坛老将”的作品的光环被市场不失时机放大之际，国内70后作家们则悄悄地“镂刻”出各自文学生涯中的长篇里程碑——如徐则臣《耶路撒冷》、乔叶《认罪书》、田耳《天体悬浮》、李浩《镜子里的父亲》等。这些为同代人写心立传的长篇佳作也已经获得主流文学圈的公正认可。评论家们认为：经过漫长的准备期，70后作家们已具备成熟的创作技巧和厚重的文学内涵，很快将迎来属于他们自己的时代。文学评论家、《收获》杂志执行主编程永新说，徐则臣的《耶路撒冷》和田耳的《天体悬浮》证明了他的一个观点：“该到70后们拿出好作品的时候了。他们的文学积累、生活积累，到这个份上了。”

应该看到，70后作家处于前辈50后、60后作家和后辈80后、90后作家之间，他们精神上有独特的苦痛性，这个苦痛性增加了他们所谓的“锚定”的厚重感。他们有50后、60后作家先天的社会责任感、精英意识和文学的纯粹性，又和80后、90后作家共同遭遇了市场化，日渐进入个体化写作。所以在70后作家当中，写作面貌非常复杂。

70后作家有着自己的艺术追求，主要体现在以下四个方面：

---

① 钟子翱、黄安祯：《刘勰论写作之道》，长征出版社1984年版，第40页。

一是深刻把握社会现实，突出中国悲剧的艺术特色。20 世纪 90 年代以来，随着中国思想界粗鄙实用主义的泛滥，中国悲剧精神遭到了全面的消解和否定。为了抵制和批判这种错误倾向，70 后作家从中国社会的悲剧人物、悲剧冲突、悲剧结局和悲剧的精神和境界等立场出发，积极弘扬中国悲剧精神。例如，70 后作家路内，他最具文学性、悲剧力量的莫过于长篇小说《云中人》。作品的悲剧性在于，每一个善良的有人性的人，都被压抑、被围困。在大学这个轻松的载体里却找不到能够表达的出口，就像他们等待一份差强人意的工作一样等待着被伤害。故事发生在南方一个小城的没落校园里，这里荒凉如丛林，年轻人奋勇向前，猎奇猎艳。主人公怀揣小刀，贴墙疾走、追索或是逃窜。这样一个即将踏上社会的年轻人，既难以自我成长，也不能自我康复，更无法自我救赎，连自我毁灭也做不到。路内笔下的少年时光充满罅隙、摇摇欲坠，小说幽暗迷惘。其 2016 年推出的长篇小说《慈悲》，在社会的深刻性上又有了新的艺术建树。

二是重视文学的价值承载和审美取向，自觉地运用现实主义创作手法，并在此基础上加强对生活内部的开掘和人性深处的温情关照。例如，70 后作家周瑄璞，作为中国文坛实力派作家，她出版了长篇小说《人丁》《夏日残梦》《我的黑夜比白天多》《疑似爱情》，中篇小说集《曼琴的四月》等。2015 年，她又出版长篇小说《多湾》，该书从构思到定稿历经近十年，精心打磨。小说描述了一个家族四代人，时间跨度 70 余年，从 20 世纪 30 年代写到 21 世纪来临，展示了一个家族四代人的命运起伏的奋斗故事。根系女性季瓷双手托起家族的繁衍，她的后代由农村走向城市后经历了成长、迷悟、痛苦、裂变，描述了 20 世纪中国人是怎样生活的，讲述普通人的奋斗、求索与精神历程，是一部平民奋斗史，女性成长史。陈忠实评价周瑄璞的《多湾》说："小说语言有一种迷人的色彩和丰沛的密度，似河水涌流，又如月色温柔。作品中有时代命运的折射，现实的反复折腾，小人物在大背景下的无措及沉浮，有生命的成长，激情的燃烧，衰老的降临，人性的追问。小说着实写出了现实的广度和人性的深度。"

三是深刻认识创作主体的审美理想，努力拓展精神寻根的价值向度。与当前文学消解中国悲剧的倾向和伪现实主义倾向相随，一种恶劣的低俗化倾向在 20 世纪 90 年代以来的当代文艺中愈演愈烈。这种恶劣的低俗化倾向就是不少文艺作品不以真美打动人心，而是以眩惑诱惑人心。应该看到，改革开放以来，有些作家的审美理想经过了三次较大的蜕变。一是从文艺要努力塑造无产阶级的英雄人物到鼓吹文艺不反映时代精神，也不表现人民创造历史的丰功伟绩，而是追求生活溶解在心灵中的秘密，追求脱离广大基层民众的自我表现。

二是远离基层，浮在上面，适合狭隘需要，粉饰现实生活，而不是直面现实的苦难，正视历史的阵痛。三是在精神上彻底背叛了社会基层民众，蜕化成为西方霸权主义列强及其附庸的帮凶和帮闲。当代一些作家这种审美理想的蜕变就是因为当代中国知识分子包括作家发生了历史分化，这是值得 70 后作家的警醒和引以为戒的。

20 世纪，中国知识分子包括作家经历了两次历史分化。第一次是 20 世纪初期，第二次是 20 世纪末期，并延伸到 21 世纪。不过，第一次是中国作家从统治阶级阵营里分化出来，成为革命阶级的有机组成部分。第二次是有些中国作家从社会基层民众中分化出来，跻身社会上层，迎合狭隘需要，精神发生背叛，有的甚至蜕变成为西方霸权主义列强的附庸。针对中国作家的第二次历史分化，70 后作家要直面现实，感受基层，超越局限，精神寻根。这种直面现实、精神寻根问题，不是形式上的，而是内容上、精神上和根本上的。也就是说，中国作家可以超越基层，甚至离开基层，这种超越和离开不但是在社会分工上与基层民众有别，而且在精神上克服某些基层民众的缺陷和局限。但是，他们精神的根必须牢牢扎在土地上，扎在基层民众中。中国作家直面现实，精神寻根，就是这些中国作家不能在精神上背叛他们的社会出身，而是要为基层民众说话，维护和捍卫他们的根本利益，而不是掠夺和损害。

四是从理想与现实的辩证关系和人的存在观的角度出发，辩证地看待现实世界的复杂性，努力向人性幽暗的光亮处靠近。换言之，我们既承认人的局限性，又承认人的超越性。或者说，我们既不是完全认同现实，也不是彻底否定现实，而是既要看到理想和现实的差距，又要看到现实正是理想实现的一个阶段。也就是说，我们针对现实提出某种理想，与人们在实现这种理想时达到了什么程度是两回事。我们绝不能因为人们完全没有达到这种要求，就全盘否定他们的努力。这种科学存在观既反对片面地追求历史的进步，完全顺应历史的发展，也反对各种各样的脱离历史发展的道德理想主义——即沉湎于审美世界的解放的幻想之中，而是致力于社会平等与和谐，追求历史的进步和道德的进步的统一，维护最广大人民群众的根本利益。

必须看到，70 后渐渐已是中坚，作家这个群体也不会独立于外。70 后的作家整体上有更广阔的视野，这是拜时代所赐。当我们对外面的世界开始有比较整体的把握时，我们才有和这世界对话的能力。这一代整体上有更强的历史感，知道我们的时代是怎样一步一步走来的，世道人心又是怎样一点一点变化的。70 后优秀作家的小说，从细微处对时代氛围的捕捉，普遍都较自觉，魏微做得尤其好，浓浓的是那个年代的氛围，能很清楚地体会到。70 后作家在中短篇小说的写作上，对于先锋的拓展和传统的承续，是清醒和冷静的，知道自己要什么，各取所需。因此，我们的小说是相对“立体”的，无论是小说的形式、内容、结构的营造还是人物的处理等等，我们比前辈和后辈们都做得更精致和从容，更蕴藉有味。“我心向往之”的一种境界，就是“日常性和现代性”的完美结合。如果做到了，就能把我们的时代留在文字里了，那么我们就打赢了时间。

写作除了掌握写作中的特性和规律外，还有一些写作技巧，在这方面古往今来的作家、艺术家都有很多很好的表现。下面，我们主要针对70 后作家的创作情况，对他们的艺术特色进行一番爬梳。

一、辞达深处的硬朗

写作虽要求新求异甚至求怪，但这种新、异、怪都是在流畅自然的原则下进行的，过于冥思苦想反而费力不讨好。正如明代袁宗道说：“口舌代心者也，文章又代口舌者也。辗转隔碍，写得畅显，已恐不如口舌矣；况能如心之所存乎？故孔子曰：‘辞达而已’。”（《白苏斋类集》）

不过，要做到孔子所说的“辞达”并非易事，何况，这里的辞达并非不要文采不要含蓄，相反，它要求作者用最简洁的语言表达最深邃的思想，即使文字硬朗、干练，布满张力，让字、词、句都最大限度地呈现意义。因为内涵的深刻与否、丰富与否，关系到文章的优劣。

换句话说，文字愈精简，蕴含愈深厚，文字在意义上的负荷量愈大，就越是好的文章。好文章应该是除去字面的意思以外，还有“别的话”在里面。创作者不仅在笔墨之中，更应在笔墨之外，使读者领会文字的真趣。作者应发挥智慧和才华，使一个个的字有多方面的暗示性。言在此，意在彼，使读者展卷，有利用想象力在作品中寻幽探胜的趣味。

法国象征派诗人马拉美（Mallarme）说：“诗只能作到七分，留下三分让读者用想象力去完成。如此，读者就参加了作家的创作过程。”这与海明威所谓的“冰山理论”有异曲同工之妙。

而德国作家雷马克在《西线无战事》中的结尾也是意味深长的，在人人都谈论着和平和停战的时候，在主人公陶醉于对家庭的眷念和对生命的贪欲的时候，博伊默尔却倒下了：

“1918 年 7 月，他阵亡了。那一天，整个前线是那么沉寂和那么宁静，战报上仅仅用一句话来概括：西线无战事。

他是往前面仆倒下去的，躺在地上，好像睡着了一般。把他翻过来，人们看到他可能没受多少时间的痛苦；他脸上有一种沉着的表情，差不多像是满意的样子，因为事情终于这样结束了。”

人们在品味这段文字的时候，一定能发觉作者在这平静的叙述中蕴含着巨大的悲痛和深邃的精神力量。

二、叙事中的质感

一个拙劣的作者，可能只会以具象的辞藻，老老实实地来描绘形象与宇宙，而一个高明的作家，绝不完全如是。他们不仅善于以富于“实感”（sense of reality）的字来形容具象的事物，更以之形容抽象的事物，不仅会以实写实，更要以虚写虚、以虚写实或以实写虚，用多方面的视角，使文字富于形象，从而在读者心中唤起逼真的印象，达到王国维所说的“不隔”的境界。我国的俗谚、成语、诗人作家们的警句，有很多是充满了这种妙处的。如我们形容内心忐忑不安时，往往说：“像是十五个吊桶，七上八下。”

而李清照的名句：“此情无计可消除，才下眉头，又上心头。”将一股离情别绪，描写得宛如具体形象，坐“实”而不坐“空”。

要做到使文字富于形象，除了吸收民间生动的村言俚语和民俗民谚以及流传下来的警句箴言外，还要注意多学习多积累，让文字之间充满动感。例如，茹志鹃的代表作《百合花》就是这样的。新媳妇的出场十分自然而优美，文字不仅富于形象，而且充满动感——“门帘一挑，露出一个年轻媳妇来。这媳妇长得很好看，高高的鼻梁，弯弯的眉，额前一溜蓬松松的刘海。穿的虽是粗布，倒都是新的。我看她头上已硬挠挠地挽了髻，便大嫂长大嫂短地向她道歉，说刚才这个同志来，说话不好别见怪等等。她听着，脸扭向里面，尽咬着嘴唇笑。我说完了，她也不作声，还是低头咬着嘴唇，好像忍了一肚子的笑料没笑完。”

三、永恒的诺言

在希腊神话中，绘画与文学是缪斯诸神姐妹中的两姐妹，由此可见二者之间的亲密关系。所以，一个作家倘若了解画技，则会使他的文章益发完美。最擅于运用色彩的是我国的词人，如周邦彦的词句：“小桥外，新绿浅浅，凭栏久，黄芦苦竹，凝泛九江船。”淡淡的画面，清丽的景色，读了使人悠然意远。又比如王维的诗句：“漠漠水田飞白鹭，荫荫夏木啭黄鹂。”在这里，除了其本身富有音乐感以外，而更富于色彩美，读来令我们恍若置身于一片绿色之中，看到闪现出来的白鹭的羽影，顿觉眼前一亮。它给我们的印象，有如小说《茵梦湖》中那朵摇摆的水上白莲，似近而又迢远。

由此可见，好文章的构成就是把妥切的字放在最需要它的地方，再用最妥切的色彩对其进行包装，如刘绍棠在《蒲柳人家》中对于河滩的描写："这片河滩方圆七八里，一条条河汊纵横交错，一片片水洼星罗棋布，一道道沙冈连绵起伏。河汊里流水潺潺……沙冈上散布着郁郁葱葱的柳棵子地，柳荫下沙白如雪，大热天躺在白沙上，身心都感到清凉。"再比如小说中对乡村晚景是这样描写的——"夏日的傍晚，运河上的风景像一幅瑰丽的油画。残阳如血，晚霞似火，给田野、村庄、树林、河流、青纱帐镀上了柔和的金色。荷锄而归的农民，打着鞭花的牧童，归来返去的行人，奔走于途，匆匆赶路。村中炊烟袅袅，河上飘荡着薄雾似的水气。鸟入林，鸡上窝，牛羊进圈，骡马回棚，蝈蝈在豆丛下和南瓜花上叫起来。月上柳梢头了。"以上这些自然风光的描写，在合适的文字描写基础上加上了恰当的色彩包装，给人一种"清水出芙蓉，天然去雕饰"的自然感，同时又绘制出一幅恬淡、优美的田园牧歌。

这种绘画与文学巧妙结合的文章构成在70后作家的作品中普遍可见，如安妮宝贝的《告别薇安》中"而乔是脆弱而天真的。她需要温暖。需要诺言和永恒。推开卫生间的门，他看到乔躺在放满冷水的浴缸里。浴缸里的水已经被血染成深红。血从她悬空的手臂滴落在瓷砖上。她的脸很寂静地仰在那里。就像一朵枯萎的洁白的花朵。他在扑鼻的血腥气中，伏下身体剧烈地呕吐起来。"作者在表现乔对自己与男友之间感情的裂缝以及男友无法给她婚姻的绝望，用了刺眼的色彩描述乔自杀的血腥场面，让读者感觉到与乔一样的深深的绝望和对于乔的同情；慕容雪村在《天堂向左，深圳向右》中这样描写肖然死去后躺在太平间的场景："开加长货车的香港司机蹲在路边瑟瑟发抖，交警询问时，他指着肖然的防弹奔驰口吐白沫，下巴咯咯抖动，一句话都说不出来。几个记者围着那堆豪华的废铁咔嚓咔嚓地拍照，闪光灯下，肖然满身鲜血，双眼圆睁，一只手握着方向盘，另一只手奇异地勾在胸前，胳膊上有一排殷红如血的牙印。天亮时现场清理得干干净净，车被拖走，血迹洗净，肖然的尸体静静地躺在太平间里，死灰色的脸上没有任何表情。清晨的阳光下，人们步履匆匆地走过一条条街道，一面低头看表，一面大口咬嚼刚买来的包子。"作者发出"这就是深圳，八点钟的深圳，危险而华美的城市，一只倒覆之碗，一朵毒蛇缠身的花"的感慨，代表生命的鲜红与代表死亡的苍白在人死亡的时候竟一起出现，读来竟真的感受到深圳这样一座城市带给外来人深深的无奈与痛感；冯唐在《不二》中用一段满含色彩的文字描写一种美好的思念："黑夜其实从来就不是黑的，黑夜里，合欢花还是红的。毛茸茸的紫藤花还是紫白色的，和黑夜还是白天没有关系。就像，我想你，和黑夜还是白天没有关系，和晴天和下雨没有关系，甚至和你知道不知道都没有关系，尽管我还是会尽量让你知道，想到这里，于是欢喜”；再比如冯唐在《万物生长》中写的“过街桥下车如流水，前灯橙黄，尾灯樱红，从桥下闪闪而过。东单街上的大小专卖店灯火通明，不远处的大厦顶上霓虹旖旎，它们是大小不等的船只。而路口一角，高耸的麦当劳金黄的M标志，便是指示航道的灯塔了。在桥上可以隐约望见我的学校，青瓦铺顶，飞檐吊角，鬼影憧憧。世界上著名学府多建在城市边缘，不出世也不入世，仿佛道家对欲望的态度：若即若离，毋助毋忘。我的学校建在这里，仿佛把和尚庙建在秦淮河边，色空之间，一塌糊涂。”作品中的“我”站在桥上，看着桥下的车水马龙，城市的各种标志，色彩迷人的城市边缘，有一座学校横亘在这若即若离的界限中，不知所措。如此种种，在这里不再举例赘述。

这种技巧同样体现在海明威的创作中，在他的名著《老人与海》中，最先入眼目的便是大海迷人的美：“陆地上面的云彩现在像是巍峨的山峦似的升到上空去，海岸只剩长长的一条绿色的线，背后是一丝淡青色的小山。现在水是深蓝色的了，深得几乎变成了紫色。他低下头朝水里望去时，看见深蓝色的水里纷纷筛出的红色的游走的生物，和太阳幻成的奇异的光辉。”70后作家对这些文学大师的借鉴可谓不遗余力吧。

四、文字的声音与味道

文学是感情的产物，文字音乐的节奏，最能表现作者内心情绪的起伏，同时表现旋律之美。作家不仅要让作品充满韵律，所谓气韵生动，还要控制好节奏，让字里行间跳动着音符。我国的作家最了解这一点，自“关关雎鸠”开始，表现音乐之美的诗文多得不可胜数。《秋声赋》是其中最典型的例子。

音乐的美，使文字见出音符的跳动，原本也是诗文中的重要因素，善于运用文字的音乐性的作家，才能写出动人的好文章。所以，对于文字声音的轻重平仄，都十分讲究。

例如，70后作家阿乙在《寡人》中描写奶奶葬礼结束后返家的场景：“葬礼结束后，我替父亲抱着灵牌沿原路返回，我前边只有两个人，一个敲钹，一个打锣。后边一个人也没有。我们带着奶奶的灵魂往回孤零零地走。钹敲两下，锣打一下，然后寂静。乡村特别幽静，人生也这样。我没办法形容那声音，好像是：铁，铁，噔。那锣敲过后，声音像蛇溜进远处的山冈，寻不着了。有请来的乐队参加葬礼。他们自编自唱弄了很多顺口溜。当一伙亲戚拦停棺材时，他们这样唱：‘他们呀，送来了香烟和水果，还有一箱非常可乐。’这些礼物都由抬棺的八仙收取，因此他们高声起哄。棺材在行进时，总是被各路亲戚拦停。

就好像我奶奶还活着还在用小脚走路一样。”锣与鼓的声音不时地打破幽静的乡村，就好像是我们的人生时响时静；又比如冯唐在《北京北京》中写自己吃下一碗面条后胃里的反应“一碗面条被强压下去，在我的胃里左冲右撞，蛇一样探头探脑，但是我的贲门紧闭，我的胃酸让蛇的身体一圈圈变得瘦弱。在股股酸意中，我听见麦苗在五百米外的田地里展叶，听见我的脂肪细胞正在分裂和变大，我的肌肉纤维在逐渐变粗。”看了这样一段，我们反复可以想象他胃的翻滚与不适；再比如安妮宝贝在《春宴》中写到的午夜年轻女子与男子的情欲释放：“每一个夜晚。夜半时分，过道里有高跟鞋和杂乱足音移动，年轻女子如同鱼儿畅游在夜色里。长时间封闭无声的房间，此刻释放的大声叫喊，酗酒之后男子的呓语，不明所以的哭泣，起哄，呼应……从不安宁。如同一处树木幽密野兽出没的森林，一片空旷无际风声呼啸的沙漠。夜色点燃簇簇燃烧火苗，以炽热骚动，突破白日庸碌乏味。”

作家不仅要注意音乐的世界，也要倾听无声的世界，这样才能达到白居易的“此时无声胜有声”的胜境，也才能如英国诗人济慈所说的：“听到的音乐是甜美的，听不到的音乐更甜美。”因为大自然原本是哑的，除非诗人给他声音和嘴巴。因此，写作者应于沉默中感到宇宙的脉搏，倾听到大地的心跳。古人说：“虚空至极，转觉万籁有声。”而西洋作家也说：“要自寂静中引出音乐来。”

慕容雪村在《遗忘在光阴之外》中写寂静深夜对人生的体悟：“每个夜里我都会悄悄地醒来，江湖和繁华就像沉睡的歌声，悠悠地从记忆中滑过。我推开窗子，没有风也没有星星，只有远处隐隐火车的笛声还在提醒我，这还是人世，我悲伤和欣喜过的人世。”寂静又躁动；又如安妮宝贝在《七月与安生》中写的七月的沉默“相见的唯一一个夜晚，安生因为喝醉睡得很熟。七月失眠却无法和安生说话，只能一个人对着黑暗沉默。她们还是像小时候一样，并肩睡在一起。可是安生再不会像以前那样，爱撒娇地搂着她，把头埋在她怀里，把手和腿放在她身上。”沉默却喧嚣。

自然界中不仅风起雨落有声，花的开放、云的飞扬也同样地有声音，雪片落下，炉烟燃烧，小鸟展翅，春草抽长，便是大自然在广阔的宇宙间发言。那一切都代表着人间的一切“生息”动态。而这一切都有待慧心的写作者以内在的灵耳去谛听去捕捉去传递，所以有人说：“如无诗人作家，黄叶也妄自沙沙作声了。”这一句话充分说明使文字跳动音符对于写作是何等的重要。慕容雪村在《天堂向左，深圳往右》中写韩灵与肖然结婚时的对话：“他们结婚时没有通知任何人。在深港海鲜城最豪华的兰花包间，肖然点了澳洲龙虾、南洋干鲍，还有六百多一樽的银翅。韩灵吃了两口，搁下筷子，微笑着说：‘我终于成了你的妻子了。’肖然微笑，韩灵继续微笑着说：‘我死也可以闭眼了。’肖然脸上的微笑一下子僵住了，他转过身去，默默地站在窗前，嘴唇微微地哆嗦着。窗外繁星满天，六月的深圳草木葱茏。起风了，风吹过前尘往事，在灯影摇曳的街市久久低徊，像生命中蜿蜒不绝的叹息。”肖然忆起往事，他们都知道谁都回不去了，只有借着风发出叹息。

五、悬念下的层层解码

小说是情节的艺术。没有好的故事情节，没有摄魂夺魄的悬念推动，就很难抓住读者的心。特别是新媒体语境下，一本小说，没有出人意料的情节，是无法引起读者兴趣的。

70后的作家们在创作作品时则有意识地设置悬念，通过不断地“解密”，来吸引读者的兴趣。东君的《阿拙仙传》中有这么一段故事：阿拙救了一个日本逃兵，一次，日本兵趁阿拙不在家，忽然兽性大发，妄图强奸阿拙妻含玉，恰逢日本部队进入村子，逃兵放弃恶行躲入树丛。搜索者逼问含玉逃兵下落，含玉以德报怨，为保逃兵而死，他们儿子也被杀，女儿吓疯了。这个故事如果用顺序的方式展开则会显得平平淡淡，东君则把小说设置为解密模式：一个有钱有地位的日本人，在县长的陪同下，到“我们村”寻找一个叫阿拙的故人，见到阿拙后，他竟长跪不起，阿拙却骑在树上不理不睬，县长村长在无奈与窘迫中透着一丝迷惑。日本人见到阿拙后交给阿拙一个匣子，据他讲，匣子里保存着他“多年前说过的一段话”，阿拙与日本人的对白也有很多让人捉摸不透之处，其中似乎隐藏有不少往事。另外，阿拙的性格在“我们这一群孩子眼里”也是一个谜，他“非精非怪的，却偏爱往深山里跑。而且他从来不洗脸，一大早起来，直接从空中取来一片潮湿的风，在脸上摸一把就算了事”。上头来人他也不理不睬，自顾做事。日本人为什么要见阿拙？要向阿拙长跪？阿拙怎么有如此“古怪”的性格？这一系列的谜题轻易就能将读者的眼球抓住。黑龙江作家刘浪的《木剑》更是直到最后也未“解密”，神秘女子小牧究竟是报社同仁肖黑或李成刚半醒半醉叫来喝酒的“风骚女友”，还是回娘家探亲的妻子二宝雇来“性骚扰”以检验爱情牢固程度的“密探”。还有那把值两三万的不知谁送的“木剑”，究竟是与“性”相关联的“警告之剑”，还是与“报恩读者”相关联的“报恩之剑”？这一个个未解之谜给读者留下来很大的空间展开想象。

当然仅仅有外在的摄魂夺魄的情节是不够的。曾经有个艺术家说过，“伦敦本来没有雾，而自从画家画出了雾中的伦敦，这个大城市就开始落雾了。”这话听起来有点玄妙，而其意义无非是说，作家应如金圣叹所说的，善于用灵眼觑描一切，而能见人之所未见，发人之所未发而已。作家应该不但能摄取到外在的形象，应该进而能摄取到万物内在的灵魄。能摄取外物的内在之魂，才能加强文字的感染力。而感染力在托尔斯泰看来，是衡量艺术优劣之准绳。作家有了这种本领，不但能生动地表现出现实的一切，且能表现出超越的崭新的现实，也就是莫泊桑所说的比现实"更根本的"现实。

正如雨果的《巴黎圣母院》，在该小说中，人性的邪恶是悲剧的根源，然而盲目的善会导致更大的不幸产生。艾丝米拉达的毁灭已让人们悲伤不已，然而更让人悲痛的是巴黎民众和卡西莫多两股强大的善的力量，抱着相同美好的目的，却被阴谋算计以致两败俱伤，酿成古典式的惨烈结局。雨果使文字摄取灵魂，这灵魂不仅是法国的，也是中国的;不仅是作家本人的，也是读者大众的。

70后的作家们则通过看似不起眼的凡人小事，对底层社会生存状态的书写中，折射出具有时代变迁感的历史画面和严峻的社会问题。以徐则臣、李浩、张楚、弋舟、路内等人为代表的这一作家群体，近十年来，带给我们广阔而深邃的文学世界。这一代写作者始终关注个人生存尊严，关注世界存在的合理性，不断探索精神世界的边界。追问世界本质的徐则臣，挑战文学极限的李浩，专注于精神追问的弋舟，把小县城灰色人生写得活色生香的张楚，在青春叙事里不断强化自我的路内，偏执而又忧伤的阿乙，执着于灵魂叙事的鬼金，带着南方潮湿阴郁气息的朱山坡，有着饱满的生活和土地温度的李骏虎，回归民间充满传统文化忧思的刘玉栋，还有温润的鲁敏，犀利的乔叶，谙熟大上海小市民文化的滕肖澜，擅长虚构和想象的王秀梅，在精神世界里自由游弋的李燕蓉，等等，他们小说中的精神世界，充满了时代的、人生的、哲学的各种疑问，不仅关注人的现实生存，更关注人的精神困境及灵魂依托。这正是外在情节下的内在之魂。

六、清明的正气与澄澈的心地

好的文章要有"气"，这股气正是来自作家的骨气、正气和勃勃生气。有了这样的气，写出的文字才能光彩照人。正如清代徐增在《而庵诗话》中说的那样:"诗乃人之行略，人高则诗亦高，人俗则诗亦俗。一字不可掩饰，见诗如见其人。"

使作品充溢正气是自古以来的美好传统。孔子说："诗三百，一言以蔽之，曰思无邪。"这是使作品饱含正义的最简明的解释。无邪则正，所谓"诗正而葩"。自孔子、孟子直至写出"正气歌"的文天祥，他们是一脉相承的。70后作家们也竭力追寻作品中的正气。山西女作家李金桃的《喝酒》写出了人性之光战胜权力之益，大义灭亲与大义救亲相互纠缠，留给当代人们无限的思索。朱山坡的小说《灵魂课》揭示出城市繁华背后的现实隐痛，发出了对于生命价值的追问。以乔叶、魏微为代表的一批女作家则善于从日常生活小事表现对真善美的执着追求。

孟子说，“吾善养吾浩然之气”。又说，“其为气也，至大至刚。”“志至焉，气次焉。”由此，我们可以见出心志与正气的直接与间接的关系，而志与气又是形成文学作品灵魂的要素。所以培志与养气虽是修养性灵的步骤，但也与文学创作有着密不可分的关系。

那么，何为“至刚”，古人说：“无欲则刚”。一个人的心性能达到无欲的境界，就可以说是清明在躬，如此，则在精神上具有了一种不可摧折、不能曲弯的强韧性。所以，我们说，一个心中存正气的人，有清明、澄澈的心地，光风雾霁月的怀抱，因为正气以他的灵魂为摇篮。在心理上，他能辨忠奸，明是非，知去就；在行为上，他是有所不取，有所不为，能忍受心灵上的一片苍凉，荒径独行的一片寂寞。这样的人，对真理之护卫具有热情，对正气之伸张有着高度的责任感，当在现实中遭遇到横逆，这股热情就会炽烈地燃烧起来；这种责任感受到激发，就会提升起来。在燃烧、提升之下，就会产生出一股强有力的道德的勇气，这是人间一股极大的力量，没有东西能够抵挡住它，即使有时在形式上这股力量是挫败了，但在其绝对的意义与价值上，它仍然是成功的。太史公曾经说过：“诗三百篇大抵圣贤发愤之所为作也”，这里的“发愤”二字所指的，就是正气之产生与萌发。

70后作家们在虚假、朴素、投机、冷漠的现代社会，在商业市场的主流下，依然坚守文学的纯洁性，正是他们的正气所在。正气，也就是刚毅的精神在现实的粗糙面受到摩擦而迸发出来的火花。在我国文学史中一些诗文的名篇巨制，其作者，大都是铸造民族历史的中坚人物，他们在事业上有赫赫之功，而偶尔寄情翰墨，也必定为惊天地泣鬼神的名诗至文，这由一些历史名人的语录、家书、诗词即可以得到实证，这是因为他们个人的事功与文学作品，恰好是正气的两面，正气蕴蓄于中，为国家民族往往建立奇功伟业，而发为文字，则成为不朽之作。这也正是“风萧萧兮易水寒”此一短歌的创作过程，也是黄道周的“纲常万古，忠义千秋，天地知我，夫复何求”这四句悲壮诗句产生时的心理背景。这样的正气对今天的写作者来说，意义尤其重要。

七、古朴淡雅的诗写

诗性是衡量一个作品是否经得起时间考验、能否走向经典的重要标准。诗化小说要求语言具有诗化特征，文章情节具有散文化特征，艺术思维具有抽象性，用意象构成情境。70后的作家们在进行创作时，摒弃了60后热衷追逐宏大意义的构建，亦没有迎合当下消费市场的喜好，他们凭借自己的审美经验，有意识地构建日常审美的诗化表达。

古典气息的散发是许多70后作家突出的标识。他们延续了废名、汪曾祺等的创作风格，作品的基调平淡、温和。东君、计文君、付秀莹等的创作风格就是古典路线，在诗性的背后赋予当下日常生活的意蕴。东君的作品《阿拙仙传》将本是一个血腥的故事用解密模式和追忆的方式展开，大大冲淡了血腥意味。在语言方面，他多运用半文半白的语言，营造出一幅幅淡雅美图，使作品诗意盎然。

例如其在《阿拙仙传》中的一段描写："吃过酒后，朱先生和三壶先生都带着微醺坐到河边的树荫下，开始将棋了。那一带十分开阔，云白山青，水平舟静。两人一边下棋，一边互相笑骂，很是得趣。心清河也清，有时一朵蓬松的白云飘过来，停在水面，转眼间又悄无声息地飘散了。……""云白山青，水平舟静"，"有时一朵蓬松的白云飘过来"，那种诗意的美让读者都陶醉了。东君的作品中，多用"微醺、青、静、得趣、清、蓬松"等词，突出清、雅、散、淡特征，避免出现带有极端化、紧张性的文字，呈现出诗性特征。

谈到文本的诗性，不得不说的一个群体就是70后女性作家，她们自觉对日常生活进行诗化重塑，为文本带来一次质的提升。她们随着生活的深入、年龄的增长，在创作中酝酿出诗性的光辉。魏微的小说在叙事中体现出日常生活给予的温暖、稳定以及安闲的感觉，使小说呈现出一种诗意栖居的氛围。在她的作品《姐姐与弟弟》中体现的正是一种亲情的温暖。"他和我相处的日子并不多，可是非常'可爱'。我还能记得冬天的晚上，我们一家人共眠的情景。我父亲搂着我，教我一些简单的英语单词(他那时正在自学英语)，第二天清晨再复述一遍，问我，想想看，狗叫什么？叫什么?，D——我大声地念出来，他近乎快乐了。"简洁的语言中透露着家庭的温暖，轻快的幸福感，然而片段中的父女并不是真正血缘关系下的父女，琐碎的日常生活中，却使他们产生了属于一家人的亲密感。另一位作家乔叶的作品中，无论主人公遭遇了再多的苦难、悲痛，最终都会在日常生活中冲淡。在她的作品《慢慢是活着》中，主人公这样描述对病逝奶奶的情感："她的一切细节都秘密地反刍在我的生活里，不知道什么时候，不知道什么时候就会齐袭而来把我打个措手不及。比如，我现在的日子也过得越来越细。洗衣服的水舍不得倒掉，用来涮拖把，冲马桶。比如，用左手拎筷子吃饭的时候，手背的指关节上，偶尔还是会有一种暖暖的疼。"主人公没有歇斯底里的哭喊，却在日常生活的小细节中表现出了对奶奶深深的思念。乔叶用生活里最普通的语言传情，令文章充满诗性。这一批女性作家都擅长于在日常琐事中，诗意地展示时代的风貌。

八、小结

如何写好一篇文章，是每个初学写作的人都十分渴望了解的。文章能否写好，除了是否能够使文字布满张力、叙事富于形象、内容洋溢色彩、韵律跳动音符、情节摄取灵魂以及能否使作品充溢正气和饱含正义外，还与写作者个人自身的素质有关。关于自身素质问题，中国古代许多作家都提出了论证。如“见诗如见人”，《文心雕龙》的作者刘勰就认为作家创作是复杂的精神活动，作家必须要有高尚的人格。因此，要想真正写好文章，与我们自身的思想、人格是分不开的。

70后作家要想有所突破，就必须打好生活的基本功，拥抱生活，深入观察，磨砺意志，提升境界。除此之外，70后作家还要特别强调作品的正气和正义的问题。这不仅关系到作文，更关系到做人的问题。如果说，作文是暂时的话，那么，做人则是终生的。从历史上看，凡是高风亮节的人一旦作文，就能做出千古华章。例如，为了国事鞠躬尽瘁死而后已、写出《出师表》的诸葛亮；有文采、有武功，写了《五岳词盟记》以及激昂慷慨的《满江红》的岳飞；周游四方、写出《日知录》的顾炎武；爱国诗人苏轼、辛弃疾和陆游……如何写好一篇文章，从这些先辈身上，我们不仅可以学到怎样在纸上写出一篇小文章，更可以学到怎样在人生这个大舞台上写下一篇无悔的大文章，相信70后作家都会牢记这个根本。

第四章　中国经验与文学湘军五少将

70后作家已成为当下文坛最具实力、最活跃的群体之一，关于这一点，仅从一项国家大奖即可看出其中端倪。例如，自1998年鲁迅文学奖开评以来，在每三年评选一次的中国具有最高荣誉的文学奖项鲁迅文学奖·短篇小说奖评选中，第一、二届无70后作家得主，但随着2004年江苏70后女作家魏微、2007年河北70后作家李浩、2010年江苏70后女作家鲁敏分别成为第三、四、五届鲁迅文学奖·短篇小说奖得主后，70后的短篇小说在全国的影响力逐步提升。特别是湖南70后作家田耳凭借《一个人张灯结彩》获得第四届鲁迅文学奖后，包括被命名为"文学湘军五少将"的70后作家崛起成为一个不争的事实。

2004年，湖南文艺出版社主办的《芙蓉》杂志连续发表了湖南新一代作家的作品，作为对新锐的扶持，当时挑选的作家均为70年代以后出生，崭露头角，在文学期刊上发表过反响较好的作品，或者获过重要的文学奖项。最终，杂志社从当时湖南众多青年作家中有选择地挑出了五位小说作者，并在《芙蓉》刊物上设置了新湘军"五少将"专栏，包括谢宗玉、马笑泉、孙念、田耳和于怀岸五人，这就是后来被广泛认知的"文学湘军五少将"。

十几年过去了，昔日的文字"湘军五少将"而今已经成长为文学湘军的中坚力量，他们中的大部分人已进入不惑之年，时光的淘洗和阅历的丰富使他们的作品思想更加厚重，艺术日臻成熟。他们为读者带来的，既有对社会的思考，也有对人性的深刻追问，还有叙述上的实验性开拓。他们以各自的创作实绩，为中国文学注入了活力，为湖南文学奠定了基石。

就写作领域和精神资源而论，以田耳为代表的文学湘军作家开始探寻三湘以外的世界，尽管还保留着湖湘文化的精神底色，但他们生活在城市，其经历和经验已经与现代生活融合。不动声色、荒诞戏谑、幽默沉重，充满现代性的叙述是他们的显性标签。尤其田耳，他的作品重在表达人类的共同经验和现实处境，而不是通过地方性和民族性凸显普世性的力量，这使田耳在文学湘军中成为独异的存在。

尽管还是反映底层人物在社会转型时期的命运挣扎，但70后文学湘军在整体叙事风格上开始转型，温情的人文精神与淡定的叙事策略成为他作品的标志。田耳中篇小说《一个人张灯结彩》荣获第四届鲁迅文学奖可谓实至名归。他的小说叙述看似漫不经心，实则从容淡定，成竹在胸，以深刻的人文关怀冷峻地展示着底层人物的辛酸命运。

借鉴、融合、突破，文学湘军在审美范式和文体观念上也在不断创新。马笑泉的写作审美范式借鉴了西方现代主义和后现代主义的精华，夹杂着加缪式的荒诞、海勒式的黑色幽默、博尔赫斯的叙事狡黠、马尔克斯的魔幻现实，其作品沉郁大气，悲剧苍凉，以崇高感和美感给读者带来灵魂的撞击与震撼。马笑泉在创作上有自己的执着和追求，他的《银行档案》进行了大胆的实践，把旧有的文体观念的突破点放在新闻写实的叙事上，有意识地借鉴海明威的写作经验，讲求语言的犀利、短捷，在叙述中寓含讽刺，常常在不经意中轻轻一带，就形神毕肖地刻画出人物的性格、心理乃至潜意识，形成了属于自己的幽默从容的现实主义写作风格。

与时代特征相对应，文学湘军作家往返于乡土与都市、传统与现代之间，他们敏锐地捕捉到传统乡土与现代都市对立，或者批判乡村的落后，呼唤都市文明；或者抵触都市文明对于传统农村的侵蚀与冲击，坚守着自己建构的温情故乡。随着时代的变迁和社会的发展，作家的乡土情结不断衍变，在各个历史阶段彰显出不同的精神内涵。于怀岸让读者感受故乡的悲欢喜乐、爱恨情仇，鲜明地揭露出现实社会中存在的问题，赋予其作品丰富的现实意义。在于怀岸充满悲情的乡土文学作品中，处处萦绕着苦难，然而苦难的背后是对正义与理想、人性与良知的拷问。描述底层的目的并不是揭露黑暗、控诉现实、发泄悲愤，而是在这个道德逐渐沦丧的时代拷问着人们的心灵，重新呼唤正义与理想、人性与良知的回归。对于故乡，于怀岸寄予了深厚而丰富的情感，促使其作品形成了独具一格的风格类型和富有个性的文学思维，超越了一般意义上的"田园牧歌"式的文学作品。

塑造女性悲剧形象，表现小人物生活的无奈和困窘，是沈念带给中国当代文学的重要收获。沈念的小说有着时代的烙印和日常生活的痕迹，他对生活中细微事物和情感世界都有敏锐的感受。由于深刻体会底层弱者的生存状况，他用作品关注生活、摹状生活、参与生活，用民间的视角来看待生活现实。他注意表达底层社会的生活面貌，对底层生活有着内省式的观察。读者从中能看到自己，看到“北漂”和蚁族的影子，梦想、憧憬、奋斗，纵使身处城市最底层，也要在大城市里站稳脚跟。小人物的生活困苦而艰难，不管是爱情、工作还是生活，小人物都在被各种要素推着前行，而没有自己选择的空间，女性相对于男性来说更是处于弱势。沈念描绘出了女性弱势的深层原因和她们做出的一系列生存努力。

而同样作为出生于农村的作家，谢宗玉的一系列乡村散文都表达了一种生命的达观，与于怀岸的写作精神不谋而合。在对城市文明表达出厌倦的质疑的同时，谢宗玉满含着对乡村的怀念与热爱，构建出一个自己精神的乌托邦。同时他在作品中也并不否认人生的悲凉与农村的凋敝，但他从这种对生存与死亡的哲学思考中悟出了一种“道法自然”的境界，对中国文化进行了一次深刻的回望。更难能可贵的是，谢宗玉并不满足于“隐遁”，他从乡村的小世界中跳出来，融入现代文化的大潮，甚至通过影评等方式肆意挥洒他对文学与时事的思考，体现出一个作家真正的社会责任感。

“文学湘军五少将”给文学湘军乃至整个当代中国文学带来了新的品质新的希望，也在构制文学叙事的更大格局。他们的写作呈现出诗性的特点，表现出对人生世界的悲悯，传承着湖湘文化的传统。

第一节　田耳:现实的困局与隐喻

一、精神的飞翔

田耳是来自湘西的作家，这使我们轻易联想到另一位执迷于乡村诗性叙事的前辈——沈从文。与沈从文不同，田耳的创作指向山外复杂的世界，他试图寻找一个超出自身生活阅历以外的生存空间。当年，沈从文闯荡世界，最终置身于繁华的都市，但乡村的印记像空气一样进入他的呼吸、像氧气一样渗入他的血液，挥之不去。尽管他的天分、悟性和执着使他获得了成功，赢得了尊敬，但多年的打拼、奔走和辛酸使他对城里人有了一种不平的怨气，在他笔下，绝大多数城里人都是受嘲弄或被讽刺的对象。沈从文总是以“乡下人”自居，一是表明他的身份，表明他与城里人精神趣味的分野;二是一种自保姿势，他以“自贱”的方式抵抗外在的强大力量;三是“小地方人的谨慎”，等等。所有这一切，都是当年沈从文面对现实围困实现精神的飞翔而做出的努力。

年轻的田耳没有沈从文那样的生活阅历，却也没有山里人常见的自卑。虽然现在他置身于大都市，在文学创作上也有了一些骄人的成绩，但并没有享受到空前的成功。可贵的是，他没有区分自己是城里人还是乡里人，关注更多的是创作环境本身，是对文字书写的执迷。他是单纯的，甚至有些理想化的单纯。他在一部作品中，借主人公之口说出自己的心灵渴望："我骨子里向往一种单调的工作或生活，比如灯塔看守人，或者是在南沙的一个海岛上放哨，甚至，我还幻想过坐牢，单人牢，在里面抱一本很枯燥的书。"这可能也是作者内心最为真实的想法。因为封闭自己，可以很好地思考一些深层问题。面对外面世界的众声喧哗，面对现实的围困，他希望抓住创作的刹那实现灵魂的飞翔。

短篇小说《围猎》就是这样的文本。田耳以不动声色的叙事方式向我们真实地展示了荒诞的生活是怎样形成的，它浓缩了人类的经验和现实的处境。当我们去围猎别人的时候，自身也成了别人围猎的对象，这种身份的置换在实质上展示出人类精神的困境。田耳把荒诞的细节置于现实中，又把现实生活变成荒诞发生的真实场域：一个恋爱中的、眼睛很近视的小伙子被一种神秘的力量推动着，卷入了一场"围猎"的斗争中。没料到，围猎不成，自己反而成了围猎的对象。尤其可笑的是，在围猎的过程中，参与者经历了紧张、兴奋、无奈、放松、戏谑和夸张的全过程，最后把围猎变成了游戏、变成了狂欢式的闹剧。大家对围猎的对象越来越淡漠，对围猎的结果越来越不在意，大伙在意的是刺激和围猎行动本身。田耳的这个作品在荒诞中掺杂着幽默，但叙事的幽默并没有消解精神表达的沉重，相反，这种幽默变成了一种有质感的、带着疼痛的锋芒刺入我们的阅读期待。

如果说，《围猎》向我们传达了人类自身一种真实尴尬和精神的困境的话，那么，田耳中篇小说《蝉翼》①则试图在理想的价值观和传统的道德视域中实现精神的飞翔。这篇小说的视角非常独特，写一个叫小丁的训练斗鸡的小伙子生活与情感的困境与挣扎。他与女主人公朵拉的男友杨力是同学，他受杨力的委托去照顾朵拉。这篇小说可以看成是青春小说，但与一般青春小说的反叛和行为的怪诞不同，这篇小说写得很内敛，甚至是过于内敛。小说的情节很松散，没有大起大落的情感波动，没有始乱终弃的情节，传播的也是"发乎情、止乎礼"的心灵冲动。小丁与朵拉在一个隧道里，面对情欲勃发能够控制。一方面，有一种原欲的力量推动小丁与朵拉发生某种关系，他们成为事实上的精神的情人；另一方面，又有一种比原欲更大的不易察觉的力量控制着反道德、反传统的事情发生。这种控制与许多70后作家以"暴露"和"恶搞"的精神走势不同，作者对传统道德的坚守和捍卫是难能可贵的，是自觉的。他并没有肯定欲望就

① 田耳：《蝉翼》，《青年文学》2007年第7期。

是现实困境的出路，作为一个理想主义者，田耳宁愿相信精神的力量，作品中朵拉与小丁的关系在某种意义上象征着纯粹爱情的胜利，也是某种精神的飞翔。

但这篇小说的结局在温情与克制下还是透露出作者对于生活悲剧性的思考。在朵拉结婚这种形式上的完满中，读者看到了她与杨力婚姻关系的不牢固，以及对爱情隐约的失落感。而小丁作为一个漂泊者，他的命运也是未卜，在这里作者预见了一切事物归于秩序和平凡之后的无奈，所谓“蝉翼”也是脆弱的现代人在婚姻爱情中找不到精神支撑点的隐喻。突破现实困境固然可以靠人内心自省的精神力量，但这种力量与原欲在某种形式上的交互、斗争，也是田耳作为一个作家所需要思考的基本问题。在另一些小说中，如《一朵花开的时间》，田耳就将性欲当作精神飞翔的途径，尽管与《蝉翼》在文本意义上看似对立，但其实都表达了他反抗现实的态度。无论是借助于性欲，或是理性对性欲的克制，田耳心中并没有某种所谓的“本体论”，正如他自己所说：“如果有人说写作是给别人看的，偏就有人接下茬说是为自己写作；如果有人说写作是为了探索永恒的人性，马上就有人反唇相讥，凡写人必涉人性，你凭什么判断，人性之中何为永恒何为瞬间……孰对孰错，小说没有本体论，在此基础上，一切的论调皆显得似是而非。”①可见，他并不为自己的作品规定某种具体意义，他只是真实地刻画出了人类在面对欲望与理性时的艰难抉择。

这种充满现代性的写作方式也让田耳从“湘军”中脱颖而出，成为一个独特的存在。他不再用沈从文式的笔调为田园生活唱着挽歌，也不像其他的湘西作家如于怀岸试图从故乡的土壤里发掘历史的厚度。田耳只是田耳，他对写作充满执着，对现实充满观照，对人生有着戏谑与悲悯的复杂情感，也对底层的小人物有着细致入微的观察。值得欣慰的是，他笔下的大多数人物自始至终都对世界抱着善意，残酷的生存状况与人内心的温暖形成了对比，而人与人之间这种隐秘的温情，成了在荒诞中突围的精神救赎。

二、寂寞深处的温情

最能够体现这种田耳式温情的作品，是他的中篇小说《一个人张灯结彩》。它以温情的人文精神，淡定的叙事策略，深刻地反映了一群底层人物在社会转型时期的命运挣扎，也由此获得了第四届鲁迅文学奖。田耳的获奖是湖南作家原创文学在此奖项上实现零的突破，它对于重振文学湘军有着十分重要的

---

① 田耳：《“文学湘军五少将”创作谈》，《理论与创作》2008 年第 5 期。

意义。

《一个人张灯结彩》讲述的是一个近乎黑色幽默的侦探故事：一个叫邹官印的无业游民在小说中以“钢渣”的诨名出现。他每天想着抢银行、搞大钱，与搭档皮绊干着偷鸡摸狗的勾当。这些令钢渣看不起的小勾当只能勉强让两人苟延残喘地生存下去。他与理发店的一个哑女小于坠入爱河，为了让小于的生活过得稍稍像样一点儿，钢渣便与皮绊去抢出租车。没想到，被打劫的出租车主恰巧是小于的哥哥于心亮，而钢渣却在不知情的情况下杀掉了爱人的哥哥。在得知真相后，钢渣意识到自己不能再在小城待下去了，便跟小于告别。此时的小于已无可救药地爱上了钢渣，她压根儿不知道，给自己解除寂寞、带来疯狂性爱的人就是杀害哥哥的凶手。她问钢渣什么时候回来，钢渣说，大约在过年的时候吧。小说把“一个人张灯结彩”的悲剧命运一步步地推向纵深。

悲剧的高潮来自案件的侦破。故事的另一位主人公，一个名叫老黄的警察通过作案现场留下的一顶帽子找到了线索，最终逮捕了钢渣。钢渣被捕后请求老黄代他在过年时看望小于，而大年夜时，孤独的老黄在挂满灯笼的理发店外，久久徘徊沉思。

作者对叙事的圆融处理，让小说显得环环相扣、严丝合缝，每一个细节都能在文本中找到层层叠叠的铺垫，这恰又成为故事发生结构性转折的支点。在诸多的巧合中，却又隐藏着某种必然，如钢渣为了小于去抢劫是因为小于的孩子病了急需用钱，而打劫出租车司机是因为司机身上一般都有钱，而且出租车司机经不起威胁。在实施打劫的那天几乎没有司机愿意接这两个客人去那么远的地方，只有于心亮主动来揽活，因为他正好缺钱——为了妹妹的孩子。钢渣本不想杀于心亮，但是风把他的帽子吹掉了，他头上的疤和胎记被于心亮看见了，他不得不杀人灭口。这一连串的巧合其实注定了于心亮成为一个受害者，而他本人的善良、热情也成了他被害的理由。假如他稍稍对陌生人有点警惕，或者没有为了妹妹的事情而拼命揽活，那么悲剧就不会在他身上发生。

作品中对于心亮这样一个底层人物还有许多辛酸的描写。他家十余口人，挤在一个棚屋里，舅舅是白痴，哥哥和妹妹都是残疾，他还有四个小孩，全家只有他一个人工作，家里养着猪，污秽不堪。但即使在这样的情况下，于心亮还对生活怀着单纯的向往，他在买断工龄跑起出租的时候“面露喜色”，谈起自己的妹妹小于时，虽然嘴里骂她是贱人，但心中满含关怀之情，甚至还想把小于嫁给老黄。在于心亮身上，我们看到的是一个兢兢业业、热爱生活的普通人形象，而他的死，成就了他悲剧英雄的角色，在他的死亡背后，喻示着一个家庭的坍塌、一段爱情的逝去和两个歹徒无可挽回的末路。也只有这样一个善良角色的无辜惨死，才能让故事有着震撼人心的巨大力量。

而哑女小于则代表了底层人物的另一种命运。她不能开口说话，实质上也隐喻了底层人被剥夺了话语权，在她身上我们虽能感受到种种纠结的情感冲突，但是她自始至终都不能表达内心的想法，我们也无从去判断她心里究竟是伤痛多于愤怒，还是同情掩盖了亲情。但毫无疑问，这种角色设定与描写方式反而让小说具有了情感的巨大张力，小于对于爱人杀死哥哥的心情成了一个巨大的“悬案”，任读者去深思与体会，包括她后来被诱骗画出了钢渣的画像、被设局打断了“特赦令”的交易，虽然都没有直接的心理描写，但是小于的那种愤怒、挣扎、绝望却力透纸背。而在整个过程中，单纯、善良的小于都是一个被动的、失语的角色，她改变不了自己被利用的处境，失语的状态让她无力反抗自己的命运，也表达不了自己的情感，因此读者也能够体会到人物命运悲剧中的深深寂寞——无言的寂寞。

也许田耳最大的成功就在于他虽然揭示了现实赤裸裸的残忍，却让读者对于造成悲剧的钢渣带着同情。钢渣虽不是俄狄浦斯式的英雄人物，但他的作恶也是因为命运的巧合，而他的内心充满着分裂与令人困惑不解的东西。一方面他无恶不作，具有反社会的人格，他视社会规则如无物，轻信小说和电视里的情节，天真地幻想着通过抢银行致富，并且真的依靠自己的本事研制出了炸弹——尽管最后这枚炸弹没有爆炸，但是在这种荒诞情节的背后我们看到了某种价值观的反叛:他与传统的小混混的区别不就在于他拥有抢银行这个“伟大”的理想吗？而且他最后依靠努力实现了自己的理想，假如抛开善恶不论，钢渣是一个有信仰的人，而这种信仰本身既令人肃然起敬又令人扼腕叹息。在这一点上，田耳比一般的作家在挖掘人性精神深度方面更进了一步，因为对于钢渣这种反社会的分裂人格的描写本身就是一种禁忌，读者也很难想象一个极端主义者能够被描写得如此生动而合理。挑战禁忌与经验本身就是一种巨大的勇气。

而另一方面，钢渣对小于有着真诚的爱情，他为了让小于过上好日子不惜抢劫杀人，这种执着而不顾一切的情感让人唏嘘不已。在作品中，一切的巧合、悲剧和灾难其实都是出自这种善意:钢渣的本意是善，却选择了邪恶的方式;于心亮的本意也是善，却落得死亡的结局;小于的本意是善，却被利用被伤害，出卖了自己最心爱的人。命运仿佛一个巨大的圈套，将每个人都玩弄于股掌，但是在这一切的悲剧深处，仍然闪耀着人性的温暖之光，即使是面对杀人不眨眼的钢渣，恐怕读者也无法真正从心底去憎恨他。

田耳在模糊这种善恶界限的同时，将目光转向更纵深的现实世界中，将作品的主题继续升华。在文中的每一个底层角色都有着不为人知的辛酸和不得已，包括钢渣最后决心拿炸弹打劫超市，居然是因为饿得受不了。他并没有要求别的东西，而是劫持了店员，要求获得食物，这何尝不是对现实的绝妙讽刺。这些人的一切罪恶行为，都是因为基本的生存需求没法满足——也许他们可以像于心亮一样找个正常的活干，踏踏实实地生活，但是这样的生活同样充满了艰辛和卑微。如果不是现实所迫，小于的孩子也不会病了都没钱治，这种种问题的根源皆在于整个社会没有一个完备的体制去解决底层民众最基本的生存需求。在小说克制的描写和温情的面目之下，其实透露着对现实的强烈批判。

这种批判是有力度的，但是作者并不滥用它，也许是因为田耳是个理想主义者，他坚信正义会获得最后的胜利，这点在警察老黄和公安司刘副局长身上表现得最为明显。公安系统有一些败类，如刘副局长之流就是其中的代表。但公安系统更有一大批像老黄这样的"脊梁"警察，他们不为名利、不走关系，公正无私，善良正直，他们干了一辈子也不能在警衔上或官位上有所晋升，但他们丰富的经验和深深的责任感使得他们赢得同行和社会的尊敬。他们虽也是底层人物，但他们是整个社会的动力层，为国家的安宁和人民群众安定的生活奉献了自己的赤诚。小说最后，老黄对刘副局长意外死亡一案感到茫然，与其说这是老黄对自己破案能力失去信心，毋宁说，由于刘副局长作恶太多，罪有应得，这是正义对邪恶的惩罚。

年关近了，哑巴女小于还在痴痴地等待。钢渣被抓后，请求老黄在过年时去看看她，而老黄站在小于门外久久徘徊，也许是因为心疼，也许是因为不忍，也许是因为他内心的某种对小于的亏欠。这些细节，闪烁着温情和人文关怀，让我们看到一个警察细腻的内心和善良的本性。一个人张灯结彩，这个人是谁？要庆贺什么？恐怕更多的是对于孤独的隐喻。田耳的小说大多写得太满，把想要表达的东西尽可能都表达出来。但是，在这一篇小说中，田耳留下的空白像时间一样绵长。热闹的场景，散开了的颜色绚烂的火焰，迎风晃荡的一长溜灯笼，却又是那么孤独，是一个人沉潜到内心的孤独。

第二节　马笑泉：民族精神的追寻与反思

一、意义原点：民族精神的追寻

与田耳有些不同，马笑泉不只是写小说，他最初是写诗的。因此，他能创作出《三种向度》这样的诗集，一点也不让人惊奇，因为他那些卓有成就的小说作品，大多意象清新、诗情洋溢。作为一个70后作家，马笑泉能够在小说、散文、诗歌和评论等多种文体中同时用力，如鱼得水，气势闲定，殊为难得。他有着强烈的探索欲望和艺术上的冒险劲头，为了这种探索和冒险，他愿意牺牲本已尝到的创作甜头，不在既有的灿烂之道上走下去，而是再辟蹊径，向未知的艺术山峰进行艰难跋涉。从《愤怒青年》毫无顾忌的才情挥洒到《银行档案》懂得克制的内敛叙事，再到《巫地传说》民族精神的探寻雄心，就是一个生动的例子。马笑泉的小说文本兼具现实主义、魔幻主义、荒诞派和精神分析等多重向度的混杂色彩，大有众声喧哗的意味，而骨子里，他的发力点其实就是形式的实验性和内容的思想性，并在现代性的层面上进行深度的精神发掘。

马笑泉是回族人，他对张承志很敬佩。但在民族精神的发掘过程中，他强调回族文学的兼容性，认为少数民族生活中如服饰、饮食等外在文化已经不再神秘、新鲜。如果少数民族作家依旧醉心于此类创作题材，很难表达出真正的民族特性。因此，只要是回族作家写的作品，无论其题材是否与回族有关都可归入回族文学的范畴。他跳出了狭隘的民族主义，撕掉了身份上的回族标签，在无涯际的“人性”场域里进行极富激情的追索与开挖。比如《愤怒青年》中，主人公楚小龙身上充斥着一股少年锋锐的“狠”劲，以他为中心发生的一系列“非常态”事件，不仅没有让读者对他心生厌烦，甚至还让人喜欢他、敬佩他。马笑泉从自身经验出发，认为70后“愤怒”的最大根源在于这一代人处于转型期的夹缝中，所有流行的元素和后现代话语都在极短的时间里集中压来。

与20世纪轰动一时的《摇滚青年》不同，改革开放的大门打开后，刘毅然笔下的年轻人无所适从，在反叛和娱乐的悖论中摇晃着前行。而马笑泉笃信哈罗德·罗森堡在《荒野之死》中的宣言：“一代人的标志是时尚，但历史的内容不仅仅是服装和行话。一个时代的人们不是担起属于他们时代变革的重负，便是在它的压力之下死于荒野。”因此，《愤怒青年》中的人物没有迷茫和沉沦，他们有着清醒的意志，认为人不能只靠“愤怒”生活，人要适应环境，直视时代，依靠的是行动。只有付出强有力的行动，才能实现人生价值，也才能对社会进程产生积极的影响。

这种“人性”的发掘，在《银行档案》里得到了更好的体现：故事主角龙向阳出生于20世纪50年代，他的思想原本带有特定年代的精神刻痕。改革开放后，他秉承一套固有的生存法则，却活得让人羡慕。龙向阳的某些思维根深蒂固，表面上看被时代大潮淘洗掉了，实际上依然涌动在社会文化的各个层面。比龙向阳年龄小十来岁的赵小科身上并存着新旧两种观念，搅得他心神不定，痛苦不堪，但他最终凭借传统文化的力量找到了精神的归宿。70年代出生的李竹天有着张颐武所说“新新人类”的普遍特征。在左右逢源的日常生活中，吞噬他、刺痛他的却是阴影般飘来的内心纠结以及现实与理想的矛盾冲突。马笑泉学会了余华式的对于暴力的客观书写，只是这种暴力是人性上的“软暴力”，是新与旧的纠缠、撞击、消长、融合带给主人公内在精神空间极度压抑之缩影。中国人的一生要填写无数的表格，都有一份冷冰冰的档案。这种档案大多是官方格式化了的，相当干枯，人的血肉和灵魂在这里被压榨一空。马笑泉试图通过“档案归类”的叙事模式，将国人表格化、程式化的脸谱人生做一次全方位的扫描，其批判的锋芒便在这种冷静的扫描中得到有力的彰显。

在追索写作的意义原点时，马笑泉认为：当下以网络为载体的“加速度”时代与全球化经济带来了文化语境的“同一化”，作家需要找准自己民族精神的独特性和骨髓，使之从心灵的血管里汩汩流出来。大凡具备民族精神的作家，都会有本民族特有的思维方式和文化烙印。在《巫地传说》中，作者没有采取一贯的残酷、尖锐的暴力叙述视角和暴力话语的聚焦方式，而是冷静、舒缓甚至是略带诗意地为我们再现了一个“精神狂热、本能压抑和命运惨烈的时代”对于民族心灵造成的创伤，哪怕这是一个远离闹市、极其荒蛮的偏远之地，也无可幸免。“即使在最幸福的时刻，也始终没有忘记这个世界沉重黑暗的一面”，在那样一个让人恐惧、不安甚至绝望的年代里，人的价值和尊严是如此渺小，人的阴暗猥琐的内心又是如此的触目惊心。然而，人，总有活下去的希望。书有一个闪光的细节：灵性之虎舍身抗暴，回报霍铜耀的放生之恩，这也许就是梁启超称颂的“诗歌的正义”，也反映了梅山文化熏染下人们普遍的精神追求和对健全人格的向往。这种追求和向往氤氲成一种民间文化的神秘表征。马笑泉正是借助于梅山文化的传播介质，将民族精神中的尚洁、自尊、刚烈、尊灵魂、重精神、轻物质等特征恰到好处地表达出来，从这个意义上看，《巫地传说》是马笑泉在民族精神的寻根上表达得最为自觉、最为充分的一部作品。

二、叙事焦点：历史的撞击之痛

《巫地传说》这部长篇小说以《异人》《成仙》《放蛊》《鲁班》《梅山》和《师公》六个单独成章的底层故事，以梅山文化浸染下小人物的悲苦命运为线索，每个故事既可单独存在，又有内在联系。全书涉及社会众多的重大事件，将中国的“大历史”与梅山文化熏染下湘南小镇的“小历史”对接起来，历史与想象，国家与民族，弱者与强人，时间与空间，文明与野性，融为一体，成为一幅色彩斑斓的民俗风情画。

第一部《异人》中，作者首先将个人置于特定时代的背景之下，先用“挑煤”

的方式，从体格上做文章，让小名“石头”、书名“霍勇”的“我”作铺垫，通过看似简单的“力气”比拼，突出了父亲的力量和人格，完成了对父亲从轻视到敬畏的情感转变。接着，用父亲的力气作铺垫，突出黑头的力气和胃部。为了填饱肚子，黑头只好坐着拖拉机去城里做苦力。对外面世界的恐惧，让徒有力气的黑头留恋于自己贫困的村子。离开村子时，“我发现黑头的眼神居然流露出前所未有的哀伤和无助”。然而，进城后，黑头无法主宰自己的命运，他成了偷盗能人陈瑞生手下的帮凶，并最终在与警察冲突中，舞着板车被击毙。

作者写黑头，其实是为了写陈瑞生，这是一个颇有异功的奇人，力气之大，能背着一副偷来的棺材，并装满偷来的一棺材萝卜健步如飞。但有点力气算得了什么？作为警察的“我”的表哥明白无误地警告陈瑞生：“无产阶级专政的铁拳，哪怕是霍元甲也敌不过。”然而，当陈瑞生依靠力量和生存智慧一次次侥幸逃过警察的惩罚之后，他的功夫被一身正气的师傅阮君武废掉，最后被人打死在街头。

小说如剥笋一样，将生活表象下的一层层肌理最大限度地呈示出来。作者又通过陈瑞生的故事，进行到阮君武的人生中心，这个神秘的人竟然是“我”的七舅爷爷，功夫盖世，德行和人品极佳。他会审世，会悟道，他说：“世道大变样了，拳脚再好，当不得人民政府的一颗子弹，还是读书有用呢。”后来，这个看破红尘的人毫无悬念地去“大东山寺庙里当和尚去了”。

作者笔下的这些人物结局大都很惨，非死即逃，很少有正常的生活常态，反映出特定年代的大历史对于个人小生存空间的极度挤压。《巫地传说》中众多的奇人异人能人，其个人命运在历史噩梦中十分渺小和卑微，他们既无法跟上时代的大潮，又无法左右自己的命运。“我”既惊恐于这种生活，又努力保持山民们心灵的淳朴与善良。在阮君武“还是读书有用”的感召下，“我”发愤读书，后来考上大学，离开山村，走上了与父辈们完全不一样的人生命途。

大学毕业后，“我”被分到报社，同时分到报社的还有程刚和许爱国。第二年又分来一个叫方美静的漂亮女子，故事的前进又有了新的动力。为赢得方的芳心，三人暗中较劲。应该说，接下来的故事设计得很俗套：三人先是比力气。中秋节单位给每人发一筐橘子，五十多斤。程刚和许爱国都争着去扛，无奈力气不济。而有过挑煤经验的“我”轻松扛起，赢得姑娘喜爱。接着是“英雄救美”：“我”与方约会后，在回家路上，碰上三个流氓。“我”英勇过人，打得他们落荒而逃。从历史到现实，从国家“大我”到个人“小我”，马笑泉采取了画家“留白”式跨越书写，对历史事件中“施暴者”和“受暴者”的心态及其行为，他并没有刻意的心理描述和精神分析，也没有情绪化的揶揄与批判，而是以一个旁观者的身份，粗略而真实地讲述了在特定时代里，乡村故土发生的那些悲惨故事。这些过往的历史虽然已经退出我们的生活，但对后人的行为影响永远也无法抹去。即便面对爱情，也会有所保留。正因为此，当现实中的方美静问“我”勇斗歹徒的神勇是不是因为爱情的力量时，“我”的脑海里闪出的场景“竟然是黑头面对围攻的警察，抡起了沉重的板车”。尽管“我”抡起的只是一部单车。作者据此写道：“在这个日趋文弱的城市，此举足以让我成为一个侠客，一个获得美人芳心的英雄。”

扭曲的历史造成扭曲的人格，文弱的城市造成文弱的市民。这是从山里走出来的“我”面对大历史与小历史、想象与现实的撞击时发出的心灵之痛。正如作家夫子自道，《巫地传说》跳出了现代乡土小说审视、反思、揭示、欣赏、认同的视角，以“亲历者、旁观者和转述者”的“我”的平视角度，融入小说的故事之中，给人一种真实感、亲切感和深入感，大大拓宽了文本的想象空间，丰富了人物的精神世界。

三、审美基点：忧伤的悲剧意识

当文学大面积经历了意识形态化的浸染和宰制之后，文学的纯度受到了稀释甚至变味，对创作本体内在冲动的审美诉求，对精神寻根所能抵达的文化深度和欲望表达所能触及的理想高度，便构成了马笑泉创作的审美风格，这种风格既有忧伤中的阳刚之烈，又有偏激中的执拗之美，文字间的沛然气场具备了高贵之态和释然之境，颇有一番孔子所说的“哀而不伤”的况味。

仅以《巫地传说》第二部《成仙》为例，文本仍是以六岁的“我”作为叙事讲述者，重点描述了一个叫杨红秀的女知青的悲惨故事。她爸是老右派，妈是臭老九。这样的身份在那个特殊年代无疑比祥林嫂额头上的“伤疤”还招眼。村民谭振武是一个“用菜刀刮胡子的家伙”，由于爱上了杨红秀，谭振武总是袒护、保护着杨红秀。有个叫霍洪的村民也喜欢她，并试图强暴她。“我”忍无可忍，把这个事情告诉了谭振武，结果，谭振武把霍洪掐死了。谭因此被县公安局带走。临走前，谭大声问了杨红秀一句：“你到底喜不喜欢我？”

面对众目睽睽，谭振武得到杨红秀的回答依然是平静却冷得让人发颤的话：“我很感激你，但我真的不喜欢你。”

杨红秀没有违背高贵的内心。可说了高贵的真话，却得罪了全村的人，也得罪了全体知青。大家想：“就算你不喜欢他，看在他为你坐牢的分上，讲句假话也只有那么大的事。”特殊年代的特殊思维，假的东西居然被当成了宽容和善良，这是多么的可怕！接着，杨红秀遭遇了一连串批斗。在一次最大的批斗会上，生产队长霍铁根有过试图强暴杨红秀却被杨用护身的剪刀戳伤的羞辱，他此时公报私仇，昧着良心说杨红秀“主动对我脱裤子”。住在一起的知青陈雪梅检举杨红秀看黄书，其实看的是《宋词三百首》。大家都争先恐后地上台揭发，原因在于公社书记何胖子何忠的煽动：他手中握有招工指标。谁检举有功，谁就有可能被招工回城。在这种现实的诱惑下，人们丧失了道德底线。结果便是“一个天上的仙女，被一群鬼怪审判”。纯真无助的“我”原以为知青们从城里来，有文化有知识有良知，不会像霍铁根那样昧着良心说瞎话。然而，“我”错了。小丑上台，唾沫乱飞。有揭露杨每天照几十回镜子的，有说杨爱卫生、装腔作势的。全是鸡毛小事，且全是正常的生活细节。但这些小事在特定年代被极度放大，正常的生活常态被扭曲。人们禁不住喊起了口号，把政治运动变成了压抑后的狂欢。没有这些斗争，大家还不习惯：“不搞一下批斗，这日子何解过喽？”是非混淆，黑白颠倒，人性之光彻底沦丧。当霍铁根把最苦最累最脏的活派给杨红秀时，他找到的理由是：“自己反正无耻了，干脆无耻到底。”这样无耻的人生哲学比北岛“卑鄙是卑鄙者的通行证”所体味到的痛苦有过之而无不及。

事情的转折是黑色的悲剧：公社书记何忠因破坏军婚被免职。陈雪梅痛感幻想破灭，“跑到公社大闹一场”，后来被人推下山崖，脑壳“摔成了烂西瓜”。

大家似乎省悟了，纷纷感到对不起杨红秀，都去求得一声原谅。杨红秀当然原谅了大家。大家都夸她“是个小观音菩萨”。显然，杨红秀的原谅与其说是与大家的和解，不如说是装出来的。这个最不愿意违背内心的小人物此时却违背了自己高贵的内心。原因在于，“她已经不愿跟人打交道，所以宁肯和树木说话，对石头微笑”，最终选择与“洞神”成亲，被人送进了幽深的洞里，“无论怎样，她是再也不愿意返回这个世界了”。

马笑泉写到这里，敲响了小小的一个键盘，就像何立伟《白色鸟》最后那声“铜锣声”一样，不仅惊走了可爱的白色鸟，不仅揉碎了一白一黑两个少年的宁静之画，也打破了人与自然的和谐之美，让人回归现实，回归当下的沉重与梦中的伤痛。

马笑泉的这部小说很容易感受到作品冷冽后的美艳和美艳后的哀伤，前者类似张艺谋把陈源斌《万家诉讼》变成《秋菊打官司》而进行的艺术再现，后者则如李煜词曲里十分常见的情绪流淌，这样的情绪伤感但不悲观，伤感是顿悟到生命长度的有限性，不悲观是对获得的对于生命宽度和深度有了新的认识所释放出来的达观。王国维在《人间词话》中称李煜具有释迦、基督情怀，可见是读懂了的。在《巫地传说》中，上峒梅山猎户行尊霍铜耀捉到老虎又把它放了；

中峒梅山霍铜发掮棚放鸭，手持鸭梢朝天画圈，成百上千只鸭子便神奇地汇集拢来；下峒梅山霍铜顺打鱼摸虾也有独特的本领，每次都能满载而归。文本营造出一种神秘气氛，让人看到了人与自然的融洽所张扬的生活之美。为了弘扬这种美，作者不时运用民间传说中的“菩萨”形象来观照大家，如梅山武功的顶尖人物阮君武“持身严正，从不干欺凌弱小之事”，街坊“都喊他阮菩萨”。女知青杨红秀被造谣、中伤、污蔑、批斗之后，对伤害过她的人“淡然一笑，说，我晓得，不怪你们”，被人称为“小观音菩萨”，铜耀捉到老虎又放了后，村里人也都“把他当菩萨看”。这种“菩萨”，不正是王国维所推崇的宗教情怀吗？表面上看，马笑泉写的是民间“潜历史”中的奇人奇事、风俗轶闻，他真正想表达的是追寻湘南那一片未被“文明”浸染或“典籍”过的蛮荒之地上自然生成的一种文化，这样的文化在20世纪80年代“寻根文学”热潮中曾有过昙花一现的璀璨，但后来被日重一日的商业因子所浸润、驱逐，直至消失得了无踪影。马笑泉在此要做的就是个体对于生命进行深度体验后的创造性表达，以及对日益消逝的那样一种文化的深情挽留与回望。如果没有“创造性”挑战，没有深情的回望，没有如宗教般纠结的文化情绪，再精彩的故事也只是一个故事。就像没有多少文化内涵的青瓷美人，再漂亮也不过是一只花瓶。

马笑泉很智慧地从西方写作范式中找到了审美的感觉支持，从他的文字中，我们很容易发现加缪式的荒诞、海勒式的黑色幽默、博尔赫斯的叙事狡黠，马尔克斯的魔幻现实，甚至有艾略特对于荒原的情愁和埃利蒂斯的对于美的哀伤。有了这种西式话语的文化背景和理性资源，加之作家的悟性，勤于思考，少年老成，他便能贴近自然形态，并从中提炼出一种优美，一种沉郁，一种苍凉与大气，形成一种与众不同的悲剧意识，正是这种悲剧意识唤发起作品的崇高感和美感，给读者的心灵带来深深的撞击与震撼，从而实现了作者所追求的“依靠坚实有力的形而下细节，抵达深刻复杂的形而上世界”的审美初衷。

四、创作拐点：从文体边界处突破

在《巫地传说》推出之前，马少泉还出版了一部长篇小说《银行档案》，这注定会是一本另类的小说。

当一统天下的传统纯文学渐趋日薄西山，日益被边缘化，终于退守到自己的一隅休养生息，也就有机会去思考一以贯之的经典化路线是否出现了裂缝，是否有必要给这个惰性极大的话语体系注入新的元素，是一直折磨文学审美与文学价值的重大难题。大盛于宋代的词被称为一代文学之经典，但它刚刚出现时，是被人哂之和鄙薄的。用我们今天的话语和评论标准放到彼时的语境中，就会认为只李杜一样的诗才是纯文学，是正统文学，所以就有了“诗庄词媚”一说，而且当时的文人也大多把词视为旁门左道，自娱自乐罢了。然而，以后的文学史毋庸置疑地证明了词的文学价值，没有词这种新文体的勃兴，唐诗宋词的对举就成了独角戏。从这个意义上说，我们当下谈论文学的再发展、谈论需要新元素的注入，首先需要的就是突破旧有的文体观念。

马笑泉在创作上有自己的执着和追求。在《银行档案》中，他对自己的创作进行大胆的实践，把对旧有文体观念的突破点放在新闻写实的叙事上。长久以来，新闻的受众非常大，但一直被作为一次性阅读而存在，它是一种工具，把事情说明白就可以了，它不要求给读者空白和思维空间，更不讲究叙述的深入技巧，虚构、形象、意境，都是文学的事，文学是让读者既明白又不明白；而新闻则是让读者准确无误的明白。因为新闻是急就章，没有经过写作者的深思熟虑，没有酝酿发酵，所以很难酿出好酒。可以，有追求的作家偏偏不信这个邪。好汉海明威第一次在经典意义上填平了文学和新闻两者之间的鸿沟。海明威从事过新闻工作，主张“事实文学”。在谈到《老人与海》的写作时，他说：“我想要读者对所读的东西觉得好像是亲身经历的一般，使他产生这样的印象，仿佛这是真实可信的。”因此，他不仅以新闻通讯中的真实故事作为情节基础，而且对老人划船出海、捕鱼斗鲨的种种行为和心理活动的描写，乃至行业俗语的使用都做到了生动逼真、简明准确、富有强烈的现实主义艺术感染力，透视出一种独特的艺术美和深刻的启迪性。海明威的写作是大气的，他把八分之七部分裁下，只留下八分之一，就像海面上露出的冰山。马笑泉也是新闻记者，他似乎在有意识地借鉴海明威的写作经验，讲求语言的犀利、短捷，在叙述中寓含讽刺，形成了属于自己的幽默从容的现实主义风格。

作为马少泉阶段性的代表作，《银行档案》的讽刺很有特色，马少泉常常在不经意中轻轻一带，就形神毕肖地刻画出人物的性格、心理乃至潜意识。比如编号 003 的黄建国档案：

黄建国在路边一饭店吃饭，没想到这饭店不但提供饭菜，还提供另一种服务，黄建国见到小姐顿时身子酥了半边，看着这个论年纪可以当他女儿的小姐呆笑，脑袋里一团糨糊，忘记那天快到六月底了，财政收入要过半，人民公安正四处出击，只想多搞些罚收入进来。等小姐快把脸贴上来时黄建国热血沸腾，不能自已，怀着“一万年太久，只争朝夕”的豪情，跟着小姐上了楼。人民公安也真的是做得出，老黄同志才脱了裤子，还没尝到个味，他们就飙了进来，一把就拷了进去。

这一小段文字充分展示了马笑泉的讽刺力量。首先，我们感觉公安和小姐是明显搞了个双簧，做好了套子，等人往里边进，不意竟逮了个“人民公仆”。部分不守法纪的公安和妓女勾结，就像猫和老鼠结伴，已经很令人诧异了，小姐利用黄建国想吃腥味的心理，进行勾引，公安利用权力资源合法牟利，这本身就是一个反讽；而掉进圈套的黄建国却是个担任工会主席的老同志，令人啼笑皆非，形成了一个双重反讽结构。在黄建国热血沸腾时，作者用了个“一万年太久，只争朝夕”的诗句，符合黄建国的身份特征，因为他始终标榜自己穿的裤子和毛主席的是一种，一个如此热爱主席的干部在当时冲动的境况下能想到这个诗句是合情合理的。而作家始终不动声色，没有跳出来发半句评论，没有指责黄建国，更没有对这部分不顾国法廉耻的警察能够做出这种事而大发感慨，故事的节奏并没有停滞。所有的一切让读者自己去体味。

马原曾经说过，小说家首先要会讲故事，小说不能靠讲故事而获得生命力，但不会讲故事无疑不可能成为有成就的小说家。就像说相声，表演者的目的是要让观众笑，而不是自己笑，你的任务就是讲故事。显然，马少泉很会讲故事，但这并不意味着他在艺术上的粗糙。这部小说中的对话非常精彩，很多对话的潜台词都意在言外，给读者留下充足的回味余地。例如，龙向阳从行长的位置上下来了，接替他的是王庆生，龙向阳向王庆生借钱，王庆生正在打电脑游戏，随手从铁皮柜里拿了五百块钱，龙向阳走后，“他才摇摇头，心想，做人，还是老实点好，不然连游戏都没得打喽”。王庆生的这句自言自语非常精彩，很能反映王庆生的性格特征：因循守旧、逆来顺受，做人的哲学就是“忍”。更为重要的是，它有潜台词在里边，只有领导才有资格在上班时随心所欲地打游戏，没游戏打了，潜在的意思就是当不成领导了。这个潜台词其实毋庸解读，是在阅读时略一思索而得出的会意微笑。马笑泉常常把潜台词的背后意思放在稍一思索的层次上，如果太远无疑加大了读者的阅读障碍；而如果没有适度的潜台词，语言就会直白、浅陋。

阅读是一种作者和读者之间的双向心理流程，如何把握这个“度”一直是小说家感到困惑的问题。能够相对恰当地处理这个问题，大概和马笑泉作为新闻记者的职业习惯有一定的逻辑关系，一如当年的海明威的新闻记者生涯对其文体风格的形成产生了巨大影响。这也大概是马笑泉在文体边界突破方面做出的有效尝试。

善于思考的马笑泉有着与年龄不相称的成熟和大气，青年人的情绪常常有不可遏制的冲击力，而且时有偏激，所以才有“愤青”的说法。但《银行档案》明显地摆脱了情绪化，但讽刺的力度并没有因此而弱化，相反，有“不着一字，尽得风流”的审美韵味。无论龙向阳，还是王庆生或者其他人，每个人的档案都以生动的形象记录着一个完整的过去，一段鲜活的历史，一个独一无二的生命存在。夏花之灿烂也好，秋叶之静美也好，在历史的长河里，都是普通的匆匆过客。世俗人物的众生相在这本档案里各自归位。这是马少泉带给我们的发现和惊喜，这种惊喜也让我们对他的下一部作品有了更高的期待。

第三节　于怀岸：猫庄情结及其书写意义

于怀岸是土生土长的农家子弟，本名董进良，1974年出生于湘西农村，高中辍学后南下广东，经历过农民、打工仔、流浪汉的底层磨炼，也担任过报社记者和文学编辑的白领职位。他从20世纪90年代初开始进行文学创作，2000年在《花城》发表了第一篇小说《断魂岭》之后，相继在全国其他重要刊物发表了更多优秀文学作品，如《一粒子弹有多重》《一座山有多高》《白夜》等，并出版长篇小说《猫庄史》《青年结》，中短篇小说集《远祭》，短篇小说集《想去南方》。于怀岸凭借其创作实力成为“文学湘军五少将”之一。

于怀岸受到文坛越来越多的关注。他的许多作品与“猫庄”有关。通过对他的小说世界进行全景式分析发现：独特、浓厚的猫庄情结是贯穿在于怀岸文学作品中的一条重要的精神线索，也是我们解读他小说创作的一把钥匙。于怀岸的猫庄情结既是对千百年来乡土情结的继承，又是在新时代背景下对乡土情结的延伸。于怀岸不是仅仅局限于让读者感受猫庄世界的悲欢喜乐、爱恨情仇，而是敏锐把握现实脉搏，鲜明地揭露出现实社会中存在的问题，从而赋予其作品丰富的现实意义。

一、乡土视野中的“猫庄情结”

情结，字典解释为“心中的感情纠葛；深藏心底的感情”；心理学对情结的定义也是不尽相同，其中弗洛伊德在吸收采纳荣格的情结理论之后，所总结出的观点较具代表性，他认为：“情结是一种受意识压抑而持续在无意识中活动的，以本能冲动为核心的欲望。”①

乡土，是生命的摇篮，也是灵魂的归宿。每一位作家都对自己的故乡情有独钟，这种潜意识下对故乡出于本能的情愫，文学界更倾向于将之称为“乡土情结”。对于乡土情结，笔者认为只能对其做出具体的诠释，而不能为其下定义。因为随着时代的变迁和社会的发展，作家的文学创作中所展现出的乡土情

① ［瑞士］荣格：《性格哲学》，唐译译，九州出版社2003年版，第26页。

结也在不断地衍变，在各个历史阶段会彰显出不同的精神内涵。

20 世纪二三十年代，资本主义现代文明涌入中国，都市文明迅速发展。走在时代前沿的作家们往返于乡土与都市、传统与现代之间，敏锐地捕捉到传统乡土的落后与现代都市的先进，他们被迫在传统文化和现代文明的对立与冲突中做出艰难的选择①，一方面哀叹传统乡村的落后，肯定都市文明的先进；另一方面又抵触都市文明对于传统农村的侵蚀与冲击，坚守着自己建构的温情故乡。前者的代表人物是鲁迅，他在自己搭建的“鲁镇”这一平台上，对农村的封建、落后深恶痛绝、极力批判，充分挖掘农民身上的劣根性，试图以尖刀般的文字刺入农民愚昧的心脏，拯救那些在身处水深火热之中的灵魂；然而后者的代表人物沈从文，却以清新的笔调为我们建构了一个优美神秘的湘西世界，诗情画意的描摹令读者在旖旎的山水风光中品味传统乡村中的真、善、美，让我们从中领略到人性的光辉，而其目的也不言自明，通过对传统乡村文化的固守来守护被现代化冲击的传统文明。

20 世纪四五十年代是农民在中国共产党的带领下走上彻底翻身道路的新时代。不同于鲁迅等人对于农民的悲悯与俯视，赵树理遵循现实主义创作原则，描写了大量歌颂新时代新农民的文学作品，虽然其中也有对封建残余的暴露与揭示，但进步、积极的情感力量占据主导地位。这一时期赵树理的乡土情结均是立足于对中国新时代到来的热烈迎接与歌颂。

20 世纪六七十年代，显流文学主要将目光集中在对无产阶级英雄人物的歌赞上，而 20 世纪 70 年代的我国台湾地区，社会政治局面不够稳定，乡土情结表现得最为突出，其中最具代表性的文学作品是余光中的诗歌《乡愁》。

20 世纪八九十年代，随着改革开放的迅速深入和社会经济的不断发展，现代文明对乡土文明产生了巨大的冲击力。20 世纪 80 年代初期，文坛上掀起一股“寻根”热潮，寻根文学作家将创作的起点回归到自己的故乡，主张回归中国的传统文化，寻中华民族之根。这些作家站在传统乡土文化的立场上，对都市现代文明不断进行审视与判断。例如贾平凹的乡土情结主要集中在对故乡的热爱与依恋上，这片故土是他的精神皈依，他认为现代文明打破了原本宁静祥和的乡村生活，因而他在自己构建的商州世界里，抵御着现代都市文明的冲击，坚守属于自己的精神家园。

于怀岸的猫庄情结既是对千百年来乡土情结的继承，又是在新时代背景下对乡土情结的延伸。一般来说，乡土情作为一个民族群体的文化积淀，是一种

① 黄志刚:《都市的乡土守望者》,《华中师范大学学报》2002 年第 3 期。

历经千年始终根植于生命当中的集体无意识，更是每一个生命个体永远无法摆脱的精神纠缠。故乡对于每个人而言，都是上天给予的珍贵馈赠，每个人在心中都珍藏着一个故乡，面对着生于斯长于斯的故土，人们无法不热爱它、怀恋它。于怀岸与鲁迅、沈从文等作家一样，无论如何始终都抹不掉那浓厚的恋乡情结。

随着时空的推移，于怀岸的猫庄情结不仅仅局限于本能的对故乡的热爱，而是在新的时代背景下对乡土情结的内涵进行了延伸，从而使更为饱满的猫庄情结具有了丰富的现实意义。放眼当下，作为打工作家的于怀岸，其猫庄情结主要指的是在改革开放、经济发展这一新的时代背景下，作者对于故乡爱恨交加的一种情感体验。首先，他恨自己的故乡，憎恨故乡强加在他生命当中难以摆脱的贫穷命运，这让无数挣扎在生存边缘的底层人民深陷于生活的苦难之中，因而读者在其文学作品中并未看到作者对于猫庄进行诗意的描摹和热情的歌颂。他渴望逃离这个令他嫌弃与憎恨的地方，渴望去往物质生活富足的大都市生活。然而，另一方面他又深爱着自己的故乡，当背井离乡的打工生活使他陷入城市文明的圈套之中，当他发现自己农民工的身份永远得不到城市人的认同之时，他又渴望回到自己淳朴的故乡。这种对故乡的怀恋与渴望与对故乡本能的热爱是不同的，当故乡的子民远走他乡之后遭受到无法忍受的身心俱疲时，他们对故乡的爱恋更加深沉。打工作家对于故乡的情感是多元化、复杂化的，但对于故乡的爱却就像无法割舍的亲情一般，虽不会轻易察觉，却是永不磨灭的。对于身在异乡的子民，故乡依然是他们的精神支柱和灵魂归宿。于怀岸并不满足于对猫庄情结爱恨交织的简单书写，他还在创作中回归自我，站在历史发展的高度上进一步充实猫庄情结，抒发了他对猫庄的歌赞与批判之情。

弗洛伊德认为，本我是与生俱来的，是人本能的根源和原动力。于怀岸在作品中自然而然地流露出对故乡猫庄风俗人情的赞美，是本我的具体表现。超我是人格结构中的管制者，是内在或者良知的道德判断。它要求人跳出本我的本能局限，追寻至高层次的价值与意义。于怀岸有关历史叙述的文学作品中流露出鲜明的政治痕迹，但他有意跳出了对政治意识形态的情感纠缠，而是从人的主体性出发，歌赞猫庄的平凡人物，肯定个体生命在历史叙述当中的意义及价值。自我是遵循现实从而对本我与超我的自动调节。于怀岸在作品中饱含了他对于真、善、美人性的追寻和对构建和谐乡村的希冀，然而崇高的理想总是被残酷的现实扼杀，于怀岸不得不在笔尖喷发出对底层人民愚昧无知和乡村专制集权的批判。

二、猫庄社会的文化表征

于怀岸的故乡是一个贫困山村，素有“西伯利亚”之称，只有一条乡级公路与县城相通，猫庄便是他真实故乡的化影。正如评论家田爱民所言，“猫庄是书面的湘西世界最具现实色彩的代表，是对人皆神往的世外桃源的嘲弄”。[①] 于怀岸笔下的猫庄颠覆了读者原有的湘西印象，呈献给大家一个真实的湘西世界。

于怀岸在《青年结》的开头就对赵大春回家的不便进行了描述，“猫庄是县里一个边远偏僻小乡的自然村，每天只有一趟中巴车，从县城跑乡里，路过猫庄”。[②] 简单的几句话，便将猫庄地理位置的偏僻以及交通的不便概括出来。猫庄的闭塞严重阻碍了猫庄人民与外界的沟通与交流，远远跟不上新时代的发展。此外，天眼的存在即使在风调雨顺的年景也能使猫庄被淹几十亩的上好水田，给猫庄人民带来直接的经济损失。而暴雨灾害更是为猫庄人民生活的困苦雪上加霜，正值稻子抽穗灌浆的季节，洪水却淹没了猫庄大部分人家的稻田，仅赵大春一家就会损失几千斤粮食，这对一个靠务农为生的农民家庭来讲是致命的打击。天然的贫困以及常年的自然灾害，使得猫庄经济惨淡，猫庄人民的生存之路步履维艰。他们渴望摆脱与生俱来的贫穷命运，渴望赚更多的钱改善家庭的贫困生活。新时代的打工热潮为他们提供了一条出路，猫庄人民向往大都市的富足生活，迫不及待地踏上南下的火车，如同《落雪坡》中的陈永高考落榜后，枪法很准的他等不及冬季的征兵，便背上背包坐上火车只身闯南方了。这种迫不及待的心情便是源于猫庄人民对故乡贫穷落后的憎恨，在闭塞的大山中苟且生活，永远都难以摆脱贫穷的噩梦，而走出猫庄南下闯荡有可能就是改变自己一生命运的良机。所以他们渴望逃离，迅速地逃离。

为了生存不得不背井离乡，外出打工的猫庄人民，由于文化水平有限，不得不从事最劳累的体力工作。城市并非他们想象中的那么美好，那些肥头大耳、大腹便便的城市老板们像资本家一样极力压榨他们的体力，却给予他们微薄的收入与待遇。此外，打工者虽然置身于大都市，但始终贴有“乡下人”标签，他们无法得到城市人的认同，走出了乡村却走不进城市的打工者，内心充满了孤独感与自卑感，灯火酒绿、琳琅满目的城市只能加剧他们心灵的落寞和慌张。身体的疲惫和心灵的创伤使得这些离乡多年的打工者们愈发眷恋自己的

---

① 田爱民:《现实湘西与现代寓言》(http://blog.sina.com.cn/)。

② 于怀岸:《青年结》，金城出版社2010年版，第15页。

故乡，也愈发渴望回到那生养他们的地方。

猫庄情结在于怀岸小说创作中最直观的体现莫过于对故乡的记忆再现。小说《落雪坡》的主人公陈永多次在梦中呼喊着“落雪坡”，梦中满是覆满白雪的故乡记忆。陈永年少时极力想要逃脱贫穷的故乡，毅然决定南下打工，然而从此命运扭转。故乡生活固然贫苦，但也过得安然。不料陈永路见不平，为救刘红得罪了黑道人物，被酒店老板肖剑锋所救，被迫走上边境贩毒的不归路。这种担惊受怕的日子不仅让他在一次贩毒过程中失去了自己最好的兄弟，而且几年来从没有睡过一次安稳觉。内心的恐惧与无奈让他愈发想念自己的故乡，唯有这片纯净的乡土才是他精神解脱的最佳道路。回家的第一夜，他睡了几年来第一次香甜的觉，梦里没有赌场，没有海洛因，只有静谧与心安。在他最后被枪杀倒下的那一刻，陈永脑海里回旋的还是他的家乡落雪坡，“落雪坡到处都是白雪，连他家的屋顶也覆盖了厚厚的一层，白茫茫的，仿佛是在梦中，他看见了娘和妻子刘红”。[①]

猫庄的闭塞直接导致了猫庄人民的见识短浅。《猫庄史》中的族长赵天国为了保护猫庄人民的生存与安全殚精竭虑、穷尽一生，得到了大家的肯定与褒扬。然而随着社会时局的不断变动，赵天国的眼光并没有与时俱进，他的所思所想全都局限在这个小小的猫庄世界里。抗美援朝战争打响之后，赵天国的孙子赵大明和其他猫庄青年自愿参加了中国人民志愿军，赵天国并不知晓共产党是站在拥护广大老百姓的立场之上的，愚昧地认为共产党如清朝和国民政府一般在征壮丁。为了恪守赵氏种族不投军吃粮的祖训，也为了保存赵氏家族的血脉，他向武平下跪，求他放过猫庄人民，武平很不高兴地让他起来，告诉他共产党不搞这一套。当年猫庄为抵御外侵修建了石屋，然而阴冷潮湿的居住环境导致猫庄人民身体素质极差。当赵天国得知石屋被炸毁，政府为猫庄人民重新建房时，他号啕大哭起来，认为共产党毁灭了他一生的心血。赵天国的思想落后来自他多年与世隔绝的封闭生活，他的愚昧引起了猫庄青年的不满与反抗，最终在时代的脚步中消逝。

猫庄的贫穷使得猫庄人民缺少经济开支，没能接受良好的教育，进一步加剧了他们的愚昧落后。《青年结》中的猫庄人民受尽基层官员的欺负，如烟站站长王有德为了中饱私囊，私自收黑烟却用压烟农们的等级来调整；用过期烤烟专用肥高价抵消烟农们的烤烟收入；乡级干部私吞猫庄人民的返回金；等等。猫庄人民对这些压榨行为心知肚明，却始终安于现状，不懂得维权与抗争。他

---

① 于怀岸：《落雪坡》（http://www.docin.com/）。

们顶多私下议论一下这些事，骂骂当官的心肠太黑，却没有一个人像赵大春那样激愤，用实质性的行为去反抗压迫，维护自己应有的权利。原因不言自明，猫庄人民受教育水平低，没有赵大春的思想觉悟高度。赵大春哀其不幸，怒其不争，主动承担起维护猫庄权益的责任，然而他费尽周折写的《告全乡烟农书》并未在猫庄农民之间形成广泛的舆论支持，因为他们只想安分守己地过好自家生活，不想卷入官斗的漩涡。

《屋里有个洞》描写了一对贫困夫妻生了五个女儿之后，依然坚持生儿子传宗接代的愚昧思想，不仅使生活陷入极度的贫困中，还要每天过着担惊受怕的日子。每次乡政府搞计划生育的人去他家检查，夫妻俩就躲进屋里。最后外出打工的大丫去乡政府揭发了自己的父母，从而结束了家庭的苦难。如果不是大丫指出父母藏身的窑洞，他们家的痛苦就会像个无底深渊一样始终折磨着他们。

于怀岸在这些作品中对农民的愚昧极尽描写，字里行间流露出对他们的哀叹与愤慨之情。这样一个落后的故乡，这样一群愚昧的农民，使得他近乡情怯，“怯”不是害怕见到故乡久违的亲人，而是担心自己现在的故乡还是一如既往的愚昧、落后，担心自己满怀希望回归，故乡却再次让他深深地失望。

于怀岸在小说创作当中流露出对猫庄人民本质的赞美。如在《青年结》中描写猫庄村民在陈晓康家聚集打牌的场景，“看牌的人永远比打牌的人多。许多看牌的，甚至从打牌人的手里抢着出牌，也没有一个人为此生气，依然一团和气”。[①] 猫庄人民日常生活中的普通场景折射出邻里之间的和谐友爱，这种乡情是于怀岸内心永远无法割舍的温暖存在。《猫庄史》中，留学美国的赵长林回乡探亲，在离开的清晨，他发现寨墙口站满了密密麻麻为他送行的族人们，赵长林内心充满了感动，他不知道族人们何时来的，更不知道他们在这里等了多久，他双膝跪地，唯有此才能表达他对猫庄人民浓厚的爱意与感激。再如在《落雪坡》中，于怀岸多次对乡民的善良、淳朴进行描写，与城市中的黑道大哥形成鲜明对比，更加反衬出陈永对于回归故乡的精神渴望。陈永和刘红未婚先孕，按规定领结婚证必须先交一千至三千元的罚款。陈永心想只要能领到结婚证，两千甚至三千都不是问题。然而婚育办的老大爷觉得年轻的陈永在外打工赚钱也不容易，只罚了最低额度一千元。陈永为老大爷的善意理解所感动，这就是他故乡的人民，和蔼可亲，从不像城里人一样时时处处想着为难对方。刘红和陈永结婚的时候，乡民们不仅送来结婚礼金，一些妇女还带来母鸡和鸡

---

① 于怀岸：《青年结》，金城出版社2010年版，第204页。

蛋，为刘红日后坐月子用。他们不会八卦刘红来自哪里，为何没结婚就已经怀孕，而是见面就先跟刘红拉近亲戚关系，告诉她今后和他们就是一家人了。这些简单温暖的话语在人心复杂的城市是多么奢侈，令常年在外受尽城市人歧视的刘红无比感动。

在对猫庄人民的歌赞上，于怀岸并不局限于抒发猫庄人民本能的赞美与热爱，同时他以超我的思想境界，跳出了对政治意识形态的情感纠缠，从人的主体性出发，歌赞了猫庄的平凡人物，肯定个体生命在历史叙述当中的意义及价值。

而在《一座山有多高》中，于怀岸描写了一个土匪抗战的英雄事迹，以此表达出对逝去祖先的缅怀。父亲虽然出生于土匪世家，却生的一颗打鬼子的心，在家乡面临民族危难的时刻，毅然决然参军抗日。父亲带领的 128 师怀着不怕死的伟大精神，用几杆破枪坚守了七天七夜，最终由于得不到外援，迫于日军枪火的威力，只得回到故乡，重新揭竿而起。五年之后，父亲带领猫庄青壮男儿打退了日军两次大规模冲锋，粉碎了鬼子占领阮州的诡计，他们几乎全部埋骨他乡，父亲在回归故乡后遭到乡亲们的怨恨，最终在全村面前被国民政府枪决，不仅死后没资格享受好棺材，没人帮忙抬棺，更没能入冢刻有“民族英雄”墓碑的坟墓。父亲的故事是可悲的，但却又是发人深省的，若不是国民政府的胆怯与腐败，怎会无父亲的用武之地，又怎会背负骂名，不能成为一个真正的民族英雄。虽然在作品中于怀岸以父亲的尸体最终滑下山坡为结尾，但表面叙述的冷峻难以遮掩他内心对父亲英雄形象的认知与肯定。

与此类似的人物形象还有《一粒子弹有多重》中的外公。外公曾经是一名军人，在战场上被宋副官挡住子弹幸存于世。然而外公内心的军人情结使他难以忘怀战场上逝去的兄弟们，他坚定地认为军人就应该战死沙场，马革裹尸，魂归故里，而不是在太平年代苟活于世。外公在猫庄的宁静生活让他内心感到无比憋闷与屈辱，他“把这粒子弹拿在手里反复不停地掂量，让它在他的掌心里不停地颠簸和舞蹈”①，然而始终难以为子弹的重量做出诠释。原因不言自明，子弹并非子弹，而是军人生命另一种意义的言说，死去兄弟们的人命岂能衡量出重量。最终外公用自杀的方式结束了“本以安生”的生活以及“平静安享”的生命，因为这种死法合乎他的心愿——不仅要以一种英勇的方式死亡，更是要在沉痛的反思中死去。用子弹结束自己的性命是对“军人”二字的最好诠释，即使不能战死沙场，也要以一种英雄的姿态潇洒离去。

① 于怀岸:《一粒子弹有多重》,《上海文学》2007 年第 1 期。

于怀岸对于故乡充满了热爱与眷恋，但猫庄种种的违法迹象破坏了他对于理想农村的心理期待，使他不得不用批判的眼光审视猫庄中根深蒂固的专制思想，揭露唤醒那些灵魂沉睡的猫庄人民。

正如英国历史学家阿克顿所言：“权力导致腐败。绝对的权力导致绝对的腐败。”在《猫庄的秘密》一文中赵成贵作为猫庄的村长，是权力的掌管者；同时他又是一个“卵讨嫌”的家伙，是欲望的驱使者。正是因为他掌握着猫庄炙手可热的行政大权，才可以“借机行事”，肆无忌惮地对猫庄的女人发泄他卑鄙可耻的兽欲。这些受害女人的代表就是“活寡妇”张金花。张金花水性杨花，乱搞男女关系，猫庄人人皆知，然而此时为什么转变成受害者的身份了呢？由于张金花并非愿意屈从赵成贵的兽欲，而是为了孤儿寡母的生活，为了拿到赵成贵手中掌握的几百元的救济款、补助金，才不得不违背自己的心愿。而她自知自己身份不能扳倒赵成贵，只得采用一种非常手段——宁愿同其他男人搞，也不和他搞，目的就是把赵成贵从“村长”这个高高在上的位置上拉到底层，以获取心理上的满足。实质上这是女性意识尚未觉醒的畸形表现，然而在猫庄当生存都成问题的时候，受教育程度不高、道德感较弱的农民只会将礼义廉耻抛到脑后。最后“猫庄的原义”——偷情、通奸、乱伦，与“猫庄的秘密”不谋而合，从而揭示出“猫庄”原来就是权欲结合的一潭深水。赵成贵作为一村之长，在猫庄这个天高皇帝远的闭塞之地可以只手遮天，他手中的绝对权力是猫庄人民受迫害的直接原因。

另一篇小说《1976年的蛤蟆症》为我们展现出一个老婆婆的家长权威。她仰仗着子孙在猫庄的权势，在猫庄人面前始终盛气凌人。更何况在家里，她只对自己作为大队支书的大儿子说话客气一些，对其他人都用训斥的语气说话，没有人敢跟她拗嘴。她的孙女赵小娥只有十三岁，突如其来的肚子疼让老婆婆发现原来孙女即将生产，她亲手接生了这个“孽种”，为了维护家族的尊严，又亲手杀死了这个婴儿。小说对老婆婆动手杀死婴儿的过程进行了详细的描写：“老婆婆把一只手掌朝孩子的脸上蒙去。孩子的哭声立即就断了，手脚乱摇”，“老婆婆干枯得像千年老树藤似的手臂上的青筋鼓得老高的，看来她是用了最大力气蒙小孩的嘴脸的，难怪小孩只几秒钟就动弹不了了”。[①] 于怀岸对老婆婆手的形状及其动作刻画得淋漓尽致，影像般具体的场景将家长专制呈现得如此透彻。老婆婆的家长专制使得她丧失了人的本性和理智，最终杀人就如同杀死一只家禽一样。于怀岸在对老婆婆的人性缺失极力批判的同时，也对其他人

---

① 于怀岸：《1976年的蛤蟆症》（http://blog.sina.com.cn/s/blog_59c948210100smdj.html）。

的“不抵抗政策”大加披露。在贫穷落后的猫庄，家长专制的思想很难被冲刷，主要源于人们长期的逆来顺受。即使赵小娥的母亲王菊花惶恐地意识到被杀死的婴儿也是一条人命时，面对老婆婆的家长权威她也只是顺从，丝毫不敢反抗。这无疑助长了老婆婆在整个家族的嚣张气焰，家长专制的蔓延依旧会继续毒害着人们的思想和行为。

三、猫庄生活的书写价值

内涵丰富的猫庄情结在于怀岸的小说创作中贯彻始终，他的作品为我们展现了猫庄乡村生活的真实图景，弥漫在乡村生活各个角落的经济压力以及无处不在的政治专制，对那些老实本分的农村老百姓形成了各种有形与无形的钳制，包括“应有的人格尊严、接受教育的权利和农村脱贫奔富的夙愿”。[①] 从这深情与饱满的情感中我们感受到作者对于猫庄人民的同情与悲悯、肯定与关怀。然而于怀岸不仅仅局限于让读者感受其悲欢喜乐、爱恨情仇，而是敏锐地把握住现实的脉搏，鲜明地揭露出现实社会中存在的问题，从而赋予其作品丰富的现实意义。

于怀岸的文学创作不是仅仅反映打工者日常生活的无奈与挣扎，而是深入到打工者的灵魂深处，剖析他们的精神困境，字里行间涤荡着对于打工者的人文关怀。正如厦门大学中文系副教授李晓林在评论中所说：“生而是人，应该有作为人的尊严。可是生活中，往往体验着被迫做狗的屈辱。许多人选择了做狗，对上摇尾乞怜，对下颐指气使。拒绝做狗，则处处碰壁，甚至被剥夺生命。”[②]

例如，在小说《骨头的诱惑》中，于怀岸描述了一个美味与尊严的拉锯战的故事。三个同乡都在一个工资待遇较高的鞋厂打工，但这里的伙食比乡下的猪食还差。主人公江小江发现，唯一吸引大家的伙食就是那锅骨头汤，每次吃饭时他们就像狗一样去抢夺骨头。他庆幸自己在美味与尊严之间选择了后者。直至他的好友张小平为了一块骨头跟别人大打出手，他们两个被开除厂，他才了解真相。张小平在广州丢了钱包，是陌生的同乡女孩刘燕慷慨解囊帮助了他。当他看到瘦弱的女孩食用如此差的伙食时，决心留下来为她抢骨头，帮助她维持生存。他们的精神困苦不仅仅来源于工作上的巨大压力，更是来自人性、尊严被压抑的苦闷与愤懑。卑贱的身份与地位令他们无能为力，出于生存之需，

---

① 胡磊：《乡村不能承受之重》(http://blog.sina.com.cn/s/blog_6bcb4c5f0100mgtu.html)。

② 李晓林：《青春之结》(http://blog.sina.com.cn/s/blog_59c948210100smfd.html)。

他们被迫选择承受精神上的困苦，压抑自己的心灵。打工者的重情与城市人的无情形成鲜明对比，在城市生存的边缘，他们惺惺相惜，江小江对骨头不屑一顾是对人性尊严的坚守；而张小平为了照顾刘燕被迫跟众人一起抢骨头，这种为了他人自愿放弃自尊的行为显得更加高尚与伟大。

《青年结》中也有把打工者当作狗的情景描写。作为保安的赵大春为了保护工厂财产，捉贼时奋不顾身，受到林总的褒奖，被提拔到林总别墅当保安。当他为自己可以拿到双倍工资而暗自窃喜时，林总却是在内心把他比做一条忠实的猎狗，"只要你肯给他丢骨头，他就能为你拼上性命"。[①] 当赵大春逐渐意识到这栋别墅是林总玩弄女人的临时住所而自己只是他的一条忠实的看家狗时，他异常羞辱与气愤。最终在林总玩弄贾春燕的时候将贾春燕的爹放进别墅，借此契机脱下身上的保安装，大声地反抗："我不是你家的狗。我是一个人，你林志豪才不是人。"[②]艰难的生存状态活生生地把赵大春从人逼成了狗，他并不介意自己在城市吃的苦受的累，然而却无法忍受别人肆意践踏他高傲的人格与尊严。于怀岸不局限于刻画打工者苦难生活的表象，而是着重揭露他们的精神困境，深度挖掘他们人性中的崇高品质，为我们呈现出这些打工者艰难生存状态背后的真、善、美。这种感同身受的文学创作为打工者在精神上提供了鼓励和支持，同时也抚慰了他们的心灵，帮助他们走出困境，对生活重拾信念与希望。

在这些充满悲情的乡土文学作品中，我们看到的是血与泪的泣诉，处处萦绕的苦难沉重地撞击着我们的心头，压迫着我们的神经。然而苦难的背后是以对正义与理想、人性与良知的拷问为支撑。于怀岸描述的底层民众被压榨的事件数不胜数，每读一遍，读者内心就会愈发悲痛与气愤。然而作者创作的主要目的并不是揭露黑暗，控诉现实，发泄悲愤，而是在这个道德逐渐沦丧的时代拷问着人们的心灵，重新大声呼唤正义与理想、人性与良知的回归。

小说《远祭》中的主人公是一个弱智，叫二百六，他为了挣钱，来到繁华大都市广州打工。他的弟弟想进事业单位工作，急需三千块钱，这让二百六愁眉不展。四川仔最先给二百六想的主意是叫他偷皮料，二百六憨厚而又认真地拒绝了这个建议，他说："你日弄人呀，我不能偷。偷东西的事我老娘不准我干。"[③]最终他选择用自残的方式，获得了一万多元的赔偿金。二百六虽然穷

---

① 于怀岸：《青年结》，金城出版社2010年版，第137页。

② 于怀岸：《青年结》，金城出版社2010年版，第152页。

③ 于怀岸：《远祭》，文化艺术出版社2005年版，第46页。

困、弱智，但他依然坚守道德与良知的底线，这是对无数财迷心窍的现代人的嘲笑与讽刺，应让无数权钱交易者汗颜。

在《青年结》中，作者通过刻画赵大春与命运的一次次抗争警示沉沦的众人。当赵大春的烟被踢到水里那一刻，他并未忍气吞声，而是一下子扑上去暴打王有德；当他在林总私人别墅拿着比普通保安多一倍的工资当保安时，发现林总会在别墅里糟蹋不同的女人，即使丢掉令其他人艳羡的工作，也不愿意再给林总看门了。当他在工厂打工右手被绞进机器时，无人为他打抱不平，无奈之下只得自己手刃了无良老板，携三万元现金逃回老家。当他看到村干部鱼肉百姓时，决心拿出自己杀死南方老板的三万块钱去竞选村长，去维护广大村民的正当权益。虽然最终为村民要来了被私吞的钱，并为民所用打通了天眼、治理了水患，却也牵出杀人之祸，被逼无奈从派出所出逃，开枪打死了王有道，以自杀的壮烈方式结束了自己绝望的青春。

于怀岸赋予了赵大春善良、正义的优秀人格，但在经历各种各样的不公之后，无情的社会和泯灭的人性残忍地扼杀了他淳朴的抱负以及骄傲的尊严，他对正义和理想的固守，对人性与良知的坚持，让这位勇士选择以极端、绝望的方式完成自我的救赎。一个赵大春倒下去，会有千万个有同样抱负的有志青年重新扛起构建和谐乡村的这面大旗。作者的根本目的不是引导读者停留在"报复"层面，而是期盼农村的有志青年能够像赵大春一样树立远大的"抱负"，坚守正义与良知，为底层人民生活的改善奉献出自己最大的力量，这也是《青年结》创作的精神归宿和价值所在。

20 世纪初随着西方人文主义思潮传入中国，中国文人也逐渐把人作为一个独立的主体，不断探索个人生命的价值与意义。郁达夫说过，"五四运动"的最大成功，第一要算"个人"的发现①。这里的个人不是对那些功成名就的杰出人物的指称，而是指向每一个存在于这个世界上的平凡生命。千百年来众人的眼光总是被牵引到集体利益或者有功之人身上，往往忽略了那些平凡普通的芸芸众生。李大钊曾为这些平凡普通的人群辩驳，"我们要晓得一切过去的历史，都是靠我们本身具有的人才创造出来的，不是哪个伟人圣人给我们造的，亦不是上帝赐予我们，将来的历史亦还是如此"。②

于怀岸在小说创作中自觉地继承了这一点。他有意摆脱了意识形态的束缚，从人的主体性出发，强调人的尊严，不断地对个体生命意义进行追索与探

① 郁达夫编著:《中国新文学大系》，良友印刷图书公司 1935 年版，第 141 页。

② 中共党史人物研究室:《中共党史人物传》，陕西人民出版社 1981 年版，第 50 页。

寻。在《一粒子弹有多重》《一座山有多高》这些文本中，笔者认为作者在塑造猫庄这些普通人民的形象时，着重突出他们英雄形象的个性特征。作者怀揣对猫庄历史人物的敬畏与怀念，跳出对残酷战争进行政治评论的怪圈，只是单纯叙述了平凡人物的英雄故事，着重关心人的命运以及个体生命价值等问题。安度晚年的平静生活无法激起外公内心的涟漪，以英雄的方式死去，结束这种“赖活着”的生存状态反而合乎他的心愿。外公用一粒子弹结束自己的生命，其实是通过这种方式拯救自己的内在世界，追寻自身生命的意义。而被国民政府处死的父亲，被当时主流社会边缘化，他的一举一动，都可以担当起“民族英雄”这个称号。父亲视死如归，此时仿佛成为一个符号，代表着湘西所有被历史湮没的抗日英雄们。几十年前被主流社会疏离、否认的他们，以及那些被意识形态消解的历史功绩，会在今天重新得到认可，于怀岸创作的目的也在于为这些平凡的英雄们在历史长河中正名。

作者在歌赞这些英雄人物的同时，又饱含着对他们深切的悲悯，对其苦难人生的叹息。承受苦难的并不只是那些受伤害的个体，而是每一个用心灵触摸到苦难的人。于怀岸对苦难的记忆和揭示，也是一种对创伤的安慰和对人性的追寻。他用一个个由血泪筑成的故事，让我们重新看到了在苦难重压下人性的尊严。战争是不人道的，但作者在创作过程中尽量在这种不人道的战争夹缝里营造出一种人性化的意蕴，从而使其文学作品散发出浓浓的人文关怀。《青年结》中的赵大春便是由于贫穷被迫放弃上大学的鲜活例子。他以全县理工科第一名的好成绩考取了名校北京理工大学，但天灾加上人祸切断了家庭的经济来源。为了让妹妹继续接受教育，赵大春放弃了继续读书，选择外出打工为妹妹赚取学费和生活费。于怀岸对赵大春被迫辍学、南下打工的难过、苦闷心理全部在他乘坐去往广州的火车上展现出来。他始终认为自己是去北京读书，而不是去广州打工。他将录取通知书紧紧地贴在胸口，不肯拿开。与他命运类似的便是陈晓康。贫穷的命运埋没了两个人才，这不仅是个人的损失，更是国家的损失。此外，猫庄官员的贪污腐败直接导致了对青少年教育投资的不足。赵大春能清楚地意识到教育对于改变命运的重要性，所以在后来竞选村长时，他主动拿出五千块钱为猫庄的孩子们修缮村小，给孩子们创造良好的学习环境。

然而，农村青少年的思想觉悟大多不及赵大春，价值观的偏离使他们主动放弃上学的机会。他们有的把上学接受教育当作一种负担，例如《白夜》中的黄鳝看到泥鳅在废旧仓库的自在生活，感觉“那里肯定比小镇上的中学学生宿舍自由、舒适一千倍以上"[1]，所以到了开学的时候他主动放弃了受教育的机会，而是选择和泥鳅偷鸡摸狗、混迹猫庄；再比如《青年结》中大春娘妹妹家的孩子，因为读书差早早退学，嚷嚷着要去打工，等等。于怀岸并未将阻碍农村青少年上学的缘由一一展现，但通过以上分析不难发现，农村青少年由于内外因的综合作用已经陷入了"受教育难"的困境。农村青少年受教育水平低直接导致了他们的愚昧落后，而愚昧落后又会限制农村的发展脚步，这样循环往复，偏僻的猫庄将无发展可言，而猫庄的青少年也无出头之日。

于怀岸对于故乡猫庄寄予了自己深厚而丰富的情感，猫庄情结使其作品形成了独具一格的题材领域和富有个性的文学思维，超越了一般意义上"田园牧歌"式的文学作品。相比于沈从文笔下的"边城"，于怀岸建构的"猫庄"弥漫着苦难与悲凄，他用尖锐的笔触书写了猫庄人民的悲剧命运，揭示了底层人民挣扎生存的苦难状态，那些饱含血与泪的文字发人深省，"这是这个时代很多轻飘飘、无病呻吟、自艾自恋的文字所无法比拟的"。[2] 在这一点上，于怀岸与田耳不谋而合，他们都在轻灵魂的时代里写出了人性的重量，而不似沈从文般回避现实，遁入精神的田园中寻找安慰。虽然作者常常称自己只是个农民，但他的意识胸怀却远远超越了一个普通农民的思想境界。他的创作目的并不只是对猫庄苦难的书写和宣泄，而是以另一种视角重新审视湘西，重拾道德良知，追寻理想与正义。这些小说创作流露出作者对猫庄底层人民深厚的悲悯情怀，绽放出人性的花朵与理想的光芒。余华曾经说过："随着时间的推移，我内心的愤怒渐渐平息，我开始意识到一位真正的作家所寻找的是真理，是一种排斥道德判断的真理，作家的使命不是发泄，不是控诉或者揭露，他应该向人们展示崇高，这里所说的崇高不是那种单纯的美好，而是对一切事物理解之后的超然，对善和恶一视同仁，用同情的眼光看待世界。"[3]于怀岸来势不错，风头正健。相信他会在未来的小说创作中会体味出余华推崇的这种"超然"，给读者呈现出更多优秀的文学作品，抚慰心灵，照亮人生。

第四节　沈念：女性悲剧形象的时代镜像

沈念的小说有着时代的烙印和日常生活的痕迹，他对生活中的细微事物与

---

① 于怀岸：《白夜》，《芙蓉》2007 年第 1 期。

② 谢宗玉：《兄弟于怀岸和他的打工文字》，《厦门文学》2012 年第 4 期。

③ 余华：《我能否相信自己》，人民日报出版社 1998 年版，第 112 页。

情感世界都有着敏锐的感受。沈念曾是一家大型国有企业附属子弟学校的教师，现供职于媒体，对于底层弱者的生存状况深有体会，他立志要用自己的笔来关注生活，摹状生活，参与生活，他用民间视角看待生活现实，注意表达底层社会的生活面貌，对底层生活有着内省式的观察，表现出小人物生活的无奈和困窘。而在这些小人物中，女性悲剧形象的塑造尤其给人强烈的震撼力。

一、女性形象的塑造与悲剧探析

在小说《断指》中，主人公沈练的朋友“剽记”是南城晚报社的主任，是一个玩女人的高手，听说他看中的女记者、女实习生几乎没有逃出手心的，陆凡一开始则因为没有顺从他而没有通过实习。沈练在和陆凡的相处中，发现她是一个拘谨害羞、有原则的女生，并因为她脖子一侧的一颗暗红色的痣和他不到八岁就被溺死的妹妹相似，而把她当成自己的妹妹看待。可陆凡最终没有逃出剽记的魔掌，放弃了自己一直坚持的原则，终从一个反抗者变成了妥协者，而她当初的坚守也进一步反衬出最后坚守坍塌时的悲哀。在陆凡失踪的那几个月里，作者并没有交代她身上发生了什么，读者甚至可以为陆凡的这种转变找到各种能够让自己心安的理由，诸如：父母重病、急需用钱、遭遇重大变故之类，但实际上读者仍能够预言陆凡命运的走向，因为这不仅仅是个人的悲剧，更是社会的常态，在这个物欲横流的社会里，像陆凡这样丢弃原则、出卖自己的女性或许并不在少数。在沈念的笔下，这是唯一能符合现实的结局。

在《不散的筵席》中，桃花是一个很讨男人喜欢的漂亮女人，颇有心计。桃花有很多可以让她挥霍的钱，开着大奔，据说她曾经拥有不下五处房产，均是被她征服的男人送的，但这些房子的产权其实并不属于她。表面上她有着一大帮男性好友，经常一起吃饭喝酒，这些男人轮流陪她睡觉，但其实没有一个人看得起她，都认为她是个“滥货”。桃花后来没有资金周转，所有的人都撒手不管，而曾经作为桃花酒桌上好朋友之一的“我”也为了偿还广告费的欠款让她去委身于好色的领导。所有的浮华都只是一个虚假的表象，筵席背后是深深的落寞和空虚，以及人性的阴暗。最后，桃花一个人孤零零地离开了这座城市。

沈念在塑造这类主动堕落的女性形象时，其实并没有对其进行道德评价，相反却寄予了某种同情。堕落，或许只是社会观念赋予女性的品质，但实际上却是某种形式的抗争，如桃花这类的人物，在利用了男性的同时也确实曾在某段时间获得了只属于男性的名望与金钱，她成了某种意义上的强者，打败了现实中的种种困境。相比桃花来说，作者讽刺的对象其实是那群男人，桃花每天流连在这些搞艺术的男人之中，色诱他们，但是某些人却“以人格保证绝与桃花没有过实质性的身体关系”，而桃花也骂他们是群有色心没色胆的废物。在这里，中国这些衣冠楚楚的知识分子的面目被暴露出来，他们精神上的虚伪、孱弱，反映在他们肉体的不诚实上，相比之下桃花反而算是最为真实的那一个，她名声上的“滥”与她坦诚的个性形成了反差，反而是那群酒肉之交在紧要关头抛弃了桃花，只当看客，这不禁让人感叹，鲁迅先生所抨击的传统在当今依然存在，只不过换了一种面目，以男女间的欲望角斗体现出来。桃花是典型的女权斗士，但无论如何抗争，终究还是失败了，不仅仅是因为身边都是自私的看客，也因为她利用的抗争方式本质上还是男权中心的。在种种权与色或者钱与色的交换中，女性所利用的“色”从某种程度上来说必须依附于男性的欲望，“色”的有效性也建立在男性评价体系上，女性将自己物化，“塑造成在人格市场上能卖到上好价钱的商品”①，一旦脱离了这种评价体系，脱离了交易的市场，或者说，一旦男性权威受到挑战，交易主体制定的游戏规则也会因此改变。这大概也是沈念笔下的女人尽管美丽得令人难忘，却始终会陷入悲剧的原因，这些女性缺乏自身独立的价值评判体系，只知利用自身价值，却不知如何创造价值。在这里，沈念其实用男性的视角提出了一个女性主义的经典问题——男性对女性的消费问题。

比较集中探讨这个问题的文本是《一个摄影师的死亡》。在这篇小说中，沈念也一贯地以男性视角来描述女性。故事的主人公叫陈驰，是容城一位普通的摄影师，他的朋友周伟要回来办一场“容城小姐”选美大赛，委托他来为选美参赛者拍照。叶诗凡是参赛者之一，她也是周伟曾经的女友，为了通过潜规则上位，她与陈驰发生了关系。就这样她进入了八强，可在决赛关头，人们发现周伟不过是个骗子，他带着赞助费和八强小姐们跑了，回到香港继续拉皮条，而这些容城小姐们的命运可想而知。

这样一个故事，既是消费时代的悲剧，但仔细想来也不是一个悲剧。具有美丽外表和野心的叶诗凡无疑是这场骗局的受害者，但从某种意义上来说，最后她获得了自己想要的生活——傍上大款。且不论这种目的的实现是通过正常合法的手段——选美，还是违法的、龌龊的手段——卖淫，其结果并无不同。“明规则”与“潜规则”差别的地方只在于利用规则的人如何去看待，叶诗凡深谙这一点，虽然作品中并没有去描述叶诗凡的心理活动，但是通过她与陈驰交往的表现以及对周伟的熟悉程度来看，她可能一早就知道获胜者需要付出什么样的代价。在影射现实方面，沈念确实做到了不动声色，他让读者在同情叶诗凡的同时，也

---

① ［美］埃里希・弗洛姆:《寻找自我》，陈学明译，工人出版社 1988 年版，第 176 页。

有一种芒刺在背的感觉，一旦细想之下发现叶诗凡其实并不是受害者，读者很容易就会产生某种对现实荒诞的悲叹，作品的深度也在这个时候开始体现。

被消费，并不是这个时代赋予女性的唯一命运，但却是大部分面对现实走投无路的女性们唯一可以选择的命运。如前文所说，这是唯一能符合现实的结局。但是在叶诗凡身上，我们也看到了更多的复杂性：她美丽却并不单纯，敢于为了改变自己的命运而奋斗，其实在参加选美之前，她并不是穷困潦倒的，为了选美这一件毫无必要之事，她显露出了女性的虚荣和野心。这一点与许多"被迫"走上歧途的女性都不同，她也让我们想起了张爱玲笔下或者王安忆笔下的那些葛薇龙、王琦瑶们。在对于女性夹杂着爱情、虚荣和利益驱使的幽微的心理描写上，沈念显然力有不逮，没有塑造出一个经典人物，但是叶诗凡的形象却显得更为真实和具有时代性，正是因为她的平凡和复杂，而折射出了这个时代大部分女性阴暗和无奈的内心——被金钱腐蚀过，而又不甘于平庸的内心。沈念对于时代特点的把握是非常精准的，他既对笔下的这些女性抱有同情，又写出了她们不值得同情的一面，以及她们根本就不用别人来同情的初衷。

相对于叶诗凡这一类女性而言，沈念笔下还有另一类女性，能够反映出卑污现实之下深埋的理想人性，也是作者追求的某种精神闪光。假如缺少了这类形象的衬托，沈念可能只是一个普通的现实主义者，但是在现实之外，他也有灵魂的家园，同文中提到的田耳、马笑泉、于怀岸一般，沈念也为自己塑造出一种理想的灵魂。如果说田耳的理想是对生活的悲悯，马笑泉的理想是对民族精神的坚守，于怀岸的理想是对乡土的回望，那么，沈念的理想是在爱情中予以展现的，他在两性关系中纵深发掘出人性本真的善与美，通过赋予女性美的灵魂来到达现实的彼岸。

在小说《加速度》中，沈念就创造出这样的理想形象，这是一对孪生姐妹：艾镜和艾小羽。初一时艾小羽闹着要父母带她去街上买花裙子，结果路上遇到车祸，爸爸为了保护小羽遇害，妈妈很快被爱上她的日本男人接到日本治疗，就再也没有回来过。小羽受到刺激，认为是自己给家庭带来了灾难，患上了自闭症，艾镜为了给妹妹赚钱治病，一边给人弹钢琴，一边干着KTV小姐的工作。而男主人公陈肯通过网络与艾镜结识，他让好兄弟刘年代替他去与艾镜约会，两人错过一段缘分。在熟识后，艾镜和小羽同时爱上了陈肯，但出于朋友妻不可欺的观念，陈肯一直与艾镜保持距离，并且爱上了小羽。小羽的楚楚可怜与温柔可爱激发了他心中保护弱者的欲望，但陈肯对于乐观坚强的艾镜又有另一种好感。陈肯最终决定和艾镜一起带着小羽去上海治病，但在艾镜做告别演奏的那天晚上，她不幸被一辆疾驰而来的摩托车撞飞身亡。

艾镜与小羽，在故事中代表着两种不同的性格类型：一种天真而又柔弱，一种乐观而又坚强。我们无从判断沈念是不是受到了村上春树的影响，但是通过简单的对比，我们会发现《加速度》与《挪威的森林》有相似的精神内涵。艾镜对应着绿子，而小羽对应着直子，她们是美的两面，互相弥补和融合，却最终走向虚无。从这个方面来看，沈念的小说尽管有模仿的成分，但却达到了一种美学上的探索，他试图通过这种世俗的爱情来反映一个时代的空虚和他对于美好灵魂的向往。艾镜，是肉身和世俗的化身，她身上有着某种活泼而又变通的生命力，尽管她也如沈念笔下其他的悲剧女性角色一般，为了生活而放弃了自己的原则，通过出卖色相来交易金钱，但与桃花、叶诗凡之流都不同的是，艾镜没有虚荣心，只有对小羽的爱。她主动承担了照顾妹妹的责任，并且乐观地面对生活，从不怨天尤人，在这里读者似乎能看到作者对于这个角色的偏爱。沈念不仅仅是刻画了一个悲剧女性，更是在这种世俗的悲剧中升华了一颗高贵的心灵。

而小羽是纯粹的灵魂的象征。她单纯得就像随时会破碎的玻璃，这个人间显然不属于她。在小说中，沈念这样描写小羽眼中的世界："土黄色的背景，大面积品蓝与黑色的颜料在画布上抹开，飘零的黑色像一张乡下老农民褶皱巴巴的脸，稍隔一阵你又会把它看成一棵枝干虬曲的树，大海上被风暴打散的碎船板，或者一个疯女人乱蓬蓬的头发。"这是小羽画中的世界，也是某种悲观的总结和预言：这个世界是黑暗的，混乱的，像小羽这样善良到因为内疚而自闭的孩子，是与世界格格不入的。在《挪威的森林》中，直子唯一一次与渡边做爱，如果算是某种灵魂对肉身的妥协，那么之后直子的悲剧说明了灵与肉真正融合的难度；同样，小羽与陈肯的唯一一次接吻，是小羽主动索求的，但在那之后，她又恢复了一个不问世事的单纯而高远的形象，陈肯一直没有办法对她的身体产生任何欲望，或者不如说是主动断绝了自己的欲望，因为他无法面对一个拥有肉体欲望的真实的小羽，在他的心目中，已经将小羽与纯洁的灵魂等同，他没有办法去破坏这种幻想的平衡。

陈肯摇曳在两个女孩之间的感情平衡最终被艾镜的死亡打破。表面上看，这是一个通俗的情感悲剧，但是从创作意义上去分析，这样的结局实际代表着作者审美上的某种偏执。假设死的那个人是小羽，大概陈肯最后也不会和艾镜在一起，因为陈肯内心接受小羽这样的女孩，实际上只是他的一种错觉，小羽是需要被怜爱的那一个，而艾镜不是。因此，坚强的艾镜处在了被世俗和爱情双双抛弃的位置，除了死亡别无他法。

类似的结局也出现在《麦粒肿》中，女孩小亚为了让男友出国，做起了按摩小姐，而男友在巴基斯坦遭遇地震身亡，小亚黯然离开，生死未卜。与艾镜一样，小亚也为了爱的人牺牲了自己，做起了赚钱最快的活，但却撕不掉身上那张堕落的标签。也是因为如此，可能沈念根本就不想让她们好好“活着”，因为我们可以假设小亚的男友没有死，回了国，他会继续跟一个按摩女在一起吗？或者艾镜没有死，难道跟妹妹共同生活在爱的人身边？有时候死亡反而是解脱，因为真实的生活逻辑会更残酷，这也是沈念不得已为之。

二、女性悲剧形象的生命意义

残酷，或许可以总结沈念的创作风格，他对于笔下女性几乎都是通过男性视角去“审视”的，在他们心底会将道德标签贴在那些女孩身上。如桃花，如艾镜，如小亚，都免不了被男性轻视。在《加速度》中，陈肯接受不了艾镜出去陪唱的事实，反复劝她辞掉那份工作，并且以一个道德无瑕的“救世主”的姿态来资助她们姐妹，而这种“施舍”被艾镜断然拒绝。这并不是偶然的一幕，而是作者有意去讽刺男性带有偏见的内心，或者有意去衬托女性在这个社会上的弱势地位和坚强心灵，甚至也有可能是作者本身就认为女性不应该去出卖色相——但无疑这也是真实的生活常态。即使并非轻视，但也一定带有某种惋惜，如《麦粒肿》中，喜欢逛按摩店的彭越对朋友说，在按摩店里他唯一没有动过的就是小亚，因为她“阴冷”。在这里，小亚的纯洁心灵成了按摩店里格格不入的存在，并让男人失去了基本的性欲，因为在男人潜意识中，清纯的姑娘是不应该做这种脏活的。小说中处处都反映了这些大男子主义的性别偏见和古已有之的贞操观念，这种二元对立的贞操观念简单地将女性划分为清纯的和淫荡的，而清纯和淫荡就是好坏的两面，非此即彼，这样的观念让传统的女性们不敢越雷池一步，也让彭越之流面对小亚这样既清纯又淫荡的女性感到深切的惶恐，因为她打破了自己头脑中固有的规则，因而将她排斥在正常范围之外，这种男性本能的排斥和偏见也终将她的人生推向悲剧。而沈念用不动声色的叙述反映了这样的残酷。有趣的是，在他的小说中，主人公往往是第一人称的叙述者，也往往是以一个路人的眼光来了解故事中的女性人物的，他们之间很少产生感情，最多是一种暧昧，因此他们也无法真正窥探到女性的内心。也就是说，在他的大部分小说中，女性的心理活动是缺席的。

这一点对于理解沈念的作品非常重要。他虽然描写了形形色色的女性悲剧，但她们的内心描写几乎都缺席，而审视这些悲剧的都是男人，以男性的视角来定义女性的命运是个“悲剧”。因此，与其说他在刻画一个女人，不如说他在表达男性的整个世界观。他笔下的男性基本都是底层的代表——小混混、打手、小偷之流，或者平庸的摄影师，孱弱的知识分子。他们的整个精神格局是下潜的，在平庸的现实中看不到任何希望，处在彷徨与迷惑的状态里。出现在他们生命里唯一的光亮可能就是那些迷人的女性了。如《加速度》里的陈肯，自己就是一个小混混，给人做保镖，而他的哥们刘年是一个政府的小官员，混得风生水起，陈肯在这样的对比中仿佛感觉到了现实的一丝荒诞，他面对刘年逐渐油滑的性格不置可否，但是小说里一个细节真切表达了他的内心：在他去假面舞会赴约的时候，与艾镜约定好戴着狼面具，而小羽戴着羊面具出现在他的身边，他揭开小羽的面具，小羽受到了惊吓，扑到了戴着狼面具的艾镜怀里。而陈肯对于这只“羊”是念念不忘的，这也是一个基本的隐喻：在这个群狼竞争的社会中，陈肯对于弱者——羊，抱有着一种本能的同情，而对于如狼一般强大的艾镜却很淡然。也许在这个弱肉强食的社会中，本身处于社会食物链最底层的、连房租都交不起的陈肯，需要用一个更弱者的存在来证明自己的强大和存在的价值。这既是陈肯爱上小羽的逻辑，也是这个社会生存的基本逻辑。也是因为如此，沈念小说中的那些精神孱弱的底层男性，视野中出现了比他们更不幸的女性时，他们的存在感才会凸显，灵魂也因此而得到安慰。他们对于那些脆弱女性的同情或好感，实质上也影射了整个社会底层的生存状况，同时也不得不说，这种同情也成为一剂麻醉药，注入这些男性迷惘无助的心中。通过描写女性悲剧，沈念其实对中国社会从文化层面到精神层面都做出了自己独特的分析，也在通俗之下埋藏着学者式的深刻焦虑。

有人说，女性主义不是一种实用策略，其意义不在于它解决了多少实际问题，而在于它揭示了许多或明显或不为人注意的文化现象，并以此潜移默化地影响一个时代的社会文化心理。[①] 沈念这种男性视角的女性主义文学尤为如此——假如我们暂且把他的作品定位为女性主义文学。在他塑造的形形色色女性形象中，他透过这些故事和现象深入到了观念本身。他尽管描写男性对女性的“同情”，并让读者深切感受到一种同情，但是他的作品中更加深刻的地方就在于他也嘲讽了这种同情，嘲讽了人们永远将女性作为一个弱势的、被审视、被判断的“他者”去看待。他刻意让女性在作品的叙述中缺席，让女性本身的话语权被剥夺，比如说桃花，在男人的各种眼光之下，自始至终都没有发出自己的声音，她唯一一次对“我”表达过自己的主张，是说了这样一句话：每个人都得有自己的房子。她认为男人送的房子并不是自己的，她想要买自己的房子，这不禁让人想到伍尔夫的经典女权主义宣言：每个女人都要有一间自己的房子。可见，桃花真的是一个堕落到失去了自己的原则，失去了自己的追求，被男性

---

① 孙桂荣：《消费时代的中国女性主义与文学》，中国社会科学出版社 2010 年版，第 6 页。

与金钱所左右的可怜虫吗？未必。假如我们能理解沈念小说文本中的这一层隐藏含义，就会发现他笔下所有的女性都是有着自主判断力的强者，而非弱者。正如前文所说，叶诗凡这一类的女性，对于自己正在从事着什么样的职业是非常了然的，她们也许根本就不需要别人去同情。但是沈念不让她们发声，并不是为了造成读者的错觉与怜悯，而是将矛头指向男性习惯性去屏蔽女性想法的这种单向思维模式。

从这个意义上来说，沈念笔下的女性形象，既是悲剧，又超越了悲剧。比起社会逼良为娼的这个沉重主题来说，两性之间无法沟通、男权本位的女性困境或许更值得人们关注，因为它更具有时代性，也能够体现两性观念的冲突与变革。越来越多悲剧的女性出现，将自己物化为美丽的商品，消耗着自己的青春，但是在她们自己看来，这样的付出是值得的，而且如艾镜这样的女性，从来没有抛下人性最为美好的东西：善良、责任、爱情，以及对生活的热爱。她们让自己的灵魂绽放出美丽的花朵，用自己的生命挑战既有的规则，这在某种意义上也是一种精神的超越。更值得深思的，是那些依附于女性生命的男人们，如桃花的那群白吃白喝的酒肉之交，和靠小亚卖淫的钱出国淘金的所谓男朋友，他们将女性当作商品，消耗了女性的生命和尊严，最后又将女性钉上贞操的耻辱柱——他们才是悲剧的始作俑者。

在这里，沈念于刻画女性的勇敢和牺牲精神的同时，其实也提出了这种牺牲是否值得的问题，实质上也是男女平等的问题。但这个问题现在还无法给出答案，甚至有可能永远都没有答案。所谓的平等，只能是相对的，是沟通基础上的平等，而人性本身的复杂、利益关系的多变、现代生活方式带来的沟通障碍，都让这种平等的男女关系成了一个看似不可能实现的梦想。因此，生活本身很可能继续成为悲剧，无论男女，均会成为那个落寞的、失去了方向的看客。然而，可以肯定的一点是，在沈念的创作中，已经显示了与以往时代截然不同的一种女性主义观念，它不似《爱是不能忘记的》那种手都没牵过的爱情，也不似《人到中年》里那种贤妻良母式的价值选择，而是承认现代人生命的困境，女性必须将自己作为商品，同时又在被消费的境遇中保持独立和良知的努力。女性也正在这样的困境里逐渐强大起来，终有一天她们会发出自己的声音，来定义自己的生命。

第五节　谢宗玉:悠远之静与乡村之魂

一、走向泥土的豁达与从容

“月光下的山谷所有的景物都像梦幻一般，而一丛丛的栀子花则像一片片落了一地的月光。在这样的夜晚，我感到手中的花就更轻了，恍惚间，我不知自己是在采花还是在拾掇月光。”看到这段文字的时候，我的眼前出现了一个孩子，他在明亮的月光下采摘一朵朵栀子花，双手灵活地在花丛中穿梭着，月光洒在花上也洒在孩子的身上，恍惚间，花朵、月光、孩子都融在了一起。作者巧妙地抓住了月光和栀子花的相似性，通过栀子花将月光具象化，给栀子花的花瓣上染了一层晶莹，为月光打造出纯白的躯体。

这样美丽的场景在谢宗玉的《遍地药香》中还有很多。作者在文中运用了各种写作技巧和修辞手法，比如第一篇散文《臭牡丹》中，作者在描写臭牡丹的时候，说这是一种气味很重的会引来蜂团蝶阵和不知名爬虫的花，并且由此而染上一层神秘妖邪的气息就如童话里美艳的女巫，运用了拟人手法，给臭牡丹赋予了人的性格，使花的形象立刻生动鲜明起来，同时联想到童话里的女巫，符合孩子的逻辑思维，也使文章显得更具童趣。在《牵牛花》中作者以牵牛花为线索写了一个在他童年时期喜欢的聪慧又漂亮的女孩子，将牵牛花作为那个女孩子的象征，写了牵牛花的美，牵牛花的倔强，牵牛花的恣意，也写了那个女孩子的才华、温柔和后来无论如何也“牵不住牛”的命运。在《金银花》中作者写道：“就像金银花一样，同一叶脉中的并蒂花总是最亲的。”运用了比拟的手法将自己与最亲的妹妹比作金银花的并蒂花。《遍地药香》运用大量修辞，使文章读起来生动有趣，其中主题思想和阐述的道理也是文章的一大亮点。作者以植物为每篇散文的开头，标题的上方以及侧面还附了植物的药性及药方所介绍，在读这本书之前笔者还以为这是一本很严肃的专门描写介绍药物用法的科技读物，但是在看完第一篇散文《臭牡丹》后，就被作者巧妙的构思和深层蕴含的意义所吸引。在《臭牡丹》里，作者说臭牡丹是花之女巫，带有巫性，其实在讲父亲很爱母亲，同时也为下文自己与几个喜欢的女孩间的故事做好铺垫。《牛王刺》《七叶樟》《栀子花》这几篇散文表面上写花，实则写了作者童年时与村里女孩子的懵懂美好的情感交汇，以及自己不能和她们一同走下去的遗憾，也表达了作者对美好童年生活的深切向往和再也回不去的痛苦。

《栀子花》写了十几年后作者在情人节时送女友玫瑰花，并谈起童年食花之事，却被说成是败兴。作者由此感到在这个所谓的文明社会里，充塞着许多伪善，伪道德，伪浪漫，伪情怀。很多时候我们处在虚伪的生活中，情人节很多人一掷千金乃至万金，买了许多一次性用品，一天之内万花凋零，还美名曰拉动经济增长。其实买一屋子的花到第二天还是枯萎，这么做的人不是极度缺乏自信就是太过于自信，其实真正相恋的两个人不会在乎这种形式。

《棕树》运用先扬后抑的手法，先是写了棕树顶天而起、坚强扎根成为一颗优秀的树木，每天都能品尝上第一缕天风，第一片阳光，第一滴露水，而后又说每一棵棕树都是失败的英雄，因为它无法达成自身远大的理想，就像作者本人，明明不想成为棕树一样的人，只想过平淡美好的生活，可城市快节奏的生活状态却逼迫作者只能做一棵奋力向上的棕树。其实城市的生活就太过紧凑，过大的压力逼得我们不得不向上、再向上，除了不断往上爬，什么也顾不得，这不仅使人与人之间的联系愈加淡漠，也使我们的幸福指数直线下降。

《木槿花》中，瑶村的木槿花一直盛开，但却没有了作者童年时的繁华茂盛，清新自然，由于年轻一代的缺席，瑶村变得暗淡。其实作者想要告诉我们的是，孩子们才是这个世界最美的木槿花。在这个物质社会里，那些在外打工的人们也请早日回到自己的家乡，看看自己年迈的父母或是年幼的孩子。

《山楂子》里，童年时父亲在寂静山野中伐木的声音像最美的音乐，一直伴随在摘山楂子的作者身旁，这是一颗心寄托在另一颗心的感觉，但是作者却说现在的他与父亲相处时所有的感情都归于沉静和迟钝。笔者不太理解，笔者只知道父母永远是笔者心中一棵大树，在笔者年幼的时候给予笔者安全和依靠，当笔者逐渐强壮起来，笔者希望笔者可以成为父母身边的一棵树根须，紧紧抓住父母的根须，而当笔者逐渐衰老，笔者依然能坚强站立，让父母安心靠在笔者的身躯上面。笔者想有一天当我们老去，父母的牙齿松动，头发花白，而笔者的身体也已经佝偻，笔者依然会紧紧地抓住笔者父母的手，我们一起走在铺满落叶的街道上，笔者想这一定会是我人生中最美的画面。

《牵牛花》中，牵牛花是一个爱吹牛的小家伙，但浪漫，恣意，妩媚，温柔，善良，清新。就像才华横溢并且美丽动人的女孩子一样，但是她却未能在纠结的情感中选择作者，作者从一开始对她喜爱，到遭到拒绝的怨恨，再到心疼她的遭遇，再到最后的释然，作者自己解开了心结，正如文章最后所写："如果她心甘情愿守着丈夫过一辈子，是否'牵得住一头牛'又有什么关系呢？'牵得住牛'的人，到最终，也是要一一松手的。"可是现在社会有许多人解不开心中的结，如大学校园中频发的自杀事件，其实珍惜眼前的人和事，过好现在的日子，要记得有很多人在关心你。正如作者所说，"优秀的女子，从不为世间任何一个男人而生”。一个人不论是否优秀，都不应该为别人而生。因为人生是自己的，还有许多你真心想做的事，你完成了吗？

《半边莲》里，水水嫩嫩的半边莲是治愈作者童年伤痛的良药，是作者感恩的对象。而我们的童年是否也有一个会让自己受伤却不舍得放弃的游戏？

《灯心草》中，人们都说良药苦口，可是真到喝药的时候谁都不情愿。小时候母亲熬了药，苦，涩，麻，结的灯心草药，作者却趁母亲不注意倒掉了，但是那时药的气息却注入心田。我想起小时候我经常生病，妈妈也是这样拿着苦苦的药连哄带骗地让我吃下去，我虽然不住的撇嘴可是心里好开心，妈妈哄我就是世界上最大的幸福之一。长大了却忘记这样的感觉，总是惹得妈妈生气，在这里我也要对我的妈妈说一声对不起。

《枸杞子》中，小时候家里种的枸杞子饱满且颜色亮眼，不仅作者偷吃，村里人偷吃，连外地人也偷吃，但是母亲总是很大方，任人采摘，作者与朋友们用枸杞子打闹，这一切为这个朴实的村子染上一层欢乐、热闹、祥和的氛围，让人留存了一份快乐。

《铁扫帚》中，父亲的铁扫帚扎得最好，这个铁扫帚不仅可以帮助夏天皮肤瘙痒的人们祛痒，还包含着父亲的发财梦。父亲卖铁扫帚的时候，作者恰好碰上县城的女同学，羞愤难当，可是父亲却用卖铁扫帚的钱供作者读完学业，现在，作者对当时的心态感到抱歉以及对父亲深深地感恩。

《布子李》里，鲜美的布子李是作者童年时期的又一美好回忆，更值得怀念的是，作者与妹妹和亲人难舍的亲情，同时作者在自责事业不断发展，年龄越来越老，却对亲人关心越来越少，也间接隐射了现代社会对于物质的过分追求和对亲人的淡漠。

《绿豆》讲述了作者外婆一生艰苦的生活，但是《苦瓜》又写家里的五个舅舅和作者自己都比较富裕，但居然让年老的外婆想吃肉的时候没钱吃肉，这是作者的自责。

从上面列举的这些散文来看，作者以植物为题目和开头写作，但是实际介绍植物的药用效果的文字却很少，主要将笔墨集中在描写人和事物上，运用大量的修辞手法和写作技巧将童年的往事、成长的酸甜苦辣写得淋漓尽致，并且巧妙地将过去与现在对比，隐含了对社会弊端的不满及讽刺。作者写这篇散文集是以药为引子记录了自己心灵的成长历程，以朴实的文笔为我们描绘出一片心灵的净土，以一颗赤子之心行走在精神故乡的土地上。作者难以割舍的乡情、深厚浓重的亲情和纯洁朦胧的爱情，如一幅美好的画卷，混合着浓浓的药香缓缓铺开。而作者在文中不止一次地叹息，即使回到现在的故乡也在找不到儿时的感觉，这对于作者无疑是残酷的，对于一些怀念往事的人来说也是残酷的，不过作者还可以用文字记录过去的味道，并构建出只属于自己的、精神世界中独一无二的瑶村。

可以说，《遍地药香》是作者在经受了都市人的种种折磨，厌倦了城市生活后，为了追求心灵的宁静而写，表达对美的追求和诗意生活的向往。他将自然与人事巧妙地结合在一起，并着力树立一种贴近自然，与庄子“道法自然”相似的价值取向。如果每个人都拥有积极乐观的生活态度，拥有顽强不屈的坚定意志，淡然对待生活中的成功与失败，像作者一样敬畏自然，尊重自然，与自然和谐相处，即使生活在城市的喧嚣中，也一样可以生活得很幸福。

土地和村庄之于曾生长在农村的作家，是鱼和水的关系。说起土地和村庄，他们总有道不完的柔情，无尽的唏嘘，是当时的温纯，是今日的虚沓，还是时光的不再，但是这次说起和想起就让它自始至终一如既往：自然、温纯还透着点小小的愚实。谢宗玉不例外。

农村里的男孩子跟女孩子的生长经历是有差异的，作为传统农村的女孩子，虽然厚着脸皮瞒着父母跟着兄长也疯玩过不少，但是有些游戏注定是男孩子的，像爬树、捉松鼠、游泳等，谢宗玉敏锐的视觉捕捉力在农村的“野”生活中得到极大拓展。他因为一个蚂蟥的故事而噩梦连连(《巫韵飘荡的大地·蚂蟥的传说》)。为没有打死那一条毒蛇而期待着蛇的一场复仇(《村庄生灵·水蛇》)。在山雨来临的时候无助地将最后一点眼泪哭尽(《雨中村庄·男孩，别哭》)。也担心自己太调皮捣蛋而被雷打(《雷打什么人》)。他笔下的“蜜蜂”“蜻蜓”“小鱼”“秧雀”等一系列生灵天趣自成，但也像这些生灵本身一样，谢宗玉依附其上的情感在开阔和自然中又不着痕迹，譬如在“蜻蜓”的结尾，他如此写道：“是的了，小妹童年在干什么呢？我真的一点印象也没有了，我不知小妹那时候为什么没跟着我去钓鱼？而村庄的其他小孩又上哪去了？”这种寄托总让读者想去抓住些什么，但作者却一闪身，藏到了文字背后，反把一片开阔的情感区域留下来，让人产生瞬间的留恋与迷茫。

谢宗玉对他的瑶村念念不忘、津津乐道，带着朴素的温情，细腻的感伤，言说疼痛的清醒……在《村庄生灵》之《豆娘》篇里，他觉得豆娘那“瘦削的身子，薄薄的羽翼，温和的性情，怎么看，都有弱质女子的影子”。他写到豆娘的飞，是“在黛青色的背景下款款地飞，散漫地飞，无声无息地飞”。写豆娘被捉时柔柔弱弱的挣扎，带着哀哀怨怨的气息，令人忍不住轻轻叹息。农村的女人生来就是农村的半边天。做饭、喂养牲畜、收拾家务，家外的种地、除草等多半农活都是妇人来干的。即使再破旧的农家，也有几把利爽的扫帚。那崎岖的土院落被她们扫出一尘不染的视觉来。因为是院落居住，彼此要是不在一处，一人独处时那料峭的枝丫，窗户的斑垢，寂森的空气会诱得人惮于独行、游于虚浮、安于生死，于是也就了无远志。若是那怕的更凶些的，便成天混迹于人群中声色处寻安，那敢于直面寥寥消寂的便囿于昼夜、厨房与爱。这里没有坚硬的钢筋混凝土，没有形形色色的欲望之壑，这里只有自然、生命，还有活着。

在《一个夏天的死亡》里，我们看到1992年在瑶村等着高考结果的谢宗玉。那个结果几乎决定他的生死。一个乡村的孩子，经过高考落第，又经过复读再次应试，如果仍不中榜，也许就永远走不出自己的噩梦了。那个夏天，他就煎熬挣扎在生死的边缘上，而结果是他并没有死，因为他被录取了，他可以走出年轻的绝望了。他有了突如其来的生的喜悦。《一天杀生无数》里，谢宗玉写了一个小孩子杀生时的麻木，更写了大人的麻木。家里屋檐下的燕子窝没了，叽叽喳喳飞翔的生命被剿杀了，大人们竟浑然不觉，一天劳作之后倒头便睡，发出猪婆样的鼾声来。《雨夜孤灯》里对偷竹父亲的描述。因为贫穷而“偷”，而为了遮人眼目，窃竹者往往要在深夜时进山，如果被护林人发现，“乱棍将人往死里打……有抓起来打死的，有逃跑时慌不择路坠崖死的，有摸黑归来时不慎滚落山沟死的，也有被猛兽长蛇咬死的”。说起农村的困窘来，像是个小孩屁股上的胎记，尴尬又好笑。农村因着这根深蒂固的窘迫，但凡有点异于常人常情的事，便能轻易掳去全村人的心神，并且还都是些上不了台面的酸话和讥讽：上村李家姑娘聘金破十万了，下集王家男人老婆跟人跑了，等等。农村的贫与俗、柔与砺是血浓交织的。土生土长，落叶归根，农村人的身与魂一生都在这厚实而又温醇的土地上。他们在土地上蹦跶、营生、安家、归去，一切像是由自然来，由自然去。

在谢宗玉多数散文篇中，如《麦田中央的坟》《该轮到谁离去了》《活多久才能接受死》以及《家族的隐痛》，小谢都在沉思死亡对人生的意义，冥想死与生的关系。当他谈到村庄里的老人对生死有一种豁达的态度时，他是这么来感悟的：“我现在才明白村庄的老人为什么能够欣然赴死。当熟悉的面孔和事物都跑到地下了，你还在地上活着岂不成白痴了？”原来在这些老人看来，死是对有过的生的追寻，就像是去参加邻村的一场喜宴，拍拍衣襟上尘世的灰土，欣然抬脚上路了。比起古人的“死便埋我”的洒脱，谢宗玉笔下的老人们似乎看得更为豁达和从容。

人有各种各样的死法，有各种各样的死因，也有各种各样对死的态度与玄思。死，给谢宗玉带来了悲愁、痛苦，也带来了空明、澄澈。最终，死亡在作家的笔下不仅是宿命的消殒，更是一种生命的轮回和超越。在《麦田中央的坟》的末尾，谢宗玉是这么写的："突然有一天，祖先发现自己竟以后辈的样子站在麦田里耕耘，一时间祖先什么都明白了，原来世世代代都可轮回，麦苗的生长过程就是我们的轮回之路。而麦田则是我们真正的家。"死不足惧，生生不息乃是宇宙的定律。谢宗玉一系列乡村散文，其实都表达了一种生命的达观，尽管这种完成这种达观的过程，大都是蘸着泪和带着血的。

二、散文写作与一个作家的责任

最近一直在思考一个有趣的现象：文坛上，许多小说家都爱好诗歌，甚至就是从诗歌写作起家的。王蒙、张贤亮、贾平凹等大家都出版过诗集，汪曾祺、何立伟等人最初也是写诗的。但许多小说家成名后，就不再写诗，甚至在小说中借用主人公的言辞来嘲笑诗人或写诗的人。不久前，著名小说家池莉倒是忍不住出版了自己的一部诗集，算是对最初的热爱致敬，可以看成是一个另类，或者说，池莉骨子里始终洋溢着一份诗歌的情怀。事实上，绝大多数起步于诗歌、成名于其他文体的作家，出名后不仅不写诗，还尽可能与诗人拉开一段距离。甚至还有一些小说家把诗人当成神经病一样的对象进行人物塑造，不断地挖苦和嘲笑。就像王朔一样，明明自己就是知识分子，却硬要装作跟知识分子过不去的样子，不断地嘲笑、诋毁、侮辱知识分子。为什么会是这样？

文坛上还有一种有趣的现象，那就是散文热。似乎什么人都可以写散文，什么内容都可以涉及，举凡边走边看、地域文化、历史掌故、书斋资料、学术快餐、诗词解读，乃至个人回忆、日记和吃喝拉撒等等，什么题材都可以纳入散文的书写中。散文变成了一种大众化文体，处处可见大批量的散文。由于这样的散文太多，好散文和好散文家便无可避免地被淹没和误解。那么，散文究竟是什么？散文的文体限度在哪里？我们知道，在中国古代，散文是最古老，最丰富的文体，所以有了《春秋》《左传》《国语》《战国策》等经典性著作。但散文至今没有形成自己的理论体系，所谓"形散神不散"之说，不过是 20 世纪 60 年代一位大学生在评论作家师陀的作品时提出来的，这当然仅仅是一家之言，并不能说形成了一个理论体系。周作人曾试图把散文命名为"美文"，也是受到外国文学的启发而提出来的。现在西安有一本杂志叫《美文》，发的都是散文作品。

客观上看，散文篇幅短，耗时少，能够比较快速地完成一个独立的文本。这也是一直以来散文长热不退的原因之一。事实上，散文家经常处于尴尬的境地中，不断地遭受嘲讽，被其他体裁的写作者瞧不起。因为，散文不具备小说那样的叙述规模和框架结构，也不具备诗歌语言的缜密力度和抒情意味。尽管如此，许多作家成名后不写诗，却喜欢写作散文。那么笔者想，作家为什么要写散文？什么样的作家偏爱写散文？新疆散文家王族说：散文是很多操持其他体裁写作者在年迈之际，尤其是丧失了写作能力后，本能回归的一种养生术。很多诗人和小说家在最后会主动向散文靠拢，以期获得文字对自身的补益。就像练书法一样，是一种类似的锻炼身体的方式，并不一定要在书法造诣上有多大的成就。这种说法有一定的道理，但也并非尽然。

有意思的是，与靠诗歌写作起家、最终成为文坛大家不同，许多散文家在功成名就后也尝试写小说，但鲜有十分成功的作家。刘亮程写散文出名后，分别于2006年和2011年出版了长篇小说《虚土》和《凿空》，但基本上不成功。余秋雨更是如此，他于2014年和2015年先后推出了长篇小说《冰河》《空岛》，反响平平，笔者甚至认为这是余秋雨在追求名士风流的过程中所体现出来的浮躁和任性，这种浮躁与任性与当下社会的粗鄙与浅薄高度契合。

那么，是不是说，以散文成名的作家就不适合写小说了呢？倒也未必。比方，文学湘军“五少将”之一的谢宗玉，看来是个例外。标志着他走向文坛的作品是中篇小说《决斗》，发表在1996年《莽原》杂志上第2期，那时他还是湘潭大学的一名学生。而让他真正引起文坛关注的则是2001年他在《天涯》杂志上推出的一组乡土散文，以及趁热推出的散文集《田垄上的婴儿》和《村庄在南方之南》和《遍地药香》等，他的散文受到了文坛的瞩目，甚至有了“北刘南谢”之称号。可见，他的散文创作是十分了得的。但他同时在《人民文学》《当代》《收获》等几十家权威文学期刊发表中篇小说20余篇，并出版了长篇小说《末日解剖》《天地贼心》和《蝶变》等等。不过，这些小说并没有引起文坛应有的重视。或者说，是散文的盛名拖累了或掩盖了谢宗玉的小说影响。评论家们由于有了一种定见，遇见谢宗玉的名字，总是想当然地认为：这是一个散文家。似乎他来写小说，就像刘亮程和余秋雨等人一样，是不合适的。评论家的这种定见对谢宗玉来说，的确有些不公平。但我想，作为一个日益成熟和充满自信的作家，评论家们的偏见是无法左右他的创作的。换言之，无论评论家是如何看待他的创作，谢宗玉仍然会执着地、坚定地按照自己的想法在散文、诗歌的创作道路上奋勇前行的。

正因此，老实说，当读到《时光的盛宴》时，我颇为吃惊，心里直犯嘀咕：谢宗玉好好的散文或小说不写，却为什么又要写作这类影评呢？这是展示自己的才华还是浪费、挥霍和糟蹋才华？他现在年富力强，正是集中精力向经典发出挑战的时候，怎么舍得花较大时间和精力来写所谓的影评呢？无论别人怎样界定这是思想类散文或哲理性散文都无法掩盖一个事实：这就是一部实实在在的影评集。那么，影评究竟是一种什么样的文体？它有完全自给自足的文体范式吗？其原创性价值在哪里？它是散文吗，或者说，它是评论吗？在我看来，它既不是单纯的散文，又不是单纯的评论，但它恰恰是既是散文又是评论的混杂体。也许，正是这种可描写、可叙事、可议论、可“指点江山、激扬文字”的“混杂体”成了谢宗玉内心深处挡不住的诱惑。

如果说，都市是乡村的延伸的话，那么，谢宗玉的这类书写也可以看作是他乡土散文的一种延伸。在当下这样一个急速发展的时代，个人常常被神秘而巨大的力量所裹挟，来去匆匆，甚至没有一点时间停下来扪心自问：我是谁，我的渴望是什么，我真正想要的生活是什么，我的快乐在哪里？谢宗玉笔下的电影，都是经典影片，故事的发生地大多在城市。城市的高楼大厦，城市的车水马龙，城市的五光十色，人声鼎沸，从不停歇，生活在城市中的人紧张、忙碌、压抑和无所适从，在西方特别是英美法等国家有所谓的“慢一族”人群，他们自觉地选择一种“慢生活”，他们不再自己驱赶着自己过非常快节奏的生活。面对汹涌而来的噪音、喧哗与骚动，面对有毒的空气、有毒的水源、有毒的牛奶、有毒的菜、有毒的粮食、有毒的人与人之间的关系，这种有毒的、可怕的人性等等，使相当多的人开始产生了对纯净东西的一种怀念或者怀旧。谢宗玉的影评就是这种怀旧的缩影。

因为，写影评，首先得要看电影。而看电影不仅是一种心情，一份浪漫，而且让人勾起对乡下生活露天电影的点滴记忆与心灵芬芳，这也是都市慢生活的一部分。我很羡慕谢宗玉能够如此奢侈地看电影、品电影、评电影。说到底，这样的一种生活其实就是每个人内心深处的一份文化乡愁，是繁华世界的尽头仍然拥有的一份诗意。

行文至此，我想我至少找到了谢宗玉书写影评的心灵冲动：一、今天的中国作家仍然可以以自己独特的方式，直面中国的现实，发出自己的声音；二、这是一份刻骨铭心的文化乡愁，让人欲罢不能；三、影评有先天的优势，可以把散文或小说中不宜探讨或难以表达的内容，比方说自由、民主、人权、专制等宏大话语或敏感问题，以尖锐、便捷的方式直截了当地呈现出来。例如，在对电影《芝加哥》的评述中，谢宗玉写道：道德是一种非常世俗的手段，其目的只是为了给人类谋取“集体利益的最大化”。而在对电影《浪潮》的评述中，谢宗玉认为，法西斯主义最原始的口号是：“团结就是力量”，其最经典的组织纪律就是：“个人服从集体、集体服从领袖。”文章认为，这样的电影只要把有关“独裁”“法西斯”和“极权”的观念性东西去掉，电影就会变成“青春励志片”。类似的评论还体现在对《朗读者》和《天注定》等多部影片的解读中。很明显，这类敏感而又宏大的主题，很容易触及政治禁区，如果不是借助于影评的方式，一般的文体是难以承载得了的。因为电影本身的指向性和隐喻性都很强，主题极其鲜明，而影评恰恰针对性极强，既可以就事论事，直指人心，又可以纵横捭阖，旁敲侧击。只要是独到发现，便可嬉笑怒骂，皆成风流；只要是偶有所得，亦能直抒胸臆，自然出彩。谢宗玉甚至还为《苦月亮》的遭遇鸣不平，认为这部电影才是导演波兰斯基的代表作，胜过其后来囊括奥斯卡多项大奖的《钢琴师》。这样的评述不是书生意气，强词夺理，更不是剑走偏锋，任性而为，而是扎扎实实建立在对影片的细节、场景、特别是涉及“性爱”细节的精妙解读上。这样的解读不仅令人耳目一新，还有启迪人的心智，进而勾起人们重新观看这些电影的冲动，以验证谢宗玉的解读是否站得住脚跟。

事实上，在《时光的盛宴》中，谢宗玉肆意汪洋，浮想联翩，笔力所及，贯穿文明、道德、法律、人性和欲望，涵盖了人类社会物质生活和精神生活的方方面面。谢宗玉以一个旁观者和参与者的双重身份，站在灵魂高处，安静而耐心的观察与分析，这里的字字句句是透过纯净冷峻的心灵发出的沉重声响，因为这里面包含了太多深入而精辟的思考和探索。与其说这是一部影评集，不如说这是一次难能可贵的精神历险。比方，在《西西里的美丽传说》中，男人们粗暴而下作的欲望焚身急求释放和宣泄，女人们妒而生恨，女主人公玛莲娜因为美所以罪，从坚守忠贞到自暴自弃沦为妓女再到回归正常生活，男主人公雷纳托善良纯洁却也懦弱胆小，对玛莲娜“忠贞”地暗恋，文字犀利冷峻，入木三分地揭示了各个社会群体中人性的美丑，并将人们的欲望一展无余。再如《锅盖头》，揭示了战士们从善到恶，之后却再也无法回到善。因为世界和人类的和平需要这种“残暴冷酷”的兽性来保卫和守护，是战争将人们的人性变成兽性，但是当社会格局恢复稳定后，人们并不会因此而铭记这些“英雄”，而更多的是遗忘，因为他们不再被需要，这种残忍的人生结局对于他们来说是不公平的。

总之，这是谢宗玉创作途中的一次有意义的停顿，一种有意识对自我思想的清理，这样犀利、深邃且视角独特的创作尝试与其说是一种回顾，一种休息，毋宁说是对新的冲刺做准备。因为，电影叙事中意欲表达、无法表达和刻意想隐瞒的一切，都被谢宗玉手中的笔锋如刀片一般深深缓缓地划开并巧妙地解剖，读者从中探视到影片本身及其背后的意义，洞察人性和道德问题，正视自身的欲望，并且通过联系生活实际和自身境况，无限探索和思考影片本身的意义、生命的真谛与人生的价值。谢宗玉以这种方式，将影片的意义与价值更为完整地展现在读者面前，彰显了一个有追求的作家强烈的社会责任感和刻骨铭心的正气之美。

第五章　70后代表作家的精神命途

第一节　冯唐作品的研究选项

作为70后作家中的代表人物，冯唐作品一直存在不小的争议，喜欢他的人将其提升到与王朔、王小波等作家同等的高度，而不喜欢他的人则对他引以为傲的才气嗤之以鼻。尤其是近几年来，对于冯唐的作品，越来越多的人开始持批评的态度。除了写小说之外，冯唐还出版诗集，其中最著名的便是那句“春水初生，春林初盛，春风十里，不如你”，他自己也颇为得意地称自己是“诗歌第一、小说次之、杂文第三”。

谈及“冯唐”二字，除了西汉以孝行著称于世的大臣之外，很多人的第一反应是当代作家冯唐。在文艺青年中，十有八九知道冯唐，而自从李玉导演将冯唐小说作品《万物生长》改编为电影后，冯唐在大众中的知名度进一步提高。随着冯唐名气的不断增大，对于其作品的研究也越来越多，总结对其小说作品的研究，我们可以将其分为以下几个方面：文本层面、与同类型作家的比较、与同时期作家的比较。

一、文本层面

冯唐医学专业出身，中国协和医科大学临床博士，后攻读了工商管理的硕士学位，曾供职于麦肯锡公司，现居香港，在历史最悠久的国企工作，前几年更是荣登中国作家富豪榜单，其人生履历堪称完美。

也许正是因为这种战无不胜的经历，冯唐本人狂妄至极。2015年他翻译的《飞鸟集》出版引起了极大的争议，迫使出版社全面下架。面对争议，冯唐随即在微博上“晒”出自己1997年托福考试满分的照片，暗讽众人没有“资格”去评价他作品水平的高低。桦桢在《冯唐小说中的欲望与虚无》中指出冯唐的狂妄由来已久矣，从其十几年前一篇题为《读齐白石的二十一次吹嘘》的文章中就可以看出；“《北京三部曲》里，有过去汉语从来没有过的东西，读不出来，不是我的问题，是你的问题”。说得好听点是文人轻狂，说得不好听点是不知天高地厚。

北京大学的龚自强认为，冯唐的文风时而犀利彪悍，时而温润如玉，时而滋润如水，时而粗俗低劣，如此多种多样，实在难以简单归类，这是冯唐的一大亮点。而我认为作家的文字作品往往与作家本人的性格有着密不可分的关系，在冯唐的文字中，可以感受到一种狂妄之气。其作品语言通俗易懂，同时透着一种轻狂。不仅仅是文字方面，小说主人公的性格塑造上，也是如此。主人公大多看似颓痞、潇洒不羁，但这种颓痞中多透着一股聪明劲儿与傲气。

在冯唐的作品中，专业医学术语多次出现。小说主人公秋水也是医学专业，这与冯唐本身专业有着密切的关系。除此之外，他的文字中充斥着大量的性话语。发表在《新文学评论》上的《怪异的尽头怎么能是单一？——论冯唐“北京三部曲”》中提及：三部曲给人最直观的印象是性话语的肆无忌惮。不是泛滥，泛滥侧重于范围广泛；不是直白，直白侧重于暴露；而是肆无忌惮，肆无忌惮侧重犯禁的冲动。冯唐似乎要以力比多的分泌或释放为依据重新编排个人生活史，那些从小到大的个人事件都被冠以力比多的名义，根本原因也许在于只有这样，才能彻底地反抗那些成长中的压抑和无奈。然而当冯唐故意“过犹不及”地用性话语冲击一些禁忌，则显得这种反抗过于表面和肤浅了。

董晓霞在《冯唐成长小说的“颠覆”意义——论“万物生长三部曲”》中认为冯唐在写小说时，是将“万物生长三部曲”规划到“成长小说”的范畴之内的。“成长小说”，亦称启蒙小说（novel of initiation），源于德国，是西方近代文学中重要且常见的一个类型。这类小说的主角从最初的天真烂漫、不谙世事，到后来历经磨难或经历重大变故，身心上变得成人。不仅仅是“万物生长三部曲”，冯唐的大多数小说作品都是关于成长的过程。而在内容上，小说用诸多关于主人公的小事拼接而成，大多是生活中琐碎之事，用一段段“破碎”的文字构成全书。

北京大学中文系博士研究生白元惠在《电影批评》上发表的《〈万物生长〉：双重凝视下的死亡美学》中论及冯唐：“在当代青春文化的谱系中，冯唐与九把刀、韩寒、筷子兄弟一道成为‘后青春期’的重要旗手。作为一种理论话语，‘后青春期’指涉着青春期已过却尚未真正成熟的心理状态。这里的‘后’不是after，而是post，它既指向生理年龄层面与青春期的断裂，又指向心理年龄层面对青春期的绵延。进一步说，‘后青春期’的文化症候通常表现为中年男性重返理想、寻回热血、集万千姑娘宠爱于一身的臆想式补偿，那或许是一群老男人‘飙车斗恶煞’（九把刀小说《后青春期的诗》），或许是一场‘任岁月风干理想再也找不回真的我’的音乐选秀（筷子兄弟微电影《老男孩》），更或许是一部能让自己一夜暴红的公路小说（韩寒电影《后会无期》），而在冯唐的《万物生长》中，这种臆想直接投射为风情却专情秋水的少妇柳青。”

二、与同类型作家的比较

在西南大学董晓霞的《冯唐成长小说的“颠覆”意义——论“万物生长三部曲”》中曾说道：“在万物生长三部曲中，冯唐有一种流氓情结，他笔下的流氓充满智慧且懂得精致的低级趣味。冯唐相信：‘在无趣中取乐，低俗一些，这比较接近生活的本质。’提及‘流氓’概念，在现当代文学中，王朔可以说得上是第一个颠覆其概念的人，更是说出‘我是流氓我怕谁’的人。王朔用丑陋的形容词解构了自身，因为他透彻地领悟到了自贬身份的妙处。人们授予‘流氓’胡言乱语的权力，所以做一个‘流氓’便拥有了一种无形的话语权，即便是任何激进或极端的举动也可能被认为具有合理性。同样是北京土著的冯唐继承了王朔的流氓情结，在‘万物生长三部曲’中塑造了具有‘江湖’色彩的‘流氓’形象，并且冯唐的‘流氓’程度更进一步。因为王朔是自命流氓，是一种游戏人生的态度。而冯唐却是以‘流氓’为导师，小说主人公的成长也被他赋予了流氓倾向。在这里探讨的‘流氓’仅仅是文学上的形象和概念，并不是指口语中的贬义词。”在“万物生长三部曲”中，秋水的“精神之父”“灵魂导师”——孔建国，便是一个典型完整的流氓人物形象。但是提及被外界看作同一类型作家的王朔等人的作品时，冯唐却是对其充满鄙夷之情，在《活着活着就老了》中，冯唐直言道：阿城的《棋王》“有些做作”，文笔太内敛太老到也有问题，仿佛奶太稠，挤出的产量严重受限；王朔的《动物凶猛》“写得太急了，有些浪费了一个好题材”；王小波“文字寒碜”“结构臃肿”“流于趣味”；韩寒更是小说都没入门。

实事求是地说，那些作家的绝大多数作品要比冯唐的艺术水平高。且不说由王朔《动物凶猛》改编拍摄的电影《阳光灿烂的日子》比电影版《万物生长》高多少层次，单就小说文本本身而言也比冯唐的作品高明得多。王朔的作品看似世俗，痞气十足，但细细研读就会发现，他文字中的生活气息浑然天成，有着行云流水的美感，充满才气，时代特色鲜明，打上了时代深深的烙印，是特定时代下诞生的作家。阿城的文字给人的感觉就是“稳”，文字质朴稳重，功底扎实，源于生活但又高于生活。黄凤祝在《试论〈棋王〉》中提及棋王所谓“道家的棋”是求胜的棋。求胜是王一生棋道主要的追求，而“养性”是兼得。这种哲学思想是受到道家、法家及兵学的影响而形成的。从这方面来讲，可以说《棋王》是部包含着中国传统文化哲理的作品，古典性与现代性的完美结合。像酿酒一样，时间越久，越醇香越诱人。就算时隔多年再来翻看《棋王》，仍具有可读性，是能传世的佳作。

冯唐的文字看似潇洒不羁，充满狂妄之气，但实际上却有抖机灵耍聪明的嫌疑，这可能与冯唐本身就是个商人有关。冯唐的小说是没有完整的故事结构的，甚至于没有一个完整的故事脉络，更少有完整的人物形象塑造。卫小辉认为在冯唐所期望的小说最终形态里，隐蕴着两种完全不同的因素：无限度的遮蔽和同样无限度的裸露。这两种要素恰好是根基于语言本性的，语言之所以起源，就是期望能够使世界的真理彻底裸露，然而，语言可以叙述的又总是遮蔽了世界的真理。所以，冯唐小说的文字大多给人随意之感，像少年记录自我的冲动与成长，甚至于不能称之为完整的小说作品。冯唐在序言中也直言“写作动机非常简单，在我完全忘记之前，记录我最初接触暴力和色情时的感觉”。在小说《十八岁给我一个姑娘》的后记中，冯唐也说：“我反复强调，我不是在写一个中学生早恋的故事，我要唠叨，我要写作的快感，我要记录我感受到的真实。畅销与否，对于我是次要的。为了文字的责任和自己的快感，在故事情节与还原状态之间，我再一次选择了后者。”

三、与同时期作家的比较

很多学者会采用 50 后、60 后、70 后和 80 后等代际概念，试图通过不同代际来区别不同时期作家的写作特征。暨南大学中文系的洪志纲在《代际视野中的 70 后作家群》一文中明确指出“‘70 后’出生的作家群是‘尴尬的一代’，被无奈地夹在两个显赫的代际群体之间”“‘60 后’有地位、有资历和成就，‘80 后’有读者、有商业价值，而‘70 后’的商业价值，目前来说是最低的一代”。同时洪志纲也认为 70 后作家作为代际传承中的一个重要群体，他们的创作不仅有效地展示了自身独特的、异质性的审美体验，传达了重建日常生活诗学的艺术理想，也在顽强的艺术突围中体现了良好的叙事潜能，并为当代文学的发展提供了特殊的审美经验。

从目前来看，70 后作家是发展日趋多元化的一代，既有继承传统文学的作家，也有致力于网络文学发展的创新型作家。就作品内容而言，也是专注于不同的着力点。不像其他代际的作家群体具有统一的风格特色，具有鲜明的历史时代特征。冯唐、慕容雪村、安妮宝贝、舒仪、饶雪漫、苍月、萧鼎、宁财神等都是70后作家。冯唐和其他作家相比较，他将传统文学与时代网络气息做了一个很好的融合。同时他将文学做了很成功的商业化，这一点上面他与之后的郭敬明有点相似，但是他比郭敬明在文笔上还是要高上几个层次的。

从写作风格而言，冯唐要比其他的70后的作家更加凌厉，体现了自己的个人特色。他的每一部小说中的主人公都有冯唐自己的影子，像是自我成长的写真集，之所以不说"真实写照"，是因为在某些方面，对于自我，冯唐有一定的美化。同时其小说较其他作家而言，更加具有真实性，例如安妮宝贝、饶雪漫所写的"青春小说"中，很多故事情节是为了"情节"而刻意去产生"情节"，而冯唐的小说中则不会出现这种情况，其会更加贴近生活中的真实情况。

第二节 《万物生长》的精神气质

与冯唐同为70后作家的徐则臣在他的长篇小说《水边书》的扉页上赫然印着斯文特拉的一句话："一个作家必须为自己写一本成长的书。"而冯唐的《万物生长》便是这样的一部小说。冯唐的"万物生长三部曲"分别是《十八岁给我一个姑娘》《万物生长》和《北京，北京》。冯唐在《十八岁给我一个姑娘》的序言中写道："写作动机非常简单，在我完全忘记之前，记录我最初接触暴力和色情时的感觉。"因而，"万物生长三部曲"可以说是较为真实地记录了秋水，或者说冯唐，本人的真实心理成长状况。

"万物成长三部曲" 用几十万字完整讲述了主人公秋水从一个懵懂无知的少年走向成熟男性的蜕变之路。《万物生长》是承前启后的一部分，小说讲述了主人公秋水在大学期间，开始接触社会，经历了各种事件后，身心逐渐走向真正意义上的成熟。在《万物生长》里，秋水的大学生活中，除了枯燥烦琐的医学专业学习之外，还有三个女性的身影贯穿其中，不食人间烟火的初恋、几近完美的前女友和充满成熟女性魅力的柳青，虽然最后三人中没有一人和他走向婚姻，但在秋水逐渐走向成熟的道路上，她们又是不可或缺的一分子。从某种意义上而言，正是她们的离开，推动了秋水对人生认识的一步步深入。从这种意义上而言，"万物生长三部曲"是一系列的成长小说，而《万物生长》则是完整成长小说的一部分。

所谓"成长小说"，又称"启蒙小说"，命名源于欧洲的"教育小说"，是西方文学中较为常见的一种类型，而歌德的《威廉·迈斯特的漫游时代》被认为是这一小说类型的原始模型，也被认定为判断是否为"成长小说"的一块试金石。这类小说通常讲述主人公经历一系列事件，或是某一重大事件之后，人格走向健全，性格也逐渐走向成熟与稳重。而这一类小说的主人公通常是以男性为主，究其原因与这类小说当初诞生的时代背景有着密切的联系，在之前的男权社会中，女性被普遍认为不具备成长启蒙的意义。在小说中，女性也多是以配角的身份出现，甚至是男主人公在成长道路中可以利用的对象，充当一颗被玩弄的棋子的形象。但随着时代的变迁，女性的主权意识逐渐被唤醒，地位得到提高，出现了女性成长小说，女性也逐渐以主角的身份出现在小说中。

“成长小说”在西方文学史上占有十分重要的位置，《麦田里的守望者》《汤姆·琼斯》等都算得上是西方成长小说的代表作。从某种意义上来说，中国古代的很多文学作品都能算作是“成长小说”，或者笼罩在庞大命题下的小人物成长。《西游记》可以看作师徒四人一马，经历了九九八十一难后，心理上走向成熟稳重的成长小说。而《红楼梦》既是封建社会末期传统大家族兴衰没落的真实写照，也能看作是宝玉的个人成长史：从单纯天真走向看破红尘。就现当代的文学作品而言，也出现了很多“成长小说”，《青春之歌》《欧阳海之歌》等都是中国现当代较为著名的“成长小说”。

在通常所理解的定义里，“成长小说”中的“成长”并不是指生理上的成长，或者说并不单单指生理上的成长，更多的是指心理上的成长，走向成熟。在之前的传统的叙事小说中，主人公多是以完整鲜明的人物形象出现，具有鲜明个性的个人特色。而“成长小说”中的主人公则是在读者眼前成长的，读者就像主人公的父母一样看着他们成长，陪伴他们共同经历各种磨难。与国外的“成长小说”相比，中国现当代“成长小说”的主人公更多的像是“晚熟”，很多主人公就年龄上而言已经成人了，但是在心智上还缺少实际的锻炼。而国外的“成长小说”则多是身心一同发展，随着时间的推移，身心都逐渐走向成熟完备。

《万物生长》有着显著的零散琐碎性。中国式的“成长小说”可以分为两种类型，一种是经历了各种事件或者经历了重大的事件打击，从而走向成熟，这些事件甚至与历史上的重大时间节点有着密切的联系，用大时代下的重大变迁推动小人物的个人发展，突出时代的影响力。另外一种将生活中的琐碎事情拼凑起来，用其来推动主人公心理产生变化，从而走向真正意义上的成熟。后者更加贴近生活，更加像普通人的成长轨迹，毕竟不是每一个人都有机会去亲历巨大的时代变迁，感受其所带来的影响。《万物生长》就属于后者，但是从某种意义上它又与传统意义上的中国式“成长小说”不一样。一般的“成长小说”用完整但琐碎的事件来逐渐推动主人公的成熟，它虽然零碎但是有着完整明显的事件发展脉络，按照时间线索发展。而《万物生长》中，则大多是由零碎的片段组合而成，像是作者想到哪里便写到哪里的随性之作，没有完整清晰的事件发展脉络，也没有刻意地去建立除了主角秋水之外其他角色的完整形象，在某种程度上来说，它连小说都算不上。

扬州大学的张栋栋在《冯唐成长小说的嘲讽和写意 ——论〈十八岁给我一个姑娘〉》中提道："在《十八岁给我一个姑娘》中，除了嘲讽以外，我看到了一种天然不事雕琢的写意，这种写意来自冯唐的语言，为很多文坛大家所欣赏的语言。这部小说结构松散，好像一个个小段子，但如同散文一样，形散神不散，情绪整体、调子整体、色彩整体、氛围整体，构成了完整的文字宣泄。"之所以在读完这部小说之后，我们仍能清晰地感受到秋水的成长历程，可能正是因为这种"形散而神不散"的原因，使得小说更加贴近读者的思考模式，更加贴近生活。

很多人将冯唐与阿城、王朔作类比，但两者显然不同。暂且不论究竟相差多少，单就描写而言，前者的描绘多是静态的、详细的，就像一幅油画，细致到旗袍领子的烫金滚边和发绳上残留的头发丝儿；而后者则像是拍电影，他们文字所描绘出来的人物动作形象是鲜活的，是会从纸张里蹦出来和读者谈笑风生的。小说中不乏经典语录，很多句子在电影《万物生长》中也丝毫不动地保留了下来，什么"我不要天上的星星，我要尘世的幸福""最初的诞生，和最后的死亡一样，都是人生的必然"……任何能够给予人启迪的句子，都值得被铭记。

小说《万物生长》的结局耐人寻味。初读迷茫，再细读方才领会。这部小说的结局从侧面点明了主人公秋水其实就是作者本人。假借秋水之口说出自己的故事，秋水口中所吐露的事情其实就是作者的真实写照。冯唐本人和秋水十分相似。同是医科出身，都很聪明，做什么事情都能轻而易举地获得成功，也都很讨女孩子喜欢。除了"万物生长三部曲"之外，冯唐的其他小说也有很深的个人印记。除了写小说之外，冯唐还出版有诗集。冯唐自己曾自称"诗歌第一、小说次之、杂文第三"，但其诗歌虽然通俗易懂，传播度广，但事实上却也是经常遭人诟病。他的诗歌看似通俗易懂、朗朗上口，但从古典诗词中可以找到很多同类型的，质量却判若云泥。

现当代文学中"成长小说"的很大一部分开始走向商业化。商业化有利有弊，一方面可以使得"成长小说"受众面更加广，吸引更多人阅读。但商业化的另一方面是，它也使"成长小说"的作者在创作的同时要去迎合市场的需求，改变写作的初衷。

与此同时，越来越多的人将"青春文学"和"成长小说"的概念混淆，将"青春小说"看作"成长小说"。比起"成长小说"，"青春小说"更加像是为了迎合市场需求而诞生，为了满足青少年青春期幻想的产物，在某些意义上而言，它的市场性重于它的文学性，写作的门槛也更低。很多成功的“成长小说”具有史诗级的意义，更加厚重，而“青春小说”则更加偏向于个人理想童话的书写，不必具有历史厚度。韩寒、郭敬明、顾漫、落落等都是“青春文学”里具有代表性的作家。他们的作品和其他成功的“成长小说”作家的作品不同，后者的作品更加具有思想性，更加适合现实生活。如果说“青春文学”是给青少年描画的美好蓝图、无邪世界，“成长小说”就是给青少年泼的一盆凉水，让他们清醒地意识到这个世界上有美好就会有邪恶，福祸相依，残忍的现实会给他们上进入社会的第一课。

中国人特别讲究对称美，喜欢大团圆的故事结局，但是中国式的“成长小说”中有一部分却不是大团圆结局，在某种程度上，这样的结局更加贴近现实生活，还原现实生活中真实存在的残忍。“成长小说”十分重视心理活动的刻画，成长也多是通过心理变化而产生的。正是因为这种内心的纠结与痛苦，才能使得主人公更加的成熟稳重，从而做出更加有利于自己的选择。没有这种心理活动，就不能称之为“成长小说”。

《万物生长》又与传统的“成长小说”不同。它不仅仅涉及了心理上的成长，同时它也涉及了身体上的成长。它反而是通过生理上的成长推动着心理上的成长，两者相互依赖、相互促进，从而走向最终的成熟。传统上，我们很少论及“性”的话题，甚至难以启齿，但在“万物生长三部曲”中，冯唐却丝毫不避讳这个话题，秋水的成长成熟，更是伴随着对“性”认识的不断深化。可以说，秋水的成长离不开这个话题。不只《万物生长》，很多“成长小说”均是如此。但是近些年，中国出现很多以“成长小说”为幌子的“青春文学”，这种类型的“青春文学”充斥着堕胎等失去人伦道德、低级趣味的剧情。为了博眼球，这些“作家”写着违背写作初衷的文字，干的却是荼毒三观还没有完全成熟定型的青少年的勾当。从某些意义上来讲，其根本算不上是一个合格的作家。

总而言之，作为中国式“成长小说”的一部分，《万物生长》有创新，同时又对以往“成长小说”有所继承，他的文字传递着生命最初始的躁动，透过薄薄的纸张，感受着生命成长的热情，最后趋于平静的温度，和而不同，于共性之外保留自我的个性。

第三节　冯唐小说的语言特质

张涛甫这样评价冯唐的文字：“干净，有弹性，有韧性，劲道，诡异，野性，鬼精鬼灵，颗粒饱满，充满才气和智慧。”这符合他的文字一贯给我们留下的印象。冯唐说自己欠老天爷十部小说，从十七岁写的《欢喜》到后来的“北京三部曲”“子不语三部曲”，如今，这十部小说也写得差不多了。

任何对冯唐作品的评价都绕不过他的文字。多数人对冯唐“狂妄自恋”的为人嗤之以鼻，但不得不承认他文字的过人功力。有人说他的文字看似野性而充满生命力，实则都是凭借幼时的功力抖机灵，这话真假参半，冯唐看似肆无忌惮的文字背后，其实怀有对文字无比虔诚的敬畏之心，这和冯唐自幼饱读诗书有着密切的关联，只有从小就进行广泛而有深度的阅读，才能使内心始终存有对文字的诚恳之心。就像他自己在随笔集中所说的，文字这件事情，除了天赋之外，要有幼功，少年时的熏陶和发展必不可少，否则长大再用功也没有什么用。幼功不俗加上后天不弃，写出好文字自然不是难事，这很容易让人联想到有着相似经历的鲁迅，幼时深受中华经典的熏陶，后以医学生的身份留学日本。两者都受到了中西方不同作家流派的写作影响，因此在作品中也体现了中西文学风格的交融。

作为冯唐早期作品之一，《万物生长》不论知名度还是文字的个人风格，都堪称代表作。因此，透过这部小说我们可以浅析出冯唐的小说语言文字特征。

一、人物形象的模糊性和间接性

作家通常通过具体言语塑造典型人物，以文学形象丰富小说内容，提高文字的感染力。而冯唐几乎很少通过描写具体长相塑造人物形象，他的刻画具有间接性，多是通过他人的言语和事件侧面塑造。也正因为如此，冯唐笔下的人物多具有模糊性，这种模糊性不是个性模糊，而是具体长相模糊，人物的性格特征依然十分显著突出，具有各自独特的气质。

《万物生长》中，冯唐以第一人称讲述了主人公秋水大学期间经历的各种事情，认识交往了各种人，从而走向真正意义上的身心成熟的故事。秋水的大学生活中，除了枯燥烦琐的医学专业学习之外，还有三个女性身影贯穿其中，分别是秋水的初恋、现女友和柳青。对初恋女友的形象塑造多是经过秋水的回忆加工，因为上大学没多久他们俩就已经分手。秋水对于初恋的最初印象也来得间接而模糊，在初中时期，关于她如何美丽的传说就一直在秋水身边流传，于是上了高中，他用眼角的余光灌溉了她三年的成长。“灌溉”二字极具动感，有意味。冯唐没有直接描写初恋究竟美得有多么惊艳，但是仅从关于初恋女友的美丽传说已经能够成为构成“我”少年生活背景的一部分这一点来看，就可以想象出她的美貌。室友辛夷曾说“我”的初恋是带着仙气儿的人物，人间少有，这也是从侧面反映出初恋女友的长相。小说中作者冯唐并没有通过“柳叶眉”“肤如凝脂”这一类具体的言语进行外貌描写，而是通过他人评价性言语进行描述，使得读者在阅读有限文字的同时进行了无限的想象，给读者们留下了想象的空间。比起仙气十足的初恋女友，秋水的现女友显得更加接地气，个性更加的鲜明。秋水仅用“端庄而美丽”五个字就概括了她的外貌特征，继而用了一系列的事件证明了她的理性与高度自律性。用秋水的话说“我的女朋友是我见过最健康的人”，她生活作息规律，每天坚持锻炼，阅读名著，对于任何事物的运行都信奉精准的定律式计算。她就像一台毫无差错运转的计算机，只有遇到秋水，才会出现预料之外的运算。不管是她“求倒霉”“求脱落”这些情节，还是最终找借口与秋水分手吵架，都从侧面塑造出了现女友个性强势、掌控欲强的性格特征。

与前面两位女性角色不同，柳青是一个在社会上浸泡多年的成熟女性，举手投足间都风情万种。冯唐在描写柳青的时候也运用了与描写前两位女性不同的手法，秋水与柳青初见是在酒店大堂，柳青就只是单单坐在椅子上，却不由分辨地让他感到“心神不宁”，有着摄人心魄的力量。作者用笔触对她的外貌进行了细腻的描写，“蟹青色的套装”“白衬衫”“泪滴形的紫晶耳坠”，但细细看来又仅仅只是对她的衣着打扮进行了刻画。饶是如此，依然可以让读者凭借自己的想象力在脑海中勾画出一个美人模样。继而是对她爽快谈吐的描写，再加上后来“展览会相遇”“要事相求”等多个事件，串联起来就勾勒出了一位优雅成熟、充满魅力的女性。而将这三位女性角色串联起来的主人公秋水，不管是在《万物生长》中，还是在“北京三部曲”的其他两部小说里，作者对于其形象都没有进行正面直接的外貌描写，而是经过他人对于秋水的评价和与他有关的一系列事件来推动其形象性格的丰富化。

在前传《十八岁给我一个姑娘》中，“老流氓”孔建国评价秋水是那堆野小子里头眼珠转得最快的一个。言外之意，秋水聪明，总是能够最迅速地领会他的意思，但与此同时，也让他最是头疼，秋水总是能精准地记起他说过的每一个故事的每一个细节，间接地反映出秋水过人的记忆力。同样是出现在这部小说里的朱裳，评价秋水有着一种真正属于读书人的气质。时常躲在由教材、教参和习题集堆成的山洞里，实际上却是徜徉在闲书的世界里，身上有着对所钟情事物的痴迷与执着，这是朱裳眼中的秋水。小说中不同的人物对于秋水有不同的评价，从而从多个方面构成了一个完整的秋水。

冯唐的小说中基本上每一个角色都具有自身独特的气质与魅力，除去那些女性角色，让人印象最为深刻的，可能就是老流氓孔建国。单从孔建国老是说“朱裳的妈妈是尤物”这句话就可以看出来为什么他被称为老流氓，一般几十岁的人谁会把夸赞别的老婆是尤物这种话天天挂在嘴边，还和一帮野孩子四处宣扬。秋水的老妈评价孔建国一点也不像好人，两眼贼亮，“具有教唆青少年学坏的强大力量”。后来语文老师评价秋水的文章“格调低下，心理邪仄，有严重的流氓倾向”，大概也有很大一部分原因是因为受了孔建国的影响。孔建国教“我们”香烟、酒精这些在书本上不曾教的知识，爬不同的女厕所、女浴室，这些都是他年轻时干过的“流氓事”，也只有自己亲身经历过才知道如何去教这群野孩子们。他的穿着与一般普通人无异，不一样的是他“挽起袖口，不系风纪扣，片鞋永远也提不上后帮”“在不经意的时候，眼睛里亮亮地闪出凶光”，仅仅从他的外貌特征就可以想象出一副“老流氓”痞气十足的模样。

关于孔建国口中的“尤物”——朱裳的妈妈，冯唐在小说中亦是从未正面地描写过她的长相。但是就凭文中孔建国多次提到朱裳的妈妈是绝代尤物，甚至为了她可以赴汤蹈火，就可以从脑海里勾勒出她惊人的面庞。孔建国说这话时两眼放空，“我”也没觉着他事逼，这也从侧面反映出了朱裳的妈妈美得名副其实。附近几条胡同的人都知道朱裳妈妈长得美，也有无数人因为她而打架，朱裳妈妈结婚的时候，那些曾为了朱裳妈妈打架的流氓们，像嫁妹妹一样大大方方地把她嫁了出去。排场之大就连警察也前来庆贺，窃喜将来的清闲，以后这些冲冠一怒为红颜的事儿总算能少一些了，足以见朱裳妈妈容貌之美。还有一个情节，就是当朱裳评价秋水是一个真正的读书人，和她父亲气质相似的时候，秋水说了一句“是不是我长得像你爸就能娶到你妈那样的？”虽是玩笑话，却也说明了朱裳妈妈的美丽毋庸置疑。

冯唐的小说极少正面描写人物的长相，而是通过发生的事情和本人的言行举止来进行描写，简而言之，就是长相模糊化，气质个性化。通过发生在人物身边的典型事例和他人的评价来刻画人物形象，从而间接性地塑造一个又一个立体人物，避免平面式描述脸谱化形象。

二、强化抒情，弱化叙事

冯唐在《万物生长》的后记中说，这部小说企图写出一个人的成长过程，通过一个完整的故事，塑造出一个可爱的人物形象，但最终失败了，他只写出了当时的一种混沌不清的状态和一段记忆中的生活，而且还塑造了一个看起来不怎么讨喜的角色。这当然可以看成是冯唐的自谦。

当一位作家将自己的某部作品定义为某种状态展现的时候，就注定了作品会掺杂许多个人情感与表现。而这种个人情感，冯唐选择用抒情的方式展现出来。《万物生长》最突出的一个特征，也是冯唐作品的一个特征，即为抒叙参半，强化文字的抒情性而弱化叙事性。

冯唐的小说经常在叙事中抒发自己内心的感悟。这种特征的形成多半要归结于冯唐的创作态度，用冯唐自己的话说，就是在满足读者阅读期待和还原真实生活之间，他选择了后者，而非一味迎合读者的阅读口味。在记录生活事情发生的同时，也记录秋水在遭遇这些事情时的内心所想所感。

一部好的小说应当具备深度的思想，或者拥有鲜明的文字特征和高超的文字技巧。就冯唐前几部的小说而言，他应当属于后者。有人评价冯唐是"罕见的仅仅靠贩卖阅读快感就能火的作家，即使不贩卖任何思想都行"。没有思想，只有故事，当然算不上成功的小说家。之所以说后来的《女神一号》比之前的作品更为成熟，恰恰是因为冯唐变得更有思想，他在精神层面的探索更为深入与成熟。在后期的作品中，冯唐也有意识地运用自己的文字，对人性进行探讨，引导读者更深入地理解人们行为背后的驱动力，尝试挖掘人性。

胡赳赳评价冯唐：故事三流，叙述二流，关键时候的意象一流。虽是一家之言，却不是没有道理的。如果从传统小说的定义出发，冯唐的小说的确很难称得上是一流的，故事不够完整，主题也不够引人深思。但是正是他这种强化文字抒情性而弱化叙事性的写作风格，反而成了他小说之所以成功的一个重要原因。不擅长讲故事，那就发挥自己所擅长的。冯唐自认为他的诗歌第一，小说第二，杂文第三。很多人不以为然，笔者以为就冯唐的作品而言，杂文应当排在第一位。读冯唐的《冯唐诗百首》时偶尔会拍案称奇，其中也有许多值得学习的金句，但是杂文则是每一篇读下来都让人感到神清气爽，身心舒畅。这可能与他从小读曾国藩的书籍有关，冯唐在《猪与蝴蝶》里认为曾国藩的评论要比创作强，堪称说明文的大师，这与曾国藩长期纪律严格的阅读有着密不可分的关系。冯唐亦是如此，个人觉得冯唐更适合点评性文字，而非创作性文字。他在作品中表达个人情感、见解的抒情性文字总是能一针见血地把握住人们的精神情感命脉，细腻地描写出常人用文字言语难以表达出来的意象，从而为作品增光添彩。幼功不俗的原因使得冯唐在表达自己的情感和观点的同时，还能够兼顾文字的优美流畅。

冯唐曾评价周作人的小品文"从从容容把一个大问题说得清清楚楚，不带一丝火气"，仅从这一句话就能看出其功底之深厚，能将"朴实无华"这类的词用"火气"一词代替，说得如此清雅脱俗、不俗不媚。冯唐的杂文本身也有这样的特点，文字干净利落，运字无多余，能清楚表意。冯唐将他写杂文的优点巧妙地运用在小说写作中，使得抒情性的文字亦能一针见血，戳中人们心中的软肋，引起共鸣。他认为文人们的性情附着在他们的小品文中，"千古阴魂不散”，而他们之前所谓的严肃文学，反而并没有被人们所铭记。冯唐小说中抒情性文字地位高于叙事性文字的原因，大概也在于此。

对于传统小说而言，这是本末倒置的行为，反倒是成了他小说中的亮点。冯唐充分发挥了擅长的散文式的文字，构建了一块属于他自己的田园土壤。

三、文字有趣，充满哲理

不仅是冯唐这个人充满争议，冯唐的文字也同样充满争议。部分人认为他的文字缺乏厚重感，但是说冯唐的文字有趣大概是没有争议的。不管是诗歌、杂文还是小说，冯唐总是能使得作品内容充满有趣的片段，这甚至成了部分人心中冯唐文字的标准配置之一。以至于后来冯唐在创作《女神一号》时进行文字严肃化、收敛化的尝试，被读者认为是在自斩双臂。文字不再生动充满趣味，不再野性而富有弹性，那还是冯唐吗？

冯唐的文字不仅有趣，还充满了浓厚的文学气息，引经据典信手拈来，将诗词完美地融合于写作当中，行文流畅，没有丝毫违和感。更没有华丽辞藻的胡乱堆砌，不矫情不造作，读起来没有黏腻之感，这同样与他幼功深厚有着密切的联系。

人们常用“柔情似水”这样的词来形容深情，而在《万物生长》中，秋水将初恋比做植物，他的目光就是水，整整灌溉了她三年，既不落俗套，又能传情达意。对于秋水而言，这三年简直有三辈子那么长，“现在回想起来，搞不懂是今生还是前世”，又应了这“柔情似水”的后半句“佳期如梦”。冯唐对这些典故进行了加工再运用，改其本来面目，使得熟悉的东西陌生化，但是又依然保留了其本义。

可能因为书名的原因，《万物生长》中很多有趣且文学气息浓厚的句子都与植物有关。北京就像是个大茶壶，而这性情中人就被冯唐比作了浸泡在里面的茶叶，即使人死掉了，茶叶被倒了出来，这人气就好像茶气一样，仍然还停留在这城市的上空，“没有一时一刻停止过思考”。很少有人这样形容人的存在，但又不得不说形容得十分准确，妙趣横生。小说中秋水的初恋是一个带着仙气儿的女神角色，当秋水看到她时，“一只无形的小手敲击着我的心脏，语气坚定地命令道：‘叹息吧。’我于是长叹一声，周围的杨柳开始依依，雨雪开始霏霏，我伸出手去，她的腰像杨柳一样纤细而柔软”，这几句描写得极好，周围杨柳依依，于是“我”伸出手去揽住她如同杨柳般的腰肢，也显得自然而然了。文人常用水来比喻女子，可以温柔动人也可以洪水猛兽，就如同这杨柳枝，看似纤细柔软，实则内在的骨子里藏有一股韧劲儿，支撑着她摇曳生姿，关键时抵抗疾风。

在《十八岁给我一个姑娘》里，秋水和朱裳是同桌，天气好的时候，风吹她的发梢，时常会触及秋水的面庞，就好像“春天，东三环上夹道的垂柳和骑在车上的我”。语言并没有多么华丽，但是依然能够引起读者的共鸣，让读者的脑海中浮现一幅春风和煦的画面。秋水同张国栋谈起朱裳时，他望着张国栋嘴里盘旋而起的缕缕青烟，看到了划过夜空的流星，“坠落到无名的黑暗中，仿佛开败了的花朵断离枝条，坠入池塘”。千年前坠楼的绿珠同千年后“我”酝酿良久却仿佛不得不割舍的某种心情都是一样的美丽与凄凉，画面感和意境都在其笔下轻易地勾勒出来。冯唐的文字很美，他能够准确地表达出你想说的意思，但是你又难以精准地指出他究竟美在哪个点上，真可谓是“只可意会不可言传”。

早在其十七岁所写的小说《欢喜》里面，冯唐就初露锋芒，展现出了颇具体量的个人文学风格。这本书像冯唐的风格又不像，读了他后期作品之后，反过来再读这一本十七岁少年的“著作”，竟有些不一样的味道。其中有一段对于女性头发的描写极佳，从嗅觉到视觉多方位进行描绘，彼时已经可见《万物生长》的影子。之所以不具体地说是对前桌徐盼头发的描写，冯唐说这并不关乎具体的人，而是长久以来对头发的情绪。不论是谁的头发，都只是这整个意象中具体化体现的个体而已，都只是一个引子。发梢渡过幽微断续的奇香，薄薄淡淡，却让“我”仍感到身子被浮了起来，吸不进空气的窒息感，又让“我”沉了下去。在阳光中“漂洗”的头发，在“我”的眼中又变成了墨绿色，“是夏天禾苗疯长时的那种绿色，仿佛能挤出水、透出油来，仿佛是透明的，清得眼波能直渗到底”。只是用指尖轻轻地触碰了这发梢，恍惚间天地就发生了巨变，姹紫嫣红，万物生长。

若是用季节形容冯唐的小说，“春”最恰当不过。小说的文字野性而富有生命力，就像被秋水眼光灌溉的初恋，生机勃勃。就连冯唐最出名的诗句“春水初生，春林初盛，春风十里，不如你”也绕不过春天这个话题。不像朱自清那样用细腻的笔触描写出初春时种种“春来了”的迹象，冯唐选择将春比作“一坛很醇很醇的酒”，“寒残冬阑的时候，酒气透过遮掩不住的地方，就是眼睛”。气息是世间最为玄妙的东西，看不见抓不着，却依旧能够动人心弦。将这春的气息比作酒气，如同桃花蜜香蕴于空气中，似有似无，依然挠得人心痒痒。

冯唐经常会用自己的话语颠覆读者之前对事物的固有印象，或者说他经常会从崭新的角度解读某些事物或现象。就说在《欢喜》里对“时间”的看法，每个人都明白“岁不我与”的道理，每个人都知道珍惜时间，抓紧时间，甚至小学的课本上还有与时间赛跑有关的文章，“但是他们不明白，时间是永恒的，无始无终，逝去的只是他们自己”。而这见解是出自一个仅仅十七岁的少年。

十七岁的秋水已经开始有自己的小天地。他的房间就是他主宰的天地，他可以改变那里的一切，将属于自己的灵气弥漫在这个空间里，从而与外界隔离，“享受到一种绝对的孤独，或者一种残酷的自由，总能体会到在别处从没有体会到的东西：实在，或者说，‘我’”。不管这领悟是秋水的，还是冯唐的，都难能可贵，十七岁就能领悟到“独处”的重要性，并且能够找到适合自己的独处方式。在孤独中寻找自我存在的意义，把内容有意无意间上升到了思想哲学领域的高度上。每一个人上学时候总是会被老师说是他带过最差的一届，过去的学生如何之好，其实老师对每一届学生都是同一种说法。“中国的读书人总认为，只有过去才是好的，说圣君必称尧舜禹汤，说盛世必称上古三代，好在死人不会从坟墓里爬出来争辩，只得任他们糟蹋。”而这现如今的万事万物，在千百年之后也终会成为读书人口中的“过去”，那么是否也就可理解为现在就是最好的？人总是要有个心中安慰，但若是只剩下了回忆，也甚是凄凉。

冯唐的文字“意象一流”，能够细腻地写出常人难以表达出来的感触。《北京，北京》结尾处，秋水同一群人饮酒，喝到最后神志不清，打电话却也不知道应该打给谁，无人可接，四顾茫然。作者将秋水那种无助、悔恨的情绪描写得十分到位，就算平日里没什么表现，喝酒后依然会透露出秋水内心最深处的迷茫情绪。

四、小说碎片化，缺乏完整性

小说是以刻画人物形象为中心，通过故事情节、环境描写反映社会生活和特定的情感世界。从这个定义出发，冯唐的小说甚至难以称得上真正意义上的小说。冯唐小说的主要特点是语言文字抽象化与情节碎片化，小说整体缺乏故事的完整性。

这种碎片化除了带给读者些许的不适感之外，还会成为影视化的阻碍。适合影视化改编的小说大多具有完整的故事结构，戏剧性强，以叙事为主，并非冯唐这种过度抽象化、碎片化，甚至谈不上故事完整的小说。但是迄今为止，冯唐的小说已有两部进行了影视化，首先是《万物生长》，然后是《北京，北京》。但是这些影视化作品最后呈现出来的效果，都与小说有很大的出入。抹去了抽象化与碎片化的痕迹，将碎片拼凑成整体，改编就有了完整的故事结构。但就冯唐小说文本本身来说，抽象化和碎片化并不适合直接影视化。

黄集伟在给冯唐随笔集写的序中，用冯唐夸亨利·米勒的话语来夸奖其随笔，而实际上，有些话语用来评价冯唐的小说文字同样合适：“没有开始，没有结束，没有主题，没有悬念，有的是浓得化不开的思想和长满翅膀和手臂的想象。”他的文字可以从任何一页开始阅读，从任何一行开始铭记，只要打开就会发现一座秘密花园。这也从侧面体现了冯唐的小说具有抽象化和碎片化的特征，与亨利·米勒的文字风格具有高度的相似性。

对于西方 20 世纪的传统文学而言，亨利·米勒是一位反叛色彩极其浓厚、具有较强争议的作家，他的作品中充满了大量关于性和色情的描写，对传统的小说创作造成了强烈的冲击与震撼，以至于他的作品一度被禁止发行。之所以说他具有较强的争议，不仅仅是因为这个原因，更是因为他的小说充满了超现实主义意象，小说语言呈现出抽象化与碎片化，缺乏故事的完整性。

冯唐创作受到亨利·米勒很深的影响，小说中可以看到很多亨利·米勒的影子。之所以说冯唐的小说呈现碎片化的特点，主要体现在作品中所发生的每一个故事都没有必然关系，感觉作者是想到什么就写什么，而没有像传统小说一样每个情节都是围绕着某一确定的主题。与此同时，在写故事情节的时候，可能就突然开始联想到很多看似没有密切联系的事物，对自己的想法进行哲理性的阐释，对一些哲学性的问题进行探讨，甚至上升到玄学的高度。就好像前面提到的，张国栋同秋水谈起朱裳时，看着从张国栋口中盘旋而起的袅袅青烟是如何联想到滑落的流星，又是怎样能将千年前坠楼的绿珠同自己千年后不得不割舍的心情联想到一起的。当秋水在属于自己的小天地里的时候，又是如何会想到一个人的天地元气(即灵气)，会因为他人的存在而浑浊，因空间的扩张而稀释。这些都体现了冯唐小说情节碎片化、语言抽象化的特征。

在《万物生长》的后记中，冯唐也说因笔力有限的缘故，将小说写成了一个成长的截断面，甚至写成了一种混沌的状态。这种状态势必会导致情节碎片化，故事发展模糊化，缺乏故事的完整性。用王勇庆点评米勒的话来评价冯唐的小说就是，作品中虽然呈现出明显的碎片化特征，但他的叙事却始终有着特定的“目的”，这些碎片化的情节构成一个螺旋式的整体小说结构。“各种片段融为一体，从多种角度剖析生命中特定的‘点’，反复探寻特定事件的含义，从而解读自我不断演变的历史。”除了受到米勒的影响之外，小说故事的不完整性与冯唐前文所提到的还原生活的创作态度有关。在真实生活中许多故事本就不完整，多是有头无尾之事，而他在写作的时候选择保留生活中的遗憾，使得小说更加真实，更能引起读者的共鸣。

总的来说，冯唐擅长杂文式的文字，他的小说中掺杂了许多抒情性的文字，形成了抒情与叙事参半的文字风格，使得小说呈现出一种抽象化、碎片化的特征，进而使得小说阅读产生了轻微的断裂层，缺乏故事完整性。但是不可否认的是，他有着深厚的文学功底，文字有趣且文学气息浓厚。冯唐作品的争议性，或许对于小说的创作来说有着推动作用，毕竟事物总是在矛盾、争议与冲突中螺旋式上升的。

第四节　《女神一号》的探险和超越

从《欢喜》到“北京三部曲”再到《女神一号》①，每一部小说里都有着冯唐的影子，如同把冯唐不同年龄段的故事写成书。读者始读《女神一号》，会有点好奇，大概是因为看了四本冯唐的小说之后，主角终于不是秋水了，还有点小欣喜，期待着文本发生翻天覆地的改变，但事实告诉读者，冯唐还是冯唐，故事主角田小明的身上依然有秋水的影子。《女神一号》可以说是《素女经》的删减环保版，因为冯唐的《素女经》在大陆没有出版发行的缘故，我也无从对比。如果要总结冯唐文字的气质，很多人用“流氓”二字，如果把小说文本形容成一个人，大概就是一个不羁、有才气甚至带着点自负的小痞子。小说的男主人公也多有桃花运，简单概括就是：智商高、才气足、惹人爱。

冯唐文字具有“流氓”气质，很大程度上是因为作品中对于性有过于直接粗暴的描写，不仅是小说，其诗歌也充分体现了这一点，除了“春风十里不如你”这样的柔情诗句，更多的是让人捂脸羞看的句子。如果没有新的突破，相似的文字风格，很容易让读者产生视觉疲倦和排斥心理，从而怀疑作者是否江郎才尽。除了他文字的“流氓”气质，关于冯唐的这部小说，我们还可以谈论些什么？或许可以尝试性地去探讨他文字背后深层次的思想。如果说冯唐早期的作品在文字背后深刻的精神含义是作者无意识的带入，或者是读者对于作品的解读，那么到后来，则是作者有意识地对人性进行探讨，引导读者更深地理解人们行为的背后驱动力。

有人对于冯唐的作品产生了是否存在“风格绑架”这样的疑问。当一个作品打响了作家的知名度之后，作家的风格就很有可能从此被定型、固化，转型困难就成了要面对的问题，但也有作家会为了风格而刻意风格化。总的来说，《女神一号》算得上是合格的冯唐作品。冯唐作品存在“风格绑架”这种现象的观点并不是那么严谨，除了继承冯唐一如既往的文字风格之外，作品也有不少更深一步关于精神层面上的探讨。谈及精神层面的探讨，从冯唐十七岁的首部小说作品就已经初见端倪，只不过隐藏得更深，表达得更为隐晦。

---

① 冯唐：《女神一号》，浙江文艺出版社2016年版。

相比较前几部作品，冯唐的文字开始更加的成熟，一步步地在收敛，风格更加的内敛化，不似最初写作时那样文字张扬。华丽的句子也逐步减少，更多集中于文字背后的精神探讨，这可能就是部分读者一部部作品看下来，内心反而越看越沉重、越压抑的原因。冯唐的文字一部比一部更为成熟，也恰恰是因为此，他能够对文字运用自如，将自己的观点更好地融合于文章中。当我们看到《女神一号》中关于性的描写时，更多的是透过这些文字看到了背后所映射出来的人性中的贪欲。白白露很美好，万美玉也不例外，所以田小明才会愿意抛弃白白露，而和万美玉在一起。但这并不是说田小明就有多爱万美玉，当比万美玉更美的尤物出现在田小明的面前时，被抛弃的就会是万美玉。男主人公对俩人谈不上多深的情感，就好像当田小明和万美玉在项目结束后未曾见面的两个月里，每天都在思索着如何找一个好借口打通她的电话。但是当后来两人确定了彼此心意后，万美玉对田小明倾吐真情时，田小明却酣然入睡，充满讽刺意味。不只是田小明，小说中的任何一个人都有贪念，都有私心，就连一个配角也都渴望占有或者拥有美好的事物。就好比白露露和万美玉其实都是一类型的人，田小明也清楚地意识到，两者并没有本质上的不同。两人对他都有着强烈的占有欲，有一种贪念，企图完全掌控他的生活。但正是这种过度的占有欲，反倒适得其反，田小明企图逃脱她们的束缚，于是才会从二十层楼纵身一跃。

在书的后序中，冯唐坦言，本想把书写得轻松一些，但是没得逞。这倒也是，当决定在更深的层面上探讨人性的时候，就决定了不可能过于轻松地理解和阅读这本书。人性本就复杂，更何况冯唐还寄希望于这本书能够对问题进行诊断和解决。当冯唐将人性中的贪欲通过婚外情这种方式展现出来，其实是希望事情有转机的。田小明的生活称得上完美，有钱有才，迎娶白富美。但是当他面对诱惑的时候，依然会控制不住自己，人性的弱点暴露无遗。这与名利无关，与其本身的才情也无关，只要你是人，就逃不过这贪念。

冯唐的小说从不期待结局，可能他的小说就没有结局。他不会像我们所熟悉的一些小说一样，有一个圆满式或者悲剧式的结局。它就像一群人在生活中慢慢有交集，彼此之间产生故事，然后又分离，又回到各自原本的生活轨道上。看似什么都没发生，其实却又什么都发生了。不知是作者故弄玄虚，还是境界的突然拔高，看到《女神一号》的最后，有点看不懂结局。在他人眼中，田小明成了一个自杀未遂的精神病患者，是一个在西藏被当地人奉成神灵的假活佛。但是作者想要表达的又绝对不仅仅是这个意思。最后的结局有两个，一个是田小明在公寓内去世，留下“女神一号”的商业计划书，还有一个是田小明回到了公司。无论是哪一个结局，男主人公最终都走向了偏向佛教化的结果，给人一种他已经寻得真我、顿悟人生、羽化成仙的感觉。

冯唐企图探索更深精神层面，融合探讨人性的结果并不成功。他想拔高，却找不到简洁的表达方式。想表达的太多，造成了思维上的混乱，使得话语过于模糊，难以把握作者想要传达的准确意义。但是他对于人类欲望的创新性探索有很大的进步。冯唐本人在书中说，无数人写了无数小说，有无数种婚变或是爱情，“但是似乎这些表面之上和之下，还有更为深层的人性没被挖掘出来”。冯唐所做的，就是这样一种企图挖掘人性的尝试。所以不仅仅是较他的作品，较他人的作品而言，这也具有可贵性的。

除了对结局存有疑惑之外，更好奇的是小说中加入的@代表的具体含义是什么？又应当如何看待书中的《论一切》？从书中第二节对于@的描写来看，@扮演的应当是一个创世者的身份，在他的世界里没有时间概念，人类只是@创造出来的类似自己却与自己有着本质不同的事物。那么，是不是可以理解为第二个结局中@对田小明说的“你领会和掌握了不该你掌握的东西，所以你来到了这里”，是将田小明已经划分到同自己本质相同的一类存在？其实早在田小明跳楼醒来之后，他就发生了变化。在关于@的章节中就有提及，时间概念对于@而言是不存在的。田小明的时间感和空间感也都彻底改变了，失去了时间观念和空间观念。同时他“变得像小朋友一样”，看到这里的时候很自然地会联想到李贽的“童心说”，李贽将童心等同于真心，指内心最初的心理状态，也就是和小朋友一样内心最初未受污染的心理状态。这里可以将田小明的状态，看成在经历了灵肉分离的状态，再次相互组合之后回归最初的天然。然而，就算田小明顿悟了，后来还被西藏的信徒们奉为活佛转世，当他再次和万美玉在一起时，内心依然会难以经受诱惑。四大皆空也罢，领悟人生也好，依然逃不过印在身体上人性的烙印。

田小明的不同寻常从小说一开始就体现出来了。他幻想着以后组织一个学者团队，编写一部站在全人类高度上，类似《乌托邦2.0》的《论一切》。书中涵盖万物，关心宇宙万物的一切问题，特别是起源的问题。他企图告诉人们，足够理性的话，就能够摆脱人性的桎梏，从而构建理想国度。当他有这样的念头的时候，就说明至少在他心目中，自我已有高于常人对于人性的理解，或者说他可以做到足够理性。但是当他遇到万美玉的时候依然会失去原来所拥有的理性，变得和任何陷入爱情中的常人无二。《论一切》在小说中的存在类似于《圣经》，田小明将自己想到的任何有趣或者说有价值意义的存在放进书中，作为日后具体编纂的内容。

冯唐小说充斥着浓郁的讽刺意味从田小明跳楼之后抢救途中周围人的对话中就可窥见一斑。医护人员在人们心中本是救死扶伤的天使化身，但是面对从二十层高楼跳了下来的他，却是嫌他给他们“添了这么多麻烦”，没有死亡也被说成了“人品不好，老天不要他”。鲁迅的《药》中也有着相似的一群看客，将事不关己的灯笼高高挂起。面对他人的生老病死，冷眼相待，甚至冷嘲热讽。而当田小明作为精神病患者被关在医院的时候，医生也曾明确对他说，虽然田小明能够非常有条理地同医生们论证，并且能够阐述相当复杂的很多问题，但也恰恰因为他思考了许多正常人压根儿不会去想的事情，提出了很多正常人压根儿不会去问的问题，反而使得其更加难以证明自己是一个精神正常的普通人。疯子与天才往往只有一线之差。小说中的韩国人 Kim 也是一个有趣的存在，他一直在给田小明灌输一种所谓现世享乐的观点，他就像是一个与田小明完全对立的思想存在，但事实上他与田小明又有着相似的地方，就是对于人性都有着深于常人的探索与认知。

冯唐的文字有很强的个人特色。人们很容易把他与王朔、王小波等作家归为一类，就算是冯唐本人也在随笔集《猪和蝴蝶》[①]中提及首次阅读王小波的文字，是因为一个文学品位不俗的师姐说他俩的文字风格相似。第一次看完《万物生长》的时候，恍然间有种回到了自己当初刚看完《动物凶猛》的错觉，不同的是，《动物凶猛》遇上了一个好导演，又正值好时候，找了一群好演员，拍成了一部好电影，而《万物生长》则不然。

相比较其他两人而言，冯唐的语言更加碎片化、抽象化。他的文字有反“圣人化”倾向，这不是说他小说里的人物都有性格缺陷。很多作家塑造的人物都不完美，有缺陷，而冯唐在塑造他们的时候运用的语言和语言中所暗藏的神情，不似现在的很多作家，就像精心打磨过的美玉，没有任何可以挑剔的瑕疵，如同圣人永远不会被人说错。而冯唐的文字就像肆意生长的原野，目光所及之处，皆是被雨水浇灌的生命，有着未经雕琢的自然感染力。冯唐曾评论王小波“文字寒碜”，伟大的汉语完全可以更加有质感，更加的丰腴灵动。就冯唐文字的本身而言，其实并没有让人感到惊为天人，但是文字所表达传递出来的作者个性让人不由地暗暗称赞。就算这部《女神一号》中文字的华丽程度有所收敛，却依然有着藏不住的原始生命力。所谓“原始”并不代表粗糙，而是一种对于生命本能的吸引力和感召力。

冯唐本科学医，后外出留学，从事工商管理相关工作。也正因如此，冯唐

---

① 冯唐：《猪和蝴蝶》，作家出版社 2005 年版。

在自己的小说中充分表现了自己的人生经历。小说的人物不管是男是女，大都是理工科，可以说冯唐的小说就是一群理科生的文字盛宴。像冯唐一样的70后作家群体，很多都是海归人士，有着丰富的海外阅历，在深厚的中华传统经典文化的基础之上吸收了很多西方的思想。不同的是，这个作家群体更多的是企图将中西文化更好地融合在一起，将自己所吸纳的西方思想用传统文字的方式表现出来。因此，与前辈们浓厚的乡土气息不同，他们也不像后一批作家充斥着完全的割裂气息。

在小说的最后，冯唐坦言，在确定章节数目和名称的时候想到高罗佩的《秘戏图考》，所以也进行了参考。并且书中穿插了一点形而上的描述，涉及外太空的空间。这大概也算得上是作者理工科思维方式的一种体现。这点倒是与以科幻小说闻名的刘慈欣有点相似——同样是理工科出身，作品多是科幻小说。但是比起刘慈欣的作品，冯唐的这部尝试性的科幻小说——《女神一号》并不能算得上真正意义上的科幻小说，而是充斥着更多的江湖气息和神秘性。对于冯唐，他希望自己的每一部作品都有个性和特色，每一次延续性的书写都是对人性更深一步的探索，都是对于自身内心更高层次的探险和超越。

第五节 徐则臣小说的寓言化书写

寓言是一种古老的文学形式。在对徐则臣小说的寓言化书写进行分析之前，有必要先对寓言和寓言化作一定的解释。传统意义上的寓言用假托的故事或者自然物的拟人手法，来说明某个道理或教训的文学作品，常带有讽刺和劝诫的作用。寓言在中外文学史上都有很早的渊源，我国古典文学中，“寓言”一词最早见于《庄子》：“寓言十九，藉外论之。”“寓”是有所寄托，“言”指文学语言，由此可见，较之于其他直接性的文学形式，寓言的特点在于具有丰富的象外之旨、言外之意。在西方，也把具有讽喻意味的故事称为寓言，早期有《伊索寓言》这样脍炙人口的作品。尽管中西方在不同时期对寓言的解释略有出入，但可以肯定的是，寓言具有一种鲜明的象征性和隐喻性，在文本符号之外总存着一层或多层含义。

在现代寓言的认知过程中，本雅明提出：“寓言是我们这个时代最有意义的思想形式。”从这个角度上说，寓言已经脱离了“具有讽刺意义的小故事”的传统定义，而成为一种艺术表达的范畴，通过这样一种思考方式去认识世界，以带有普遍性的叙事形式反映社会历史的真实，引起人们关于人性、生存等话题的深度思考。这种寓言化的表达方式和文本结构，我们称之为寓言化书写。

杰姆逊曾提出，第三世界的文本都带有寓言性，应该把这些文本当成民族寓言来读。我们可以从这个角度去解读徐则臣作品对民族和个人普遍存在的生存状况和人性本质的反映。20 世纪 70 年代末出生的作家徐则臣曾活跃于左岸文化网站，自开始创作以来，每年都有几部好作品问世，广受好评和关注，近年来多次斩获大奖，颇有锐不可当之势。徐则臣小说作品数量较多，题材广泛，长中短篇均有涉猎，文学批评界将他的作品划分为故乡、京漂、谜团三个系列，与之对应，本节主要从精神寓言、生存寓言、人性寓言等三个层面来解读他小说的寓言化叙事景观，并从叙事形式和意义两方面加以拓展，探讨其作品寓言化的文学价值。

一、寓言化的叙事景观

根据作品的主题对徐则臣的小说进行分类，评论界已形成了比较普遍的观点:故乡、京漂、谜团三个系列。故乡系列围绕一个叫“花街”的地方展开，这里论者将其看作是作家塑造的一个精神原乡，重点体悟文本中传达的关于心灵回归的旨趣。京漂系列被认为代表着其最高的创作成就，生动地书写了一代人在现代化进程中的生存状态。而谜团系列，在题材上对花街和北京系列的故事均有涉及，本节拟将重点关注其中对人性的追问和探寻。将几者割裂开来进行界定和解读是相对片面的，这里为了叙述方便，将其作品归纳为精神寓言、生存寓言和人性寓言三个叙事景观，从整体上把握徐则臣小说寓言化书写的深刻意义。

首先是精神寓言。精神寓言主要指的是呼唤失落的精神方向，实现心灵上的回归。徐则臣的小说中，有相当一部分是围绕一个叫花街的地方展开的，比如《花街》《石码头》《最后一个猎人》等。关于花街，我们认为它是徐则臣虚拟的一个文学意象，或者是作家故土的文学化身，如同边城之于沈从文，高密之于莫言，是作家酝酿情绪、获得题材的摇篮。其是否真实存在并不是重点，关键是透过故乡系列，我们可以触摸到作家是如何介入乡土题材写作，又怎样在对自然景观和民俗文化的描写中展开花街人的故事，书写一代人的心灵回归。

作家笔下的故乡首先是精神意义上的故土。花街坐落在古老的运河边，花街人世世代代在这里繁衍，积淀了厚重的历史感。花街有袅袅的炊烟气，有相似秦淮两岸的脂粉气，飘香的槐花，过往的船只，打猎或网鱼，姑娘和汉子，老人与小孩，营造了一个令人魂牵梦萦的世外桃源。在这里，人们摆脱了人际纷争和世俗功利，获得了心灵的安宁。我们可以认为，花街是徐则臣在现代化进程日益加快、现代人沉迷俗务丧失自我的社会环境下塑造的一片精神净土。

另一方面，故乡作为人物生长的地方，是出走的起点，也必将是回归的终点。徐则臣的小说中，塑造了很多为了摆脱花街的环境而离开的人物，或者觉得受制于这方天地的狭小，或者因为发生了什么事受到了内心的煎熬，但无论如何，要获得安息，最后必定要回到这里。《耶路撒冷》里的初平阳、易长安、秦福小、杨杰等人，或外出求学，或谋生，或逃离远走天涯，他们的出走有着共同的不敢说的伤疤，即景天赐的死，每个人都觉得自己应该为天赐的死负责，只有出走才能躲开灵魂的责问。在漂泊中他们成长，体悟生活，却没有解除不安，最后他们回到花街，勇敢地正视自己的过错并为之赎罪，得到灵魂的安息。从这个意义上讲，“故乡”是能够洗去原罪、回归本真、实现安宁内心的地方。

徐则臣的精神寓言，就是借花街这样一个文学意象，塑造一个不受世俗污染、能够涤荡心灵获得平和的精神原乡。

其次是生存寓言。徐则臣小说中另一部分颇受瞩目的作品即京漂系列，如《跑步穿过中关村》《啊，北京》《天上人间》等小说，塑造了许多外地进京打拼的底层人物形象，细腻地书写了他们的生存状态。在这部分作品中，作家描写了这部分人的理想主义和精神抗争，展现了人与城市复杂的关系。一方面，人努力地想融入城市，却总感到无法打破的隔离感，往往一张居住证明或者身份证明就轻易地打碎他们的理想和热情；而另一方面，城市需要人的建设，包罗万象的城市面容使得它敞开胸怀欢迎人们的涌入，这种暧昧的关系就在这些“京漂”们身上显现出来。

对于京漂这个群体，作家注入的情感也是复杂的。一方面，他着力表现他们的朴素和真诚，他们怀着真挚的理想，企图扎根北京，融入城市，不管做什么工作，贴上何种身份标签，都永远保有天真的热情。另一方面，作家又放大了人与城市的格格不入，他们没有北京户口，没有正式工作，游走在社会边缘，甚至做着一些贩卖盗版光碟、做假证之类违法乱纪的事。但他们又决不放弃，北京对于他们来说，意味着开阔的眼界、实现的可能，在这里梦才有可能实现。《啊，北京》里的边红旗，是一个由外地教师身份转化的京漂，他带着理想和热情来到北京，对这座城市一见钟情，却又一步步被现实击败。因为没有暂住证，他不得不自降身份，去骑三轮，后来车被扣押，不得已干起卖假证的勾当。类似骆驼祥子的遭遇，却因为其知识分子的身份标签，起落对比更加鲜明，生活的残忍不忍卒读。徐则臣的京漂系列之所以受到广泛赞誉，就在于其真实性、普遍性，他深刻地反映了当下许许多多人真实的生存状态，展现了底层人令人动容的理想主义和决不放弃的生命韧性，不屈的抗争精神熠熠生辉。

再次是人性寓言。对“谜”系列的界定，其实是比较模糊的，因为在题材上，这部分作品对花街故事和京漂故事都有所涉及，这里把重心放在故事主题的表现上。纵观《苍声》《鬼火》《人间烟火》等作品，共同的特点是带着神秘主义的气息，并充满形而上的思索。为了使意蕴更生动蕴藉，徐则臣设置了诡异的意象、曲折的情节，并触及了一些传统的神秘文化，给小说蒙上了一层神秘色彩，但目的并不在于展示一种神秘文化，或者带给读者刺激的心理体验，而在于透过这些描写带给读者形而上的启发：《耶路撒冷》里母亲给被雷吓坏的铜钱招魂，福小领养的孩子天送和天赐相似得如同转世，这反映了现代化进程中心灵自我迷失的焦灼；《鬼火》里真正令人觉得战栗的不是跳跃在坟场如鬼火一般的火球，而是少年在成长中接触恶、看透恶、突破恶的凌厉过程；《大雷雨》中冯半夜杀人后突然全身发痒，《人间烟火》中冼何掘了郑启良的坟在划船归来的过程中遭遇鬼打墙，等等。作家是借突破寻常的情节和意象引发读者关于人性形而上的思考。

值得一提的是，徐则臣在多部小说中都以性为切入点，并有很多涉及第三者、强奸的情节。《我们的老海》《养蜂场旅馆》里和情人的幽会，《午夜之门》里满桌对继女花椒的侵犯、沉禾和三太太的私情，等等，作家通过对人的本能欲望的描写，启发读者对人性中关于欲望、自制、伦理等的思考。

二、寓言化叙事形式

要从简要的语言中传达出丰富的意蕴，寓言化叙事往往需要借助寓言化的材料、寓言化的叙事结构和寓言化的语言表达，来使其形而上的哲学意蕴更加丰满。这里，笔者想从意象和情节的设置以及独特的叙事视角三个方面进行阐述。

首先，内蕴丰富的意象。寓言化书写强调象外之意，因而在意象的设定上往往使用象征的艺术手法，唤醒读者充分的想象意识，这里笔者从空间意象和人物意象出发分析徐则臣作品中的寓言化书写。

在前文也提到过，徐则臣的作品中有两个突出的空间意象，或者说文化地标，即花街和北京。花街是作家描绘的故乡，运河旁的一条街上，林家裁缝店、蓝麻子豆腐店、老歪的杂货铺、寿衣店、小酒馆、服装店等店铺鳞次栉比，麻雀虽小五脏俱全，哺育了敦厚善良的花街人世世代代繁衍不息。花街地理位置、作息方式、人际交往等的设置，都是经过仔细考量的，是作家在物欲横流的现代化生活中替走失自我的人开辟的精神原乡，花街用古老而沉稳的生活节奏屏蔽了世俗的纷扰，人们在这里得到内心的安宁平和。原乡之意还在于原罪可以在这里得到救赎，生命在灵魂之乡可以回归到最本真的状态，只有在这里，才能放下心灵背负的债务，对成长过程中积累的错误和情绪做出正视和开解。北京是京漂故事的发生地，作为政治、经济、文化中心，北京已经抽象化为人们心中一个关于追梦的空间符号，北京象征着大都市，都市意味着精彩的物质生活，意味着新鲜的事物和开阔的眼界，意味着梦想和可能，当然，也意味着竞争和排斥，意味着漂泊和孤独，意味着失落和窘迫。当这极端的两种元素交融时，北京这个文化地标的意义也变得丰富起来，理所应当地承担起连接人与城市的作用，透过这个空间的故事，带领读者感受底层人的理想主义和精神抗争。徐则臣的小说，书写了一代人的出走与回归，花街是出走的起点和回归的终点，北京是出走的中转站，一代人的心灵史，就在这两个空间意象里发生的故事中构建起来。

人物形象的塑造也值得探究。为了完成“书写一代人的心灵史”的创作愿景，作家必须具有开阔的眼界，这要求徐则臣将文学视野投放到整个社会，展现出完整的社会生活画面，由此反映的内容才具有普遍意义和概括性。体现在人物形象的塑造上，就要求“面面俱到”，即各个阶层、各种身份的人物都应该参与其中，因而在徐则臣的小说中，我们可以看到知识分子如作家、教师、大学生一类的形象，也有政商大腕的影子、底层打拼的民工，或者留守家乡的小商贩，甚至能发现不少无赖妓女的形象，在各行各业的人身上慢慢浮现，直至汇聚成完整的一代人的生存写意。但是另一方面，从寓言化书写言此意彼的特点讲，又要求作家必须推出一类有代表性或有象征性的形象，因而寓言化的人物大多具有个性和类型相结合的特点，在刻画时着重突出其性格特征、生理特征或身份特征，以点带面进而完成形而上的思索，而非面面俱到。这里以文本中知识分子一类形象为例进行分析。

徐则臣在小说里塑造了一批知识分子形象，他们的职业包括作家、教授或教师、学者等，这类人物一方面体现了作者对身份的心理认同。写同行的优势在于对人物的日常生活和心理活动的刻画，能比较容易地把握到本质和真实。另一方面，仅停留在浅层次的描写是没有意义和深度的。好作品最根本的目的是触及精神层面的思索，这就需要一个合适的代言人替作者发声。一些“文绉绉”的有深意的话通过知识分子传出来，显得自然且有说服力。《耶路撒冷》里作家初平阳就是个很典型的人物，作者让人耳目一新的双重结构，即奇数章叙事，偶数章写文化专栏，其中的专栏就是专门为初平阳设计的，借这位知识分子之口，写70后一代人“到世界去”“回忆与乡愁”等有深意的文章，文本中还有很多意味深长的话，比如初平阳对舒袖说“我们都缺少对某种看不见的、空虚的、虚无之物的想象和坚持，所以我们都停下了。我们还缺少对现有生活坚定的持守和深入，既不能很好地务虚，也不能很好地务实”，这种发人深省的话，由一个小商贩或者普通职员说出来就显突兀，而由带着作家标签的初平阳说出来，就比较自然而令人有醍醐灌顶之感。除此之外，知识分子带有一种与生俱来的清高气质，当生活的琐碎、欲望的困扰等矛盾集中到身上时，其更加鲜明地对比，总能达到更佳的文学效果。比如《耶路撒冷》里的初平阳，《我们的老海》里的“我”，都算得上有素养的文化人，却也做着有违道德的事，和有夫之妇纠缠不清；《啊，北京》里的边红旗，从体面的教师到为了生活干起了卖假证这样违法乱纪的勾当；《小城市》里老初是大学教授，却满口粗话浑话。正是这些看似和知识分子身份格格不入的事件言行，放大了理想与现实的差异性，真实的生活里人人都是有欲望有烦恼的，这正是徐则臣在作品里要向我们传达的。

其次，跌宕突变的情节。寓言要达到言此意彼、给人启迪的作用，就迫使其追求情节上的出人意料。故事不能完全地实写，而要足够曲折和突变，甚至添上神秘和浪漫色彩，超出现实的逻辑，当不能直观地触摸到实在本身，读者的关注点就会跳出现实生活的轨道，自然地转向背后的深层意义。

徐则臣的小说很注意这样的情节处理，其发展变化总让人意外，直到读完才对整个故事的前因后果恍然大悟，进而在意犹未尽的回味中品读出故事背后的深刻内涵。《古斯特城堡》一开始就渲染出神秘诡异的氛围，老城堡一到晚上灯光就无缘由地明明灭灭，周围的人都说里面闹鬼，“我”虽不信，一直很好奇但也没找到真正的原因，直到有一天小狗闯进了封起来的房间，“我”不得已进去查看，才发现原来是老鼠在作怪，这个世界上本没有那些鬼神，反倒是人们的传言和心理作用更可怕。《这些年我一直在路上》里，“我”因为喜欢待在家和喜欢到处游玩的前妻产生分歧离婚，反而爱上了在路上的感觉，在火车上因为几粒感冒药偶然认识一个去邻近城市探监自己的替罪羊丈夫的女人，萍水相逢却一直保持着断断续续的联系。女人对我的主动联系表示反感，再一次执意见面时，“我”惊讶地发现他们夫妻二人甜蜜的感情已经沧海桑田了，丈夫冤狱结束后受到照顾得到工作升迁，性格也变了，开始享乐人生拈花惹草。不禁让读者感叹世事无常，生活的遭遇给人带来的变化是难以预料的，而人性里的善与真又是否能在混沌的社会环境里得到保护和坚持呢。故事到这里还没有结束，文末“我”和女人来到旅馆，女人准备向男人展示自己的新内衣，一直主动联系女人的“我”却制止了她，“我来是顺道看看你”。这样的剧情反转，让读者在对被欲望修改的人性失望时，似乎又感觉到一点原则的坚持。另一篇比较有代表意义的小说《露天电影》里，秦山原在去海陵的路上意外经过自己十五年前做电影放映员的村庄扎下，于是逗留探望。村里有一定岁数的大人老人都对他表示了极度的欢迎、怀念和赞誉，相比起来，秦山原倒显得有些贵人多忘事。秦山原被自称他学生的孙伯让热情地劝酒并邀请到家里留宿，还模拟在白墙上放起了露天电影。这时本是温情的追忆，画面一转，孙伯让突然翻脸，毫不留情地将秦山原绑了起来。原来当年秦山原在放电影时勾搭过很多村里的女人，孙伯让的老婆也是其中一个并因此离开了他。秦山原表示自己已经完全记不得这回事了，女人的深情、丈夫的憋屈、秦山原的薄情寡义形成鲜明的对比，一个儒雅的翩翩君子形象瞬间变成一个枉顾道德的衣冠禽兽，让读者唏嘘不已。正是在这种情节的突变中，引起读者的情绪变化，思绪运转，进而透过作家描述的事实本身观照到背后的深层含义，得到关于人性或生活形而上的思考。

除了以上提到的篇目，徐则臣的其他很多作品里也出现了类似的情节设定。姊妹篇《忆秦娥》和《花街》由一场死亡牵扯出多年前的情感往事，《午夜之门》里沉禾出场时是一个老实善良的仓库看门员，慢慢地显露他阴沉的智慧，和三太太偷情、制造盗窃案逐步取得管家信任、赢取小姐芳心，最终目的竟然是夺取整个蓝家的财产。徐则臣利用这种突变叙事，打破了小说结构的平衡性，使情节略显夸张幽默，甚至带有一定的荒诞性，从而打开了无限的想象空间。

再次，独特的叙事视角。视角是“小说家为了展开叙述或者为了读者更好地审视小说的形象体系所选择的角度及由此形成的视域”，独特的视角有利于作者更好地审视世界。徐则臣的小说，多以第一人称进行故事的讲述，或是“我”的亲身经历，或是“我”的亲眼所见，第一人称的好处在于能让故事显得更加真实，所谓“眼见为实”，在叙述上也更加方便，对人物的心理描写更加自然细腻。从读者的角度看，第一人称也很好地拉近了读者与作者的距离，仿佛在面对面交谈，能更容易地身临其境。

另一个值得探究的是徐则臣小说里的儿童视角，尤其是在其故乡系列的作品中更为突出。在这类作品中，儿童是许多事件的见证者、参与者，某种程度上，我们可以把他们看作反映真实的镜子。另一方面，他们也是成人世界的延续者，一些成人的观念行为被观照到孩童身上，能让读者读出前因后果的意味，因为这些孩童长大后，就成了正在实施行为的大人。孩童视角有其特殊性和优势性。相较于成人，儿童的视野更加纯粹清澈。成人觉得习以为常见怪不怪的事情，对他们来说是陌生而新奇的，因而总带着一股对生活的好奇和探究心理，作者把这股新鲜劲儿通过儿童的口呈现出来，让读者对生活产生与众不同的体验。除此之外，孩童的纯真和成人的世俗形成对比，人性中最本真的善和充斥着欲望、嫉妒、自私等被社会大染缸污染过的恶相碰撞，让成年人汗颜，也引发读者更深的思考。

在履行“见证者”职能时，作家巧妙地借助了儿童的好奇心和活泼调皮的生理特征，通过爬上树梢、掀开门帘、趴在墙头、躲在芦苇丛这样的行为，不经意地撞破成年人意图隐瞒的行为，将真相猝不及防地暴露在阳光下。《午夜之门》里，木鱼因为喜欢待在槐树杈上乘凉小憩而不经意发现叔叔满桌对继女花椒的侵犯；《水边书》里陈小多一次不经意地张望发现了郑辛如靠皮肉生意过活的真相；《镜子与刀子》里穆鱼趴在天台上发现了九果父亲老罗恋上妓女丹凤的秘密；等等。这些情节都是孩子在不经意间发现大人讳莫如深的东西，与其说是窥视了大人的秘密，不如说通过这样的方式，打破了一种谎言和掩饰营造的生活假象，故乡的原生轮廓显现出来，生活真实的悲欢离合得到呈现。而这份“窥视”，并不会带上猥琐鄙夷的情绪，因为这是孩童不带恶意的对世界的观照。

在孩子承担“参与者”的职能时，又主要体现在两种题材上。一种是涉及“性”的话题，徐则臣的很多文本都涉及“性”，一方面，我们可以将其视作人的本能欲望，代表着人性中最原始的东西，由此出发，关乎伦理道德、忠诚背叛等多种人性因素。另一方面，在中国的传统文化中，关于“性”大人是习惯于对孩子遮遮掩掩的，小孩只隐隐感到这是羞于启齿的，当他们以一种畸形的状态参与其中时，给读者的冲击是远超过直接描写的。《苍声》里大米等人当着“我”的面在坟地对何校长的傻养女韭菜进行轮奸，“我”由此知道，人性之恶并不是只存在于成人世界，孩子的残忍同样令人胆寒，在对“恶”的认识中完成了凌厉的成长。同时，我们可以将大米的“恶”看作是他对父亲吴天野的继承，吴天野因为嫉妒何校长得到了比自己更多的声望和尊敬，利用权势诬陷他强奸了自己的养女，而真正罪行的实施则是由他的儿子来完成的。在儿童身上，体现了“原型”的意味，他们是成人罪恶的继承者，并将在未来成为这些成人中的一员，命运之轮就这样缓缓转动。

另一种题材是关于梦想的破灭。《伞兵与卖油郎》中，范小兵一直期待成为一个优秀的伞兵，却遭到带着“英雄”称号退伍、现在是卖油郎的父亲的坚决反对，但他仍偷偷地进行尝试，最终落下残疾，当伞兵的梦想破碎，最终成为一个卖油郎。范小兵不知道的是，父亲的反对中包含了因为在战争中失去男根而无力阻止妻子与别人私奔的苦痛。梦想的破碎隐含了现实生活的沉重和悲哀。

三、寓言化叙事的文学意义

创作是主观见之于客观的活动，不管是以城市还是乡村、人还是物、景还是情为书写对象，作家首要的原则是表现真实，其次是超越真实。作家通过其作品表达他对生活的认识和独特体验，还原生活的本真面目，但又不停留于真实，而需要透过事实本身完成对生活和人生的深度思考，达到对读者精神层面的引导。为了完成这一文学使命，寓言化书写因其言此意彼的特点和优势，成为作家的重要凭借。

小说隐含了一代人的心灵史。徐则臣是70后，这一代人的处境一直略显尴尬，他们没有经历上个十年革命激荡的风云，而在下个十年改革开放掀起对社会的强烈冲击时，正是孩童的他们也没能直接体验到，这种仿佛被历史镂空的成长体验，使他们对生活的感受显得飘忽而破碎，在写作上也就有了和60年代、80年代作家不同的风格。但是无论如何，每一代人都应有自己时代的代表人，发出属于自己年代的声音，对于浮动于不惑年龄，正属于社会中流砥柱的70后一代人，这样的要求显得尤为迫切。

为70后一代人立传，是时代对徐则臣的要求，也是他作为70后作家的自觉追求。身为70后的一员，对这一代的生存状态，徐则臣有着最直接和丰富的生命体验，如何在精神癫狂的余波里成长，他在《苍声》里给出了解读；如何外出求学谋生，在《我们在北京相遇》里做了描写；他们对世界的看法是怎样的，对生活的理解是怎样的，他们真实的生存状态是怎样的，这是徐则臣意欲表达的重心所在。在《啊，北京》《跑步穿过中关村》《天上人间》等所谓京漂系列中，作家给出了最真实生动的描写。70后一代，缺少对历史变迁激烈而直接的体验，但他们对生活的热爱对美好的向往不亚于其他任何一个年代的人。他们怀揣理想离开乡村或故土进入城市，也许饱经生活的折磨，忍受物质的窘困，遭受冷眼和无情，但决不放弃对理想的追求。之所以标榜徐则臣的小说书写了“一代人的心灵史”，是因为透过他的作品，我们看到了70后一代人真实的生存状态，他们对远方的向往，永远不灭的理想主义和抗争精神，在物质或许匮乏的状况中，显得格外珍贵。

作者对寓言化写作亦开展了自觉追求。受社会思潮和外国文学的影响，新时期的小说家们开始介入寓言化小说的创作，尤其20世纪80年代以来，更是掀起一股热潮。韩少功的《爸爸爸》，讲述了鸡头寨村民将傻子丙崽奉为神灵的滑稽故事，矛头直指落后糟粕的传统文化；莫言的《红高粱》，从“我”的视角讲述爷爷奶奶辈的故事，展现了土地给予农民的顽强旺盛的生命力；余华的《活着》引发人们对生存困境的思索。种种此类充满深意的寓言小说，体现了西方文艺理论和中国古典叙事的融合。文学发展到 90 年代中后期，寓言化书写受到了更加热烈的追捧。王学昕认为寓言化写作“使象征所包孕的寓言表达方式克服其主题的单一性和定向性而走向多义和深邃，使审美不是走向观念、理念的牢笼，而是以一种平实的民间叙述形态表达，对现实世界和人性的包容、体察、感悟，为人们提供一个进一步反观现实的艺术参照系”。由此可见新时期文学中寓言化写作的重要性，因而徐则臣作品的寓言化书写，是遵循了文学潮流的，而且也有他自己的独特性。

作家背景的考察对作品研究至关重要。徐则臣是学院派作家，受过正规教育，因而相对于半路出家的写手，他的作品更符合中国传统文学的厚重感和使命感。关注时代、社会的历史走向，全人类的生存状态是文人身份赋予他的使命，他总体的写作风格更加稳健宽厚，文化气息自然而然地融入了文本的字里行间。此外，作家的生活经历也对他的创作起着重要的作用。在去北京读书之前，徐则臣曾在一个小城做过两年的教师，这段日子成了他成长和写作的一个缓冲带，甚至以此为背景书写了很多小城运河边的故事。同理，他走出国门去进修，在国外的大学做驻校教授等经历，也或多或少地变成了笔下人物的生活场景。至于其日常所思所见，更是为他的创作提供了不少素材。这些经历，不仅是从写作材料上给予作家帮助，更潜移默化地影响和塑造了作家的写作观，“我以我手写我心”，写作是对真实生活进行艺术化的加工和反映，正是这些点点滴滴形成了徐则臣成熟的写作风格。

寓言化书写作为一种创作趋势，被越来越多的作家认可和借鉴。徐则臣作为 70 后作家的代表人物，其作品内容的丰富性和含义的深厚性都是可圈可点的。本节从寓言化书写的角度出发，分析了他作品里典型的寓言化叙事景观、寓言化书写形式和寓言化书写的意义。透过徐则臣的作品，我们看到了作家对生活独到而深刻的感悟，认识了一代人真实的生存状况，也在跌跌撞撞中摸索人生的意义。

第六节　《耶路撒冷》的叙事路径

作为小说界一颗冉冉升起的新星，徐则臣享受的荣光在 70 后同辈中鲜有人能够与之比肩。仅以其长篇小说代表作《耶路撒冷》为例，该书自 2014 年出版以来，就先后获得老舍文学奖、鲁迅文学奖等荣誉，被誉为“70 后一代人的心灵成长史”，引发了众多学者的关注讨论。近两年，对该小说的研究呈现出多角度、深层次的发展趋势，对小说的主题、人物形象、创作技巧、社会意义等方面提出了很多成熟的理论观点。本节拟对现有的对该小说的研究进行综述，为相关研究的进一步深入、扩展、完善提供参考，从中可以分析出徐则臣特有的叙事策略和书写风格。

一、作为研究文本的《耶路撒冷》

经在中国知网上检索（中英文扩展搜索）得下列结果：在检索栏输入关键词“徐则臣 耶路撒冷”，勾选全部数据库，得出相关检索结果326篇。经对搜索结果的对比和分析，选取在中国期刊全文数据库全部学科领域，其中删减非论文、非文学领域论文、重复或残缺论文，余76篇为本文综述依据。

二、文本内容与叙事策略

首先是对小说《耶路撒冷》主题的探讨。这部小说主题是作家徐则臣在作品中通过描绘现实生活图画、塑造艺术形象显示出来的。对贯穿一部小说始终的基本思想又称主题思想或中心思想的探究和把握，对于分析小说有很大的帮助。基于这个层面的意义，批评家历来把小说主题放置在头等显眼的位置。

长篇小说的主题绝不是单一的，只是在多重主题中有所侧重。在研究中发现，“信仰”“救赎”“乡愁”几个主题或与之相近的主题命名是出现频率最高的。比如项静的《这么早就开始回忆了》提出小说是在“直面一代人的精神世界和信仰问题”的观点，侯芳的《永远追寻心中的耶路撒冷》则以“沉沦”“救赎”的小标题形式探讨了“对精神家园的重建”和“对信仰救赎的追寻”，吴在京的《浅论〈耶路撒冷〉的乡愁书写》则是直面“乡愁”主题，对“寻找精神原乡”这一观点进行了论述。在对《耶路撒冷》小说主题的研究中，绝大部分学者都把注意力放在“信仰”“救赎”这两个主题上，紧排其后的是对“乡愁”的探讨，当然还有一些由这三个母题略做“变形”得到的观点。比如郝敬波的《从大和堂到耶路撒冷：虔诚与悲壮的心灵史叙事》就提出小说是在进行“一代人的灵魂书写，一段历史的精神书写”，虽然没有直接出现“信仰”的字眼，但毫无疑问，在“灵魂”与“精神”里面，“信仰”问题是必不可少的。除此之外，也有从其他角度解读小说主题的，比如朱东丽的《此心安处是吾乡：现代乡村生命的精神建构》，虽然也是谈精神信仰问题，但不是从人物出发，而是更多地谈怎样在现代化进程下现代文明与乡村文明冲突中重建乡村文化。由此可见，“信仰”“救赎”“乡愁”是学者研究小说主题过程中涉及频率最高的几个词语，这对我们理解和把握文本有了更清晰的指导作用。此外也可以看到，关于《耶路撒冷》主题的探讨，正呈现出多角度的思考趋势。

其次是对小说《耶路撒冷》人物形象的塑造。人物是小说三要素中最重要的一个要素，是小说作品审美意蕴的主要载体。通过人物形象的塑造，小说的情节才得以发展，其主题思想才得以显现升华，因而对小说人物的探讨一直是文学批评的重点。各学者在解读《耶路撒冷》这部小说的人物形象时也做了比较成熟的分析。比如曾红飞的《论〈耶路撒冷〉中人物形象的象征意义》，从心理学的角度分析了几位主要人物形象身上的原罪意识，本我、自我、超我的象征意义。而在冯辉的《70后的个性书写》中，则是通过分析几位主要人物身上的主要性格特点来解读人物。可以发现，在各位学者的研究中，少有单独解读人物形象的研究，更多的是通过探索主题来理解人物，或者是通过解剖人物来总结主题，这也体现了小说人物与主题互补、不可分割的关系。

再次是小说《耶路撒冷》的叙事风格。除了内容方面的探讨，通常文学批评家也会着重分析作品的创作技巧，《耶路撒冷》作为一部40万字的鸿篇巨制，在语言运用、结构、叙事策略等方面都有很多可圈可点之处。在研究小说的创作技巧时，呈现出多角度的观点。因为小说《耶路撒冷》最突出的结构特色就是两套章回体系统交叉，其中奇数章是小说故事主线，是以几位主人公为核心讲述他们的经历，而偶数章是主人公之一“初平阳”开的专栏，这二者看上去并无内容联系，但作者的巧妙设置让小说变得更意味深长。因而很多学者就这个问题展开了研究，其中李雪的《寻找信仰救赎之路》提出一个观点叫“‘圆宝盒’式结构”，对小说情节通过“出走”与“回归”的首尾连接叙述方式做了生动的阐释。而于萌的《论徐则臣小说〈耶路撒冷〉的结构艺术》中解读了小说叙事空间的多重性，梁鸿的《花街的“耶路撒冷”》则就小说结构提出“嵌套”“并置”的新观点，并将小说以故事一条线和专栏一条线并行的写法归纳为“平行书写”，这为小说结构的解读开辟了一条新的思路。还有部分学者，如王春林的《小说格式塔与一代人的精神分析》、徐芳和刘华阳的《诠释与重建：一代人灵魂的救赎与回归》等文章都对小说独特的结构形式做出了分析。当然，除了结构，也有学者关注小说创作的其他方面，比如刘欣玥的《徐则臣文学版图的合并再生》和刘琼的《它跑到了队列之首》就从小说的叙事策略方面进行了研究，而魏冬峰的《70后徐则臣：“理想主义者”的“现实主义”写作》则从另一个角度，用“以理想主义情怀书写现实主义笔触”一句话高度概括了小说的创作手法。可以发现，目前关于小说《耶路撒冷》创作技巧方面的研究，更多的还处于剖析小说结构的层面，而对于小说的语言风格、叙事技巧等方面的研究还不多，但也呈现出逐渐深入的趋势。

最后是小说《耶路撒冷》的社会学意义。一部好的小说，除了人物形象的成功塑造、情节的跌宕完整、语言的灵动有趣外，必定要有足够分量的社会意义，能够给读者一定的启发和思考，才能称之为优秀的作品。《耶路撒冷》被誉为“70 后一代人的心灵成长史”，也被称作是徐则臣的“野心之作”：试图通过一部书为一代人立传。针对这个层面，有许多学者进行了研究。在师力斌的《一个人想说出一个时代》中，提出了作品在精神层面追求和显现的价值，更把作品的意义上升到“精神信仰”“文化交流”“社会关怀”层面，不仅使这部小说更加深刻，为其他读者的阅读提供思考空间和方向，也对后来人的创作有所启发。关于《耶路撒冷》旨在“为一代人立传”的写作意图，文学界给出了相当多的讨论，并已经得出了较成熟的观点。郝敬波的《从大和堂到耶路撒冷：虔诚与悲壮的心灵史叙事》、袁婷的《徐则臣：向往“耶路撒冷”》、冯辉的《70 后的个性书写》、邵燕君的《出走与回望：一代人的成长史》等文献都对此观点做出解读并给予一定程度的肯定。除此之外，张艳梅的《寻找世界的原点》中对“存在”一词发问，从“生命沉思”“信仰追问”“历史反省”“现实批判”四方面解读了小说，更别出心裁地从“重建文化中国和信仰中国”的角度研究小说，给我们认识和思考“文化传统”这一问题很大的启发和引导。同时，朱东丽的《此心安处是吾乡：现代乡村生命的精神建构》与张艳梅的观点有异曲同工之处，都着眼于“现代文明与传统文明的冲突”，呼唤文化传统的回归。可以发现，目前关于小说《耶路撒冷》社会意义的研究，已经比较成熟，普遍观点是“它的确在一定程度上做到了为一代人立传”，但在其他方面，如呼唤文化传统等方面，研究是不够充分的。

三、方法与视角：《耶路撒冷》的先锋元素

这种先锋性首先体现在小说的文本空间上。透过文本研究本身，能够发现文本隐藏的深刻意义。本体研究是文学批评中最基本的研究方法，从文学的角度理解作品的内容，包括塑造了哪些人物、讲述了什么情节、运用了哪些意象等，是对作品所写内容的基本解剖。比如项静的《这么早就开始回忆了》、李慧和陈树萍的《掉在地上的都要捡起来》是直接引用了书中的句子做题，对小说的人物、情节、主题等作出阐述。

其次，这种先锋性体现在小说的跨学科视野上。文本结合了哲学、心理学、语言学等理论背景，丰富了作品的内涵。我们知道，在文学批评中，不是单一地从文学角度去认识作品，而是跨学科，从其他学科的视角多角度研读。比如师力斌的《一个人想说出一个时代》，就从哲学和心理学的角度解读《耶路

撒冷》，通过对精神层面价值的追寻，从“梦想、自由”角度追问，使得小说颇具哲学意味。而张艳梅的《寻找世界的原点》，内容更是丰富。从文学、哲学、语言学多学科解读小说，寻找《耶路撒冷》和反思文学、历史文学的联系，以及从建构文学角度认识小说，为其他学者和读者的研究、阅读提供了丰富且成熟的思路。还有曾红飞的《论〈耶路撒冷〉中人物形象的象征意义》，几乎纯粹是从心理学角度解读了人物身上的原罪意识，以及本我、自我、超我在文中的体现。心理学的研究方法在王春林的《小说格式塔与一代人的精神分析》中也有体现。目前来说，从其他学科或者说其他学科与文学结合的角度研究《耶路撒冷》还不算多，但已经有了这样的研究趋势，笔者认为，多学科结合的研究，不仅能拓展读者的思维方向，获得更多的阅读快感，也能为后面的学者研究提供更成熟的思考模式，使文本的解读更加全面、更加深刻。

与此同时，这种先锋性还体现在文本的比较视野上。在研究中，对比是一种很普遍的研究方法，包括从内容和结构上与其他作品进行对比。第一个方面，把《耶路撒冷》同徐则臣的其他作品对比，来对《耶路撒冷》进行研究。比如刘欣玥的《徐则臣文学版图的合并再生》，就提到《耶路撒冷》的写作特色是“长期积累和写作技法的反复训练”，是将之前创作中的“京漂系列”和“花街系列”有机结合。同样，在付艳霞的《写小说的徐则臣和写经典的徐则臣》、魏冬峰的《70 后徐则臣:“理想主义者”的“现实主义”写作》中，也是将《耶路撒冷》和徐则臣的其他小说进行了对比，这样的研究，对于研究作者的整体风格或写作特色都是极有帮助的。第二个方面，是将《耶路撒冷》和其他作家的作品进行对比，这在跨学科研究中体现得尤为明显。比如李慧君的《隐喻的故乡与泛化的乡愁》，就将《耶路撒冷》和福克纳《喧哗与骚动》的叙事结构加以比较。而在张艳梅的《寻找世界的原点》中，则将鲁迅的“故乡”和徐则臣的“故乡”进行了对比。第三个方面，是指学者做研究时相互之间的学习对比，比如于萌在做《论徐则臣小说〈耶路撒冷〉的结构艺术》时，就参考了梁鸿的《花街的“耶路撒冷”》，认为梁鸿提出的“蛛网状”叙事空间的观点虽然独到，但似乎并不妥，而提出“放射状”的观点。应该说，在对比中，对作品研究有了更正确、深刻的解读。

从目前小说《耶路撒冷》的总体研究上讲，出版两年多来，小说受到了文学批评界的广泛关注，这是殊为难得的。目前绝大部分研究仍是关于小说的内容的，比如小说的主题方面，也得出了许多相当成熟的结论。关于小说结构的研究，相对内容来说少一些，但仍得到了相对高的关注。而在小说的语言、意象方面，研究还比较少。应该说关于小说《耶路撒冷》的研究，会继续保持相对高的热度，并且很多方面还可以提出新的观点，要全面剖析这部小说，依旧是任重道远的。

第七节　《耶路撒冷》:70 后的心灵成长史

《耶路撒冷》通过聚焦花街上的几位 70 后的出走与回归，讲述他们成长的苦痛与反思，在现实与理想的冲突中，寻求精神信仰以进行自我救赎的人生旅程。从他们的故事折射现实，构建“一代人的心灵史”，展示全面而真实的 70 后一代人的形象，启迪人们沉思：在当前社会环境下，应该怎样从复杂的物质与精神生活中找到正确的生存之道。

当所谓的 70 后一代人步入不惑，他们似乎正作为社会的中流砥柱在各个领域指点江山，挥斥方遒;却又似乎正随着时间的流逝，身上的光被追逐上来的 80 后、90 后比得逐渐黯淡下去。在巨大的生存压力和精神困境中，包括这个群体自身，都对 70 后究竟是“怎样一代人”产生了痛苦的思索和追问。徐则臣作为 70 后作家的领军人物，承担起解答这个命题的重担。在这部被誉为“70 后的心灵成长史”的作品中，通过探究花街几位 70 后的生存镜像和成长之路、反思之痛，为读者打开了一扇通往 70 后心灵深处的大门，从这部厚重的作品中，去体悟这一代人的成长、漂泊与坚守。

一、“我”与“我们”:个体与群体的成长

围绕着花街少年们的出走与返乡，通过展现他们在现实世界和精神生活中的困顿挣扎、自我拷问与信仰重拾，徐则臣在《耶路撒冷》里为我们铺开一条窥探 70 后心灵世界的路。为了使“这一代”的定义足够广泛具有代表性，他塑造了不止一个主要人物形象，包括初平阳、易长安、杨杰、秦福小这几个从小一起长大后来又陆续外出的童年伙伴，景天赐这个很早离开却实实在在成为几人心结和连接纽带的孩时玩伴，还有如吕冬、舒袖、齐苏红、崔晓萱等同龄人的生活圈。这些人有着不同的阶级身份代表，活跃在不同领域，讲述着不同的经历，相比起“个体”的单薄支撑，这更能使“这一代”的群体形象更加丰满。甚至为了让“这一代”这个意义更深刻，还还原了上一辈的形象，包括初医生两口子、易培卿两口子、景侉子两口子、老何、顾教授和塞缪尔教授等，漫溯时光长河，在上一辈的生命经历中寻找影响 70 后成长的文化或家庭根源，把两辈人的思想、观念加以对比，使得 70 后“这一代”的形象富有更鲜活的生命力。在这样的架构下，《耶路撒冷》这部书显得更为厚重，所传达出来的要代表 70 后“这一代”的标签也就更具有说服力。

徐则臣没有站在宏大的时代背景和70后这个年龄群体的角度，叙述完整的故事。虽然故事里大大小小陆续登场的角色达数十人，但所有情节的展开都是围绕着初平阳、易长安、杨杰、秦福小的所思、所想、所遇，并紧紧围绕着景天赐和大和堂这两个连接点展开的。从这个层面上讲，这部书是以点显面的。所谓点，就是从70后群体里抽出来的这四人。如何给70后贴上最合适的标签，不妨先从这几位典型代表身上找找关键词。

关于易长安，最合适的标签应该是"反叛"。这种反叛，矛头直指向他的父亲易培卿。因为易培卿的风流往事和毒打母亲给童年易长安留下了不小的阴影，在他漫长的成长岁月中，"反叛父亲"成为他坚实的人生信条。所以父亲希望他学理他读了文；当父亲表达不期望他做老师的想法时，他毫不犹豫地在所有的志愿上填了师范；当父亲妥协了希望他能留在好学校，他又义无反顾地申请了最偏远的地方去"建设边疆"。关于这种反叛，易长安是无理性的，他所做的一切重大决定没有严肃地考虑现实，而只是单纯地和父亲对立。甚至在和女人交往这件事上，也坚持"决不睡结过婚的女人"。易长安一辈子都想着跳出父亲的阴影，于是他离开花街，长久不愿回家，却不知他从未走出那个影子。拿和女人交往这事来说，"他以为他强大了，已经摆脱了父亲，但在最隐秘的事情上，父亲其实还在对他行使着暴力。他自以为是的报复、受虐和赎罪，不过是从相反的方向上证明了父亲的暴力阴魂不散"。直到有天早上他照镜子，在镜像中看见了父亲的脸，他终于明白，"我的脸上有个父亲，心里一定也有，身上一定也有。每人身体里都装着一个父亲，走到哪儿带到哪儿，直到有一天他跳出来；然后我们可能会发现，我们最后也是那个父亲。""反叛"贴在易长安身上，但绝不会永久不变，因为他终究有天会成长，停止这种没有精神根基的年少冲动。

关于杨杰，贴在他身上合适的标签是"圆梦"，圆一个上一辈的梦。杨杰的妈妈本是北京知青，上山下乡运动中在运河旁扎了根，心中却始终留了遗憾。为了填补心中的缺失，她把希望寄托在儿子身上，还取了个望子成龙的名字"杨杰"。可惜杨杰读书成绩并不好，当兵也没能平步青云，在部队里养猪、开车，复员后分配到采石场，后来被下岗。到而立之年，他不仅没能圆梦，眼看着还走得越来越远。杨杰背上不断累积的重量来自母亲的殷切眼神。幸而下岗也是人生的转机，水晶是他不小心拾得的明灯，董师傅则是他的贵人，因为一个契机杨杰干上了水晶行当，并且越做越大，成了小有名气的"民营企业家"，娶了个北京姑娘，总算是圆了母亲的梦。但于杨杰自己，他排斥"杨杰"这个名字，也是在反抗着成长的压力，他觉得自己就是个普通人。作为中产阶级的代表，杨杰不再单纯地追求物质，转而开始追寻一些精神层面的东西。舍去大宗买卖，把精力投入到小挂件生产中，只因热爱水晶，舍不得边角料的浪费。杨杰为富而有仁，在行善为乐、吃素向佛的修行中，他逐渐找到自己想走的道路。

关于秦福小，从弟弟天赐倒下那一刻起，她就没有逃脱过罪恶感的折磨。因为弟弟从小得到更多的关注和宠爱，福小心里一直有着怨念，在成长的过程中，从被迫接受到理所当然，福小不断告诉自己"我是姐姐"，无微不至地保护照顾弟弟。但天赐割腕的那个下午，当福小看见血汩汩流出时，第一反应不是制止，不是呼救，而是想着"让你横；让全家人围着你转；让你一个人姓景；让你把所有都占据了。那好，去死！"这样残忍的念头只在福小脑海里闪过了一瞬，可就是这呆滞的几秒，错过了挽救天赐生命的最佳时机。闭眼前弟弟那个安详的微笑，成了她一生都要背负的罪孽。年少时以为远走可以丢掉这个包袱，于是她开始了长达十六年举目无亲的流浪，忍受着底层生活的悲凉，和无数个寒夜里梦魇的侵略。福小的大半生都在寻找赎罪方式的路上，当她看到天送的时候，她找到了路标。她领养了这个酷似天赐的孩子，冠以景姓，给他最好的爱，她把天送当成天赐在这个世界上的另一种存在方式，以爱天送来减轻对天赐的愧疚。为了满足天赐生前"住在水边，推开门就能看见运河"的愿望，她不惜把自己好不容易勉强扎在北京的根拔起，义无反顾地回归花街。回归，是终于勇于正视，而接替奶奶坐进佛堂，也是她赎罪的方式。我们无法评定福小究竟有没有罪，但在这痛苦的忏悔过程中，她完成了担当，实现了自己的成长。

追寻的标签可以贴在初平阳身上。相比较于其他几人，他的圈子可能要"高级"一些，并不是说他过得就更加顺风顺水，无忧无虑，而是限于给他设定的博士、作家身份，他所追求的形而上的东西更多一些。他外出求学、忍受读书之清苦和女友的离去，不惜以卖掉大和堂做代价去追求"耶路撒冷"就是追寻一个心灵的归属。"对我来说：她更是一个抽象的、有着高度象征意味的精神寓所……有的只是信仰、精神的出路和人之初的心安。"当然，他也会被现实羁绊，为朋友的琐事烦恼，为和已为人妇的前女友的牵扯而纠结，为少年时没能及时出手而导致天赐的死亡而忏悔，而他苦苦追寻的"耶路撒冷"，从某种意义上讲，就是解除这些所有困扰他的谜题的精神航标，在追寻的过程中，他找到自我，获得成长。

诚然，每一位人物身上绝对不只一个标签，也绝对不只这几位主要人物身上才有标签。这些标签是徐则臣经过他的观察、体悟、思考后得出的关于70后的真正面貌的一些投射和还原，他们每一位身上都有70后的特征，但绝不能说某一位代表了这个群体。反叛、担当、善良、自私、进取……当带着自身鲜明标签的众多70后慢慢聚集在一起成为一个群体，“这一代人”的形象才逐渐鲜明起来，这是从内容层面的思考。

从结构上看，小说有两套文本系统，共21章，奇数章、偶数章各成一套。奇数章是主体故事，讲述花街的五位70后——初平阳、舒袖、易长安、杨杰、秦福小几人的出走和回归的故事，通过展现他们的生存现实和精神困境，来探索整个70后一代人的心灵世界。而偶数章则是文中人物初平阳开的专栏“我们这一代”节选的十篇文章，立足于整个70后群体，从婚姻、理想等大的层面剖析，有散文、访谈、演讲稿等多种形式，显得随意但又有足够的思考分量。把专栏的内容抽掉，对故事的叙述毫无影响，甚至显得更加连贯，但徐则臣构思此结构的用意，大概在他是想为整个70后群体立传，而不是单纯讲述一个出走与回归的故事。既分享个体的成长故事，又探索群体的生存面貌，在这样的重叠交错结构下，“我们”的群体性特征不断深化，最终达到为“这一代人”立传的目的。

二、到世界去：是逃避，更是追寻

《到世界去》是初平阳在“我们这一代”专栏里发表的一篇文章，他从北京回来，卖掉自家的大和堂，筹钱去耶路撒冷留学，大费周章把自己连根拔起只因为想要到世界去。“四条街上的年轻人如今散布在各处。中国的年轻人如今像中子一样，在全世界无规则地快速运动。”不止初平阳，包括杨杰、易长安、舒袖、秦福小等的70后，都在出走。甚至花街上的傻子铜钱，连基本自理能力都缺失，却固执地要去坐火车，要到世界去。为什么要到世界去？到世界去意味着什么？因为“‘世界’这个宏大的词，在今天变得前所未有的显要”；“因为世界早已经动起来，‘到世界去’已经成了年轻人生活的常态，最没用的男人才守着炕沿儿过日子”；因为“世界意味着机会、财富，意味着响当当的后半生和孩子的未来，也意味着开阔和自由”。所以，“到世界去”是当前的社会潮流，是大势所趋，是这一代人主动与被迫的生存选择。

对初平阳等人来说，“出走”意味着带着各自不同的使命，却又始于相同力量的促使。童年玩伴景天赐因为意外遭雷击而变得精神失常，在一次受到轮船汽笛惊吓后割腕自杀，看似是因为痛失伙伴而让几人在后来的几十年里都对这个话题变得小心翼翼，实则每个人都背负了不同程度的忏悔。那个电闪雷鸣的下午，大家都已经上了岸，是易长安撺掇天赐和其他两个小伙伴比了一场本完全可以没有的比赛。当乌云越来越重，天赐向他征求意见时，他没有阻止，因为他看到天赐“好像慢下来了”，说不定这次会输呢？第四个来回快到岸时，天空豁开了一个耀眼的口子，一道雷劈到天赐身上，之后他变傻了，之后他开始伤人、伤自己，最后割腕。“当时你在干什么?”所有人问易长安，他都坚持说自己在撒尿，而在一个个无眠的夜，他一次次忏悔，仅仅是想看骄傲的天赐输一场吗？为什么自己非要要求再比一场呢。而杨杰，则与天赐割破自己手腕的凶器——一把比青龙偃月刀还精致的手术刀有关。杨杰许诺给每个小伙伴一把刀，却因各种各样的原因迟迟无法兑现，面对天赐的嘲讽，杨杰的虚荣心受到伤害，等得到刀的时候，天赐已经傻了。大家都劝杨杰不给，他却坚持要给，只为了证明“大哥说到做到”。后来天赐用这把刀结束了自己年轻的生命，杨杰也因为这把刀埋下了几十年的忏悔。初平阳和秦福小，是目击天赐自杀的人，福小因为弟弟得到更多的宠爱，也实在厌倦了天赐无理智地伤害别人，在看着天赐流血的时候，产生了“让他去死”的念头，因而没有呼救，耽误了救治时间;平阳因为福小的制止，明知道流血对一个人意味着什么，也没有呼救，甚至在天赐倒下的时候临阵脱逃，最后天赐永远地离开了大家。童年伙伴的死亡给几个人都蒙上了厚重的阴影。大家从不互相提起，心里却始终觉得自己应该对天赐的死负责。因着这份原因，他们痛苦，想要逃离花街，似乎就可以卸掉自己身上的罪恶，却又始终被这样的负罪感牵扯，关心福小和天送就是几人对天赐的一种补偿。最终大家决定回到花街，把大和堂留给天送，组建“兄弟·花街斜教堂修缮基金”，也是一种赎罪的方式。

逃离，是大家到世界去的一个原因，他们也是在以不同的姿态去追寻。到世界去，易长安的姿态是“游行”，即逃亡。在对父亲的反叛结束后，易长安开始了和社会的对立——做假证，他对做假证投入了严肃的态度，越做越大，因为陷入盗车案不得不开始逃亡。他从北京出发，走过天津、郑州、武汉、长沙、井冈山、连云港，最后回到花街。易长安有聪明的头脑，有洒脱的个性，一路走一路风流，即便在逃亡途中，也不会让自己受委屈。他以逃亡的姿态走过了一个“世界”，在囹圄里停下，在逃亡中，他达到了物质欲望的满足，也逐渐学会聆听内心，比如他与父亲阶级敌人般的斗争关系，比如他对爱情的态度，在一遍遍的自我拷问中，学会理性和担当。到世界去，杨杰的姿态是“奔波”。承担着母亲殷切的希望，杨杰好不容易将水晶生意引上正轨。在把生意做起来之前，他已经尝够了奔波的疲惫，无数次从花街到北京，从北京到新疆、到世界各个地方，看材料、见客户、推销产品，第一次离开时只揣了几块水晶石，再回来时已经是“民营企业家”。在奔波的年头里，受过委屈，挨过欺骗，忍饥受冻是小事，心里的空虚却无法填补。当他功成名就，却开心不起来，作为中产阶级，他比其他人更多地关注精神层面的需求，吃斋、行善，无非都是寻求心灵的安慰。在奔波中，杨杰找到让自己心安的方法。到世界去，秦福小的姿态是“流浪”。承受不了弟弟自杀带来的绝望，以及初恋的软弱无望，她决定出走。在漫长的十六年里，福小孤苦伶仃，漂泊了大半个中国，到过南边的广东，途经认过亲的济宁，最后勉强扎根在北京。让自己苦痛，这是福小逃离巨大压力和负罪感的方式，在流浪中，她变得更加坚强，寻找着赎罪和解脱的方法。到世界去，初平阳的姿态是“寻找”，寻找心之所向的“耶路撒冷”这个奇妙音符背后的意义。为了找到它，他在北京的出租屋里坚持备考两年，考上北大的社会学博士，为了前往耶路撒冷求学，他不惜卖掉大和堂。初平阳看似过得顺风顺水，美满的家庭，高学历，不错的工作，很多人都以仰视的姿态和他交流，但他也有自己的迷茫，得不到的爱情，心里的空虚。他所接触到的世界似乎更大、更深，走到了国外，走进了另一种文化。到世界去，初平阳触碰到了更深邃的关乎信仰的问题。

到世界去，还有各种各样的推动力。比如舒袖到世界去，是跟着她的爱情走；比如吕冬到世界去，是想摆脱母亲和妻子的操控；比如傻子铜钱，说不出具体的原因，他只是单纯地想到世界去。不管因为什么，到世界去，已然成为一代人为之迷恋的命题。不管是出走、逃亡、奔波还是在路上，都是在追寻自我，不管能不能找到，这种姿态都是积极的。现实很混沌，但永远要朝向远方，在残酷的生存困境里依旧坚定地往更大的“世界”走去，这或许是徐则臣想要表现的 70 后最向上的世界观。

三、精神皈依与灵魂救赎

故事的最后，杨杰、初平阳、秦福小几人带着孩子天送在火车站等待，要与被押回北京的易长安见上一面，深夜荒凉的站台，昏沉的灯光下，大人举杯，把往事喝下肚，孩子在呓语：“掉在地上的都要捡起来。”什么掉了？捡起什么？绝不只是指梦中令小孩嘴馋的青豆。可能是有的人把回忆丢掉了，可能有的人把梦想丢掉了，可能有的人把信仰丢掉了，丢失之后的浑浑噩噩中，在孩子的童言无忌里，梦中人被点醒——所有丢失的，都应该捡起来，让自己成为一个完整的人，才能重新上路。初平阳等人因为不同的原因，都陆续却迫不及待地出走。

故乡花街是他们首先想要丢掉的。因为这里，有易长安一直反叛的父亲，有秦福小不愿面对的家人，有他们记忆里深刻得抹不去却不愿触碰的伤痛——天赐的死。因为都觉得自己对天赐的离世有着或多或少的责任，深深的负罪感压得少年们抬不起头来，唯一的解决方法就是出走。似乎离得越远越好，但当在外面时，无数个难眠的夜，无数个扼住喉咙的梦境又在时时提醒他们，出走消除不了罪恶，逃避永远不是解决问题的办法。他们以丢弃家乡、背叛过去为代价，企图连同那一份成长的伤痛一同埋葬，最终却发现是徒劳。兜兜转转，他们决定回归。回归花街，意味着正视，时间让少年们成长，他们终于用勇气去拾起过往。各自舍弃私欲，让福小带着天送住进大和堂，就好像满足了天赐生前“住在水边，一推开窗户就能看见运河”的愿望一样。同时拿出积蓄成立“兄弟 · 花街斜教堂修缮基金”。其实天赐的死与众人无关，他们敢于拥有负罪感，本就是少年的勇敢。不用怪他们十多年的躲闪，最后的回归，才是这代人让人欣慰的地方。

花街是他们成长的地方，也一度是他们想逃离的地方，但最终成为他们回归的地方。不管是孩时在花街接受“世界”的初启蒙，在运河边听大人讲运河尽头的故事，在教堂听秦奶奶低诵《圣经》，把“耶路撒冷”这个美妙的音符嵌进脑海里，让他们产生“长大”的愿望，还是说在漫长的在外面的世界的探索中，追寻心灵失落的缘由、探寻弥补的方法，以至于最后决定回到花街，以直面的方式应对成长的伤痛，都是在为寻找回“掉在地上的东西”。回到花街，成立“兄弟 · 花街斜教堂修缮基金”，实则是他们找到了一条共同的赎罪道路，“斜教堂”隐喻着失落的信仰，但他绝不会倒下，在大家的共同努力下，不仅得到保护，还会在修缮中愈加坚强。他们回到花街，找到了精神皈依的家园，也找到了赎罪的方式。捡起信仰，杨杰要回到生意场上，长安将在监狱里反思新生，福小接替奶奶坐进教堂，初平阳将启程去耶路撒冷，而此时耶路撒冷不再是神秘无解的音符，它只是一个背景，因为大家得到救赎，也找到信仰，再次上路。

“我们这一代”——70 后究竟是怎样一代人？是忍受着生活压迫但又绝不低头的一代人，是敢于承担责任的一代人，是善于隐忍的一代人，也是怀揣信仰要到远方去的人。在《耶路撒冷》里，徐则臣为我们构建了一个 70 后在罪恶感中成长、出走又回归的故事，在他们身上，我们看到了生动的 70 后传记。在流动的书页里，在《圣经》充满诱惑力的低吟里，70 后一代人在成长，在反思中承担，在回首中坚定前行。

第八节　《苍声》的主题与扩展的隐喻

徐则臣的中篇小说《苍声》讲述了主人公木鱼在成长的重要阶段，目睹善与恶的交锋，在对人性恶的认识和接触中实现了从童年向少年的蜕变过程。文本在对性、暴力、死亡话题的触及和讨论中，发出对人性和心灵的拷问。

《苍声》可以看成是徐则臣的中篇小说代表作，也是其“成长”主题作品中浓墨重彩的一笔。在这篇小说中，徐则臣仍旧采用传统的二元对立构思，刻画了善恶两派的激烈对抗，在交锋中受伤沉思，实现成长的蜕变。与其他同主题作品有异之处在于，《苍声》的写作风格一改《弃婴》《奔马》等的温和细腻，以凌厉而残酷的姿态书写成长，而其主题意蕴尤其丰富。“苍声”一词，可以当名词解，指少年变声后又粗又老的声音，也可以当动词理解，意指成长中的少年，声音由奶声奶气变得老声老气的过程。文本以主人公木鱼的变声为线索，从渴望大人一般的粗声到目睹一系列事情之后完成变声，同时变化的是其对社会、现实与人性的认知和思索，以“苍声”为文题，契合故事主体，实现了内容与形式的相得益彰。而“苍声”这一压抑沉重的蜕变过程，又对文本主题起着丰富的寓言化表现。

一、“苍”之声：生理的成长

“苍声”本指少年在成长过程中，声音由奶声奶气变得老声老气，被很多人视作由男孩变成一个男人的重要标志。孩童总是对长大怀有无限憧憬，长大意味着独立、勇敢和担当，有勇气和能力去做规划中的现在无法实现的梦想，有资格挣脱父母的保护去探索未知的世界，有资本去用成长的经历赢得还未长大的孩童的崇拜和跟随，长大意味着自我肯定与他人认可。尤其对成长中敏感而自尊的男孩，这样的认同感显得更为重要，因而他们对长大怀着一种超乎寻常的执拗期盼，而对作为成长标志的变声，则理所应当地抱有热切渴望。

主人公木鱼是个善良又略显愚笨，温和甚至有些怯懦的十三岁少年。脑子不算灵光，学习成绩中等偏下，时常被数学题困扰。在家里听从父母的安排，和同龄人比起来，木鱼有着自身的忧郁气质，“我经常一个人郁郁不乐，整天像头脑里想着事一样”。木鱼生气自己的不合群，他把自己被排挤的原因归于“觉得问题可能出现在自己的声音上，我尖声尖调，大米觉得我不配和他们玩”，大米因为拥有与众不同的粗声而赢得大家的跟从，因而他对大米的苍声怀着无比的羡慕，急切地渴望拥有“像大人一样浑厚，中间是实心的，外面闪亮，发出生铁一样的光”的声音，似乎变声过后，就能融入他们了。当然，少年木鱼不知道，他的无法融入是因为他骨子里的善和大米他们的恶本就是不相为谋的。对于木鱼而言，苍声不仅仅是生理的变化，更是长大的标志，是他能得到尊重的资本，是他能获得认可的门槛，这样的渴望，在他每次看到大米被前呼后拥着离开时尤为强烈。但是成长并不是随着年龄的增长平和地过渡，在目睹一系列残忍的事情后，孩童在苦与泪中得到蜕变，少年木鱼带着慌张的绝望苍声了。

随着声音变化的，还有他对性的认识。从看到韭菜的胸部，到被大米强迫着和韭菜裸体相对，直视女性的隐私部位，少年木鱼对性的认识，从七七八八的听说到直观的接触，虽然过程是被动而扭曲的，但毕竟完成了生理的成长。从这个意义上来说，“苍声”象征了表层意义的生理层面的成长。

二、“苍”之茫：心灵的堕落

少年木鱼具有善良温和的品性，声音又尖又细。他能对傻女韭菜耐心哄劝，满足她的无理要求；能对绣球和小狗细心呵护，温情相待，甚至把自己的饭悄悄留给绣球补充营养；能在被何老头骂过后看望他，相信他是清白无罪的……这些细节，都体现出木鱼作为一个孩童的纯真善意。但是，他缺乏少年人的勇敢和刚气，甚至很多时候表现得有些怯懦。尽管不喜欢何老头当着大家的面责骂自己，不喜欢父母对自己的管教和某些决定，不喜欢大米对自己的吆喝和嘲讽，但他几乎从不与人正面冲突。在大米讨要小狗无果对他发火、在母亲要他立刻把心爱的小狗送出去、在傻女韭菜一次又一次无理地要他去给何老头送帽子时，虽然这些举动违背了自己内心的意愿，但他更多的是逆来顺受。这应当是一个孩童的真实写照，对很多不喜欢的东西不愿意接受却不知如何拒绝，往往以委屈自己收场。

对成长的渴望，也带着摆脱这种立场实现自我独立的愿望。少年木鱼带着急切成长的期盼跌跌撞撞，在短时间内经历了一系列匪夷所思的事情，对现实与人性的认识得到了残忍的教育。促使木鱼心理上成长，有三件事。第一件事是对何校长的批斗。何校长是外地来到这里的知识分子，儒雅博学，时常戴着一顶礼帽，负责学校里所有功课的教授。因其深厚的知识和翩翩的风度受到当地人的尊敬和爱戴。除此之外，何校长才扎根不久，就毅然收养了非亲非故的傻女丫丫，把她当亲生女儿对待，教她自理和简单的知识，这样的大爱无私，算得上顶尖的好人。尽管因为学业困顿经常被责罚，但从父母之处听说和自己所见看来，木鱼心里一直觉得何校长是个好人，所以当他看到何校长被带走进行游街批斗时，仅仅是最初燃起了一丝看热闹的心态，此后并没有表现出和围观群众一样的盲目热情。这当然与他的年龄有关，而更根本的原因，应当是他内心对善与正义的判断和坚守。在看见何校长像犯人一样被押着一遍遍游街，在目睹花街人因为根本未曾见过的举报信就捕风捉影三人成虎，对往日尊敬的长者指指点点，在偷听到所谓的犯罪真相其实并不存在，只是因为支书吴天野看不惯何校长名声颇佳而编造的谎言时，少年木鱼意识到成人的世界并不是他想象的那么简单。在柴米油盐和插科打诨之外，人性的多变和险恶令人惊心。

仅仅是因为觉得何校长受了自己更多的尊重，便全然不顾对方的尊严和人格，不顾多年来为花街教育的付出，不顾傻女丫丫的清白名声，以一个莫须有的罪名将一名老者游街批斗。欲望是多么可怕与可憎。而何校长的无力反抗，也深深反映了弱者的可怜可叹。这件事情，让木鱼对成人世界的社会现实有了更深刻的认识。

与成人的冷酷相比，孩子的残忍毫不逊色。大米等人对小狗的残忍杀害和在坟场对韭菜的轮奸，让他认识到了人性的残酷。大米因为提早变声，在一群奶声奶气的孩子里，就显得成熟而有领导力，对于大米的号召力，木鱼充满了艳羡，但他一直坚持着自己的原则，在大米邀请他一起干坏事时，尽管十分想融入那个小集体，但犹豫后还是拒绝了。大米因为向木鱼索要小狗无果，便带领小跟班们策划了一起起伤害事件。把小狗杀死后身首分离，扔在水沟，把绣球捉住在它的鼻孔上穿洞并打上死结，这一系列让人胆寒心惊的举动，在这群十三四岁孩子眼里竟显得稀松平常。他们对小狗，不是当作真诚的朋友，也没有丝毫对弱者的同情，只是看作一件玩具，既然得不到，便毁掉。更别说当作一条鲜活的生命给予平等的尊重和爱护。和木鱼对小狗的温情比起来，大米等人的残忍令人心寒咋舌。而对于性，成长中的少年或多或少都有着好奇和冲动。在看到韭菜裸露的乳房过后，大米等人就动起了坏心思。他们利用韭菜的痴呆和对何校长的关心，用礼帽诱骗和威胁她，让她顺从指示。为了不让木鱼说出去，大米等人强迫木鱼参与其中，这场毫无人性的恶事摧毁了木鱼对性的幻想，性并不美好，只让人恶心。这两件事让木鱼感到，孩子并不是完全纯洁善良的，人性的残忍和恶毒，并不只存在于被俗世染指过的成人世界里。

关于暴力、死亡和性的故事给少年木鱼的心灵打上了深刻的烙印。他意识到这个世界并不是阳光灿烂，而是充满冷峻薄凉的邪恶。木鱼最激烈的情感反应，是在绣球被父亲杀死时和目睹韭菜被玷污时，怯懦的他受到了强烈的刺激，勇敢地反抗。这反抗当然是无果的，邪恶在前，却无法战胜，在深深颓唐和无奈中，少年经历了最深刻的成长和心灵的坠落。苍声，改变的不仅是声音，还有对现实世界邪恶真相的认识，苍老的心灵。

三、“苍”之凉：死亡与新生

故事对死亡的描述是由表及里的。首先是被大米等人残忍杀害的小狗，使木鱼真真切切感受到死亡的无情和人性的残酷，与自己朝夕相处亲密如伙伴的绣球被父亲屠宰，面对绣球的哀哀叫唤，自己却不能保护它。面对死亡的恐惧和无奈，是促使少年人成长的重要催化剂。其次是大米等人对韭菜的轮奸事件中，更深刻东西的灭亡。作者将事件发生地安排在坟地，是意味深长的。坟地本身就是死亡的象征，在强奸后，死亡的是少女韭菜的贞洁，一个女孩重要东西的丢失。同时灭亡了少年木鱼对性的幻想，在这场肮脏的强迫中，他意识到性并不是美好诱人的，相反让人感到恶心。在批斗何校长、杀死小狗、强奸韭菜等一系列事件中，主人公木鱼目睹了良知的闲置、正义的缺失、道德的沦丧，这些故事关乎暴力、性、死亡，最本质的更关乎心灵。对现实世界的残酷真相的认识，使过去那个稚嫩懵懂的少年死去了，重新出现的，是一个已然成长，能够更勇敢地接受社会挑战的男子汉。

世事如乱草，茎茎催人老。对人性恶的极端体验，折射出成人世界的魅惑多变。这种多变性属于人性本身，也有历史异化的原因。人之初，性本善，人性之中诚然闪耀着爱与善的光辉，但也不乏恨与恶的黑暗，对这一真实的正确认识，是成长为一个有担当的社会人必须经历的成长之殇。当然，这一惨剧的酿成，也是因为那个历史时期黑白不分，作者试图以儿童视角去审视那个动乱年代给人留下的心理印记，是很有深意的。死亡令人窒息，但顽强的生命力和永远闪耀的真善与正义是不会倒下的。在怯懦和懵懂死亡之后，迎来的将是一个男子汉的新生，是勇敢的、坚定的，了解真实和残酷，但敢于挑战和战胜邪恶的大人。

四、《苍声》：扩展的隐喻

寓言通过超现实的故事叙述说明某个道理或者总结某种现象。小说的寓言化当然与之不同，更多的指的是一种象征手法，也即“扩展了的隐喻”。把寓言“言外之意”“象外之旨”“弦外之音”的张力运用于小说叙述中，辅以一系列意象、象征、隐喻，创造出抽象的艺术空间。

《苍声》这个文题很好地实现了寓言化效果。首先，因为小说的意蕴丰富，其主题不可能像寓言那么简单明了，对小说的寓言主题也就有多种解读。回归到文题“苍声”，首先“苍声”指的是少年在成长中经历的由奶声奶气到老声老气的变声过程，也指变声之后那种粗声粗气的声音，从这个层面，我们可以理解为少年人生理上的成长变化和长大以后的一种成熟状态。奶声奶气的声音象征着孩童的懵懂、稚嫩和纯真，而苍声之后的老声老气象征着经历苦痛挫折之后的成熟沧桑，从这个层面，“苍声”寓意了少年人从对大千世界的向往怀想到看透现实的冷峻残酷，心理层面的成长。再次，成长并不意味着更多的眼界和快乐，相反，在对世界的认知过程中，触及更多的残酷真相，从前怀有的希望和幻想无情破灭，“苍声”象征着一种美好希冀的坠落和失去。将生理上的变声和心灵的成长结合起来，小说的多重主题在“苍声”的象征意义中得到生动、深刻的诠释，这是寓言化写作的成果。

在叙述上，文本以十三岁少年木鱼的角度书写见闻，通过展现孩童对成长充满渴求，在经历了成长的血腥和伤痛，直面成人世界的冷酷残忍后，到对长大变得冷漠和害怕这一心理路程的转变，为读者撕开了一个血淋淋的口子：这个世界并不是充满阳光的，成人世界残酷可怕，人性也藏满了肮脏卑鄙的劣根，成长是在失去和痛苦中实现的。独特的孩童视角有着超现实性，使得寓言化表达更为充分。

在人生成长的重要阶段，少年木鱼经历的不是呵护与关照，听到和看见的是一系列丑恶、血腥的人和事，作者以冷峻生硬的笔触，揭示了真实的成长降临时的黑色和残忍。将生理的变声和心理的苍老结合书写，成长难以拒绝的忧伤、对人性复杂的批判和对社会真实的曲折认知构成了小说丰富的意蕴空间。其丰富主题的层层显露，在文题“苍声”上得到了难能可贵的寓言化表达。

第六章　盛可以的王国与李傻傻的变奏

第一节　盛可以的文学王国

从1994年开始发表散文，2002年开始小说创作，著有《北妹》《水乳》《道德颂》《死亡赋格》等多部长篇小说，她就是70后作家盛可以。2003年4月18日凭借作品《水乳》获得首届“华语文学传媒大奖”的“最具潜力新人奖”，被“纽约时报”称为“冉冉升起的文学新星”。她出生于湖南益阳，文笔带着楚地养育的巫魅锋利，而从1994年开始的深圳定居经历又让她的文风有种深入剖析的冰冷质感。关于盛可以的诸多评论文章开始于2003年得奖之后，可以在知网、维普、万方等数据库里面找到的第一篇关于她的评论文章是张巨睿在2003年4月19日的《中国邮政报》上发表的《盛可以写〈边镇〉心指张艺谋　非典型性爱情观无奈叹社会》，可以说，从她得奖的那一天起，她便引起了评论界的广泛关注。通过数据统计可知，关于盛可以的评论研究文章每年都在十篇以上，个别高峰年份甚至达到将近三十篇。

在诸多评论家笔下，盛可以都和“骨感”“冷酷”“挣扎”以及“痛”联系在一起。这主要是就作者的语言文字和表达方式而言，而将这些关键特质串联在一起的，自然是作品的内容。无论谈及她的作品的哪种特质，无法避开的一个词就是“情欲”。盛可以的长篇小说大多数是关于一个女人和几个男人的故事，作者用情欲串联故事情节，用情欲来消解爱情，用情欲来反映社会。本节按照评论研究切入的视角不同，分类略做梳理陈述，从中不难发现盛可以的创作风格。

一、坚硬的叙说与明朗的表达

盛可以的叙述风格和70后的一般女性作家不同，并不温婉秾丽，也不柔软清新。她的叙述更像是往人的伤口上撒一把沙子，颗颗命中要害，给人带来细碎又尖锐的刺痛。她的用语新奇、善于联想、运用比喻，比如《手术》中的这一段："剪刀动了一下，唐晓南听见了，是剪断一截橡皮的声音，且用的是剪刀尖儿。一下，两下……她听见被掏空的左乳，慢慢地瘪了下来。医生似乎并没有就此罢休，还在咬牙切齿，像裁剪一块布料，左一下，右一下，横一下，竖一下，剪刀越来越冰凉，越来越坚硬，好像探进了心脏，唐晓南感到寒冷。"①这一段是描写女主人公在医院切除左乳的纤维肿瘤的情况，作者将医生切除肿瘤时的情况具象化到声音上"剪断一截橡皮的声音"，这种具象化的声音容易将读者带入到那个真实的情境中，而这种真实又带来了一种毛骨悚然的体验感，由衷地令人感到疼痛。正在经历手术摆布的乳房被作者比喻为被裁剪的布料，身体的不可自主的控制正暗合着她无法掌控的感情，手术的这条线索呼应着同时进行的另一条感情线，女主人公感到寒冷，既是身体上的冷，也是精神世界的冷。这也体现了作者作品的语言创作宗旨，"用形象的隐喻使人想象陌生事物或某种感情，甚至味觉、嗅觉、触觉等真实的基本感觉来唤起对事物的另一种想象，既有强烈的智力快感，也有独特新奇的审美愉悦"②。她的这种叙述表达理论正好与20世纪30年代上海"新感觉派"的表达方式契合，所以广东省作协副主席吕雷在2009年3月《南方文坛》上发表评论文章，将盛可以视为是"新感觉派"的当代接班人。

盛可以的这种语言表达方式给读者带来了独特的阅读体验，让一些读者感到目眩神迷，也让另一些读者心生反感。评论界也对她的这种语言表达方式和叙述风格持两种态度，一方面认为她的文字："盛可以摒弃平铺直叙的琐屑，以不假思考的果断，截取最适宜细节情节的精准，调遣人物之得心应手，挥洒着胸臆的痛快恣意，字里行间充溢着一股强盛的气场，盛可以写人物时总有出人意料而又恰如其分的比喻，一针见血而又生动特别。"③认为她的文字不见繁复，不见空洞，既不事修饰，却并不见得流于烂俗，体现了盛可以的语言才华。而另一方面，评论者们又认为她的语言有时候显得过于粗俗直露，而且造语过于新奇，刻意强调语言，容易掩盖文章本质思想。"作者在作品中大胆运用跳跃、粗犷的语言，冲破了世俗对女作家的牢笼，但只能带来即时的、发泄的痛

① 盛可以：《手术》，《名作欣赏：鉴赏版》2004年第9期。

② 盛可以：《让语言站起来》，《姑苏晚报》2003年3月5日。

③ 陈利群：《使命意识·骨感神韵·质感风范——从〈北妹〉看盛可以长篇小说创作》，《批评与阐释》2012年第5期。

快，不能引发深入的思考，而且语言的暴露容易激起读者的猎奇心态而忽视文字中包含的作者的思考。”①

这两种评价都有其合理性，但不可否认的是，作者横冲直撞的语言正是她有别于其他作家的一个重要特征。某些语言经过作者的加工更是有直指人心的尖锐力量。直露和野蛮正是她的作品风格，但有时候一种风格达到一个过于极致的境地反而不美，仿佛一位剑客的终极招势，势尽之时总是容易暴露出诸多破绽，盛可以的这种叙述风格的破绽正在于过多的感觉描述容易使读者产生眼花缭乱的晕眩感。而过度的野蛮容易使人感受到粗俗，减弱了文学本身美的属性。可能这也和作者的自身经历、对文学的看法有关，“‘文学低于生活’——我记得盛可以曾经这么讲过。‘底层的生存，尤其是农民的生存状态，很沉重。我目睹了我的家庭，父母劳作到现在，没有一本存折，没有一次对生活的享乐……还有许多落后带来的天然弱势，使农民在这个社会当中活得异常艰辛。’”②盛可以认为文学低于生活，这种认知的产生来源于她自身的经历，然而从她的创作事实来说，却恰恰证明了文学高于生活，她从自身的生活经历中抽取要素，再经过自身加工酝酿，创作出文学作品，她的作品不是对生活的复刻，而是具有艺术的能动创造的。但正是作者的这种文学低于生活的认知，促使了她的这种表述方式与语言风格的形成，对文学的这种凶猛甚至于冒犯的态度，造成了她的叙述语言极致表达时的粗暴与过度。

二、精神的背叛与疏离

盛可以的长篇小说在故事情节方面并没有太大变化。她最喜欢使用“出轨”推动故事情节。换一种说法就是对爱情和人类婚姻契约精神的背叛。《道德颂》里面女主人公旨邑和已婚男人水荆秋维持着不正常的肉体关系，她还同时和另外两个男人纠缠不清；《野蛮生长》几乎人人都出轨，都用自己的方式背叛着爱情；就连《时间少女》这个作者相对温和的作品，里面的主要配角米豆腐店的老板娘也和跑船的林海洋有着私情，并且这段私情对女主人公西西的命运造成了重要的影响。作者笔下的已婚妇女似乎天然地有一种出轨的倾向，在《野蛮生长》里，就连看起来没什么存在感、唯唯诺诺地安心当着家庭妇女的母亲，也曾经出过轨，甚至死去的二哥根本不是老爹的种。作者对笔下的男性反

---

① 王嫚茹：《挣扎在爱与痛的边缘——盛可以小说中的女性命运解读》，吉林大学硕士学位论文，2008年。

② 陈希我，刘淼：《盛可以凶猛》，《中国图书商报》2004年5月21日。

而要相对友好一些,《道德颂》里面水荆秋尽管面对着旨邑的强大诱惑也始终坚持着不肯与妻子离婚,虽然本身背着病重的妻子出轨便不是件道德的事,从本质上来看,他其实是和旨邑没有什么区别的,一个明知对方是有妇之夫依然乐于交往,一个明明有着患难与共的结发妻子依然选择了出轨,同样是不道德的人,本没有必要比个高下,但相较于专事破坏他人家庭的旨邑来说,到底是面对旨邑逼迫但仍未放弃自己妻子的水荆秋要相对看起来好一些。"他们经常把人物放置于逼仄的空间里进行封闭式的表达,用感情来维系这些人物的生命,两性之间的爱与不爱成为故事情节波澜起伏向前发展的动力,肉体的不忠诚导致灵魂的孤独,而精神上的孤立无援带给这些人物更多的是虚无感。"①

盛可以喜欢用两性的爱与不爱推动情节发展,而她笔下的人物又常常嘲讽着爱情,用肉欲在消解着爱情。"在她消解爱情意义的叙述中,有着对脱离了现代性话语的爱情意义的探寻,虽然她还无法说明这种爱情价值观的全部内涵。"②

值得指出的是,盛可以几部长篇的故事情节的缺陷也很明显,出乎意料的雷同,多角恋、怀孕、堕胎,听起来像是某些不走心,纯粹求赚钱的国产青春片的套路。那盛可以的小说和时下流行的青春疼痛小说有什么区别呢?她写的东西不那么"浪漫",不会诱导读者代入产生粉红色的少女梦,没有粉饰太平,没有面容姣好的少女,没有去培养读者的荷尔蒙冲动,有的是将近中年讽刺爱情却又内心隐约期待着的男女情欲,有的是赤裸裸甚至比现实更黑暗的情节。

除了情节缺少创新之外,她的女主人公也同样存在着单薄化、同类化的问题。"她们大多都是社会上普通的小职员,人生经历和人生阅历也很相似。她们都渴望爱,都在用不同的方式追求爱,但也都因为现实的原因放弃或背叛爱情、婚姻。她们虽然具有一定典型性,代表了这一时代现实社会中的某一种女性群体,但盛可以却并没有将她们人性的秘密挖掘到底,凸现出她们作为个体生命的性格差异。"③盛可以笔下的女性便呈现出了一种集体脸谱化的模样——白领,毁坏又期待爱情,过往生平全不重要,只有在爱中琐碎的心情。而只有细腻的心理刻画来塑造人物是不够的,盛可以善用感觉,心理描写也十分到位,但她笔下的这类女主人公对于读者来说依然是一团模糊的雾一样的存在,读者听到了主人公絮絮叨叨的内心话语,感受着她们的情绪与内心起伏,然而

---

① 李运静:《盛可以论》,山东大学硕士学位论文,2012 年。

② 徐仲佳:《无爱时代的困惑与思考——关于盛可以的写作》,《南方文坛》2003 年第 5 期。

③ 谭五昌:《审美的偏移——盛可以小说之我见》,《文坛关注》2007 年第 2 期。

我们不知道她的过去，只能凭借作者的喜好让读者预见一个浅近的未来。这样的创造当然是不会长久的，我们也很欣喜地看到了作者试图做出转变，《时间少女》里面身世不明的乡村少女西西就突破了作者的这种写作惯性。

三、思想主题：消解与虚无

盛可以的早期作品主要从婚恋的角度反映社会。她察觉到社会某些婚恋现状的病态，执着于像手执手术刀般耐心地把这个病灶解离开来，用有如手术刀般的辛辣语言来将这些病态现状进行复现。这些不合常理的东西之所以引起作者和读者的重视，正是因为它们也在一定程度上代表了常人内心的困惑。作者的内心也充满困惑，她的这种疑问具体化到人物身上，最明显的一点就是对爱情的困惑。作者笔下的女性既有对爱情的天然追求，又有着经历世事之后对爱情的不信任与不尊重，比如《野蛮生长》里面的李小寒，她在大学时代便和有家室的教授发生关系，入职之后又爱上了已有家室的上司。与其说李小寒对爱情不尊重，不如说她对婚姻不尊重，因为她忠于自己的感情，也向往着爱过了谁、睡过了谁都不是秘密，如同玻璃房子一般没有幽暗和死角的爱情态度。

盛可以笔下人物的矛盾纠结点之一正在于此。她们既不尊重婚姻，却又向往着踏入婚姻的殿堂；既追求着自由，陷入恋爱中的时候又试图将对方和自己捆在婚姻这条船上寻求安全感。盛可以对爱情这个叙述母题的理解可以用这样一句话做结："她消解婚姻，消解爱情，消解浪漫，消解存在，最后不知所措。"① 但与其说她是"最后不知所措"，不如说最后是"归于虚无"。《道德颂》里面，旨邑最后感受到湘江的枯竭与丰盈、奔腾与流淌，在江水中求得了心灵的宁静或者说将过往的一切归向了虚空。《时间少女》里面西西所追寻的母亲最终横死于街头，那一瞬间她的感觉也是被胭脂河的水流覆盖，被吞没，这也是一个一切归于虚无的尾声。

四、《时间少女》的伤与痛

盛可以将目光投向人生的困境、女性的挣扎与灵肉的苦恼，并借此挖掘人性的深度。她在谈及她的第二部小说《水乳》时这样提道："它以90年代深圳为背景，写了几个女性的情感挣扎，作品关注女性的生活状态和观念的转变，同

---

① 王琦：《情欲化社会的话语分裂——盛可以小说论》，《南方文坛》2014年第4期。

时注重了对人性的挖掘。此外在这部作品中追求创作崭新的语言。”[①]而她2003年经由春风文艺社出版的第三部作品《火宅》经过修改润色后更名为《时间少女》，在这部作品中，作者表现出了与前两部作品不同的思想与理念。《时间少女》这部作品不仅与之前的作品不同，也与之后的作品风格迥异。这部作品的女主人公叫作西西，她出生于乡下，有一个对她毫不关爱、偏疼哥哥的母亲，她不知道自己是被捡回来的孩子，所以不懂母亲对她的粗暴与冷淡，只能默默承受这种缺乏温暖的生活。

童年的孤独让她一生都在追寻，这种追寻在她离开母亲，进镇子打工，处于相对独立的状态之后体现得格外明显。她追寻亲情、追寻爱情、追寻家的感觉，而这一切都是她期待找到一个心安之处的体现，孤独让她无处安放自己的心，无法真正依靠这个世界上的任何人，所以她做事勤勤恳恳，小心翼翼，唯恐被米豆腐店老板娘辞退。

（一）母猪乳香的隐喻。西西的童年是在猪圈里度过的，“西西是在猪圈里长大的。哥哥到处野，从来不带西西。母亲一忙起来，就把西西关在猪圈里。猪圈里的花母猪有一身黑白花朵和永不消失的奶水味”。[②] 孤独而没有人陪伴的童年，让她对自己常待的猪圈产生了依恋，她吃着母猪的奶，和猪们一起嚼猪窝里的稻草，她的玩具是小猪崽们的粪便，缺乏教导的情况下她甚至将猪粪往嘴里塞。在西西的认知里，花母猪身上的乳房是干净的，没有母亲身上的汗味和鱼腥味，可以说，在某种程度上，西西将花母猪当成了母亲的替代品，猪圈小小的天地，是让她安心的，花母猪把她当成自己孩子养的态度让她将对母亲的归属感转移到了它身上。就如哈利·哈洛的恒河猴代母养育实验一样，婴猴被放入隔离笼中喂养，笼中有两个母猴的替代物，一个绒布母猴的玩偶，一个带着一瓶奶水的铁丝材质的母猴玩偶。研究得出，除了去铁丝代母处进食的时间，小猴子24小时基本上和绒布代母待在一起。这其实是一个选择爱还是食物的问题，绒布代母象征着爱，与人类大脑构造最为相似的猴子帮助人们看清了爱在幼儿生长过程中的不可替代性。而绒布代母终究不是正常的母亲，它不能和小猴子进行互动、交流，于是在这种情况下被养大的猴子，会显得孤僻，无法和同类进行正常的玩耍，长大后甚至难以进行正常的性行为。西西的成长环境虽然不至于到这样极端的环境，但很多地方是很相似的，而这种成长环境

---

① 盛可以、黄伟林、刘铁群、詹丽：《盛可以小说创作对谈录》，《河池学院学报（哲学社会科学版）》2005年第6期。

② 盛可以：《时间少女》，四川文艺出版社2016年版，第2页。

留给她的心理创伤也是永久的。所以西西一直在找寻，她对气息的格外关注就起源于她内心对温情的极度渴望，这种渴望促使她去寻找，促使她对气息投出十分高的关注度。

文本反复提到的"花母猪的香味"是她对母爱和亲情渴求的隐喻。她格外关注许县长，一个疯女人，她可以放心地对这个疯女人倾诉，她让西西感觉安心。西西在她身上闻到了花母猪的味道，在端午节尾端的微光中，在梧桐树叶的味道遮掩下，花母猪的气味从许县长乱草一样的头发里散发出来，继而进入了西西鼻腔。花母猪的乳香味对于西西来说就是"妈妈"的味道，这是一个隐喻。这也是全文西西追寻自己"妈妈"，寻找自己身世的一个重要线索，它指引着她往那个看似缥缈的方向行走，让她不至于走了岔路。小说一直到最后才通过许县长尸体手臂上粉红的圆点，确认了许县长是西西的亲生母亲，而在此过程中，许县长是不是西西的亲生母亲其实已经不那么重要了。

两个女子，同样悲惨的遭遇，一段已然湮没在时光中，于是由另一个尚且鲜美的少女亲手一点一点发掘出这段遭遇，如同拭去古物上的泥土，一点一点，故事的脉络清晰可见。西西在算命的老奶奶面前承认自己与许县长的朋友关系，"她因而说出了她与许县长的交往，说她和许县长一样孤独，她和她都是孤单地生活在小镇上"。[①] 孤独使这对母女重逢，西西在故事里一直都在追寻，而许县长终其一生都在等待，她哼唱着"九九那个艳阳天来哟，十八岁的哥哥呀坐在河边……"然后像小英莲一样等待着从军的恋人，只是她忘了自己的恋人已经不会归来，也忘了自己曾经有过一个女儿。像是宿命一样，西西看到了许县长被强暴，许县长也目睹了西西是怎样在自己曾经留下记忆的树下和傅寒行云雨之事的。她们在同一棵树上留下刻痕，如同时光的轮回。她们的命运彼此交织，先有许县长，于是才有了西西，等长大成人的女儿进入镇子时，许县长已经是一个没几个人知晓真名的癫子了，于是得由追寻着亲情的少女来亲手揭开这个故事的重重面纱，看时光流转之前那些鲜活的往事。

童年的孤独终究无法排遣，一切的追寻也不一定有结果。西西最终还是错过了许县长，她找遍了整个小镇也未曾想到，自己的妈妈就在自己窗后的狭窄小巷里窝着，"她提起黑棉袄看，陌生;再嗅了嗅，没有她熟悉与喜欢的那股气味。她立在原地，身体转了一圈，没有一丝熟悉的感觉，只觉得自己站在旷野中，四周一片荒凉。她的心里涌起恐惧"。[②] 这是她最后一次的错过，这种追寻

---

① 盛可以:《时间少女》，四川文艺出版社2016年版，第121页。

② 盛可以:《时间少女》，四川文艺出版社2016年版，第236页。

不到的设定更进一步地揭示了童年的孤独对孩子心理造成的无可挽回的伤害，追寻不到，遍寻不得，显示了某种意义上现代人的精神困境，人与人之间的关系淡漠与都市文明的缺陷所造成的心理焦虑。

从寻找的角度来说，西西无疑是在“寻根”，她想知道许县长是不是自己的妈妈。对于这个在乡下母亲和哥哥构建的家庭里面找不到位置，在小镇里是外来者，也没有一个可靠位置的少女来说，她迫切地想要明晰自己的定位，找到属于自己的“根”，以安放自己的心灵。这种追寻是下意识的，对她本人来说也是目的不明的，就像她无数次地在晚上游荡在小镇的街道一样，寻找一个本不知道在哪的癫子，夜色如雾，沉沉将她笼罩。

（二）青苹果的战栗。每个少女的初恋都带着一股青涩的甜蜜，在此处用青苹果来形容真是再恰当不过了。西西初次遇到傅寒就乱了阵脚，脚趾头踢到了凳脚她也端着，忍着疼。尴尬之下她逃进了厨房，但注意力全被留在了有傅寒在的地方。在傅寒进入了她所在的小小空间和她说话时，即使只是站在厨房的过道处，也已经让她的心跳乱了规则。她闻到傅寒身上的如同切开的青苹果的味道，在从傅寒身边蹭过去的时候，甚至被这种苹果的味道弄得目眩神迷。西西就这样沦陷了，她追寻着傅寒身上的青苹果味道，有着如同私家侦探般的敏锐直觉，她每天去断桥，只为了能远远地观望他一眼，又因为傅寒对自己不理不睬，羞怒之下恼恨于自己不知好歹，竟然敢喜欢上城里人。米豆腐店老板娘的儿子傅寒，与小镇里其他的男孩子不一样，他在城市里读书，暑假期间回来，即便是横行霸道的赵宝也对傅寒恭敬且讨好着，在这里，长得好看又在外面读书的傅寒万众瞩目，他不在的时候也依然被大家当成一个传说，留在小镇里的男孩子羡慕他，女孩子喜欢他。西西就是喜欢上了这样一个人，傅寒之于她，如同天上皓月之于地上萤火虫。面对这样的男孩子，西西的心情是复杂的，无法遏制地喜欢着想要靠近，又清楚地认识到这种差距而忐忑着不敢靠近。

盛可以将这种少女的心情把握得很好，“她看见了他，不，她闻到了青苹果的气味！她的心一阵战栗，有什么东西倒了下来。她感觉自己的虚弱。她听见胸腔里有风箱在抽动。她的脚不是她的。她既盼望着快步走过去，离他近一点，又希望只是这样，远远地闻着青苹果的味道，听他和别人谈笑”。[①] 她一连三天坐在断桥边的阶梯上，面朝胭脂河，鼻子在空气中努力捕捉他的苹果清香，竖起耳朵捕捉他的声音。她为了他坐在那，希望被他注意到。三个晚上过去了，都是她一个人坐到双腿麻木。于是她失落的三天没去。然后第四天被毛

① 盛可以：《时间少女》，四川文艺出版社 2016 年版，第 101 页。

燕拖了出去，她很久没有和毛燕一起相处了，她的心里毕竟对友情也是有着渴望的，于是和朋友一起，心里怀着某种隐秘的期待，她又出了门。这次她在回去的胡同里嗅到了青苹果的气味。他问她："你怎么了？又一个人在码头上坐，对着河面发呆吗？"他对她说："这几天没看见你，过来看看你在干什么。"①

于是西西便无法自控地沦陷了。在枫树林里面，她把自己交给了傅寒。这段如火一般短暂的恋情灼烧了她的生命，她为自己的懵懂无知的行为付出了代价，在什么都不了解的情况下怀孕了，又在什么都不了解的情况下去打胎，然后失去了生育能力。在并不清楚自己失去了生育能力的情况下又收到了傅寒从学校寄过来的分手信。她终究没有见到他最后一面，便已经失去了他，或者说从来没有拥有过。傅寒这个挂在高高的金色苹果树上的青苹果，和她到底是没有结果的。即使是她并不奢求他娶她，也不想成为对方的累赘。但就算是这样的爱也是无法继续下去的。且不说傅寒对她有多少真心，光是城乡之间的差距，读书人和一个打工妹之间的差距，就永远地隔开了他们。代表着青涩初恋的青苹果香味从西西生命中抽离开去了，她不再期待这个气味，也已经看清并接受了事实。但她依然没有放弃追寻爱情。

傅寒这个人物的塑造具有浓重的象征意义，被赋予了言情小说男主一样的外表和人物设定，像光辉不会落去的恒星一样出现在女主人公的生命里，无比美好，让人仰望。而当这份美好被现实无情地戳破的时候，就显得尤为无情与残酷。这种看似美好与梦幻的开始，一个打工妹得到了王子的垂青，两个人充满激情地度过了一段时日。于是灰姑娘的童话故事要回到现实了，她依然穿着灰扑扑的裙子窝在铁灰色的房间里，往日习惯了的色彩在美梦的对比下变得更加压抑。西西在这种磨难中快速地成长了起来，她不再那么单纯不知世事，她学会了先思考再做行动，她变得世俗了一些。然而这种打击依然对她本就脆弱的世界造成了冲击性的损伤，面对这种损伤时，如同"妈妈"般的米豆腐店老板娘为了补偿儿子犯下的过错细心地照料西西，这种温暖帮助西西振作了起来，同时她将一部分精力投入到了许县长身上，追寻着"许文艺"的踪迹，追寻着自己的身世，除此之外又将感情分散到了新的恋情中。

（三）酒糟的迷雾与挫败。厉小旗对于西西来说，他身上五谷丰登的粮食香味象征着成熟沉淀，两个人伸出触角来小心地互相触碰着。厉小旗教她下军棋，两个人在棋盘上你来我往，气氛渐渐升温，厉小旗的心先乱了，所以他在第四盘棋还远远不到生死相拼的时候率先认输。他说："你赢了，西西。"他说：

---

① 盛可以：《时间少女》，四川文艺出版社2016年版，第105页。

“一步棋，即可定胜负，我弹尽粮绝，且无精兵良马，拿什么与你拼？所以我知道我输了。”[①]他输的不只是这一盘棋，他的心也率先沦陷了。他们俩的手率先熟识了，手和手长时间地互相交流着，熟悉了彼此每一条指纹的走向。然后厉小旗又率先跨出了那一步。在厉小旗酒糟般的醇香里，西西的思想也开始进一步地成长了起来，她有时候也能说出一些令厉小旗惊艳的有意义的话来了。但当厉小旗得知西西曾经为傅寒堕过胎之后，决意与她不再来往。西西自然是悲伤的，但好在对于这个结局，西西早有准备，因为之前的经历，她认为嫁给厉小旗对于她来说是一种奢望，有了心理准备西西在没人安慰的情况下也能自己度过这种痛苦了，她在这种悲伤中将更多的注意力转移到了追寻许县长的进程中，寄希望通过追寻而在悲伤中能找到一个喘息的间隙。但失踪的许县长更像一团迷雾，西西因此神魂颠倒，陷入了癔症状态。

厉小旗终究抵不过心的呼唤，最终还是决定娶她。然而命运又在此展现了它的残酷，就在健康的厉小旗和西西定下婚约之后，他竟然在一次酒厂的意外中失去了自己的右臂。“厉小旗残疾了没有关系，关键是，谁知道她是在厉小旗四肢健全的时候，和他互定终身的呢？”[②]西西这样自问，她依然爱着厉小旗，也并不介意厉小旗的残疾，只是，她希望通过嫁给厉小旗来向镇里人证明自己这一点终究是折戟沉沙了。

这部小说机关重重，意念杂驳。花母猪的乳香味就相当于西西的人生主线路，它是妈妈的象征，是童年温情的体验，关乎她对自己的定位与孤独心灵的寄托。这种追寻可能是徒劳无功的，西西最终也没能找到花母猪的香味，但我们并不能因此否定她追寻的这个过程，人生本来就有很多事情是徒劳无功的，即使它最终归向了虚无。而傅寒的青苹果香味和厉小旗的酒糟醇香代表着两种不同的爱情，也代表着西西人生的两个阶段，从青苹果的青涩香气里走向了粮食的醇香中，象征着西西的成长与成熟。追寻这两种气息代表着西西对爱情不曾停息的渴求。在《时间少女》中，西西对爱情的追寻也是没有一个具体的结果的，毕竟她不能生育这一点，老板娘一直没有跟她说过。而假如她最后嫁给了厉小旗，结婚多年无子，这个秘密还是会暴露出来的。到时候她的爱情和婚姻的走向依然是未知的。可以说西西的爱情在盛可以笔下也是归向虚无和未知的。

在盛可以的爱情观里面，爱过之后的人生和生命都归向虚无，让两个人依

---

① 盛可以：《时间少女》，四川文艺出版社 2016 年版，第 210 页。

② 盛可以：《时间少女》，四川文艺出版社 2016 年版，第 275 页。

然在一起的是社会责任或者别的什么东西。她觉得爱是一种信仰，信则有，不信则无。在《时间少女》这部小说里，她无疑是让西西一直相信并追寻着爱情的，但盛可以依然对这种状态持一个怀疑的态度，西西的寻找就是一种从无到看似无的有，然后又到了一种看似有的无的境地，她在迷惑中徘徊，究竟是有还是无，要看她个人的信仰与读者的理解。所以她留下了这个伏笔，等待着读者自己去思考与领悟。

第二节 《福地》中的生死观

近年来，研究盛可以作品的论文层出不穷，但大部分主要集中于她的早期作品。评论者评价的多是盛可以的城市情感小说，他们的关注点还停留在盛可以作品中的女性与情欲上。而对盛可以的乡土小说和作品中的其他特质有待学界深入分析。本节主要聚焦于盛可以的短篇小说集《福地》，对其作品中彰显的新生与死亡进行阐释。

《福地》由六个短篇小说组成，分别是《福地》《喜盈门》《弥留之际》《香烛先生》《算盘大师张春池》《小生命》。这六篇小说是她近几年的作品，相对以往的作品，这六个短篇在风格、情节和叙述方式上都做出了重大突破。六篇小说有一个相对统一的内核，那就是研讨生死。在盛可以笔下，生中可以窥悲，死亦可以得欢，生死同又不同，悲欢相互逆转。本节在此处主要选取《福地》和《喜盈门》进行对比论证，其余几篇从旁作为论述补充。

一、生之可恶

盛可以喜欢探视人性的恶，其中盘根错节地纠结着人性，恶中存有其独有的爆发力和冲击力。她这样说道："小说家对恶的探索与思考，是内心能量的巨大喷发，是对于艺术的神圣冒犯。"[①]她认为对恶的挖掘是在探索一些更深层的、更本源的东西。在《福地》这一篇小说中就体现了她对恶的把握和探索精神。

《福地》的创作灵感源于一则关于代孕公司的社会新闻。作品以一个被捉到代孕基地，被当成代孕工具的十五六岁的白痴少女的视角来写。从这个视角出发，一是可以弱化故事本身的残酷性，那些难以承受的悲伤与哀痛不是一个傻子能明白的，主角不明白，读者代入之后就会和她一样对残酷的感受那么难

① 盛可以：《小说需要冒犯的力量》，《当代文学研究资料与信息》2009年第1期。

以忍受。二是，以傻子的视角来写，可以更为客观全面，因为不明世事的傻子在这个钩心斗角的基地里更像一个移动布景板，旁人反而会毫无顾忌地在她的面前袒露真性，从她的视角出发，便能获得最多的信息，她也不会参与进基地的各种暗流之中，所以能保持客观性。三是可以双线叙事，丰富故事内容，增强文本的可读性，傻子的思绪是恍惚的，她的身体在此处，她的思绪可以仍然停留在很久以前，在这种恍惚之中，又增添了一丝诗意的朦胧，给文章笼罩上了巫地残忍神秘的特质。

“福地”指的是一个代孕基地，基地里的老板和管理层认为自己的基地和《荷马史诗》里的福地一样，是一个没有灾难的美丽幸福的国度。领导者认为自己创建的基地是一个规章制度完美的、积极向上发展拥有美好前景的地方，这其实是领导者想当然的自我陶醉。他们的快乐是建立在违背社会伦理道德和别人痛苦的基础上的，他们当然是快乐的，他们能从基地的运行中获得高额的利润，老板利用赚到的钱可以自由地买奢侈品包包，买皮草，想出国旅游就出国旅游，而他们利益的来源——代孕的女性们却只能日复一日地按时吃着被搭配好的营养餐，被囚禁在这个小小的基地，没有自由活动的权利，甚至没有自由和与外界联络的权利。基地的老板将代孕的女性看成一个个加工产品的工具，女性在他眼里被物化，本该充满爱与幸福的创造生命的过程变成了机械化流水线生产的过程，在这里，人性被扭曲压抑。每一个怀着孩子的母亲都毫无幸福可言，在强制制度化的生活中，她们通过变态的方式纾解压力，钩心斗角、争风吃醋。生，在此处不代表欢乐，生，代表的是代孕妈妈永无和孩子再见之日的别离。强压着痛苦与天然的母性只为了卖取一笔金钱。与常规的思路不同，在盛可以这里创造生命和生命延续的快乐被逆解成相反的状态，生，在此处是怪异的形状，是产生恶的前提。一个生命的诞生是一段痛苦的开始。通过与人们日常生活经验的强烈反差，更激发人们对生命伦理和社会道德的反思。

与小说集首篇《福地》遥相呼应的是最后一篇《小生命》。小生命是姐姐肚子中七个月大的胎儿，然而它的存在带给家人的是担忧和痛心。和姐姐创造出这个小生命的小青年口口声声喊着他让姐姐怀孕是出于他们的爱情，认为姐姐家人对这件事的干预是对他们爱情的毁灭，然而这个小生命真的是爱情的结晶吗？如果是爱的话，为什么他的一言一行都在推脱责任？或许这就是一个欲望的产物罢了。小生命的孕育给两家人都带来了折磨，女方痛心女儿心甘情愿被玩弄，男方拿不出钱结婚也付不出引产赔偿款只想推卸责任。

在这里，盛可以再一次用新生命的诞生反映了人类的恶。人人只为自身利益奔走，小青年和他的家人都如同演员，来回扯皮，演技拙劣，不合规则为了私欲而使出种种手段，恶就在这个过程中产生。盛可以选择了书写不被期待的新生命这样一个集中了矛盾的命题，这在她以往的作品中也屡屡涉及。《归妹卦》中采西被迫怀了姐夫的孽种，进一步加剧了她一生的苦难，《时间少女》里西西被玩弄之后流产，从此再也无法受孕。不负责任的男人是她们苦难的根源，不被期待的生命又是摧残她们命运的刽子手。人性往往在面对生命中的大事件中才会展现得淋漓尽致。盛可以花费笔墨集中描写刻画了在女性因为各种原因受孕之后发生的种种事件，与常规的受孕等于欢喜模式不同，她更侧重于展现因新生命的到来而愈发苦难的人生。

对比盛可以早期和中期的作品可以看出，《福地》和《小生命》的笔法与故事情节都变得更为温和圆滑，少了些许尖锐，多了一些成熟。两篇小说在情节设置上不再一往无前地冷硬与残酷，在冰冷中夹杂着一丝善意，更加令人瞩目，而故事的结局也不再是虚无或者绝望，有了一个光明的尾巴。像在《福地》里，代孕妈妈们都对傻子少女怀抱着一丝柔软，而代孕基地也最终难逃被警方摧毁的结局。《小生命》中父亲在同理心的驱使下最终只从男方家长手里拿过了一万的医药费，而姐姐明白了谁是真正爱她的人，并在深思熟虑之后决定自己承担起生育这个小生命的责任。在光明与黑暗交织中，光明显得更纯粹，黑暗显得更深沉，比起对恶一味残忍的描述，这种写法无疑更显功底，也更发人深省。

二、死之可喜

杜甫曾云："死别已吞声，生别常恻恻。"别离往往使人悲伤难言，更不要说是以死亡为界线的永久别离了。而盛可以在她的作品中则再一次颠覆了文学的常规思维定式，在《喜盈门》和《香烛先生》中，她从不同角度描绘了民间的"白喜事"。同"喜丧"含义相似，但喜丧一般"死者之福寿兼备为可喜"，是在全福全寿全终的前提下举办的，也就是要家里人丁兴旺且寿数悠长、自然老死者的丧事方能谓之喜丧。而近些年来随着人民生活水平的提高，个人平均寿命进一步往上提升，在民间，白喜事一般是指为年寿已高的老人举办的丧事，并不要求自然老死，因病去世、人丁不兴但家中愿意者均可以办成白喜事。办白喜事的人家一般把丧事当成喜事在做，办道场，广请亲朋好友，搭戏台，请戏班，人人脸上挂着笑意，丧亲的人家也往往笑得合不拢嘴，甚至连哭丧也是可以请人代替的。

《喜盈门》写一个年纪不大的小男孩看到、感受到的白喜事。死者是小男孩即将满百岁的曾祖父，曾祖父卧病在床，人人都盼着他快点落气，除了小男孩好似没有人在悲伤，家里人在曾祖父生时对他极其冷漠，他们觉得曾祖父没有为家里人做过什么，甚至在曾祖父快要落气喊要吃茶，二伯也不愿端茶去服侍他。最后为了不耽误家里人的日常生计，小男孩的爸爸亲手给曾祖父喂下了送他早点上路的小白粒。小男孩觉得这一切不对，然而他却说不出什么话来。为了体现自己家有孝心，在爷爷的一力坚持下，家里明明没有几个钱，但这个丧事办得非常风光体面，也可以说是比较铺张浪费。谁家的丧事办得更体面，仿佛成了证明自己孝心和博得好名声的手段。这家人请来了戏班子敲锣拉琴，请了哭丧的戏子来唱孝子歌，她不只是被请来代替表达自己的悲哀，且她哭得是否起劲也成了面子攀比的一部分，要让戏子哭得起劲，就得往她脚边的草帽里使劲扔钱打赏，孝子歌唱到后来，歌词竟变成了赤裸裸地讨要金钱。这种现象不仅是存在于盛可以作品中，经过查访，笔者发现请人哭丧在各地均已经成了常态，甚至有“越多打赏哭丧的人声音越大越悲惨”“哭丧的人的声音越大越诚恳”这种说法。

人对逝者的悲伤和怀念或许可以看作评判孝心的标准，但这种悲伤和怀念不仅可以请人代为表演，甚至可以转而用金钱衡量悲伤，用金钱的数目评价孝心的多寡。这无疑是一种不良现象，甚至可以说纯粹是一种攀比心理作祟。我们很难在请人哭丧的过程中看到真情，哭丧在很多地区的白喜事中已经沦为了一个表演节目，参与的人无甚真情，围观的人哈哈大笑。把丧事办成喜事不是不可以，但是悲伤不是表演也无须展示，丧事更不是一个通过铺张就可以展现孝心的事件，办丧事也不是用来攀比的手段。在这种铺张扬厉的白喜事中，人们只能看到办丧事的人在拼命撒钱。然而一个人人都明白的道理是，如果你生前对长辈不好，那等到长辈死后你再怀念为他在丧事上花再多的钱也是枉然。喜丧往往成了一个表演的舞台，哭丧的人过来求打赏敛钱，做道场的人带着主家一圈圈绕场也等着打赏，过来掺一脚的鼓乐队也是等着打赏敛财，可以说，白喜事竟成了一个以攀比撒钱为荣的盛会，办丧事的人以撒钱多为傲，于是主家红光满面笑嘻嘻，来喝酒的人热热闹闹也是笑嘻嘻。盛可以在《喜盈门》中反映的这种社会不良风气，是值得引起每个人关注的。

如果说《喜盈门》具有社会性的话，《香烛先生》就更具有个人性。《香烛先生》从一个面目奇异的傻小子李九天的角度来写，以他的个人经历作为故事的主要部分。李九天长得丑，丑得奇形怪状，这就成了他被排斥的根源。只有你不合群长得不一样，不排斥你排斥谁呢？他不仅被外人排斥，也被家里人排斥。他是孤独的，没有人想要跟一个脑袋对着天、时时流着口水的人进行什么深入的交谈，纵使母亲是爱他的，但是很快，母亲的爱也转移到了长得粉嫩可爱的弟弟身上，孤独的李九天只能通过在别人办白喜事的时候忙前忙后来体会自己存在的意义，只有在办丧事的时候，别人才会毫无顾忌地吆喝指使他，这个时候人们会摸他脑袋，对他友善。大家聚在一起其乐融融，九天也觉得欢快无比。棺材停在旁边，里面躺着死人，然而在棺材旁边，大家聚成一堆，仿佛来参加一个热闹的集会，每个人都欢快无比，就连主人家自己的脸上也全然窥不见悲伤的踪影。李九天盼着人死，只有死人了，他才能获得真正的愉悦。这是他的错吗？并不是的。人是社会性的动物，马克思甚至说人的本质是"一切社会关系的总和"。那么，从小离群又没有经过教育的李九天身上的动物性甚至可以说和人性是不相上下的，他是蒙昧的，没有人来教导他怎样才是对的，所以这不是他的错。既然不是他的错，那就是他所处的环境的错了。

死亡场所成为欢乐的聚集地，在以喜丧为文化传统的地域可能是正常的现象。然而在我国五千年的文化传承中纵使有喜丧之说，流传的时间也不长，也与现代的白喜事并不相同。这既不是我国自古以来的优良传统，何故却越来越盛行以至成了民俗呢？确如盛可以笔下所描绘的那样，因为在这种民俗中蕴含了人性丑的一面。虚伪且不合时宜的攀比心理混合着金钱至上的观念以及人潜藏起来的虚荣心作为其内在驱动力一直推动着白喜事的发展，支撑着它的存活。正如"闹伴娘"的习俗一样，在没有"柳岩伴娘事件"之前，闹伴娘在很多村庄中默不作声地存在着，使一个又一个的无辜女性受到伤害。一些轻微的"闹伴娘"可能并不过分，正如有些较为正规的白喜事还是相对正经的，然而大众文化有的时候就是娱乐至上的，群众聚在一起就很容易因为群众效应做出过分的事情来。不能因为没有一个"柳岩伴娘事件"就姑息白喜事等民俗中存在的不良风气。改革社会风气，更主要的还是要从文化上入手，只有改变了人民的精神和心理，这些不良民俗才会被革新往好的方面发展。

应当看到，中国农村的很多地方观念还很落后。盛可以在很多作品中反映了农村妇女的悲惨遭遇，不仅是针对农村女性地位，不仅是挑战男权社会，更是对整个社会黑暗面的揭露，其对恶的关注，归根到底还是希望社会变得更好。我们的社会不仅需要赞歌，更需要如同这般的"恶歌"，但我们也要引起注意，盛可以的"恶歌"作品之所以能在国外推广，也是因为契合了外国读者的心理期待，他们潜意识里认为中国是神秘的，"神秘"在某种程度上正是代表了野蛮和落后，正如我们不会用神秘来形容美国人或者英国人，却在潜意识里觉得非洲是一块神秘的土地，觉得原始部落非常神秘。盛可以作品中的"巫气"和对中国社会中恶的书写，正是满足了外国读者在这个方面的期待。而盛可以对自身风格的突破，从某种意义上来说正是中国人的文化自信在世界上逐渐确立的过程。

第三节　文学变奏:半路杀出个李傻傻

当70后作家风生水起，在全国文坛越来越引起关注，作品的影响力越来越大的时候，他们还来不及享受作为被关注的一代所应获得的荣光和掌声，几乎是突然之间，文坛上冒出了一批80后作家，其锐利的笔触和表达的深度都有着令人吃惊的自持和从容，让70后作家强烈感受到这一批后生之可畏。比如，与盛可以同为湖南作家的李傻傻就是其中的一个代表。“在李傻傻的文字中间，岁月的流淌静止了，没有老成，没有稚气。无增无减，不动不变，色相坏时，还归虚空。这，就是我们的文学我们的根，长期以来，它一直排在了青春的后面。但当青春挥手兹此去的时候，它却能留下。”80后作家胡坚对李傻傻写作的这一评论清晰明确地指出了李傻傻作品不可估量的文学价值。李傻傻的《红×》问世以来受到广泛关注，各种评论滔滔不绝。通过对以《红×》为代表的李傻傻作品的研究，有助于了解李傻傻在当今文坛所起到的作用，了解其行文写作风格，了解其作品特色，有助于了解其作品的文学史价值，并对当代文坛的发展、创新及前进方向亦有指导意义。

李傻傻在80后作家群中处于怎样一个特殊的地位，面对众多书写农村生活的作品，为何唯独李傻傻引起了如此剧烈反响？这些都是值得进一步探讨的问题。

一、80后的李傻傻与《红×》的书写路径

李傻傻是80后作家，创作了《红×》。20世纪80年代，随着“改革开放”号声的响起，整个中国发生了巨大的变化，一群喝着可口可乐、看着动漫的80后就在这样充满新旧更替、中西碰撞的环境中成长起来。如今，他们已经在各个领域逐渐开始成为主力军，然而以韩寒、郭敬明等为首的一批年轻作家，却始终尴尬地徘徊在中国当代文坛的门口，得不到正统文学的承认。而这个作家群体不管各自的写作风格有多大的差异，都被统称为80后作家。自身所处的充满变革的时代环境，让80后的作品生发出特有的生命力，文学评论家白烨指出:“他们之于文字和文学，有不少人好像是天赋异禀，从感觉之微妙，到语言之灵动，都如同天籁……而他们的真率，似是与生俱来。这跟他们较少受到文坛已有风习的浸染有关，更与他们在新的时代、新的氛围下成长起来有关。”

有学者认为，80后作家作品畅销的现象源于应试体制带来的压力，以及国人传统上渴望着一夜成名等畸形心理的影响，导致青少年心态的一种不正常表

露。我们应从教育体制的根本去寻求改革和突破，在社会舆论这个大环境里出发，及时地介入“人文关怀”这样的理念，从关心青少年思想健康、心理健康为出发点，理性地去制止这类现象。青少年文学需要在文学功底和文化底蕴上提高，而并非是靠为了捞取利益、夺取大众眼球的媚俗文学。在这种商业时代，农村身份与纯文学显得格格不入，正是李傻傻的本色性写作（不刻意追求某种前人既定的风格，而只服从内心的需要），肩负严肃的文学使命，与浮躁心态对抗，使他在初期的写作中坚定不移地探寻文学的价值。

乡土小说在中国文学史上一直占据着重要地位，但其在 80 后文学创作中似乎是一个空白，李傻傻的出现填补了这个空白。他以一种严肃的姿态进行写作，辗转游走在乡村与城市之间，真诚地面对城乡之间的现实和困境。带着对乡村的眷恋与真实的体验，以及都市的新奇，李傻傻渴望找到一种解决城乡矛盾的办法，但却在一次次的寻觅中失望，于是，他对城市与乡村的种种不调和状态抱有了宽容的态度，为 80 后文学中的乡土创作提供了很好的范本与借鉴，也代表了乡土写作在青春文学中的长足发展。

李傻傻是 80 后作家中少有的持严肃文学态度的黑马作家。他的乡村书写丰富了当代尤其是 80 后文学的表现范围，彰显了文学创作的多元化。“反复”叙述是作家写作时常用的一种叙述手段，运用得当可以深化作品内容，强化思想主题，带给读者新鲜的阅读体验。意象、语言故事以及主题的反复出现，构成了李傻傻创作中的“反复”叙述。结合作品、作家的时代背景来看，“反复”叙述对于填充人物血肉、凸显作品主题是一个极大的丰富，对当下 80 后的生存状态是一个刻骨的揭示。

《红 ×》的主人公虽然是一个问题少年，但作者的叙述并非猎奇式的故作叛逆，而是采用一种平视的视角，叙述口吻自然、诚恳；故事虽然惨烈，但是叙述底色却不阴暗，而是充满了青春的爱和活力，以及对青春期尊严的追寻；在语言上与当下青春流行读物彻底拉开了距离，网络语言与民间语言熔为一炉，相当奇特，具有很强的冲击力。李傻傻乐于充当观察者，他的细密和华丽有种妖媚的感觉。

《红 ×》是李傻傻的第一部长篇小说，也是一部“中国式的《麦田里的守望者》”。如果对两部作品中的主人公——霍尔顿和沈生铁的形象进行平行比较研究，归纳其相似点及不同点，以对《红 ×》这部颇有争议的作品进行品评，会发现沈生铁这个人物形象理想光芒缺失，有着道德的缺失和价值判断的终止。我们在《红 ×》里，看不到沈生铁的追求和理想，除了作者解释的那个实际上并不存在的天性的自由。不仅对于理想，就是对于道德，我们看到的也是价值判断的中止。

爱情是文学的永恒的主题之一，或凄美，或热烈，或纯真，爱情故事不知感动了多少人。80 后写作自己也不例外，但是和以往文学叙事中的爱情相比，80 后爱情叙事发生了很大的变化，爱情的诗意受到欲望的强烈冲击，呈现出明显的欲望化特征。李傻傻的《红 ×》也不能免俗，沈生铁和李小蓝的爱欲纠葛，正是他的欲望所致，但他清楚地明白，何为欲望，何为爱情，理解爱情和欲望的不同。“他锐利，但锐利的只是目光，而非行动；他渴望女性，但把爱情和欲望截然分开。”在记者对李傻傻的访谈中，李傻傻坦言，他的创作离不开家乡湘西的影响，但不会以农村代言人自居，喜欢少年意气，可能孩子气，可能不成熟，但孩子气和不成熟不是一回事，当务之急是训练自己操纵各种语言的能力，不关心同代人的写作。

二、《红 ×》：李傻傻的中国梦

2005 年，《时代》（全球版）刊登出一组特别报道，浓墨重彩地对正在崛起的中国进行解读。该刊以“中国新革命”（CHINA’S NEW REVOLUTION）为总题刊载了二十多个版位的相关文章。这其中选取的人物有，拥有中国最大的房地产公司的王石、热情的新电影人徐静蕾、十亿美元的游戏大亨陈天桥等，而在文学界，《时代》周刊选择了李傻傻，这是继 2004 年韩寒、春树等 80 后作家登上美国《时代》周刊（亚洲版）后，再次出现的中国青年作家。而在此次刊登中，《时代》将李傻傻称为“幽灵作家”。

《时代》周刊认为，李傻傻代表了中国人的梦想：穷困的男孩勤奋学习，成为学校中唯一一个上大学的孩子。但他关注的是那些没有实现梦想的人：无数放弃土地拥入城市打工的农民，包括他自己的父母，李傻傻将这些新移民称为“城市幽灵”。“他们建设了令中国自豪的城市，但是他们却难以被平等地看待。”李傻傻决定写他们的困境，而且他对农村的描述引起了中国读者的共鸣。《时代》周刊因此称李傻傻为“幽灵作家”。

在李傻傻本人看来，上《时代》周刊代表不了什么，同一时期的其他人也不是不可以，只是自己比较幸运被选中了。另外，自己也代表不了谁。关于自己“幽灵作家”的称号，城市里的鬼，苦难只是他们的一面，他们面对城市时也会有喜悦与快乐，所以才愿意继续留在城市。自己也不是唯一的记录者，肯定也还有许多其他的人在关注着，只是还没有得到广泛关注而已。

实际上，李傻傻独特鬼魅的行文风格被广大学者所赞同，其长期的农村生活体验也是与众不同的，正是长期的农村生活体验为李傻傻的创作提供了最重要的素材。作家们研究李傻傻及其作品，表现出了对李傻傻能否从城市和农村对比强烈的生活中获得更清醒的头脑和更完整的体验以及因此对待生活的态度转变的担忧。但李傻傻直率、自由、洒脱，对于商业化的文学创作敬而远之，用自己最纯真的状态去创作。从李傻傻好友西毒何殇对其记忆摘录的一些片段:《山鬼》的胎死、《小人物》的夭折、爱情的极限、写作的懒惰、长发、兔子、烟、电影、海子和李敖几个部分印证的情况来看，李傻傻虽然懒但不惰，凭借其对写作的执着与天赋，李傻傻这个人不会沉沦。正如李傻傻所言，“有能力和有魅力的人应该更成功才对”。

从众多学者、评论家的意见中可以看出，《红 ×》在当代文学中发挥着重要的，甚至是转折性的作用。李傻傻在《红 ×》中对城市与乡村的种种不调和状态抱有了宽容的态度，他不像海子等人因为受到城市与乡村的强烈冲击而痛苦、沉沦，悲伤不能自已，而是用积极的态度，寻得一个中间平衡方法，以一个童稚的视角，平淡无奇地去叙述自己眼中的城市与乡村。正是这样的创作为 80 后文学中的乡土创作提供了很好的范本与借鉴，也代表了乡土写作在青春文学中的长足发展。除了对《红 ×》的大力赞扬，当然也有一些批评的观点。多位作者将美国作家塞林格的代表作《麦田里的守望者》和《红 ×》对比，从而指出《红 ×》中理想光芒、道德的缺失和价值判断的终止。主要人物形象沈生铁没有理想追求，放纵，道德观念不强，没有明晰的价值判断。此外，许多、李傻傻的研究者对于李傻傻《红 ×》之后的文学创作发出不同声音，一种认为李傻傻凭借丰富的经验、经历和扎实的基础，一定能再次在文学界掀起狂潮；而另一部分研究者通过对李傻傻《红 ×》之后的文学创作内容、语言的对比研究发现，李傻傻文学创作后劲不足，很有可能难以创作出更加优秀的作品，研究者普遍表现出担忧。但文学创作是一个积累，经过长期沉潜方有可能爆发，对此，我们不能操之过急，应持鼓励态度。

作为“80 后实力派五虎将”之首作家李傻傻的第一部长篇小说，《红 ×》一问世便广受关注。“红 ×”这一书名作为罕见的新名词，牵动着读者的神经。《红 ×》将父子两代人的生命轨迹进行对比，讲述了少年沈生铁与杨晓母女以及李小蓝之间的情感历程。学者们自然而然地将《红 ×》归为成长小说，然而李傻傻的成长小说与古往今来的成长小说并非完全一致，从马原的观点来看，既非喜剧，又不同于正剧。这是由于李傻傻的写作方法和所处的时代都不同于前人，物质决定意识，李傻傻所写只能是他所处的湘西小农村，反映的也只能是不同以往的当代青年人的成长。

文本主人公沈生铁这一人物形象特立独行、不喜外物、追求自由、叛逆孤僻、纯然直接的性格使读者印象深刻。文学形象作为假定性与真实性的统一，作者塑造这一人物形象，既是反映自小在湘西农村的生活经历，其中也必然包含着与真实不一致的部分，这更易引起读者联想，也寄寓着作者的思想。沈生铁是怎样的一个人物形象，为何要塑造这一人物形象，这个人物形象背后有什么样的文学意蕴呢？这是本节要探讨的内容。

纵观整部小说，“红×”二字从未出现，那么“红×”作为题目，究竟意义何在？对于高中生的沈生铁来说，“红×”最初可能意味着老师在作业的本上批出的鲜红且醒目的错号，也来源于飞机制造厂子弟学校的师长们对沈生铁一类学生的否定，诸如诬陷廖福贵作弊、逼迫沈生铁供出不存在的违纪行为等；对于退学以后的沈生铁来说，“红×”是对他踏入社会生活的概括，经历了与李小蓝的情感波折到杀人逃跑，对这样的成长历程的最终的概括是一个鲜红的、触目惊心的“×”，是对这样的成长而导致的结果的否定。《红×》作为一部成长小说，“×”是对人成长过程的评判，既是老师作业上批改的红×，也是人生试卷上的红×。

（一）沈生铁是一个怎样的人物形象？文本开头始于主人公沈生铁火车上偶遇初恋，是沈生铁对五年前经历的回忆。飞机制造厂子弟学校时期（高中时期）的沈生铁懦弱、敏感、迷茫、叛逆、隐秘。沈生铁在与舍友陈未名、廖福贵、许青羊、张小勇的高中生涯中，他们作为学习不突出的中下游学生，又常常惹出各种意外，受到班主任的格外关注。在每一次犯错的处罚中，沈生铁看似最坦然、看似已预知一切，但实际上，他是敢怒而不敢言，每次都在心里暗骂老师以给自己安慰。包括离校前夕在水房中与人打斗，在寡不敌众而被打的情况下，沈生铁无法反抗，但并不觉得羞耻，并不想去反抗，而不得不反抗的原因就是不反抗显得没面子。他的确如自己的绰号“孔乙己”，过着邋遢、自欺欺人、敏感固执的生活。可见，此时的沈生铁懦弱、软弱，正如众多平凡的小人物。

“受人戕害的童年经常会导致一个戕害他人的性格的完成。”文本对沈生铁划学校玻璃一事花了很多笔墨去描写，沈生铁在杨晓不理自己以后用玻璃刀在学校玻璃上划上有特定意义的符号，并觉得“神秘、生动、惊险”，这不仅是在描写这种行为，行为背后更多地反映了主人公敏感、迷茫无处排遣的压抑，心理的极度敏感、脆弱乃至扭曲。但沈生铁又具有隐秘的性格，他不善于倾诉，因而独来独往，对自己不感兴趣的人从不礼貌对待。而当离开学校，有了和李小蓝的“偷行苟且”时，沈生铁有了责任感，虽然懦弱敏感并未完全褪去，性格已有了很大转变。李小蓝不是他所爱之人，他们在冰冷孤独中相互依偎。在和李小蓝的相处中，沈生铁的性格得到全面展现，他感谢、珍惜，也曾怀着美好的愿望面对两人的情感，他在情感上流露了一颗孩子般纯洁而又温柔的心。面对生存现实，他想尽办法，也努力以一个少年的进取精神和热忱去供给自己的生存所需，尽管事实的发展不遂人愿。沈生铁就是这样一个少年，一个来自农村、自小受到家庭暴力、受到父辈故事影响、追求自由、我行我素却又不得不约束自己的人。曾经懦弱、迷茫、敏感，曾经积极进取，但压抑后的放纵、阴郁敏感的性格使得沈生铁踏上了杀人这一不归路。

（二）为何要塑造沈生铁这一人物形象？在 80 后作家群中，李傻傻无疑被归为农村小说的一派，而与之对应的就是诸如郭敬明、韩寒等以描写现代城市生活为主题的作家。作家与作家之间的不同，自然也显示到作品之间的不同上。同为成长小说，李傻傻的这部《红 ×》与韩寒的《三重门》有众多相似之处——同样讲述了青少年的高中生涯，《红 ×》中的高中生沈生铁，《三重门》中的高中生林雨翔。两位主人公，一位来自农村，性格阴郁压抑、敏感脆弱，在班级中被当作坏学生对待，身边的朋友也都是所谓的不入流的差生；一位来自城市，性格活泼开朗、小有文采，在班级中被当作一名才子，身边的朋友也都幽默风趣、开朗活泼。两书中的主人公也都有一段难忘的感情经历，沈生铁追求班主任的女儿，但终因“看了不该看的事”而被冠以各种“罪名”，“签字画押”离开学校；林雨翔追求 Susan，两人互相爱慕，但 Susan 为了让林雨翔奋发，用善意的谎言欺骗林雨翔，林雨翔不但不知还辜负了 Susan 一片好心，最终两人遗憾结束。那么，最终两位主人公走向何处呢？沈生铁杀人逃跑，投奔杨晓之母杨繁；林雨翔得知 Susan 为自己所做的一切，后悔中心如死灰。林雨翔的结尾仍是一名高中生未竟的爱情，而沈生铁的结尾，是他的整个人生。韩寒创作《三重门》之初，还只是一个小有名气的“混混”，但他生活在城市之中，拥有着城市孩子的叛逆与任性，面对高强度、不合理的教育体制，他大胆发声，创作林雨翔这一角色对当时的教育体制发声，表现自己的不满。

那么，李傻傻又为何塑造沈生铁这一人物形象？

按照传统现实主义的观点，典型人物必定是典型环境中的典型人物。沈生铁自小在农村长大，家庭并不富裕，自幼受到家庭暴力，同时也被父辈的故事影响着，高中在西安的飞机制造厂子弟学校上学，在学校不被老师看好，家中父亲脾气暴躁，邻居们又常常取笑他，在这样的环境下，沈生铁是当今千千万万农村子弟的写照。李傻傻作为农村子弟，定然，这也是作家自身的写照，讲述的更是自己眼中的自身所处的农村，有观察、有倾诉、有关心，更有看法。

文学形象是主观与客观的统一，李傻傻塑造沈生铁这一人物形象就是自己心灵的表达。沈生铁是李傻傻的一个影子，李傻傻是“本色性”写作，他不刻意追求什么，一切都顺其自然，顺着自己的心来书写，他创作的来源是自己所经历的生活。李傻傻自小的经历与沈生铁吻合度很高，家在湘西南，跟随父母前往西安务工，原汁原味的农村人。于是，他的作品中出现了沈生铁这一原汁原味的农村人。塑造沈生铁这一人物形象是作者对农村生活的观察。正如李傻傻自己所言，“我在自然之中启蒙心智，养成勇气和义气，然后被放到生活中去，是很自然的一个过程”，作者生于农村，所塑造的人物形象必然也离不开农村，沈生铁便是农村人物之代表，生于自然，成于自然。

塑造沈生铁这一人物形象是作者的倾诉和使命的担负。这里引用刘波的观点，“生长于湘西的李傻傻在童年的压抑与阴影中形成了一种渴望自由的信念，他所拥有的关怀与悲悯之情让他对许多事情都有无法掩饰的敏感。农村生活底层的磨炼使他在如今商业时代的诱惑下保持了自己对纯文学的尊重。在自己的灵魂深处，他无法沉默，他用自己为商业时代的农村现实注入了诗意地气息”。没有彻底摆脱农村而融入城市的李傻傻目睹了城市与农村的巨大差异，他意识到了自己的使命，用最真诚的表达方式，以“少年人真诚而老辣的眼光”看似随性但却深刻地表现了当今农村现实。

（三）“红 ×”人物形象的文学意蕴。由于人物形象的指向性和包孕性，文学意蕴层面呈现出历史意蕴、哲学意蕴、生命价值意蕴、审美意蕴等同时存在的多层次文学意蕴。

人物形象的文学意蕴包含着多个方面。从历史的纵深性来看，不同时期有不同的成长小说，不同时期不同的成长小说扮演着各自不同的重要角色。比如 19 世纪的《大卫·科波菲尔》《情感教育》，20 世纪前半叶的《人性的枷锁》《蒂博一家（第一部）》，而《红 ×》成书于 21 世纪。不同时期的时代背景，也使得诞生于 21 世纪的《红 ×》有着独特的使命。

与之前主流的成长小说相比，《红 ×》既非喜剧，又非正宗的正剧。这部小说中没有乐观的精髓，也没有太多调侃的方式，只是李傻傻心灵的自然抒发。当他的语言能表达他的思想时，他写了下来，而没有追求刻意为之的商业化文学创作。在商业化时代，李傻傻的纯文学无疑是文学界，尤其是农村文学（但李傻傻并不标榜农村文学，他也写城市生活）的一股清流，而故事的主人公沈生铁这一人物形象的塑造，正是这一股清流的代表。前人的成长小说大多都是鸿篇巨制，多带有史诗意味，而《红 ×》则明显不同。《红 ×》全篇洋洋洒洒 21 万字，与之前动辄史诗级巨著的成长小说明显不同，篇幅短了。这从人物形象的设定中也可窥见一斑，以沈生铁为中心，文本中出现的人物十分有限，二十个左右的人物，诸如杨晓、杨繁、李小蓝、廖福贵、养鸟人等，可罗列出来，而在鸿篇巨制的小说中，理清人物关系甚至都是一项艰巨的工作。而至于史诗意味，《红×》显然写得更为随意，只是讲述当下的农村现状。像沈生铁这样浑浑噩噩、最终也没有什么成就的人，很难成为史诗级小说的主人公。但沈生铁这一人物形象如此设定，也正表明，在快节奏的当代，在快节奏、人心浮躁、快餐式阅读的当代，许多作家难以写出《人性的枷锁》这样的鸿篇巨制，同样部头越大的书，人们越是不会去阅读，现在已经很少有人能静下心来阅读一部大部头的书。这也是笔者从《红×》中窥见的变化。

从历史的横断面来看，李傻傻的《红×》与同时期韩寒、郭敬明、刘亮程等人的作品比较，李傻傻难得保持着文学的纯粹性。韩寒、郭敬明等人的作品多倾向于青春文学，而非成长小说。他们多了青春里大同小异的故事，而少了更具深度的思考；他们多了文学上的浮躁、迎合读者，而少了几分文学的雅致与内涵；他们多了现代浮华都市的影响，而少了真正有意义的体验。李傻傻的《红×》的重要贡献之一不在于与传统和同时代作家的决裂，而是“与浮躁心态的决裂”。在成长小说被青春小说压制、不再突出的时候，《红×》中沈生铁这一人物形象引起读者的共鸣，更引起读者乃至文学界的深刻反思。

从生命价值意义来看，沈生铁作为一名高中生，过早经历了一切，明白了一切，对于一名高中生来说是可悲的，沈生铁从学校到辍学，从划破所能划破的玻璃到去超市偷盗，从不敢触碰的与杨晓纯洁的爱情到与李小蓝的“偷行苟且”，从尝试成功到杀人逃走，沈生铁经历的更是一次精神与物质的双重流浪。他像一个被社会这个大机器生产的次品，微不足道，任其自生自灭。沈生铁这一人物形象的塑造，必然使我们从个别想到一般，农村中还有多少个这样的“沈生铁”，他们受到传统思想的束缚，难以反抗，尝试追求自由，但又无处排遣。李傻傻笔下的农村学生、农村人与郭敬明等人笔下的大相径庭。是的，李傻傻通过沈生铁向我们展示了更为真实的农村生活现状，没有鸡飞狗跳的虚伪矫作，只有对以沈生铁为代表的农村学生的关心、悲悯与同情。

从审美意蕴来看，沈生铁这个人物形象并不能给读者多少启示。因此，在审美意蕴方面，主要谈谈《红×》整部作品的写作风格、行文风格等。李傻傻的写作与众不同，这既体现在他的语言上，更体现在他的风格上。不管是他的语言还是他的风格都是美的，都是诗意地。苦涩的回忆成就了李傻傻，但李傻傻用最诚挚的心将这苦涩的回忆不动声色、诗意地写了出来。在文本开始部分，李傻傻写到沈生铁在火车上偶遇杨晓的情景，“在最后一节车厢的最后一排座位上，我能看到朦胧的铁轨，无限的黑夜。偶尔闪过的近处树和远处山峰的影子，就像记忆中的灵光导人回去”，这诗意的语言，使我想起了李傻傻的诗歌《烟》，在平淡的叙述中流露出对父亲的畏惧和盼而不得的百般哀伤、无奈，诗意但又不失其真实性。在行文的处理上，李傻傻顺其自然，可见其自信，文本中多处在回忆当中，李傻傻用括号表明，实在不好意思，忘了。可见其大胆与自信。尤其在故事发展的关键时刻，比如沈生铁杀人的过程，但李傻傻仅仅是进行物理上的描述，然后短短几行带过。本该是文章的高潮部分，却被他写得如此精简。特立独行的语言，特立独行的行文风格，这就是《红×》中最具审美意味的，也是除了故事本身之外最精彩的地方。

通过对《红×》中沈生铁这一人物形象的粗略分析可以看出，李傻傻的行文、为文已经形成了独特的风格，但虽夸赞甚多，亦有不足。文本中，李傻傻的语言大胆直接、不甚修饰，这可能是质朴自然的表现，但必然有人觉得过于暴露，反而显得低俗，自然没错，但在一定程度上仍要顾及读者的感受。此外，李傻傻近年来渐无踪迹，外界人士揣测颇多。粗略翻阅，李傻傻作品创作却有后劲不足之嫌，有人分析是因为上大学受到城市影响颇多之故，但本人认为是作者自身原因之故，主观胜于客观，客观虽有影响，仍由主观决是非。来自乡村受到城市生活冲击的作家不在少数，李傻傻喜欢海子，但海子正是不能很好面对农村与城市冲击的例子，李傻傻既然在初期能创作出《红×》，表明他能很好地处理城市与乡村给他带来的冲击。因而，李傻傻创作的不足可能还在于自身是否有足够强烈的使命感、足够强的自信与勇气去迎接更多未知的挑战。

第四节　文本细读:《被当作鬼的人》

作为80后作家，李傻傻自2004年成名以来一直受到社会的广泛关注。他的代表作有长篇小说《红×》、散文短篇集《被当作鬼的人》、故事集《你是我的虚荣》等都拥有特定的读者群。李傻傻以其严肃的文学态度，平实质朴而又沉静老练的语言风格，不随波逐流、追求真实自由的创作理念受到众多读者的喜爱，同时也受到诸如马原、苏童等作家的肯定与赞扬。

鲜花与掌声的背后必然隐藏着更多更大的期待。作为颇受争议的80后作家，李傻傻的出现，李傻傻的作品为80后作家群体带来了一股扎入地底的坚实、不容撼动。其散文短篇集《被当作鬼的人》文辞流利优美、文本真实无矫作，从这本集子的代序中即能发现，这本包含30余篇散文作品，以及《一个拍巴掌的男孩》《蛇皮女人》两篇短篇的作品集根据其内容主要分为两个部分，一部分是作者的童年阶段，一部分是作者的大学阶段。两个阶段作者的经历、思想的发展变化蕴含其中。

本节选取其散文短篇集中具有代表性的一篇《被当作鬼的人》进行文本解读，分析李傻傻创作中通过全方位的环境描写、复现手法的运用、灵动跳跃的语言等写作手法，塑造出桐升麻子和“我”两个一老一少，意蕴深刻的人物形象。

《被当作鬼的人》从第一人称的视角讲述了小时候“我”的生活和“我”眼中的怪人桐升麻子。“我”还是一名儿童，周围的世界同样是泳清、元宝、青妹子这些，桐升麻子则是一名腰都直不起来的五保老人；“我”可以坐在塘埂边上放牛，顶着挨骂的风险早早了事去青妹子家里看动画片，可以和伙伴们捉迷藏，而桐升麻子则日复一日与老鼠、狗一起生活在破烂的、露天的房屋之中，像鬼一样游荡于附近几家；“我”可以以一名儿童的身份不顾生活疾苦、肆意享受时光带来的惊喜与坎坷，而桐升麻子则已渐渐迈向生命的尽头。这种种的区别——作为孩童的“我”与作为老人的桐升麻子的区别、老人和小孩的区别、孩童眼中的世界与将死之人眼中的世界的区别……都是作者想要传达的，字里行间透露着黑暗、压抑的感觉，仅有部分孩童们的轻松诙谐似文章的亮光，与黑暗压抑相区别。

这篇散文中有很多特别之处：奇异的环境描写、复现手法的运用、方言的掺杂、自由大胆的创作风格、令人记忆深刻的人物形象、农村生活的体验、潮湿阴冷的幼年回忆等等。这一切构成了李傻傻的创作风格，构成了李傻傻给人的整体印象，他是土生土长的农村人，湘西的农村生活点滴在他的笔下都灵动、神秘起来。记忆总是带有旧时光的味道，带有灰暗、模糊色调，这种不真切的朦胧之感在李傻傻的字里行间都能体现出来。

一、全方位的环境描写

环境描写在这篇散文中占据了相当比重。李傻傻的环境描写奇异、特别，他能进行全方位、深入细致的描写，调动人的全部感官将人带入他所描写的环境中去。如文章的开头“我”因为夜晚的到来越来越害怕，而此时的环境描写中，作者将狗的长嗥声比做“细长乌黑的巫山鞭”，这种将听觉化为夜里的视觉，化为想象中的存在的手法，使得整个描写都活了起来，狗的叫声像蛇一样在地表、在“我”的脚边游动。而“它的眼睛一只在河的上游，一只在河的下游”，时隐时现的灯展成为更令人恐惧的存在，恰如其分地表达了“我”此时的心情。开头的一段环境描写就已经使人感到新奇、特别，同时又充满各种活力。“我”经过鬼屋时候的描写更是精彩。此时熟识但从不理会的虫子叫都已变为诡异，“颤动而悠长”，神经都被极规律的、气泡破碎的声音捉住，“打颤时衣服颤抖的声音、关节摩擦的声音、牙齿打架的声音，包括这些声音钻进毛孔在血管里流动的声音……”这样细致入微的感受，这样细致入微的描写，将人的神经一齐带动，带入这样的气氛中。

全方位的环境描写中也寓含了作者所要传达的思想感情。在阅读《被当作鬼的人》时，大家定都带着一个疑问，“为什么这个人被当作鬼呢?”这在文本的环境描写中也可窥见一斑。整个文本中环境的描写、故事的发生，大都是在黄昏、夜里、月光下，只有最后桐升麻子死去后太阳光才“照着厅屋里的沟沟壑壑”。这可以解释为作者记忆的暗色调，但也说明了一个风烛残年之人正如一天的结束，只能在黑暗中游荡。桐升麻子之所以成为“被当作鬼的人”，是因为在“我”的记忆中，桐升麻子是一个怪异、不了解、与黑暗一体的存在。在黄昏、夜幕中、月光下，桐升麻子都有着鬼一样与世疏离的姿态，享受着鬼一样的黑暗和死寂。

文本的环境描写真实质朴，但又有着敏锐细致的全方位的感觉，给人们呈现出一个具有乡土气息的、真实的湘西农村景象，同时也带领读者走入“我”的记忆，了解“我”的世界，“我”身边的人。

二、复现手法的运用

在李傻傻的创作中，复现手法大量运用，却没有造作之感，呈现出良好的效果，给人以深刻的体味与记忆。语言的复现、意象的复现、环境的复现、故事的复现、主题的复现，种种方面的运用都达到了使人震撼的效果。

最典型的例子就是李傻傻的成名篇目之一的《烟》。短短一首，却有很多的反复，反复追问自己的父亲在县城买了一包什么牌子的烟，用兜里最后一块钱买了一包什么牌子的烟，三十里的山路上抽的什么牌子的烟，母亲生产后吵架时夺下了什么牌子的烟……最后转折，“爸爸，如果你不愿意回答这个问题，请你猜猜我抽的什么牌子的烟”。这首诗里的反复追问并未使人觉得杂糅，反而体现了一个孩子对父亲的尊重与崇敬，渴望了解父亲，最后的一句转折，更体现了良好的父子关系。《被当作鬼的人》中也用到了复现的手法。“我”在出月亮的晚上和小伙伴们在草垛中捉迷藏时，“我躺在稻草的中心，身上是黄金被，浑身麻痒，又不敢乱动，诚心希望他赶快找到一个背时鬼。这个背时鬼如果不是我，我就可以‘哈’一声跳出来，和众人一起，奚落一番该背时鬼，再重新找个草堆，躲在稻草中心……”这样无限重复，并以省略号作为循环与延续，正好表现了孩童喜欢与同伴嬉戏玩耍的简单、坦率的内心，这是在整个暗色调中的一束光亮，代表着珍贵的童真、童趣。

对桐升麻子的描写中也运用了复现手法。“我看见他一只手提着那个差不多可以煮一升米的铝鼎，一只手背在背后，头就要碰到地上似的，走到玉和门边，玉和老婆会意，给他鼎里舀了几勺水，他似乎说：难为了。意思是感谢了。”前后紧连的重复，“我”看着桐升麻子跨过了门槛，重复表现的是桐升麻子作为一个怪人的机械的动作，机械的生活，没有任何起伏，静谧得如同死去，真正的像鬼一样地存在着。当 1993 年“我”去县城上中学后，一月回一次家，当再次经过桐升麻子的老屋，看见桐升麻子时，仍是一样的描写，又是重复，这说明随着时间的流逝，作为孩童的“我”正在逐渐长大，不断成长，接触更广阔的世界，而同样也是随着时间的流逝，桐升麻子的时间仿佛停滞了，他仍然是那样死气沉沉，那样机械，如同一只鬼。“后来另外一只手就拄了根木头”，桐升麻子正在走向无法回头的死寂，“桐升麻子的头几乎碰到了地面”，不再是“像是要碰到地上似的”，而是真的要碰到了地面，原来，桐升麻子和“我”如此不同，不在一个世界，“我”的路越走越光明，而他的路则越走越黑暗。

三、灵动跳跃的语言

李傻傻的语言如他的环境描写一样，灵动、跳跃，充满了生命力。他的语言，既有文本中作为孩童的童稚、有趣，又有桐升麻子的死寂、诡异。可能也与结合当地的方言有关，文本读起来真实、生动，给湘西的生活又添上几丝神秘的气息。比如在描写和小伙伴们看《射雕英雄传》中的梅超风时，李傻傻这样描写梅超风：她披着棕树蔸一样的乱毛，伸着完全露着骨节、竹节一样的手指，被月光照着，闪着光，把一个脑壳骨头提着，放下。作者“棕树蔸”“竹节”的形容，使得本来恐怖的镜头略带喜感，运用生活中常接触的东西来比喻，使人更真实地了解这样的情景。

除了修辞和方言的运用，文本中语言的灵动跳跃还体现在能够将不同感官的东西相互交融，打通人所有的感官，这与通感相似。比如在写狗叫的时候，“是凉风扬来，是萤火虫闪亮，从脚跟、脊背、发梢渗出”。将本来是听觉的东西与视觉、感觉、触觉相结合，生动地写出了那种忽冷忽热、毛骨悚然的感受。这样的语言，总有一种新奇、跳动之感，仿佛《琵琶行》中的“大珠小珠落玉盘”，总是跳动的、掷地有声的，但却不知道会从哪里开始，又落向哪一个点。

李傻傻的语言真实，真诚，其灵动来自他在农村生活的感受。即使到了城市他也仍在坚守这种品质，语言是一个人思想、原则的体现，李傻傻的语言正是他扎实的文字功底与严谨的写作态度的体现。十年磨一剑，的确是质量的追求。

四、“我”与桐升麻子的形象及意蕴

在文本中，“我”是一个调皮捣蛋、想象力丰富的孩童形象。“我”的童年总是在黑夜里，黑夜里放牛、看动画片、经过鬼屋、玩捉迷藏……有着自以为是的小聪明，有着捉弄人的经历，有着孩童的好奇与胆怯。文本中的“我”对待死亡略显冷淡，孩子们的眼中，死亡是别人眼中的哀伤，而自己只有短暂的恐惧。比如红喜父亲的去世，桐升麻子的去世，都只是引起了“我”的一些联想，而未有人死不能复生的哀伤。

“我”代表着孩童们，“我”眼中的世界代表着孩子们眼中的世界，不谙世事，享受无穷尽的游戏、玩乐。向前走，孩子们的路会越来越宽敞，会接触到更丰富多彩的世界。孩子们的童真、童趣总是惹人怜爱，这里的一类人恰与桐升麻子所代表的老人形成对比。两种人物形象的相互印证，更能显现出与众不同的主题。没有惊天动地的童年经历，没有动辄催人泪下的悲惨经历，和其他童年相关的文章相比，“我”的形象除了与桐升麻子为代表的老人对比，也代表着最普遍的农村孩童们的生活现状，更为贴切自然。

与“我”不同，桐升麻子是一个游荡于乡村的鬼。他年迈且步履蹒跚，邋里邋遢、机械封闭，终日游荡于一成不变的生活中，睡觉、排便、拉粪、借水等，半人半鬼。但是从松毛的爷爷讲戏这一部分可以看出，桐升麻子是真真实实活过的，从文中来看，他当兵的故事或许在孩子们听来无趣，也并未有人真正放在心上，但那至少是他轰轰烈烈活过的印记。桐升麻子这一人物代表着与孩子们相对的老人们，他们历经沧桑而至于风烛残年，他们行动机械、思想封闭，活脱脱像一只鬼，但是他们也从孩童走来，也曾真切生活在这个世上。文中的桐升麻子一直在黑暗中出现，更显现他仿佛是一只鬼，黄昏、夜色、月光中，桐升麻子始终处于无边际的黑暗与寂静之中。直到最后去世，阳光才终于照到他的身上，虽然那已是一具冰冷的尸体。但是，在作者的心中，或许死后的桐升麻子才是真正逃离了冰冷的黑暗，才有了希望。

老人这一弱势群体有许多现实问题，桐升麻子就是其中的代表。他们饱经沧桑，最后却沦落为一只鬼。“一个是不谙世事的‘崽’，一个是历尽沧桑的‘鬼’。”①这样两种完全不同的人却是真正生活在相同的世界中，“崽”似乎可以

---

① 郭欣：《意象、语言、故事和主题的复现——论李傻傻创作中的“反复”叙述》，《湖北职业技术学院学报》2013 年第 4 期。

沉迷于无尽的玩乐享受中并且充满希望，而“鬼”只能生活在愈发强烈的黑暗中，直至死亡。这样对比鲜明的两种人物形象，正是两类人的对比，蕴含着引人深思的深刻意蕴——如何对待孩子和老人这两个不同的群体。这也是现代人需要了解并解决的问题。作者在这里看似仅仅叙事抒怀，无心写出，但正是不经意之间表现了内心的情感倾向。

总之，《被当作鬼的人》篇幅不长，但意蕴深厚。仅从一篇文章中很难全面了解李傻傻的创作特色，但是一一对比之下必有收获。《被当作鬼的人》无论是语言还是环境的描写上，都浑然天成、自然而然，在李傻傻严肃的纯文学态度下，更体现着严肃的自由的追求。他生于农村，长于农村，因而他的写作就是关于农村，这也是土生土长的农村作家与其他作家的不同之处。正如李傻傻在访谈中所提出的“离生活更近些”，只有真正地贴近生活，才能在细微之处感受生活，才能看到与众不同的生活，“当下我们所熟悉的、被描写的，是与我们的生活相去甚远的青春模式”[①]，由于文学的想象和虚构的需要，80 后作品呈现出来的矛盾、冲突、紧张、悬念或这样那样的困惑与迷茫看起来似乎很有个性，与众不同。但事实上，生活的原态远不是文学作品所描写的那样特别与刺激，“更大的人群却仍然在普通地生活”，正是如此体悟，让李傻傻的文学创作尤为珍贵，他的作品才愈显价值。正如苏童所说，李傻傻的文字“混合了潮湿的雾气和粗烈的蛮力，有着浑然天成又出人意料的意象；他写生活的暗与黑，疼痛与放纵，笔触所及，都有难得的坦率与真诚”。[②] 这是 60 后著名作家对 80 后作家的充分肯定，这样的肯定一点不亚于对 70 后代表作家如盛可以等人的认可，从中可以看出李傻傻未来的文学之路不可限量。

---

① 朱爱莲：《八〇后文学创作特色评析》，《当代作家评论》2012 年第 6 期。

② 李傻傻：《你是我的虚荣》，鹭江出版社 2016 年版，第 1 页。

第七章　深度阐释:文学湘军五少将

第一节　田耳作品的思想与《天体悬浮》的意蕴

作为《芙蓉》杂志在2005年隆重推出的“文学湘军五少将”之一的湖南凤凰作家田耳，自2000年发表作品开始，至今已在《人民文学》《北京文学》《收获》等杂志发表小说三十余篇。2004年、2006年，他以短篇小说《郑子善供单》《夏天糖》两次获得台湾“联合文学小说新人奖”。2007年，他凭借中篇小说《一个人张灯结彩》获得了鲁迅文学奖。

随着写作经验的增加以及思考深度的推进，田耳的写作愈来愈成熟。他在2014年推出的长篇小说《天体悬浮》荣获第12届华语文学传媒大奖“年度小说家”奖。对于这部小说，田耳自己谈道:“我渴望写好长篇，长篇对写作者的诱惑，是世界尽头对旅人的诱惑……长篇小说对文字、结构、节奏，以及对写作状态的要求都大不一样。对我而言，我写这部小说最大的收获在于‘学会’了写长篇。”①

作为被文学界普遍看好的“70后作家群体”中重要的一员，田耳不仅凭借通透幽深的写作功力在中短篇文学创作上取得了成绩，同时在长篇小说的写作上也收获了成功。笔者以为，“70后作家群体”随着时代的变迁，对社会变革与当下人们的精神状态进行了深入的思考，经过十几年的时间积淀，写作能力得到了良性的成长与发展。在此背景下，田耳长篇小说《天体悬浮》的发表无疑是田耳写作水平趋向成熟的杰出表现。另一方面，主题思想无疑是一部作品的核心内涵，对于读者理解作者的思想意蕴具有重要作用。

---

①　万忆,孙锦卉:《对话田耳:一个非传统作家的传统写作(上)》,《文化与传播》2014年第1期。

本节主要综合国内众多学者对《天体悬浮》这部作品及田耳其他相关作品主题思想的研究成果，希望对于读者更好地体会田耳思想变迁、写作技巧的娴熟表达以及对当下社会现状和人性精神的深入剖析产生重要作用，同时也希望从中发掘学者们研究的一些缺陷或新意，从而加强笔者自身研究的逻辑和深度，求得研究领域的突破与创新。

一、小说《天体悬浮》及其他作品主题思想

论者搜集的资料主要来源于《理论与创作》《文学青年》《文化与传播》等刊登的田耳本人的创作谈和访谈录，中国作家网收集的有关学者对田耳创作的评论，主要通过网络数据库检索作家及作品名的方式，利用中国知网和万方数据库进行资料的收集，共检索到相关论文 733 篇，其中有 6 篇对笔者有直接参考作用。通过对收集的文献加以阅读、整理，论者将国内学者对《天体悬浮》以及田耳的其他作品，如《一个人张灯结彩》《夏天糖》《围猎》等文本的主题思想研究大致总结为三个方面，分别为对现实世界与时代节奏的深入剖析、对人物复杂深刻形象的塑造与人性深度的设置考察以及对欲望与现世纠缠的批判。

首先是对现实世界与时代节奏的深入剖析。不少研究者认为《天体悬浮》体现了田耳对现实世界的尊重与还原。王春林在《现实批判与人性的深度勘探》一文中指出："《天体悬浮》毫无疑问是一部旨在对当下时代的现实生活进行批判性艺术表现的长篇小说，但同样是对现实生活的批判性表现，与另外一些有着鲜明预设立场因而多少显得有些抽象的概念化倾向的作家不同，田耳的难能可贵之处在于，他尽可能充分地尊重现实生活的原生性与复杂性。"①他指出读《天体悬浮》让人最印象深刻的一点在于田耳可以放低自己的身段，对事实上的权威资本主义现实生活进行细致的描绘，其成功之处在于田耳善于以洛井派出所这个具有鲜明"灰色特质"的基层组织作为切入现实生活的入口。此外，田耳还通过展示一位与洛井派出所有密切联系的辅警符启明的成长史，使得其写作笔触得以向现实生活领域纵深发展。

陈进武在《生存的冒险与时代的叩问》②一文中也指出在这个碎片化的时代，田耳将艺术聚焦点对准了当下的时代节奏，窥探当下社会的痛点，在尽可能尊重现实原生性的基础上自然地展现当下时代的复杂性现状，并巧妙选择以性欲为切入点，进一步发掘出人们对当下现实生活中金钱欲与权力欲的渴求。

---

① 王春林：《现实批判与人性的深度勘探》，《文艺评论》2014 年第 7 期。

② 陈进武：《生存的冒险与时代的叩问》，《新文学评论》2015 年第 3 期。

现实世界还被田耳展现为充满江湖义气的表现形态。张永禄在《含混的诗学〈天体悬浮〉解码》一文中将丁一腾与符启明之间的兄弟情谊理解为现代生活中江湖义气的表现，他认为两个主人公在这种义气与金钱等相互纠缠的利益矛盾中，进一步展现出人物在现实世界中对于正义和权利的选择是多元文化价值协同的结果，对此不能做出简单的判断和评价。

至于田耳的其他作品，不少学者也指出作品的主题思想表现为田耳关注现实困境，对社会环境的深切追问与冷静叙述。聂茂在《底层人物的现实困境与命途隐喻》一文中也提到田耳在其短篇小说《围猎》的创作中，以“不动声色的叙事方式向我们真实地展示了荒诞的生活是怎样形成的，它浓缩了人类的经验和现实处境。文本展示的是一种精神上的围困，隐喻我们现实的处境……田耳把荒诞的细节置于现实中，又把现实生活变成荒诞发生的真实场域”，从这段文字中可以看出田耳对于现实生活的深入思考与当下人们生存困境和精神迷失的深切关怀。

田耳对于现实社会的审视还在于其试图在写作中展示当下城市化进程的推进以及城市化进程中出现的问题，这在其长篇小说《夏天糖》中表现得十分明显。龙永干在《城市化进程中草根生存的直面与忧思》一文中深入地探讨了《夏天糖》这一文本所展示的独特的日常化城市图景，揭示出现代生活元素与农村乡镇生活整体状况的不和谐，现代生存方式与生活背景的反差，揭示出人们理性与道德的缺失是当下城市化进程中的忧患。

其次是对人物复杂深刻形象的塑造与人性深度的设置考察。田耳在其创作谈中谈到，创作长篇小说最关键的是要塑造人物的性格和形象，这样才能按照主人公性格的发展完成小说的结尾。因此不少学者对其笔下多样复杂的人物形象进行了发掘。韩存远在《多维交错的审视，对比之余的反思》一文中指出田耳在其长篇小说《夏天糖》中塑造了众多不同的人物形象，他们各具特色却又异中有同，展现出人物具有多重性格交织的表征，进而对人性的复杂性与多元性进行了深入的论述。刘秀丽在《小说的清逸之美》一文中也对田耳长篇小说中人物形象与性格的多样性进行了论述，并主要对其小说中具有不羁、性求安逸、为人闲散性格的人物形象进行了分析，并将这种人物性格定义为人物身上的“清逸性质”。

至于被誉为田耳长篇小说成熟之作的《天体悬浮》，学者在对其深层意蕴进行分析时，也不免对文本中的主人公形象进行深入的探索与考察。陈进武在《生存的冒险与时代的叩问》一文中指出小说最引人注目的就是塑造了符启明和丁一腾两个具有相当人性深度的人物形象，进而他又对两个人物的辅警身份进行了深入的分析，指出二者走上不同人生道路的原因在于二者对这一身份的不同理解，指出符启明最终的命运是由于他在理性层面的固守与缺失并存的状态所导致的。徐勇在《“风蚀地带”的文学写作》①一文中也对文本中人物形象的塑造和叙述题材的扩展进行了肯定。他指出田耳以往的作品中塑造了众多被冠以“底层人物”名头的人物，但田耳本意并非是揭露他们生存的悲哀或艰辛，他只是对生活中人物生存的境况进行了客观的叙述。在《天体悬浮》中田耳并没有对人物进行分层，而是塑造了众多“未命名”的人物形象，并成功地塑造了符启明这一令人无法界定其行为好坏的复杂形象。唐诗人在《侦破幽暗，策反道德——田耳小说论》一文中创造性地将《天体悬浮》中两个主人公形象的塑造阐释为一种衬托式的人物关系，他认为作者本意在于用丁一腾的老实、平淡作为符启明找准生命立足点的参照物。同时田耳并不局限于对这两个人物的叙述，而是借沈颂芬、春姐、安志勇等复杂的人物形象与符启明之间的内在联系揭露出符启明内心的隐秘和欲望。

田耳作品的可贵之处还在于其创作中所展现的对于人性的细致刻画与考察。张佑华在《“后现代”边缘的生存困境与超越退隐》一文中对于田耳创作展现的人性的善良和温情给予了肯定，他指出《一个人张灯结彩》中的几个主要主人公内心深处都极大限度地保留了人性的善意，不同之处只是在于他们各自不同的前进方式。韩存远在《多维交错的审视，对比之余的反思》一文中也就善恶碰撞的人性主题进行了详细的论述，他认为田耳在其作品中并没有对人性善恶之分做出明确的判断，而是从人性的多样性与复杂性入手，进而探索人性本质与精神世界。

在长篇小说《天体悬浮》中，田耳延续了冷静、客观的笔触，深入地对人性进行了描写。黄德海在《驯养生活》②一文中将《天体悬浮》的宏阔之感归为田耳对人性向下的晦暗与人性向上的冲动两个方面的探索。他指出田耳对皮条生意、买卖凶宅与召妓自杀的骗局等人性晦暗角落的描写，使得田耳对于人性的内在隐秘探索更为深入。同时他也肯定田耳通过道士命和观星等人性向上的活动描写使得这部作品中人性向上与向下的高低达到一种平衡状态。

再次是对欲望与现实世界的纠缠与批判。应该说，田耳十分擅长通过对人物形象与人性的深度勘探进而对人物内心隐秘的欲望进行深入的刻画与淋漓尽

① 徐勇：《“风蚀地带”的文学写作》，《创作与评论》2014年第8期。

② 黄德海：《驯养生活》，《南方文坛》2015年第1期。

致的描写。王衡在《剖析文化裂变的精神隐患关注底层人们的生命过程本身》[①]中将《一个人张灯结彩》的悲剧归结于“欲望的畸形膨胀与欲望的不能正常满足所导致的社会人生问题”，认为悲剧的根源在于“人性被失范的欲望一定程度地扭曲甚至异化而导致的价值失衡”。他指出随着当今社会商品经济与消费文化的激烈推进，逐渐瓦解了当代人的理性精神与价值观，使得人们内心隐秘的欲望开始膨胀甚至畸形发展。而在此进程中，人心向下的晦暗势力也逐渐抬头，人性原本温情的角落被无情地扭曲。祁春风在《释梦者的白日梦》一文中着重论述了弗洛伊德精神分析对于田耳创作的影响，并指出田耳小说中对于梦境以及潜意识的描写是人性本能欲望的一种展现。唐诗人在《侦破幽暗，策反道德——田耳小说论》一文中也指出田耳的小说叙事是一种“向死的欲望”，是展示主人公奔向死亡的叙事，是一种揭示人性之恶与释放人物原始本能欲望的叙事。彭明伟的《当两个“鲁蛇”同在一起：田耳的欲望之翼》[②]一文指出田耳小说中的人物通常以情欲作为自我拯救的唯一途径，田耳通过严肃地直面人性本能的欲望，揭示出当下人们道德理性丧失的现状。

《天体悬浮》这部作品也展现了田耳对于欲望的书写。王春林在《现实批判与人性的深度勘探》一文中指出“田耳这部《天体悬浮》的突出思想价值，恐怕就集中体现在对于以欲望的喧嚣为显著标志的资本罪恶的批判上”。他将文本中符启明人性向下的原因归咎于其在喧嚣的现代资本主义社会中对金钱、权利等的欲望。张永禄在《含混的诗学：〈天体悬浮〉解码》一文中也指出田耳在这部作品中用较大的篇幅书写了文本中男女在情感与欲望上的纠缠，在展示人物之间情爱与性欲的复杂与混沌中，隐喻人们应当超越性欲的纠缠，走向社会的伦理和家庭的责任。

二、《天体悬浮》的“灰色特质”

实际上，随着以田耳、徐则臣、冯唐、于怀岸等为代表的一批70后作家群体的崛起，国内众多学者开始将目光聚焦于对该群体的研究上。作为第四届鲁迅文学奖最年轻得主——70后作家田耳，凭借其对现实社会的深入剖析、对人性隐秘与欲望本能的揭露，再加上其擅长侦探小说式的写法与通俗的语言创作，势必会引起越来越多读者的关注。论者以为田耳长篇小说《天体悬浮》无论是对人物形象的塑造与人物性格的多样刻画，还是对于现实世界冷静客观的叙

---

① 王衡：《剖析文化裂变的精神隐患关注底层人们的生命过程本身》，《名作欣赏》2008年第20期。

② 彭明伟：《当两个“鲁蛇”同在一起：田耳的欲望之翼》，《南方文坛》2014年第6期。

述与表达，都体现出田耳高超的写作技巧，最能展现田耳对人性的细致刻画和对现世的冷静追问。

论者通过研究国内众多学者对《天体悬浮》及田耳其他作品的主题思想，发现学者大多将研究领域集中在田耳对现实世界的剖析与对人物形象和人性的思考层面。而王春林《现实批判与人性的深度勘测》①一文提出洛井派出所具有的“灰色特质”这一说法是对以往学者研究领域的一种新颖表达，给予了论者启发，本节尝试以人性本能和现实视野为基点，抓住“灰色特质”这一属性对田耳的小说《天体悬浮》进行文本解读。

田耳长篇小说《天体悬浮》以洛井派出所两个地位低微的辅警丁一腾和符启明的成长为主线，通过描写两个具有不同性格、不同追求，却又一同抓嫖、抓赌、侦破命案，一同谈恋爱、观星、失恋的兄弟为了竞争一个转正编制而兄弟反目，最终走上了各自不同人生道路的生存冒险，向读者展示了一场人心的叩问与灵魂的追寻之旅。文本中尽管充斥着形形色色的性欲、金钱与凶杀案的描写，但主人公用天体望远镜观星这一举动却使笔者感到了一种人性的温情与平静的力量，漂浮在天空深处的物质也象征着一种现实的中间状态，虽处于无尽的黑暗中，却又绽放着点点光辉。笔者将其理解为一种介乎光明与黑暗的中间体——称作“灰色特质”。

“灰色特质”是一种介乎黑色与白色之间的物质，非极端正大光明，亦非无尽黑暗，却又同时兼具黑白两种特质，或许可以称作是一种现实的中间状态。这种中间状态在田耳长篇小说《天体悬浮》中显得尤为突出，无论是对于文本背景与生存空间的大笔书写还是对人物性格形象与本能欲望的精细刻画都有鲜明的体现。从这一状态出发来探索现实生活中的罪与罚、善与恶，对于揭示人性本能与精神视野，对现实世界的朴素观看与社会秩序的深刻剖析具有重要意义。

（一）文本空间的“灰色特质”。文本以世纪之交的佴城与广林两个城市为主人公的生存空间，书写内容主要穿行在大城市佴城与小县城广林以及处于这二者之间生存形态复杂多样的城乡接合部竹山、朗山等。② 而与文本主人公丁一腾和符启明生存直接相关甚至影响到二者人生道路的则是坐落在佴城的洛井派出所。在洛井派出所这一空间下，其向读者展现的“灰色特质”十分鲜明。

首先，派出所作为中国公安部门的基层结构，具有管理社会治安、维护公

---

① 王春林：《现实批判与人性的深度勘探》，《文艺评论》2014年第7期。

② 田耳：《天体悬浮》，作家出版社2014年版，本文所引均出于此。

共秩序的重要职能。洛井派出所在这一层面上同样具有打击佴城南部私人赌档、抓捕吸毒贩毒、嫖娼者、侦破命案，维护社会秩序的重要作用。从这一层面来说，洛井派出所是公平和正义的象征。然而，笔者发现洛井派出所除了具备上述正义的职能之外，却也显露出阴暗的一面。首先，从所内人员的地位层次来看："四十多个人可以划分八九个层次，高低依次为所长、教导员、副所、几大家（队长）、干警、司机、辅警、炊事员、巡逻员。这个秩序千万不能搞乱，大家心里都有个准谱。"这倒是司空见惯的，不过令人气愤的是这几个层次的地位可是千差万别。刘所长就能仗着自己的高位与私家赌档老板同流合污，明面上要求抄赌档，可是不顾自己的手下挨打也要对何冲的赌档睁一只眼闭一只眼；干警陈二看似是所里最正直正义之人，随着官运越走越高也不免借"散财宴"的名义收敛钱财；辅警的工作明面上是协助干警维护社会秩序，往往兄弟几人一同出去抓嫖客、赌徒，然而实际也只是为了逮人罚款，多赚点生活费。"其实我也有同样的感觉，要是拿我们跟她对比一下，不难发现两者有太多相似之处。她们利用娱乐城卖自己的肉，因为私自在马路上营业容易被抓。同样，我们挂靠在派出所才可以出去抓人、罚款。"从这段描写中不难发现洛井派出所阴暗的一面。

论者以为，洛井派出所作为文本主人公生存与成长的平台，既是众多赌徒、嫖客的聚集之地，又是主人公积累人脉、开展事业的奠基石。主人公在日日抓嫖、抓赌、侦破命案的正义行为中，又不断结识各色人物，从而一步步踏上了经营色情场所、买卖凶宅、非法房屋融资等违法犯罪活动的不归路。由此读者不难看出洛井派出所在文本中作为一个中间地带，其展现的"灰色特质"正是对当前物欲横流、喧嚣的资本主义物质世界的反映。

此外，文本内容以洛井派出所所在的大城市佴城为宏观大背景层层展开，与相对安稳、清寂的小县城广林相比，佴城则是多姿多彩，灯红酒绿。"佴城人热情好动，成天就想着怎么折腾出一些新鲜的事情打发无聊；而广林人生性尤为懒散，喜好清静，不爱扎堆……广林几乎没有夜生活，上档次的歌厅只有一两家。即使夏天最热的时候，过了十点，广林的马路上几乎没有行人。"这段借主人公小丁之口展现了广林的清寂，更是从侧面衬托出佴城的热火朝天。"在左家坡租住的房里，可以远远看见湾潭，白天那里的房子并不显眼，但晚上，那里的灯火密集——密集，并非明亮。老远看去，就能感受到一股热火朝天的气势……问那里是搞什么的，符启明告诉她们说是赌钱的，城南地带赌档最集中的地方。"

佴城是繁荣靓丽的：各色衣着光鲜、穿衣讲究的男男女女喜爱浮华热闹的夜生活，酒桌上大鱼大肉，欢饮达旦，乐意无边；赌桌上一掷千金，左拥右抱，热火朝天；生活中买卖凶宅、利用高利贷非法融资，聚敛钱财；佴城又是贫穷可悲的：像妓女马桑一样出卖自己的肉体，利用自己的生命做他人复仇的筹码，只为换取钱财供贫困老爹生存的普通人比比皆是；还有大部分辛苦劳作一辈子的平凡老百姓本想将用来养老的积蓄赚点小利却被套进房地产融资资金断链中，一夜间几十年的心血化作飞烟……佴城表面的火热与繁荣实则是建立在普通人安稳、微弱的生活之上的，如此看来，这座具有象征符号的城市也不可避免地具有“灰色特质”，令人唏嘘。

（二）本能欲望的“灰色特质”。小说文本的成功之处在于塑造了两个具有多样复杂性格与形象的主人公：符启明和丁一腾。或许是二者一同生活在充斥着“灰色特质”的佴城洛井派出所的原因，二者的性格与形象也难免浮现“灰色特质”的影子。

符启明是一个典型的具有“灰色特质”的人物。聪明伶俐、个性张扬、做人左右逢源是他身上独特的闪光点。从想出清朝诗人诗句“到日仙尘同寂寂，坐来云我共悠悠”作为邱老板陵园开园的贺礼到替刘所长出主意解决“毛豆”问题，再到误抓春姐请客赔礼道歉，甚至替春姐、光哥出主意开性用品店，符启明不仅帮助领导解决了烦心事，还结识了美丽能干的春姐，为日后开展色情生意打下了良好的基础；此外，符启明聪慧过人，具有极强的破案天赋，这与他善于察言观色、注重细节的本领密不可分。无论是一眼看出小丁所抓的小毛贼李二全是大名鼎鼎的通缉犯赖毛信，还是在夏新漪被杀案件中凭借敏锐的直觉和出色的推理能力将关注点始终放在哑巴小毛的身上。虽然案件最终告破是因为小丁七叔的几句话给了他一些提示，但是这与他自身的办案能力强也有很大的关联。正如文本另一主人公小丁所说的那样：“我基本可以肯定，是七叔那几句话打通符启明任督二脉，他得以迅速抽丝剥茧，解决了破案思路中存在的所有疑难。但我也不得不佩服符启明，只那一句话，他就全通了。”

正是因为符启明具有超于常人的聪明才智，再加上他通过派出所聚集的人脉，他越来越不满足于地位低微的辅警这一身份，很快便投准时机经营赌档，置办了自己的产业：“半年以前，符启明刚来的时候，我以为我们都是患难兄弟，都会艰苦强困地打发掉二十多岁的这段时光。但现在我知道人与人完全不一样，转眼间他已经有了产业，有了一妻一妾甚至更多……”再后来，随着符丁二人因为一个正式编制之争离开洛井派出所，符启明更是利用自己原先身份积累的人脉和一些经验迅速投身广告业、经营娱乐会所、利用房产融资聚敛钱财、买卖凶宅，一举成为佴城的风云人物。他以免费教授人们观星的名义成立

“杞人俱乐部”，实则是扩大色情生意;为了报复夺走他初恋女友的安志勇，他绞尽脑汁利用妓女马桑设置自杀骗局……他的犯罪行为已经引起曾经的同事陈二警惕，不久便会以“组织卖淫罪”对其进行拘捕，没想到符启明无意中被自己的手下非礼，最终在盛怒之下弄残他的手下，没有逃过牢狱之灾。

可以说符启明为了出人头地、实现自己的目的不择手段，从以前普普通通的辅警到成为违法犯罪的头目，都与符启明所谓的“道士命”有很大的关系:“‘道士命’某种程度上也就是不认命，和自己的命运相抗争。他们通常都会离开家乡，凭着自身古怪的才能、百折不挠的韧性以及天马行空般的想象力到处折腾。有了这命，一辈子不甘平静，要么混成一号人物，要么落寞此生。”从其年少时认定领导的孩子考上航校是因为走后门，使出浑身解数去告状、投递请愿书、上访市长到后来投入到色情与金钱的漩涡中，其本质或许与其不认命与不甘平静的人性本能和渴望出人头地的欲望相关。这在一定程度上也象征着符启明人性向上的一种冲动。

文本多次提到符启明使用天体望远镜观星的举动也象征着符启明人性的另一面:是一种对人生命运无限和辽阔的向往。“……这几天，静下心来，忽然只喜欢看星星。只要拿着望远镜望天，想一想这颗星多少万光年，那颗星多少亿光年，时间观一下子就改变了。看着那些星星孤零零地悬浮在天上，想一想人生只有几十年，就觉得一切微不足道。”符启明人性中的纯洁之处还在于其对初恋女友小末矢志不渝的情感追随，作为娱乐色情产业的“龙头老大”，符启明身边的女人数不胜数，无论是精明能干、自如斡旋于男人之间的春姐，还是热爱观星、优雅大方的沈颂芬，或是身材性感、拥有姣好面容的夏新漪……他始终未曾对任何一人动心。初恋女友小末使他爱上了观星，他对观星有多痴迷，其实对小末用情就有多深。随着事业的蒸蒸日上，符启明却感到空虚与孤寂，面对浩瀚的星辰，他在感慨自身渺小的同时也在不断地探索新的未知领域。观星不仅改变了他自身的思维方式，而且使其放松了身心，得到了一种灵魂上的救赎。

符启明的“灰色特质”概括来说就是其既具有人性向下的阴暗又具有人性向上的冲动。笔者并不能明确说出哪一面在他身上所占比重更大，但是正是因为这种“灰色特质”的存在，才使得符启明这个人物的设定跳出了作者笔下大多正义的警察形象，不得不说这是作者写作成熟的一个表现。

与此同时，从小生活在清寂小县城广林的丁一腾为人隐忍、谨慎，也同样期待证明自身能力，谋求自我存在感。但他却没有符启明那么张扬，一直循规蹈矩，遵循着普通人生活的轨迹。在洛井派出所担任辅警期间，小丁和符启明一同抓赌、抓嫖，侦破命案，却总是落于符启明之后，更是由于无意间放走了通缉犯赖毛信，错失了立功的好机会。在与符启明因为竞争正式编制失败后，小丁心灰意冷地离开了大城市佴城重新回到广林，娶妻生子，凭借努力背书考试换取了本科文凭，成了一名律师，过上了普通人的生活。

然而在这样一个循规蹈矩、小心谨慎的平凡人心中，也有一些阴暗角落。面对父亲一辈子的身家托付，符启明也将父亲所获取的利息抽取一份，用他自己的话说："要是父亲得知实情，肯定觉得自己比杨白劳还苦大仇深。杨白劳再苦再累，喜儿好歹和他是一条心；换到我父亲身上，喜儿和黄世仁里应外合。"从这个层面来看，小丁的行为与符启明在本质上是一样的，在小丁的内心深处也存在着对金钱的欲望和渴求；此外，面对陈二请求他摸清符启明非法经营情况的提议，他拒绝的理由不是因为多年的兄弟情义，而是想要获得一些好处。"我让他冷静地盯着我吃完半个鱼头，才不紧不慢地说：'卧底应该有份工资吧？''哪有这事？''都是这样，卧底又不是学雷锋，再说还要开支哩。'"且不说小丁曾经是一名辅警，对这种打击违法犯罪的活动应当给予帮助，就是一名普通的公民，维护治安、打击犯罪也是他们应尽的义务。

小丁的本性更多沾染了广林人的懒散、清静，没有符启明天生的热情与韧劲，但是他骨子里也渴望得到认同，也想让自己的家人过上幸福的生活。在当今这个物欲横流的世界，每个人内心深处都有对于金钱的渴求，相比符启明而言，小丁身上的"灰色特质"并没有让人觉得不妥，反而使得小丁这个形象更加真实。我们每一个普通人都难免存在着一些不为人知的阴暗面与欲望，只要不是违法犯罪，伤及他人，那么对于我们的成长来说，只是一些充实我们自身的经历。

（三）现实视野的"灰色特质"。青年学者张艳梅对70后作家的创作有这样的判断："他们的迷惘与寻找以及漂泊感的形成，一方面是外在世界的变化、时代转型和心理焦虑带来的不稳定感，另一方面是这一代人的写作更具有哲学维度，往往超越了生存的表象，去探究生命和存在的哲学依据。"[①]当然，1976年出生的田耳也是如此。《天体悬浮》不仅仅是描写两个辅警艰难的奋斗史，更是透过两个人物的成长揭示出人物生存的背景与时代的节奏变化。田耳曾在派出所待过一阵，意外得知辅警这个群类的存在。"他们充满活力，他们无处不在，得了正编的警察，反倒得来一份悠闲，乐得颐指气使。"[②]为此，田耳构思了一

---

① 张艳梅：：《70后作家小说创作的几个关键词》，《上海文学》2014年第7期。

② 田耳：《创作谈：我学会了写长篇》，《文学青年》2014年第11期。

个作品，写两个能力很强的辅警争夺唯一的转正指标，写着写着，却觉得格局太小，兴味索然，又扔电脑里了。这个扔在电脑里的作品后来蓬蓬勃勃地长成了《天体悬浮》，争夺转正指标只成了小说的一个组成部分，小说的格局也显得宏阔了。

论者以为文本格局得以展开或许是以文本的主人公符启明和丁一腾为争夺转正编制而离开洛井派出所这个带有“灰色特质”的生存空间为转折点，其实质正是因为这种生存空间亦正亦邪的灰色属性，而二者的分道扬镳更是由于二者选择了各自不同的生存方式。符启明在洛井派出所收获最多的应该是灵活的处事经验以及丰富的人脉资源，而丁一腾掌握的不过是按部就班的生活与工作。由此看来，符启明继承了这一生存空间中稍显阴暗的部分，而丁一腾则倾向于这一空间表面上所维持的正义与公平。

另一方面，这也与同样是作为主人公生存背景的城市佴城的“灰色特质”有关。20 世纪 90 年代以来，乡村文明形态逐渐退出社会文化的中心位置，都市不再是纯粹的政治文化中心，而成为经济与消费的中心，都市的政治色彩淡化了，物质力量正在成长为都市生活的支配性力量。[①] 文本中的佴城，作者并没有明确地指向说明其是否是现实中的哪座城市，但是根据作者对于其物质基础以及璀璨热闹的夜生活的描写，再加上清寂小县城广林的陪衬，读者不难猜出佴城应该是象征着当今社会中都市文明崛起的那一类小城市。佴城所展现的“灰色特质”在当今社会中同样鲜明。随着中国市场经济体制的逐步确立和完善，人们的价值观念也发生了相应的变化，经济在社会生活中的作用日益凸现出来。“只有经济能改变人的生存境遇，人们也只相信经济利益构成全部生活的意义。商品拜物教与消费主义构成社会的外表，没有人相信精神生活存在的可能性与必要性。”[②]在这样一个大的生存背景下，作者用冷静的笔触描写符启明在物欲横流的都市世界中起起伏伏，他的足迹涉及色情行业、凶宅买卖、广告行业，这些行为的背后无不指向金钱与消费，而文本中反复出现的主人公观星的举动正是作者暗示人们相信精神生活存在的可能性与必要性，他赋予了主人公内心深处的一种渴望，那是对灵魂的一种救赎。正是因为主人公观星这一举动的出现，才使得文本本身具有了更加深厚的内涵，主人公符启明人性阴暗

---

① 李清霞：《沉溺与超越——用现代性审视当今文学中的欲望话语论》，《兰州大学学报》2006 年第 3 期。

② 李清霞：《沉溺与超越——用现代性审视当今文学中的欲望话语论》，《兰州大学学报》2006 年第 3 期。

的部分才不至于过分深沉，他身上的“灰色特质”才显得更为平衡。

正如张颐武所说：“今天的中国都市既是文明的消费中心，又是文明的消解地——那里活跃着人生的各种欲望都市，那是欲望的百宝箱、欲望的燃烧炉、欲望的驱动器。在这被驱动着、燃烧着的欲望里，一些属于文化的东西被烧毁了，一些属于文化的东西在火中生存着。”①文本的主人公符启明的本性与其说是一种被称作“道士命”的东西，不如说是他人性向上的一种冲动，是一种不甘于平庸，不甘于向命运臣服的一种品质，其本质是深藏在他内心的一种欲望。弗洛伊德说：“禁欲不可能造就强大、自负和勇于行动的人，更不能造就天才的思想家和大无畏的开拓者及改革者，它只能造就一些善良的弱者，他们日后总会淹没在俗众里。”②因此，文本正是借助符启明身上的“灰色特质”来张扬其本能欲望，这不仅包括其渴望出人头地，获得金钱的形而上的欲望，还包括其隐秘的形而下的本能的原始欲望，即肉欲或性欲。

前面我们说到在市场经济体制的刺激下，人们对于经济与消费的渴求直接的表现为对金钱的狂热追求。文本中的主人公符启明不甘于拿辅警的那一点微薄的收入，而是利用自己打造的复杂关系网投入到可以极大获取金钱的赌档、娱乐会所以及买卖凶宅等活动中，一方面这极大地满足了其对金钱欲望的渴求，另一方面又为其提供了维持优越富裕生活的物质基础，因此他才对一切赚取利润的活动保持狂热的热情，甚至为了获取安志勇的住所而肆意牺牲无辜者的生命。

如果说对于金钱欲望的追求是在商品经济刺激下不可避免的产物，那么作为人性本能原始欲望的性欲更是天然原生的。读者不难发现，作者对于性欲的描写就像是贯穿文本始终的线索：文本从开篇就向读者介绍了辅警的工作之一就是抓嫖客，从他们身上搞点罚款来赚取生活费，接着作者又对文本中两个主人公的情感经历与他们性欲的发泄有一定篇幅的描写，直至文本结尾符启明以故意伤人罪入狱也是由于他手下对自己的非礼行为所致。此外，符启明经济的主要来源是他所组织的庞大色情运营机构，无论是借助“杞人俱乐部”的名义私下进一步扩大色情生意，还是巧妙设计经营方式，提出顾客评分，统一发放招嫖卡的规矩与各方互利共赢……这些都或多或少的与满足都市人们最原始的性欲有关。这一点与佴城作为人物生存背景的“灰色特质”属性也有关联。

从田耳的作品中，我们感受最深的就是其并不像其先辈沈从文等人对湘西

---

① 张颐武，刘心武：《九十年代文坛的反思与回顾》，《大家》1996年第2期。

② ［奥］弗洛伊德：《性爱与文明》，滕守尧等译，安徽文艺出版社1987年版，第42页。

的社会生活与地域风俗等进行刻意的表现，他更多的是从时代，从整个社会的高度来发掘当下人物的普遍生活心态以及精神理念。正如胡建宗所评价的那样："一个作品的生活面貌和思想的艺术的深度，主要表现于开掘现实生活的土壤和塑造形象的深度和容量上。只有揭示出丰富而复杂的现实生活画面，通过独特的人物关系发掘人物性格的独特性和丰富性，才能唤起人们对生活的思考。"①为此，笔者创造性地提出了"灰色特质"这一说法，且认为这一介乎黑白之间的中间状态无论是对于文本背景与生存空间的大笔书写还是对人物性格形象与本能欲望的精细刻画都有鲜明的体现。从这一状态出发来进一步探索现实生活中的罪与罚、善与恶，对于揭示人性本能与精神视野，对现实世界的朴素观看与社会秩序的深刻剖析具有重要意义。

第二节　中国记忆与谢宗玉的精神还乡

有关谢宗玉作品的评论，总是逃不开"乡土"两字。在20世纪二三十年代，乡土文学已然自成体系，对于这类型的作品，周作人和鲁迅均对其进行了带有个人特色的定义，两人的观点是不同的，周作人所推崇的乡土文学主要侧重于作品的地方色彩，鲁迅则认为乡土文学除地方色彩之外还应包含故土之思与关心民瘼，从鲁迅自己的创作中可以看出来，他是更侧重于写乡村的弊病，更偏向于将乡土文学导向批判性地关心民生关注当下。在乡土文学概念的界定上，茅盾明显是赞同鲁迅的，他说："因此在特殊的风土人情而外，应当还有普遍性的与我们共同的对于命运的挣扎。"②通过对鲁迅有关乡土文学的论述文章的研究，可以很明显地看出谢宗玉的乡土作品明显是继承了鲁迅、茅盾等人所主张的乡土文学的内核的，他的作品中除了地方色彩浓郁的乡村景物外，还专注于对农民大众不正常精神状态的刻画。

在当代，乡土文学明显是承袭了20世纪30年代的乡土文学内核的，它不同于在延安文艺座谈会上的讲话之后所流行的农村题材小说，它是继承了之前文学的精华，又融合了当代特质所形成的乡土文学。

在当代的乡土文学作品中，不同的作者不再追逐同一个潮流，他们各自书写着自己心目中的不同乡土。出生在楚湘大地上的谢宗玉，其乡土作品中就带了楚湘文化体系中特有的巫气。巫气这个词来自远古流传下来的巫文化，是对

---

① 胡宗健：《文坛湘军》，湖南文艺出版社1991年版，第74页。

② 茅盾：《关于"乡土文学"》，人民文学出版社1991年版，第89页。

带有巫文化特质的人或者物的形容。巫气不仅涵盖了巫文化中的原始神秘色彩，更概指了远古巫文化那种强大而蓬勃的生命力，而在谢宗玉所写的乡土作品中，他的乡土散文，甚至他的一部分中短篇小说中，都浸透着洗不去的巫气。这种巫气来源于作者于楚湘地方村落成长的特殊生命体验。它主要体现在两个方面，一是体现在其作品主人公压抑、充满内在张力同时却又蒙昧麻木的人格上，二是体现在其作品背景所设置的充满原始生命活力而又神秘清新的乡村自然环境上。两者混合，就形成了谢宗玉作品中独特的巫气。

一、巫气氛围的神秘特质

巫气，是神秘而内敛的。正如巫文化那般，似看得明白却又始终笼罩着神秘学的色彩。巫气的内敛神秘体现在谢宗玉笔下的乡土文学的主人公身上就是他们人格上的内敛，发生了什么事都不喜外露。如《少年三青之烦恼》中的主人公三青，因为突然发现自己耳后有一条显眼的伤疤，青春期的自尊心因此受到伤害，生怕别人嘲笑自己的伤疤，于是变得敏感多疑，暴躁易怒，然而他又把自己改变的原因死死守住，任何人都不肯告诉，只因此在内心反复折磨自己，旁人的一个眼神都能让他觉得是在嘲笑自己的伤疤，最终在“伤疤”导致的一次冲突中失手杀人，亲手把自己的前途葬送了。三青这个人物形象无疑是来自于作者的自身体验的，谢宗玉在这篇小说的最后写道，自己也曾有过类似于三青的“伤疤情结”，甚至因此在梦中杀人，并在散文和其他小说中反复写到这个名为“三青”的人，“三青”们性格都保持了某种意义上的一致性，他们所经历的一些事又是作者在其他的小说和散文中提及的自己经历过的事情，因此，我们在某种程度上可以将三青看成是作者自身一段经历的外化。从另一个角度来说，作者能将“三青”们的心理刻画得入木三分，本身就是掺杂了自身的一部分经历在内的，作者们在小说中所塑造的人物形象往往蕴含着他们对这个世界的理解。

如果将三青的性格联系到谢宗玉身上，三青的性格无疑是带着作者的影子的，在这里就要分析一下谢宗玉自身的性格成因了，从谢宗玉对自身家庭的描述中可以看出，他的父亲是传统大家长式的，繁重的劳务压在父母的肩上，这导致了他们没有太多的时间来柔软地对待自己的子女。谢宗玉在《喊魂》中写道:“父亲知道我们怕黄昏，怕黑暗，怕摸黑进屋，他本不想生气，但他太辛劳了，一说话就气鼓鼓的。”而父母教育孩子的方式将直接影响到孩子人格的形成，在大部分中国农村，父母对孩子的教养方式基本上是权威型和放纵型两者的混合，在权威型教养方式下长大的孩子会“容易消极、被动、依赖……做事缺乏主动性”①,家庭和童年经历以及小时候所处的相对封闭的乡村这样一个外在环境,都明显地影响到了谢宗玉,他的性格正如他在文中表露出来的那样,保守而平稳,谢宗玉在文中确实数次提到过自己不求名利,乡土文学本身就代表了他的态度,他怀念渴望那个如同乌托邦一般的瑶村,他渴望回到或者说进入“桃花源”一般的瑶村,在《叫天子》一文中甚至明确地表现了自己的出世思想,他说,如果能让他回到曾经放牛时的心境,便是有人叫他南面称王他也不去。谢宗玉也明确承认了自己的性格是“消极得可以”②,他的性格无疑是保守的,这份保守体现在他的作品中就显现成了主人公内敛压抑的性格。

文学本身是供作者吐露心声、张扬个性的,但一个人保守得久了,在谢宗玉这样一个自身经历型的作者笔下,无论是物还是人,都带上了内敛而克制的色彩。然而内敛的性子正和主人公们飞扬激荡的青春形成了矛盾冲突,谢宗玉笔下的主人公之所以会让人认为是压抑着的,正是因为他们本身所具有的丰富的情感和细腻的心灵被内敛的性格抑制住了,如同即将沸腾的水,却偏要维持着平静的表面。这就使人物时有极端化之举,这也就是接下来要分析的部分。

二、自残倾向的仇视心理

巫气除了气质上内敛之外,它又往往展现为狂烈的生命力。形式与内容之间所含特质的不同往往使其矛盾,而矛盾又进一步显现了两者扭曲之下的神秘吸引力。

谢宗玉笔下的人物在精神上往往是痛苦的,他们的痛苦来自人内心的自然欲求,也即人的原始生命力与文明世界或者说道德要求之间的矛盾冲突,借用弗洛伊德的理论进行分析,就是本我与自我、超我之间的矛盾冲突,本我也即潜意识所代表的生命的原始冲动被自我即表意识所压制,被超我所代表的道德化的自我所束缚,环境决定了人格发展的现实性,然而身在蒙昧的乡村,本该逐渐形成并完善的超我迟迟未能完成塑造,而受到外界影响加之超我导向力减弱,自我对本我的压制力自然进一步削弱,这就造成了本该被压制的本我和自我及超我的斗争越发激烈,也就加重了人物的内心痛苦,心灵的痛苦往内无处发泄,就只能向外寻求突破。

精神的纠结无法解开,外化到物质世界,对自身就表现为自残倾向,对他人则表现为仇视心理。谢宗玉在小说《近距离相吸》《少年三青之烦恼》《偷窃是

---

① 彭聃龄:《普通心理学》,北京师范大学出版社 2012 年版,第 526 页。

② 谢宗玉:《家族的隐痛》,《青春》2010 年第 7 期。

一件幸福的事》中都描写到了主人公的自残行为，用刀子割手割得鲜血淋漓，用脚大力踢土墙、柳树，将脚趾踢得血肉模糊。主人公的精神苦痛无法排遣，于是只能通过肉体自虐来让精神获得短暂的平静。当个人的痛苦达到顶端，自残已经无法使主人公获得平静时，他们便自然萌生了自杀的想法。“真正严肃的哲学问题只有一个：自杀。”[①]法国哲学家加缪如是说，自杀，即投向死亡的怀抱，死亡是神秘不可知的，在这一点上，巫气展现得尤为充分。自杀，是对精神痛苦的终极排解，是对现实世界的最终反抗，甚至可以说是对死亡世界探索的第一步。谢宗玉笔下人物的精神矛盾是外部世界的矛盾在个体身上的投影，市场经济的推行冲击了瑶村人固守了千万代的小农经济的传统思维，人们的心理被打开了一个缺口，一个通向另一种可能性的缺口。

谢宗玉在散文《一个夏天的死亡》中直面描述了市场经济给瑶村带来的影响，这是1992年的瑶村，这是市场经济在中国稳固下来的一年，也是市场经济带来的影响在这个偏远滞后的村庄获得体现的一年。市场经济给瑶村人提供了“走”或者“留”的选项，小小的村庄里不知多少个家庭的顶梁柱选择了南下打工，而他们留在村中的家庭，他们的母亲妻儿却在一日日的等待与分离中渐趋畸形，丈夫南下打工的莲香一人带着五个小女孩生活，农活和家务还有五条生命的重担最终压垮了她；南下打工的宗雄家的儿子死于疏于照顾，他家的女人选择用农药了却了自己的生命；五个儿子去了南方打工的白毛老人因疏于照顾死在了地里；丈夫儿子都在南方的四凤也同样选择了喝农药解决掉这漫长无涯的孤寂。而文本中的“我”也在意识到自己可能无法抓住逃离的机遇时无数次痛苦得想要选择自杀。发生在1992年这个夏天的非正常死亡，不仅是对痛苦人生发出的呐喊，更是对社会，对这个时代无解现象的反抗。以死亡为代价发出的最后一击，如同以生命作为牲祭，无疑是凝聚了一个个生命的全部力量，无疑是“巫”之一字最惨烈的表现，他们在愤怒地呐喊，为什么国家的富强建设要以妻离子散为代价？为什么想让家人过得更幸福的简单祈愿却走向了截然相反的结局？然而十几年过去了，留守儿童、留守家庭依然是一个难以解决的社会问题，可能这就是一个国家在发展中所必须经历的问题之一吧，而这个问题的解决，仍然需要更多像《一个夏天的死亡》这样的文章来唤起人们的注意，需要政府持之以恒地将视线投注于其上。

乡村的人民，在日常生活、行为习惯和风俗中还保留着一些原始的习气，人们的思想没有经过多少教育的洗礼，仍然保持着近乎原始的蒙昧纯真，他们

---

① 加缪：《西西弗的神话》，中国文联出版公司1985年版，第311页。

不像生活在现代城市里的年轻一代，拥有多种多样的娱乐消遣方式，可以通过各种手段来麻痹自己，排遣消解精神上的苦痛。人们也不像是城市生活一样大部分处在独立的境地，乡村生活更多的是人与人之间贴近的交往。可以说除了维持生计的劳动之外，人际交往是乡土生活中最重要的一个部分。所以当个人的痛苦无法排遣转而外化之后，往往就会伤害到他人。

个人的异化往往会通过密切的人际关系弥散成群体的异化，在《玩仇时代》中作者就写到了小孩子的团体中从一个小孩被莫名仇视被排斥发展到了每个人之间相互排斥仇视，村里的小孩再也不在一起做游戏，他们各玩各的，作者在文章结尾写道："发现这个，我就再没兴致跟别人好了，我渐渐习惯了孤独。后来，我们在彼此的仇视中慢慢长大。再后来，很多人离开了村庄。"①这种仇视不仅出现在与玩伴的交际过程中，甚至出现在一个家庭内部，在《乡村四季》中作者提及："我发现，恰当的劳动可以产生亲和力，使一家人和和美美的；而劳动一过度，特别是长期过度，就会把一家人隔离起来，一个个然后像生了仇似的。"人由于内部的精神苦郁无法排遣，便将之发泄到和自己处于同一人际关系网络中的他人身上，在这种情况下，人们更容易和相处时间长的人起冲突，因为随着相处时间的拉长，起冲突的概率也就增加了。在谢宗玉的小说《异性》《借你一颗胆》中均出现了仇视甚至是杀人情节。

三、原始蒙昧的精神写照

巫气最重要的一个特质就是原始蒙昧，这是村民的精神写照。因为谢宗玉主要是以乡村中人为创作对象，此类人物多成长于楚湘偏远乡村，没有接受过良好教育，与现代化文明存在着隔阂，他们身上便或多或少地有着原生态的人性人情。如在散文《一天杀生无数》中，谢宗玉所塑造的"我"，便是一个年幼残忍的形象，在村庄中"我"自由而孤独地游荡成长，不曾受到过多少道德行为上的指引，在这种情况下长大的我，本我和人性中残忍的一面日益茁壮，"我"随意灭杀蚂蚁，砸毁蚁窝，疯狂打杀青蛙，捅毁燕巢，弄死小燕，"我"是一个天真而残忍的幼童，也是一个没有尊重生命意识的蒙昧生灵。《喊魂》中更是体现了湘楚之地的巫文化，村民们认为在黄昏时呼唤一个人的名字，就能把那个人走丢的魂魄唤回，治好因意外而变得痴呆的人。相信魂灵，并且有相应的祭祀仪礼，这无疑是楚湘之地巫文化在民俗中的体现。虽然喊魂这种仪式显得蒙昧而又落后，但因为这个世界上存在着太多的未知，人们在面对鬼怪之说时终究

① 谢宗玉：《玩仇时代》(http://www.nfncb.cn/2014/sub_0217/87719.html)。

是残存着一两分期待与信任的，于是喊魂也就不显得可笑，反而多了神秘的色彩。剥离开神秘学的因素，单从科学的意义上来看，这也是一篇对民间习俗的记录文，文章中展现的巫文化，在历经千年之久的磨砺后，仍然展现出强大的吸引力和生命力。

谢宗玉笔下的乡土，巫气巫风除开对人的不良影响之外，它还展示它种植在人身体内原始野性的一面。在《狐狸》中，平静枯燥的农活消磨着人的意志，磨损着人们的生命力，这时候突然冲出的一只狂奔逃窜的红狐点燃了人心头的野性之火，原始的狩猎天性激发出潜伏在人们身体内的强大生命力，而集体追捕的过程更是深深烙印在下一代的记忆中，为人们带来如烈火燃烧的驱动力，这是原始而又充满野性之美的生命的爆发。另外谢宗玉在文章中经常传达的一种思想就是生命的坚韧，在物资贫乏的时代，人们为了生存所做出的一次又一次的与自然与自身的搏斗，都让读者领略到了生命的坚韧，《夜雨孤灯》里为了维持生计不顾生命危险半夜上山偷竹的父亲，《岩窝一撮土》里在贫瘠土地上坚持不懈耕种的外婆，《冬天里的一团火》中为了过冬上山烧窑做炭的父子，等等，人们为了那一线生存之光，不抛弃不放弃的求生精神，正是远古以来巫文化得以传播的核心——生命。人们缘何信仰巫文化？正是由于它能帮助人们更好地生存，信仰鬼神也好，巫蛊扶乩也好，巫歌傩舞也好，其根本目的都是求生，巫文化中源源不绝的生命力，正是它得以流传不息的原因。

四、巫文化视野下的民间叙事

巫，总是和天地灵物脱不开关系的。阿来的长篇小说《尘埃落定》里罂粟便是迷幻的巫文化的象征，它仿佛是一味魔药，给麦其土司带来金钱与武力，也给土司们带来战争和冲突，给民众带来饥荒与死亡。然而罂粟花依然巫里巫气地自开自落，它仿佛有着特别的意义，又仿佛只是一种简单的植物。正如巫文化中的神灵鬼怪，仿佛存在，又仿佛不存在，也如蛊，可能有用，也可能根本没用。谢宗玉笔下的景物也是带着这样的巫气的。

谢宗玉写的乡村，总是充满生气和诗意的，还夹着一丝说不清道不明的巫意。他写狐狸，那便是一只说不清来处的狐狸，被追逐之下便逃往说不清具体去处的山林，他写狐狸，那就不是山间常见的灰扑扑的狐狸，而是充满灵魅之气的火红的狐狸，在巫文化中，火红的狐狸一般都是山间的精灵，与神鬼之类的灵物一般充满了神秘性。谢宗玉笔下的其他动物也都是带着巫气的，豆娘是一种和蜻蜓有几分相似的昆虫，它的正式名称叫作螅，豆娘一般比蜻蜓更为纤细，颜色也更为艳丽，谢宗玉便抓住了豆娘纤细艳丽的特点，将之比喻为前世受了冤屈的绝色美人，他笔下的豆娘就带着一股幽怨之气，自有一股神秘气质，它们只爱憩在西园北面的园墙上，它们的飞舞也有规律可循，以北面的园墙为界，每次即将飞出时，总会自在地飞转。在描写靛青色的豆娘时，谢宗玉直接用“带有巫气”来形容它们:“也有的豆娘是靛青色的，翅膀上还闪着粼粼冷光，这样的豆娘就带着巫气，飞过园墙的时候，那道黛青色的幔帏也突然幽暗了许多。”①

动物身上的巫气，就是神鬼之性和人性以及物性的集合所造成的。比如说《水牛》中的那头大牯牛，犁田犁得比谁都快，大概是因为自己远出同类的体能，大牯牛性子便很骄矜，不服管教，在这一点上，它竟是像足了人类，然而它又确实只是一只大牯牛，它的身上巫性与物性交加，当它一不小心顶死了人时，它仿佛也懂得愧疚，从此以后埋头苦干再没出过乱子，用自己的一生在赎罪。《鹧鸪》里面鹧鸪的叫声满含着犹豫凄怆，它一声声“哥哥——哥——哥——”的喊叫自古以来赚取了无数游子泪，于是鹧鸪在谢宗玉笔下便不再是单纯的一种鸟类了，它是一种声音，是一个影子，是深山中承载着凄惶情绪的声音，是人迹寥落处意外身亡而又无法返家的游子性灵的具现。

谢宗玉给笔下的动物们都添上了灵性之光，这正是和巫文化中的万物皆有灵的观念相合的。他在有意或无意中，便将楚湘之地赋予他的巫气带进了文笔之中。他不仅给笔下的动物赋予了巫性，连植物和山水都带上了巫气。

《父品・母品》中，谢宗玉便详细描写了瑶村植物的精神恋爱，“一株花，一株草，经过一场自恋的东风，让人不明白是怎么回事，就珠胎暗结了。就算是雌雄异地，纵然情意缠绵，也兀自站在那里怯怯地不动，非得要靠蜂蝶来牵引，才羞羞地结合了。”②谢宗玉将万物均拟人化书写，同时又注重保留它们物的本性，动植物身上这种似遮非遮、似有若无的人性，就产生了一种类似于灵巫的诡谲感，谢宗玉又在景物的书写中下意识地融入巫文化的特质，像在《父品・母品》中，植物的精神恋爱就颇有些楚湘巫文化中人神相恋的意味，巫文化中的祭祀活动表现的内容往往是人神相恋，屈原的楚辞中也对此有所记载，内容往往表达的是纯洁的精神爱恋，人神相恋需要特定的契机和场合，同时还伴随着强烈的仪式感。而在《父品・母品》中，水稻的父品母品的结合也需要特定的时间和场合，众人参与完成这神圣的繁育工作，给生存以保障，在这种情形下，也同样有着强烈的仪式感。谢宗玉就是这样将巫文化内化在了自己的作

---

① 谢宗玉:《豆娘》,《文苑》2008 年第 12 期。

② 谢宗玉:《父品・母品》,《都市美文》2004 年第 1 期。

品之中，楚湘之地将他养育，而楚湘的文化特质也深深地烙印在他的心间，作为一个以个人体验来写作的作者，楚湘文化就是他创作作品的源泉，就是谢宗玉的文学之根。

五、拟态环境的批判锋芒

谢宗玉不仅将有生命特质的动植物赋予了人性，更是给无生命的自然气候变化也增添了人性之光。谢宗玉写雨写风写光写雷，然受到楚湘之地丰沛的雨水的影响，他写得最多的还是雨。有孤寂的雨，有狂暴的雨、也有任性的雨。在《半晴半雨》中，他便塑造了一个任性的雨的形象，那是一直想要和什么划清界限似的界线雨，谢宗玉将其拟人化，于是不按规律不讲道理的界线雨在谢宗玉眼中成了任性的代表，有的时候界线雨牢牢地限制住了雨水只下在山前，于是山前有雨水而山后没雨水，山前山后受了不同培育待遇的植物便有了不同的遭遇，比如一些约好了一起发芽的种子，因为处在雨的界线的两端，于是没雨的山后植物只能生生错过这个萌发的季节，而只能等明年和约好的山前植物的后代一齐发芽了。硬生生造出一段错过的缘分，植物也变得有情且多情了起来，而造成这一切的拟人化的雨水在此便很有些性格了，它是无情地任性着，又仿佛只是孩童般地调皮，一场雨在此便获得了生命。谢宗玉在写拟人化的气候时，又往往喜欢用人事来应和被他拟人的气候，在《半晴半雨》中他写界线雨叫山前山后的种子错过，于是成了植物界的一段憾事，又由此引出人世间一段与此相同的憾事，一对隔着辈分的同龄恋人，因不合礼法的规定被视为乱伦，最终被逼得双双自杀，这尾巴上带出来的一个小故事，如同汉赋的曲终奏雅，又似作者行文的重点，给了农村落后辈分制度一个有力的揭露。

谢宗玉在怀念故土的时候加入拟人化的气候，营造拟态环境，展示出一种奇特的灵巫化氛围，从而进一步突出乡土生活的趣味和地方色彩。除此之外拟人化的气候还成了谢宗玉手中用来批判的工具。拟人化的气候，既可以作为回忆的索引，也可以作为类比的由头，还可以作为引出人事的引子。比如在写雨之外，谢宗玉也写雷，在《雷打什么人》中，谢宗玉先是将雷作为引出乡间趣事的引子，接着又顺着这根线索一直写下去，最后更是握住这个“雷”，将它当成了批判的武器，雷在谢宗玉笔下成了专炸坏人的正义象征，谢宗玉借雷懒得在城市上空炸响这一点，直接批判现代都市的表面繁华内里脏污，连雷都懒得行雷事了，因为奸恶之徒太多，炸不完。

总之，当代文学中流派多样并列，然而正是因其多样并列，没有一个能压倒余者的声音，反倒如同没有潮流。自从 20 世纪 90 年代以来，作者的写作日渐远离了政治生活，70后作家盛可以曾言明，她认为70后作家不是一个团体，因为每个作者都有自己的主张，她不认为把70后作者划分成一个集团是合理的分类方法。事实确实如此，70后的作者们如同桂林土地上大大小小的岩峰，它们出现在同一块土地上，有着内在的血脉联系，然而如果硬是要把不同的山峰归入同一山脉，这种做法是并不可取的。

谢宗玉也是一个提倡私人化写作的作者，他在《家族的隐痛》一文中明确提出了自己私人化写作的实质:“我的写作完全是私人化的，记录的也只是一些琐碎。我的用意是我死后，笑儿能用我的文章来对照他的人生。”①谢宗玉在此处不仅表明了自己不是一个为民代言的作者，更点明了自己的写作目的仅仅只是为了使儿子的人生之路走得更顺畅。就私人化写作而言，谢宗玉无疑完成得很好，他的写作期待目标也定得很低，同样也属于私人化写作的范畴，这种预期的好处便在于不需要太多考虑作品是否代表了民众，于是在写作上便拥有了更大的自由度。然而谢宗玉的作品终究还是可以归入文以载道的那一类中去，无论是为了儿子能少走弯路这样的写作期待，还是为了承载私人化的情绪，作者只是没有野心，然而小我也是道，谢宗玉的作品终究还是载了道的。一个作者不可能脱离时代，生活在这个时代，便必然感受到时代之痛，一个时代的疼痛往往是一代人的记忆，身为作者必然会感受到这种时代病在自己身上的体现，这样就会或多或少地将这种时代之痛反映在作品中。

谢宗玉写作的用意是记录自己的私人经历，给儿子未来人生以导向。这种记录无疑是立足于他的人生经历的，一直生活在湖南的谢宗玉深受楚湘巫文化的影响，楚湘文化和巫风就是他的创作之源，楚湘巫气就是谢宗玉的作品之根。巫气在其作品的人物形象和背景环境中均有体现，无论是人物的性格特征还是拟人化的万物，都昭显着巫气在其作品中的存在。

第三节 于怀岸:《巫师简史》的现代维度

于怀岸长篇小说《巫师简史》用四十余万字讲述了湘西猫庄从清末至解放初期近半个世纪的历史变迁。透过猫庄这个小窗口窥见整个湘西在这个动乱不安时代中的坚持与守护。小说通过族长和整个村庄、国家与个人的关联，倾诉了现当代作家“为民代言”的创作诉求。同时也通过故事中的人物经历，对围观者灌输愤怒比冷漠更可怕、成王败寇、尽忠职守、应当审时度势、善有善报恶

① 谢宗玉:《家族的隐痛》,《青春》2010年第7期。

有恶报等思想道理，以达到“文以载道”的创作诉求。

但是，无论是“为民代言”还是“文以载道”，都有其不足之处。“为民代言”在某种意义上是在扼杀少数人的话语权，将被代言者送入新的压迫关系之中，从而被迫被代言。为愚民代言只会使情况越来越糟，因此作家的创作诉求中应当还包含着“文以载道”，用以启发民智。民智未开，就谈不上文学对社会的塑造性。

作者对于故乡有着深厚的感情，有意或无意的创作大多都是围绕着湘西这片土地展开，将湘西人在历史中所体现出来的韧性描写得淋漓尽致。用文字传达内心最深处的感触。

按照弗雷德里克·杰姆逊的理论：“第三世界的经典文本，总是以民族寓言的方式投射作家的政治抱负：关于个人命运的故事包含着第三世界的大众生活和整个社会受到冲击的定位指涉。”[①]文本或明或暗都受到了政治层面的影响，新时期文学企图成为世界文学的重要一部分，就必须要尽量摆脱这些政治因素的影响，才能够形成具有真正民族文化特色的纯粹文学。通过体制上的完善和文学品质的提高，消除这种文化偏见。但是就目前而言，中国新时期文学的经典文本依然逃离不了杰姆逊的民族寓言论，但是在内涵和外延上都有了更为丰富的精神指涉，扩展了杰姆逊的民族寓言说，冲击了第一世界文化霸权的“自在预想”。

中国新时期文学的经典文本可以被划分成不同类型的寓言：成长寓言、道德寓言、政治寓言、文化寓言、伦理寓言、民间寓言、幻想寓言。但是，文本通常并不单单只属于一种类型，更多的是多种类型相互交融。[②]《巫师简史》这部小说整体的走向与政治依然有着密切的联系，同时也具有民间寓言扎根于土壤的“草根般的力量”，充满着血性与野性的活力。近半个世纪的猫庄变迁史，透露出整个湘西在社会革命浪潮中的无奈，与对未来命运与文化入侵的焦虑不安。赵天国主持下的猫庄一直秉承着一种回避的态度，致力于维持猫庄“世外桃源”的现状。这种回避的态度，往往会演变成为“闭关守国”的自我封闭，这对于热心改变的革命分子而言无异于异类。从这点出发，《巫师简史》可以看到幻象寓言的影子，对社会整体发展趋势把握的失控，使得文本具有了社会寓言的影子。

受到孔德实证主义的影响，泰纳在著作《英国文学史·序言》(1864)里阐

---

① 聂茂：《作为民族寓言的当代文学》，《文艺报》2009年2月14日。

② 聂茂：《作为民族寓言的当代文学》，《文艺报》2009年2月14日。

述了他的著名文学发展“三要素”理论，认为文学的产生决定于种族、环境、时代，它们分别代表了文学发展的“内部主源”“外部压力”和“后天动量”。[①] 中国千百年来形成的社会环境，和流淌在血液里的民族特征，使得作家在创作的时候所代表的不仅仅是个人，更是为民众发声。而时代的压迫，更让中国作家的创作文本总是包含着“小我”与“大我”的双重叙事。

个人生活和集体生活密不可分，“小我”的命运变迁中总是暗含着“小我”受到“大我”无形或是有形的影响。《巫师简史》讲述了从清末至解放初期近半个世纪里湘西猫庄在时代巨浪中的变迁，小说长达四十余万字，以小见大，透过猫庄这个小窗口反映了整个湘西地区乃至中国乡村在战乱之中坚守家园，并为此战斗的过程。

不仅是《巫师简史》这本小说，也不仅仅是于怀岸这位作家，有着这样“小我”与“大我”双重结合的体现。从古至今，作家文人的身上始终肩负着文以载道和为民代言的创作诉求，就算是现当代提倡革新的创作群体也不例外。

同别林斯基、阿诺德等人的“19 世纪的社会理论”相似，在其基本的理论框架中同样重视文字的社会作用，同样“为文学和文学批评赋予拯救世道的重大使命”。[②] “文以载道”和“为民代言”的创作诉求意在替集体发声、启发民智。从这方面，两者理论上具有共通点。

一、为民代言的英雄自期

“英雄自期主义”的存在，使得无论是作家自己还是读者群体，都将作家的地位进行了拔高。从现代文学史的开端起，鲁迅、周作人等人的早期论文中就明确地提出要重视个人精神世界的建设，“其首在立人，人立而后凡事举”，并在此基础之上提出改造国民灵魂的重要性。尔后，抗战的爆发，使得文学启蒙的对象和任务都发生了转变，由个人意识的觉醒变成国家和民族的现代化。这也使得作家们的为个体发声又回归到了“为民代言”的轨道上。

“为民代言”的创作诉求使得我们不难理解为什么西方读者从我们的作品中解读到更多的政治成分，而非纯粹的文本色彩。福柯曾批判过这种充当“大众发言人”的知识分子形象，而在中国新时期文学的道德寓言中，很多的朦胧诗作者在行使其文化特权时，使得被压迫者不能自言，将他们送入了新的压迫

---

① ［法］泰纳:《英国文学史·序言》，杨烈译，中国人民大学出版社 2003 年版，第 480－483 页。

② Richard Harland, Literary Theory from Plato to Barthes: An Introductory History, New York: St. Matin's Press, 1999, p. 90.

关系之中。但是在多数情况下，作家都是为民代言，用震撼的文字说出大众群体的肺腑之言。

除了作家在文中直接用语言文字“为民代言”，更多的时候，作者是通过小说中塑造的人物来进行间接的“代言”，用他们的代言来传达作者的声音。

《巫师简史》中的赵天国作为被神选中的最后一任巫师，不仅是神旨意的传声筒，更是猫庄的一族之长，是猫庄民意的代言人。他对猫庄这片土地爱得深沉，猫庄里大大小小的事务，大都是由他做决定，大家也很少有不满的情况出现。身为巫师的他，在法器毁坏之前，都是通过上天传达的旨意来指导猫庄接下来应该如何行动。而书中的红军之所以取得胜利，甚至最后让世代不参军的猫庄人都积极参与的原因，也不过因为他们是“穷苦人家的队伍”，实现了“为民代言”的要求。

但是“为民代言”也有其弊端，“为民代言”某种程度上可以理解为集体意识对个人的“绑架”，这种“绑架”不仅存在于族长对族人，同样也存在于国家意识对于个体意识的禁锢。

当国军和红军先后来到猫庄的时候，都企图让猫庄的青年人从军，但是就猫庄这个整体而言，是拒绝与外界有过多军事上的交流的。但是国家整体局势的动荡和战事的发展，迫使猫庄不得不参与到这场漫长的动乱之中，并且要求他们有意识地积极参与到抗争之中来。周家寨的“打土豪分土地”运动轰轰烈烈地开展，地主朱光甫被活活烧死，他的老婆、小妾和女儿们，游行之后“分给贫苦的农民兄弟做老婆”，同样也是一种集体意识对个人意识的扼杀。这样做的时候何曾问过她们的意见，“贫苦的农民百姓”也不一定都是勤劳勇敢的，就因为她们曾经与地主有关系，就应该像物品一样地被分配给自己未曾熟识的人，这样难道就算是公平？这又何尝不是一种凌驾于个人意识之上的集体意识绑架呢？

赵天国身为族长，在表达自己决策的时候，虽然很少有不满意的情况出现，但是依然会存在不同的意见。就好像当猫庄年轻人都企图围观彭学清杀土匪的时候，就受到了赵天国的严令禁止，甚至严惩。最后，他们企图参加红军、志愿军的时候，他也是极力扼杀他们这样的念头。这样的行为虽然是出于大局考虑，但是也是试图用集体性来扼杀个人意识的一种体现。如果当初知道赵长梅生了个“野种”之后，赵天国和村里的长者们不将集体商议出的处置结果施加于她个人身上，就不会有后来自杀的惨剧发生，彭武平也不会意图枪杀赵天国兄弟俩。个人意识被集体意识强制做出选择时，个体意识就没有了存在的空间，有意识地反抗也只能够获得稀薄的空气，苟延残喘，最终走向肉体上和精神上的灭亡。

这种集体意识对个人意识的压迫，不仅在小说中有所体现，在作家创作的时候同样存在着，但是方式上可能更为温和一些。正如泰纳所言，“某种艺术和某些时代精神是与风俗情况同时出现、同时消失的”；“群众思想和社会风气的压力，给艺术家定下一条发展的路，不是压制艺术家，而是逼他改弦易辙”。[①] 用读者阅读需求的改变，迫使作家的创作做出适应市场的调整。然而过度地改造，过度地追求迎合读者的阅读口味，很有可能会使得作品商业化市场化，从而违背创作的初衷，丧失了真正意义上的为智民代言的创作诉求。

二、文以载道的价值承载

为民代言重点在于说出群众想说但是不能够被当权者所听到的声音。但是如果此“民”非智民，而是愚民，则“为民代言”的后果堪忧。当谈论到“为民代言”的时候，群众的国民整体素质是必须要直视的问题，为愚民代言所导致的后果只能是群众的暴政，甚至会扼杀少数智者的生存权利，从而导致国家的整体走向毁灭。因此，作家的创作诉求除了“为民代言”之外，还应有“文以载道”的价值功能。只有通过具有影响力的文字，将智者的思想领悟进行传播，才能起到开发民智的作用，从而正确地为民代言。

“文以载道”的“道”不仅是道理，更是一种思想与领悟，这样的创作诉求在《巫师简史》里并不少见。比起周围看客的冷漠，更可怕的是围观者的群情激愤。鲁迅先生曾说：“我向来是不惮以最坏的恶意，来推测中国人的，然而我还不料，也不信竟会凶残到这地步。”这句话用来说看客的激愤依然适用。

就像李佩甫《生命册》中，全村女人群体性的愤怒，使得虫嫂付出了卧床几日不得动弹的代价；凭自己本事修建豪宅的梁五方，运动时依然被激动的村民们批斗得体无完肤，“在一定的时间和氛围里，恶气和毒意是可以传染的”，《生命册》中的这句话并不是没有道理的。

起初，彭学清在惩治土匪首领田大牙时，“诺里湖的人一个个面目呆板，抱着膀子或者袖着双手，一根根木桩似的钉在那里，除了嘴巴里呼着白气，双眼珠子都不转动一下。”活脱脱一副鲁迅笔下看客的冷漠形象。但是后来，彭学清让诺里湖的彭家人每人削他一刀，几乎没有人拒绝，不一会儿田大牙的身上就有了二十二个坑坑洼洼的血窟窿，真可谓是生不如死。

同样是群情激愤，红四军进入周家寨之后，惩治地主朱光甫，当台上的中

---

① ［法］丹纳：《艺术哲学》，傅雷译，中国人民大学出版社1983年版，第28页。

年男子问有谁要来点火烧他的时候，台下的村民们表现得异常激动，争抢着点火烧死朱光甫，并将这种行为视为无上的荣耀。最终地主朱光甫在扭动挣扎中被活生生烧死。如果说诺里湖彭家人的狠心和周家寨村民的愤怒可以用他们常年受到对方的欺压来解释，那么当猫庄人心中德高望重的赵天国面临枪决的时候，围观的群众依然骚动着，“口哨声、嬉笑声此起彼伏”。赵天国并没有做伤天害理的事，也没有做任何对不起在场围观群众的事情，他只不过是固执地想用以前时代的方法去守护猫村的完整性，想要继续保持着猫村的与世隔绝。而这群欢呼雀跃的围观者们，只要厄运没有降临到自己的身上，他们大概永远都不会付出一滴眼泪，大概还会心中暗念：这些人真是罪有应得。

成王败寇是亘古不变的道理。历史上很多的人和事都没有绝对的好坏之分，被主流文化所否定的事物，其实也同样地具有值得借鉴之处。但是，只有胜利者才有资格书写历史，因此失败者被书写的结果可想而知。《巫师简史》中的白沙乡前乡长陈致公在小说的前半段，一直都是充当着一个反派角色。搜刮民脂民膏，甚至可以用笑里藏刀来形容。但是，当他被红四军定为“土豪恶霸的乡绅”执行处决时，寿衣店的潘老板却说陈致公不该死。陈致公从不欺男霸女，和自己的太太非常恩爱。而他平日里搜刮来的钱财，都用来改善白沙镇的初级小学和联合中学的校舍情况，提高学校的师资力量。他尊师重教在白沙镇上也是有口皆碑的。但是“土豪恶霸”的帽子一旦扣上，就很难再有翻身之日，以往做过的好事也将会被抹去，等待他的只会是枪毙。这能说陈致公真的是一个十恶不赦的坏人吗？非但不能，反而应该重新审视对他的定义。

赵长梅的孩子彭武平从小就喜欢血性暴力的东西，后来围观彭学清杀土匪时更是兴奋不已，回去还给伙伴绘声绘色地进行描述。后来母亲因为名节问题被迫自杀，彭武平将这一切都怪罪于赵天国和赵天文，前者是提出如何处置母亲赵长梅的决策人，后者是欺辱母亲、导致这悲剧发生的罪魁祸首。彭武平从赵天文家偷了枪，将赵天国打成假死，幸有法器阻挡了子弹，才免一死。抗战结束，参加了红军的彭武平以县委书记的身份归来。这时候恐怕已不会有人还记得他曾经试图枪杀自己的外公。

后来，赵天国因为村里年轻人积极参与“抗美援朝”志愿军的事情，前往县委找彭武平，企图阻止他们的参军行为。但是没想到，反而因行贿多名领导的罪名锒铛入狱。不难想象，彭武平在整个活动中扮演了怎样的一个角色，若是他不记仇，赵天国不会落得个贿赂多名领导的罪名，充其量也只不过是金砖被退回。如果彭武平没有参加红军，而是落草为寇，最后被剿杀的时候可能还会在罪名里添上一条：蓄谋杀人。成王败寇的道理，让他的这条罪名被人遗忘，即使被人提及大概也只会被夸赞一句:有血性!

小说中从来不乏对自己职业尽职尽责的人。赶尸匠雷老二是书中一个着墨不多，但是依然让人印象深刻的角色。从最开始的时候为土匪赶尸，到后来因赶尸而死。职业的特殊性，让他始终是一个笼罩着神秘色彩的人物形象。在最后一次赶尸之前，他对于此行的凶多吉少已有预感，但是他毅然前往，自己也付出了生命。猫庄人感激他，给他磕了头，不仅因为他是在自己死后将猫庄的三个人接回了寨，更是因为他明知自己此行的危险，但是依然选择了接下这趟买卖。

值得一提的是，不同于亨利·米勒推崇自我的觉醒和超现实主义理论，赵天国固执地坚守猫庄传统风俗的同时对外界西方文明进行了选择性的吸收，而且他所做的很多事情都是为了猫庄这个整体，而非仅仅为了他个人的存在与利益。赵天国不仅是猫庄的族长，更是被神意选中的最后一位巫师。他将猫庄的房屋改造成石屋，使得猫庄从此再也不用担心受到火灾的侵扰。他将田地按照人口划分，就连红军来分土地的时候都对这种做法无法挑剔，家家有田耕种，户户有余粮。为了避免猫庄的人抽当壮丁去参军，他两度下跪，更将自己的性命搭上。当他发现种植罂粟赚钱时，第一个反应也是要带动整个猫庄的人一起发家致富。比起弟弟赵天文自私自利的性格，不得不说，赵天国就是大公无私的代表性存在。赵天国在书中一共痛哭过两次。一次是法器为他挡住子弹后被天神收回，他足足哭了两个时辰，从此以后猫庄再也没有巫师存在了，赵天国也只剩下族长这个身份。猫庄的巫师寿命没有活过三十六岁的，当赵天国发现法器力量越来越微弱的时候，他担心的不是自己即将迎来三十六岁，而是今后猫庄再也没有巫师，不能够和天神对话，失去神的眷顾和庇佑。

第二次是赵天国上刑场之前，他淡定得像“和尚打坐入定”，但当得知花了近十年修建用来保护猫庄的寨墙和石屋被炸毁，并开辟成公路时，赵天国“哇地一声号啕大哭起来”，“身子一下子瘫软了”。这个消息成了压倒他的最后一根稻草。保护不了他的猫庄，族长这个身份对于他而言也不存在了。因为这个要保护全村人的身份，他费尽心思地阻止外界的干扰和入侵，甚至为了阻止村里的人参军两度给彭武平下跪。最后落了个被枪毙的下场。与其说他们是对自己的职业尽职尽责，不如说他们是对自己心中的信仰虔诚。当彭学清要处决土匪并且邀请猫庄的人前去观看的时候，赵天国说:“我是巫师，心里头住的是神，不像你们军人，心里头住的是魔鬼!”因为心中有神，所以才能够保持一种敬畏之心，才能够为人处世有所顾忌，避免被心中的信仰所抛弃所惩罚。

除了心中应当有信仰、对职业保持虔诚之外，审时度势也同样重要。猫庄能够在近半个世纪的战火中始终保持完好无损，与之密不可分。但同样的，因为不懂得审时度势、过于固执，赵天国在猫村年轻人积极自愿参加志愿军的情况下，依然固守着猫庄人"不参军"的规矩，最后落得个行贿未遂被枪毙的下场。但是，就算赵天国不因行贿的罪名送上断头台，侥幸活了下去，面对接下来的"扫四旧"，巫师的身份也会让他难逃厄运。

小说中的人物没有绝对的好坏之分，每一个人物都不是扁平式的平面人物，都有瑕疵与缺点。赵天国的固执、彭武平的偏激……都是不足之处，但是有个反派角色算得上特殊——赵天文。因为贪财，他买通狱卒害死了养育他多年的曾昭云一家五口；因为贪色，他害死了赵长梅；更因为贪念，放纵彭武平拿到枪支，险些害死自己的亲哥哥赵天国。任何一条单独拿出来，都值得被人唾弃。始于黑格尔的"异化"原始概念，马克思的"异化劳动"[①]理论把劳动（自由自觉的活动）看成是人类的本质，但在私有制条件下发生了异化。即可以理解为人的创造物变成异己力量，反过来统治人的一种社会现象。这种异化可以体现为人同人相异化。赵天国对于劳动所产生的创造物过于渴望，从而被这些蒙蔽了双眼，失去了辨别是非的能力，反过来被这些创造物产生的贪欲奴役，使得"物"成了支配性的力量，失去了自我控制的能力。

别林斯基认为所谓的"民族性"只是"真正艺术作品必备的条件"，而并算不上优点，完全传统的民族文化中包含着不可忽视的劣根性，而那些对于"民间渣滓"的描绘"越是自然，越是逼真，在我看来，这些描绘也就越是令人厌恶，毫无意义"[②]，文学应当是优秀的文学作品中体现出来的民族意识。应当是"民族性"[③]同"普遍性"的统一。这种看法对于中国现当代作家的文学创作依然适用，不管是《落雪坡》还是《巫师简史》，于怀岸在小说创作中始终离不开故乡这个意象，这说明了作者内心的思考。关于湘楚文学的描写大都离不开巫师、蛊、赶尸这些具有神秘色彩的存在，生于湘西的他围绕着湘西这个主题写了无数的文字，将湘西人在历史中所体现出来的韧性描写得淋漓尽致。

在皮埃尔·马歇雷（Pierre Macherey）看来，作品并不是自足的，而是必定

---

① ［德］卡尔·马克思：《1844年经济学手稿》，中国人民大学出版社2003年版，第65页。

② ［俄］别林斯基：《对民间诗歌及意义的总的看法》，中共中央马克思恩格斯列宁斯大林著作编译局译，中国人民大学出版社2003年版，第449－483页。

③ ［俄］别林斯基：《对民间诗歌及意义的总的看法》，中共中央马克思恩格斯列宁斯大林著作编译局译，中国人民大学出版社2003年版，第449－440页。

伴随着某种缺省(absence)[①]，弗洛伊德将其归类于潜意识，作品是围绕着缺省来构建的，缺省将会决定作品的最终呈现形式。这种潜意识的创作与最隐蔽最根本的精神层次——“集体无意识”有着密切关联，“个体无意识”的内容大部分是情节，而“集体无意识”则更侧重于原型。像小说中的天神虽未细描，但是这种高于人类的存在在很多不同时代、不同文化中都是相似存在的。作者在创作角色的时候有意或无意地会从身边的人物或者自己的身上提取特点，因而就像别林斯基“熟悉的陌生人”所提到的，每一个典型对于读者而言都能找到共鸣。塑造出的人物身上除了有让人感到熟悉的共性，同时还具有鲜明的个性。艺术是向现实借用材料，把它们提高到普遍的、类的、典型的意义上来，使它们成为严密的整体。这种个性与共性交融同时又高于原始生活的特点，产生了所谓“熟悉的陌生人”。

总而言之，中国无论是古代还是现当代的作家都存在着“为民代言”和“文以载道”的创作诉求，都可以看作是一种对于美的追求。对“美”的定义，黑格尔过于“狭隘”，难以说明其多样性。车尔尼雪夫斯基认为从植物到人类，由简单到复杂，美的典型的多样性越发显著，“我们简直不能够设想人类美的一切色调都凝聚在一个人的身上”。[②] 这种美的追求不仅体现在作者的创作诉求上，同时也体现在人物的塑造上。整个猫庄的生活方式决定了它存在的美[③]，人物形象的美以及村庄的淳朴之美，有着一种只属于心灵的自然美，“它所反映的是一种不完全的形态”[④]，只有这种心灵才是真实的，才能够涵盖一切。

第四节　沈念:冬天里的符号学

本节主要以罗兰·巴尔特符号学理论为基础，以“冬天”这一符号为切入点解读《安克雷的冬天》一文所要阐明的主旨、意义。罗兰·巴尔特认为，文学是我们用以加工世界、创造世界的一种“代码”，即符号，这种符号具有“自我包含”的性质，同时符号自身也具有一定的层次性。

---

① Pierre Macherey: A Theory of Literary Production, Beijing: Taylor & Francis, Routledege, 2006.

② [俄]别林斯基:《对民间诗歌及意义的总的看法》，中共中央马克思恩格斯列宁斯大林著作编译局译，中国人民大学出版社 2003 年版，第 464 – 466 页。

③ [俄]别林斯基:《对民间诗歌及意义的总的看法》，中共中央马克思恩格斯列宁斯大林著作编译局译，中国人民大学出版社 2003 年版，第 466 – 467 页。

④ [德]黑格尔:《美学》，朱光潜译，商务印书馆 1995 年版，第 5 页。

基于对罗兰·巴尔特符号学理论的理解，论者从“冬天”符号的象征基点、“冬天”自身的符号性、“冬天”符号的文化层级、文学的模糊美、“冬天”符号的深层意蕴五个方面，以“冬天”这个符号为主进行解读分析。经过一系列的表层、深层解析，“冬天”这个符号具有丰饶的意蕴，包含着多方面的含义。同时，作者意图传递的思想也在一层层解读中得以明晰。作者虽然在情节的处理中多采取搁置的态度，但是正是这种搁置、模糊，使得“冬天”不单单只是其表层含义。作者通过这篇小说想要反映现实，反映人们所处的社会，人们所经历着的人情冷暖。

沈念，1979 年生人，湖南师范大学汉语言文学专业本科毕业，中国作家协会会员，湖南省青年文学委员会委员，湖南省散文报告文学委员会委员。近年来被媒体誉为“新湘军五少将”“湘军新锐”“散文新锐”。先后在《莽原》《青年文学》《芙蓉》《小说界》《星星诗刊》《绿风》等文学刊物发表散文、中短篇小说、诗歌百余万字。

“在散文写作中，沈念这种对时间与存在、幻象与日常、有限与无限的可能性（如《时间里的事物》《浮光掠影》）的精神努力，以及对日常生活（如《对一个冬天的观察》《象形生活》）的细微洞察和情感世界（如《十年梦·时间段落》）的敏锐把握，使他的散文折射出梦境般的飞翔特质，呈现出一种幻像般的阅读快感与审美愉悦”，作家江少宾如此评价沈念的散文作品。然而，在沈念的小说创作中也呈现出这样的特质，意境丰饶、意象丰富、语言繁复而又从容不迫，给人一种进一步探究的神秘感。

其中篇小说《安克雷的冬天》以一个想要自杀的人安克雷为主线，讲述了由安克雷联系起来的杨度、陈夏琳和作为叙事主人公的“我”三人之间在这个寒冷的冬天所发生的情感纠葛、关于自杀者的追寻的故事。小说篇幅不长，但遵循沈念一贯的意象化、象征意义丰富的创作风格，通过其锐利的观察与艺术的敏感，从侧面表达对人类命运现实逻辑的探寻，对生命、生存的探索。

作为生活在基层的作家，沈念坚持创作应是阅读和体验的有机融合，文本中亦是虚实结合，讲述一个带有寓言意味的现代故事。通过讲述这样一个故事反映自己扎根基层的所见所感，人性百态，传递出自己的思想与追求。

一、“冬天”符号的象征基点

“冬天”一词在人们的印象中大多是“冬季”，即北半球的 11、12、1 月份，在中国就是指立冬开始到立春的这一时期；在这一时期与之相关的天气状况表现为气温低、寒冷。这就是“冬天”一词在现实生活中最普遍的意义。

但是，不难发现，在日常生活中，“冬天”不仅仅表示自然界中的季节，还可以与人们自身联系起来，表达一定的含义。比如，人们经常用“我已经到了人生中的冬天”表示自己经历的一段艰苦难熬的日子；再比如雪莱的名句：“冬天到了，春天还会远吗?”显然，雪莱将自然现象与人的生活结合起来，在自然界中，冬天过后便是春天，那么，在人的生命中，熬过了最艰苦的岁月，美好的日子终会来临，这便是雪莱的言外之意。在这里，“冬天”不仅仅是冬季，它还是一种符号，代表着人生中一个艰难困苦、孤立无助的阶段。《安克雷的冬天》中的“冬天”一词，便有着与之相似的含义。

除了自然界所提供的物质基础，《安克雷的冬天》中，“冬天”符号的形成还在于“我们汉民族重具象、直觉、感悟的思维方式，更善于捕捉具体的事物，并用具象的语言去描述它们，即使包括我们自身的经验，也少用抽象的语言去概括，而是将经验构成某种形象性的东西”。在这样的思维方式之下，人们在进行表达时多有一些符号化的过程，比如李白的《忆秦娥》中“年年柳色，霸陵伤别”，“霸陵”本是指唐西安的霸陵桥，因是去离长安的必经之地，便成了送别的著名之地。人们伤离别，“霸陵”则成了凄凄别离之意。这也是中国传统的“意象”。在罗兰·巴尔特的结构主义符号学之中，则是一种符号，“文学是我们加工世界，创造世界的一种‘代码’，即符号”。[①]

索绪尔曾指出：“语言符号连接的不是事物和名称，而是概念和音响形象。”由此可以看出，索绪尔在肯定语言符号理性意义的同时，没有忘记感官系统所带来的审美意义。《安克雷的冬天》中，“冬天”这一符号亦是如此，当我们阅读文本，知道这是一个发生在冬天的故事，这里的“冬天”有明晰的概念，但是，它自身还具有一种联想意义——“生命的严冬”。也就是说，它不仅仅是一个概念，还有着直觉的一面。在这个寒冷、冰冻到断水的冬天，安克雷的生命或许也在此消失，这个“冬天”，是一年四季的终结，也是安克雷生命的终结。

二、“冬天”自身的符号性

文学不是单纯的、不受限制的对于“客观”的反映，文学作品所展示出来的各种意象、元素都带有写作者的某种倾向，包括写作者在写作中所呈现出来的风格，亦是其思想的反映。这是一种具有“自我包含”性质的符号。在罗兰·巴尔特的观点中，这一个个能相互作用并自身具有编码功能的代码（符号）构成了整个文本。“冬天”作为《安克雷的冬天》中多次出现并且含有丰富意义的符号，

---

① ［法］罗兰·巴尔特：《符号学历险》，李幼蒸译，中国人民大学出版社2008年版，第35页。

具有两个方面的内容。

一方面，它提供着某种意义，具有能指功能。在第一部分“冬天”符号的物质基础中已经提到“冬天”这一符号的能指与所指。在文本中，“冬天”这一符号有着许多具体的能指。在文本的开始“并不是我对后来这个‘暖冬’带来的却是百年不遇的冰雪灾害有所预感，而是我不知道——孤单的我究竟要如何度过这个冬天”，这是“我”的冬天，“我”的生活，原本平静的生活，原本不算熟识的朋友，一个人的或许自杀在这个突遇冰雪灾害的冬天；杨度、陈夏琳、“我”三人在关于安克雷自杀之事的奔波中，雪花的飘落、雪花滑过脸庞，以及“这才是真正的冬天”的感叹，将“冬天”这一符号具体到每个人的切身感受上，也阐明这个冬天的与众不同、特殊之处；“安克雷就像一片飘落的雪花，融入大地，一下就找不见了”，关于安克雷的冬天，似乎是安克雷一个人的冬天，安克雷的消失不见，使得围绕着他的人物都发生种种改变以应对他的消失，此处的冬天必有的元素“雪花”，暗示着在冬天寻找安克雷的艰难，也拉近了三人因此而联系起来的关系。这些“能指”的“冬天”，是文本构成的基础要素，在此基础之上，读者需进一步解读这些符号的深层含义，及对这些符号进行解码，了解写作者的写作意图，以及想要传达的意蕴。

另一方面，他又使自身具有所指性，把自己变成所指。通常的、基础性的符号传达的是基本意义，然而对符号进行的改变，则使其表达出来的内容另有深意。当符号的能指变为所指，该符号的意蕴就得到了丰富，写作者想要传达的意义也得到了理解。纵观全文，文本中“冬天”这一符号在能指的基础上变为所指，作者想通过“冬天”这一符号象征凛冽寒冬中发生的关于冰冷的死亡所带来的改变，以及由安克雷的自杀这一略具戏剧性的故事所阐发的深层次的社会人情冷暖。“冬天”这一符号所承载的意义由此得到扩大，具备了象征的功能。

写作在整个以语言符号为工具的写作系统中被无形整合，其中文学符号的巧妙运用，能使整个文本线索清晰，通过符号的归类，使文本结构清晰，层次鲜明。因而，由某个符号引起的符号系统具有一定的层次性。比如最为典型的符号学研究著作罗兰·巴尔特的《S/Z》，该书中他将一个故事文本整理为不同级别的符号类别以进行文本分析。

三、“冬天”符号的文化层级

罗兰·巴尔特认为，文学是一个符号化的过程。在由“代码”的作用而生成的符号中，这些符号具有一定层次，并且存在层次加深转变。例如古时流传版本众多的“三尺巷”的故事：邻里之间因为一家占用三尺土地争执不下，一封家书遥寄京城当官的家人，家人修书一封“千里家书只为墙，再让三尺又何妨；万里长城今犹在，不见当年秦始皇。”“三尺巷”本是邻里房屋之间间隔出来的小巷子，此时的三尺巷作为一个地理符号，仅仅是指一条三尺宽的巷子，可是当“三尺巷”由于当官人家再让三尺的故事而成为邻里和谐，退让、和为贵的美谈时，它就用来表达了不同于前者情感的符号，是邻里友好相处的象征符号，它成了与原先所指概念没有太大关系的新的符号，成为一个新的能指。这就是文学符号化的一个过程，“三尺巷”由表层的语言符号系统转换生成一个深层符号系统。

《安克雷的冬天》整篇故事都在冬天的大背景下展开，“冬天”这一符号在文本中反复出现，不同的语境下，“冬天”这一符号的能指也在发生着变化，在对文本内容进行深层解析时，“冬天”还承担着揭示主人公思想、表露作者意图的重要作用。在罗兰·巴尔特看来，文学符号实际上包含两个相关的层次——

首先是表层语言系统，也称外延系统。文本中“我”感慨“孤单的我究竟要如何度过这个冬天”、陈夏琳“为了这场冬天的雪干杯”、大雪后的“这才是真正的冬天”……这些“冬天”符号，其能指与所指是相等的，就是指中国立冬到春分期间的阶段，雪花、寒风是其标志，寒冷是其特点。此处的“冬天”是该符号的第一个层次，即表层的语言系统（外延系统），它由与中国立冬到春分期间，雪花、寒风为标志，寒冷为特点有关的能指符号组成，借助上下文的语境来说明“冬天”这个符号本身说明的意思。比如意为宽为三尺的小巷子的“三尺巷”。

其次是深层符号系统，也称内涵系统。它在表层系统的能指与所指的关系中生成，而形成新的所指，指向语言之外的某种东西。从“这个冬天到底怎么了”开始，到“在这个给人们生活和工作抹上厚厚冰层的冬天，安克雷难道有先见之明，他真的是找了藏匿于树林中的洞穴冬眠了吗?”，到“我的心情跟随着这个冬天的天气向坏的方向发展着”，“冬天”的所指逐渐发生变化，与“冬天”表层系统的能指与所指相关联，“而杨度、陈夏琳和我无疑都成了过去属于安克雷的冬天里的三个配角”，此时“冬天”形成了新的所指，有了深层次的言外之意，这个“冬天”有了象征意义，它代表着以安克雷为中心的其他三个人在这个冬天里的经历，抑或是情感纠葛。这样的一个深层系统，既是文本意义的生产者，也是文本意义的表达层，使文本内容与作者的感情得到传递。

两个层次的相互转化使文本结构具有了一种“构成性”——它创造出或构造出一个艺术世界（张名之，1996）。作为西方现代结构主义思潮在文学研究领域的重要代表，罗兰·巴尔特的文学符号层次性研究，也影响了结构主义文学结构层次划分的理论。同样，在由众多符号构成的文本中，亦可采用结构主义文学层次划分理论，将文本内容分为深层结构（内结构）和表层结构（外结构）两个层次，据此分析文本的深层内涵。

四、文学符号的模糊美

语言符号蕴含着生动可感的表现性，语言符号通过组合关系、聚合关系而进行意义的展现。处于组合关系、聚合关系所构成的语义场中，每个词语的意义都可能受周围词语的影响而发生改变。

文学语言的模糊美正在于文学符号在此环境下的不确定性。从文学语言修辞角度来说，文本中的许多"符号"都传达着一种朦胧之美。比如文本中"冬天"，由于故事内容影响，"冬天"这个符号有着众多的联想意义，"冬天"这一符号有几方面的含义，首先，它是自然界的冬季，其次，"我"的冬天，文中"孤单的我究竟要如何度过这个冬天"，具有可预知的孤单；再次，安克雷的冬天，一个生命决定离开的冬天，带着死亡的冰冷；最后，以安克雷为中心的人物们发生在这个冬天的故事，感情的结冰冷冻。

这种模糊美与写作者在文本中呈现出来的荒诞意识也有一定的关联，"暧昧的悬搁"态度，使得文本中许多符号没有了清晰明确的唯一指向，而是具有了多种不确定的内涵。比如一些人物，安克雷作为最主要的人物从始至终没有出现，那么就有疑问，他到底是不是真正的主角？关于自杀，安克雷有言："活着只是一次没有结果的寻找"，这句话本身就极具荒诞感。安克雷想追寻生命的终极意义，然而他发现这样的追寻、追问是没有结果的，找不到正确的答案；然而另一方面，似乎也隐藏着写作者的追寻，作者或许想通过安克雷这个人物形象来传达自己对生命存在意义的追寻，生存的意义是什么，生存的目的又是什么，反复追问，作者没有答案，于是采取一种暧昧的搁置态度，笔下同样追寻安克雷而不知所终，传言他要自杀，但是否是真的自杀？我们无从得知。从作者对安克雷命运的安排中，可以体会到作者写作中存在的荒诞意识。

此外，文本中符号的模糊美还体现在作者对人物关系的处理上。杨度、陈夏琳、"我"，三个人围绕这一个自始至终从未出现的人而悲欢离合、劳心劳力，甚至到最后也没有结果的时候，看起来更像一场小孩子们为了一个游戏一本正经的闹剧。故事中有这样一个情节，杨度在安克雷的日记本中发现安克雷一首诗的落款是"致 C"，这让人联想到陈夏琳的陈，后又发现陈夏琳的照片，而陈夏琳表示并不知情。这样一来，作者把事情的关键留在了一个已经失踪的人身上。而根据文中的描述，杨度是"万花丛中过，片叶不沾身"的类型，陈夏琳显然与之相反，但证据又摆在眼前，究竟是杨度为了和陈夏琳分手利用失踪的安克雷陷害陈夏琳，还是确有其事？作者再一次不置可否，没有给出明确的答案。这样一来，文中的人物"代码"都打上了模糊的标记。

在小说的末尾，三人重聚再次提及安克雷，"如果是安克雷，这个陪伴我们度过寒冷冬天的朋友有此荣幸，我们盼着一颗化石的诞生"，这里又有一个特殊的文学符号"化石"，或是说"理想的化石"，经过一冬地寻找没有结果，似乎冬天还是很重要的朋友的安克雷此时已经无关紧要，不再是任何一个人关心的对象，反成了被调侃的对象，那么冬天里大张旗鼓的寻找究竟又是为何？这样前后鲜明的对比，在安克雷生死未卜的情况下，所谓的朋友们反而希望他成为一颗"化石"，或许是想突出人性里的一些东西。小说中还存在缺省带来的朦胧美，以上涉及的人物、人物关系的搁置、不置可否，其实可以是情节的缺省所带来的文学美感，越是欲言又止，越是值得探索。在这样的描述下，语言中自然增添了一些难以言说却又值得品味咀嚼的意味。

冬天的事物就是如此斑驳、寒冷，连人都显得模糊不清，有情抑或是无情也不能得出明确的答案。

五、"冬天"符号的意蕴解读

综上所述，"冬天"这个符号，在表层、深层都有着许多的意义，但小说最终想传达的深层思想、内涵是什么？还需对文中的人物、故事、可能性进行分析、梳理。

首先是安克雷这个人物形象的塑造。安克雷的出场是由这样一句话开始的："我不希望我让你感到震惊。我别无所求"，安克雷的外表是这样的："安克雷的脸是苍白的那种，高鼻梁，眼睛往里陷进去，眼珠黑白分明，头发微曲，有着欧洲人种的感觉"，安克雷的性格是这样的：说话一针见血毫不留情、语出惊人、精神高远、虽慷慨大方但不会照顾别人感受。不论从外表还是性格、言谈来看，安克雷都是一个与众不同的人。安克雷有一双犀利的双眼，一颗洞察一切的心。文本中的人物都被他一针见血、毫不留情地说过。这仿佛毛姆的长篇小说《月亮与六便士》中的斯朱兰，他洞察一切，无情地藐视一切，对任何人都不留情面。这样犀利、精神高远的人，在生活中总会容易得罪人，不受待见。安克雷这个特立独行的人在朋友眼中是一个令人敬畏的人，他们敬重安克雷的才能，却畏惧于安克雷犀利的眼光。因此很难说，谁是安克雷真正的朋友。安克雷的死亡与否，在那些看似火急火燎的朋友心中也并没有那么重要，更像是用来打发风雪灾害的无聊冬天里的一个饶有趣味的故事。

安克雷从未真的出现，读者只能从侧面了解他，那么，他的自杀到底是真是假？安克雷虽未出现，但从始至终也未离开，他是将三个人物联系起来的主线，三个人围绕着这个留言想要自杀的人产生了许多情感变化。前面已经提到，安克雷有一双犀利的双眼，一颗洞察一切的心。“水至清则无鱼，人至察则无徒”，安克雷虽然生活邋遢，但精神要求严格，比如杨度和“我”看安克雷带来的《西游记》改编版话剧的时候因其中的滑稽情节哈哈大笑，而安克雷表情始终如一，同样的东西，他看到的不是表层的好坏，而是深层次的内涵。正是他的与众不同，他的精神高远，太过于洞察一切，才会说出“活着，只是一次没有结果的寻找”的感慨，才会在洞察生命的意义、生存的目的以后，觉得“懒得活着了，死亡需要我”，而去选择自杀，探究死亡。死亡是安克雷对存在的探询，作为个体，他的心灵存在永恒的孤独感。

而围绕着安克雷展开的三个人，却只是在安克雷自杀这件事上上演了一场感情戏，针对安克雷的死亡并没有实实在在的措施，或是说没有从心底里真的想阻止一个生命的逝去。作为安克雷的朋友，杨度和“我”确实做了一些事情，遵从安克雷的遗言，整理朋友遗留下来的日记，去安克雷待过的化肥厂探寻安克雷的足迹，回忆安克雷的点点滴滴……甚至，只能和安克雷的恋情打上问号的陈夏琳，也曾关心安克雷的生死，但是没有一个人去竭尽全力了解，去寻找。而安克雷，似乎早看透了这一切，知道许许多多事情都终将是“没有结果的寻找”。其他众多认识安克雷的人在得知其想要自杀的事情的时候，其关心也仅限于发短信问候，“安克雷有消息了吗”，“安克雷怎么样了”，诸如此类。而先前对安克雷极为关切的杨度和“我”也终于陷入不耐烦，觉得安克雷和自己并没有太大的关系。直至最后几人讲的“理想的活化石”的玩笑话，安克雷这个精神高远的人似乎和自己再也没有关系，已然是记忆中的过客。之前整个冬天的寻找仿佛只是做朋友应该承担的责任与义务，而在履行过后，无论结果如何，都不需要有愧疚之心，可以安然度日。在这些人物故事的叙述中蕴含着“梦幻般的叙事艺术与强烈的思辨意味（江少宾）”，在这样的神奇的叙述中，有才华、洞察一切的安克雷彻底消失，而许许多多有着自己各自的目的、只是为了缓解自己心中愧疚而做出有限行动的朋友却可以安然开一个或将死去的朋友的玩笑，此时，《安克雷的冬天》不再是一个供人谈论的简单的故事，它折射出的是千姿百态的人性，这或许就是作者想借这篇小说反映的真实意图——当今的社会现状，人情冷暖。

每个人都有许许多多所谓真正的朋友，可何谓真何为假？这甚至都是无法判定的。在现实问题面前，人性没有所谓的坚持、坚定，人性本身就是自私的，正如安克雷的朋友们，寻找是为了减少自己内心的不安，而非真的为了朋友的人身安全。人性是千姿百态的，社会中的人更是千姿百态。长期扎根底层的作者自身对这样的问题，体会应当更为深刻。朋友之间如此，那么纷繁复杂的社会呢？社会亦是如此，快节奏的社会，人与人之间为了利益你追我赶，匆匆忙忙，可为了心中的情、义的坚持既艰难又稀少。此时可能是朋友，彼时可能只是口中的谈资。作者想要反映的正是每个人心中在自我、利益面前不再明晰的情、义，反映自己看到的这样的社会现象，人情冷暖。

由此，“冬天”这个符号的深层意蕴浮出水面，冬天的驳杂、寒冷，正是人性的复杂、冷暖的反映，冬天里的事情可拯救一个人，也可以用彻骨寒冷带走一个人。“冬天”就像社会，整体在机械地运作，可是在其内部，人性与人性之间的碰撞却是火热，在人人自危的寒冷冬天里，每个人都有着自己的目的，种种行为、种种结果所折射出来的正是这个社会中的社会现状、人情冷暖。

第五节　马笑泉：《迷城》中的文化张力

作为一名70后作家，马笑泉自2003年在《芙蓉》第2期发表中篇小说《愤怒青年》并产生广泛影响以来，一直保持着良好的创作态势，不仅创作了一批中短篇小说，而且推出了多部长篇小说，同时在诗歌、散文甚至是文学评论等领域也取得了不俗的成就，以骄人的实绩成为文学湘军中的一名健将，而新近推出的长篇小说《迷城》又是他文学道路上的一次跨越。该小说以21世纪第一个十年为叙述跨度，用一座在传统与现代之间彷徨的古城作为叙述标本，通过一桩惊心动魄、扑朔迷离的案件将文本叙事的整个情节串联起来，向读者展示了一场生命理性的追寻，彰显了个人操守的韧性力量。作者试图对现实语境下中国传统文化在基层政治以及社会场域中的作用进行深入的发掘与阐释，揭示出作者本人对于原始生命、道德理性与文化力量的深层思考，按马笑泉的夫子自道，这部小说是“青年写作的总结，中年写作的开端”。[①]

显然，《迷城》是一部现实主义的厚重之作。从人物活动的空间维度来看，这部小说塑造了一座位于传统文明与现代社会交替间的古城——这座南方的小县城既具有乡土社会原始的生命气息和丰厚的历史文化积淀，同时又体现了现实语境下的多元性与喧嚣形态；从文本叙述的时间跨度来看，这部小说将叙事笔触从以往对于20世纪80年代到21世纪初的描写延伸到了21世纪的头一个十年，跨度的拉长更加贴近于当下的社会现实，增加了历史的丰沛感；而从文

---

① 高丹，竹君：《小说〈迷城〉：在县城怎么谈政治》(http://www.thepaper.cn/newsDetail)。

本写作的风格来看，这部小说具有一种冷静、悠长与厚重的意味，相比《愤怒青年》系列所展现的冷峻和暴烈，该作则显得更加成熟、从容与内敛，体现出作者情感张力的节制性，从而也在一定程度上提升了这部小说的艺术品位、想象空间和审美经验。

下面，论者主要从这部小说的空间维度（即人物活动的主要场所）、历史时间维度（即文本叙事的时间跨度）与政治文化维度（即官场政治与传统思想文化）等三个剖面对文本背后所隐含的深层寓意与象征含义进行深入的解读，从而还原传统文化在现实视野下所展示的独特生命意义和文学作品所承载的时代价值。

一、原始生命的追寻

米克·巴尔认为："在故事中，空间是与生活在其中的人物联系在一起的，空间的首要方面就在于人物所产生的意识在空间中表现的方式……空间常被'主题化'：即空间自身就成为描述的对象本身，就成为一个'行动着地点'。"① 在《迷城》这部小说中，马笑泉别出心裁地为故事人物的活动区间营构了这样一处独特的"动态"活动环境和想象空间——迷城。这座具有二千五百多年历史文化积淀的南方小县城没有明确的形态样貌，也没有真实的地名，更遑论文献记载了。从文学意义上看，"迷城"是一种存在，为人物的行动与事件的发生提供了一种方式，具有以下两方面的基本内涵：

首先是丰厚的现实精神以及由此彰显的历史与文化价值，这主要与作家的亲身经历与成长空间有关。马笑泉从小在与农村毗邻的县城中长大，后来又先后在县城和地级市城市工作过，因此在他的创作中隐隐约约都蕴含着农村—城市的双向生命经验。他笔下的人物既不属于繁华的都市，也不属于饥饿的乡村，而是游走于乡村与城市交叉地带的小城镇。因城镇兼具乡村与城市两种文明形态，活跃在这个空间中的人物群体也不免具有二者交界处的各种特点。"迷城"既保存着丰富的历史与深厚的文化积淀，容纳着诸如古城墙、云雾山、银仙岩等天然景观以及历史掌故，也承载着卤菜、年画、丝弦、书法、茶道等人生日常的饮食起居与艺术形式，但是同时也充斥着些许躁动不安与喧嚣的因子，悄然滋生了种种过度的欲望，深刻地展现出一个处于社会转型时期的复杂空间所存在的要素。正如文中主人公杜华章所慨叹的那样："迷城可谓集儒释道于一体，城中文庙代表儒家，城边隐仙岩是道教福地，城外云雾山是佛门圣

① ［荷］米克·巴尔：《符号学历险》，谭君强译，北京师范大学出版社 2015 年版，第 131 页。

地，但这里的人们似乎并未受到熏陶感化，种种愚痴顽劣的行为，别处有的，这里都有，别处没有的，这里也有。”①这处场所本应具有平和与清雅的天然形态，却在向城市化推进的过程中丧失了淳朴与原始的生命内涵。县里官员们为了攫取更多的钱财以便于维护自身的权力，不惜牺牲普通矿工的生命；商家为了获取更多利润，不仅在脏乱的环境中生产食品，还向食品中添加有损于人类健康的化学药剂；政府工作人员为了谄媚上司领导以及满足自身的性欲，甚至将“魔爪”伸向了年轻的初中少女……但是文本中还有诸如杜华章、鲁乐山、龚致远等富有正义感和责任感的人物秉承着这处空间中最原始的文化底蕴、精神追求与思想内核，不断在现实生活中检索着城市的过去和未来。究其本意，或许就是探寻传统的乡土文化，寻找激发生命能量的一种自觉实践吧。

其次，“迷城”也可理解为“谜城”，带着显性的符号能指，具有浓郁的象征与隐喻色彩。正如文本开篇所暗示的：“这条小巷像一根用颤笔写出的线条，抖抖地延伸着，时而甩出一个让人意想不到的弧度，时而又斜逸出另一根线条。无论是沿着它走到底，还是拐进中途连接它的另一条小巷，都会面临更多的转折和分叉。”②这处空间就像博尔赫斯笔下的“迷宫”，它由众多弯曲延展的小巷构成，却又由各条分支汇集成一张密集的网，将人物的活动、命运等紧紧连在一起，错综复杂却又有迹可循。文本中的人物就在这样一张网中载沉载浮，跌跌撞撞地在相同的时间和空间寻找着“迷宫”的出口。不同的是每个人选择前行的方式不同，也由此造成了每个人不同的命运和结局。杜华章和鲁乐山从中国传统的儒道文化与翰墨书法中汲取能量，为迷城的经济发展选择了一条可持续的生态道路，不仅利用迷城当地原始、自然的旅游资源发展旅游业，还吸收了传统中药饮食文化成分，将“迷城卤菜”推广开来，之后更是依托云雾山自在寺的佛教文化举办了“云雾山首届禅宗学术研讨会暨云雾山祈祷世界和平法会”，使国家顶层设计的新农村建设成为某种可能。不仅如此，他们二人还试图从中国传统文化与民族思想中感受古代社会的遗风，希望寻找到一种通往最原始也是最具生命力的精神气息。而康忠、阮东风等人为了一己私利，满足自我的虚荣心与优越感，不仅放纵下属生产对人体有害的食品，非法开采煤矿，甚至与民间邪恶势力相勾结，利用违法手段谋害他人性命等。这些人物内心深处的欲望逐渐畸形发展并日益膨胀，最终在追逐物质利益与权力的道路上迷失自我，失去了记忆与灵魂深处最原始的道德素养与生命力量。

---

① 马笑泉：《迷城》，北京十月文艺出版社 2017 年版，第 297 页。

② 马笑泉：《迷城》，北京十月文艺出版社 2017 年版，第 1 页。

在此基础上，马笑泉还塑造了一处具有民族融合的充满原始活力与生命张力的空间：即鲁乐山的老家归元乡草根坳村。这处空间远离迷城，窝在群山深处，以苗族群体为主世代定居，因此保存着更加原始与纯粹的文化礼仪与生命气息。在杜华章等人运送鲁乐山的尸体回老家安葬这段情节中，从最初的洗尸到请师公做法事、听歌师唱丧歌再到最后的起柩。作者用不紧不慢的叙述语调将这样一场下葬的仪式过程完整地呈现在读者面前，以此张扬出原始乡间那种神秘而古老的文化风俗，及这种风俗的内部结构、组织形态与仪式密码。在作者的笔下，这处场所空旷而冷清，唯有几根电线杆"默立在夜色中"①；同时缥缈而又虚幻，"眼前只有缥缈寒凉的夜色，无情地诠释着人生的虚无"；即使有夜鸟的鸣叫，却也是那般短暂与哀伤。正是在这样一处沉寂与荒凉的夜色中，法师开始为死去的鲁乐山"做道场"。笔者以为，在作家的意识中，生命的逝去最终回归于原始的村落是最适宜的表现方式，而这也体现出作家对原始生命力量的一种呼唤与追寻。

二、道德理性的重建

马笑泉生于 1978 年，或许是由于家庭的历史遭遇，抑或是受到 20 世纪 80 年代的文学氛围与政治思潮的影响，他的很多作品中都出现了"文化大革命"的影子。

秘鲁著名小说家马里奥・巴尔加斯・略萨认为："在任何小说中，时间都是一种形式方面的创造。因为在小说中故事发生的形式不可能与现实生活发生得一模一样或者类似；与此同时，这些个虚构故事的发生，即叙述者时间和叙述内容时间的关系，完全取决于使用上述时间视角所讲述的故事。"②这也就是说，作为一种叙事形式上的功能，马笑泉在其小说创作中选择截取"文化大革命"这段特殊的历史片断，这是作者的艺术立场和价值取向，同时也为其小说创作的叙事确立了一种特定的时间视角。这个时间视角并非舍弃了人物的历时性社会发展和共时性的情感承载，而是追根溯源，探求影响文本人物为人处世的个性原则、组织结构等内在因素，从而为人物未来的走向提供一条更加理智与清晰的道路，也使得小说内在的批判性与说服力获得极大的提升。

如"一个不尊重老师的民族，是没有希望的。我们不仅要尊重学校里的老

---

① 马笑泉：《迷城》，北京十月文艺出版社 2017 年版，第 114 页。

② ［秘鲁］马里奥・巴尔加斯・略萨：《给青年小说家的信》，赵德明译，上海译文出版社 2004 年版，第 79 页。

师，还要尊重各行各业那些能够当老师的人”[①]。这里，作者借杜华章之口表达出对重新恢复“尊师重道”的文化传统与道德秩序的渴望，隐含其对当下重建道德理性的一种思考。作者也为此提出了一种可能的实现方式：“其实追逐权力，金钱和女色，也不能说错，这是人基本欲望的体现。关键在于实现这些欲望，要通过合理的规则才行，而不是反过来，只有破坏规则才实现。”[②]论者以为，此处的“合理规则”并不单指政治运行中官员应有的道德底线和人本立场，而是扩大到整个社会现实语境，警醒人们在社会运行与发展中坚守自己的内心诉求与理性判断，不断从优秀的传统文化中汲取养分，重新建立一个更完整更稳固的道德理性新秩序。

三、传统文化的内在力量

按照布迪厄的场域理论，“场域”是社会个体参与社会活动的主要场所，是集中的符号竞争和个人策略的场所，社会个体在“场域”中都不可避免地受到“竞争”的影响。他们一方面可以做出不同的选择与对立面进行对抗，但同时也会受到相应的选择所带来的框架要求和限制。社会是一个大场域，包括诸如文化、政治、宗教等诸多子场域。而“每一个子场域都具有自身的逻辑、规则和常规”。[③] 这也因此决定了每个人在不同的子场域都要遵循不同的规则，选择不同的处事方法。这在一定程度上与文本中的人物梁秋夫借《易经》阐释的观点相类似：“每个人处在不同的卦象，不同的爻位，就要采取不同的态度和做法。做过头就会招来祸患，该做的没做也会留下遗憾。”[④]

在《迷城》中，马笑泉选择以县级官场为主要叙述环境，以两位深受传统儒道文化熏染的县级常委为主要描写对象，塑造了一处复杂而多样的“政治和思想场域”。小说采取了双线索交叉叙事的模式：单数章节聚焦于当下，以迷城县常委鲁乐山坠楼死亡为线索，主要讲述与鲁乐山私交甚笃的常委杜华章在协助县委书记雷凯歌处理鲁乐山后事以及接替鲁乐山工作的过程中逐渐接近其死亡真相的故事；偶数章节则追忆过去，描写杜华章空降迷城后协助鲁乐山发展迷城旅游业，本着可持续发展的理念保护古城的文化生态，试图重新发掘民族文

① 马笑泉：《迷城》，北京十月文艺出版社 2017 年版，第 193 页。

② 马笑泉：《迷城》，北京十月文艺出版社 2017 年版，第 173 页。

③ ［美］华康德：《实践与反思——反思社会学导论》，李猛、李康译，中央编译出版社 1998 年版，第 142 页。

④ 马笑泉：《迷城》，北京十月文艺出版社 2017 年版，第 378 页。

化传统的积极内涵，却因触及各方群体的利益而困难重重。《迷城》虽然是以基层官场这一“政治场域”作为人物活动的主要空间，但这部小说并非新时期以来展示官场权力运作规则、官员晋升机制，不同阵营对峙等传统叙事模式的官场小说。作者的本意或许是将这处“政治场域”作为一处向人物内心延展甚至是向民族传统文化深处探索的入口，向读者展现出有责任感和使命感的知识分子在进入仕途后，面对物质欲望的膨胀与权力欲望的放纵如何选择，怎样从传统文化中获得精神的力量与人格的滋养这样一种理性的思考。

北京十月文艺出版社总编辑韩敬群先生指出“《迷城》虽然写出了真实世界的无奈，却总有一种光在里面”。[①] 笔者以为这种光主要来自中国传统文化，来自我们的民族精神。《迷城》中的人物在复杂阴暗的“政治场域”中总是试图保持内心的平静与自由，努力从中国传统儒道思想、翰墨书法以及茶文化中汲取力量，在完成自我人格境界提升的同时也实现了传统文化精神在个体身上的再造和复活。迷城县常委鲁乐山与杜华章二人大学毕业于同一所学校，又均是从为师走向从政，即从“文化场域”进入“政治场域”。二者均深受传统儒道文化的熏染，也都爱好翰墨书法，但是二者在“思想场域”中对于中国传统哲学思想却有着不同的选择与承袭，这也因此使得二者形成了不同的价值观和处事方式，最终影响着二者走向不同的人生命运和结局。

鲁乐山的祖父是一位私塾先生，饱读诗书，笃信儒学。鲁乐山本人从小接受祖父的教诲，深受中国传统儒家文化影响，从而奠定了其“修身正己、济世利人”的人生观和价值观。他也因此将《论语》中的一系列论述作为其修身处事的圭臬。“鲁乐山最喜欢的是孔子称赞颜回的话，‘一箪食，一瓢饮，在陋巷，人也不堪其忧，回也不改其乐。’”[②]家庭的贫困与艰苦的生活不仅没有压垮他的躯体，反而培养了他勤俭节约与安贫乐道的品性。因此，他能放下常委的身段安抚贫苦不易的黄包车夫，并真心实意地为他们的生计做打算。他为人老实敦厚，能正直果断地处理政务工作中遇到的问题：他既关注底层群众的生活遭际，不让一位环卫工人吃亏，同时又坚定地维护普通矿工的生命价值，勇敢地插手煤矿整改事宜，不因畏惧权贵而选择妥协。虽然鲁乐山看起来有些拘谨、内敛，却总是能真诚地为他人出谋划策且从不抢占他人的劳动成果，对有益于县城可持续发展的政事总是保持极大的热情。“《论语》上不是说过么：‘刚、毅、

① 高丹，竹君：《小说〈迷城〉：在县城怎么谈政治》（http://www.thepaper.cn/newsDetail_forward_1622241）。

② 马笑泉：《迷城》，北京十月文艺出版社2017年版，第117页。

木、讷近仁。'"[①]而这些优秀的品质基本都在鲁乐山的身上有所体现。可以说，鲁乐山这一人物形象的塑造不仅向读者展示出一位儒家君子应有的担当和使命，同时也凸显出儒家文化在"政治场域"中的积极作用。

诚然，儒家思想也有自身的局限性，若是像鲁乐山一样过于正直敬业，事必躬亲，不懂得适当的妥协，最终只会鞠躬尽瘁，死而后已。面对这样的局限如何改善，调解，或许我们可以从深谙道家保养之道的杜华章身上吸取些许经验。

杜华章为人深沉谨慎、含蓄内敛，恪守道家"为而不争"的思想，做事处处留有余地，很少与人结怨。同时他也遵循事物运行的自然规律，虽爱慕梁静云的才气与柔情却并不动用强力，而是正心诚意地与梁静云相处，尊重梁静云的选择。他深切意识到迷城县委书记雷凯歌具有"霸才之气"，于是更加坚信唯有施展柔道之术才能护卫自身周全。此外，他还具有极强的自省意识与领悟能力，对于"行义"与"用智"之间的转换有较深入的思考。他"牢记《史记》中陈平所说，阴谋乃道家之禁忌，就算不祸及自身，也会对后人不利"。[②] 所以他极少施行毒辣的阴谋之策，偶有迫于无奈伤害他人的举动也会及时反思自己的行为，并时常对自身的举止进行思考。对于政务工作，杜华章并没有学习鲁乐山兢兢业业、随时谋划的态度，而是按照道家的思维方式，化繁为简，将重心放在具体筹谋等关键节点上，以求达到"事少而功多"的境地。他十分欣赏二王的书法，因此性格深处多少也有些许飘逸和超脱的意味，待人处世上也更加随意温和，便于被老百姓接受，他也得以同"何记卤菜"何鸿利一家平等、友好地相处，甚至以常委的身份帮助何鸿利处理家庭琐事；工作中，他努力替华夏煤矿解决难题，与胡矿长成了好友；对待朋友，他能真心为鲁乐山守灵，削弱了乡人对他的敌视态度，赢得了乡人的尊重。而鲁乐山的书法风格则更多地受颜体与欧体的影响，这也反映出鲁乐山一贯方正、严谨、厚重的性格特点。

论者以为，马笑泉精心设置了这两位因接受不同传统文化思想的影响而导致走向不同结局的人物形象，其意义并不在于非要为儒道文化孰优孰劣做出一个明显的判断，正如李泽厚先生在《美的历程》中所揭示的："老庄作为儒家的补充与对立面，相反相成地在塑造中国人的世界观、人生观、文化心理结构和艺术理想，审美兴趣上，与儒家一道，起了决定性的作用。"[③]作者的真实意图

---

① 马笑泉：《迷城》，北京十月文艺出版社 2017 年版，第 75 页。

② 马笑泉：《迷城》，北京十月文艺出版社 2017 年版，第 203 页。

③ 李泽厚：《美的历程》，北京文物出版社 1981 年版，第 53－54 页。

或许只是借这两位人物对传统文化的借鉴呼吁人们重拾几千年前就已经积淀在人们内心深处的“仁、义、礼、智”等价值规范，恢复这种曾经内化为我们心理结构的优秀民族资源，从而面对当下纷繁复杂的现实条件做出理智的思考。

叔本华认为：“世界的本质是非理性的意志，是由不自觉而盲目的意志支配着的，人生永远受意志驱使，追逐永远也无法满足的欲望。因此，人生必定充满着痛苦与不幸，彷徨与挣扎。”①阅读马笑泉的《迷城》，我们也能从其波澜不惊的叙述中感觉到一种尖锐的痛苦。这种痛苦和不幸一方面源自现实生活中底层人物艰难无奈的生存境遇，但是更多的则是来自于生活表象下种种利害冲突与欲望发展所带来的人性挣扎。令人欣慰的是，文本中诸如杜华章、鲁乐山、梁秋夫、圆镜法师等人物能够自觉从传统文化中汲取力量，从而同无止境的欲望与既定的宿命做出希望的对抗。正如学者张颐武所说的：“在这被驱动着、燃烧着的欲望里，一些属于文化的东西被烧毁了，一些属于文化的东西在火中生存着。”②

总之，《迷城》是一部“有血肉、有筋骨、有道德和有温度”的作品，恰到好处地契合了新的历史时期国家层面所倡导的文化自觉与文化自信，其最大的意义就在于作者真实地向我们展示出积淀在人民记忆深处的传统文化基因，以及优秀的民族理性资源本身所具有的顽强生命意义与时代价值。这种最原始的生命力量不会因为遭遇某一场政治运动或文化思潮的影响而消失殆尽，反而会随着时间的流动与新的伦理道德秩序的建立而变得更加完善、悠长、坚不可摧，从而内化为人们的心理结构，指导人们面对纷繁复杂的现实条件时做出理性的思考与正确的价值判断。

---

① 徐曙玉：《20世纪西方现代主义文学》，百花文艺出版社2000年版，第31页。

② 张颐武，刘心武：《九十年代文坛的反思与回顾》，《大家》1996年第2期。

第八章　田耳与马笑泉的生命镜像

第一节　田耳:荒诞与真实

一、荒诞叙事的理性批判

田耳的中篇小说《长寿碑》以虚构申报长寿县的档案为导火索，上演了一幕幕关于亲情伦理、私欲道德的闹剧，在反现实的情节展开和情感宣泄中，发出冷静而辛辣的批判，从而对现代社会异化以及人在异化社会中的理性缺失进行抨击。文本在叙事上具有明显的荒诞文学性质，表达的主题却冷静深刻。本节主要利用荒诞派文学理论，从叙事结构、表现手法、文学形式三个角度对小说《长寿碑》进行分析，探索文本在荒诞形式下严肃清醒的主题，以及主题的表达。

中篇小说《长寿碑》是70后湖南作家田耳比较新的作品，这篇小说展示的内容非常丰富，通过讲述岱城为了申报国家长寿县以带动经济发展而不惜掀起全民修改档案的“地下运动”并由此引发的种种闹剧，展示了生活的复杂性，揭露了现代社会的异化和人在异化社会中对原本崇尚的理性、道德、伦理等的抛弃消解，并提出严肃的批判。作者的叙述涂抹了浓厚的荒诞色彩，在不可理喻的情节展开中，夸张地发出了对理性缺失的不满。

文本首先展示了荒诞及荒诞叙事的书写特色。如果将《长寿碑》划进荒诞文学的范畴并利用其文学理论进行解读，则有必要在文本分析之前对荒诞文学做一定的讨论。

众所周知，荒诞派文学，是西方20世纪后现代主义文学重要的流派之一。后现代主义文化思潮是西方后工业社会的产物，两次世界大战带给人的创伤以及战争后人的精神进步和科技发展的不和谐与脱节，使人们对现代文明产生了困惑和质疑。“从理论背景上，后现代主义体现了人们对当代西方科技理性发展及自身发展困惑的批判和反思，后现代主义怀疑宏大叙事，强调不确定性、变动性、碎片化以及功用价值对知识道德的冲击，也都体现了人们在多元文化时代的思想辩驳和尖锐交锋。”①荒诞派文学作为其中的一个流派，继承了后现代主义的无中心意识和多元价值取向，由此带来的一个直接的后果就是评判价值的标准不甚清楚或全然模糊，从而使人的思想得到彻底解放，也使人对于自我有更深刻的了解。此外，荒诞派文学更是直接采用荒诞的手法，用离奇的故事，揭示事物的本质，表现世界与人类生存的荒诞性，以引发我们对现代工业社会给人类带来的正面和负面影响的思考。

中国的荒诞小说是特定社会历史文化环境的产物，并不与西方荒诞小说雷同。在西方荒诞派艺术的影响下，中国作家也开始用荒诞小说对荒诞现实进行揭露，十年动乱给人们留下的精神创伤和改革开放后都市文明的高速进程，给中国人带来的冲击较之工业革命于资本主义社会有过之而无不及，作家们因此利用荒诞小说反映人和社会的矛盾，以及人在异化社会中的理性缺失和精神孤独，其内容往往蕴含着现实批判精神。在写法上，多采用内容和形式的荒诞相互交融，即在基本事实中，创造荒诞因素，用荒诞的形式，将现代人的生存状况描摹出来。

田耳的《长寿碑》，可视作荒诞小说的一篇佳作。小说讲述岱城父母官严介扬为发展经济，想出申报“长寿县”的办法。为了达到申报的硬性指标，即百岁老人的人数，不惜组成工作队，专门下到乡里挑选七八十岁的老人，修改他们的档案，以便五年之后能“活上百岁”，为此还煞有介事地制订了“五年计划”。这个事情本身就散发着浓厚的荒诞气息，在接受《羊城晚报》的采访中，田耳曾谈到过自己的创作意图。“从我想写长寿村造假，到真正写出来，隔了很长时间。后来我想到，这种造假存在伦理难题。”②由此可见，修改老人的年龄来申报长寿县的事情是的的确确存在的。作者从他的见闻经历中提取了这个灵感，但如此大张旗鼓，甚至将其纳入政府工作计划，显然是超出现实的，这一荒诞写法，就夸大了为求取名利而造假的行为的非理性。由修改档案引发了一场场闹剧：龙马壮硬是从母亲的儿子变成她的孙子，甚至无法尽孝立碑；乡亲间为争一个名额彼此冷嘲热讽；龙马壮家为此人心隔阂甚至使龙马壮有家难回……

① 段吉方：《20 世纪西方文论》，高等教育出版社 2014 年版，第 261 页。

② 田耳：《我不要“名气越来越大，写得越来越差”》，《羊城晚报》2015 年 11 月 15 日第 4 版。

这一出出反传统伦理、反社会道德的戏，都是在用荒诞的表现手法让读者忍俊不禁，在啼笑皆非的同时，又残酷而冷静地揭露这种行为的无理性和可笑，引发读者的沉思。

改革开放后中国社会飞速发展，大大超越了人的精神进步，人们对物质的渴求和追捧，忽视情操和伦理道德，某种程度上到了令人作呕的地步，枉顾道德底线的追名逐利，必定是遭人唾弃的。而作家正应当承担起启迪民智的重任，找到一种让读者乐于倾听并有所思考的方式，揭露这种无理性的不适。荒诞小说就是对付这种情况的一种有力的武器，正如田耳在中篇小说集《长寿碑》的代跋中所言："时至今日，写小说已是向死而生，这也没什么好抱怨，因为我确乎还有一部分过剩的感觉，要给没有感觉的人们匀一匀。"①

其次，文本在叙事结构上体现了反传统和反宏大叙事的创作风格。传统小说往往以线性结构展开，从故事的开始到完结，起点和终点保持直线，故事拥有完整的开端、发展、高潮、结局，结构简单明了，甚至读者在故事的发展中就能猜到结局。同时，传统小说多采用宏大叙事，进行无所不包的描述，往往与意识形态脱不了干系，站在历史学社会学角度，高屋建瓴地对民众进行思想引导。而荒诞小说往往反宏大叙事，在立意和叙述上大胆标新立异，表现出强烈的不确定性、非连续性、反正统性。

《长寿碑》在整体结构上，并没有跳出传统叙事模式的线性结构，故事按照因果关系展开，围绕申报长寿县的政治经济目标，成立文化研究中心做宣传，也就把讲述者戴占文带进了故事；另外专门成立工作组下乡寻找满足百岁老人的"潜力股"，即找到七八十岁的老人将他们的年龄改大二十岁，如此四五年之后便可成为达标对象，按人数分配名额到下坎岩，这又把易亮才、龙马壮和一众乡人带进了故事。围绕这一中心事件展开后续情节，应该说小说的脉络是比较单纯的。在线索的安排上，作者整体以时间为序，讲述了从头一年清明跨年到第二年清明的事。但在时间顺序中又进行了补叙，"我"返乡祭祖时表哥易亮才先咋呼地分享了一个"新闻"——"你们晓得不，这个马壮，龙马壮，年纪比我大一两岁，活到五十几忽然多出一个爹。"②提出这个悬念却又悬而不解，一直到真正清明上坟那天，易亮才才娓娓道出实情——龙马壮的娘覃四姨领取了县里的长寿指标，将自己的年龄改大了二十岁，为了填补这二十年的年龄空缺，不得不圆更多的谎，又捏造了一个"龙行云"，这个根本不存在的龙行云既

① 田耳：《长寿碑》，花城出版社 2015 年版，第 241 页。

② 田耳：《长寿碑》，花城出版社 2015 年版，第 8 页。

是覃四姨的儿子，又是龙马壮的爹，因此龙马壮就从覃四姨的儿子变成了她的孙子。读到这里，再联系起先前的伏笔，读者才恍然大悟。补叙实际上是在叙述时有意“藏”去一段，到后面适当的地方再“亮”出来，补上情节漏洞，使叙述完整。在一“藏”一“亮”中，造成故事的波澜起伏，这是异于传统线性结构的地方，也能给读者更好的阅读快感和审美体验。

二、零度情感与陌生化叙事

值得注意的是，田耳在创作这部小说时，有意地回避了宏大叙事。在《羊城晚报》的作家访谈中，他提道：“《长寿碑》的题材很简单，大家知道很多长寿县是造假的，老人的档案是改过的。如果从人类学这样高屋建瓴的角度写，我就没法进入。那怎么跟人们进入得不一样，我要想一个点。”①由此可见，作家在构思时就在思考如何站在平地，从一个小角度巧妙切入，虽然失去了宏大叙事的高大和光环，但小角度和简单题材往往能给读者亲切真实的感受，从而起到以小见大的文学效果。另一方面，在叙述上，田耳利用了零度写作的优势和特色，在文章中不掺杂自己的个人想法，这并不意味着写作缺乏感情或者是不需要感情，而是减少感情对叙述的影响，让写作者得以理性客观地书写。在同一篇访谈中，面对记者“《长寿碑》这篇小说展示的内容非常丰富，写出了生活的复杂性，但不做任何褒贬的评判，你是有意将自己的情感隐藏在其中吗?”的提问，田耳的回答是：“不是隐藏，而是发泄掉了。你的写作和想象可以在一定范围内自洽地发展，在现实中会应验，这是写作巨大的困难也是挑战，但也是惊喜。”这恰是作者的高明之处，将感情溶解在讲述中，不在文章中做出直接的主观的评价，而是期待读者自我的感悟。

与此同时，小说运用了一系列“陌生化”的文学叙事手段，即运用新的情节、夸张的语言和象征的手法来表达文本主题。除了结构上的突破，荒诞小说也大胆采用“陌生化”的文学手段。在主题、语言、修辞、形象上下功夫，利用陌生化手段抵达本质的真实，以反思后现代社会人的生存机遇和各种危机。“陌生化”是俄国形式主义的著名理论和核心概念。出自什克洛夫斯基的重要文献《作为手法的艺术》。“在什克洛夫斯基看来，对于文学来说，‘陌生化’是最基本的艺术手法。文学创造的‘陌生化’手法就是要通过夸张、变形等手段，赋予人们习以为常的事物以新的感知，破除习惯性思维的制约，增强艺术感受

---

① 田耳：《我不要“名气越来越大，写得越来越差”》，《羊城晚报》2015 年 11 月 15 日第 4 版。

的新奇性。"[①]由此可见，"陌生化"和荒诞文学存在某种不谋而合的默契，都是要通过夸张象征的创作手法，从内容和形式上违反人们习以为常的情理事件，获得超越常态的艺术境界，从而带给读者别样的感官刺激或情感震动，达到领略艺术审美的最终目的。因此，"陌生化"手段在荒诞小说中常常被广为使用，内容上具体又表现在小说的语言、主题、修辞、形象几个层面，形式上常体现为象征、比喻、夸张、变形等手法的使用，下面即从小说《长寿碑》情节的标新立异、语言的夸张变形和形象的象征性三个角度进行分析。

（一）标新立异的情节。《长寿碑》围绕岱城为申报国家长寿县，在县里大范围寻找适龄老人修改档案以达标长寿人数的核心故事，以岱城作家戴占文的口吻，见证这一荒诞事件及由此引发的种种闹剧。尤其龙马壮一家，老母亲拿到县里的长寿指标，可以有机会领到政府补助，对这个经济拮据的家庭本应该是个好事，可是一家人却因此付出了惨痛的代价。因为覃四姨年龄改大了二十岁，这空出来的二十年和龙马壮的年龄就不相匹配，不得已凭空捏造一个覃四姨早逝的儿子、龙马壮的爹龙行云。母子关系一下子变成隔代，多么荒诞！而这一切，不但被大家扭捏着接受，还被乡人当作谈资，尤其龙马壮的儿子媳妇，不但不觉得膈应，反而为能领到补贴窃喜不已。为此他们不惜和父亲龙马壮翻脸，甚至阻止其为母亲立碑，在父亲气得无奈出走后，他们不仅不觉得内疚，反而感到少了包袱的轻松，以迅雷不及掩耳之势将自己出卖给政府。亲情和伦理，在中国传统文化中历来是至高无上的正统，在小说中却因为金钱而不值一提，这一反传统道德的情节设定，大胆地标新立异，让读者在哑然失笑之余，不由得产生对这种非理性行为的沉思。在小说最大的闹剧之中，还有一个情节值得一提。覃四姨虽然已经七十多，但身体康健，劳动和生活的激情都特别高，在修改年龄后，"城里干部还交代覃四姨，既然改了年龄，你就要配合工作，随时提醒自己，你九十多岁的人了，多休养，少干活"。[②] 为了增加一个百岁老人，将一个人的档案随意改动，并且嘱咐说"配合工作"，一个活生生的人因而变得虚无起来，虚无的不仅是他的档案，更是他被这个档案所束缚的现实生活。而在得到这样的"任务"后，覃四姨努力表现得似乎真的有九十多岁，人的精神一下子垮下来，最后一个健康的人竟因为一场风热病倒下，最后撒手人寰。不仅没领到补贴，反而赔进了性命，这反逻辑的情节，让人觉得这种行为不可理喻。

---

① 段吉方:《20 世纪西方文论》，高等教育出版社 2014 年版，第 41 页。

② 田耳:《长寿碑》，花城出版社 2015 年版，第 39 页。

（二）夸张变形的语言。在语言上，《长寿碑》有一个鲜明的特色，即语言的夸张和变形，尤其体现在表兄易亮才身上。易亮才在谈到申报长寿县需要二百五十八个百岁老人时形容说："岂止是壮观，二百五十八个百岁老人合计就是两万五千八百岁，前后接起来，排前面的可以看见盘古开天辟地，夹在中间的也能看见大禹治水。"[①]为了表达惊叹之情，作者在这里对"壮观"进行了夸张的描述，还讨巧地纳进盘古开天辟地、大禹治水的古老传说，以证明这年龄加起来真的太大，将简单的感受用复杂的形式表达，可以看作"语言陌生化"的一种手段，在带给读者独特新奇阅读体验的同时，也使文本显得更生动鲜活。另一例比较具有代表性的语言也是通过易亮才之口说出的，在向龙马壮介绍表弟戴占文时，他毫不谦虚，"全国有名的作家，写小说经常在中央电视台发表，赵忠祥念头一段，倪萍妹子念下一段，接下来轮到毕福剑，毕福剑一搞气氛当然人欢马跳。你说，这么一搞，众星拱月，哪有不轰动的道理？"现实生活中，稍有常识的人都知道，小说怎么可能在中央电视台发表，赵忠祥等人又如何可能念一个小作家的小说？而易亮才眼都不眨地吹嘘出来，不仅没引起嘲笑，反而引得龙马壮唯唯诺诺，谦卑地尊重。这样和现实反差巨大的情节和滑稽的语言，引得读者捧腹的同时，也使读者不禁陷入思考。

（三）别有深意的形象塑造。文本的形象同样别有深意。首先值得关注的是"长寿碑"这一意象。"长寿碑"是与寿星相配套的计划，为了增加岱城长寿文化的"重量"，负责人老吕想出了"亡人年过九十，立石碑一米九，碑顶打寿桃状；年过一百高寿而死，立碑两米以上，碑顶雕出南极仙翁。年过一百，再多一岁，长寿碑相应增高十公分……"[②]的"长寿碑"项目。立碑是中国传统文化中的一项重要内容，为了体现对亲故的怀念和尊重，往往为亡人立碑，记录其生平要事，寄托哀思。在小说中，这项祭祀活动却变了味，活人尚且不足一米九，却将碑立得这么高，甚至还可以多一岁高十公分无上限增高，这番大费周章，目的在于突出岱城长寿文化的厚重，实则是对传统文化崇德尚礼的扭曲和否定，具有荒诞色彩。除了其承载的文化内涵，"长寿碑"在读音上与"长寿悲"同，长寿本是福气，却被反说成"悲"，因为长寿名额，龙马壮一家经历了一场大风波，覃四姨年龄被改大二十岁，本来健朗的身体受到各方面的限制，乡人的闲言碎语更让一家人如坐针毡，老人家竟不久亡故，为了档案的合理性，在覃四姨和龙马壮中间生造了一个辈分，儿子因而变成她的孙子。为了与上报档

---

① 田耳：《长寿碑》，花城出版社2015年版，第29页。

② 田耳：《长寿碑》，花城出版社2015年版，第59页。

案符合，覃四姨的墓碑上便必须按照改动后的伦理秩序刻，即儿子龙马壮以孙子的身份刻上去，这是对传统伦理的违背和挑衅。打造长寿碑，本是为了增加文化内涵，却在实际层面上违背了传统文化，这是具有讽刺性的。作者将《长寿碑》命名为文题，寓意深矣。同样可以联系到一起的另一个细节设置，是人们对文化的盲目追捧。戴占文因发表过几篇文章，被老吕热情地捧为岱城走出的青年才俊，并热心邀请其参与长寿文化的建设，父母官严介扬也表示了极大的尊重。生活中，表哥易亮才对戴占文的作家身份引以为豪，甚至大加吹捧，龙马壮对戴占文谦卑尊重，乡人们看他也带着羡慕和崇拜的眼光，看似人们尊重文化、尊敬文人，而实际根本不懂文化，甚至显得愚昧。这样的反差显然给读者的印象和冲击更大。

三、自我消解的喜剧式悲剧

从整体上把握小说，《长寿碑》可视作一篇现实主义的批判力作，在主题的理解上，体现了对当代国民性的辛辣嘲讽，颇有鲁迅叙事的味道。从这个层面上看，文本很多地方可以看作对鲁迅《故乡》的投射，理所应当地其中的人或事都带有象征意味。回乡者戴占文，是整件事的叙述者及观察者，作为心中最清明的旁观者，他并没有对荒诞行为提出制止，甚至没有丝毫的质疑，直到看到龙马壮因有家难回独自在外过年、大男人不禁垂泪时，才“有些愧怍，同样的事令他背井离乡，我却可以从中赚钱。愧怍归于愧怍，灵感不合时地迸发一下，我想出怎么对了”。[①] 戴占文戴着知识分子、文化人的高帽子，本应为底层发声，却因虚荣和报恩参与了这场悲剧的策划，此形象不免有“帮闲文人”的意味。表兄易亮才是乡间新富，他虽然嘴又碎又糙，但心并不坏，虽然也觉得龙马壮的事有些好笑，但更多地表现出了同情意味，在生活中也总是想办法扶持一下，在对父亲的态度上，也体现出了这个汉子身上的传统美德。但他时时流露出的“暴发户”气质，和虽能旁观者清却从中牟利的行为，又与鲁迅笔下的“看客”有异曲同工之妙。老吕和严介扬，是整个事件的谋划者，显示出盲目的雄心和投机的嘴脸。而悲剧事件的主人公龙马壮，是沉默的受害者，是无辜、无奈、悲哀、卑微的综合体，他代表了“闰土”一样挣扎在最底层，面对生活的痛楚无力抗争以至于麻木的人。这一系列人物所具有的象征意义，将文本的主题刻画得更加深刻——官员的投机和对民众切身利益的枉顾，旁观者的冷漠甚至嘲讽，受害者的沉默和麻木。事情越荒诞，其恶劣的国民性则越突出越引起

---

① 田耳:《长寿碑》，花城出版社 2015 年版，第 81 页。

批判。

田耳的这个小说充分彰显了他在文学创作上匠心独运的表达形式：即用喜剧形式表现悲剧主题。我们知道，喜剧和悲剧是文学中的两个重要的概念，“如果说悲剧审美的本质是对作为审美对象的悲剧主人公所遭受的个性或人性本质毁灭事件的观照，那么喜剧审美的本质就是对作为审美对象的喜剧主人公遮蔽自我个性或人性本质事件的揭露。”[①]任何作品思想主题的传达都依赖于一定的形式，刘恪在对田耳小说的文学形式进行讨论时，提出“对理想浪漫的幻想的破灭，有喜剧和悲剧两种表达形式，一切赋予理想浪漫的幻想没有通过自我意义与内容的认同，而是被自我消解和毁灭。这种被粉碎的状态一种是悲剧的，一种是喜剧的，田耳选择了喜剧方式。有人会问田耳小说写了那么多生活悲剧现实与悲剧人生，为什么会是喜剧的呢？这必须从田耳认知生活的态度和艺术表现的形式来看。”[②]由此我们可以说，《长寿碑》的内容是荒诞喜剧的，但其表达的主题又毫无疑问是严肃清醒的。

从人们对待喜剧主人公的态度可以将喜剧分为肯定性喜剧和否定性喜剧，“否定性喜剧的主人公的丑的内容往往假释成美的形式，目的是在矛盾冲突中暴露和鞭挞假丑恶的事物及其无价值性”，[③]显然《长寿碑》是一出寓意深刻的否定性喜剧，甚至某种程度上可以称之为闹剧，作者所要揭露和批判的国民性——为官者的投机、旁观者的冷漠、受害者的沉默和麻木、所有人的愚昧，这一系列无疑是丑陋的，但作者却选择了这样一种令人啼笑皆非的情节叙述，在反差中达到更强烈的批判效果。《长寿碑》是一个“反常”的叙述，常规来说：“高寿是福，儿女在父母亡故后为其立碑在中国传统文化中更是天经地义的，但在文本中却对相关细节做出相反的处理。”覃四姨拿到长寿指标，日常反受到束缚，竟不久病倒，“长寿”非福反祸；覃四姨死后，儿子龙马壮为其立碑竟遭到阻止，最理所应当的事遭到了最强烈的反对；为了符合长寿条件，覃四姨档案被改大二十岁，又不得已在儿子和她之间凭空捏造一个人隔开辈分，儿子变成孙子，档案可以看作一个人最重要的存在证明，随意修改竟然没有被拒绝；龙马壮执意给母亲按实际情况立碑，官员为了政绩出面阻止尚可理解，但龙马壮的儿子媳妇竟也阻止，甚至逼走龙马壮，使其有家难回，血浓于水的亲情在丁点的利益面前不堪一击；乡亲们在知道龙马壮一家的遭遇后，非但不觉得可

① 尤西林：《美学原理》，高等教育出版社2015年版，第275页。

② 刘恪：《冷漠的微笑——论田耳的小说》，《理论与创作》2006年第3期。

③ 尤西林：《美学原理》，高等教育出版社2015年版，第276页。

怜，甚至抱着羡慕的态度："要么子紧嘛。要是上面肯给我娘发工资，我也揪着我娘叫奶奶，要么子紧嘛。马壮，你这是碰到好事，阳面上亏，阴里头赚呵，我还摊不上这么好的机会。"[①]人们对物质利益趋之若鹜，枉顾伦理道德、人情血缘的非理性做法，显然带有荒诞的意味，虽然表达的是悲剧主题，但却通过滑稽的喜剧形式。当然，作家在这里不单纯是对这一事件、这一些人的讽刺批判，更重要的是引起人们的反思，在现代化高度发达的今天，人们为了物质利益，将精神的、文化的、灵魂的东西丢掉了多少。

四、文本结构的叙事隐喻

田耳的小说《一个人张灯结彩》以精致而细腻的笔触向读者展示了一群生活在社会、时代边缘的灰色阶层真实的生存故事。哑巴小于、钢渣、于心亮、老黄等人各自在不可逆转的命运场合中载浮载沉，挣扎反抗。他们既习惯于在黑暗凄冷的夜晚中咀嚼着内心的孤独，却又试图摆脱这种境遇，寻得一种灵魂深处的慰藉。田耳在冷静的叙述中不动声色地将这些小人物苍凉的人生困境与执着追求自由的人性本真展现在我们面前。

这篇小说主要通过警察老黄与杀人罪犯钢渣的叙事视角，向读者叙述了一则有关侦探与破案的故事。表面上似乎是一部交织着凶杀、情爱与破案的侦探小说，实际上却向读者传达了更为深刻的隐喻内涵，向读者展现出生活在社会边缘的小人物孤独的人生境遇与体现在他们身上不灭的人性温情。我们从"一个人"与"张灯结彩"二者对比所渗透出的巨大反差中不难体会出文本标题背后隐含的那份浸入心底的孤独与苍凉。但是要真正理解田耳本人的表达意图与思想指向，我们必须对文本进行细究，对文本意象与文本叙事背后的文学隐喻进行深度挖掘，才能对文本深层的人性本真与价值进行更深入的思考。

韦勒克在《文学理论》中曾将"意象""隐喻""象征""神话"四个术语放在一起讨论，并提到冯特认为"真正的隐喻的评判标准是使用者产生了一种感情上的效果故意生造出来的"。[②] 那么，我们不妨来看看田耳在《一个人张灯结彩》中"生造"出了哪些隐喻。

论者首先看到的是小说富有哲学意味的叙事结构——双线叙事视角与悖论式结构。杨义先生说："一篇叙事作品的结构，由于它以复杂的形态组合着多种

---

① 田耳：《长寿碑》，花城出版社 2015 年版，第 43 页。

② ［美］韦勒克，沃伦：《文学理论》，刘象恩等译，三联书店出版社 1984 年版，第 213 页。

叙事部分或叙事单元，因而它往往是这篇作品的最大的隐义之所在。”①因此我们不难发现，一篇文本的叙事结构往往具有丰富的文学隐喻，蕴藏着作者对人生与世界的独特看法。作为生活在“传统”与“现代”交替时期的70后作家，田耳一方面继承了自五四时期以来就关注日常事件的现实主义写作手法，在写作内容上对徘徊在社会边缘的小人物的现实处境进行了深入的考察，另一方面他也尝试对文本叙事结构进行创新，将叙事的关注点转入到更深层面的人性本能与内心欲望的探索。在《一个人张灯结彩》这部小说中，田耳使用了一显一隐双向视角进行交叉叙事，通过设置悬念与叠加冲突，引出了不可意料的结局，借此展现出人物孤独的生存境遇与不可逆转的悲剧命运。

（一）侦探小说的外壳——悬念与冲突叠加，双线索引出出人意料的结局。在《一个人张灯结彩》这部小说中，田耳通过显性线索老黄的视角和隐性线索钢渣的视角，将这两条线索同步展开，向我们叙述了一个有关孤独、有关温情的故事：警察老黄因为刮胡子的习惯认识了善良老实的理发师哑巴小于，又通过搭档小崔的介绍结识了小于的哥哥于心亮，一位出租车司机。而通过哑巴小于这条线索，又引出了罪犯钢渣和皮绊的生活遭遇，这主要在钢渣的视角中得以呈现。从农村来到小城的钢渣与皮绊游走在城市的边缘，他们没有工作，没有朋友，仿佛被社会遗忘在孤独的角落，他们唯一的追求就是幻想着能成功制造出炸弹，从而抢劫银行获取财富。没有想到的是，钢渣却同哑巴小于产生了恋情，为了帮助小于筹钱替孩子看病，钢渣和皮绊铤而走险，决定抢劫出租车司机，却又阴差阳错杀死了小于的哥哥于心亮。小说的结局是老黄侦破了这一起案件，钢渣被关进了监狱。大年三十的夜晚，老黄受到钢渣的托付买了烟花上山去看望小于，却面对小于门前一片“张灯结彩”的繁华景象而陷入沉思。

文本内容正是在老黄与钢渣二人的交叉叙述中，将一显一隐两条线索完美融合，使得文本中的人物形象与生存背景得以完整、统一地呈现在读者面前。比如：在警察老黄的视角下，作者向我们展现出哑巴小于和于心亮的生存景象和遭遇。哑巴小于美丽可爱，做事认真细致，却因为身体上的残缺被剥夺了正常生活的权利，无端被人诬陷与欺辱也不能为自己辩解；她心灵手巧，细致入微地为每一位顾客服务却无法得到社会的认可与称赞，只能在偏远的半山上开一间破破烂烂的店面；不幸的婚姻遭际与同亲生骨肉的分离也加深了她内心的伤痛与孤寂，于是她只能通过赌博这种“娱乐方式”来缓解内心的压抑。小于的哥哥于心亮一方面痛恨苦难的家庭要靠他一人来承担，一方面却又在住所养殖

① 杨义：《中国叙事学》，人民出版社1997年版，第39页。

牲畜，早出晚归开出租车来补贴家用。沉重的生活没有使他变得圆滑与世故，他能始终能真诚地面对每一位关心他的朋友，真心与朋友们相处。

而在钢渣的视角中，小于内心隐秘的原始欲望被层层剥露，她对情爱的追逐与得不到满足的性欲实则体现出她内心深处被压抑许久的孤寂与过于空寂的精神领域终于得以释放。钢渣视角中的小于是更加真实、更加细腻的小于：她愿意和自己所爱的人在无人入侵的角落久久缠绵；也愿意将自己无处诉说的孤寂慢慢比画给钢渣；在钢渣入狱后明知他人口中的“特赦证”是虚假的，仍选择用尽自己的全部积蓄为钢渣买一张“A 级特赦证”。此外，钢渣内心的复杂情感与心理活动也在这条隐性线索中逐渐浮现：他寻求生活意义而不得的彷徨，面对皮绊对他的深信却无所作为的愧疚，对小于朦胧而真切的爱意，对误杀了小于哥哥的不安与悔恨……可以说，这种一显一隐的双线结构对于揭示人物困境的表层含义与人物隐秘内心的深层渴望具有巧妙的作用。

（二）悖论式结构——人物命运的不可逆转性。这里，笔者将借用李新提出的“悖论式结构”这一概念进行分析。李新认为，所谓悖论式结构就是：“底层人物从困境走向希望，而结局却无一例外的是重陷困境。”①《一个人张灯结彩》的颁奖词是：“各色底层人物的艰辛生活在老警察的尽职尽责中一一展现，理想的持守在心灵的寂寞中散发着人性的温情。”这部作品无疑是对底层人物苦难生活与生存困境淋漓的宣泄。哑巴小于、钢渣、于心亮这些游走在社会边缘的小人物不断抗拒生活的艰辛与内心深处无可安放的孤独感。他们也期盼幸福，渴望生命的温暖与美好的未来，但是受到现实客观环境与主观意识形态等各种因素的限制，导致他们往往挣扎在生活困境中，无法逃脱。正如田耳本人在这部作品的获奖感言中谈到的那样：“哑巴小于、钢渣和于心亮都试图摆脱孤独寻求彼此慰藉，但事实说明，这种努力都将导致灾难性后果。和他们对应的老黄……本想在关键时刻施以援手，最终还是无能为力地看着他们陷入孤独，或者用极端的方式从孤独中突围，却掉进更大的悬崖之下。”②这种模式很像鲁迅笔下吕纬甫所说的蜂子那样“飞了一个圈子却又绕回原地”。《一个人张灯结彩》中的人物正是在这种徒劳无力的行为中走向悲剧性的结局，他们从困境走向希望却最终消解了希望，这是否也预示着古希腊人所提倡的命运的不可逆转性？这里，笔者将以哑巴小于为例进行分析。

哑巴小于无疑是社会底层小人物的典型代表。小时候因为母亲的疏忽，误

---

① 李新：《21 世纪文学中的底层叙事》，东北师范大学博士学位论文，2009 年，第 30 页。

② 肖涛：《喧嚣中的寂寞——评田耳的小说〈一个人张灯结彩〉》，《作家杂志》2010 年第 3 期。

打了链霉素针而变成了哑巴，过早地陷入了“失语”的世界。父亲出于对女孩的性别偏见，不愿费钱送小于去特殊学校学手语，小于一气之下就跟着一位老师傅学习理发，因老实软弱而无辜遭受师傅的凌辱，却又无法为自己辩解；她渴望被人怜爱与温暖，于是在结婚后辛苦赚钱养活家庭，对丈夫出轨的行为一再忍让，只想平静地生存下去。可是这一点自欺欺人的渺小愿望也被哥哥于心亮无情地戳破，她又陷入了孤寂的世界中；终于小于在无意中同钢渣陷入了爱河，获得了些许身体上的爱抚和精神上的慰藉，她甚至开始重新学习手语，以便同钢渣更好地交流。可是自己的儿子生了病，前夫急需用钱。为了帮小于筹钱，钢渣铤而走险去抢劫出租车司机，却阴差阳错误杀了小于的哥哥。一夜之间，哑巴小于失去了她生命中最不可或缺的两个人：哥哥于心亮被害，“钢渣”身陷囹圄，面临死刑的宣判。小于对亲情与爱情的渴求双双化为幻影，这一切美好的愿望曾经短暂地存在却又很快地消失，这在哑巴小于身上也多少带有了一些宿命的色彩。这种“悖论式”的结构将小于反抗孤独却无法逃离孤独的悲剧性命运完整地呈现在读者面前，但是小于面对困境却不断抗争的行为也使我们感受到了悲剧人物内心深处不灭的希望和淡淡的温情。

五、“光”与“暗”的命运隐喻

在《一个人张灯结彩》这部小说中，笔者发现田耳主要运用了象征“光”与“暗”的一些意象符号对文本人物的生存环境进行了细致的描绘，使读者在作者冷静的叙述中感受到这种对比所形成的强烈反差，从而更好地在正义与邪恶、光明与阴暗、冷寂与温暖的对比中体味文本人物的生存状态与内心的情感特征。

（一）“光”与“暗”象征着文本人物的内心情感。田耳在叙述哑巴小于与钢渣的爱情时，着力于通过“光”与“暗”的对比变化来渲染二人隐秘的内心情感表达，将二人内心深处的渴望与温暖融化在幽暗无边的现实处境中。文本有一段描写：“天色说暗便暗淡下去，也没个过渡。两人做出的手势在黑屋子里渐渐看不清。小于要去开灯，钢渣却一手把她揽进怀里。他不喜欢开灯，特别是搂着女人的情况下。再黑一点，他的嘴唇可以探出去摸索她的嘴唇。”[①]这段内容中象征“光”的意象色彩逐渐消退，整体呈现出一种寂静与漆黑的场域。此处的“暗”不仅象征着二人相似的生存背景：都是挣扎在社会边缘，忍受身体或精神

① 田耳：《一个人张灯结彩》，作家出版社2008年版。在分析文本时，所引文字均出自该书，不再一一注明。

上的巨大孤寂;同时也暗示出二人内心隐秘的爱欲，这既是一种生命本真最原始的状态，也是二人内心深处的真实渴求。

钢渣为了帮小于筹钱而走上了抢劫出租车司机的道路，却不小心误杀了小于的哥哥于心亮。面对无助与伤心的小于，悔恨、怜爱、担忧等多种复杂情感交织在钢渣内心深处，这一矛盾情感也在“光”与“暗”的变化中展现出来。“……外面，钢城的夜晚是巨大的，漆黑一片……在淡白路灯的照耀下，小于紧闭的两眼像两道伤口，液体不断地泌出来。钢渣帮小于抹去眼泪，从裤袋里掏出几张老头票，横竖塞进她手里，并说，不要太难过，还有我……”巨大与漆黑的城市显示出钢渣和小于的渺小与卑微，二人挣扎在社会边缘，仿佛随时会被巨大的城市吞噬，他们渴望生命的温暖，试图通过彼此的相拥而超越孤独，却始终无法躲避既定的命运。但是淡白色的灯光仍旧给予他们一丝努力前行的温热，钢渣对于小于真心的情意也给予痛失亲人的小于一丝爱抚。

(二)“光”与“暗”的变化对应着文本故事的发展进程。“光”与“暗”在文本中并不总是同步出现、并列发展的。通过对文本中象征“光明”或“阴暗”的意象符号进行细致的分析，笔者发现二者之间的互相转化大致对应着本文故事的发展进程，有时甚至作为故事发展的转折点对于推进情节的发展具有重要作用。

例如文本开头对于老黄剃完胡须走下山的一段描写:“天已经黑了。天色和粉尘交织着黑下去，似不经意，却又十分遒劲。山上有些房子亮起了灯。因为挨近钢厂，这一带的空气里粉尘较重，使夜色加深。在轻微的黑色当中，山上的灯光呈现猩红的颜色。”很显然，“天已经黑了”“天色和粉尘交织着黑下去”“夜色加深”“轻微的黑色”这些具有阴暗意味词语的连续使用，从开篇就为文本奠定了一种沉重与压抑的基调。此时虽然也出现了象征“光明”意味的灯光，但是在“看似不经意，却又十分遒劲”的天色中显得那样微弱与渺小。这里的灯光因其零散与破碎，并不能将压抑与冷清的气氛完全冲破，然而这一丝微光所散发出的温暖和光明，也使读者感到一丝慰藉。此外，在黑夜当中的灯光却呈现出猩红的颜色，红与黑的色彩对比所造成的强烈反差无疑使读者感受到了一丝诡秘与不安的气氛，这便为下文出现的实习生抽打初三学生的事件埋下伏笔。

“笔架山一带的夜晚很黑，天上的星光也死眉烂眼，奄奄一息。忽然，他看见山顶上有一点灯光还亮着。夜晚辨不清方位，他估计了一下，哑巴小于的店应该位于那地方。然后他笑了，心想:‘怎么会是哑巴小于呢？今天是星期天，小于要休息。’”这一处对于“光”与“暗”的变化描写也十分典型。前半部分的漆黑夜晚与“奄奄一息”的星光象征着老黄等人费时奔波却没有达成参观织锦洞的心愿所造成的疲累与遗憾。而此时忽然绽放的点点灯光却暗示出哑巴小于获得的一种温暖，隐含着小于与钢渣陷入爱河的幸福与满足，这也为钢渣的出场埋下伏笔。

“街灯全熄了，大巴银灰的外壳微微亮着。刘副局憋得不行却找不到厕所，就绕到车后头搞事。外面风声大了，漫天盖地，像是飘来猛兽的嘶吼……冬夜里喝一碗热腾腾的牛肉汤，会让人整挂大肠都油腻起来，暖和起来。”这一处描写通过熄灭的街灯与像是野兽嘶吼的风声这两点具有“暗”性特质的意象符号为文本营造了一种不安与阴暗的紧张气氛，暗示出下文刘副局长被害的结局。而微微发亮的大巴外壳与热腾腾的牛肉汤则冲淡了这种不安的紧张气氛，展现出温暖的光芒，也凸显出作者对于作恶多端的刘副局长终于受到惩罚的欣慰。

在文本的结尾处还有一处描写，作为对全篇内容的收束与人物命运的暗示，此处对于“光”和“暗”的叙述产生了巨大的反差效果，将文本人物的孤独遭遇与不灭的人性温情展现得淋漓尽致。“小于果然在，简陋的店面这一夜忽然挂起一长溜灯笼，迎风晃荡。山顶太黑，风太大，忽然露出一间挂满灯笼的小屋，让人感到格外刺眼。”这处描写，连续使用“忽然”“一长溜”“太黑”“太大”“格外”这些修饰符号。将入眼处的一片“张灯结彩”的繁华与宏大背景中人物的孤寂与悲凉形成了鲜明的对照。这是一种深入灵魂的孤寂，感到孤独的不仅是小于，还有老黄，甚至是我们每一个人。欣慰的是，这处挂满灯笼的景象就像鲁迅小说《药》结尾处夏瑜坟头出现的花环，将一丝温情展现在文本当中。小于虽然明知钢渣不会回来，却仍然遵守同钢渣的约定在门前挂满火红的灯笼，坚定地等待着钢渣回来；钢渣自己深陷牢狱之中，性命不保，仍旧拜托老黄看看小于；老黄一方面侦破了案件，抓住了杀害于心亮的凶手，可是面对小于的悲惨遭遇却又感到于心不忍……这些人物内心不灭的温情同漫长的黑暗进行着持久的对抗，虽难以超越，但仍然使我们看到了一丝抗争的力量和不灭的希望。

六、人物姓名的符号隐喻

米兰·昆德拉认为：“小说在探寻自我的过程中，不得不从看得见的行动世界中掉过头，去关注看不见的内心生活。”[①]因此，我们可以说，一个优秀的小说家在进行文学创作的过程中总是能将人物的生存环境与做事动机隐藏在文本

---

① ［法］米兰·昆德拉：《小说的艺术》，董强译，上海译文出版社2004年版，第30－31页。

深处，读者只有对这些隐喻性符号进行深度挖掘，才能突破表层现象，进入被遮蔽的人物内心实境。田耳在《一个人张灯结彩》中塑造的几个主要人物形象均是简单、卑微的小人物形象，但是文本深处却展现出主人公丰富、复杂的内心世界，这可以从人物姓名符号的隐喻意义中展现出来。

（一）游走在城市边缘的小人物——“钢渣”。《一个人张灯结彩》中，田耳为从农村向城市进军的无业游民邹官印赋予了一个独特的称号：“钢渣”。邹官印之名象征着邹父对儿子的期盼，因为邹官印头顶有个朱砂色的圆形胎记，邹父以为这是个好兆头，于是为儿子取名“官印”，希望他将来能当官。可是邹父只是一位生存在农村靠卖菜为生的菜农，出于客观条件的限制这只能是邹父的一种美好心愿而已。邹官印出于对物质利益的追求和城市生活的向往，离开了落后的农村来到钢城谋生。他头脑聪明，却又总是无所事事，游手好闲，每天只是深居简出，埋头制造炸弹，幻想能一夜致富。作为游走在社会底层的灰色人物，钢渣被大城市所忽视，卑微地生活在城市的暗处。这就是田耳赋予他“钢渣”这一名号的隐喻：生活在“钢城”的“渣滓”。这里的“渣”一方面是指现实生活中无所作为、游手好闲之类的常遭人们厌恶和唾弃的人物代称，另一方面也凸显出这类人物的生存状态，像“渣”一样渺小与卑微地活在社会的边缘。

可贵的是，田耳是一个充满温情的作家，他并没有对“钢渣”这类小人物的行为进行较强的批判与唾弃，相反，运用了大量的笔触向我们展现出“钢渣”身上人性向上的美好特质：他并没有因为小于的生理缺陷而像其他男人一样肆意欺压、玩弄小于，而是真挚地走进小于的内心世界，努力给予小于渴求的温暖与怜爱；他本不愿投机取巧，铤而走险，可是为了解决小于的燃眉之急，他和皮绊终于下定决心抢劫出租车司机；他本无心杀人，却因为担忧自己的光头暴露了自己的身份，于是终于狠下心来杀死司机；他的最终落网也是出于对兄弟皮绊的义气，他不愿兄弟替自己背上杀人的罪名；直到他身陷囹圄，依然牢记着自己对哑巴小于的承诺，恳求老黄去看看小于。对于钢渣这类人，我们更多地对其寄予了莫大的同情和惋惜，这个看似被人唾弃的人物身上，实则闪耀着不灭的人性温情。

（二）行走在真实世间的普通警察——“绿胶鞋”“老黄”。小说《一个人张灯结彩》重点刻画了警察老黄的形象。与以往小说中塑造的神圣、崇高与正义的警察形象不同的是，田耳在这篇文本中并没有刻意美化警察的形象，而是采用了一种平视的视角对其进行考察，将其拉回到现实生活当中，还原其普通人的本来面目。在这篇文本中，警察被生活在城市边缘的无业游民赋予了一个独特的外号：“胶鞋”，并且将警官与普通警员用“黄胶鞋”与“绿胶鞋”加以区分。

这一处对警察称谓戏谑化的表达方式实则体现出田耳尝试抹去警察头顶的“英雄光环”而将其作为平凡人加以考量的良苦用心。作者对身为“黄胶鞋”（警官）的刘副局长并没有较多的描写，但从作者的寥寥数语中我们体会到刘副局长身上具有好大喜功与独断专行的特点，身为社会群体的保护人却暗自参与腐化犯罪活动，这虽令人唾弃，但确实也是现实社会普遍存在的一种不良现象。与此同时，田耳却用更细腻的笔触描述了“绿胶鞋”老黄的行迹与生存状态。

老黄一方面是“老黄牛”的隐喻，但他同时又属于“绿胶鞋”，这两种不同的彩色背后所对应的或许正是老黄复杂矛盾的性格特点：老黄拥有丰富的断案才能，却因刘副局长的独断专行而一直无法施展，可是他懂得向领导妥协，努力将自己能做的事做好；他冷静聪明，从不参与暴力执法，善意提醒小崔等人不要参与抽打小孩耳光的活动，但是却不敢对领导这种违法活动进行反抗；他对待每一桩案子都认真负责，在工作中兢兢业业，可是破案后，面对他人的不幸却又充满不忍和同情。老黄很早就遭遇了离异，与女儿之间的关系也并不亲密，在仕途上虽然认真负责，勤恳踏实，却总是遭到上司的打压。但是幸运的是，面对家庭上的冷寂和事业上的无闻，老黄并没有抱怨命运，愤世嫉俗，也没有违背自己的坚守而走上违法作乱的道路。对待比自己更卑微的小人物，他能够以一颗同情、怜悯之心去看待，并且尽自己的微薄之力去守护他们的希望。“老黄心里明白，破不了的滞案其实有蛮多。天网恢恢疏而不漏，那是源于人们的美好愿望。”老黄对于刘副局长被杀一案的延宕，与其说是他清醒地认识到了超越于现实之上的美好愿望往往难以实现，不如说是他对当下生存境遇的一种反思和思考，他深切地担忧自己在破案的过程中会不小心抹杀像小于与钢渣一样卑微却平凡的幸福，这同样流露出一种淡淡的人性温情。

近年来，游离于社会边缘的灰色人物持续受到文坛关注，纵观国内学者对于田耳这部作品的研究，也大都从“底层人物”这一群体来着手分析。论者以为，《一个人张灯结彩》中的这些小人物并没有因为阶层相同便彼此聚集以求获得慰藉。生存环境的限制与主体意识形态的差异使他们始终孤独地悬浮在人世间，即便他们渴求生命的温暖与希望，却最终逃不出孤独的困境。但是这些人物为反抗孤独与超越孤独所付出的抗争与努力，向我们传达出他们身上永不磨灭的人性温情。因此，论者尝试着从文本本身出发，试图对文本中作者赋予的意象符号与文本叙事结构背后的文学隐喻进行深度挖掘，从而对文本所展现的人物孤独的人生境遇和不灭的人性温情进行更加深入的思考。

第二节　马笑泉:断裂与承续

一、后“文化大革命”时代下的文化断层

马笑泉的小说常常以一个未成年人的视角进行叙述，或者更确切地说，是在一个受社会污泥熏染的小混混的世界中展开描写的。如短篇小说《幼兽》中玩世不恭、性情暴躁的陈明，他从小便显露出狂躁暴动的行为倾向。陈明在一场儿童间的游戏中，因遭到小伙伴的伏击失去了右眼，从此成了“独眼龙”，但这并没能改变他为非作歹的本性。小说《愤怒青年》中的中学生楚小龙，他的童年缺失父母的关爱，与奶奶相依为命的生活让他过早地出去家庭的温暖，独自面对社会的黑暗。奶奶的离世带走了他在世间唯一的温暖和慰藉，从此，楚小龙混迹于黑社会间，在江湖义气的行侠中杀人为乐，消磨青春，宣泄愤恨，终致沦为阶下囚。在赴刑场的前一天，楚小龙选择回忆往事为自己短暂的青春画上句号。短篇小说《等待翠鸟》中逃课看翠鸟的吴小杰，在本该上课的时段，他却背着沉重的书包行走在熙熙攘攘的桥头，只为看一眼同学曾向他讲过的翠鸟。众多玩世不恭、略带青春的稚嫩和生命躁动的青年人成了马笑泉小说中的主角，未成年人的叛逆和背道而驰在马笑泉的小说中似乎被赋予了一种与生俱来的合理性和神圣感。在笔者看来，他们的叛逆源自青春期带来的情绪亢奋和残缺的家庭带来的心灵打击。评论家张建安曾对马笑泉的这一类小说做过评价:“这组‘愤怒青年’系列中篇小说在内容上表现的均为湘西南这块土地上所谓‘边缘青少年’的迷乱生活。对青春的野蛮和生命的迷茫进行了深度开掘。”①“边缘青少年”成了评论家对马笑泉小说中这群终日无所事事、流浪于街头巷尾间、遭逢着童年的不幸和命运的变故的青年人的称呼。

如此桀骜不驯、混迹于黑社会间、与社会青年同流合污的未成年人在自甘堕落中逐渐归入地痞流氓的行伍中，他们已经不再是承载着祖国希望的接班人，而成了遭人嫌恶的为非作歹者。评论家贺邵俊曾将马笑泉的小说《愤怒青年》与美国作家塞林格的《麦田里的守望者》进行过对比，因为两部小说都以一个身处叛逆期、面对现实深感焦虑的青年为叙述对象，在青春的迷茫和反叛中彰显一个未成年人的无知和无助。贺邵俊认为:“以坏孩子的叙述来达到批判，

---

① ① 张建安:《冷硬和苍凉:一种别样的美学形态——马笑泉“愤怒青年”系列中篇小说论》,《湖南文学》2007 年第 5 期。

就必然要在孩子这一点上做文章……马笑泉紧紧抓住了'孩子'这一点不放……作者清醒地意识到这一点，他在叙述中把握得相当好。"对比之下，马笑泉小说中的"边缘青年人"形象在与社会格格不入的同时，还保有一颗不泯灭的童心，而正是这颗不泯灭的童心让马笑泉笔下的青年人虽然臭名昭著，但他们身上有着一份浪子回头的忏悔之情和回头是岸的革新精神，在饱受生活的折磨中令人心生怜悯。

有研究者试图从心理学的角度对马笑泉小说中这样一群正处于人生的黄金期，却自甘堕落的叛逆心理做出解释。20世纪美国精神分析理论家埃里克森曾讲："从十四五岁时起，思考能力与想象能力已能超越青少年的个人和个性所能深入的程度。"①与此同时，我们可以从马笑泉的文本中获得另一种意义的解读，这群不走寻常路的叛逆青年在马笑泉的塑造下被赋予了另一层朝气蓬勃的生命力。这种略带邪性的异质生命力的展现尽管与通往康庄大道的正义力量背道而驰，却更为强劲而爆发力十足。小说标题就是最好的例证。幼兽的霸道横行、打铁匠的报仇雪恨、愤怒青年的杀人行侠，甚至于那个等待翠鸟的逃学者也在一份懵懂中透着一丝忤逆与躁动。不知可否这样说，在笔者看来，马笑泉笔下的这群不良少年们或许是马笑泉对自己青春的美好纪念吧。

那么，是什么原因让这样一群受社会忽视的"边缘青年人"走入马笑泉的小说世界，成为马笑泉着力书写的对象？他们的出现是否带有马笑泉对社会某一现象的不满和反思？贺邵俊曾认为："马笑泉在现实生活中对具有反抗心理的青少年更加倾心，甚至在骨子里，他本人就具备坏孩子情结。"不知道马笑泉是否赞同这一观点？如果是，"坏孩子"形象在马笑泉文学创作中是否具有特殊的文化意味？贺邵俊先生提出的"后'文化大革命'征象"是否符合你对"边缘青少年"形成原因的探索？这样一个特殊的"后'文化大革命'时代"是否也在马笑泉的人生经历中产生过影响？所有这些问题，都需要读者从马笑泉的文本中去寻找答案。

实际上，马笑泉小说中这群特殊群体的产生也有社会原因和家庭因素。我们都知道，马笑泉是1978年出生，这是一个特殊的年份。1978年后的中国迎来了属于她的朝气蓬勃与辉煌灿烂。然而，一个时代由逆境转入顺境并未将生活于其中的社会个体顺带并入他们的生命正轨中，后"文化大革命"时代的特殊背景成了马笑泉小说中"边缘青少年"形象产生的社会根源。在充满了敌对情绪与反抗意识的狭隘精神世界中，人们的思想观念被横刀劈成了两半，只有是

---

① 何向阳：《历史时刻，与生命时刻》，《创作与评论》2008年第5期。

与非、对与错的较量，而从是到非、从对向错的过渡地带则成了思维的盲区，一旦坠入其中便如同陷入泥潭，无法重新回归生活。思想的转变如此，生理的转变亦然。青春期是一个人由稚嫩走向成熟的过渡期，在心理学上被称为“心理断乳期”。青年人只有经历了这段生命的黄金期，完成了一段生命历程的转折，才能真正告别童年，走向成熟。生活于后‘文化大革命’时代下的青年们，他们经历着双层转变，一层来自精神上的过渡，一层来自心理上的转折。在小说中，他们有的踏上了流浪的不归之路，有的则成了死囚，或者在仇恨中消磨自己的青春时光。

孔圣人有言：“人之初，性本善”。但是，在笔者看来，马笑泉小说中的青年人物似乎与“性本善”的人性光辉相去甚远。除了在人物想象的塑造上，马笑泉语言表述中也透着一股不安分的邪气。这种邪气在作家兼朋友的唐朝晖看来，可以用一个字来形容，那就是：狠。从语言本身到语言所具有的那种暗示性，一切都在张扬着这个“狠”字。[①]如此“狠”的叙述语言搭配一个个心灵狠毒的青年人形象，阴郁而扭曲的青年人世界在常理化的生活现实中显得让人难以接受。文学评论家洪子诚先生曾回忆道，20 世纪 90 年代张中晓《无梦楼随笔》出版，洪子诚看到书中的照片，是 50 年代初在北海白塔前面，一个文质彬彬、眉目清秀的瘦弱的青年，穿着那个年月大家都穿的中山装，藏青色，整洁，也就是二十出头吧。这样的书生，“反革命”能“反”到哪里去呢？怎么就容不得他呢？想想真觉得不可思议[②]。知识青年尚且如此，更何况懵懂的无知孩童们。时代的疾风骤雨消解了孩童心中与生俱来的善性，这是一份无法弥补的悲痛。

笔者感兴趣的是，后“文化大革命”时代下的文化断层期和身处心理断乳期的青年人，在双重困境的夹缝中彰显生命力是否能有更为合理和恰当的方式？文化断层期带来的精神无助感和心理断乳期带来的精神断代现象是否成为这群年轻人最终走向不归之路的根源？马笑泉笔下的这群人物形象在最初设定时是否有过“善”的性情倾向？是如何体现的？这样一群身处在时代转折期的青少年是否是马笑泉青年时代心灵世界的真实写照？他们的身逢不幸是否表达了马笑泉对那个动荡年代的不满？马笑泉作为身处后“文化大革命”时代背景下成长起来的青年一代，在心理上是否也有过癫狂的幻想和无法宣泄的仇恨？这些问题常常困惑着笔者在阅读马笑泉小说所应产生的愉悦感，而更多地被一种尖锐所划破，留下一丝迷茫和惆怅。

---

① 唐朝晖：《神秘力量的丧失》，《青年文学》2007 年第 1 期。

② 洪子诚：《问题与方法》，北京三联书店 2002 年版，第 72 页。

二、双重视域：传统文化与巫楚文化

马笑泉的小说中经常出现小说主人公拿着武侠小说津津有味地阅读的场面，例如《等待翠鸟》中的吴小杰痴迷于看武侠小说，即使是在等待翠鸟的间隙也时不时地在脑海中浮现武侠打斗场面。他的好友胖子也因为看武侠小说而获得了不少快意。短篇小说《幼兽》中陈明带领玩伴们展开的那场较量也颇具武侠打斗场面的迅疾和气势汹汹。马笑泉的诗歌《玉米》中“一个整天在武侠小说里飞翔的少年”，也让我们看到了马笑泉对武侠小说的情有独钟。马笑泉写过一篇题为《带刀少年行》的散文，在文中马笑泉赞美了一位为国捐躯的少年荆轲。荆轲在马笑泉的笔下已不仅是一位义士，“是一个少年在歌唱。一个和你一样的少年，血性而沉静的少年，聚敛杀气的少年”。带刀少年荆轲在马笑泉的笔下少了一份义士的沉稳与刺客的冷峻，而多了一份少年的稚嫩与侠客的豪迈，亦如马笑泉笔下一个个鲜活生动的不良少年，他们在属于自己的清纯中自由舞动着心的灵魂。

当代文坛中武侠小说的鼻祖非金庸先生莫属。金庸先生笔下的武侠世界可谓“飞雪连天射白鹿，笑书神侠倚碧鸳”。尽管武侠世界中金庸先生是真正的大侠，但他自己却不大喜欢被人称为“武侠小说作家”，而喜欢称他为“作家”。而评论家蔡翔就认为金庸就是“武侠小说作家”，原因是他的小说是武侠小说，也受到武侠小说的限制，人物角色安排、情节冲突都有武侠小说的模式。他笔下的大侠小侠都存在程式化和模式化的构造。在金庸看来，“作家”和“武侠小说作家”之间，仍然存在等级差别。[①] 不知道金庸先生口中的等级差别是指俗文化与雅文化的对立，还是下里巴人与阳春白雪的较量，抑或者从传统文化向现代文化的过渡，总之，在笔者看来，马笑泉小说中的侠义精神和侠义文化是另一种展现暴力之美的表达方式。例如：马笑泉小说中的青年人物或者流浪于社会的街头巷尾，或者以打家劫舍为生，或者加入黑社会成为流氓地痞，他们的结局是或者背井离乡逃离一段情感纷争，或者行走天涯只为报仇雪恨。这些人物形象塑造和情节安排都与武侠小说有着异曲同工之妙。评论者何向阳也指出：“三部小说，快意恩仇，可以见出从《史记·刺客列传》至《水浒传》的影响，及作者古典文学的语言功底。[②]”不知马笑泉是否赞同我的看法，但我认为，从古典文化中汲取文学创作的养料，灌注于新时期小说中的创作中，这无疑是创

① 洪子诚：《问题与方法》，北京三联书店2002年版，第240－241页。

② 何向阳：《历史时刻，与生命时刻》，《创作与评论》2008年第5期。

新之举。

当代文坛对传统文化的借鉴不仅指向高尚、积极、典雅的富有正义精神的古典文化。在笔者看来，传统文化中反映消极情绪，揭露黑暗世道和丑陋人性的所谓不入流的边缘文化也可以作为当代文坛取材的原料，在一股“恶势力”的较量中推陈出新，弘扬正义。侠义精神所涉及的江湖文化，或者说在当代语境下，反映江湖精神和黑社会情境的底层文化在马笑泉小说中获得了新的诠释。《愤怒青年》这部中篇小说让读者看到了马笑泉内心中那个为生活所累、受命运摆布，最后踏入黑道、以暴力反抗不幸的不良少年楚小龙。在许多评论家看来，楚小龙的人物塑造带上了西方文化视野中“迷茫的一代”的影子。这一无依无靠、无所顾忌的浪荡青年形象置于中国当代文坛的语境下，“愤怒青年”便多了一层文化的深思与古已有之的传统文化的溯源。对于“愤怒青年”的理解，评论家刘淼认为：“具体到中国，‘愤怒青年’以反对‘台独’、厌恶美国与日本、痛恨贪污腐败、鄙视社会不公、蔑视官方权威等为标志”，在他看来，“马笑泉本身就是一个‘愤青’，但由于他学会了用小说表达‘愤怒’，从而使得他最终被定义于‘愤怒的文学青年’范畴。[①]”也赞同刘淼先生的看法。阅读马笑泉的小说，一系列愤怒青年形象跃然纸上，仿佛是马笑泉童年时代内心世界的真实折射。

对于小说的基本要素，马笑泉曾说过“只是手段，是兵器，关键还要看我能干出些什么来”。这样的手段能干出些什么来呢？那就是“希望自己的每一篇小说都能托起一个活生生的人。”[②]在长篇小说《巫地传说》里，马笑泉向我们展示了一个充满地域风情的神秘湘西世界，以及隐藏在神秘世界中的一个个大写的人。

我们都知道，马笑泉是湖南隆回人，在这个受千年巫觋文化熏陶的南蛮之地，巫术的奇幻和巫师的超凡构造了这片地域独有的文化奇观，并为当代文学的创作提供了新奇独特的文化素材。湘籍作家的文化作品就是在这样一个神奇而诡秘的文化意蕴间创作了一批独具巫蛊之风的文学作品。例如：韩少功的小说带有一种浪漫而朦胧的奇幻色彩，沈从文的小说虽没有巫术之风的超凡脱俗，却也带上了自然狂野的意味。与巫蛊文化的神秘莫测和杀人无形的惊恐程度不同的是，马笑泉在《巫地传说》中将巫术文化与现代科学理念相融合，将这股颇受误读的超自然神力汇入到了理性的思想潮流中，让巫术之风拥有了现代

---

① 刘淼：《城市角落里的愤怒青年 ——简评马笑泉中篇小说〈愤怒青年〉》(http://blog.sina.com.cn/s/blog_caee76180101e4x8.html)。

② 马笑泉：《一份自信》(http://blog.sina.com.cn/s/blog_caee76180101drqw.html)。

文明的内蕴，在时代前行中归入了现代文明的大潮。

在笔者看来，这是马笑泉对传统文化又一次大胆的推陈出新和与时俱进。与之前古典小说中武侠文化相比，马笑泉对湘楚之地巫术文化的运用摆脱了这一独特地方文化在常人心目中形成的阴郁而掺杂邪念的负面印象。马笑泉将它与理性的自然法度相衔接。巫术的运用不再是形而上的、无可琢磨、来无影、去无踪的幻术。他的运用依托于自然的生存与延续。在弱肉强食的丛林间，只有延续万物生灵的源源生命力才能避免为巫术中伤。而肆意践踏自然的灵气，掠夺天地的馈赠的举动才会招致巫术的陷害，以至于置之死地。在马笑泉的书写中，野蛮时代下诞生的精神文明摆脱了它的无知与蒙昧，成了现代文明的先哲，在来自自然理性的狂放与野性中彰显着维护正义与理性的生存法则。在《巫地传说》中，巫术文明的外衣裹挟的是科学文明的内蕴，甚至是被现代人所遗忘的遵循自然规律的原始生命法则，评论者刘宝田认为："精神家园就是他们自己，他们自己就是精神家园。我以为，正是这一点，使《巫地传说》从本质上具有了穿越时空的魅力。"[①]不知刘宝田先生的"精神家园"是否符合马笑泉小说中巫术的真正意蕴，但在笔者看来，马笑泉小说中的巫术文明是原始人类智慧的结晶和理性的折射。

马笑泉小说中不仅有对地域文化的借鉴，佛禅理学等传统文化的运用也随处可见。例如，小说《银行答案》中，银行职员赵小科的神机妙算和活学活用就体现了庄禅文化的内蕴，评论者张建安认为："赵小科这个草根人物形象的成功塑造，很容易让人联想起阿城《棋王》中的王一生来，他们都达到了'汇道禅于一炉，神机妙算'的境界。"[②]笔者认为，无论是超自然力量的巫蛊幻术在南蛮之地的盛行，还是现代文明下佛学禅理的精于妙用。二者都是先贤哲思的思想沉淀，马笑泉将原本陈旧的哲思赋予了现代化气息，在当代社会中重新赋予先贤哲思以当代价值和文化意义。

三、现代文明与士人情怀

如前所述，马笑泉生在湖南长在湖南，湘楚文化浸染于马笑泉的精神、性情中，深入骨髓，难以改变。这种从故土中汲取文化养料，进而灌注于当代文

---

① 刘宝田：《穿越时空的魅力——读马笑泉长篇小说〈巫地传说〉》（http://blog.sina.com.cn/s/blog_4a203b730100fq7z.html）。

② 张建安：《为草根立传，替人性存档——评马笑泉的〈银行档案〉》（http://www.chinawriter.com.cn/2008/2008-12-18/68847.html）。

学创作中，并在此基础上赋予现代文化的创新精神，承接了乡土文化的思想内核和文化韵致。评论者张建安指出："从中国现当代文学史来看，中国作家始终割不断乡土情结以及源远流长的农村血脉关系……长期生活在地处湘西南的邵阳的马笑泉也是一位在艺术上富有探索意识的作家，他的长篇小说《巫地传说》就是他在这方面努力的结果。"[①]由此可见，《巫地传说》的文化渊源源自马笑泉对湘楚大地的文化情结。与此同时，笔者在马笑泉的文本中读到了另一层文化意义，马笑泉将以巫楚文化为代表的传统文化置于当代语境的文化创作中，在与现代文明观念进行承接的过程中，赋予了陈旧的乡土文明以新的文化理念和时代定义，这种从旧到新的文化转变丰富了马笑泉的小说创作，也赋予落伍的传统价值观念一次与时俱进的机会。

显然，马笑泉对传统文化赋予现代意义的创新不仅体现在内容上，形式的创新也是一大亮点。在笔者看来，《巫地传说》中超自然能力的展现和超现实情景的映射便是对西方魔幻现实主义文化的借鉴和运用。在当代文坛中，对发源于南美洲的魔幻现实主义的运用最为人称赞的是莫言的小说。尽管莫言先生声称自己对魔幻现实主义一无所知，对那个名扬美洲的博尔赫斯的小说也从未读过，但莫言笔下的高密东北乡和在那片神奇的土地上发生的一桩又一桩充满魔性魅力的历史故事无不沾染上了魔幻现实主义文化的影子。在笔者看来，马笑泉和莫言先生的文学创作道路有着相似之处。二者的小说取材都源于自己熟悉的乡村生活，并在此基础上进行了一番超自然与超理性的奇幻创作，马笑泉的《巫地传说》中浸润巫蛊文化的魔性传奇，而莫言先生的《红高粱家族》也在一片神奇广袤的高密东北乡上演了一出狂野不羁的抗日大战。正如评论者张建安所说："无论是现代的鲁迅、沈从文、萧红，还是今天的韩少功、李锐、迟子建等作家，他们都把自己的创作与土地、农民紧紧地联系在一起。"不仅在情节设置上马笑泉和莫言先生有着相似之处，在意义的指向上也有相同的地方。马笑泉在《巫地传说》中由巫术传说入手，最终指向被世人遗忘的自然文明，而莫言先生的"红高粱"系列小说最终指向的也是被世人忽视的"种的退化"的文化窠臼。在笔者看来，从乡土文明取材，到进行现代化艺术手法的加工创作，进而呈现现代文明的闪光点与文化诟病，马笑泉的小说实现了一个文化的更新与轮转，是在传统文化的基础上来了一场与现代文明的对接。

评论者刘宝田指出："作家马笑泉超越了自己在《愤怒青年》《银行档案》

---

① 张建安：《神秘而充满生命力的世界——评马笑泉〈巫地传说〉》（http://blog.sina.com.cn/s/blog_caee76180101dtgw.html）。

《巫地传说》等作品中的现实主义创作方法，而用魔幻现实主义的手法营造了一种幻想境界，揭示恶劣的生态环境造成了人性的异化。"[①]有学者曾将超现实主义和魔幻现实主义做了区分：超现实主义研究的方面是跟物质现实没有关系的，而是跟想象和脑子有关系的，另一方面，魔幻现实主义在心理经验的或者梦经验的形式上来表达超现实的事情。由此可见，马笑泉小说中对巫术文化的运用和莫言先生对高密东北乡流传的抗日传说的加工都是在现实物质的基础上进行的创造。这种表现方式涵盖了现实生活的真实世相与情理追求，甚至于超出了表现之外的物质外壳，已然深入至文化内蕴中，进行了价值观上的挖掘与透析。

我们知道，当代中国正经历着一场别开生面的转型。这场大范围的社会转型不仅给政治制度、经济体制、文化建设等大环境带来了巨大变革，知识分子也在思想观念上进行了创新。然而，市场经济的转型带来物质生活的富饶，却未能改变精神贫瘠的窘境。精神上的贫乏将现代人推向了另一个生活的真空地带。知识分子的责任担当已经不再止步于民族气节的彰显和传统文明的传承，如何突破精神的结界，在新的历史时期重构精神气质，这是当代知识分子，或者说是当代文人应秉持的文化重任。马笑泉作为"湘军五少将"之一，其文化影响力和号召力可见一斑。笔者不知道马笑泉对当代文人的气节如何理解，但在马笑泉的散文《撬开魏源的门》中，马笑泉曾与文坛巨匠魏源先生进行过一次别开生面的对话。当然，我们都知道这次对话只是马笑泉脑海中的一次幻象，但其中的一份真诚和敬意却让我们看到了马笑泉对魏源先生的仰慕之情。不知魏源的心门最终是否被马笑泉撬开，但从马笑泉对魏源一生的叙述中，我看到了文人共鸣的知音之声。

魏源先生是文化大家，他也是近代中国睁眼看世界的第一批智者。在这篇散文中，马笑泉将魏源的一生浓缩为一场精彩的对话，通过他一生的演绎，马笑泉似乎也从这位文坛巨匠的生活经历中学到了生活的智慧。诚如马笑泉在文中所说："重要的是我们能否走进魏源的内心世界，把握他那深沉的灵魂，领会他那深刻的思想。"不难发现，魏源作为湖南文人的代表，他的高风亮节和卓越超凡让马笑泉颇受领教，甚至于心有灵犀一点通，在跨越时空的对话中来了一场思想的对接。

在马笑泉的描述中，魏源的性格和马笑泉似乎有着相似之处。马笑泉曾在文中指出，魏源是一个深沉的人。还是在孩提时代，他就表现出寡言喜静的独

---

① 刘宝田：《〈水中少年〉阅读笔记》(http://blog.sina.com.cn/s/blog_caee76180101e4xd.html)。

特品质。而马笑泉的好友袁凌也曾提道:“相交久矣，方知笑泉实为诤友。他平时并不多言，有时候甚至保持沉默。那种沉默不是故作高深，而是成竹在胸。”如此看来，寡言少语的性格特点让马笑泉和魏源先生找到了文人的共同话语，或许只有避开一切繁华嘈杂、在沉默的世界中才能迸发思想的火花，进而智慧的哲思才能汩汩涌流。二者不仅在性格上有相同之处，马笑泉和魏源在生平经历上也有着共同的轨迹。魏源先生可谓嗜书如命的读书种子，学富五车，无人能及。但天妒英才，如此才华卓越的治世能才却未能受到朝廷赏识，马笑泉对此在文章写道:“并不是他文章写得不好，而是写得太好:广博雄浑，切中时事。然而这等力主‘变法’的佳文，落在讲求‘中庸’、空谈心性的主考官手里，只能是明珠暗投。”[①]命运的不公未能改变魏源发奋图志的抱负，那本名垂千史的《海国图志》便是他满腹学识的最好见证。在笔者看来，马笑泉的文学创作之路也有不同寻常的意味。马笑泉原本是在武冈人民银行当会计，后来因为工作突出而调到了邵东人民银行。终日与数字打交道的生活并没能让马笑泉丧失对文学的热情，马笑泉的发小匡国泰曾说过:“那时候，‘攀’(编者注:马小泉的小名)还正在邵东县人民银行上班。我曾去过他那房间，很像某个小说主人公住过的地方。他每天早上 5 点钟就起来写字，一直写到 8 点钟去上班。他告诉我，他一直这样，从不间断。”[②]马笑泉和魏源先生都钟情于书上的世界，只不过他是在知识的海洋中寻求治世救国，而马笑泉在书的世界里恣肆书写着心中的文化盛世，在日渐贫瘠的净土中开掘一片充实而生机蓬勃的广袤之地。

无论是在战火纷飞的时代，还是在和平的年代，知识分子从来都是民族的脊梁，民族的救亡和精神的传承从来都不能脱离知识分子而单独存在。马笑泉身处和平年代，与魏源所处的乱世之下有着时间上的隔阂和思想上的陌生感，但二者的使命担当是相同的。苏格拉底说了一句话，从他的话里笔者理解的是诗人永远不会拥有创造性的力量，除非他失去了自己的意识。马笑泉在散文《谒从文墓》中曾说过:“大师就是那种，即使躺在你脚下，也一再提升着你的人。”在这篇散文中，马笑泉以诗意的笔调书写了对沈从文先生的敬佩之情，这是后辈作家对前辈作家的虔诚与致敬。

四、伪时间与真语言

秘鲁著名小说家马里奥·巴尔加斯·略萨所说:“在任何小说中，时间都是

---

① 马笑泉:《敲开魏源的门》,《长江文艺》2012 年第 2 期。

② 匡国泰:《金丝雀黄》(http://blog.sina.com.cn/s/blog_c2944b0d0101y359.html)。

一种形式方面的创造。因为在小说中故事发生的形式不可能与现实生活中发生形式的一模一样或者类似；与此同时，这些个虚构故事的发生，即叙述者时间和叙述内容时间的关系，完全取决于使用上述时间视角所讲述的故事。”在小说中，时间可以是一种伪时间，它的概念已经随着情节的发展而逐渐淡化，叙述情节的跌宕起伏才是吸引读者的主要动因。在马笑泉的小说中，故事大多发生在20世纪70年代末至20世纪90年代初期，这可以说是最明晰的时间点。而具体到人物事件的发生时段则极少提及。例如在中篇小说《打铁打铁》中，小说主人公龚建彰和王芬是什么时候相识的？我读完小说后脑海中只有模糊的概念，回忆起来大概是在小学，因为文本中提到了“小学六年级”的时段。之后的情节发展则到了他们毕业考试之后，小说中提道：“毕业考试过后，王芬就没再看到龚建彰。”小说将一年的时间跨度浓缩在了一句话中，尽管这中间穿插了龚建彰与同学之间的打斗情节，但小说时间的变动与现实时间有差距。故事逐渐发展到龚建彰毕业后收到了县一中的录取通知书，原文中写道：“县一中的录取通知书如期到达，让街坊邻居称羡了一番。”由此可知在经历了毕业考试后，小说主人公已经收到了录取通知书，成了一名初中生。在表现时间方面，马笑泉只是用了几个关键词表现了时间的推移，如小说主人公龚建彰进入初中后，马笑泉提到了“初二”这一时间概念，表现了龚建彰功课繁忙，无暇顾及生活琐事的缘由。在此之后，龚建彰哥哥的死、母亲的去世也只是寥寥数语便交代了时间的变化，“秋天的第二个月，老大因为故意杀人罪被判处死刑”。龚建彰辍学后当学徒的时间变化中，马笑泉用“只有半年，他塑铁成形的技术已经相当不错”一句便表现了时间的推移。之后随即穿插了王芬的转学和龚建彰妹妹龚建红的失踪，但时间的表现却并不明显。小说结尾，“龚建章三天前就已经出去了”与“吴伟的无头尸首是在南门口城楼上被发现的。白雪掩盖了它整整三天”相照应，暗示了情节突转的前后关系，也交代了时间的变化。我不知道这是不是为了情节的叙述而刻意安排的效果，但马笑泉的小说将故事内容置于另一视角上进行讲述，达到了“画外音”的叙述效果，言简意赅之余，也让人一目了然。

伪时间的生成需要通过叙述视角的变化来实现。马笑泉不仅在《打铁打铁》中对叙述视角进行了变换，在小说《巫地传说》中，马笑泉的叙述视角也有别于传统小说的讲述模式，采用了平视化的视角。评论者张建安提出：“一方面是马笑泉卓尔不群的叙述立场……采取了一种平视的角度，紧紧贴着人物的内心世界来写。”[①]评论者鲁之洛也认为：“其写作上最初给我印象的自然是叙述的方式和语言的运用。”[②]不知道马笑泉在创作这部小说时是否是以平视化的视角进行构思的，但这样一种陌生化的叙事方式让情节更为新奇独特，极具审美意蕴，拉近了故事人物与读者之间的距离，在玄幻之余又不失现实色彩。

在马笑泉的小说《幼兽》中，小说结尾似乎用到了元叙事的技巧。例如：“你知道我的叙述常常脱离现实的轨道。这只能怪陈明。他将幻想症传染给了我。所以他不得不在我的幻想中做了一回犯人。正确的情形应该是：父母确实南下打工，但工厂并没有倒。它在一位能干的新任厂长的呼风唤雨中又起死回生。”马笑泉否定了之前对故事人物命运转变的叙述，而是采用了一个新的结局重新安排了人物命运的变化。“正确的情形”一词让原本虚构的故事情节有了一份真实感，这样一种元叙事下带来的阅读快感令人过目不忘。

透过文本容易发现，马笑泉对平视化叙事技巧的运用为故事情节的发展增添了可读性和趣味性，而这样一种阅读效果的呈现是用更多的文字或更多的章节赘述所无法替代的。马笑泉的小说读来令人感到流畅自然，这不仅源自叙述方式的恰当选择和语言的生动贴切，在情节设置上也有画龙点睛的效果。小说《愤怒青年》可谓马笑泉的得意之作，据我所知，这部小说已经翻译到法国并出版了。小说主人公楚小龙的身世之谜就是一个情节设置上的伏笔，他的人生走向和最终的悲惨结局都是因为这段不堪回首的往事而带来的“后遗症”。有论者指出：“楚小龙自小便不知父母何在，他当然想知道他们都到哪去了，可是奶奶从没跟他提起过。小说开篇就设置了这样一个疑问，为此后楚小龙脾性的演变埋下伏笔。”[③]小说开头对主人公身世之谜的讲述只是几笔带过，并没有深入下去。随着情节的展开，楚小龙的身世也在波荡起伏的故事进展中揭开了面纱。“小说环环相扣，到最后终于揭晓答案：他的父母，是在特殊的年代被人陷害致死的。最大的悬念至此水落石出。”[④]由此看来，楚小龙如同武侠小说中背

---

① 张建安：《神秘而充满生命力的世界——评马笑泉〈巫地传说〉》（http://blog.sina.com.cn/s/blog_caee76180101dtgw.html）。

② 鲁之洛：《重生活中发出的冷峻而清醒的呼喊——读马笑泉小说创作的文学价值》，《文学界·专辑版》2007 年第 5 期。

③ 尘衣：暴烈中张扬温情——读马笑泉《愤怒青年》，（http://bbs.tianya.cn/post-no16-70159-1.shtml）。

④ 尘衣：暴烈中张扬温情——读马笑泉《愤怒青年》，（http://bbs.tianya.cn/post-no16-70159-1.shtml）。

井离乡的大侠剑客，迫于无奈行走江湖，为父母报仇的情节设置便一一展现在了这位社会青年的人生历程中。这种埋伏笔的情节设置和借用武侠人物模式的人物塑造有别于一般的地痞流氓人物形象，在狂放不羁中凸显着一份侠义精神，情节上也多了一层破解悬念的意味。张建安在评价马笑泉的小说《愤怒青年》时曾指出："在叙事方式上，都呈现着一种刚毅冷峻的态势和老辣沉稳的风格。"①小说中的侠客式的人物塑造、冷峻沉稳的笔调和悬念式的情节构造是我对马笑泉这部小说印象最深刻的部分。

不仅在《愤怒青年》中马笑泉对叙述方式做了创新，马笑泉的小说《银行档案》出现的档案体书写也为人物性格的展现平添了别样的文学意蕴。张建安指出："在小说形式上，作家试图独树一帜地创造一种新的小说形式——档案体小说……以简约传神的笔法，冷峻沉稳的风格，抒写着社会变动中的诸多人物的生存特征。"②档案体小说并非马笑泉独创，当代诗人于坚在他的诗作《零档案》中就曾运用过这种书写形式，表现的是生活的寡淡无味和缺乏生气。马笑泉将这一题材运用于小说创作中，避开了机械罗列的误区，将人物穿插于不同情节的发展过程中，如同巴尔扎克笔下的《人间喜剧》般，在来回穿插的故事情节和反复出场的人物叙述中消解了小说的虚构性，增添了事件的真实感。

一部好小说除了有一个新颖的叙述视角外，语言文字的魅力也不可或缺，而且，如果时间可以是虚构、伪造的话，那么，语言必须是真实的，是生活中真切发生、人物经常使用的语言。只有这样，小说的氛围才能真实可信。

可以说，在语言的运用上，马笑泉对湘方言的运用可谓信手拈来而又恰到好处，而方言最能反映一个地方的真实。评论家贺邵俊在《新人出场》中对马笑泉的小说做过评价："我看重这篇小说的理由是，作者在冷峻的叙述背后却没有凝固人性的热血，这来自他对高贵和神圣的敬畏。"③也有人认为："他的小说构架特别是语言便凌厉至极、锋芒毕露、杀气腾腾。"④鲁之洛也认为："他的语言

① 张建安：《冷硬与苍凉：一种别样的美学形态——马笑泉"愤怒青年"系列中篇小说》，《湖南文学》2007年第5期。

② 张建安：《为草根立传，替人性存档——评马笑泉的〈银行档案〉》（http://www.chinawriter.com.cn/2008/2008-12-18/68847.html）。

③ 张建安：《冷硬与苍凉：一种别样的美学形态——马笑泉"愤怒青年"系列中篇小说》，《湖南文学》2007年第5期。

④ 尘衣：《暴烈中张扬温情——读马笑泉〈愤怒青年〉》，（http://bbs.tianya.cn/post-no16-70159-1.shtml）。

颇有特点，是从十分纯净的地方口语中化出来的文学语言，极少书卷痕迹。”[①]传神的语言可谓小说的灵魂。马笑泉的小说之所以吸引这么多读者的阅读兴趣，笔者认为除了引人入胜的故事情节外，练达的语言，尤其是具有浓厚地域色彩的方言是使小说独具魅力的关键。评论者刘宝田认为：“任何成功的作家，总会提炼自己生活区域的方言，带入作品之中……我读《银行档案》，常常感到马笑泉笔下的语言具有穿透的力度。”[②]对方言的运用常出现于寻根文学、先锋小说和新写实小说中，例如同样为湘籍作家的韩少功，在他的小说中也把湘方言作为语言表述的一大亮点。

除了对方言的运用，马笑泉的语言中也夹杂着一份古典语言的传神和韵味。张建安认为：“马笑泉是深得中国传统小说之妙——特别是唐宋笔记小说对他的影响甚深。那种语言的简略、传神，以及行文过程中的从容自如，应该是文学创作的一种理想境界。”[③]在笔者看来，语言的运用折射的是思想的变换。马笑泉的语言极具湘方言的地域色彩，又有武侠小说的独特韵致，唐宋笔记小说的影响也穿插于其中，张建安指出：“马笑泉努力使自己的创作回到价值评判中来，并对现实生活中的草根人物，做出价值判断和理性分析。”这种源自灵魂的书写让马笑泉的小说不再只是简单地叙述一个虚构的故事，而是在古典与现代的穿插中，多了一层文化的厚重感和历史感。

五、跨世纪视野的身份认同

被马尔克斯称为“我的导师”的威廉·福克纳在1950年12月10日因意识流小说《喧哗与骚动》获诺贝尔文学奖时发表演说：“诗人和作家的责任，就在于写出这能同情、牺牲、忍耐的灵魂。诗人和作家的荣耀，就在于振奋人心，鼓舞人的勇气、荣誉、希望、尊严、同情、怜悯和牺牲精神，这正是人类往昔的荣耀，也是使人类永垂不朽的根源。”[④]马笑泉的文学成就主要表现在小说创作

① 鲁之洛：《重生活中发出的冷峻而清醒的呼喊——读马笑泉小说创作的文学价值》，《文学界·专辑版》2007年第5期。

② 刘宝田：《〈银行档案〉的语言魅力》，《创作与评论》2009年第1期。

③ 张建安：《为草根立传，替人性存档——评马笑泉的〈银行档案〉(http://blog.sina.com.cn/s/blog_4a203b730100c4hw.html)。

④ 刘宝田：《水中少年》阅读笔记(http://blog.sina.com.cn/s/blog_4a203b730100hgiq.html)。

上，但在诗歌写作上，马笑泉曾说过诗歌是马笑泉用情最多的部分。”[①]笔者读马笑泉的诗歌，感觉在平淡朴实的文字背后掩藏着一颗对生活充满热情的心。马笑泉的诗歌语言冷峻而富有哲思，这从马笑泉怀念鲁迅先生时创作的诗歌《致鲁迅》便可见一斑。诗歌第一句便将笔者引入到了一位智者的思想中：“是你横眉的风骨/冷对千年的黑暗/你甚至不惜与黑暗同焚/你不惜与绝望同行。”鲁迅先生是民族的脊梁，诗人庞德也曾说过：“诗人应是一个民族的触须！”马笑泉以诗人的身份表达对一位民族豪杰的追思，令人深感敬佩。马笑泉曾说过，他对写诗的兴趣是源自母亲诗教的影响。诗歌是人类性灵的书写，而作为书写性灵的诗人，诗人的洞察力和思辨力能让诗歌具有独特的审美韵致。马笑泉的这份冷峻沉着不仅在《致鲁迅》中有所体现，在其他诗歌中也有一份刚毅和坚韧的书写。例如：诗歌《斧头》，第一句“借助一把斧头/我进入事物/借助言语/进入思想/借助思想/进入存在”，凭借一把普通的斧头，马笑泉的诗性灵感便升入灵魂深处，在平淡而稳重的言语中抒发对人性的思考，笔者觉得，作为一名诗人，这是马笑泉的胸怀和智慧。另外，在诗歌《玉米》中，“这些饱满的金黄的肉体/从乡村艰难的土地中/匆忙赶往城市的大街小巷/这些迫不及待出售自己的肉体/两块钱一只啊/两块钱一只啊”，短短数行字便将人生的智慧置于日常之物中，由浅入深，透着哲思的理性和光芒。诗歌《乌鸦》结尾，“假如我是一只乌鸦/我将永远闭嘴/以沉默/加倍地惩罚那些/双颊通红、沐浴着幸福的人们”，马笑泉以“沉默是金”的气魄将喧哗的场面置于无声间，意味隽永而回味无穷。

作为一个回族作家，马笑泉不仅用诗歌表达对生活的热爱和思考，还以诗歌为剑，直指现实的丑陋与凶残。在诗歌《硕鼠》中，马笑泉对丑陋世相的愤懑和思考倾注于其间，最后一句“寻找到一头硕鼠/并且/杀/死”让我看到了马笑泉一吐为快后的舒畅与自由。先秦《诗经》便有一首《国风·魏风·硕鼠》，表达的是当时劳动人民对统治者骄奢淫逸、无所作为的愤恨心理。两首诗歌以相同的诗名抒发了相似的情感，笔者从中读到了潜藏在现代诗歌背后、含蓄隽永的古典诗歌韵味，是一次与现代精神的对接。

苏格拉底说了一句话，从他的话里笔者理解的是诗人永远不会拥有创造性的力量，除非他失去了自己的意识。还有布列东也说了差不多的话。因此，我们的使命是深入了解这个真正的现实，而不要像很多“文学”作品那样的只是记

---

① 张建安：《浅谈“壮美”与“优美”两大诗学形态——以马笑泉诗歌为例》，《创作与评论》2006年第2期。

录这个假现实。马笑泉以诗歌的形式记录下当代社会的繁华世象，以及漂浮于星光璀璨的都市上空中、不易被人察觉的心灵感触和思想转变，这是马笑泉细致洞察和深刻领悟后得到的文化启示，是马笑泉作为诗人的精神财富。不仅诗歌《硕鼠》表现了马笑泉对当下生活的反思，还有《乌鸦》《豹子》等诗作都表现了时代镜像下的都市生活缩影。在诗歌中，马笑泉极少抱怨，而是以沉着而冷静的态度面对生活的跌宕起伏。在笔者看来，马笑泉是以诗人的智慧对抗着世俗的侵扰，笔者深受启发。

马笑泉曾说过："在平面化写作盛行的今天，我坚守的乃是相反的方向：追求深度和力度。此二者不可分离——力度以深度为基础，深度靠力度来呈现。具体落实到诗歌创作上，我要求作品拥有刀劈斧砍的力量。"①我想知道的是，马笑泉的这种背道而驰，甚至说与当代诗坛格格不入的创作理念是缘何而起？能否说马笑泉的这种桀骜不驯的创作姿态是受先锋文化的影响？马笑泉的诗歌创作道路是在马笑泉母亲的感染下开始的，不知道这份源自家庭文化氛围的熏陶在马笑泉的文学创作道路上是否有过帮助？在小说创作中，马笑泉笔下的人物多以"坏孩子"的形象为主，鲁迅先生曾说过："悲剧是将有价值的东西毁灭给人看。"未成年人原本是祖国的栋梁之材，而在马笑泉的小说中，这些孩童的人生变故和家庭遭际却将他们似锦的前程埋葬在了还未开始的人生旅途中。马笑泉的小说在未成年人的形象塑造上是否体现了一种悲剧意识？这种悲剧意识能否理解为一种悲剧美？这种悲剧意识是否与西方文化语境下的悲剧美有不同之处？作为一名诗人，同样也是一名小说家，马笑泉认为二者的身份是否有矛盾之处？在进行诗歌创作和小说写作时，马笑泉秉持的文化宗旨是相同的吗？马笑泉的诗歌和小说是否有相通之处？

对这些问题，马笑泉可能未必能够回答。事实上，马笑泉的身上兼具了诗人和作家的双重身份。马笑泉是"湘军五少将"之一，而且也是"五少将"中唯一一位写诗的作家。在笔者看来，作为人类心灵的书写者，马笑泉的思想是敏锐的，观察是深刻的，笔下的言论是犀利而又针砭时弊的。作为一名诗人，评论者刘宝田曾指出："诗人以深沉的目光审判着斑驳的现实、拷问着深邃的灵魂、歌唱着隐秘的爱情。"②马笑泉的诗歌在鞭辟入里的情理锤炼中锋芒有力，冷峻凝练。马笑泉小说中体现的思想主旨表达了对当代世俗丑象的深入挖掘和

---

① 张建安：《浅谈"壮美"与"优美"两大诗学形态——以马笑泉诗歌为例》，《创作与评论》2006 年第 2 期。

② 刘宝田：《生活矿藏的个性化开掘——评马笑泉诗集〈三种向度〉》，《创作与评论》2012 年第 12 期。

竭力反思。当下社会是一个与传统文化观念和积极价值形态渐行渐远的浮华社会，作为像马笑泉这样敢于向社会发难、为时代镜像书写的文人已是少有。无论是马笑泉的未成年人系列小说中对青年人群体心灵世界的关注，还是“时代镜像”系列诗歌中对社会阴暗面的抨击和讽刺，这些都是基于马笑泉作为一名知识分子，以身体力行的感染力和号召力为时代文明的建设贡献一份力所能及的力量。马笑泉的这份责任意识和奉献精神令人敬佩。

作为一名70后作家，无论是在小说创作上，还是在诗歌创作中，马笑泉的成就可谓卓著。70后作家可谓文坛领域的一个特殊群体。70后作家的写作有其特殊性，评论家洪治刚认为：“既不像‘50后’作家拥有某种深远的历史意识，也不同于‘60后’作家具备强劲的理性思考，更不同于‘80后’作家对时尚、‘穿越’和‘玄幻’等反日常生活的迷恋。因此，从代际差异上看，他们的创作更加强调自我在当下现实中的生存感受。”[①]在笔者看来，这不仅因为70后作家出生在一个社会急剧转型的时代，更多的是由政治上的积贫积弱而带来的思想断层和精神断代。反观当代文坛，70后作家的文化影响力有限，这一现象遭到了不少文化界人士的诟病。80后作家于一爽曾说过：“70后作家正值壮年，本应当是文坛的中流砥柱。可现实并非如此。50后、60后作家群体中有很多具有广泛影响的作家，80后作家群体中同样如此。当我们说起70后作家，却很难说出几个具有广泛影响的名字。”作家曹寇认为：“当时诸如‘私人写作’‘身体写作’‘下半身’等罪名，包括‘美女作家’的走红都让文学界对70后产生失望情绪，由此网络的变革反而长期遮蔽了我们这一代人。”[②]70后作家在文坛的尴尬情景有时代的因素，也有自身的原因。如此看来，现代媒体的过度化运用对70后作家的文化声誉带来了负面影响。

许多70后作家也在反思这种文化边缘人角色的缘由。作家东君反思失败的原因是：“一般来说，最能引发广泛影响的是长篇小说。我写了那么多年，居然没写出一部有分量的长篇小说，这的确是一件令人羞愧的事。此外需要反省的是，与前辈作家们相比，70后作家大部分还不够勤奋。”在东君看来，70后作家自身勤奋不够造成了文坛的尴尬处境。另外，作家李浩认为：“70后作家普遍缺乏广泛影响，我想原因一是在于我们70后的写作尚存在不足，另一个则是，全民不阅读，整个民族的兴奋点不在文学上。还有第三个原因：我们的文

---

① 洪治刚：《代际视野中的70后作家群》，《文学评论》2011年第4期。

② 陈涛：《70后作家无法割舍“纯文学”心结 无论如何被嘲弄》（http://www.chinanews.com/cul/2012/04-20/3835348.shtml）。

学批评的滞后。”[①]作家田耳也直言70后作家是夹缝中的一代，“前有名家辈出的50后、60后，后有以韩寒、郭敬明为代表的80后，他们似乎陷入了困境。”[②]这样的困境不仅仅是马笑泉个人的，也是70后作家集体困境的真实写照。

六、批判现实的诗意呈现

在马笑泉的文学作品中，无论是表现未成年人心灵世界的一系列小说，还是表现时代镜像的诗歌创作，在笔者看来，在这些平淡无奇的文字背后深藏着一颗忧国伤怀的文人之心。马笑泉的小说中体现了一种侠义精神。这种除恶安良的正义精神不仅体现在每一个不为社会接受的不良少年的行为中，例如《愤怒青年》中的楚小龙，只杀坏人，不冤枉好人。《打铁打铁》中的龚建彰，家庭遭遇了一系列变故。龚建彰最后的暗中杀人和离家出走摒弃了恶人的胡作非为的无法之举的同时，反倒体现了一份行侠仗义与惩恶扬善。《幼兽》中不明事理的“我”张亮面对哥哥的恣意妄为和蛮横无理，虽没有正面对抗，却在心里生出一份怨恨与不满。

不仅在小说中有对现实的反思和批判，马笑泉的散文中，这种“先天下之忧而忧，后天下之乐而乐”的实践精神也随处可见。例如马笑泉的散文《家园》，在文中，马笑泉回忆童年生活中家园的美好场景。而随着时光的流逝，昔日自然风光不再，取而代之的是工业文明之下的污水横流和废气排放。在经济飞速发展的今天，人们似乎是在一场现代文明的变革中对原始文明进行了一次毁灭。百年前，西方人对东方所谓野蛮文明的征服是以火烧圆明园的方式实现的。法国作家雨果直斥这是一场文明人对野蛮人的掠夺。百年后的今天，现代文明对乡土文明的摧毁也在上演着这出百年前的大戏。只不过那场熊熊燃烧了三天的大火变成了今天钢筋混凝土对古建筑的侵占，而蒙昧无知的现代人对文化精髓的摧残却并没有改变。马笑泉以简练的文笔记录了这场由现代文明向乡村文明发起的进攻，无论是在思想观念上，还是在实际行动中都对此进行了批驳。在思想观念上，马笑泉也对传统观念中的“后遗症”进行了批驳。马笑泉批判了古已有之的传统观念中对“面子观念”的维护，视其为不耻，“在邻县人民的眼中，它已风光不再，但本地人还是具有一种挥之不去的‘州府意识’，言谈举止中总透露着一股没落王孙的傲气和不服气”。不仅如此，这种造成了文明破坏和世风日下的“面子观念”进一步扩大了它的威慑力，甚至于成为人际关系

---

① 于一爽:《70后作家为什么没能成为中流砥柱?》,《江南》2016年第6期。

② 赵良田:《70后作家何去何从》(http://blog.sina.com.cn/s/blog_7177e2220102w4op.html)。

场域中的“潜规则”，“应该提到 W 市盛行不衰的‘做人情’之风，它从更广泛的方面证明了‘面子法则’在民间和官场强大的支配作用”。马笑泉曾说过，“面子观念”浸透了官场文化。审视当下社会，众多扭曲了人们道德观念的所谓“潜规则”正悄然改变着人们的行为处事，这是文化陋习。作为文化学者，我们应以文化感染力惩治这股不正之风。

当下社会中肆意横行的文化“潜规则”已经对人们的精神家园构成了威胁。这种文化破坏行为不仅体现在人情世故的交往中，对于自然生态的破坏也日趋恶劣。文明的破坏可以分为两类，一类是对实体物质的破坏，例如随意破坏文物、肆意拆毁古建筑等。另一种是对精神文明的破坏，如古已有之的“面子观念”的遗存、“直接利益观念”的潜在作用等。在《家园》中，马笑泉冷酷无私地直指当下社会风气的庸俗与丑陋，批判与现代文明格格不入的所谓文化遗风，直斥现代官场的做而不为，这种冠冕堂皇的举动无异于掩耳盗铃、竭泽而渔。笔者认为，马笑泉以一个当代文化人的担当精神和责任意识指出了现实社会中的精神缺陷和文化丑象，在义正词严的呼声中敲响了社会人群的道德警钟、文化警钟。

马笑泉无论写小说，还是创作诗歌，字里行间都充斥着一份潇洒自由的侠客精神和刚健有力的文人风骨，体现了“忧以天下，乐以天下”的责任意识。评论者鲁之洛曾认为：“小说，应是时代的影子。这是时代对小说最基本的，也是最高的要求。”①马笑泉的小说、诗歌和散文都体现了对时代的记录和世象的书写。小说中，他对“未成年人”心灵世界的探寻，如陈明的霸道、楚小龙的行走江湖、吴小杰的逃课看翠鸟；诗歌中，《豹子》里对行色匆匆的现代人生活百态的描写、《硕鼠》中对贪得无厌者的控诉和讽刺，以及《失眠》《斧头》等对现代人内心世界及真实感受的探讨；散文中，《敲开魏源的门》对现代文明及当代知识分子责任意识的反思、《文学中的资水上游》对地域文化的思考、《家园》中对文化乱象的批判，以及现代文明对传统文化带来毁伤的野蛮行径的批判。在这些随笔杂谈中，马笑泉以一个当代知识分子的责任意识和敏锐的洞悉力察觉现代文明中逐渐蜕变的精神内质，和逐渐流散的文化内核，对当下现实困境和文化衰败现象进行了针砭时弊的批判和反思，雨亭评价：“一般来说，人的襟怀往往决定了文字的气质。因而笑泉的散文剔除了骄矜浅薄之气，流泻出大气古雅

① 鲁之洛：《从生活中发出的冷峻而清醒的呼喊——读马笑泉小说创作的文学价值》，《文学界·专辑版》2007 年第 5 期。

之相。其风骨触动人的心扉。"[1]这份涤荡着文人潇洒与侠客义气的文化情结充盈于马笑泉的笔间，令我深表敬佩。

在前面分析马笑泉小说中的侠客精神时，笔者曾提到马笑泉的小说人物无形中带上了一份游走于江湖中，为报仇雪恨，或行侠仗义，抑或者惩恶扬善的豪气和洒脱。雨亭评价马笑泉的文学作品："深处：于山林，于城镇，于文字，他如一位仗剑走天涯的剑客，笔，即为剑，剑，即为笔。他秉承着英武之士的豪迈气度，侠义精神，谱写着自己的心灵之曲，或激荡、或沉静。"[2]在我看来，与行走江湖的带刀侠客相比，马笑泉更像一位漫步于文坛中，以娟娟小字记录人生百态的文化侠客，虽没有腥风血雨的厮杀拼搏，但在看似风平浪静的表现背后却深藏着一个"忧以天下、乐以天下"的阔达胸襟。无论是马笑泉笔下命运多舛的人物形象，还是抒情于诗歌间的忧国伤怀，或者是倾诉于散文间的闲言碎语，这些都体现了一名当代知识分子应有的责任意识和担当勇气。鲁之洛先生认为："'磅礴大气，博大精深'。透过这些篇章，我领略到了笑泉散文的一大特点。他擅长于物理通融，擅长于把握文字沉稳而坚实的方向。"刘志坚也评价马笑泉的散文有大气、文气、灵气的风度。"[3]马笑泉的文学作品确乎是在一片冷峻凝练的笔调中，让我们看到了一个病态百出的时代乱象和急需重建的精神家园。

在散文《文学中的资水上游》中，马笑泉对资水流域的地域文化群体进行了深入的分析。马笑泉写道："处于蛮荒之地的资水上游很少出现在历朝历代著名文人的吟咏中。偶尔亮一下相，也只是因为遭遇贬谪或离乱的名家们暂住于此或者干脆只是匆匆路过。"荒蛮之地尽管物质贫瘠，却遗留下无数文化结晶和思想精髓。令我感到疑惑的是，这种诞生于文化荒地间，却潜藏着精神闪光点的文化现象对当代文化的发展有何借鉴意义？鲁之洛是马笑泉的好友，马笑泉曾对这位忘年之交的挚友做过评价："在七十一岁的时候，这位气血旺盛的文坛老将写出了他一生中最重要的长篇散文《小城旧韵》。"古稀之年依然对文学保有一颗创作热情的作家在中国当代文坛不算少数。例如王蒙先生在八十岁高龄

---

① 雨亭：《深处，我看到剑柄上的那隐约的蓝——读马笑泉散文》(http://blog.sina.com.cn/s/blog_caee76180101drr6.html)。

② 雨亭：《深处，我看到剑柄上的那隐约的蓝——读马笑泉散文》(http://blog.sina.com.cn/s/blog_caee76180101drr6.html)。

③ 刘志坚：《大气文章长精神——读马笑泉的散文》(http://blog.sina.com.cn/s/blog_caee76180101dthb.html)。

发表了小说《这边风景》，并获得了当年的茅盾文学奖。除此之外还有很多作家依然坚守在文学创作的阵地，为当代文坛的发展贡献着自己的力量。马笑泉如何看待文化界老当益壮这一文化现象？这对于青年作家的文学创作有何意义？

阅读马笑泉的散文，让人感觉言语朴实，不浮华，不夸耀，在平静中有一份执着和坚定，并散发着理性的光芒。对于散文创作要点，马笑泉曾在《我之散文观》中写道："关于散文的写法，路数极多，各人有各人的体验和心得，所谓'运用之妙，存乎一心'，没有一定之规的。我个人则以为文气的酝酿至关重要。"读马笑泉的散文，没有炫技的张扬与浮华，而是暗藏着一份沉着的现实关照与生活领悟，这是否是马笑泉所说的"文气的酝酿"所致？对于散文写作，马笑泉还提出来"四把标尺"：文气充沛当然很重要，而语言精美，见解深刻，意境高远[①]。马笑泉不仅有生活积累，有很好的感悟，更有理论修养和跨文体定做的经验，这造就了他在人才济济的70后作家中的独特存在，这份存在在最新的长篇小说《迷城》中有了突出的表现，这是马笑泉个人的幸运，也是湖南作家、文学湘军五少将乃至70后作家整体的幸运。

总之，本章主要聚焦于田耳和马笑泉的几个重要文本，对于马笑泉的写作主要从后"文化大革命"视野下的文化断层、传统文化与巫楚文化、现代文明与士人情怀、伪时间与真语言、跨世纪视野的身份认同和批判现实的诗意呈现等六个维度进行深入细致的阐释；而对于田耳，则主要分析了他的《长寿碑》，并从反传统和反宏大叙事的结构、别出心裁的情节设定、夸张变形的语言和象征丰富的手法、喜剧形式表达悲剧主题的文学形式等角度出发，对这部小说进行了解读。论者认为，如何理解田耳小说《长寿碑》，不应该只看到这个故事的可笑性，更应该透过其荒诞性，体察作者的良苦用心，反省当今社会人们所追求和珍视的是不是本末倒置，又应该以怎样的态度，回归本心和理性。马笑泉与田耳都是文学湘军五少将中的实力派作家，田耳目前虽然去了广西，但他的写作依然围绕他熟悉的湘西、熟悉的人和事，这也是包括文学湘军五少将在内70后作家共同记忆中的个性化特色之所在。

---

① 马笑泉：《我之散文观》，《回族文学》2007年第1期。

第九章　谢宗玉、沈念与于怀岸的文学世界

在中国绘画史上，顾恺之有“才绝、画绝、痴绝”之称。“痴绝”的意思是说，不止画画得好，才华高，还有一种执着跟狂热。笔者想不止文学，在任何领域，当一个人专注进去时，最后都会进入一个自己无法控制的状态。现代心理学讲“潜能开发”，就是指一个人在高度专注的状态下，会出现一些平时无法具有的能力。这种状态有些像法国哲学家福柯提出的“非理性状态”，也有一点像尼采哲学里的“酒神精神”。这种以犹奥尼索斯为代表的酒神精神，是相对以阿波罗为代表的“日神精神”而言的，是一种与理性精神相对的深思，是一种狂想式的非理性精神状态。

这个部分是笔者一直以来非常关切的，但我们的教育体制，对这个部分太不重视了。我们的考卷大部分是选择题、是非题、思考题，这也难怪有那么多人学习钢琴，小提琴，最后能成为世界级大师的却寥寥无几。因为小提琴也好，钢琴也罢，所表现出来的，并不只是一个音准的问题。像残雪把文学创作当成艺术复仇一样，钢琴家李斯特曾告诉别人：“我是把钢琴当成仇人来对待的。”所以我们听他的《匈牙利狂想曲》，感觉他的手是捶打在钢琴上的。而另一位伟大的钢琴家肖邦则对别人说“我总是把钢琴当成爱人来爱抚。”所以听他的《小夜曲》感觉异常轻柔。这些是别人无法教你的东西，恐怕就需要你进入另外一个状态。然而在这样一个时代，专注的人太少，心思漂浮躁动的人太多。人们的心灵渐渐被欲望填满，成为精致的利己主义者和内心空虚的容器人。

很幸运，“文学湘军五少将”是70后作家。但同时也很不幸，他们属于这个群体。因为，在中国文坛上，70后作家的影响力似乎远不及50后和60后作家。对于这个问题，70后作家张楚认为问题的根本原因在于：首先是和前辈们所处的年代不同了。20世纪八九十年代，娱乐节目和网络还不如现在这样普及，那时还是小说的黄金年代。其次，70后这代人的小说大都发在纯文学杂志

上，而纯文学杂志的式微也间接影响到这一批作家的影响力。而60后作家的成名，有些要归结于中国第四、五代导演的推介，很多轰动一时的电影都是根据小说改编的。但现在情况不一样了。中国第六代导演们突破了第四代、第五代导演的文学情结，形成了自己的独特表达方式，如贾樟柯就是自己来创作剧本的。现在那些票房过亿的商业片，大都是先定主题，然后编剧们去写剧本，或者直接从网络小说改编而来。目前好像还没有哪个70后作家的作品通过电影电视剧获得持久的影响力。[①] 这的确是一种不幸。

必须承认，电影和电视剧对作家作品影响力的帮助确实是很大的。70后作家不是没有好的作品，而是缺乏伯乐去发现好的作品。而徐则臣分析原因则认为，70后作家有影响的长篇小说还不是很多，这跟70后作家在长篇小说起步的比较晚有一定的关系。这些年，70后作家把大部分时间和精力都交给了中短篇小说，都难以沉静下来，像韩少功或阎真一样，把长篇小说当作最重要的事情来做。当然，这跟新时期以来作家的代际更替有关，也跟当下作家的成长机制有关。以刊发中短篇小说为主的文学期刊，虽然成就了70后作家扎实的基本功，但在一定程度上也延宕了他们的长篇小说写作实践，以至于在当下以长篇小说为主要标准的作家评价体系里，70后作家的确面临着尴尬的处境。在长篇小说创作上，他们的确是晚熟的一代。[②] 这也是为什么包括文学湘军五少将在内的中国70后作家集体性爆发的时间节点还没有到来的原因。但并不是说这样的时间节点不会来，只是时间问题，但也不能说这样的时间节点就一定会来，关键是70后作家的集体努力是朝着一种什么样的方向，以及以怎样的方式去尝试，并做出共同的努力。

本章主要从谢宗玉、沈念和于怀岸三个作家的作品入手，探寻他们的思想轨迹、个人经验与创作原动力，以及他们在艺术上的勃勃雄心和审美追求。

第一节　谢宗玉的精神原野

应该看到，新媒体时代下作家和读者都发生了变化。网络的迅速普及几乎完全改变了人们的生活习惯，也极大改变了人们的阅读习惯，“碎片化阅读”已经成为当下网民们最主要的阅读方式。笔者在中国出版网上找到了一组数据：2014年“我国成年国民人均每天读报时间最长为18.80分钟；人均每天读书时

---

① 于一爽：《70后作家为什么没能成为中流砥柱?》，《江南》2016年第6期。

② 于一爽：《70后作家为什么没能成为中流砥柱?》，《江南》2016年第6期。

长为18.76分钟；人均每天阅读期刊时长为13.42分钟。我国成年国民人均每天互联网接触时长为54.87分钟；人均每天手机阅读时长为33.82分钟；人均每天微信阅读时长为14.11分钟；人均每天电子阅读器阅读时长为3.79分钟。2014年新增对Pad（平板电脑）接触时长的考察，数据显示，我国成年国民在2014年人均每天接触Pad（平板电脑）的时长为10.69分钟”。[①]

也就是说，在中国，一个成年人每天的阅读时间约为2.8小时，而其中有1.9小时花在了新媒体上，占阅读总时长的67.85%。这组数据中的成年人涵盖了18～70周岁的公民，意味着如果剔除掉较少使用电脑和手机等电子产品的老年人，这个比率将更高。

当下，新媒体对生活的入侵已经是大势所趋，文学创作应该如何面对这样的现实，是一个非常值得思考的问题。至少在笔者看来新媒体的兴起是带着机遇的。截止到2017年1月13日，莫言的新浪微博一共有28条记录，全是与自己创作相关的文字，而他的粉丝数量是402万。

考虑到诺贝尔文学奖带来的“名人效应”，笔者又进一步搜索了其他作家的信息，阎连科在微博有253万粉丝，韩少功是271万；诗人于坚粉丝数是10万，翟永明7万；先锋文学代表作家格非粉丝8万、残雪8万；散文家刘亮程粉丝也有8万。笔者并没有进行全面的调查，下结论或许不严谨，但是刨去三位已经成为文化标志的作家，其他人粉丝数量上表现出了相似性。

2016年微博官方的用户报告中显示，到2016年9月30日止，微博用户为2.97亿，拥有大学以上高等学历的用户占77.8%，18～30岁的用户占到使用总人数的70%。[②] 所以前面提到的几位作家的粉丝数量其实代表着他们在知识青年中的影响力。人民网2013年的一篇文章标题为《〈收获〉以10万发行量领跑纯文学期刊》[③]，在当代一流纯文学期刊的年发行量仅仅为10万的今天，一个成名作家在网络上可以有近十万粉丝，不得不说是新媒体崛起带给纯文学的机遇。

谢宗玉是新媒体时代的受益者，他在多个大型门户网站开过博客，每个博客都有十分丰富的内容，同时他的许多作品很早就在天涯社区上连载，形成了

---

① 中国出版网：《我国成年国民每天接触传统纸质媒介和新兴媒介的时长均有不同程度的提升》，(http://www.chuban.cc/ztjj/yddc/2015yd/201504/t20150422_165755.html)。

② 数据均来自新浪微报告数据中心。

③ 人民网：《收获：以10万发行量领跑纯文学期刊》，2013年6月(http://culture.people.com.cn/n/2013/0614/c172318-21837960.html)。

一批忠诚的粉丝群。一方面，谢宗玉在电子文本里穿梭，另一方面，他的书写、特别是那些有名的文本大多是对原野的乡村生活的回望与眷念，显示了作家内心世界与现实世界的冲突，以及冲突中的融合效应，这是相对于包括文学湘军在内的其他70后作家比较独特的地方。

一、充满泥味的药香

谢宗玉的散文常常有一种亲近泥土的感觉，通过他的作品去感受乡村的岁月，却又常常令人感受到未曾感受到的乡村。谢宗玉创作乡土散文的灵感和素材来源于他生活过的瑶村，他的散文作品中反映了很多瑶村的人与事，通过他独特的视角还原当时的乡土生活，非常真实而触动人心，作品中的麦田、岩土，以及记忆中那些与故乡联系着的那些人那些事，就如同一张网一样，慢慢编织出一个故乡的原景。

谢宗玉的乡土散文带有反工业文明的倾向，他的散文不像是回归乡野，更像是从乡野而生。作家王晓利认为："谢宗玉无疑承系了老子的'无为而无所不为'的生活态度，当然似乎不仅仅是这样的，他的散文还继承了自然主义作家梭罗和沈从文的思想，他的观点是反工业化文明的。虽然从他的散文中看不到半个反工业化文明的字眼，但我看得出他分明是有野心的，他想用自己散文里独特的自然气场把在物质的污水里打滚的现代都市人吸引过去。这一点从他的小说中就可以看出来，谢宗玉的每一篇小说，不管主题如何，但都或多或少打上了反工业文明的烙印。"①而谢宗玉自己在《栀子花》里面也写道："我发现，在这个所谓的文明社会里，充塞着许多伪善，伪道德，伪浪漫，伪情怀。"在笔者看来，谢宗玉的乡土散文像是追忆已经逝去的东西，文字中透露着悲凉和寂灭之感。乔治·奥威尔在《我为什么写作》一文中说到：所有的作家都是虚荣、自私、懒惰的，在他们的动机的深处，埋藏着的是一个谜。写一本书是一桩消耗精力的苦差事，就像生一场痛苦的大病一样。你如果不是由于那个无法抗拒或者无法明白的恶魔的驱使，你是绝不会从事这样的事的。某种意义上，谢宗玉散文中带有的这种反工业文明的烙印是基于对文明社会的失望与失落所引发的，他试图从泥土中去寻找治疗都市社会病状的良方。

吴玉杰指出，谢宗玉把小说献给了城市，却把散文全部献给了乡村。因为在他的小说里，写尽了城市的纸醉金迷灯红酒绿，而他的小散文里，却填满了

---

① 王晓利：《"忧郁的晴朗"——谢宗玉散文现象》(http://blog.tianya.cn/post-196465-9450283-1.shtml)。

平静悠远风貌淳朴的乡村。谢宗玉把对生活的独特感受、对语言文字的艺术敏感都倾注到远远的瑶村。瑶村，他生活和精神的气场，是他的乡土散文执着表现的对象。瑶村是他的生命之源，也是他的艺术之源。[①] 谢宗玉的散文是含蓄的，淡雅的，而他的小说则彰显了世俗、人性和油烟味。仿佛在写散文的时候，谢宗玉把它当作一个人的回忆甜点，总要慢慢咀嚼，细细回味；而在写小说时，却似一个毫不留情的局中人，要将这光怪陆离而血淋淋世界的每一面都摊开在人的面前，这是谢宗玉的特色，也是他与众不同的地方。

谢宗玉出版过一本散文集，叫《遍地药香》，书中集中描写了六十种草木的自然状态，其实又何尝不是人的生老病死的精神暗隐？谢有顺是这样说的："谢宗玉不是简单的故乡记述者和追思者，他的写作，其实是在建构一个新的故乡。他的散文，在物质外壳上看，用的多是实在的来自故乡记忆中的元素，但这些物质元素，通过作者的想象，唤起的往往是心灵中那些隐秘的体验：一声叹息，或者一种感念。"[②]在他的《遍地药香》中，无数的中草药暗示着乡村一种独特的生存形态，这种形态不是乡村生存形态的主流，但它是乡村生存形态的重要的组成部分。这部分对于人性的丰富尤为重要。谢宗玉文字中的所谓的药香其实是草药内在的苦味，是它们赋予了栖息于乡村的生命真实的内心景况。[③]作为一个从农村长大的孩子，谢宗玉在这本书里描述的世界就像一个与世隔绝的乌托邦。通过瑶山，虚构了一个理想的美好世界。那个世界也许与我们要真正见到的瑶山会有差别，但是它是属于谢宗玉的，我们无法复制，因为，一个人心灵的经验是无法复制的。[④]

此外，谢宗玉的小说通常以第一人称的叙事眼光来展开描写。例如，在中篇小说《纪念日》中，作者写了主人公胡记者在报社当实习记者的经历。这篇中篇小说有两条线的叙事策略，其一是主人公自身的成长和改变的线索，其二是围绕夏师长这个人物的遭遇为线索。首先，胡记者的报社实习经历是一个人从大学进入社会的第一步，如此，他的心理和行为必然是会受到社会的外来刺激而发生改变的，从小说中也可以明显地看出主人公心理的转变，比如从一开始穿上石主任给买的衣服一脸高兴想让女友看看，以及第一次见夏师长大热天却感觉冷得发抖，再到之后接受按摩时想着要将这件事报告给女友，以及不好意

---

① 吴玉杰：《谢宗玉乡土散文的双重叙述》，《文艺争鸣》2008 年第 4 期。

② 谢有顺：《散文写作要有精神根据地》，《理论与创作》2008 年第 5 期。

③ 马叙：《乡村深处的药味——读谢宗玉》，《布老虎散文夏之卷》2006 年第 3 期。

④ 叶梦：《遍地药香入梦来》，《文艺报》2007 年 2 月 15 日第 4 版。

思地收下红包，再到后来的在报社待久了习惯了红包交易，放下对老八路的畏惧之心转而同情等随着深入社会内心发生的一系列改变。这种变化合情合理，在对人物的塑造上也是符合逻辑连贯性的，但随着小说情节的发展，“我”见到搞完“双抢”被晒得像非洲来的女友时发现自己并没有像自己想象的那样思念女友，以及因为自己的心理变化感觉女友对他人过于谦卑的态度让“我”觉得反感，不满女友对“我”请客吃饭以及买手机的干涉，还有文章最后提到的“我”回校后与女友争吵不休没一个星期就分手了，还幻想找一个比杨小丽更美丽的女孩做女友。这样的情节设置似乎有种“隔阂”的味道。

虽然主人公在接触了社会之后具有和以前不一样的虚荣心和自尊心，在报社的经历让胡记者看到了自己的人生似乎也拥有很多可能，即便女友做错任何事，心底终究依旧善良。但膨胀了之后的胡记者对比让他心动不已的山本小丽，女友的形象一下子在自己心里跌落了下去，认为原本土里土气的女友在外边和内在上已经无法与自己匹配，他成了一个更有“追求”的人。这样描写似乎暗含了经过社会的改造人们一定会追求匹配得上自己的东西，作者想借用主人公对女友态度上的转变来完成他自身人格的迁移，因为女友身上有着自己想要摆脱的影子，只有脱离了女友才能让他更心安满足地追求自己的“飞黄腾达”，以此来讽刺这样一个金权社会的诱惑对人的心灵腐蚀。

谢宗玉的小说就是这样的触目惊心。那个在散文中温情脉脉、细腻柔弱的谢宗玉转换到小说的天地里，呈现的却是一副坚硬、阳刚、带着世俗心和怀疑精神的充满着现代感的城市猎人形象。[①] 这是另一个谢宗玉，一个完全不同的谢宗玉。

我们知道，小说和散文的创作是不同的，散文重在抒发自己的情感，剖析自己的内心。而小说必须要刻画人物、反映社会生活。在《末日解剖》里，谢宗玉写了一个警察局的法医，而谢宗玉很长一段时间曾经是一个警察。作者在公安局工作的经历给了他写这部小说的一些灵感。他在小说中揭示的夫妻之间的爱情悲剧，同样可以反映很多现实中的情况，例如，在小说中设置了夫妻双方职业的冲突，这冲突后来成为男主人公与妻子关系破裂的根本原因。男主人公的欺骗与妻子的固执成为不可调和的矛盾，在这样不可调和的情况下引发了人性种种的失常和偏激。小说中妻子对特殊职业的丈夫的难以接受暗合了作者对现实社会深刻的批判。小说旨在揭露社会的阴暗面，让人们看到这个身患疾病的世界，了解这个世界的伤痛，这样的书写与读者在散文世界中看到的瑶村是

---

① 石峤：《保持向生活发问的勇气——论谢宗玉和他的小说〈伤害〉》，《小说评论》2009 年第 4 期。

完全不同的。

二、探寻生命的堂奥

谢宗玉的创作题材很广。2014 年他出版了一本书，叫《与子书》，是作者以父亲的名义写给儿子的书，这部书里谢宗玉不仅对形形色色的两性关系进行了剖析，还从人类学、生物社会学以及哲学的层面，梳理和思考两性关系的渊源，委实很有新意。一个写散文和小说的作家起初尝试影评领域，就已经令人感到惊喜了，之后又开辟专栏写两性关系的复杂性，这充分显示了作者拥有很强的可塑性和跨界能力。尽管《与子书》里面的不少观点有个人解读的倾向，但许多地方引经据典，信手拈来，显示了作者丰富的知识积淀。在谈到这本书的写作缘由时，谢宗玉坦承："我并没野心要写一部性爱的《圣经》，也不是要写一部性爱教科书，爱情千差万别，千姿百态，这是人类长久为之着迷的最大原因。我只想让你参考一下，等你长到我现在这么大的时候，你也可以修订这部书，然后留给你儿子。那样的话，我们家族的子子孙孙就有福了，至少，再不会在两性世界摸黑前行了。"[①]无论是早期的乡土散文还是这部《与子说》，都可以看出作者是一个家族观念很重的人，这是一个优秀作家应该具备的先决条件。

如前所述，谢宗玉是一个涉猎广泛的作家，他写城市小说、乡土散文、电影影评，还有两性情感方面的内容，跨度很大，文坛很少能见到这样在多个领域都风生水起的作家。对于作家来说，特别是颇有建树的作家，都有其专攻领域。而谢宗玉似乎并不局限于此，他的写作随心所欲，诚如他在散文《剩下的日子我还能做些啥?》中写到的那样："我且逛逛看看，不要给肉身系上重负，不要给灵魂刻上意义，在这个意识的世界里，做什么都好像是错。生命要么就是不可承受之轻，要么就是不可承受之重。我想，佛若知道做有意识的人竟这般无奈，下辈子佛也会选择做一朵迎风招摇的花，似觉非觉，似悟非悟的样子，多好。"这段话可以看成是谢宗玉的人生哲学。虽然无意追求什么，可是也希望在这个世界留下一点什么。这样矛盾的人格导致了他在创作上的随性而至，也造就了他文字中不虚美和超然物外的风格，从他的文字里，读者总能被不经意地戳中心灵。

谢宗玉写影评完全是无心插柳。正如他在自己的博客中提到的那样，初次与电影评论结缘是在 2008 年湘西凤凰的一个文学笔会上，认识了影评家周黎明，两人谈论电影，周黎明还给他推荐了很多好电影，从此他便开始了大量观

---

① 谢宗玉：《我为什么要写〈与子书〉?》(http://blog. tianya. cn/post - 196465 - 64449695 - 1. shtml)。

赏电影，并逐渐地研究起了电影艺术。

笔者相信，好电影激发了人的想象力，对每一个看电影的人都是一种启发和艺术欣赏。不同的人对电影有不同的解读。电影作为一种艺术，不在于说服和传播，而在于呈现和揭示。在生活本就快节奏的今天，现代人的精神充满疲惫和荒芜，人们需要电影做生活的调味剂，于是有的人就抱着轻松愉悦的心情去看电影。但也同样需要理解电影的内在含义，需要有人进行深度思考来说出这些意义。所以我们需要影评人，好电影需要有人去解读，需要有深度的解读和阐释，否则好电影就被浪费了。

例如，奥地利茨威格小说《一封陌生女人的来信》，讲述一个女人默默地用一生来爱着一个男人，他们曾经有过两次亲密交往，女人还为男人育有一子，但这个男人始终不记得她是谁。当女人儿子不幸夭折，击穿了女人所有的梦想，垂死的女人终于写信向男人揭开了这个隐藏着的爱的秘密。只是当男人收到来信时，她已经不在世上了。这是一个男性视角写出的故事。后来徐静蕾把这部小说搬上了银屏，而她用的是女性视角。[①] 徐静蕾在接受采访时说："十年前我看这部小说，认为就是一个痴心女子负心汉的悲剧故事。十年后再看，发现完全不是如此，而是一个女人用一生的坚持，击溃了另一个男子几近完整的人生。那个男人才是最可怜的人，他对感情的自信被这封来信颠覆了。"[②]也许每个人对电影的解读就像对小说的解读一样会随着自己的经历、阅历的增长而变化，这是一个创作者从一个艺术世界到另一个艺术世界的探险和发现。

正是在这种创作冲动下，2010 年，谢宗玉以一篇论电影《狗镇》的影评引爆中国影评界，从此开始在《随笔》《青年文学》《文学界》《书屋》《湖南文学》《西南军事文学》《世界文摘》等众多纸媒频频推出影评，受到业内人士和广大读者的一致好评。与此同时他被搜狐、时光网、土豆网等网络媒体聘请为特约影评人，在网络上有了一批欣赏他影评的粉丝。有人认为谢宗玉的影评视觉独特、语言犀利、思想深邃，善于借电影的烛火，来洞察社会和人性的幽冥，是国内其他影评人所不具备的。比如，谢宗玉在影评中将《狗镇》的女主人公格蕾丝与《天使艾美丽》中的女主人公进行了对比，认为格蕾丝的处境与艾美丽不同，是因为艾美丽本来就是社区中的一员，而格蕾丝只是一个外来者，文章写道："用学者吴思的话来说，就是狗镇的人们掌握了对格蕾丝的合法伤害权。格蕾丝也想同艾美丽一样，用内心的阳光把整个狗镇照亮。但狗镇的人却并不感恩，他

---

① 郭蓉：《徐静蕾对电影追求完美》，香港《大赢家》2013 年第 1 期。

② 郭蓉：《徐静蕾对电影追求完美》，香港《大赢家》2013 年第 1 期。

们理所当然地认为，格蕾丝是在为自己的暂居权买单。正因为有这种想法，最后格蕾丝只能沦为狗镇人的奴仆，狗镇所有的男性都可以随意去强奸她。”在警察前面几次找寻格蕾丝的时候，告示上贴的是寻找失踪的人，格蕾丝这时候是以一个弱者的姿态出现在狗镇居民面前的，这个时候的她，是没有威胁的，哪怕后来警察再一次贴出告示的时候，格蕾丝请大家用敲钟的方式告诉她他们对她去留的决定，大家还是决定让她留下。然而，事情真正的转折点是发生在警察最后一次张贴告示，告示的内容这时候变了。格蕾丝从一个简单的“丢失人口”变成了涉及银行失窃的抢劫犯，笔者认为这是狗镇人民对格蕾丝态度转变的一个很大的原因，甚至是决定性的因素。这时候狗镇的人民开始怀疑格蕾丝是一个不简单的人，她对大家产生了威胁：人身安全上的威胁，因为替罪犯隐瞒不报是有罪的。所以就在这个时候，人们对格蕾丝的态度才发生了质变。假若，告示上的内容没有发生变化，人们心理不会发生变化，生活中也依然会像以前那样对她友好，那么或许随着时间的流逝，格蕾丝能完全融入狗镇，成为狗镇的一员。这是谢宗玉影评留下的深度思考。

三、家族的隐痛与悲怆的怅然

同样地，谢宗玉有一篇散文叫《家族的隐痛》，作品中透露着强烈的悲凉怅然之情，也引起笔者新的思考。特别是文中的这样一段：“我亲眼见证父亲像一树夏季的葱茏，转眼进入飘零的深秋。而父亲的今日，就是我的明日。怎不令人垂头丧气呢？我在很多文章说过，面对死亡，我会坦然的。那也许只是说说而已。其实只要一想起再过二十几年，就是父亲现在的模样，我就万念俱灰，沮丧至极，觉得所有的奋斗都白搭了。”这是一种沁人心脾的透彻和大悟。文章接着写道，这些年，单位几次领导职务竞聘，作者都弃权了，器重的领导挺为之惋惜。也有些人说他清高。作者感悟道：天下之人，只要不是白痴，都知道权力是个好东西，握多大的权力，就有多少的生存资源可供支配。但他有自知之明，既无替人谋福之能，又无为己取利之心，纵然得了职位，也只是将公权浪费。而人生如寄，命如蚍蜉，又怎么舍得卷进那些纠葛不清的人际关系里，自寻烦恼？表面上，谢宗玉有些消极，其实是对自己真正的了解，真正的负责。

须知，卡夫卡在文学上并没有建功立业的野心，他为自己的痛苦而写，他自卑极了，心里爬满了无数幽暗的小虫子，有点神经质，又是多病多愁身，女朋友长得也不漂亮，不停地订婚，毁婚，再订婚，结果到死也没有结成婚。然而就是这么一个人，他无意间开创了一个写作的新纪元，他使文学回到了自身，回到了不能肯定的人的内心，他是典型的经验写作。他没有经历战争，却预言了一个世纪的精神上的灰飞烟灭，他能不能上“伟大作家”的排行榜又有什么关系呢？[①] 卡夫卡临死前甚至决意要让朋友将他的所有作品付之一炬。这样的消极或虚无，恰恰是支撑作家活下去的力量。事实上，在文学领域，身体孱弱的作家比比皆是。

由于对生命意义的深入思考，死亡和生存便成为谢宗玉文学创作的母题。实际上，每一个富有终极关怀的作家都会把死亡和生存纳入自己的观照视野，只是因为不同的艺术追求和个性使然，死亡和生存又呈现出不同的审美样态。[②] 在谢宗玉的散文中，他对死亡的描述令人感到震撼：死亡随处可见，如影随形，恰与他的文字进行缠绕，挥散不去。例如，在《该轮谁离去了》里，死亡是有秩序的轮回规律：“村庄就像一棵大树，时不时就会落下一片叶子来，没有人能预测哪天会落哪片叶子。但等叶子落下来后，大伙扳指掐算，就发现落下来的这片叶子，已是树上最老的一片叶子了。村庄里的老人似乎都没有赖着脸皮图活的心思，到了一定岁数就一个跟着一个，悄悄撇下手头的一切，去了。”而在《一个夏天的死亡》里，死亡却似魔障一般降临：“那个夏天，我亲眼目睹了死亡一次又一次与瑶村脆弱的生命相拥抱。”接着又在《家族的隐痛》里，“死亡则是落叶乔木那般不过三季就从枝头飘然入土。”谢宗玉的散文让人看到了与其年龄不相符的苍凉气质。作家何立伟曾这样评论道：“可是这个小谢他坐在他的书房里，一个人，很安静，让思考穿越墓场离离的荒草。他提起笔来，写了一组散文，辑为《死亡一束》。当我们在他的字里行间行走，我们嗅到了黑色的气息，我们感觉到了生命的沉重，但也感觉到了生命的达观。小谢在文章里引用哲人的话：未曾哭过长夜的人，不足以语人生。看来一个人对死亡沉思默想，是在长夜里哭过了。所以他的文字里有一种真正的痛定思痛，有一种长歌当哭。他的笔触深入到了生命最本元的哲学。他是足可以语人生了。”[③]谢宗玉自己也曾在作品中写道：“在很多文章中，我都提到后事。现在看来，我还是不要死得太早。我得好好锻炼身体，保持耳聪目明、身手敏捷，争取比父亲活得更久更健康。我得为笑儿树个榜样，免得他在这根家族藤上活得太茫然，太孤独。”这是一种以死亡写活着，以消极写积极，以黑暗写光明的写法，这是谢宗玉的复杂感受，也是读者的真实感受。

---

① 魏微：《日常经验：我们这代人写作的意义》，《坐公交车的人》2015 年第 5 期。

② 吴玉杰：《谢宗玉乡土散文的双重叙述》，《文艺争鸣》2008 年第 4 期。

③ 何立伟：《最严肃的作家才思考死亡——谢宗玉〈黑色话题〉读后》，《布老虎散文秋之卷》2003 年版。

第二节　沈念的迷宫世界

20 世纪 90 年代起中国刮起了一股长篇小说的"旋风"。有数据记载"从 20 世纪 90 年代中期开始，长篇小说的年生产量就达到了七百部。此后，又逐年递增，到 20 世纪 90 年代末，年产量已突破千部大关，是前十年(即 80 年代)长篇小说生产量的总和"。[①] 而从《二〇一三年度全国图书选题分析报告》来看，2013 年，全国 406 家出版社报送的文学类图书选题达 21126 种，其中长篇小说 2981 种，含原创作品 1444 种。[②] 由这些数据大概可以初步窥探长篇小说的热门情况。

更重要的是这种热门背后的文学现象。诚如阎真所说："在当代文学界小说占据着绝对的主流地位。"这是一个作家的个人体验。为证实其说法笔者曾尝试寻找相关的论文，但是将整个长篇小说作为研究对象似乎过于庞大，并没见到具体成果。笔者只能从知网的搜索数据入手，做个轮廓的解读。在知网搜索关键词"长篇小说" + "评论"相关记录有 121600 条，而搜索"短篇小说" + "评论"相关记录是 87967 条，两者之间存在着一个巨大的数量级差别。得到这个数据之后笔者仔细回顾了自己的阅读经历，发现如果不是评论的需要，休闲时我多半还是会选择阅读长篇小说。在笔者看来，长篇小说因为体裁容量上的优势让读者在阅读过程中更容易找到共鸣点，同时从评论的角度来说，可以挖掘的深层次内容也更多。但是相应的长篇小说的创作也更加考验一个作家对语言的掌控能力和自身思想的深广度。

笔者注意到，在长篇小说创作热火朝天的当下，沈念是"文学湘军五少将"中唯一不曾有长篇小说问世的作家。他在与张翔武的对谈中说道："我自认为是个不会讲故事的人，也就只有扬长避短，在别的方面多做文章。"[③]但是，以散文的性灵美登上文坛的沈念，也开始转向了小说的创作。2013 年出版了小说集《鱼乐少年远足记》，而《安克雷的冬天》似乎也已经成型只待正式出版。从两本集子的篇目差异上看，《安克雷的冬天》中新收入的作品都被沈念打上了中篇的标记。笔者很好奇沈念没有长篇作品的真正原因是什么，这两本小说集之

---

① 於可训：《新世纪长篇小说创作述评》，《中国地质大学学报》2008 年第 5 期。

② 二〇一三年度图书选题分析小组：《二〇一三年度全国图书选题分析报告》(http://www.chiaxwcb.com/2013 - 03/18/content_265330.htm，2013 - 03 - 18/2014 - 5 - 1)。

③ 张翔武，沈念：《为了不再恐惧平庸的生活》，《文学界(专辑版)》2007 年第 5 期。

间的这种差异是否暗示着他的短篇小说和中篇小说的创作是为将来的长篇小说所做的铺垫？作为一个有追求的作家，我相信沈念未来一定会创作出属于自己个人特色的长篇小说来。

一、时间里的石头

记得《博尔赫斯文集》的译者陈众议在书的序言里曾用“幻想文学”一词来概括博尔赫斯的创作风格，即有意识地利用虚构和幻象制造“迷宫世界”。沈念是文学湘军五少将中年龄最小的，他的散文集《时间里的事物》中却有很多篇章的叙述场景不断地在现实和虚构、过去与现在之间来回穿插，显示作者的创作追求。如《象形生活》从酒吧里的一幅画开始滑入“无穷”的哲学思考之中，又从童年对魔术师的记忆开始讨论真实和虚幻的界限。《会语言的石头》中一块小小的顽石既刻印着童年的回忆也代表着历史的遗迹。在这种意象的不断穿插和重叠之中，沈念的散文构造了一个处在幻想和现实之间的世界，这个世界里的文字像夏天暴雨前的空气，浓稠而潮湿，把风暴般的情感藏在氤氲的水汽之后，而读者只能从文章中萦绕的梦幻般的氛围中勉强嗅得一丝半点的痕迹。

实际上，沈念从来不避讳谈起博尔赫斯对自己创作的影响，评论界也时常有人说起他的某部作品与博尔赫斯的相似之处。例如，阎真称他的作品为“博尔赫斯小说的散文版”[①]；而同为岳阳的作家舒浩文则认为沈念“对幻想世界的高度关注而时时‘陷入更深的迷失之中’，使他的写作有了从地下和暗夜中喷涌而出的精神之源的保证，并由此而具有他所热爱的博尔赫斯所创造的‘幻想美学’的一些特质。”[②]从某种意义上说，沈念与博尔赫斯相似的并不是文本本身，而是其背后的美学追求。

当代美学家沃尔夫冈・伊瑟尔在著作《虚构与想象——文学人类学疆界》中讨论了文学的本质问题，他认为目前主要存在两种对文学本质的认识：一种是关注文学自身的审美性，以文学作品的“艺术价值”来界定文学的本质；另一种则把文学看作是社会生活的反映。博尔赫斯和沈念无疑是第一种观点坚定的同盟。沈念的散文几乎都是建立在细微的个人经验之上的，生活中偶然遇见的女人，动物，雨，甚至是对消失的感知，一个闪过脑海的幻景都能成为沈念灵感的突破点，在情感的抒发中清晰地流露出一种拒绝媚俗，拒绝主流话语渗透的先锋精神。

---

① 阎真等：《从个体的有限出发，抵达无限》，《文学界》2005 年第 5 期。

② 舒文治：《“迷鸟”的梦乡之旅——沈念散文的美学追求》，《湖南文学》2015 年第 7 期。

但是在沈念最近发表的几篇散文中，这种梦幻般的风格却踪迹难觅，《夜色起》几乎已经分不清到底是小说还是散文，二妈、荣伢崽等都是生活中在场的人物，沈念在其中探讨的问题也转向了生存压力对人的扭曲这一现实性问题；《屋脊塔》形式上依旧是标准的散文，但《时间里的事物》中那种跳动的情感已经泯灭，文本成了平实的记录，记录塔的历史，也记录塔注视之下芸芸众生的历史。

值得一提的是，20 世纪 80 年代中国文学经历了黄金发展期，随着国门的开放，涌入的各色西方文学思潮为苦苦寻求突破“十七年文学”和“文革文学”创作模式的 60 后作家们带来了全新的创作思路。“伤痕文学”“反思文学”“寻根文学”“先锋文学”你方唱罢我登场，一时之间把文学推入了公共生活的中心地带。70 后大多数作家都是在这样的文化环境下成长起来的。在这一时期，“先锋文学”的文学思潮影响较大。

2015 年鲁迅文学院特地举办了一期以“70 后写作与先锋文学”为主题的学术研讨会，意在讨论 70 后作家与前代作家之间的关系。沈念也参加了这次会议，并有精彩的发言。他对 70 后创作先锋性的认识非常到位，认为“先锋”是一个相对的概念，当代的“先锋性”应该是对马原、余华的超越而不是重复。但是这其中涉及了一个文学发展的方向性问题，先锋文学对文学发展做出了多方面的探索，包括马原与格非在叙事美学上的开拓、孙甘露在语言上的开拓和余华对人性的冷漠和残酷面的发掘，实际已经涉及了文学的三个基本维度：形式、语言和内容。要在当代谈“先锋性”实际上是绕不开马原和余华等人的。当然，我们可以在同样的维度上，开掘与前人不同的角度。余华的先锋探索是非常具有启发意义的，陈思和曾说：“他（余华）企图构建一个封闭的个人小说世界。”① 莫言于 2012 年获得诺贝尔文学奖同样得益于他小说中所创造的“高密世界”。把眼光再放宽一点，将近几年火爆的网络小说（盗墓小说、玄幻小说、穿越小说等）纳入考虑范围的话，这样的规律会更明显，即优秀的文学作品基本都隐含着一套不同于现实的世界观和与之相应的叙事方式、叙事语言。或许文学在当代的可行之处在于构建一个日常视野之外的世界。

在鲁迅文学院的研讨会上，70 后作家陈集益明确提出：“先锋文学已经成了过去时，这是事实。”②这是否意味着在当代再来谈“先锋”已经没有了必要？沈念却在会上的发言中提到了另一重要的观点，即先锋文学是与青年人性格中

---

① 陈思和：《中国当代文学史教程》，复旦大学出版社 2008 年版，第 301 页。

② 郭艳等：《70 后写作与先锋文学》，《广州文艺》2016 年第 5 期。

的反叛相契合的，表明他的创作轨迹与这说法有着某种内在的联系。沈念早年散文中对“幻想世界”的构建是具有一定“先锋性”的，但是现在步入中年却逐渐转向对现实的描述。有人据此推断文学的“先锋性”与作家的年龄成反比，这是不确切的。笔者认为，作品是否具有先锋性是由作家的创作追求所决定的，与作家是否入世、年龄是否增加没有太多的关系。残雪一直以来写先锋小说，余华等人在创作了一阵子先锋小说后回归到新写实小说上来，并且成为卓有影响力的作家，这都不是坏事。沈念的创作发生变化，并不代表他以后不再写先锋小说。即便他最近的散文创作，如果说认真去阅读，总能找到先锋的影子或先锋的特质。说到底，作家的个性决定了作品的品性。

在沈念众多的作品之中，《安克雷的冬天》和《一树悲凉》给笔者留下了深刻的印象。《安克雷的冬天》这篇小说从表层的故事来看，写了“我”、杨度和陈夏琳对共同的朋友——企图自杀的安克雷的找寻。但是“安克雷”这个人物身上的含义却极其丰富。作家笔下的“安克雷”对文学、电影甚至是音乐都有着极深的造诣，他原本在北京一所著名理工科学校读书，在学校极为活跃，时常对其他学生灌输一些“远大概念”，最后却因为给学校领导写了几封言辞激烈的信遭受冷遇之后，回到故乡。安克雷的这段经历很容易让人联想到 20 世纪中国文学的发展经历，“五四”时期中国文学居于整个公共生活的中心地带，发挥着开启民智、批判社会的重要作用。安克雷回到阳城之后一开始所有人都对此不能理解，“但随着时间推移，阳城人看到安克雷，慢慢习惯了他的存在，好像他压根就没离开过”。[①] 这似乎也暗合着文学“边缘化”过程中作家们的心态；安克雷回到阳城之后，生活无所事事，于是白天在家看书，晚上便去酒吧喝酒、听歌，借此消磨时光，这其实是沈念对自己早年生活状态的总结。最重要的是，笔者注意到“安克雷”这个名字出自博尔赫斯的代表作《小径分叉的花园》，是其中的一个地名，在现在的译本中多被译为“昂克莱”，鉴于博尔赫斯对沈念文学创作产生的影响，安克雷这个人物似乎也成了作者文学理想的化身。小说安克雷的尸体在桥墩的水泥柱中被发现，更加强了小说的寓言色彩——被物质所扼杀的理想。

而《一树悲凉》记叙了作者和两位朋友探访谭嗣同故居的经历。这位“戊戌君子”的故居在一百年之后完全不见了过去的模样，院落年久失修，杂物堆积，如果不是门口有五个凹陷的字表明其身份，恐怕任何人都只会当其是一间等待拆迁的四合院。沈念的叙述在历史和现实之间穿梭。在那个风云际会的年代，

---

① 沈念：《安克雷的冬天》，《出离心》2015 年第 4 期。

谭嗣同等“戊戌六君子”对理想的满腔热情与院落中灰败的现实成了鲜明的对比。在与院中住户的交流中还流露出两个细节，一是在戊戌变法失败之际选择远走逃命的康有为的故居是市级的文化保护单位，可是选择为了变法之理想而献出生命的谭嗣同的故居却只是区级保护单位；二是如今谭嗣同故居里还住着一位与谭嗣同颇有“渊源”的老太太，这位老者的先辈曾替谭嗣同收尸。可是当一行人向她问起旧事时，这位身体衰败的老人只有满腹怨言，她说：“都是这鬼地方，这破保护单位，要不然我们早拆迁搬家了”①，两处细节和今夕的对比构成了对当代价值观的拷问。

两篇文章体裁不同，表现的形式也不一样，但其内里想要探讨的问题却是一致的，即当代社会中到底还有没有“理想”的一席之地。但面对现实的逼迫，这种拷问似乎只徒增无奈的“幻灭感”，一如《安克雷的冬天》开头的那句话：“活着，只是一次没有结果的寻找。”事实上不管是文学“边缘化”，还是市场经济导致价值观扭曲，都已成为既定的事实。这样的思考是有深度的，也是有思想的。

透过短篇小说集《安克雷的冬天》可以发现，沈念非常偏爱当代背景之下金钱对人的异化主题，可以说这部小说集中的故事正是作者试着从不同的角度来探讨这样一个宏大的主题。《汉锦》是典型的代表，许泺因为酒席上鉴宝大师的一句酒话，来到容城找金朗声收购一块据说价值连城的汉锦，没想到金家藏有宝贝的消息不胫而走，聂虎一伙不良少年闻讯贪念骤起，最终引发金家父子一死一疯的悲剧。这个故事中所有人的命运都被一块没有生命的汉锦操纵着，人失去了对自己命运的控制能力，沦为贪欲的牺牲品。而《远足记》中利用几个孩子的视角展现了异化问题在乡镇和孩子身上发生的作用。小说中，“我”虽然成绩远比砖窑厂陈老板的孪生子要好，却还是会因为陈波去过县城，“见过世面”而心生挫败感，这细节中展现出来的是一个孩子对物质的崇拜；那条因为砖窑厂制砖而被挖得千疮百孔的鱼乐河，象征着经济发展对乡村社会的破坏；雷滇则是在这样一个被扭曲的大环境下为了金钱不惜违法犯罪的极端典型。

另外，《断指》《加速度》《麦粒肿》《一个摄影师的死亡》《顽固的雪》《九月九日忆山东兄弟》等故事里集中讨论了女性的异化问题，这些故事里的女性形象大致可以分为三类：

第一类是《加速度》中的艾镜和《麦粒肿》里的小亚，艾镜与孪生妹妹两人相依为命，身为中学音乐老师的她为了给患有自闭症的妹妹挣医疗费而在 KTV

① 沈念：《时间里的事物》，作家出版社 2009 年版，第 59 页。

做小姐；小亚为了自己和男友的生存而不得不在发廊做按摩妹。她们是底层女性的代表，其生存空间受到了阶级社会和男权话语的双重挤压，这种挤压以金钱为杠杆，最终导致女性的物化。

第二类则是《断指》中的陆凡、《一个摄影师的死亡》中的叶诗凡和《九月九日忆山东兄弟》中的郭亚。《断指》中的陆凡原本是一个洁身自好的实习生，却最终在金钱和权力的诱惑下，与以剽记为代表的恶势力结盟。郭亚和叶诗凡则主动利用自己的美貌来换取经济利益。如果说艾镜和小亚是金钱异化的牺牲品，那么陆凡等人则是这一现象的拥护者，她们甚至学会了利用这一潜规则来为自己谋求利益，成了物欲的奴隶。

第三类是《顽固的雪》中的杜松子，她是与众多女性人物中形象最丰满的一位，从农村来到城市打工的她身上带有与城市金钱规则格格不入的纯真。房地产商秦伟正是看中了杜松子的这份纯真，开始对她展开追求。面对秦伟的关照和那些让一个农村姑娘眼花缭乱的贵价物品，杜松子妥协了，成了秦伟豢养的金丝雀。但是杜松子与陆凡等人却不尽相同，她和秦伟之间的关系并不是简单的金钱与肉体的交易，她在秦伟身上存放了对老乡——另一个秦伟的情感，以及一个弱女子对自己的庇护者的崇拜，在这段关系里，她寻求的不是金钱或权力，而是一份心灵的依靠。所以当最终秦伟告诉她不能娶她的事实时，这个纯真的女孩儿守住了自己的底线，离开了冷冰的城市。总的来看，这本小说中对金钱异化主题的讨论是非常全面的，空间上涉及了城市和乡村两个方面，人物既有男性也有女性，并且从正反两面都发出了直击人心的拷问。

二、文化原乡的失落

一个有趣的现象是，不论是在沈念的小说中还是散文里，都广泛存在着一个“苦闷的观察者”的形象。《一个冬天的观察》中，“我”的视线所及之处似乎都透出一种无情的冷酷：没有温度的房间，在贫困中苦苦挣扎的夫妇、早夭的儿童，甚至连自己的生活都成了一种无法摆脱的负担。《一个夏天的观察》中隐含着强烈的孤独感，邻居死亡后，“我”期待着警察前来盘问，而这种期望落空之后出现了无法发泄的恼恨。纺织女工的罢工事件里，“我”不是参与者，甚至连事件的旁观者都不是，“我”站在整个世界之外，用一种高人一等的眼光俯瞰着身边发生的一切。夏天甩着尾巴将要离去时，一场同学聚会上美丽的重逢，有了英雄救美的桥段，两人之间却还是没能产生任何的故事。小说《黑暗的回声里》主人公“我”即便参与到了小柏对梅花的寻找之中，却始终是一个局外人，是整个故事的叙述者。《跟往事干杯》里“我”明明爱着蒋蓓，却从来没有表达过，甘心做她的“经纪人”，在她醉酒时带她回家，在她失意时听她打来的午夜电话，看着她从一个男人身边跳到另一个男人身边，成了她生命里彻底的旁观者。

沈念在《有天使在屋顶上飞翔》中非常大胆直白地说：“我不认识他们，我拒绝与邻居往来，我行我素让我活在一个人的世界，活在孤独中。我现在格外地厌烦世俗，但周围总有那么多的‘世俗’（话语，举止，环境……）奔进我的视线。任何一个人都是无法避免的，有时我也很宽容地想，过分地强调避免是否有胆怯之嫌。我不能只是生活在象牙塔中。文字除了带给我们美好之外，还有清醒和冷酷。”[①]但有时都市里的生活分不清楚到底是自己封闭了心门还是被他人锁在了门外。中国几千年的宗法制社会中，住在一个村落中的人可能都是同姓，往上追溯可能出自一门，彼此之间在血缘稀薄之后，同一家族的核心价值观念却依然流传下来，成为个体之间沟通的桥梁。但是在科技日新月异的今天，人们的生活空间被空前拓展，价值观也日益多元。人们更多地是因为经济因素相聚在一起，邻居之间因为相仿的经济能力住进同一小区，同事之间因为相同的经济目的而通力协助，即使在以情感为主导的家庭内部，成员之间也不可能实现价值的全面统一。因此，在笔者看来，“苦闷的观察者”指向了当代社会中人与人的疏离和不可沟通，这实际上是都市化带来的一种精神危机。

沈念的作品并不局限于某一类或某一种题材。与上述不同，《河流上的秋天》和《远足记》却是以农村小镇为背景的。《河流上的秋天》里记录了作者记忆中故乡的失落，早年流水青青的故乡之河如今已快干涸，河床上被翻斗车挖出的坑，让一条承载着沈念幼时记忆的河流变成了夺人性命的怪物。小镇的街道上都是全新的店铺，记忆里的粮管站、供销社、鞭炮厂等统统不见了踪影，人也变了，儿时的玩伴——一对早熟的农家姐妹为了挣钱去南方做了小姐。面对面目全非的故乡，作者发出了沉重的质问：“时间里有什么没被改变的吗？小镇顿时语塞。我笃信我那拥有坚毅品质的故乡成了泡影，小镇它终于耐不住，挣着力气地跺脚蹦跳，嚷着要变，拉拢城乡距离，最好是零距离。”[②]故乡秋天里那条丑陋的河在午夜流进了作者的梦里，又从笔尖泊出，最终成了《远足记》里那条杀死王小帅的鱼乐河。相对于《河流上的秋天》的纪实，《远足记》从精神上探讨了现代文明入侵之下乡镇人精神上的变化，“我”和王小帅还是孩子，却由心底生出对物质的崇拜，雷滇为了钱从一个老实巴交的小镇工人变成了铤而

① 沈念：《时间里的事物》，作家出版社2009年版，第92页。

② 沈念：《时间里的事物》，作家出版社2009年版，第92页。

走险的罪犯。比较地看，两篇文章一起描绘了“文化原乡”的失落。

实际上，不管是都市人的精神危机也好，还是“原乡”的失落也罢，沈念提及之时都流露出浓重的忧郁，于是笔下的人物开始在咖啡馆、酒吧、电影、摇滚乐等都市文化中寻找安慰，可是在酒吧坐到深夜之后的漫长归途却往往成了另一份孤独的开始。城市病了，一个已经开始腐败的苹果是无法提供任何养分的。特别是《野火焰》，其中蕴含一种对火焰的思念以及对农家生活小景蓬勃生命的向往，这样的艺术立场才是生命最自然、最有活力的状态。由此可见，中国的文艺就像鱼一样，鱼离开了水就会死掉，而中国的文艺如果离开了山水和大自然的话，那么它就会像现在的汉字一样，抽象却没有意义。正如沈念在《河流上的秋天》中写的，自己既是一个“土生土长”的小镇人，同时又是一个“外来者”，“文化原乡”的失落和对都市精神危机的深刻体验不可避免地给知识分子带来了精神上的迷茫。既然看到了迷茫，就有力量走出去，无论是文学世界还是现实世界，都能找到自己的文化原乡。

第三节　于怀岸的小写历史

70 后作家创作的作品更加个人化和个性化，他们描写日常生活，并不是要重现历史，而是要表达自身情感诉求。新媒体的发展如火如荼，作为伴随传统媒介成长的 70 后作家，洪治刚认为正因为他们过于回避对生活和人性进行形而上的哲思，削减了批评家对这一代作家创作的阐释欲望，才导致他们成为当代文坛中一个“沉默的在场”。[①]

70 后作家所处境地的尴尬更多的应归因于时代因素，社会和经济的发展在他们身上留下了时代的刻痕，思想和行为都带有鲜明的时代特征。在亟须改革的年代，他们的精神无所归属，产生了文化断层；又缺乏合适的创作环境，致使作品鲜有或者没有代表性。

现代社会中，文学面临着严峻的局势。2001 年美国文论家希利斯·米勒在《文学评论》发表了《全球化时代文学研究还会继续存在吗?》，提出“文学研究的时代已经过去了，再也不会出现这样一个时代——为了文学自身的目的，撇开理论的或者政治方面的思考而单纯去研究文学”。[②] 米勒从创作、阅读与研究全方位地宣布了文学活动的消亡。现代社会中高科技的广泛应用的确给文学

① 洪治刚:《代际视野中的 70 后作家群》,《文学评论》2011 年第 4 期。

② 希利斯·米勒:《全球化时代文学研究还会继续存在吗?》,《文学评论》2001 年第 5 期。

带来巨大的压力，文学自身的发展也受到质疑。人们日益依赖技术，生产生活受到媒介技术的牵制，看起来社会发展迅猛，实则社会安全系数大大降低，文学学科逐渐衰退。所以，文学专业人员不论是在就业前景、社会地位还是名誉声望方面都大大降低。随着“读图时代”的到来，阅读渠道增多，前人视为珍宝的传统严肃文学或纯文学日益休闲娱乐化，失去了文学中的主流地位。这也就是说，文学被“边缘化”了，也就是曹顺庆提出的文学“失语化”。

于怀岸尽可能屏蔽外面的躁动与喧嚣，在他看来，文学不会灭亡，真正的王永远停驻在风暴的中心和灵魂的栖息处。即便是小小的猫庄，也有存在的价值和文学上的独特风景。

一、心灵净土的呈现

于怀岸以“猫庄叙事”营建出来的精神领地，是一个具有独特文学内涵和审美意义的猫庄世界，集中地表达了对“湘西”故土的追思与回望。正如马尔克斯的“马孔小镇”、沈从文的“湘西世界”、鲁迅的“鲁镇”、莫言的“高密东北乡”，于作家而言，自己这一片美好的心灵净土，是经过精心设计和营造的私有而不可共享的精神世界，需要小心呵护。于怀岸和许多来自湖南湘西的作家一样，作品大都聚焦湘西。一方面，都深受“楚文化”浪漫传统的影响，所以作品内含丰富的神话因素和传奇色彩，融入大量的民间传说和巫蛊之术，如他的《月下小景》《小白羊》《龙朱》和《巫师简史》；另一方面，这些作品都将故土乡村勾勒为桃花源，构建出了自己心中美好的“湘西世界”，都独有美好的心灵净土。作品都以普通的善良村民的个人生活和经历来诉及人生的喜怒哀乐，但是作品基调又与沈从文的描写有所不同。沈从文呈现的是一个纯粹唯美而忧伤的“边城世界”，如《边城》和《萧萧》等，其中《边城》向人们呈现了20世纪初湘西浓郁的乡村风情，展示内心深处对于人性和爱情的美好向往。而于怀岸的作品清醒而冷峻，所描绘的更多是人物生存的悲情与壮阔，比如《巫师简史》中的赵天国，作为巫师和族长，一生守护猫庄，殚精竭虑，直至最终走上刑台杀身成仁；《青年结》是乡村青年赵大春从农村到城市打工，却因一身正气触犯自私的资本家和小人，屡屡碰壁，再回到农村的故事。于怀岸笔下的人物大多命途多舛但又不断与命运决斗，具有底层人物悲凉却也慷慨的坚韧。

著名作家王跃文认为，《巫师简史》讲述了湘西清末以来半个世纪的历史变迁，以民间视角展开宏大叙事，在遥远的历史背景下演示世道人心和生存空间；而评论者曾娟在《猫庄史：深情回望故土》中说：这部作品有意识地放弃宏大叙事模式，投向民间的日常生活和世俗人生，凸显“小写”历史的叙事立场。笔者认为，于怀岸的这部作品更多的是宏大叙事与日常叙事的融合。

传统的历史叙事中都是以宏大的时代和地域为背景，将故事置于浩瀚的历史时空之中，再进行大手笔的描述，以其宏大的建制表现宏大的历史和现实内容；而日常生活叙事则通过描写平凡的日常生活，来揭示人生的生存哲理和理想以及人性深处之美。看起来一大一小，两者存在冲突矛盾，甚至 20 世纪 90 年代不断出现欲解构宏大叙事的声音。于此，窃以为，两者并非相互排斥势不两立，并不是说书写历史事件就必须避免日常生活叙事，日常叙事就无法描绘历史事件。我们应该充分肯定通过日常叙事的细节描写给作品带来的生动和深刻，也应该认可宏大叙事关注底层，跟紧时代步伐，积极探索人生意义的文学传统，它也是文学的一个时代标签。所以真正的宏大叙事或者日常叙事其实并不是僵死不变的，而是跟随时代发展有所创新的，最终都是为了让我们的作品更富有表现力和创造力。譬如铁凝的《笨花》所描写的也是中国从清末到抗战胜利半个多世纪以来所发生的社会变革，事件跨度较大，也是较好地运用了宏大叙事的写作手法，又通过日常叙事来描绘乡村本真的生活状态，从简单淳朴的生活细节中窥见笨花村几十年的风风雨雨和跌宕起伏的时代命运。《巫师简史》也是一样，从巫师的世代更替，到与土匪多次的殊死搏斗，从旧时代祖训要求人人不能为兵为匪，世代为农“固守猫庄”，到新时期村民纷纷自发走出猫庄并参与新中国革命，于怀岸把所有的故事源头锁定在猫庄这一片土地上，从而展开叙事，重现历史。通过历史的变迁来体现这里的民间生产生活和底层世俗人生，也是从小地域的视角来描写大事件。两种写作手法合二为一，用小写的生活细节来折射宏大的历史，最终形成两者的融合与互补，如此不仅避免了叙事过于宏大空洞，而且也避免了日常生活叙事对意义的消解。

二、局外人或双重身份的转换

笔者所说的双重身份的转换，包括两种价值观念大相径庭的记者和作家的现实身份，以及身心各一处的本土与他者的文化身份。

一方面，于怀岸同时做过报社记者和作家。记者的工作就是报道事实真相，把真实的所见所闻通过镜头或文字记录下来，再经过媒体传达出去，所以记者所展现的是一个真实存在的外部客观世界，是在一种潜意识的状态下去理解东西，需要拒绝或者避免假现实，而深入了解真正的现实；但作家的很多“文学”作品都带有个人的主观想象，而这都经过了思想的沉淀和文学的加工，体现的是自己的所思所想，更多的是自身情感和意志的表达，带有更多的想象因素和主观性，所以作家所构建的是与现实不同的、全新的和虚无的内部精神世界。所以记者是记者，作家是作家，也就是说记者和作家观察外部世界的视角和方式是大相径庭甚至相反的。

另一方面，同为湘西作家，同为故土写作，正如汪曾祺所言，沈从文在一条长达千里的沅水上生活了一辈子，二十岁以前生活在沅水边的土地上，二十岁以后生活在对这片土地的印象里。无独有偶，于怀岸虽然走出故乡闯荡多年，但是最终还是选择描写故土，说明于怀岸也深爱着这片土地，依然心系故乡，因那里是他精神上的“本土”，所以对旧地有更为强烈的文化认同感和心理归属感。但是身处现代社会和城市文明世界，价值观念受到冲击，生活习惯也有所变化，所以于怀岸也不再是单纯的本土文化持有者，不可能再通过以往在当地生活时的视角来看故乡，因而于怀岸又成了湘西的“他者”。① 和沈从文一样，于怀岸也拥有“本土”和“他者”的双重文化身份，此种状态会使于怀岸身处高度发达的现代社会，具有现代主义元素，但在心灵上又依靠故乡，渴望回归。

笔者认为于怀岸是持局外人的身份来进行写作的。他作为回族，描写的却是苗族和土家族；他身处城市，于故土已然是一个“他者”，所以是局外人。一方面，于怀岸的作品大部分是关于湘西苗族、毕兹卡民族（即土家族）等的少数民族文化。通常来说，如果作家书写的是自己本民族的历史和文化，那么长期的耳濡目染、亲身经历、家族资源等优势对于研究和创作定会事半功倍。但于怀岸本身是回族，却对苗族的羊胫骨打卦占卜未来以及飘魂赶尸等风俗的描写入木三分，读起来让人惊心动魄。作为一个“局外人”，于怀岸既没有继承苗族民族传统，也没有家族资源，对于这种非本民族的文化现象，他是如何了解到的呢，里面有没有于怀岸自己的生活经历？于怀岸曾经外出打工闯荡社会，对《青年结》主人公赵大春的遭遇和苦难的描写感同身受。赵大春虽为高考理科状元，考上北京重点大学，却因反击恶霸欺凌身陷派出所，也使得好烟无奈贱卖，父亲运木材被碾死，纵使母亲四处借钱，也支付不了兄妹的学费。两人争相放弃自己的梦想成全对方，最后他毅然决然放弃大学梦，外出务工，供妹妹读书。在工厂里，不管是与小偷搏斗还是英雄救美，他一身正气却也因此遭遇种种挫折和苦难，连续失业，最后在一个血汗工厂绞断手指，不仅未得任何补偿，还被赶出工厂。回到故乡，他在纠结与挣扎中走向了死亡。于怀岸洞察了底层人物在现实面前经受的梦想的破碎和生活的心酸。尼采曾说过，在所有写就的著作里，我只喜爱作者用鲜血写成的。用鲜血写成的著作，于怀岸体验到的是“鲜血即思想”。读者也从于怀岸的这部作品中读出了感同身受的疼痛与

---

① 龙慧萍：《他者的本土——沈从文的湘西世界》，《湘潭大学学报（哲学社会科学版）》2008 年第 2 期。

绝望。另一方面，作为故乡的“他者”，于怀岸也是以一种“局外人”的身份去描写它。虽然人处城市中央，周围都是高楼林立车水马龙，身穿笔挺西装，口尝儿时梦想的“山珍海味”，耳听流行音乐，但内心深处牵挂的还是故乡的土房，是粗布麻衣，是母亲的饭菜，是邻居家的狗吠声。这是一种“本土”和“他者”的双重文化身份所带来的心理矛盾和冲突。所以在现代社会身份认同的过程中，于怀岸充分展现了如何解决这种文化立场上的矛盾，即把两份不同的生活体验和感知相融合，挖掘新的文化内涵和艺术价值，从而创造出一片属于自己的文学天地。

三、审美意味的创新

于怀岸的《猫庄史》于 2009 年在中国社会出版社出版，灰黄参半的封面上，映入眼帘的是：“猫庄故事的历史长卷，铺叙成百年风云的深深印记，往前走吧，把巫蛊和蛮情留给昨天；往前走吧，那里有我们石头的光芒。第一次旅程，都刻骨铭心，请带上光，带上力量，这是我们苦难的终结之所在。”读者一看到封面就明白，故事描写的应该会是一个叫猫庄的地域里一些关于整蛊巫术的民风民俗，而“往前走吧”“往前走吧”给人的感觉又是一种面对苦闷的现实时，内心深处想要逃离生活而发出的呐喊，作品整体基调是比较苦闷和沉重的。2015 年《猫庄史》改名为《巫师简史》出版，封面一改鲜黄色而转为偏黄的色调，像是傍晚时的黄昏，令人心生悲凉。一个男巫师背后一阵氤氲，似千军万马手举大旗呐喊助威，烽烟四起，又像是漫漫历史长河中升腾而起的烟雾，模糊不清，令人捉摸不透，想要走进那一阵迷雾一探究竟。封面语也换成了“巫师赵天国十四岁那年，从父亲手中接过法器——一块锈迹斑斑的羊胫骨时，就从一盆清水里看到了他一生的结局”。这时，我们发现，故事的地域因素被隐藏，纵使故事内核相同，作品意欲表现的却变成了一个叫赵天国的巫师，深知人生结局、向死而生的曲折离奇的人生故事。湘西是一片神秘大地，巫匪共存，有广为流传的傩巫文化，所以通过更改书名，作品的神秘和魔幻色彩大大增强，也更能吸引读者。可以说读者对两个版本的作品的故事期待是大相径庭的。

因此从题目和封面来看，《猫庄史》突出表现的是地域因素，所描写的是猫庄巫师的故事；而《巫师简史》着重的是人物因素，欲表现的是赵天国作为巫师的传奇人生。从前者到后者的改变，使得作品想要突出的故事内核有所转移。

从小说展开的格局看，《巫师简史》有点类似于马尔克斯的《百年孤独》和陈忠实的《白鹿原》，是马尔克斯式的开头，存在着一种叙事方法上的继承和发展。《百年孤独》的开头是：“许多年以后，奥雷良诺·布恩地亚上校站在行刑队前，将会想起父亲带他去见识冰块的那个遥远的下午。那时，马孔多是个二十户人家的村庄，一座座土房都盖在河岸上，河水清澈，沿着遍布石头的河床流去……”于怀岸用“巫师赵天国十四岁那年，从父亲手中接过法器——一块锈迹斑斑的羊胫骨时，就从一盆清水里看到了他一生的结局”来开头，都是从后往前写，即所谓“马尔克斯式的开头”。笔者也看到于怀岸推荐过马尔克斯的《百年孤独》，并评价它为“拉美魔幻现实主义的巅峰之作，世界文学中最经典的文本，任何推荐理由都是多余的”，说明于怀岸也是很认可和肯定这部著作的，其写作方法技巧和风格方面也确实受到过马尔克斯作品的影响。

与此同时，笔者在阅读《巫师简史》时，深刻感受到其与《白鹿原》在人物设定和写作背景上确实有太多相似之处。作品背景都是20世纪的战争年代及其带给村庄天翻地覆的变化。在人物上，同是作为族长的赵天国和白嘉轩，恪守封建伦理，都坚守儒家精神，把“仁义礼智信”贯穿于生活中，以身作则，严厉教子，为村民们树立榜样，可以说他们身上最为鲜明的是儒家仁爱之心、忧患意识和责任感，但是也都有封建保守落后的一面，都是绝对的冷酷无情和执拗。赵天文和鹿子霖，同为族长同辈亲信，都精明强干、争强好胜，觊觎族长之位；白孝文和赵长生则是较为懦弱和粗心；甚至赵长梅和田小娥都作为作品里面“淫乱”的角色，两者的人生结局都是因为性关系的处理不当而遭遇死亡。诸如此类，读者甚至会将两部作品混淆，感觉人物和故事可相互融合，至少两者的互文性很强。

当然，于怀岸的作品中还有许多自己的东西，既无法在《百年孤独》中找到影子，又无法从《白鹿原》中找到相关联的内容。例如，在《巫师简史》第十四章，通过赵长春的视角写道，“他知道父亲赵天国的脾气，说不定哪天就会自作主张给他定下一门亲事，几耳巴就逼着他去叫另一个老汉做爹了，又几耳巴让他带上一朵大红花做了新郎，再几耳巴把他扇进洞房跟一个陌生的女子睡在一起。……赵天国突然勃然大怒，厉声喝道：‘给老子跪下，小小年纪就学得不诚实！’……赵天国脱下鞋子拿鞋底板起身要过去打赵长春的嘴巴……赵长春往堂屋走时赵天国还踹了他一脚，说：‘老子不死，你休想把彭武芬娶进门来。’……赵长春话一落音，脸上就啪地挨了赵天国一耳巴。赵天国说：‘你就是成了猪牛马羊也还是她舅舅。兔崽子，你走到哪里都给老子记住了，你就是猫庄赵家的后人，记不住这一点，我宁愿明天族里议事时在祠堂里打死你这个忤逆子。’”

这是小说中展现赵天国最粗暴专制的时候，他没有考虑个人意愿，不断命令儿子要听“老子”的话，要遵守父训族规，要服从长辈包办的婚姻以及后半辈子的族长生活，赵长春有些许反抗的时候就是“几耳巴”。文本故意或不经意的几次描写父亲有理无理就是“几耳巴”，他宁愿将儿子逐出猫庄也不愿意他触犯父权、违反传统伦理教义，所以直接酿造了长春和武芬的爱情悲剧，可以看到他的封建伦理纲常与年轻人追求自由的天性发生了强烈的冲突。在现代社会，这种父权强力压制随处可见，我们也没有少挨父亲的“几耳巴”，“代代相传的几耳巴”，父亲当然也是从爷爷的“几耳巴”中成长起来的，都是在用武力压制孩子的情感，剥夺他们的自由，甚至没有任何的让步。比如从幼儿班、小学、中学、大学到成家立业，父母都会想当然地认为孩子应该做什么，而不是喜欢和可以做什么，很多人都在经受父权强力压制，所以其实我们的生活也充满着赵天国的“几耳巴”。

实际上，不管是偶遇“天火”，号召村民建石屋，与村民共同制造人瘟假象，还是买通官僚使族人逃脱征兵命运等，赵天国无时无刻不在守护村民的财产和生命安全。但后来在部分猫庄有志男儿参与革命时，他勒令抓回暴打并要求其承诺不再犯，儿子参与革命并入匪帮也受到他坚决的抵制，所以生活在猫庄的人也是被赵天国如“父亲”般关爱守护却也时常压制着的“孩子”，时常谨遵“父亲”教诲，文本故意刻画赵天国的父权思想，以突出湘西的愚昧与故土精神的匮乏。

此外，在这部小说的第六章里，周先生教了四句《三字经》：“人之初，性本善；性相近，习相远。”第二天，赵长春背成了“人之初，性本善；习相近，性相远”，彭武平背成了“人之初，性本恶；性相近，习相远”。赵长春从小到大都是一个心地善良纯净，对人坦诚相待，对事认真负责，具有宽广胸襟远大志向，是真正走出猫庄，多情多义直爽正义的人物。在这里，作家已经暗下伏笔，赵长春会是一个“性本善”的人？他所背诵的“习相近，性相远”也暗含他虽然从小与彭武平一起长大，接触相同的人和事，也在周先生门下接受同样的教育，在相同的环境下成长，习惯虽相近，但性格始终是相差甚远。而彭武平作为龙大榜的私生子，报复心理极强并且心胸极其狭窄邪恶，从小到大，未曾改变，是猫庄人的一个反例，实际暗含他与猫庄人天生善良的特性会有所不同。

四、现代文明的冲击

《巫师简史》这部作品描写的是平静安宁、民风淳朴的自然乡村，辛勤劳作、甘服美食，夜不闭户、路不拾遗；没有贫穷、地契、财主、阶级；团结友爱、同心同德，面对土匪的疯狂进攻和新势力的强力压制，能够拧成一股绳一致对外，牢不可破，有强大的凝聚力。因此才有龙大榜“魂牵梦萦”猫庄的热被窝和白米饭，腊肉和香肠，所以猫庄才能成为方圆几百里最富裕与和气的村庄，是陶渊明笔下令所有人企慕的“天人合一”的美好的桃花源。

赵天国作为猫庄的末代巫师，与历任巫师都不相同，不仅经历了神器破碎，巫师神职消失，还亲眼见证了儿子和村民违背祖训为匪为兵，将自己守护一生的猫庄夷为平地。于他而言，亲历这些翻天覆地的变化是痛苦和折磨的，他在新旧时代的过渡和转变中纠结迷茫，因而在他的人生经历中，让人觉出更多的悲凉感和迷惘感，使得作品更具悲剧内蕴。但是这种悲剧感并不只是来自文字，而是延伸而来的对当下生活情境的思考。现代社会中，人们征服自然的欲望不断膨胀，人与自然的关系日益恶劣，经济高速发展的同时却失去了蓝天白云、鸟语花香，有了金山银山却失去了绿水青山。曾经诗情画意般坦率随性的生活状态，如今变成利益至上、自私冷漠的生活方式。人们再也无法顾及心灵的宁静和精神的高洁，对自身所处的环境缺乏归属感和荣誉感，不再关怀他人和守护团体，也就没有人再会像赵天国一样，穷尽一生只为守护猫庄家族。我们对身边无关自己的事情视而不见，相邻几十年的邻居却互不相识，更遑论坦诚相待。城市比猫庄的农村生活冷漠太多，现实社会和网络社会也随处可见虚伪与欺骗。可以说，赵天国的猫庄时代和桃源世界已然成为历史，现代文明的冲击使于怀岸的桃源梦猛然惊醒。巫傩文化在现代社会中必定会受到冲击并日益消亡，要想再保持和维护猫庄的生产生活秩序几乎是天方夜谭。所以对这一精神寄托的毁灭，于怀岸也扼腕叹息，想通过自己的作品来完成对故土历史的回溯和逝去的桃源世界的追思。

结语　全球视野下70后作家的中国表达

中国70后作家成长为21世纪中国文坛主力军，这已是一个不争的事实。无论是作品的数量还是创作质量，叙述技巧还是文学理念，中国70后作家群都已经表现出了令人瞩目的成绩和属于这一代人的独特精神气质，创作呈现出沉稳大气、丰饶壮观等多元艺术风格特征。

在代际群体的文学研究中，70后作家向来被称为“夹缝中的一代”“尴尬的一代”“被遮蔽的一代”，他们位于60后与80后两个显赫的代际群体之间，既没有赶上充满红色激情的革命时代，与宏大意识形态和动荡的历史擦肩而过，又与市场经济发展带来的文化利益场失之交臂。70后作家的成长，恰好处在中国现代化发展的转折点上。他们的童年记忆，基本上以“文化大革命”结束为起点，对于那个年代的生活只有模糊朦胧的记忆，但他们的青春期却经历了中国前所未有的改革开放之巨变，传统文化和价值观念都受到颠覆冲击。与上一代作家相比，他们的成长空间充满了不确定性。时代的动荡感和人之为人的思索与困扰，不同程度地发挥作用，使得70后作家的意识充满漂泊感。历史的影子在一个年代人身上烙下的深浅交错的痕迹，无疑对他们的精神底色产生了深远的影响。精神的漂泊和日常生活的警醒，使得他们的作品更多的是探究生命和存在的哲学。

与50后、60后作家们不断叩问沉重而深邃的历史、追踪宏大而繁复的现实不同，亦与80后紧紧拥抱文化消费市场、追逐商业文化价值有所区别，70后作家执着于灵魂叙事，反复探问人的存在意义、存在形态及存在维度。① 作为代际传承中的一个重要群体，他们选择立足于自身独特的、异质性的审美体验，自觉重构日常生活的诗学理想。在叙事内容上，他们倾力展示平凡个体与

① 张艳梅：《70后作家小说创作的几个关键词》，《上海文学》2014年第7期。

物欲现实之间的种种纠葛，揭示现代人面对社会急速变化所遭受的各种尴尬的精神处境；在叙事策略上，他们则极力推崇感性化、细节化的话语形态，致力于呈现那些日常生活中极为丰盈的生命情态[①]。作为"时代夹缝中的清醒者"，70后作家背离宏大的话语背景转而关注个体精神的成长，他们的书写特色、叙事规律及艺术建构的异质性确立了其在中国文坛的辨识度，关切到文学创作的现代性、后现代社会文化语境、中国表达与中国崛起等宏大命题。

对世界的疏离和对自我的回归，造就了70后作家创作中的漂泊感，他们的作品既无太多的集体意识，也没有沉重的历史记忆，而是直面个体的日常生活，自觉关注自身的成长记忆，试图从边缘化、个人化的"小生活"起步，重构日常生活的诗学价值。[②] 比较有代表性的如弋舟的"刘晓东三部曲"——《等深》《而黑夜已至》《所有路的尽头》，从个人、到时代、到历史，精神漂泊的履历，追问和寻找的执着，写出了一代人隐约的怀旧情绪的精神突围渴求。《怀雨人》以回忆的方式，记述了大学时代和"雨人"之间的故事。与李师江的《中文系》比较，同样是两个男孩和一个女孩的故事，同样有着中文系的影子，同样隐约着一个成长的主题，如果说《中文系》是氤氲着感伤情调的抒情诗，《怀雨人》则是蕴含着宗教意味的哲理诗。弋舟把一个关在自己世界里的人，把一种埋葬在心灵深处的记忆，把一种生命里不断凋零不断重生的情感，写出了神性。金仁顺、朱文颖和安妮宝贝等，则常常将小说中的主人公明确定位成与作家年龄相仿、性别一致、趣味相投的角色，使叙事呈现出强烈的个人意识，甚至洋溢着某种"小资情调"。如金仁顺的《水边的阿狄丽雅》《爱情诗》《酒醉的探戈》等，都是以男女之间的暧昧情感为主线，于禁忌森严的伦理背后，凸现现代青年女性对真爱的寻找和守望。[③]

70后作家的这一共性特质，从本质上说，既充分体现了日常生活审美化的艺术格调，也彰显了个体自由的内心冲动与文化伦理。在曹霞看来，70后是"最后一代拥有乡村故乡的作家"。他们大多出身于农村，在那里度过了童年和少年时期，亲眼见证了伴随着城镇化的快速发展而消逝的乡土文化，他们成了"与乡土中国在血缘和精神上有所维系的最后一代人"[④]。他们用自己的视角和笔法记录故乡。如鲁敏的《逝者的恩泽》《思无邪》《离歌》等以故乡江苏东台为

---

① 洪治刚：《代际视野中的70后作家群》，《文学评论》2011年第4期。

② 张丽军：《未完成的审美断裂：中国70后作家群研究》，《中国现代文学研究丛刊》2013年第2期。

③ 洪治刚：《代际视野中的70后作家群》，《文学评论》2011年第4期。

④ 曹霞：《70后：最后的文人写作》，《北京日报》2016年03月10日第6版。

原型，温暖宁静、淡泊淳朴，有着东方乡土复杂微妙的人情冷暖和伦理；徐则臣的《花街》《忆秦娥》《水边书》《人间烟火》等小说将运河故乡描绘得湿润丰沛，如同一幅古典写意的水墨画，又充溢着"清明上河图"的烟火气息；付秀莹的《花好月圆》《定风波》绵密地描绘了乡村蒸腾着暖意的境界。从整体上看，这一代作家中的绝大多数人，都在努力寻找自身的写作与现实生活之间的秘密通道，立足于鲜活而又平凡的"小我"，遵从内心的情感抒发自我情绪，展示平凡的个体在面对纷繁复杂的现实时所品味到的人生百态。

70后作家群塑造了多元艺术风格，既有对现实问题的关注，又有对乡村记忆的怀旧，既审视世界又探索内心追问，既有脱离现实的荒诞叙事又有立足脚下的地域描述。如文学湘军五少将的作品就具有明显的湘西风格特征，既有灵气四溢、山歌野调式的精妙语篇，又多大胆泼辣、血气方刚的激情文章。他们塑造人物形象以硬汉性格、叙述故事以荒诞感并企图跳脱后现代主义思想以寻求建设新的宏大叙事。[①] 如马笑泉《愤怒青年》中的楚小龙和《打铁打铁》中的龚建彰，主人公充满了硬汉性格。于怀岸是一个生活经验型作家，他的小说多写现实底层的生活，这与他在现实生活中的经历有着千丝万缕的关系，所以他写得十分质朴和扎实，但在写实性的叙述中又透出一丝荒诞感，而这种荒诞感源于他面对底层社会种种反常现象的疑惑，对生活中价值失范的疑惑。如他在《非正常死亡的人》中讲述了顾林和已死去的陆明的鬼魂同床共枕的荒诞故事，颇有聊斋的意味。文学湘军五少将不是彻底的荒诞派，荒诞感只是像淡淡的乡愁一样从他们日常生活的叙述中流露出来。但正是这种类似于淡淡乡愁的东西，最贴切地传达出他们的精神追求和精神境界。又如田耳的《衣钵》写一个大学生回到家乡跟着父亲学做道士，以此作为自己的实习，结果父亲竟意外摔死，大学生不得不亲自为父亲做道场，并最终决定继承父亲的衣钵成为一个真正的道士，这本身就是一件看似很荒诞的事情，作者却写得很正常，很平静。小说里弥散着的是典型的乡愁，但乡愁中又包含着作者对传统精神边缘化的无奈。[②]

文学湘军五少将如今渐渐步入不惑之年，他们都有着很好的艺术感受力和文字功夫，他们的作品逐渐为文坛所瞩目。谢宗玉是潇湘之地一只飞得特别高

---

① 贺绍俊：《"文学湘军五少将"的硬汉精神——兼及70年代出生作家的"重"》，《理论与创作》2008年第5期。

② 贺绍俊：《"文学湘军五少将"的硬汉精神——兼及70年代出生作家的"重"》，《理论与创作》2008年第5期。

的散文之鹰。他把对生活的独特感受、对语言文字的艺术敏感都倾注到乡村，乡村是他生活和精神的气场，是他的乡土散文执着表现的对象。在乡村真实而幻化的影像中，谢宗玉乡土散文的叙述呈现双重结构，死亡和生存的日常叙述使其直达读者恍然的心灵深处，童年和成年的转换叙述把过去和现在、乡村和城市的不同时空化为一种特定的审美时空，而人与自然的互化叙述在凸现自然情结与女性情结的同时，把艺术感觉和审美情趣推到极致。① 在谢宗玉笔下，人与自然融为一体：祖先死后，就葬在经常耕耘的土地中间，“夏天，祖先长成麦粒。秋天，麦粒化作了后辈的精气神……突然有一天，祖先发现自己竟以后辈的样子站在麦田里耕耘，一时间祖先什么都明白了，原来世世代代都可轮回，麦苗的生长过程就是我们的轮回之路”。在谢宗玉看来，死亡是生命的延续，生与死只不过世间轮回。《遍地药香》在六十种植物的背后，记忆的是一个少年年少时期与每一种植物相依相伴的和谐而美好的感觉。草木的灵性、村庄的历史、人情的冷暖、少年的成长记忆全都交织在一起，是“与世隔绝的乌托邦”。谢宗玉的散文富有文学性的美感。

马笑泉是一位在艺术上富有探索意识的作家，他的小说文本兼具现实主义、魔幻主义、荒诞派和精神分析等多重向度的混杂色彩，大有众声喧哗的意味；而骨子里，他发力想去做的其实就是文本形式的实验性和文本内容的思想性，并在现代性的层面上进行深度的精神发掘。②《巫地传说》描写了乡土灵性与时代进程之间的缠绕、扭结和消长，同时对邵阳地区民间武术、尸解、放蛊、梅山法、鲁班术和通灵师公等进行了生动详尽的描写。巫楚文化中最神秘的部分在这部小说中得到了空前集中和深入的表达，他所叙述的故事奇幻迷离，但故事所映照的现实更加荒诞沉痛，人祸比巫蛊更加可怕。《银行档案》首创“档案体”小说，描写了改革开放近三十年间飞龙县人民银行职工的命运沉浮，折射出时代的风云变幻。放弃了宏大叙事而将视角转向日常生活的琐碎，关注普通人的生存境遇，丰富地表达了他们的内心世界，得意与失意、欢喜与忧愤、坚守与放弃，每一个人都是自己档案里的主角。马笑泉的小说呈现了艺术审美图式的生活化和世俗化，具有穿透人心的力量。

来自湖南湘西的田耳与沈从文是同乡，这很容易让人们将他们俩连在一起来谈论，人们也自然而然地想从田耳的写作里寻找沈从文的影子。但是，大半个世纪过去了，随着工业化进程的发展，乡土文化早已发生了巨大的变迁。与

---

① 吴玉杰：《谢宗玉乡土散文的双重叙述》，《文艺争鸣》2008年第4期。

② 聂茂：《民族精神的追寻与反思——马笑泉〈巫地传说〉及其他》，《创作与评论》2013年第21期。

沈从文不同，田耳的小说中确有一种“人性的温情”，与他的温情相伴随的是一种冷峻，冷峻地面对现实困顿而展开精神的追问。[①] 田耳的中篇小说《一个人张灯结彩》荣获第四届鲁迅文学奖。它的授奖词是：“各色底层人物的艰辛生活在老警察的尽职尽责中一一展现，理想的持守在心灵的寂寞中散发着人性的温情。”他的作品以温情的人文精神，淡定的叙事策略，深刻地反映了一群底层人物在社会转型时期的命运挣扎。[②] 田耳的另一部作品《天体悬浮》则把自己的艺术聚焦点对准了变动的当下。与一些作家总是设定一种先入为主的预设立场不同，他尽可能充分地尊重现实生活的原生性与复杂性。“尽管田耳的小说中也潜藏有强烈的批判声音，但此种批判立场却是如盐一般地完全融入了水中”[③]，这也是田耳创作的难能可贵之处。

70 后作家尽管已经确立了各自较为成熟的艺术风格，但是与真正的艺术崛起和文学大家还有着较大距离。从总体而言，70 后作家创作存在着许多问题。一是 70 后作家进行着语言和叙述模式的某种宝贵的、先锋性探索，但是缺少更具有新质性、整体性和中国化的语言表达。二是中国 70 后作家存在着巨大的无力感，依然在前辈现实主义与先锋魔幻主义的阴影下徘徊。在 20 世纪 80 年代中期的中国文学舞台上，兴起了一场轰轰烈烈的西方文学模仿秀。中国人用了不到十年的时间，浏览了西方 100 多年的思想成就和文化成果，并争相模仿、抄袭、改编。国外各种思潮飞涌而至，意识流、存在主义、黑色幽默、虚无主义、超现实主义、拉美魔幻主义在大江南北长城内外遍地开花。这场模仿秀就是我们的先锋小说。[④] 从此，先锋小说摒弃了传统小说以情节取胜的特点，不再注重情节的连贯性，对暴力、审丑和死亡极度迷恋，语言也罩上了晦涩的外衣，主题变得模糊不清，人物形象也失去了以往的重要地位，文本结构错综复杂，时而杂乱拼贴，时而有意空缺，让读者难辨方向。先锋小说在轰轰烈烈的登场后如昙花一现，在人们留恋的目光中走完了短暂的历程。但是，先锋小说给文坛留下了无法抹去的一页，它以鲜明的个性显示了后现代主义在中国留下的痕迹。先锋叙事空前地丰富了中国当代小说的叙事技巧，先锋作家的

① 贺绍俊：《田耳小说创作断想》，《文艺争鸣》2008 年第 02 期。

② 聂茂：《底层人物的现实困境与命途隐喻——论田耳的〈一个人的张灯结彩〉及其他》，《理论与创作》2008 年第 1 期。

③ 王春林：《2013 年长篇小说：70 后作家克服历史感不足之局限》，《山西日报》2013 年 12 月 25 日第 4 版。

④ 王佩：《鲁迅、余华创作之比较》，中南大学硕士学位论文，2013 年。

创作观念被后来的作家借鉴运用，在新生代作家的作品中总与先锋文学有着千丝万缕的关系。如李浩《如归旅店》，整篇小说气氛压抑，充满了战争、死亡、贫困和衰败的意象，乌云密布，不见朗日，读来令人窒息，像极了80年代的先锋作品。但70后作家亦有在起步阶段模仿而后改走他路者。如转向底层文学的李云雷，转向都市白领小说的卫慧和棉棉，转向传统文学的东君，转向女性主义的盛可以以及直面现实的张楚。

对于70后作家群来说，随着21世纪地缘政治和经济格局的转变，重新理解中西方文明成为一种必要，而对于中国文化自身的重读和体悟则是中国作家进入全球文化语境的通行证。随着中国传统社会的裂变，仅仅对过去传统文化白描式的追忆远远不够，而要将更多视域从纯粹的乡土、传统和伦理叙述，扩展到对于中国文化自身的探究和考量。[①] 这当中重要的一点就是对于中国文化自身的重新回望，即中国的文化自信。当下国际文化交流广泛，在不同文明和文化之间的对话中，国家真正意义上的增强软实力，还是要靠文化建设，要靠文学艺术。放眼全球，东西方70后作家群体已经成为当代文学创作的重要主体，但是和国外70后作家在文体上的自觉追求相比，70后作家写作姿态相对保守，缺乏更深层次的挖掘和打捞，也缺乏对文本的创新意识，在讲述中国故事的时候显得有些呆板、木讷、拘谨，缺乏一种自信。[②] 中国历史积淀丰厚，中国文学的表达要立足当代中国的社会语境，紧紧围绕本民族的语言、思想、感情和心理在内的共同体塑造。文化共同体的塑造意味着民族文学特色的形成，意味着民族认同的形成、民族自信心的获得。当然，中国的文化自信和中国的话语表达，取决于作者建立中国自身的话语体系，自觉塑造真实丰富的中国形象，对自身命运的关切，回归本土，回归民族立场。通过"中国叙事"，在文学文本中呈现和照亮转型时期中国人精神的成长，建构中国人的现代人格。同时，在更大范围内为世界呈现中国经验的独特性和普适性，从而凸显中国70后作家群体对于世界文学的意义和价值。[③]

70后作家是不幸的，夹在两代人中间成为"尴尬的一代"[④]，而他们又是幸运的，有幸亲眼见证了中国现代化发展进程，亲身经历了乡土文化的消逝，亲身体验到这种传统与现代、历史与现实、物质与精神相分离的痛苦、悲哀和挣

---

① 郭艳《全球视阈中的中国70后作家群体》,《文艺报》2016年10月14日第4版。

② 邱振刚:《70后作家的现代性写作:重新面对世界?》,《中国艺术报》2016年6月24日版。

③ 郭艳《全球视阈中的中国70后作家群体》,《文艺报》2016年10月14日第4版。

④ 霍俊明:《尴尬的一代:中国70后先锋诗歌》,《广西师范大学学报》2009年第6期。

扎。因而，70后作家有责任、有义务、有使命去深入民间、大地、历史去呈现这一代人的喜怒哀乐，建立起连接过去和未来的经典文学。因为，“文学史绝对不以年龄和姿态作为价值坐标，因为两者都是暂时的、可疑的甚至是荒唐的刻度，只有作品质量才能衡量一个时代的文学和文化的兴衰浮沉”。[①]

我们有理由相信，包括田耳、谢宗玉、马笑泉、沈念、于怀岸文学湘军五少将在内，中国70后的作家们，一定不会顾及外面的喧嚣与浮躁，而是执迷于自己的文学世界，并充满激情地在自己的试验田里埋头耕耘。这些年轻的作家通过写作来承担起发扬和传承包括湖湘文化在内的中国优秀文化的重担，他们的作品风格不同，各具特色，但大都属于依恋故乡的本土化写作。作为文坛上越来越重要的创作群体，70后作家立足宏大理想和现代视野，积极投身于波澜壮阔的生活，尽可能将社会生活中的现代主义元素和故乡的本土化写作融合起来，使文学作品更有质感和张力，从故乡出发，从泥土开始，加强文化本土的特色性呈示，写出全国性和世界性，被更多的人接受，在更广泛的区域传播，为中国当代文学在世界文学舞台上写下自己的精彩与辉煌。

---

① 黄发有：《激素催生的写作——“七十年代人”小说批判》，《广播电视大学学报》2001年第2期。

参考文献

1. 学术专著

(1)外文专著

[1] Leo Tolstoy: War and Peace, trans. by Aylmer Maude. London: Oxford UP, 1933.

[2] Link, Perry: The Uses of Literature: Life in the Socialist Chinese Literary System, New Jersey: Princeton University Press, 2000.

[3] Reich, Wilhelm: The Mass Psychology of Fascism. trans. by Mary Boyd Higgins, the third edition, New York: The Noonday Press, twelfth printing, 1942.

[4] Simgund Freud: Writings on Art and Literature, California: Standford University Press, 1997.

[5] Pierre Macherey: A Theory of Literary Production, Beijing: Taylor & Francis, Routledege, 2006.

[6] Richard Harland, Literary Theory from Plato to Barthes: An Introductory History, New York: St. Matin's Press, 1999.

[7] [奥]弗洛伊德. 性爱与文明. 滕守尧等译. 安徽: 安徽文艺出版社, 1987.

[8] [德]黑格尔. 美学. 朱光潜译. 北京: 商务印书馆, 1995.

[9] [德]卡尔·马克思. 1844年经济学手稿. 中共中央马克思恩格斯列宁斯大林著作编译局译. 北京: 中国人民大学出版社, 2003.

[10] [俄]别林斯基. 对民间诗歌及意义的总的看法. 中共中央马克思恩格斯列宁斯大林著作编译局译. 北京: 中国人民大学出版社, 2003.

[11] [法]丹纳. 艺术哲学. 傅雷译. 北京: 中国人民大学出版社, 1983.

[12] [法]罗兰·巴尔特. 符号学历险. 李幼蒸译. 北京: 中国人民大学出版社, 2008.

[13] [法]米兰·昆德拉. 小说的艺术. 董强译. 上海: 上海译文出版社, 2004.

[14] [法]泰纳. 英国文学史·序言. 杨烈译. 北京: 中国人民大学出版社, 2003.

[15] [美]埃里希·弗洛姆. 寻找自我. 陈学明译. 北京: 工人出版社, 1988: 176.

[16] [美]华康德. 实践与反思——反思社会学导论. 李猛, 李康译. 北京: 中央编译出版

社，1998.
[17]［美］韦勒克，沃伦．文学理论．刘象愚等译．上海：三联书店出版社，1984.
[18]［秘鲁］马里奥·巴尔加斯·略萨．给青年小说家的信．赵德明译．上海：上海译文出版社，2004.
[19]［瑞士］荣格．性格哲学．唐译译．北京：九州出版社，2003.

(2)中文专著

[1] 阿城．闲话闲说——中国世俗与中国小说．北京：作家出版社，1997.
[2] 陈思和．中国当代文学史教程．上海：复旦大学出版社，2008.
[3] 段吉方．20 世纪西方文论．北京：高等教育出版社，2014.
[4] 冯唐．女神一号．南京：浙江文艺出版社，2016.
[5] 冯唐．猪和蝴蝶．北京：作家出版社，2005.
[6] 傅伟动，周阳山．西方汉学家论中国．南京：正中书局，1993.
[7] 辜鸿铭．中国人的精神．海口：海南出版社，1996.
[8] 洪子诚．问题与方法．北京：北京三联书店，2002.
[9] 胡适．胡适文存．台北：台北远东图书公司，1953(4).
[10] 胡宗健．文坛湘军．长沙：湖南文艺出版社，1991.
[11] 加缪．西西弗的神话．北京：中国文联出版公司，1985.
[12] 李建中，吴中胜：《文心雕龙》导读．武汉：武汉大学出版社，2015.
[13] 李欧梵．现代性的追求——李欧梵文化评论精选集．北京：麦田出版股份有限公司，1996.
[14] 李清霞．沉溺与超越——用现代性审视当今文学中的欲望话语．北京：中国社会科学出版社，2007.
[15] 李傻傻．你是我的虚荣．厦门：鹭江出版社，2016.
[16] 李泽厚．美的历程．北京：北京文物出版社，1981.
[17] 梁启超．治国学杂话．北京：中国青年出版社，1996.
[18] 鲁迅．且介亭杂文二集．北京：人民文学出版社，2006.
[19] 马笑泉．迷城．北京：北京十月文艺出版社，2017.
[20] 马笑泉．迷城．北京：北京十月文艺出版社，2017.
[21] 茅盾．关于“乡土文学”．北京：人民文学出版社，1991.
[22] 聂茂．民族寓言的张力．北京：民族出版社，2004.
[23] 潘光旦．日本德意志民族性之比较的研究．北京：北京大学出版社，1993.
[24] 彭聃龄．普通心理学．北京：北京师范大学出版社，2012.
[25] 荣沁．从《晋祠》到《觅渡》．大连：辽海出版社，1999.
[26] 沈从文．阿金．上海：上海开明书店，1943.
[27] 沈念．时间里的事物．北京：作家出版社，2009.
[28] 盛可以．时间少女．成都：四川文艺出版社，2016.

[29] 孙桂荣. 消费时代的中国女性主义与文学. 北京：中国社会科学出版社，2010.
[30] 孔志国. 文化的盟约——当代文化问题十二讲. 北京：团结出版社，2003.
[31] 田耳. 天体悬浮. 北京：作家出版社，2014.
[32] 田耳. 一个人张灯结彩. 北京：作家出版社，2008.
[33] 田耳. 衣钵，上海：上海文艺出版社，2014.
[34] 田耳. 长寿碑. 广州：花城出版社，2015.
[35] 王德威. 如何现代，怎样文学？——十九、二十世纪中文小说新论. 麦田出版社，1998.
[36] 季羡林等. 大国方略——著名学者访谈录. 北京：红旗出版社，1996.
[37] 王润华. 沈从文小说新论. 北京：学林出版社，1998.
[38] 王晓明. 二十世纪中国文学史论. 上海：东方出版中心，1997(1).
[39] 徐曙玉. 20世纪西方现代主义文学. 上海：百花文艺出版社，2000.
[40] 杨义. 中国叙事学. 北京：人民出版社，1997.
[41] 尤西林. 美学原理. 北京：高等教育出版社，2015.
[42] 于怀岸. 青年结. 北京：金城出版社，2010.
[43] 于怀岸. 远祭. 北京：文化艺术出版社，2005.
[44] 余华. 我能否相信自己. 北京：人民日报出版社，1998.
[45] 郁达夫. 中国新文学大系. 上海：良友印刷图书公司，1935.
[46] 张承志. 黑骏马. 北京：北京师范大学出版社，1993.
[47] 张清华. 中国当代先锋文学思潮论. 南京：江苏文艺出版社，1997.
[48] 张贤亮. 小说中国. 西安：陕西旅游出版社，1997.
[49] 中共党史人物研究室. 中共党史人物传. 西安：陕西人民出版社，1981.
[50] 钟子翱，黄安祯. 刘勰论写作之道. 北京：长征出版社，1984.

2. 期刊

[1] 阿城. 棋王. 上海：上海文学，1984(7).
[2] 陈进武. 生存的冒险与时代的叩问. 新文学评论，2015(3).
[3] 陈利群. 使命意识·骨感神韵·质感风范——从《北妹》看盛可以长篇小说创作. 批评与阐释，2012(5).
[4] 陈忠实. 关于《白鹿原》的答问. 小说评论，1993(3).
[5] 邓友梅. 烟壶. 收获，1984(1).
[6] 冯克利. 哈耶克的知识论与权力限制. 天涯，2000(4).
[7] 郭欣. 意象、语言、故事和主题的复现——论李傻傻创作中的“反复”叙述. 湖北职业技术学院学报，2013(4).
[8] 郭艳等. 70后写作与先锋文学. 广州文艺，2016(5).
[9] 韩少功. 文学的“根”. 作家，1985(4).

[10] 何向阳. 历史时刻，与生命时刻. 创作与评论，2008(5).
[11] 贺绍俊. “文学湘军五少将”的硬汉精神——兼及70年代出生作家的“重”. 理论与创作，2008(5).
[12] 贺绍俊. 后文革征象的冷叙述. 芙蓉，2003(2).
[13] 洪治刚. 代际视野中的“70后”作家群. 文学评论，2011(4).
[14] 黄德海. 驯养生活. 南方文坛，2015(1).
[15] 黄发有. 激素催生的写作——“七十年代人”小说批判. 广播电视大学学报，2001(2).
[16] 黄志刚. 都市的乡土守望者. 华中师范大学学报，2002(3).
[17] 霍俊明. 尴尬的一代：中国70后先锋诗歌. 广西师范大学学报，2009(6).
[18] 康逸. 个人愿望的替代性满足——从弗洛伊德的文艺观看王朔的《顽主》. 赤峰学院学报，2014(12).
[19] 刘宝田.《银行档案》的语言魅力. 创作与评论，2009(1).
[20] 刘宝田. 生活矿藏的个性化开掘——评马笑泉诗集《三种向度》. 创作与评论，2012(12).
[21] 刘恪. 冷漠的微笑——论田耳的小说. 理论与创作，2006(3).
[22] 刘梦溪. 社会变革中的文化制衡——对五四文化启蒙的另一种反省. 二十一世纪，1992(4).
[23] 龙慧萍. 他者的本土——沈从文的湘西世界. 湘潭大学学报(哲学社会科学版)，2008(2).
[24] 鲁敏. 伴宴. 中国作家·文学，2009(1).
[25] 鲁之洛. 从生活中发出的冷峻而清醒的呼喊——读马笑泉小说创作的文学价值. 文学界·专辑版，2007(5).
[26] 马笑泉. 敲开魏源的门. 长江文艺，2012(2).
[27] 马笑泉. 我之散文观. 回族文学，2007(1).
[28] 马叙. 乡村深处的药味——读谢宗玉. 布老虎散文夏之卷，2006(3).
[29] 聂茂. 底层人物的现实困境与命途隐喻——论田耳的《一个人的张灯结彩》及其他. 理论与创作，2008(1).
[30] 聂茂. 民族精神的追寻与反思——马笑泉《巫地传说》及其他. 创作与评论，2013(21).
[31] 彭明伟. 当两个“鲁蛇”同在一起：田耳的欲望之翼. 南方文坛，2014(6).
[32] 乔良. 灵旗. 解放军文艺，1986(10).
[33] 沈念. 安克雷的冬天. 出离心，2015(4).
[34] 盛可以，黄伟林，刘铁群，詹丽. 盛可以小说创作对谈录. 河池学院学报(哲学社会科学版)，2005(6).
[35] 盛可以. 手术. 名作欣赏(鉴赏版)，2004(9).
[36] 盛可以. 小说需要冒犯的力量. 当代文学研究资料与信息，2009(1).

[37] 石峤. 保持向生活发问的勇气——论谢宗玉和他的小说《伤害》. 小说评论, 2009(4).
[38] 舒文治. “迷鸟”的梦乡之旅——沈念散文的美学追求. 湖南文学, 2015(7).
[39] 谭五昌. 审美的偏移——盛可以小说之我见. 文坛关注, 2007(2).
[40] 唐朝晖. 神秘力量的丧失. 青年文学, 2007(1).
[41] 田耳. “文学湘军五少将”创作谈. 理论与创作, 2008(5).
[42] 田耳. 蝉翼. 青年文学, 2007(7).
[43] 万忆, 孙锦卉. 对话田耳:一个非传统作家的传统写作(上). 文化与传播, 2014(1).
[44] 王春林. 现实批判与人性的深度勘探. 文艺评论, 2014(7).
[45] 王衡. 剖析文化裂变的精神隐患关注底层人们的生命过程本身. 名作欣赏, 2008(20).
[46] 王琦. 情欲化社会的话语分裂——盛可以小说论. 南方文坛, 2014(4).
[47] 魏微. 日常经验:我们这代人写作的意义. 坐公交车的人, 2015(5).
[48] 吴玉杰. 谢宗玉乡土散文的双重叙述. 文艺争鸣, 2008(4).
[49] 希利斯·米勒. 全球化时代文学研究还会继续存在吗?. 文学评论, 2001(5).
[50] 肖涛. 喧嚣中的寂寞——评田耳的小说《一个人张灯结彩》. 作家杂志, 2010(3).
[51] 谢有顺. 散文写作要有精神根据地. 理论与创作, 2008(5).
[52] 谢宗玉. 豆娘. 文苑, 2008(12).
[53] 谢宗玉. 父品·母品. 都市美文, 2004(1).
[54] 谢宗玉. 家族的隐痛. 青春, 2010(7).
[55] 谢宗玉. 兄弟于怀岸和他的打工文字. 厦门文学, 2012(4).
[56] 徐怀中. 爬行者的足迹. 解放军文艺, 1980(4).
[57] 徐勇. “风蚀地带”的文学写作. 创作与评论, 2014(8).
[58] 徐仲佳. 无爱时代的困惑与思考——关于盛可以的写作. 南方文坛, 2003(5).
[59] 阎真等. 从个体的有限出发, 抵达无限. 文学界, 2005(5).
[60] 於可训. 新世纪长篇小说创作述评. 中国地质大学学报, 2008(5).
[61] 于怀岸. 白夜. 芙蓉, 2007(1).
[62] 于怀岸. 一粒子弹有多重. 上海文学, 2007(1).
[63] 于一爽. 70 后作家为什么没能成为中流砥柱?. 江南, 2016(6).
[64] 翟文铖. “70 后”作家成长小说论. 文艺争鸣, 2014(12).
[65] 张建安. 冷硬和苍凉:一种别样的美学形态——马笑泉“愤怒青年”系列中篇小说论. 湖南文学, 2007(5).
[66] 张建安. 浅谈“壮美”与“优美”两大诗学形态——以马笑泉诗歌为例. 创作与评论, 2006(2).
[67] 张丽军. 未完成的审美断裂:中国 70 后作家群研究. 中国现代文学研究丛刊, 2013(2).
[68] 张翔武, 沈念. 为了不再恐惧平庸的生活. 文学界(专辑版), 2007(5).
[69] 张辛欣. 在同一地平线上. 收获, 1986(6).

[70] 张艳梅. “70 后”作家小说创作的几个关键词. 上海文学，2014(7).
[71] 张颐武，刘心武. 九十年代文坛的反思与回顾. 大家，1996(2).
[72] 张元珂. “70 后”作家的成长与成长叙事. 沂河，2013(3).
[73] 朱爱莲. 八〇后文学创作特色评析. 当代作家评论，2012(6).

3. 报纸

[1] 曹霞. 70 后:最后的文人写作. 北京日报，2016 年 03 月 10 日第 6 版.
[2] 陈希我，刘淼. 盛可以凶猛. 中国图书商报，2004 年 5 月 21 日.
[3] 郭艳. 全球视阈中的中国“70 后”作家群体. 文艺报，2016 年 10 月 14 日.
[4] 贺绍俊. “文学湘军五少将”的硬汉精神. 文艺报，2006 年 9 月 13 日.
[5] 黄尚恩. 70 后作家用作品成为文学的中坚力量. 文艺报，2014 年 6 月 18 日.
[6] 聂茂. 作为民族寓言的当代文学. 文艺报，2009 年 2 月 14 日.
[7] 邱振刚. 70 后作家的现代性写作:重新面对世界?. 中国艺术报，2016 年 6 月 24 日.
[8] 盛可以. 让语言站起来. 姑苏晚报，2003 年 3 月 5 日.
[9] 宋庄. 70 后作家何以成熟太晚? 评论家:在夹缝中生存. 工人日报，2011 年 5 月 27 日.
[10] 田耳. 我不要“名气越来越大，写得越来越差”. 羊城晚报，2015 年 11 月 15 日第 4 版.
[11] 王春林. 2013 年长篇小说:70 后作家克服历史感不足之局限. 山西日报，2013 年 12 月 25 日第 4 版.
[12] 王朔. 王朔访谈录，台湾联合报，1993 年 5 月 30 日.
[13] 王晓君. 70 后作家的困惑与突围. 新华书目报，2013 年 10 月 29 日.
[14] 叶梦. 遍地药香入梦来. 文艺报，2007 年 2 月 15 日第 4 版.

4. 网站

[1] 尘衣:暴烈中张扬温情——读马笑泉《愤怒青年》(http://bbs. tianya. cn/post - no16 - 70159 - 1. shtml).
[2] 陈涛. 70 后作家无法割舍“纯文学”心结无论如何被嘲弄.（http://www. chinanews. com/cul/2012/04 - 20/3835348. shtml).
[3] 二〇一三年度图书选题分析小组. 二〇一三年度全国图书选题分析报告(http://www. chiaxwcb. com/2013 - 03/18/content_265330. htm, 2013 - 03 - 18/2014 - 5 - 1).
[4] 高丹，竹君. 小说《迷城》:在县城怎么谈政治(http://www. thepaper. cn/newsDetail).
[5] 胡磊. 乡村不能承受之重(http://blog. sina. com. cn/s/blog_6bcb4c5f0100mgtu. html).
[6] 匡国泰. 金丝雀黄(http://blog. sina. com. cn/s/blog_c2944b0d0101y359. html).
[7] 李晓林. 青春之结(http://blog. sina. com. cn/s/blog_59c948210100smfd. html).
[8] 刘宝田. 穿越时空的魅力——读马笑泉长篇小说《巫地传说》(http://blog. sina. com. cn/s/blog_4a203b730100fq7z. html).
[9] 刘宝田.《水中少年》阅读笔记(http://blog. sina. com. cn/s/blog _ caee76180101e4xd.

html).
[10] 刘淼. 城市角落里的愤怒青年 ——简评马笑泉中篇小说《愤怒青年》(http://blog.sina.com.cn/s/blog_caee76180101e4x8.html).
[11] 刘志坚. 大气文章长精神——读马笑泉的散文(http://blog.sina.com.cn/s/blog_caee76180101dthb.html).
[12] 马笑泉. 一份自信(http://blog.sina.com.cn/s/blog_caee76180101drqw.html).
[13] 人民网. 收获:以10万发行量领跑纯文学期刊. 2013年6月(http://culture.people.com.cn/n/2013/0614/c172318-21837960.html).
[14] 田爱民. 现实湘西与现代寓言(http://blog.sina.com.cn/).
[15] 王晓利. "忧郁的晴朗"——谢宗玉散文现象(http://blog.tianya.cn/post-196465-9450283-1.shtml).
[16] 谢宗玉. 玩仇时代(http://www.nfncb.cn/2014/sub_0217/87719.html).
[17] 谢宗玉. 我为什么要写《与子书》?(http://blog.tianya.cn/post-196465-64449695-1.shtml).
[18] 于怀岸. 1976年的蛤蟆症(http://blog.sina.com.cn/s/blog_59c948210100smdj.html).
[19] 于怀岸. 落雪坡(http://www.docin.com/).
[20] 雨亭. 深处, 我看到剑柄上的那隐约的蓝——读马笑泉散文(http://blog.sina.com.cn/s/blog_caee76180101drr6.html).
[21] 张建安. 神秘而充满生命力的世界——评马笑泉《巫地传说》(http://blog.sina.com.cn/s/blog_caee76180101dtgw.html).
[22] 张建安. 为草根立传, 替人性存档——评马笑泉的《银行档案》(http://www.chinawriter.com.cn/2008/2008-12-18/68847.html).
[23] 赵良田. 70后作家何去何从(http://blog.sina.com.cn/s/blog_7177e2220102w4op.html).
[24] 中国出版网. 我国成年国民每天接触传统纸质媒介和新兴媒介的时长均有不同程度的提升. (http://www.chuban.cc/ztjj/yddc/2015yd/201504/t20150422_165755.html).

5. 学位论文

[1] 李运静. 盛可以论, 硕士学位论文, 山东大学, 2012年.
[2] 王嫚茹. 挣扎在爱与痛的边缘——盛可以小说中的女性命运解读, 硕士学位论文, 吉林大学, 2008年.
[3] 王佩. 鲁迅、余华创作之比较, 硕士学位论文, 中南大学, 2013年.
[4] 李新. 新世纪文学中的底层叙事, 博士学位论文, 东北师范大学, 2009年.

总跋：阳光多灿烂，生命就有多灿烂

人生有许多意想不到的事情发生，于我而言，这种意想不到的事情发生的频率还颇高。直到今天，我仍然感觉在做梦：一个地地道道的农家孩子，跳出农门，一脸兴奋地来到城里，吃上了“皇粮”；一个不安分的乡村医院的检验士，怀着对文学的无比向往，毅然辞掉工作，热情鲁莽地到北京、上海等地求学、漂泊；一个研习唐宋诗词的年轻学子，在“铁肩担道义”之现实力量的感召下，排除众多诱惑和其他选择，欣然成为省城第一大主流媒体的编辑、记者；一个在新闻战线上崭露头角、在文学创作上渐入佳境的“土疙瘩”，竟然放弃好不容易争来的一切，操着浓重的乡音，奔赴“长白云的故乡”新西兰，在 The University of Waikato(怀卡托大学)这所刚刚诞生过80后美女总理 Jacinda Arden(杰辛达·阿德恩)的综合性大学，攻读博士，并且破天荒获得全额奖学金，成为该校自建校以来第一位在人文社会科学院获此殊荣的亚洲学生；一位慢慢适应了异国他乡“慢生活”的游子，在顺利地取得学位后，又毫不犹豫地返回中国，手执教鞭，供职于中南大学，由助教直接破格晋升为教授、学科带头人……所有这一切，在我的人生履历上，都没有任何的暗示或预见，也许这就是命运吧，它将生命中看似偶然、实则必然的点点滴滴，以跌宕起伏的神奇方式，天衣无缝地嵌联起来，使之成为完整的、丰富的和真实的“我”，而这个“我”原本也可以是破碎的、单薄的和虚幻的“他者”，只要任何一次选择出现偏差，任何一次行动出现失误，任何一次前进出现犹疑，都不可能成为“现在的我”。

为此，我深深感恩。我庆幸变成“现在的我”。没有大福大贵，没有声名显赫，我只是一个走在大街上不会被任何人追着签名的普通人，身材矮小，长相平平，既不要出门时戴着口罩，又不用担心归来时被人拍照。上有老，下有小，每日三餐，粗茶淡饭。简单的生活，真实的情怀。山清水白，云卷云舒。

这一切，我都看见，体味，并且感悟。我欢喜。

人生苦短。人的一生有许多设想，但真正把设想变成现实的并不多，而愿意花费十年甚至更长时间对待一个设想并把它做出来的更是鲜见。我有幸成为这“鲜见者”中的一员。我常常想：我究竟有什么功德，让老天如此垂爱于我？特别是今天，当我面对《中国经验与文学湘军发展研究》这个宏大工程的最终成果：七卷本文集、三百余万字厚厚的作品，这份感恩尤其强烈。我十分惊讶：这是我的作品，是我的汗水、心血和智慧的结晶吗？

想想还真不容易。这十余年来，除了正常的教学，其余绝大部分时间，包括春节、中秋和双休日等几乎所有的节假日，我都义无反顾地坚守在故纸堆和自己的陋室里，查找，阅读，整理，写作。我像一个着了魔的人，强迫自己以一当十地往前走。肩膀痛，脑袋胀，眼睛涩，腰椎突出，都不能阻止我昂首挺进的步伐。

记得1980年诺贝尔文学奖获得者、波兰著名诗人米沃什曾经说过：“直接锁定一个目标，拒绝被那些提出各种要求的声音转移你的注意力。”是的，这些年来，外面的诱惑、喧嚣和纷扰，包括应酬、闲聊、茶会、聚餐等等，都最大限度地从我的生活中清除出去。我明白自己在做什么，也明白拒绝的是什么。我的生活只有两点：学校与家，我每天往返于这两点之间，从容不迫，少有例外。别人的誉毁或议论都无法改变我内心的召唤。在奔向目标的过程中，我一直很清醒，不为热闹所动，不为喧嚣所困，不为得失所扰，守得住初心，耐得住寂寞。花开花落，冬去春来。我像一个辛劳的农民，守护自己的一亩耕地，日出而作，日落而息；我又像一棵倔强的水稻，忠诚于脚下的这片土地，纵然风吹雨打，也能淡然面对。

回首自己的学术生涯，我似乎一直行走在边缘甚至是荆棘丛中，没有鲜花和掌声，唯有自己给自己鼓劲，其间酸甜苦辣，冷暖自知，不足为外人道。十多年前，“中国经验”这个话题并没有像今天这样受到普遍关注。有关“文学湘军”的研究也断断续续地有过一些，但系统性和整合性或者说深度和广度都远远不够。而把“中国经验”和“文学湘军”关联起来，做全方位考察和研究的更是少之又少。因为热爱，也因为熟悉，我毅然决然投身其中，像一个苦行僧，手持油灯，怀揣自己的心跳，倾听文字敲打的声音，不计后果，默然前行。

我希望《中国经验与文学湘军发展研究》能够站在世界文学视野下，以“中国经验”为轴心，全面立体、客观真实地对新时期以来的湖南作家及其作品进行归纳、梳理、分析与整合，形成较为系统、相互独立又相互联系、完善又详细的“湖南作家创作图库”或“文学湘军精神谱系”。这样做，首先要突破的是“区域规制”和“专题研究”的单一视阈，我积极借助中华美学、传播学、心理学、社会学和民族学等跨学科理论知识，对全球化语境下中国特色的文学湘军进行全景式的还原、检示和呈现。这里所说的“中国特色”，是指文学湘军固有的地域底蕴、文化传统、时代背景、政治觉悟和创作诉求等宏大叙事所彰显出来的文本特质和品相；这里所说的“全景式”，是指本书系既有对文学湘军中的老作家或知名作家的历时性研究，又有对文学湘军中的中坚力量、新锐作家的共时性的阐释，还有是对名不见经传、但颇有潜力的文学新人或文学“票友”的“发现性”考察与分析，力图涵盖文学湘军的方方面面，带有较强的史料性和体系性，其中主要包括：人民文学的道路选择，家国情怀的叙事冲动，民族作家的生命寻根，文学湘军的湖湘气派，官场书写的价值重建，70 后写作的艺术追求，诗性解蔽的精神原乡，等等。整个研究既聚焦文学湘军的总体气质和思想特性如人民文学和家国情怀等，又分析江华作家、湘军点将和政治叙事的文化传统和精神亮度，还对文学湘军五少将和阎真小说等进行文本细读和深入阐释。与此同时，本研究十分重视和充分吸纳国内外学术前沿最新研究成果，尤其是新时期文学研究中学术同行的立场观点和思维方法，通过作家及其作品的内在逻辑与话语建构，以及“镜与灯”式的对话与互证，努力从价值承载、中国智慧、闳阔意境、灵魂拷问、文化认同和个性追求等“文学深描”的多个维度上，对文学湘军书写中国经验的作品风格、人文关怀和内在特质进行从上到下、从局部到整体、从内到外的独到准确而富有深度的审美、品鉴、观照和把握。

古人云：非穷愁不能著书。此话在今天似乎不大成立。我们的生活早已走出了“菜色脸孔、营养不良”等物质上的贫困。比照鲁迅先生“一要生存、二要温饱、三要发展”的人生观，我做研究的动因更多的是为了“挑战”：一份或明或暗的责任或“自恃”，一种若有若无的担当或“自赌”，一缕时隐时显的对自我才情的检验与“自期”。因此，摆在面前的这七大本厚厚的书稿，既不是“穷则思变”的结果，也不是“不平则鸣”的见证，更不是“为赋新词强说愁”的镜像。

实际上，我有很多理由来说服自己走了一条并非贸然选择的道路，除了身在争创世界一流大学和一流学科的“双一流”这样氛围的全国重点大学，就得按照学院派的规制进行自我提升和创新发展，以确保“为稻粱谋”的高枕无忧以及“我行我素”的理直气壮，从更深层次上则可以实现我的另一份雄心或验证我的另一种企图：即在小说、散文、诗歌和报告文学或纪实文学等创作样式的书写之外，在文学评论的场域里我是否也可以有一番作为？这样均衡发展，固然损害了我在某一文体创作方面可能取得的应有成就，但人生的历练比某个方向的高度更令我满怀憧憬或心存异想。我希望用各类尝试、积极创新、不断“挑战”和体量庞大的超负荷“驾驭”来让自己的内心暴露得更为完整，也许这样的“完整”反而显得更为破碎。那又如何？没有经历，何谈成败？不经风雨，哪有彩虹？何况文学的马拉松赛不在于一时的成功或失败。既然命中注定，此生无法弃书远行，也不能特立独行，我乐意做一介抱书笃定的“穷困”书生或一只携书奋飞的“多栖”候鸟。不管怎样，是持续不断的写作向我提供了对于人生的丰富、深邃、充盈、真实的一切。我只有深入这一切，才能触摸真正的人生，探究命运的真谛，找到“现在的我”。我欢喜。

我笃信：奔跑的姿势离目标最近。时间是公平的，它会告诉我，未来是什么。

饮水思源。此时此刻，我要衷心感谢一直以来鼓励和支持我的领导、师长、同行和朋友们：

原湖南省委宣传部的魏委部长，湖南省社科基金规划办的骆辉主任，湖南省文联党组书记夏义生、原负责纪检工作的管群华书记，湖南省作家协会原主席唐浩明、现任主席王跃文和党组书记龚爱林，湖南省广播电视出版局的尹飞舟局长，湖南省社会科学院的周小毛院长，长沙市委常委、宣传部部长高山，长沙市文联党组书记王俏，等等。魏委部长高度的责任感和强烈的担当精神，骆辉主任的大局意识和对人文社科工作深沉的爱，夏义生书记“腹有诗书”的气质和丰沛的学术情怀，以及管群华书记的敬业精神、唐浩明主席的儒雅大度、王跃文主席的风趣洒脱、龚爱林书记的勤勉刻苦、尹飞舟局长的静水流深、周小毛院长的上善若水、高山部长的沉稳睿智、王俏书记的兰心蕙质，都给我留下了极其深刻的美好印象。他们都是学者型领导，是我的良师益友，不仅非常重视我的学术研究，而且嘘寒问暖，热情鼓励，同时高屋建瓴，提出许多中肯意见，令人感动。

中南大学校长田红旗，校党委副书记蒋建湘，校党委常委、副校长周科朝，以及校科研部人文社科处处长彭忠益等等，他们站在建设世界一流大学和一流学科之国家战略的宏观层面上，为中南大学的长远发展日夜操劳，竭忠尽智，不仅对重点院系、重点学科和重点人才给予应有的支持，以确保中南大学在中国乃至世界范围内的影响力和美誉度，而且对中南大学一般院系的学科和人才也给予了不遗余力的关心和爱护。在我的印象中，田红旗校长平易近人，虚怀若谷，锐意进取；蒋建湘书记严于律己，勇于担当；周科朝校长温文尔雅，谦卑正直；彭忠益处长热情大方，谦逊有加。他们怀着高度的职业操守、敬业精神和忧患意识，对中南大学的学科建设和发展，竭尽全力，积极作为，彰显了领导的魄力与担当，弥足珍贵。不仅如此，这些领导对我个人的教学、科研乃至日常生活等，都给予了足够的关心和爱护，充满着人情味和人文关怀。

文学与新闻传播学院原院长欧阳友权、原书记胡光华，现任院长刘泽民、书记肖来荣，以及副院长阎真、白寅、范明献，副书记马国荣，包括以晏杰雄为代表的诸多同事，都无一例外地对我伸出友爱之手，令我感受到集体的温暖和生活的美好。欧阳友权教授将我引入中南大学，对我有知遇之恩，作为国内知名学者，他不仅在教学和生活上给予我无微不至的关怀，在科研工作上给予我无私的支持，而且在最初当别人用怀疑的眼光看待我时，他一直强调学术的积累，坚信“是金子终会有发光的时候”。胡光华书记谦逊有加，无论台前幕后，一有相求，必鼎力相助。刘泽民院长宽厚真诚，温敦儒雅，待我如一名兄长。肖来荣书记虽是典型的“理工男”，骨子里却有着诗人气质和人文情怀。阎真童心永驻，白寅英俊豪气，范明献任劳任怨，马国荣宅心仁厚，晏杰雄才华横溢，其他同事都十分优秀，乐于助人，保持了文新院一直以来的“包容、自由、个性”的优良传统。

一路走来，风雨兼程。我要特别感谢的还有：硕士生导师刘庆云先生，博士生导师林敏先生和副导师玛丽娅女士，他们对我的职业规则和人生目标产生了极其重要的影响，都是我生命中的“贵人”和“恩人”，没有他们的悉心栽培和倾力扶持就没有我的今天。著名文学评论家雷达先生出于对后学的关爱和提携，欣然拨冗，写下热情洋溢的总序，令我终生难忘。撰写封底推荐语的 14 位名家都是我的良师益友，都对我的创作与研究给予大力支持，令我感动和自豪。青年作家唐朝晖为书系的后期制作献智献策；从未谋面的作家和书法家诸荣会题写了书名，并在封面设计上提了许多建设性意见，让我领略了作品和人品合而为一的人格魅力。

此外，我的师妹贺慧宇为人正直、善良、真诚，重情重义，诗文均佳，她和她的先生对我的科研工作给予温暖如春的可贵支持，让我深怀感激之情。以社长吴湘华和责任编辑浦石为代表的中南大学出版社的朋友们，他们的细心与耐心、效率与责任，以及对本书系所付出的辛勤劳动，我都看在眼里，感铭在心。以刘朝勋、李磊、曹雪冬、陈畅、徐宁、向柯树等为代表的弟子们也为这套书系贡献了自己的心血和智慧，在此一并谢过。

当然，最应该感谢的还是我平凡而温馨的家人：92 岁高龄的老父亲，在生活条件极其简陋的老家，以顽强的生命力和乐观精神，健康地活着，让我倍感欣慰；而以劳动模范著称的岳母几乎包下了所有家务，起早摸黑，任劳任怨，虽然很少阅读我创作的文字，包括我对她由衷的赞美，但她知道我在做正经事，做有意义的事情，毫不犹豫，全力支持；我的岳父性格温和，虽中风两次，留下后遗症，但努力锻炼，做到生活自理，不给晚辈增添压力；我的妻子，低调内敛，性格温柔，美丽善良，淑兰香远，是我一生最大的骄傲和成功，她不仅默默地支持我的工作，而且承担了耐心教育女儿、陪伴女儿成长的关键角色；我的女儿，聪明伶俐，活泼可爱，每每以出其不意的精彩和“创造性”的言语逗得我捧腹大笑，让我感受到学术枯燥中的亮丽，生活沉重中的轻盈。这些生命中的缘，我都珍惜，并深深感恩。

阳光有多灿烂，生命就有多灿烂；

内心有多愉悦，生命就有多愉悦；

境界有多辽阔，生命就有多辽阔。

眼下正是金秋十月。窗外小鸟啾啾。我伫立窗前，天高地远，心旷神怡。空气中弥漫一股淡淡的甜味，远处的山峦朦胧着一片黛色，一团火光突然闪亮出来，像一颗红豆，种在遥远的天际上。那难道不是新的起点吗？命运之神再次向我招手，新的征程、新的挑战已经出现，我审视“现在的我”，白发慢慢增多，这是岁月的沉淀和时间老人打磨的结果。我自嘲一下，卸下疲惫，收拾行囊，从零开始，准备出发。这一切，我欢喜。

2017 年 10 月 31 日于岳麓山下抱虚斋

图书在版编目（CIP）数据

70后写作：意境闳阔与韵味悠长／聂茂著. --长沙：中南大学出版社，2018.11

ISBN 978-7-5487-3035-4

Ⅰ.①7… Ⅱ.①聂… Ⅲ.①文学研究—湖南—当代
Ⅳ.①I209.964

中国版本图书馆CIP数据核字(2017)第249477号

70后写作：意境闳阔与韵味悠长

70 HOU XIEZUO: YIJING HONGKUO YU YUNWEI YOUCHANG

聂茂 著

□责任编辑 杨 贝
□责任印制 易红卫
□出版发行 中南大学出版社
社址：长沙市麓山南路 邮编：410083
发行科电话：0731-88876770 传真：0731-88710482
□印 装 长沙市宏发印刷有限公司

□开 本 710×1000 1/16 □印张 21.75 □字数 397 千字
□版 次 2018年11月第1版 □2018年11月第1次印刷
□书 号 ISBN 978-7-5487-3035-4
□定 价 70.00元